TRIBUNAL D'HONNEUR

DU MEME AUTEUR

romans

L'Ecorce des pierres, 1959, Grasset.
L'Aube, 1962, Grasset.
Lettre a Dora, 1969, Grasset.
Les Enfants de Gogol, 1971, Grasset.
Porporino ou les Mysteres de Naples, 1974, Grasset et Le Livre de Poche.
L'Etoile rose, 1978, Grasset et Le Livre de Poche.
Une fleur de jasmin a l oreille, 1980, Grasset.
Signor Giovanni, 1981, Balland.
Dans la main de l'ange, 1982, Grasset et Le Livre de Poche.
L'Amour, 1986, Grasset et Le Livre de Poche.
La Gloire du Paria, 1987, Grasset et Le Livre de Poche.
L'Ecole du Sud, 1991, Grasset et Le Livre de Poche.
Porfirio et Constance, 1992, Grasset et Le Livre de Poche.
Le Dernier des Medicis, 1994, Grasset et Le Livre de Poche.

opéra

Le Rapt de Persephone, 1987, Dominique Bedou. Musique d'André Bon, CD Cybelia 861.

voyages

Mere Mediterranee, 1965, Grasset et Le Livre de Poche.
Les Evenements de Palerme, 1966, Grasset.
Amsterdam, 1967, Le Seuil.
Les Siciliens *(en collaboration avec Ferdinando Scianna et Leonardo Sciascia),* 1977, Denoël.
Le Promeneur amoureux, de Venise à Syracuse, 1980, Plon et Presses Pocket.
Le Volcan sous la ville, *promenades dans Naples,* 1983, Plon.
Le Banquet des anges, *l'Europe baroque de Rome à Prague* (Photographies de Ferrante Ferranti), 1984, Plon.
Le Radeau de la Gorgone, *promenades en Sicile* (Photographies de Ferrante Ferranti), 1988, Grasset et Le Livre de Poche.
Seville (Photographies de Ferrante Ferranti), 1992, Stock.
L'Or des tropiques, *promenades dans le Portugal et le Brésil baroques* (Photographies de Ferrante Ferranti), 1993, Grasset.
Sept Visages de Budapest (Photographies de Ferrante Ferranti), 1994, Corvina/IFH.
La Magie blanche de Saint-Petersbourg, Gallimard Découvertes, 1994.
Prague et la Boheme (Photographies de Ferrante Ferranti), Stock, 1995.
La Perle et le Croissant, *l'Europe baroque de Naples à Saint-Pétersbourg* (Photographies de Ferrante Ferranti), Plon « Terre humaine », 1995.
Saint-Petersbourg (Photographies de Ferrante Ferranti), Stock, 1996.

essais

Le Roman italien et la crise de la conscience moderne, 1958, Grasset.
L'Echec de Pavese, 1967, Grasset.
Il Mito dell'America, 1969, Edizioni Salvatore Sciascia (Rome).
L'Arbre jusqu'aux racines, Psychanalyse et création, 1972, Grasset et Le Livre de Poche.
Eisenstein, L'Arbre jusqu'aux racines II, 1975, Grasset et Ramsay-Poche-Cinéma.
La Rose des Tudors, 1976, Julliard.
Interventi sulla letteratura francese, 1982, Matteo (Trévise).
Le Rapt de Ganymede, 1989, Grasset et Le Livre de Poche.
Ailes de lumiere (Photographies de Ferrante Ferranti), 1989, François Bourin.
Le Musee ideal de Stendhal, Stock, 1995.

traductions

Une etrange joie de vivre et autres poemes, *de Sandro Penna,* 1979, Fata Morgana.
L'Impresario de Smyrne, *de Carlo Goldoni,* 1985, Editions de la Comédie-Française.
Poemes de jeunesse, *de Pier Paolo Pasolini,* 1995, Poésie/Gallimard.

DOMINIQUE FERNANDEZ

TRIBUNAL D'HONNEUR

roman

BERNARD GRASSET
PARIS

IL A ETE TIRE DE CET OUVRAGE
VINGT-CINQ EXEMPLAIRES
SUR VELIN CHIFFON DE LANA
DONT QUINZE EXEMPLAIRES DE VENTE
NUMEROTES 1 A 15
ET DIX HORS COMMERCE
NUMEROTES H.C. I A H.C. X
CONSTITUANT L'EDITION ORIGINALE

Tous droit de traduction, de reproduction et d'adaptation
réservés pour tous pays
© *Editions Grasset & Fasquelle, 1996.*

*à tous mes amis russes
de Saint-Pétersbourg*

« Nous sortons trop de l'ordre commun pour que notre sang fleurisse après nous. »

CHATEAUBRIAND
Les Aventures du dernier Abencérage

« Donner une description précise de ce qui n'est jamais arrivé n'est pas seulement le travail qui sied à l'historien, mais l'inaliénable privilège de tout homme d'art et de culture. »

OSCAR WILDE
Le critique en tant qu'artiste

« Tout, à Saint-Péterstourg, est cher à mon cœur, et sans elle ma vie serait impossible. »

TCHAIKOVSKI
Lettre de jeunesse à sa sœur

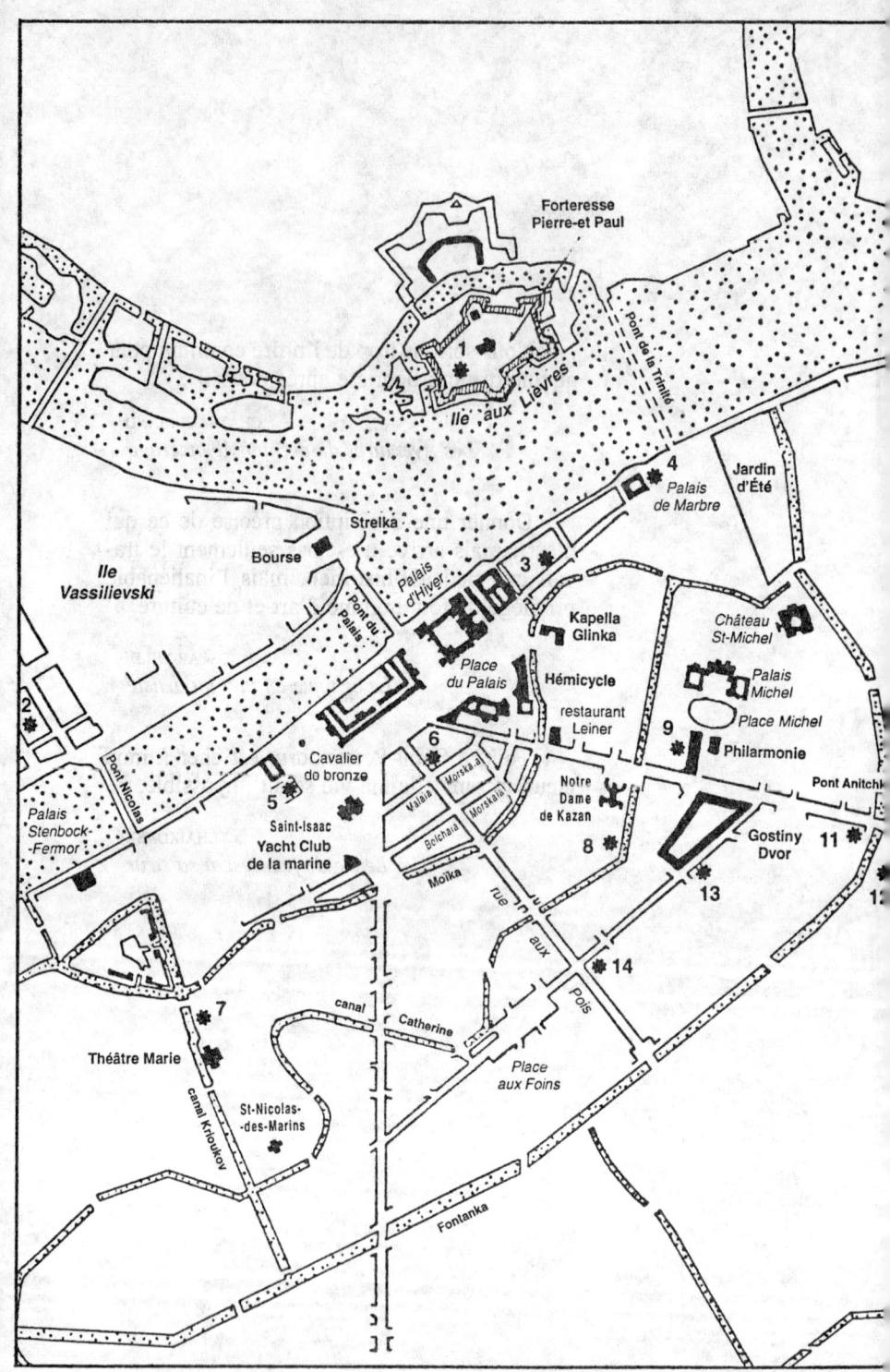

Plan de Saint-Pétersbourg, avec l'adresse des principaux personnages.

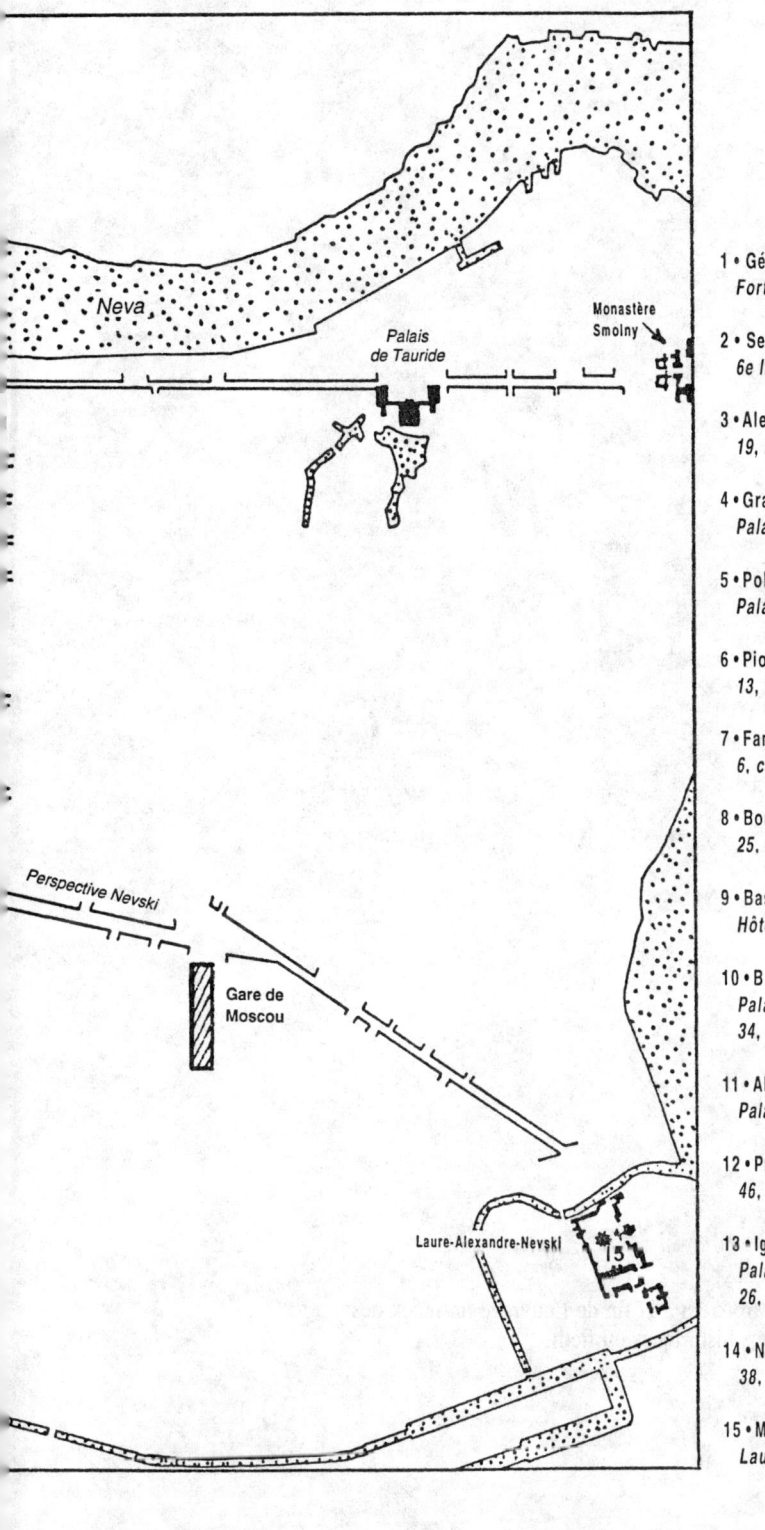

Le lecteur trouvera à la fin de l'ouvrage un index des personnages, historiques ou fictifs.

Première partie

I

Saint-Pétersbourg ! Ce cri répété par les cheminots sous la verrière ruisselante me tira du demi-sommeil où, dans le matin pâle d'avril, j'étais resté engourdi. La voie ferrée, sur les cent dernières verstes, traverse en droite ligne une désolation de terres détrempées, de landes émaillées par des boqueteaux chétifs.

Derrière le porteur chargé de mes bagages, je me hâtai vers la sortie. Saint-Pétersbourg ! Palais aux façades claires alignés sur les quais de la Néva, processions de colonnes en bordure des avenues, statues blanches découpées sur le ciel ! Qui n'est jamais venu dans la capitale des tsars ne peut admettre que la cité idéale qu'il conçoit en esprit s'est accomplie dans la pierre. N'est-ce pas une fable que les voyageurs lui content ? Ni dans l'Antiquité ni sous la Renaissance ne manquèrent les projets, les dessins d'architectes, les chimères. Aucun n'aboutit, aucune ne s'incarna. L'Egypte, la Grèce, l'Italie échouèrent à mettre en forme leur vision. Quand le songe d'une ville parfaite semblait abandonné pour toujours, l'utopie a pris corps, à l'autre extrémité de l'Europe, là où l'on s'y attendait le moins.

Du marécage et du brouillard surgirent, par décision de Pierre le Grand, des perspectives rectilignes, des façades bleues et vertes, des flèches dorées, des palais solennels, des arcs de triomphe, des propylées monumentaux, qui non seulement s'accordent à l'immensité de l'espace russe, mais équilibrent leurs lignes et leurs couleurs en un tout homogène. Dômes et pointes, péristyles et galeries, frontons et portiques, ce mirage d'une beauté absolue est posé comme une évidence entre le fleuve et les canaux de Saint-Pétersbourg.

A peine descendu du train de Moscou et cahoté dans la voiture qui m'emmenait sur la Perspective au trot rapide de deux chevaux du

Caucase, je retrouvai intact l'émoi de mes premiers séjours. Quel ravissement, une fois de plus ! De toutes les grandes villes, c'est la seule qui a grandi sans le concours du hasard, la seule qui réponde au pur besoin de l'esprit. A Paris, à Rome, à Moscou, la succession des siècles est visible. Je constate l'anarchie d'une croissance empirique, je discerne les dépôts accidentels, les scories de l'improvisation. Ici, un grand projet né tout entier d'un cerveau s'est développé jusqu'à son terme.

La pluie tambourinait sur la capote. Des jets de boue fusaient à chaque tour de roue. Le ciel bas, l'humidité cotonneuse, les flaques d'eau sale qui stagnaient dans les trous de la chaussée me rappelèrent quelle folie présida à la fondation de la ville. Jusqu'au début du XVIIIe siècle, seuls des palus stériles, des landes fangeuses s'étendaient à l'embouchure de la Néva. Pour édifier la nouvelle métropole, Pierre le Grand choisit un delta bourbeux, des tourbières inondées, tombeau de cent mille esclaves, qui enfoncèrent, nus, dans la vase glacée, les pilotis destinés à soutenir les preuves de la grandeur impériale. Son origine maudite a marqué la ville à jamais. Les glaces de l'hiver l'engourdissent, les crues du printemps la dévastent. En dehors des catastrophes historiques, un obscur malaise imprègne l'air saturé de vapeurs. Les brumes qui rôdent sur la lagune, la buée qui suinte des façades, la fadeur qui s'exhale des canaux répandent la crainte et l'angoisse.

Pierre le Grand et ses successeurs réglèrent le plan des rues, la hauteur des maisons, l'emplacement des portiques, le nombre et la taille des colonnes, mais l'épanouissement complet de la raison se heurta à des obstacles naturels. Le despotisme lui-même fut impuissant à les vaincre. Je savais que les habitants de Saint-Pétersbourg s'en prennent au sort qui les a fait naître ou les oblige à demeurer ici. Double cité, cité perfide — je n'allais que trop m'en apercevoir —, non moins pernicieuse que parfaite, dont la calme ordonnance dissimule les secrets maléfices !

En même temps, y en a-t-il un seul qui renoncerait à y vivre ? A résider dans la plus belle ville du monde, malgré les poisons que sa splendeur exsude ? L'harmonie de chaque détail avec le tout stimule les tempéraments les plus lâches, elle les exalte, elle les contraint à s'élever moralement, à se surpasser eux-mêmes dans un continuel effort pour se rendre dignes d'une telle perfection.

Des deux hôtels où descendent les hommes d'affaires, l'hôtel d'Angleterre, qui s'élève au bout de la rue Malaïa Morskaïa, à mi-chemin du palais d'Hiver et du Sénat, passe pour le mieux situé. Malaïa Morskaïa, Petite rue de la Mer ; tristement fameuse, depuis ce fatal lundi d'octobre ; connue seulement, jusqu'à cette date, pour le luxe des immeubles et le prix des loyers. On aperçoit, des fenêtres de l'hôtel, le portique géant, les colonnes de granit rouge, le dôme doré, les anges de bronze de la cathédrale Saint-Isaac. Seul obstacle : le voisinage du Cavalier de bronze, place Pierre. Le fondateur de Saint-Pétersbourg, du haut de son socle de pierre, dresse au bord de la Néva sa silhouette menaçante.

Quand nous eûmes franchi la Fontanka sur le pont Anitchkov, le cocher se tourna vers moi :

« Dois-je conduire Votre Honneur à l'hôtel d'Angleterre ? »

A son accent dédaigneux, je compris qu'il voulait éprouver son client. Seuls les ingénus qui ignorent les secrets de la ville se font conduire à cet établissement. La proximité de la statue équestre de Pierre le Grand effraie les connaisseurs.

« A l'hôtel Europa », dis-je en hâte, quand il était encore temps de tourner par la rue Michel.

Le tsar chevauche un animal fougueux qui se cabre, métaphore des instincts les plus communs — la bestialité, l'indifférence à l'idéal, la satisfaction à bon compte — dont ce prince entendait affranchir son peuple. La peau d'ours sur laquelle il est assis symbolise l'état de nature qu'il a dominé en lui-même pour tirer sa capitale de la vase, arracher du néant l'absolu. Apercevoir la statue du héros, c'est prendre la mesure de sa propre faiblesse, déplorer son insignifiance, avoir honte de rester si banal. Et comment ne pas craindre que celui qui s'était fixé et avait fixé aux Russes un but si élevé ne s'anime à l'improviste et, donnant de l'éperon à son cheval, ne bondisse parmi eux pour tirer vengeance de leur médiocrité ?

Bien que trop français pour prêter foi aux superstitions, j'avoue n'être pas immunisé contre celle-ci. Falconet lui-même, il me semble, a subi l'ascendant posthume de son modèle : alors que toutes les statues équestres françaises représentent le quadrupède planté sur ses quatre jambes et le cavalier bien en selle, le monument de Pierre le Grand respire la violence, le déséquilibre, l'insatisfaction des avantages acquis, l'impatience d'agir, le bouillonnement d'une énergie intrépide. J'ai beau hausser les épaules en me disant qu'il ne s'agit que d'une fable inventée par Pouchkine, je partage la crédulité des Pétersbourgeois en général et de mon cocher en particulier, qui approuva le choix de l'hôtel Europa.

Brillant d'un soudain courroux
Vers eux lentement s'est tournée
La figure d'airain souveraine.

Sur la place déserte ils s'enfuient
Mais derrière eux retentit
Du chasseur nocturne en colère
Le galop lourd et martelé.

Gardez-vous du Cavalier de bronze ! Les centaines de passants qui traversent le terre-plein se hâtent de tourner l'angle du quai ou de descendre la perspective de l'Ascension derrière la cathédrale. Nul ne connaît le moment où, justicier sans merci, il excitera sa monture, déboulera du rocher qui leur sert de piédestal et fendra au galop la foule épouvantée, pour punir ses sujets de n'être que des hommes et des femmes, non des créatures idéales en harmonie avec son rêve de pierre.

La faim, la soif, la pauvreté, le désir sexuel même ne devraient pas exister ici. Chacun sent l'inconvenance de promener ses misères entre le palais d'Hiver et la laure Alexandre Nevski. Les servitudes de la condition humaine jurent avec la perfection du décor. Les esprits les plus terre à terre, les cerveaux les plus dépourvus d'instruction se jugent coupables de n'être que de simples mortels. C'est à Saint-Pétersbourg, me confiait Nicolas de Souzdal, mon ami médecin, que les enfants sont le plus tourmentés de cauchemars. Il soigne, parmi sa clientèle adulte, des cas nombreux de folie. La criminalité est plus élevée que dans le reste de la Russie, comme si la régularité de la ville, l'homogénéité des édifices, la noblesse des portiques étaient une cause directe de perturbations et de névroses.

II

J'avais donné dix roubles au cocher, pour le garder jusqu'à la fin de l'après-midi. Il empocha le billet rouge sans manifester le moindre étonnement. J'étais un peu vexé qu'il s'obstinât à me prendre pour un étranger qui ignore les usages et paye le double du prix courant. Sans vouloir qu'il devînt obséquieux, j'aurais souhaité qu'il appréciât mon geste et s'aperçût que je n'étais pas un touriste. « Après tout, ne suis-je pas né en Russie ? »

Mes bagages déposés dans ma chambre, je remontai en voiture. Comme tous ses collègues dont les attelages stationnent en file devant l'Europa, il étalait une longue barbe touffue et endossait sur une chemise rayée une peau de mouton retournée. Une plaque de cuivre accrochée dans le dos par une chaîne indiquait son numéro, signe de reconnaissance en cas de contestation. Mon cocher s'appelait Ivan. La moitié des isvostchiks de Saint-Pétersbourg porte le même nom.

Ce visage hirsute, cette barbe qui cachait la bouche, ce costume rustique tranchaient sur les faces rasées de près, les uniformes chargés de décorations, les habits européens qu'on croise dans ce quartier, aux abords du palace où la chambre coûte jusqu'à cent roubles, presque un billet arc-en-ciel. Bien que le printemps fût déjà avancé, les élégantes, à qui un parapluie eût fourni une protection plus utile, n'avaient pas renoncé au manchon de fourrure dans lequel elles enfouissaient leurs mains. Un portier à passements dorés, haut de deux mètres, écartait rudement de la porte les paysannes en fichu qui se hasardaient à tendre la main dans l'espoir d'une aumône.

Le général Sosthène Apraxine, gouverneur militaire de la ville, m'attendait à la forteresse Pierre-et-Paul. Rendez-vous pris depuis un mois. Le succès de ma mission à Saint-Pétersbourg dépendait en grande partie de cette rencontre. Comme il était trop tôt pour me rendre à l'île aux Lièvres, j'eus envie de me rappeler au souvenir de quelques amis.

« Par la Perspective, jusqu'à la Fontanka ! » ordonnai-je à Ivan. J'irais déposer ma carte au palais Kremski, pour avertir le prince de mon arrivée. De tous mes anciens camarades, Anatole est un de ceux que je revois avec le plus de plaisir, malgré ses défauts criants. Ivan, avec l'admirable habileté des cochers russes, se faufila dans la cohue des attelages aussi facilement que si la voie eût été libre.

Nous longeâmes d'abord le portique du Gostiny Dvor. La foule des chalands débordait sur le trottoir. Ce gigantesque magasin tient du souk africain et du bazar des mille et une nuits. On y vend de tout, dans une pagaille bruyante et une confusion pittoresque qui jurent avec l'architecture du bâtiment bordé d'arcades régulières. Qu'eût dit Pierre le Grand de ce tohu-bohu coloré ? Quelle colère l'eût saisi ? Il avait fondé la ville pour faire pièce à Moscou, opposer au chaos de l'Asie la rationalité de l'Occident, pousser la Russie dans la voie du progrès et de la modernité, et voilà que, en plein cœur de la nouvelle capitale, s'étalait la fantaisie, grouillait le désordre de l'Orient.

Place Alexandra, le cocher, sur ma demande, m'emmena jusqu'au péristyle du théâtre. On jouait, cette saison, *Tosca*, de Victorien Sardou. Merci bien ! Si la France n'a pas à nous envoyer de nouveauté plus séduisante, j'opte pour le camp des slavophiles.

Au milieu de la place, devant le théâtre, s'élève la fameuse statue de Catherine II. J'étais passé dix fois devant sans penser à l'examiner. Lors de mon dernier séjour, Anatole avait piqué ma curiosité en me signalant un détail peu banal. Suivi par ma voiture, je m'approchai du monument. L'impératrice, debout, domine le cercle de ses amants assis autour du socle. Parmi ces amants, je reconnus une femme, Anatole ne m'avait pas menti. Quel étrange pays, où, dans un square public, devant les enfants qui jouent et les gouvernantes préposées à leur éducation, on donne le spectacle de mœurs réprouvées par l'opinion et punies par la loi !

Je me souvenais comment Anatole avait réagi à mon étonnement. « Tsitt ! mon cher, ne sois pas si bourgeois ! Seuls les esprits timorés qui ont peur de leurs instincts se font une idée excessive des obstacles qui les empêchent d'être heureux. »

Libertin, sans scrupules, Anatole m'amuse par sa désinvolture, autant qu'il m'agace par son égoïsme. Pour ceux qui ne jouissent pas comme lui d'une haute position, les choses sont loin d'être aussi faciles. Je l'ai connu sur les bancs de l'école de Droit. Pour le commun des mortels, l'école de Droit dure le temps des études secondaires. On y va de douze à dix-neuf ans. Le rejeton des princes Kremski ne la fréquenta, lui, que pendant les dix-huit derniers mois. Caprice d'aristocrate, sans diligence ni ponctualité.

A présent, maître d'une des plus grandes fortunes de Russie, directeur des Théâtres impériaux, il exerce un pouvoir discrétionnaire sur les danseuses de l'Opéra. Aucune des jeunes personnes sur qui il a jeté son dévolu ne commettrait la folie de repousser ses avances. « Seuls les esprits timorés... » Non, mon prince, je vais t'apprendre par mon récit à regretter une phrase qui prouve ta phénoménale ignorance de la société russe.

Au coin de la Perspective et du canal Fontanka, le drapeau impérial, planté sur une hampe devant le palais Anitchkov, claquait à chaque rafale du vent froid et humide. « Sa Majesté, que Dieu la garde, nous fait la grâce d'être pour quelques jours parmi nous », me confirma le cocher. Alexandre III, depuis le meurtre de son père, a pris Saint-Pétersbourg en méfiance. Retiré dans son palais de Gatchina, à quarante verstes au sud, il ne se montre que rarement à ses sujets. Au lieu du palais d'Hiver, il habite alors le palais Anitchkov, plus facile à garder.

« Oh ! oh ! reprit Ivan, voilà qui diable non n'est pas ordinaire ! » Du palais débouchaient dans la cour sept courriers du tsar, reconnaissables à leur culotte blanche, à leur casaque rouge marquée de l'aigle bicéphale noire, à la robe de leurs montures. Seules ont droit aux quadrupèdes aubères les estafettes de l'empereur, dans cette armée où la couleur des chevaux comme le drap des tuniques varient selon un tableau méticuleux des prérogatives.

Avant de s'élancer chacun de son côté, les sept cavaliers se regroupèrent en peloton pour recevoir les dernières instructions d'un lieutenant. Il leur adressa une harangue dont le sens m'échappa, non le ton, solennel et dur. On croise souvent à Saint-Pétersbourg quelque envoyé de la maison impériale : il porte un ordre d'Alexandre, ou du ministre de la Cour impériale, comte Illarion Vorontsov, à tel ministre ou dignitaire du Sénat, du Saint-Synode, du Conseil d'empire, du Contrôle. Les jours de bal, une nuée de fourriers essaime du palais et distribue les convocations aux centaines d'invités. Mais sept messagers, seulement sept, ce nombre inhabituel me parut mystérieux.

Le cocher lui-même, oubliant qu'il avait décidé, par dédain de son client, d'affecter l'air supérieur d'un homme qui ne s'étonne de rien, sembla frappé de stupeur. « Diable non ! » répéta-t-il en tortillant sa barbe inculte. Avait-on découvert un complot ? Courait-on arrêter des suspects ? La race maudite des tueurs, qu'on croyait éteinte, menaçait-elle à nouveau ?

Si les terroristes connaissaient mieux le peuple russe, ils découvriraient que leur action le scandalise. C'est commettre un sacrilège que de s'attaquer à la personne du tsar. Ivan immobilisa son attelage, descendit sur le quai, attacha les chevaux au parapet, se prosterna à sept reprises et se signa autant de fois. « Dieu protège notre Père ! l'entendais-je murmurer. Seigneur, ayez pitié de nous ! »

J'eus tout le loisir d'observer que, sur les sept courriers, deux s'éloignaient le long du canal en direction de la Néva, un autre en sens inverse vers la rue aux Pois, un quatrième prenait par la perspective Nevski du côté de la laure, deux autres tournaient vers l'Amirauté. Le septième, à ma surprise, n'eut pas plutôt franchi le pont Anitchkov, qu'il bifurqua à droite et gagna le palais Kremski, où je m'apprêtais à déposer ma carte cornée. Le portier s'avança à sa rencontre, le courrier lui remit une lettre cachetée et assortit son geste d'une recommandation qui fut écoutée avec les signes du plus humble respect.

Pendant ce temps, Ivan achevait ses prosternations et ses signes de croix. Même si les événements ultérieurs ne m'en avaient pas révélé l'importance, je crois que je me serais toujours souvenu de ce moment. Minute fatidique, où le destin entreprit son œuvre de destruction. Pourquoi sept cavaliers, sinon par référence au châtiment mystique ? L'Apocalypse de saint Jean nous enseigne que le Livre des desseins divins est scellé de sept sceaux. A l'ouverture de chacun des six premiers sceaux, des fléaux s'abattront sur les impies. Après que le septième sceau sera levé, et tandis que retentiront sept trompettes, la punition du monde commencera. Sept anges apporteront les sept coupes de la colère de Dieu, dont la septième consommera la ruine de la grande Babylone. Dans un étang de soufre et de feu, la bête à sept têtes périra.

« Ce ne peut être pour convoquer les ministres, raisonnai-je, désireux de trouver quelque argument plus posé. Il y a dix ministres, et d'ailleurs le tsar ne les réunit jamais, puisque chacun rend compte séparément de ses affaires à l'empereur, sans qu'un cabinet homogène, comme dans les régimes parlementaires, coordonne leur action. De plus, aucun ministre n'habite au-delà de la Fontanka, qui marque la limite du centre noble, ni dans le quartier populaire de la rue aux Pois. Quant à mon ami Anatole, il ne joue, que je sache, aucun rôle politique. Aura-t-il exagéré avec une de ses danseuses ? Suborné une mineure ? On ne badine pas en Russie sur ce sujet-là. Avec un homme aussi intransigeant que Pobiedonostsev à la tête des affaires publiques, même un prince doit se tenir à carreau. Le procureur du Saint-Synode combat les influences pernicieuses de l'Europe. Caton ne montrait pas plus d'acharnement contre la dissolution des mœurs à Rome.

« Bah ! Anatole me dira le fin mot. »

L'heure de mon rendez-vous avec le général Apraxine approchait. Pour gagner l'île aux Lièvres qui renferme la forteresse Pierre-et-Paul, j'hésitai sur le chemin à suivre.

« Par la Fontanka, peut-être ?
— Votre Honneur, c'est l'itinéraire que je propose aux étrangers. »

Cette remarque me piqua. La Fontanka, entre la Perspective et la Néva, est bordée de beaux palais qui reflètent dans l'eau dormante leurs pilastres et leurs frontons. Puis, le canal côtoie le jardin d'Eté et rejoint le fleuve au coin du palais de Pierre le Grand. Saint-Pétersbourg, sur ce parcours, présente cette façade régulière, cette devanture altière et fastueuse uniformément, qui lui valent le surnom de « Palmyre du nord ».

L'autre itinéraire eût emprunté la rue Sadovaïa, artère populeuse qui trahit l'envers du décor. Par les soupiraux des caves, par les portes des magasins enterrés s'exhalent l'odeur de concombre, les relents de chou, de hareng, de paille qui montent des sous-sols plébéiens.

Non sans ostentation, Ivan se carra sur son siège, enfonça jusqu'aux oreilles son bonnet de fourrure, s'enveloppa dans sa veste de mouton et fouetta ses chevaux. J'avais bien de la chance, semblait-il dire par cette mimique appuyée, d'avoir pour le conduire un personnage aussi conforme à l'image du cocher russe imprimée dans les cerveaux crédules. Chapka, touloupe et britchka, comme au début des *Ames mortes*.

« Tu serais moins insolent, pensai-je, si tu savais qui je suis. » Représentant pour la Russie de la Perm, Orenbourg et Cie, société métallurgique française installée dans l'Oural, j'étais venu dans la capitale pour négocier un contrat qui intéressait au premier chef sa profession. La construction d'un pont métallique, fixe et indépendant des vicissitudes climatiques, faciliterait le passage de la Néva et enrichirait les isvostchiks. Le client qu'il voiturait comme un vulgaire touriste dans sa caisse tirée par deux circassiens moreaux doublerait les journées d'Ivan, si j'obtenais gain de cause.

De tous les palais qui bordent la Fontanka, le plus imposant appartient au prince Cheremetiev, qui, en souvenir de son frère tué au siège de Sébastopol, a cédé une aile de l'édifice et les écuries au régiment Sémionovski. Le fanion rouge et noir, orgueil de ce corps d'élite, flottait dans la cour. Deux élèves en grand uniforme refermaient la grille derrière un gradé. Ivan se pencha de côté et toucha son bonnet. Les rites et les préséances qui règlent la vie de ce haut lieu militaire inspirent à Saint-Pétersbourg un profond respect.

Sur le quai de la Néva, je dis à Ivan de dépasser le pont de bateaux et de descendre jusqu'à la rue des Millionnaires, où habitait un autre de mes anciens condisciples de l'école de Droit, Alexandre Ivanovitch

Obolev, maintenant directeur du musée de l'Ermitage. Au moment où je déposais ma carte, un des sept courriers du tsar déboucha du porche d'entrée et remonta en selle.

« Que veut dire ceci ? me demandai-je, de plus en plus décontenancé. Anatole Kremski, puis Alexandre Obolev... »

De retour vers le pont, nous repassâmes devant le palais de Marbre. La pluie venait de s'arrêter. Je fis rabattre la capote pour regarder autour de moi. La grande porte du palais était tendue d'un rideau noir, et, de l'appui des fenêtres, pendait un crêpe funèbre.

« Le grand-duc Constantin est mort à la fin de l'année dernière, me dit Ivan. Son fils, le nouveau propriétaire du palais, a ordonné un deuil de neuf mois. »

Il enleva soudain son bonnet et se courba en deux à la vue d'un homme de trente-cinq ans environ, qui, seul, sans escorte, se présentait à une porte latérale. L'inconnu dut frapper plusieurs fois avant de se faire ouvrir. « Le grand-duc Constantin Constantinovitch ! Le fils du défunt », balbutia effaré mon cocher. Quelle surprise ! Quelle inconvenance ! Le petit-fils de Nicolas Ier, le neveu d'Alexandre II, le cousin du tsar régnant, se faufiler dans la rue au mépris de l'étiquette !

Indépendance et modestie en effet peu communes, dans cette Cour férue de protocole et d'honneurs. Je vis un gaillard bien pris dans une redingote militaire, dont aucune décoration ne relevait le drap bleu. Une cape grise à haut collet, rejetée sur ses épaules, dégageait son torse. Quelques mèches tirant sur le roux s'échappaient d'une simple casquette de marin. Chagrin de sa perte récente, piété filiale, désir de passer inaperçu durant la période de son deuil, aucun des sentiments qu'on pouvait lui attribuer ne laissait place à quelque soupçon indiscret sur sa volonté d'incognito.

Cette apparition ne m'aurait pas frappé outre mesure, sans la tragédie où le grand-duc allait être associé. Chaque fois que son nom reviendrait dans les murmures, ou que le hasard me mettrait en sa présence, je reverrais sa silhouette mince, rapide, fugitive, je me souviendrais de son retour clandestin par une porte de service.

III

Rien ne me destinait à être le témoin de ce drame ni le confident de ses acteurs. Les exigences de mon métier m'avaient conduit à Saint-Pétersbourg, lorsque, sans aucun rapport avec mon voyage, y retentirent les sept trompettes de l'Apocalypse.

J'habitais Moscou, travaillant pour cette société française de métaux, qui m'envoyait de temps à autre inspecter ses chantiers dans la capitale. Ma famille avait payé cher l'honneur de porter un nom odieux au Tribunal révolutionnaire. Alphonse de Sainte-Foy, mon bisaïeul, fut guillotiné place Louis-XV. Né en 1793, quelques semaines après la mort de son père, Raoul de Sainte-Foy, mon aïeul, n'échappa que par miracle aux tueurs. Sa nourrice le cacha près de Paris, puis le confia à une tante qui réussit à le faire passer en Allemagne. Sa mère le rejoignit à Berlin, d'où ils partirent pour Moscou.

Le jeune garçon fut élevé avec les fils du prince Demidov, dont l'ancêtre, forgeron dans les montagnes de l'Oural, avait approvisionné en outils Pierre le Grand. Anobli par le tsar, le forgeron s'était fait construire un palais magnifique, où mon grand-père vécut jusqu'à l'âge de vingt ans. La légende de l'humble fabricant de clous devenu prince imprégna son imagination. Il ne pensa pas déchoir en abandonnant le métier des armes pour le commerce du fer. Il s'aboucha avec les frères Abel et Jérémie Uhlman, dont il épousa une cousine, Salomé, lorsque ceux-ci eurent remis en exploitation les mines du Creusot.

Le père d'Alphonse, ses deux oncles et ses deux frères étaient montés avec lui, le 6 novembre, sur l'échafaud. Chaque année, le 25 octobre selon le calendrier russe, qui retarde de douze jours sur le nôtre, on commémorait le sextuple martyre dans le palais Demidov de Moscou. Le souvenir de ce carnage aidait mon grand-père à supporter l'exil. Il n'eut jamais envie de rentrer dans le pays où ses compatriotes avaient exterminé ses parents. Le désir de reconstituer une fortune détruite l'absorba jusque dans sa vieillesse. Il transmit ce soin à mon père. J'ai gardé les mêmes préoccupations, sinon les mêmes goûts, ayant commencé au Conservatoire de Moscou, sous la direction de Nicolas Rubinstein, des études de piano qui auraient pu m'ouvrir une carrière moins triviale.

Pour m'enraciner en Russie, mon père, prénommé Louis en hommage au roi de France supplicié, m'a baptisé Basile. Vassili pour les Russes, Vassia pour les intimes, je voyage entre Paris et Moscou. Retournerai-je vivre dans ma première patrie ? J'ai conservé une pointe d'accent français, par instinct, sans doute, de ne pas rompre avec la terre d'origine des Sainte-Foy. Que je rentre là-bas ou demeure ici, je leur resterai également fidèle. Le fer qui a procuré au forgeron de l'Oural la dignité et les armoiries de prince est aussi le moyen de rendre à notre famille le rang conquis au XIIIe siècle sous les murs de Constantinople lors de la quatrième croisade.

Cette phrase pompeuse n'est pas de mon cru. Le souvenir de mon grand-père et de l'Ancien Régime dont il cultivait les manières l'a glissée sous ma plume. Je suis un homme de mon temps. Mes activités professionnelles ont fait de l'arrière-petit-fils d'Alphonse ni plus ni moins qu'un marchand. Puisse la persécution qu'ont subie mes ancêtres, leur vrai brevet de noblesse, me sauver de la platitude bourgeoise ! Anna, ma femme, née simplement Portnova, n'a rien d'une épouse de commerçant.

Jusqu'au début des événements que j'entreprends de relater, je pensais que seules les révolutions politiques engendrent l'intolérance et le meurtre. J'étais d'autant plus fier de participer, par le sang des victimes qui coule dans mes veines, à cette sorte de gloire dont leur supplice m'auréole, qu'il me semblait jouir d'un privilège impossible à renouveler en cette fin paisible de siècle. Plus de guerres ni de bouleversements en Europe. Les occasions de se distinguer par un destin exceptionnel ont disparu avec la violence publique.

Je n'aurais jamais cru que pendant mon séjour à Saint-Pétersbourg, d'avril à octobre 1893, se présenterait à mes yeux un exemple de persécution à peine moins inouï que les forfaits commis sous la Terreur. L'affaire, c'est vrai, a été strictement individuelle, mais qu'une seule personne ait été assassinée ne rend pas le crime moins odieux. En 1793, la société française désigna comme boucs émissaires et sacrifia les aristocrates. En 1893, la société russe avait besoin d'un coupable. Elle l'a trouvé dans cette catégorie de sujets qui soulèvent en tout temps et partout la réprobation.

Dieu me pardonne, si le centième anniversaire du massacre des Sainte-Foy m'incite à mettre en parallèle la mort illustre de mes ancêtres et un cas répréhensible de morale privée ! Même si une partie des préjugés dont j'étais imbu en arrivant à Saint-Pétersbourg a cédé devant les qualités exceptionnelles de la victime, le ciel me garde d'étendre à ses semblables une indulgence que la plupart ne méritent pas. Dans quelle étrange situation me voici. Tout ce que je vais dire en faveur de cet homme pourra faire croire que j'approuve sa conduite. Elle me heurte, je la condamne, mais la punition décidée contre lui n'est pas un déni moins scandaleux. De quel rayonnement se nimbe son martyre !

La Perm, Orenbourg et Cie m'avait confié cette fois une tâche précise. Avec le général Sosthène Apraxine, qui joint à son titre de gouverneur de la forteresse Pierre-et-Paul la dignité de maître de la Néva et des eaux, le conseiller privé Sergueï Barenkov, président du Comité de surveillance des Bâtiments et de l'Urbanisme, les responsables de divers ministères et les représentants du conseil municipal, je devais négocier l'accord pour le nouveau pont, en remplacement du pont de bateaux qui relie la place Souvorov à la place de la Trinité. Ce pont de bateaux, devant lequel Ivan a dû prendre la file en attendant que le flot de voitures et de piétons s'écoule, est beaucoup trop étroit pour la circulation dans une ville d'un million d'habitants dotée d'un seul pont fixe, le pont Nicolas. Autre inconvénient de cet ouvrage provisoire, il faut le démonter avant l'embâcle et le remonter après la débâcle. On l'avait remis en service peu de temps avant mon arrivée. La société dont je suis le représentant offre, de concert avec les Forges du Creusot et la Compagnie des Batignolles, de construire un pont en fer, le premier d'une telle longueur en Russie.

En raison des troubles politiques dans l'empire, le gouvernement a fait longtemps la sourde oreille. On mesure l'avantage de garder la prison d'Etat sur une île, hors de portée de la foule. Il n'y a plus d'attentats ni de bombes, mais l'agitation persiste. Nous n'avons réussi à vaincre l'obstination des ministres qu'à la faveur du rapprochement diplomatique avec la France. Humiliée par la Prusse au congrès de Berlin, la Russie a besoin d'une alliance avec le pays des Sainte-Foy. Alexandre III ne peut espérer l'obtenir sans montrer un visage plus libéral. Le pont métallique entre les deux moitiés de sa capitale sera la preuve que la forteresse Pierre-et-Paul n'est pas une Bastille, et que l'autorité du tsar ne craint ni émeute ni assaut. En outre, la concession des travaux à des compagnies françaises servira de prétexte pour inviter le président de la République à inaugurer le nouvel ouvrage. Un événement considérable, d'où l'empereur tirera le prestige international qui manque à son règne.

La Néva traversée, l'attelage tourna à gauche, franchit la passerelle de l'île aux Lièvres et se présenta devant la forteresse.

On nous laissa passer sous la porte Saint-Jean. Devant la porte Saint-Pierre, un factionnaire arrêta la voiture et, sur présentation de ma carte, me pria de le suivre à pied jusqu'à la résidence du gouverneur. L'enceinte renferme un parc, ombragé de beaux arbres et parsemé de bâtisses irrégulières. « Est-ce ici qu'habite le général ? » demandai-je en avisant, sur notre gauche, un édifice plus élégant dont le fronton triangulaire repose sur quatre colonnes blanches. « C'est le pavillon de la garde. Sa Haute Excellence occupe la maison des Commandants. »

Il m'indiquait une jolie demeure à deux étages, peinte en rose, d'où je vis sortir un des sept courriers du tsar. Un soldat tenait par la bride la jument aux poils rouges et blancs.

« Ici également ! ne pus-je m'empêcher de murmurer. Et de trois... Le directeur des Théâtres impériaux, le surintendant de l'Ermitage et, maintenant, le gouverneur de la forteresse... »

J'étais curieux de repérer le bâtiment affecté à la prison d'Etat. Le sort des détenus est enveloppé d'un mystère si profond, la police exerce un contrôle si rigoureux sur la presse, les nouvelles filtrent avec une telle parcimonie, que je n'osai demander dans quelle partie de la citadelle croupissent ces misérables. Les adversaires de l'empire cherchent à le calomnier par tous les moyens : je savais cela aussi, et que certaines rumeurs ne correspondent plus à la vérité. En reprochant à Alexandre III de gouverner en autocrate et de prendre des mesures de sécurité tatillonnes, on oublie le respect qu'il doit à la mémoire de son père. Les suspects qu'il fait traquer par ses espions et mettre au secret par ses sbires ont fourni peut-être les bombes aux meurtriers d'Alexandre II.

En face de la maison des Commandants, la cathédrale occupe le centre de la forteresse. Pendant que le factionnaire transmettait ma carte au planton, je levai les yeux jusqu'à la pointe effilée du clocher. Les nuages, poussés par un fort vent d'ouest, roulaient leurs volutes sombres. Les pentes ardoisées des combles brillaient sous les ondées. La flèche, tout en or, étincelait.

A Moscou, conformément à la règle orthodoxe, la masse ronde des coupoles et des bulbes, l'opulence des renflements sur les toits écrasent les églises. La Russie qui inquiète, la Russie des métropolites chamarrés, des boyards félons, d'Ivan le Terrible, de Boris Godounov et de Vladimir le Cruel, de Dossifeï et des Vieux-Croyants, cette

Russie étouffe sous les dômes. La calotte byzantine symbolise la pression exercée par l'Eglise. Pierre le Grand, lorsqu'il fonda Saint-Pétersbourg, voulut se débarrasser de ce poids ; secouer la tutelle des popes ; briser la tyrannie du patriarche ; proclamer l'avènement d'un Etat sinon laïque, du moins affranchi de la liturgie orientale. Les aiguilles pointues et légères incarnent ce renouveau. La flèche de la cathédrale Pierre-et-Paul inaugura le siècle qui, pour la Russie également, fut celui des lumières. Sagette qui monte, qui attire l'esprit vers le ciel et l'invite à la liberté : nouveauté absolue dans ce pays, première entorse à la tradition, manifeste de la rupture avec Byzance.

Le nom même de Saint-Pétersbourg prêterait à équivoque, si l'on ignorait que ce Peter n'est pas saint Pierre mais Pierre l'empereur, sanctifié par la vénération populaire. Pétersbourg serait plus correct, ou même Piter, comme appellent familièrement la ville ceux que n'effraie pas le Cavalier de bronze.

Alexandre III, qui commande à un consortium français un pont fixe, reprend à son compte la politique de son ancêtre. Le pont de la Trinité sera le second emblème de la Russie moderne, le signe qu'elle a répudié définitivement ce passé auquel les démocraties la croient rivée. Voilà ce que je me disais en attendant d'être introduit par l'aide de camp, sans me douter que l'abus, la violence resurgiraient à l'endroit le plus imprévu, contre un homme dévoué au tsar et qui s'est toujours abstenu d'activité politique. J'aurais dû savoir, par le massacre de mes parents et les tueries de Septembre, qu'une société impatiente d'avancer se souille par des actes barbares, comme si le sacrifice de quelques individus était la condition du progrès.

Ce matin-là, soit bonheur de voir poindre sous la pluie les premiers bourgeons, soit certitude de remporter la commande, je me sentais plein de confiance dans le genre humain. N'était-ce pas entamer sous les plus heureux auspices ma mission, que de rencontrer mon premier interlocuteur au pied même de la flèche qui a crevé le Moyen Age ? Ce contrat consoliderait ma position dans la Perm, Orenbourg et Cie. Les mânes de mon père ne resteraient pas insensibles à ce succès, et peut-être, rassuré sur le rétablissement de notre famille, je demanderais à ma conscience l'autorisation de consacrer plus de temps au piano.

J'avais aperçu au passage, derrière la vitrine de la succursale de Fabergé sur la Perspective, le cadeau que j'achèterais pour ma femme, un vase de malachite enchâssé dans une monture d'or.

IV

Sosthène Mikhaïlovitch Apraxine, de deux ans mon aîné et devancier à l'école de Droit, y avait laissé la légende d'un garçon fantasque, impulsif, sujet à de brusques emportements, à des excès funestes. Ne disait-on pas qu'il s'était juché au bord du toit, sur une maison de quatre étages, un demi-litre de vodka à la main ? Sans écouter les supplications de ceux qui cherchaient à le dissuader d'un pari si absurde, il avait vidé d'un trait la bouteille.

Encore n'était-ce là qu'un de ces coups de tête dont les étudiants aiment à se vanter. Plus grave semblait l'épisode qui força le jeune rebelle à disparaître plusieurs semaines dans une province éloignée. Duel clandestin ? Meurtre accidentel ? Les murmures allèrent bon train, sans qu'on eût jamais élucidé l'affaire. Il séduisit la fille d'un chambellan de la Cour et dut s'enfuir une seconde fois. L'enfant illégitime née de cette liaison inspira une violente passion à son père. Une nuit d'hiver où le thermomètre était descendu à trente degrés, il prit le bébé avec lui pour l'aguerrir au froid. Sur le traîneau qui les emportait au galop, ils firent le grand tour des îles, dans la bise glacée, jusqu'au château Elaguine et au palais Kamenny. Au retour, malgré les fourrures dans lesquelles il avait emmailloté le nourrisson, il rendit à sa mère un cadavre. La petite, à son insu, était morte entre ses bras.

Le choix de la carrière militaire fut une surprise pour ses amis. Ils n'auraient jamais pensé qu'un tempérament aussi anarchique et sauvage pût accepter de se plier à la discipline de l'armée. C'est justement, je suppose, la nécessité de dompter sa nature qui le fit soldat.

A trente ans, sa situation établie, il épousa celle qu'il avait déshonorée. La pauvrette, encore sous le coup de l'ancien drame, ne voulut pas, ou ne put avoir d'autre enfant. Après sept ans de mariage, un fils leur était né. Son père, pour expier la folie commise autrefois, veilla lui-même à son éducation, avec une sollicitude jugée par certains excessive.

Entier, dévoué corps et âme au service, d'une conscience d'autant plus inflexible que le remords la tourmentait, il n'avait pas tardé à gravir les échelons de la hiérarchie. Gradé du deuxième tchin, général de corps d'armée, il se trouvait, à cinquante-cinq ans, gouverneur de la principale forteresse de Russie.

« Sa Haute Excellence doit sortir d'une minute à l'autre inspecter les remparts, me dit l'aide de camp. Elle vous prie de l'attendre ici. » Un va-et-vient d'officiers d'ordonnance et de soldats affairés emplissait l'antichambre. Par la porte vitrée, ils se montraient les gros nuages qui roulaient vers l'est leurs masses noires. Chacun semblait inquiet. On s'arrêtait un instant pour tapoter le baromètre, puis on repartait en courant. Premier objet qui frappa ma vue dans ce tumulte, une lettre munie du sceau impérial traînait sur la console à côté d'une casquette et d'une houssine. « La lettre », pensai-je, étonné qu'on ne l'eût pas encore décachetée.

Le pas d'un homme robuste retentit dans l'escalier. Sosthène Mikhaïlovitch Apraxine m'apparut tel que je me l'étais imaginé : de haute taille, massif, large d'épaules, puissant d'encolure, sanguin de complexion. Boutonné jusqu'au menton dans une vareuse de service, chaussé de bottes à tige, il eût semblé taillé d'une pièce, sans l'inquiète mobilité des yeux. L'âge n'avait pas clairsemé les cheveux en brosse poivre et sel, ni les gros sourcils grisonnants qui se rejoignaient à la racine du nez. Une cicatrice, descendant de l'oreille au coin de la bouche, dessinait avec ostentation une traînée bleuâtre sur la joue rasée. Stigmate de son passé orageux, on ne savait s'il portait cette balafre en souvenir d'un exploit ou en punition d'un crime.

Il me salua d'un signe de tête, rapide mais cordial, puis, à l'aide de camp :

« Piotr est-il de retour ? demanda-t-il d'une voix brève.

— Il ne saurait tarder, Votre Haute Excellence.

— Excusez-moi, monsieur de Sainte-Foy, si... »

Il s'interrompit pour saisir sa casquette. L'aide de camp essayait d'attirer son attention sur la lettre, lorsqu'un officier entra hors d'haleine.

« Votre Haute Excellence, le niveau atteint le troisième anneau.

— Le vent ?

— Direction inchangée.

— Quelle force, Piotr ?

— Elle augmente.

— 6 ? 7 ?

— Les sapeurs sont en train de la mesurer.
— Qu'on appelle mon fils. »

Il repoussa la main de son aide de camp, sans prendre la lettre qu'on lui tendait. Son visage s'était encore assombri. Les lèvres pincées, le front barré d'une ride, il se mit à marcher de long en large.

« Monsieur de Sainte-Foy, dit-il en s'arrêtant soudain, savez-vous ce que signifie le troisième anneau ?

— S'il y a danger, mon général, il ne peut être bien grave. La pluie a cessé. Regardez, le vent emporte les nuages.

— C'est le vent, justement, qui m'inquiète. S'il continue à souffler de l'ouest, le pire est à redouter.

— Vous m'expliquerez cela », dis-je d'un air engageant.

Un sourire décrispa ses traits. Il vint à moi, confus, les bras ouverts.

« Oh ! je ne vous ai pas encore serré la main. »

Un garçon de dix-sept ou dix-huit ans, blond, délicat, descendit en courant et vint se mettre au garde-à-vous devant le général. Il portait l'uniforme rouge et bleu des Pages, avec la gaucherie charmante de l'adolescent élégant malgré lui.

« Votre Haute Excellence m'a fait appeler ?

— Igor, va chercher ma lunette et rejoins-nous sur le bastion Narychkine. »

Le blondin remonta à l'étage. Je le suivis des yeux, interloqué. Le général surprit mon regard. Il m'entraîna dans le parc. Pour épargner la boue des allées détrempées à celui qui ne portait que des chaussures de ville, il emprunta les passages dallés qui nous obligèrent à plusieurs détours.

« Je comprends bien, monsieur de Sainte-Foy, qu'au moment où j'ai à traiter d'une affaire avec le représentant d'une nation démocratique, celui-ci s'étonne d'entendre mon fils utiliser un langage si protocolaire.

« Ce n'est ni par vanité personnelle ni par esprit de corps que je l'ai habitué à m'appeler par le titre qui correspond à mon rang dans le tableau des tchins, mais parce que j'estime nécessaire de rester fidèle à la Russie que nous a léguée Pierre le Grand. Nous avons besoin d'une hiérarchie minutieuse, si nous ne voulons pas dissoudre le sentiment de notre identité dans une impression de désordre et de chaos. Le fondateur de Saint-Pétersbourg avait compris que le seul moyen d'apporter un début de cohésion à l'immense masse, molle et fluctuante, du peuple russe consiste dans un système de classement qui fixe à chacun, sans confusion possible, un rang déterminé.

« Je ne tire aucun orgueil d'avoir atteint le deuxième tchin, pas plus que je ne me lamenterais, simple registrateur de collège, d'en être resté au quatorzième et dernier. L'important est d'être inscrit sur le tableau, d'occuper un degré sur l'échelle. Nous n'existons que par la place qui nous est assignée dans la répartition officielle des grades. Le tchin ne nous confère aucune autorité particulière. Il ne flatte même pas notre amour-propre. Ces quatorze rangs ne servent que de points de repère, comme les bouées jetées par les pêcheurs dans le golfe de Finlande. »

Il obliqua vers les bastions. Que cet homme dont la nature violente avait semé autrefois le désastre accordât tant d'importance à une fiction bureaucratique pouvait se comprendre sans peine. Le plus curieux, c'était le langage dans lequel s'exprimait Apraxine : abondant, contrôlé, presque didactique, comme s'il cherchait dans les mots une sécurité intérieure. Il mettait autant de soin à les choisir que moi, du bout de mes souliers bas, à éviter les flaques. J'avais oublié qu'à Saint-Pétersbourg, au mois d'avril, on ne sort jamais sans protéger ses chaussures par des galoches de caoutchouc.

« La société russe, monsieur, ressemble à une mer. Telle la mer, elle n'a ni forme ni structure. Que faire ? demanda Pierre le Grand à son conseiller, le philosophe allemand Leibniz. Celui-ci l'engagea à user d'un procédé purement arbitraire. Le nombre 12 eût été plus satisfaisant pour la raison. Pourquoi pas douze catégories de services ? Une hiérarchie de mérites divisée en douze échelons ? N'y a-t-il pas douze mois dans l'année, douze heures de midi à minuit ? Non, Votre Majesté. Vous diviserez l'élite de vos sujets en quatorze rangs, pour montrer que la valeur symbolique du nombre n'a pas inspiré votre décision, mais seulement la volonté de diviser, de donner un ordre et un sens au chaos. Et c'est parce que cet ordre est purement arbitraire, monsieur de Sainte-Foy, qu'il faut le respecter avec le dernier scrupule, même à l'intérieur des familles, même entre un père et un fils.

« Sainte-Foy, j'imagine, est le nom du village d'où votre lignée tire son origine. Votre nom est enraciné dans une terre. Le *de* français comme le *von* allemand indiquent un lien étroit entre l'homme et le sol. Une forte aristocratie terrienne, arrimée par sa particule, a fourni la structure des grandes sociétés européennes. Rien de tel en Russie, où la noblesse ne possède pas de particules, pour la raison qu'elle n'est pas associée à des lieux précis, et ne s'identifie pas à l'endroit où elle réside.

« Connaissez-vous le *pérékatipolé* ? Le vent pousse au hasard dans la plaine les touffes desséchées de cette plante sans racines. Notre aristocratie ressemble à cette espèce errante. Sans assiette territoriale, sans foyer stable, sans influence locale, elle n'a jamais édifié un seul de ces châteaux dont la féodalité française ou allemande tirait gloire. Vous pouvez voyager à travers toute la Russie sans rencontrer d'autres demeures que des maisons de bois, vite détériorées et vermoulues, sans défense contre les intempéries, souvent brûlées, faciles d'ailleurs à rebâtir ou à transporter dans un autre lieu. Vos forteresses, hérissées de tours et ceintes de murailles, plantées pour l'éternité à la cime d'un éperon, signalaient la puissance des familles dont elles constituaient le rempart. Chez nous, manquèrent à la fois les saillies rocheuses pour les dresser au-dessus de la plaine, et la pierre pour les construire durablement. L'isba périssable, assemblée avec des poutres, est l'emblème de la vie russe. Le sapin et le bouleau symbolisent nos destinées précaires. Au lieu d'un sol dur, nous n'avons que cette boue.

« Avez-vous réfléchi, monsieur de Sainte-Foy, au sort d'un pays de vingt-deux millions de kilomètres carrés où la pierre de taille fait défaut ? Pierre le Grand avait beau s'appeler Pierre, sa première habitation n'était qu'en bois. Les palais de Saint-Pétersbourg, malgré leur apparence fastueuse, ne sont pas construits en pierre mais en brique. Ces bâtiments que nous longeons, ceux que vous apercevez plus loin, la maison d'où nous sortons, la cathédrale, les remparts eux-mêmes, les bastions, les ravelins, tout cet ensemble appelé forteresse est en réalité aussi friable et fragile que la terre argileuse dont elle est faite. Côté Néva, le plaquage de granit peut tromper. Par-derrière, la couleur rouge de la muraille trahit la brique nue. La nature russe nous a refusé le matériau fort et solide sans lequel une société ne peut s'incorporer à la terre où le hasard l'a placée.

« Tous nos malheurs viennent de là. Nous n'avons ni vigueur ni stabilité. Notre société est à l'image de notre plaine : nue, sans abris. Les troubles politiques ne l'agitent avec une persistance si dangereuse, que parce qu'elle n'a pas les moyens de se défendre, de même que nos campagnes et nos villes restent à la merci des turbulences atmosphériques. Oh ! je sais que l'opinion française a de la sympathie pour nos adversaires et condamne la sévérité de la répression. La surveillance des prisonniers d'Etat m'incombe, aussi n'ai-je aucune illusion sur les sentiments que je vous inspire.

« M'accorderez-vous plus d'estime en vous souvenant que je ne suis pas seulement gouverneur de la citadelle ? Maître de la Néva et des eaux, tel est mon second titre. Maître par antiphrase, sans doute ! L'inondation menace à tout moment Saint-Pétersbourg, et mon rôle se borne à prévenir la population du danger. Vous dites que la pluie a cessé et qu'il n'y a plus rien à craindre. Ce serait vrai chez vous, où la configuration du terrain, les obstacles naturels des vallées et des collines, les falaises qui brisent les vagues, les montagnes qui arrêtent les tempêtes atténuent le péril. Mais ici, il suffit que le vent souffle dans le mauvais sens, pour que les habitants risquent d'être noyés dans leur maison. Je crains pour aujourd'hui une catastrophe. »

Igor nous rejoignit et tendit à son père une lunette de marine cerclée d'or.

« Regardez cet enfant, reprit le général, dont je commençais à apprécier la franchise tout en gardant mes préventions contre le geôlier. A-t-il un air contraint ? Dissimule-t-il ? L'oblige-t-on à un respect feint ? Non, il se sent libre, ce qui serait plus difficile s'il ne savait pas qu'il occupe, grâce au tchin de son père, une place précise, indiscutable, rassurante dans la masse des cent douze millions de Russes. N'est-ce pas, Igarichka ? dit-il en lui pinçant la joue. Reste avec nous, prunelle de mes yeux. Je pense que tu n'as jamais vu d'inondation. Cette lunette, monsieur, porte jusqu'à la gare maritime en aval, jusqu'à Smolny en amont. Le pays est si uniforme, si plat qu'aucun obstacle n'intercepte la vue. Le nom de "montagnes russes" donné à nos patinoires artificielles est une amplification poétique des Français.

— J'ai pratiqué ce sport », dis-je, me souvenant de ces échafaudages saisonniers. L'eau qu'on verse sur les planches inclinées à quarante-cinq degrés se transforme aussitôt en glace.

Le blondin eut la permission de monter sur le ravelin où les canonniers, en état d'alerte, s'affairaient autour de leurs pièces. Il partit en avant, sans oser courir tant qu'il n'eut pas tourné l'angle de l'hôtel des Monnaies. Puis nous l'entendîmes détaler sur les cailloux ronds. Son père l'avait suivi des yeux avec une attention passionnée.

A peine fûmes-nous arrivés en haut du bastion Narychkine, qu'une brise âcre et salée me sauta au visage. Le vent avait redoublé de violence. Prête à se ruer sur la ville, la Baltique mugissait au loin. De froides et humides bourrasques montaient sans répit à l'assaut. Elles s'élançaient du golfe de Finlande au ras des eaux qu'elles retroussaient en barrant le fleuve d'une muraille écumeuse. La Néva, secouée par la houle, se cabrait contre les rafales. Arrêté dans sa pente naturelle par la pression venue du large, et ne trouvant plus le moyen de s'écouler, on verrait tôt ou tard le courant s'infiltrer dans les caves et les souterrains, refluer sur les quais, déborder dans les rues. Des sous-officiers du génie, envoyés en observateurs aux quatre coins de la ville, rapportaient des nouvelles alarmantes. Le débit des fontaines ne cessait de grossir, le pied du clocher de Saint-Nicolas-des-Marins baignait dans huit pouces d'eau fangeuse. Près du canal Catherine, d'une dalle de granit qui s'était soulevée toute seule, un flot jaune avait jailli sur la chaussée.

Le sapeur de garde sous la porte de la Néva leva trois doigts dans notre direction. L'eau n'avait pas dépassé le troisième anneau, le niveau du fleuve restait stable. L'agitation qui le cahotait de grosses vagues irrégulières n'en parut que plus terrible au général. La lutte sous-marine qui se livrait entre les deux masses aquatiques ne pouvait aboutir qu'au désastre. Il me passa la lunette. Sur le quai opposé, une foule compacte s'était rassemblée.

« Ces pauvres gens craignent pour leurs maisons. »

Il donna un ordre à son aide de camp. Deux minutes après, on tirait un coup de canon du ravelin Troubetskoï.

« Qu'est cela ? demandai-je.

— J'avertis les habitants.

— Que peuvent-ils faire ?

— Monter leurs enfants et leurs meubles au grenier.

— C'est tout ?

— Et prier que les fondations ne s'écroulent pas. »

Puis, reprenant notre première conversation, il ajouta :

« Plus la nature échappe à notre pouvoir, monsieur de Sainte-Foy, moins nous devons tolérer de relâchement dans notre système social.

— Et c'est sans doute parce que vous avez dans vos attributions la lutte contre les crues et les tempêtes qu'on vous a confié, en dédommagement de cette mission impossible, la tâche moins hasardeuse de garder les prisonniers d'Etat. »

Je me mordis les lèvres. Cette insolence pouvait me coûter cher, au moment où j'avais besoin de son appui pour le succès de ma négociation. Il feignit de n'avoir pas entendu.

Un canot, en face de nous, se détacha de l'Amirauté. Les six marins s'arc-boutèrent sur les rames. Ballottée comme une coque de noix, l'embarcation traversa à grand-peine. Un officier de marine sauta sur le sable et nous rejoignit sur le bastion. Mauvaises nouvelles du port. Les navires à l'ancre n'étaient plus en sécurité. Ils ne trouveraient un mouillage un peu sûr qu'en remontant la Néva. Si le vent continuait à souffler, me dit le général, il donnerait l'ordre de détruire les ponts de bateaux. Sa Majesté apprécierait d'autant plus l'avantage d'un pont de la Trinité basculant.

« Puisque la Russie en est encore à l'âge du bois, la France nous enseignera l'usage du fer. Etes-vous content, monsieur de Sainte-Foy ? »

N'osant trop le montrer, je pris un air contrit.

« Allons ! pas de rancune entre nous, dit-il en me tapant sur le bras avec une bonhomie militaire. Chacun son métier ! Vous vendez vos ponts, je garde mes prisonniers. Seulement, je vous préviens : la question de principe réglée, vous aurez affaire à quantité de fonctionnaires, de chefs de service peut-être moins accommodants.

— A qui pensez-vous en particulier ?

— Méfiez-vous de Son Excellence le conseiller privé Sergueï Pétrovitch Barenkov, président du Comité de surveillance des Bâtiments et de l'Urbanisme. Pour tout ce qui touche à la réalisation de votre ouvrage, c'est lui qui a la haute main. Un type inflexible. Le mois dernier encore, il a refusé le projet d'une banque qui voulait se surélever d'un étage au début de l'avenue de Moscou. Un coin où, convenez-en, on n'a pas à être si à cheval sur les principes. Un peu bizarre, ce Barenkov. Il ne reçoit jamais. Cloîtré avec sa femme, il n'ouvre sa porte à personne. »

Igor accourut essoufflé. Pointant le doigt vers le palais d'Hiver, il s'écria, sans reprendre haleine :

« Regardez ! »

Nous braquâmes à tour de rôle la lunette. Un groupe fourni d'uniformes avait envahi la terrasse.

« Où est l'empereur ? s'exclamait le page. Je vais voir l'empereur ! »

Son père aussi semblait chercher la haute carrure et la barbe en éventail d'Alexandre III.

« Sa Majesté n'a pas daigné quitter le palais Anitchkov, dit-il déçappointé. Son grand-oncle était plus proche de son peuple. En 1824, lors de la crue immortalisée par le poème de Pouchkine, Alexandre Ier dirigea personnellement les opérations de sauvetage. En observant les murailles de la forteresse, il pensa même, monsieur de Sainte-Foy, que l'eau ayant atteint plus de la moitié de leur hauteur, il fallait sauver les prisonniers enfermés dans les caveaux.

« Le patron d'une barque reçut l'ordre d'aller prévenir le gouverneur. Il arriva trop tard, et, lorsqu'on ouvrit les cachots pour en extraire les occupants, on les trouva noyés.

— Un tel accident pourrait-il se reproduire ?

— Que croyez-vous, monsieur ? me dit-il avec hauteur. J'ai déjà donné la consigne pour mettre les prisonniers à l'abri. »

Déçu de ne pas voir son empereur, Igor se fit désigner les principaux dignitaires. Le général repéra le comte Illarion Vorontsov, ministre de la Cour impériale, le ministre de l'Intérieur Pierre Dournovo, le ministre de l'Industrie Ivan Cholnikov, le grand maître de la police comte Vladimir Ignatiev, le comte Alexis Stenbock-Fermor, maréchal du Palais. Apraxine ajouta son patronyme, Youlievitch, à Sergueï Witte, ministre des Finances, en signe d'estime particulière et de respect pour celui qu'on surnomme le Colbert russe.

Je regardais, avec une curiosité intéressée, au milieu de la foule des courtisans, ces hauts personnages, puissances à ménager ou vanités à séduire.

« Et ce... Barenkov, Sergueï Barenkov, est-il là ? demandai-je.

— Je ne le vois pas... Toujours à tirer sur sa cigarette, on le reconnaîtrait facilement. »

Tous portaient de brillants uniformes, des épaulettes à franges dorées, des casquettes ou des tricornes ornés de plumets. Un panache rouge et noir, couleurs du régiment Sémionovski, distinguait le comte Stenbock-Fermor. Il venait de faire admettre dans ce corps d'élite son neveu Victor, un tout jeune homme. Dix-sept ans seulement, mais déjà cornette. La charge de maréchal du Palais donne au comte Stenbock, avec le titre de « protecteur », la responsabilité morale de ce régiment.

Un seul se montrait en civil, sans chapeau, le crâne chauve, les joues glabres, sec, des lunettes à mince monture de fer sur un nez en lame de couteau. Pobiedonostsev, comme on l'appelle, au mépris de l'usage russe. Ce vieillard osseux inspire un tel éloignement qu'on se refuse à lui prêter une vie privée, une famille, un prénom, un patronyme. Peu se souviennent de Constantin Pétrovitch. On achoppe, en renâclant, aux cinq syllabes de son nom.

Dieu merci, les problèmes économiques ne sont pas de son ressort. Il ne m'incombait ni de lui demander audience, ni de solliciter son approbation. Toutefois, croire que le contrat pour le pont pouvait se passer de son *nihil obstat* eût été ignorer l'omnipotence de cet inquisiteur.

Procureur du Saint-Synode, il exerce un contrôle absolu sur l'Eglise. Jouissant d'une autorité qui s'étend bien au-delà de ses attributions nominales, c'est lui l'homme fort de l'empire. Ancien précepteur du fils aîné d'Alexandre II, resté l'éminence grise d'Alexandre III, il dirige, sans titre officiel, les affaires de l'Etat. Opposé aux réformes libérales introduites par Alexandre II, d'une austérité et d'une intolérance légendaires, il s'efforce de ramener la Russie à l'époque de Nicolas Ier. Toute la dureté rétrograde que l'opinion des nations occidentales reproche à la politique intérieure russe est l'œuvre de ce fanatique, d'ailleurs fort intelligent, mélange de Machiavel et de Torquemada.

Apraxine le dévisagea plus longuement que les autres, avec une antipathie évidente qui me parut de bon augure. Malgré son grade insigne, ses responsabilités éminentes, l'habitude du commandement militaire, le général ne se laisse pas inféoder au pouvoir politique. Il me rendit la lunette et j'examinai à nouveau certains de mes futurs partenaires.

« Toujours au troisième anneau ? cria-t-il au sapeur qui surveillait le niveau.

— Le vent faiblit, Votre Haute Excellence, dit l'aide de camp. Dois-je faire tirer un deuxième coup de canon ? »

V

Plusieurs clubs étaient alors en vogue dans la capitale. Je n'arriverais à rien, me disait-on, sans m'inscrire dans un de ces cercles. L'Assemblée de la Noblesse se réunit dans l'hôtel homonyme, rue Michel, en face de l'Europa. Je n'avais qu'à traverser la rue. Un péristyle de colonnes blanches autour d'une salle carrée, des tentures de velours rouge, une estrade pour les musiciens les soirs de bal, un restaurant parmi les plus cotés... A en croire certains, ce club fondé en 1835 par le prince Dolgoroukov n'attirait plus, sauf pour les rares concerts, publics et payants, donnés par l'orchestre de la Philharmonie, que les survivants d'une aristocratie périmée. Quelques vieilles personnes y ourdissaient des mariages pour leurs petits-enfants. Si j'avais envie de me transporter dans le premier chapitre de *Guerre et Paix*...

Non, pour un homme qui avait besoin d'étendre ses relations et de rencontrer des gens influents, il fallait choisir entre les deux yacht-clubs. Le Yacht-Club fluvial, situé dans l'île de la Croix, et le Yacht-Club de la marine, derrière la cathédrale Saint-Isaac. Le premier vantait une position admirable, des équipements modernes, une vue sur le golfe de Finlande. Une forêt entière lui servait de parc. Le ministre de la Marine le fréquentait, avantage dont profiteraient mes affaires. Inconvénients principaux : l'éloignement du centre, l'anglomanie affichée par la plupart de ses membres. Ils s'habillaient de flanelle bleu sombre, se prenaient pour des sportifs et cultivaient le genre *fashionable*. Milieu prévenu contre la France : on n'y accueillerait pas mon projet sans réserves.

Au Yacht-Club de la marine, rue Bolchaïa Morskaïa, se donnaient rendez-vous des personnalités de non moindre importance. Je pourrais m'y aboucher avec le comte Bobrinski, chef du service hydrographique. Et surtout avec le conseiller privé Sergueï Pétrovitch Barenkov, le fameux président du Comité de surveillance des Bâtiments et de l'Urbanisme. Aussi ennemi des mondanités qu'avare de passe-droits, il n'aimait guère ce lieu. L'obligation de rester en contact avec les gros bonnets de l'empire le forçait à s'y montrer.

En tant que commandant de la flotte, le défunt grand-duc Constantin Nicolaïevitch avait été le protecteur du club. Son fils, le grand-duc Constantin Constantinovitch, ne manifestait guère d'empressement à suivre la carrière paternelle. On ne le croisait pour ainsi dire jamais dans les salons à la mode. Depuis son deuil, le prince vivait retiré. Un type à part, de toute façon. Rêveur. Secret. En marge de la Cour. Il sortait peu, même du vivant de l'amiral.

« N'est-il pas un peu rouquin ? » demandai-je.

La connaissance de ce détail, qui n'était su que de quelques-uns, fut plus utile à asseoir ma réputation que dix visites dans les ministères. Je n'eus garde de préciser que, sans mon cocher, je n'aurais pas reconnu le grand-duc. Quant à me vanter d'avoir surpris le cousin du tsar devant la porte de service de son palais, sans escorte et dissimulé sous une casquette de marin, je ne sais quelle pudeur, ou pressentiment, me conseilla de renoncer à cette indiscrétion.

« Un peu rouquin, oui, mais il n'aime pas qu'on le remarque », eut-on la courtoisie de me prévenir.

Bolchaïa Morskaïa ! Grande rue de la Mer ! Cette rue, la plus prestigieuse de Saint-Pétersbourg, va de la place du Palais à l'arche de la Nouvelle Hollande. Les six atlantes magnifiques qui en rehaussent la façade signalent l'hôtel particulier du prince de Lieven. Son voisin, Dmitri Nabokov, ministre de la Justice sous Alexandre II, maintenant retiré des affaires, vient d'ajouter à sa demeure une façade de granit rose. Il a demandé à mettre sur la rue un oriel, et attend l'autorisation que Sergueï Barenkov est seul habilité à lui délivrer. On verrait à cette occasion, ajoutaient les curieux, si le conseiller du défunt tsar a conservé autant d'influence à la Cour que cette orgueilleuse famille le prétend. Le Yacht-Club de la marine se trouve presque en face de l'hôtel Nabokov.

Un *numerus clausus* limite sévèrement les nouvelles adhésions. Anatole me tira d'embarras. La caution du prince Kremski ouvre toutes les portes.

Qu'il les séduise par son charme ou les irrite par sa nonchalance, mon ancien camarade de l'école de Droit ne laisse aucun de ceux qui l'approchent indifférent. Il peut remercier la providence de l'avoir nanti d'une fortune aussi considérable. Ses domaines s'étendent jusqu'en Asie. On se demande comment il survivrait s'il devait gagner son pain. Russe plus fainéant, paresse plus candide, laisser-aller plus déconcertant pour l'esprit pratique d'un Français, je n'en ai jamais vu, sinon dans le roman d'Ivan Gontcharov. Les nombreux amis qui défilent chez lui et lui proposent soit un dîner dans les îles soit une partie de campagne repartent sans l'avoir décidé à s'habiller pour les suivre. Grâce à son goût très fin et à son expérience des théâtres, il écrirait avec succès dans les grands journaux. Aux directeurs qui lui demandent des articles, il répond, nouvel Oblomov : « Ecrire, écrire comme une roue qui tourne, comme une machine ! » Tandis qu'ils s'en retournent bredouilles, lui se félicite de rester couché à ne rien faire, plus insouciant qu'un nouveau-né. Quel bonheur ! Ne point s'éparpiller ni vendre son talent ! Ne point gaspiller ses forces ni trafiquer de son intelligence ! Une attitude typiquement russe, qui me laisse partagé entre l'admiration pour un dédain aussi poétique d'exploiter ses dons, et le regret agacé d'un tel gâchis.

Ses ancêtres lui ont légué un palais splendide. Couronnant la façade sur le canal, deux lions à la queue dressée soutiennent le blason de la famille, au-dessus des six colonnes du portique. L'escalier d'honneur, dont le plafond sculpté s'arrondit en coupole, est gardé par deux sphinx. Saint-Pétersbourg compte autant de sphinx que Rome d'obélisques : les deux reines du monde, en se partageant les dépouilles de l'Egypte, ont évincé les autres prétendantes à l'empire universel.

Renversé dans un coussin, Anatole tirait d'un narguilé serpentin des bouffées parfumées. Accroupi à ses pieds, un négrillon chaussé de babouches agitait sur les braises un éventail de nacre. Les bricoles et l'exotisme de *Shéhérazade*, copiés sans fantaisie sur le dernier triomphe du théâtre Marie... Fainéant, le prince le demeure jusque dans son imagination.

A cinquante ans passés, il reste un des hommes les plus beaux de son époque, bien découplé, aux traits réguliers et féminins. Le léger empâtement des mâchoires, au lieu d'indiquer le début de la décadence, complète l'ovale du visage et le rend plus parfait. Encore un don, ou, selon ma femme, une injustice flagrante de la nature. Celle-ci paraît avoir exagéré ses faveurs en alliant à un corps sans défaut, à une vigueur musculaire évidente, à une gourmandise de la vie non moins manifeste, une indolence qui exaspère l'active, la généreuse Anna.

Lorsque, non pas l'amour, mais le besoin physiologique le tire de son apathie, il envoie sa voiture au théâtre quérir telle ou telle ballerine. Elles auraient tort d'être flattées par son choix. L'une ou l'autre, pour lui, est égale. Loin de chercher à leur faire illusion, il les accueille avec indifférence dans sa chambre turque, les traite sans passion, les congédie sans regret. Dans l'intervalle entre le moment où elles descendent du cabriolet devant son palais et celui où le cocher les raccompagne à l'Opéra, elles constatent qu'elles n'ont pas éveillé chez le prince le moindre intérêt personnel.

« C'est du mépris », soutient ma femme, quand j'évoque devant elle la légende de ce lovelace, mélange de satrape et de Casanova. Anna Mikhaïlovna participe à la lutte pour l'émancipation de ses semblables. Elle se dépense à Moscou dans un cercle de quartier. J'approuverais son jugement sur Anatole, si les bonnes fortunes de mon ami ne m'inclinaient à un verdict plus nuancé. Bien des femmes préfèrent aux simagrées de la galanterie l'expression purement animale du désir. Elles se sentent plus flattées par la brutalité de l'instinct que par les fadeurs de la convention.

Il est vrai qu'Anatole n'est pas n'importe qui. La douceur caressante de ses yeux empaumerait une vestale. Ne dit-on pas les Kremski d'origine tatare ? Tatare, et non tartare, faisais-je remarquer au président des Batignolles. Les Français, sur la foi d'une assimilation erronée, se peignent comme un lieu d'épouvante, véritable antichambre de l'enfer, cette région où le sultan de Constantinople recrute les beautés de son sérail.

Il est vrai aussi qu'Anatole se souvient des complaisances qu'on a eues pour lui. Avancements et gratifications témoignent qu'il n'est pas un ingrat. Anna condamne les danseuses, en oubliant que leur métier est le plus difficile du monde, celui qui exige le plus de caractère. Huit heures d'entraînement par jour — et la retraite avant trente ans. Qu'elles se reposent et se rassurent dans les bras d'un pacha à la paupière languide, je ne trouve là rien à blâmer.

Peu loquace au naturel, Anatole paraissait ce jour-là contrarié, ne répondant à mes questions que par monosyllabes, sa langue elle-même engourdie.

« L'opéra d'Arenski a-t-il été un succès ?

— Hem !

— *Le Songe sur la Volga*, quel titre ! A part les bateliers...

— Bah !

— On prétend que Napravnik a dirigé moins bien que d'habitude.

— Ouiche !

— La Kchessinskaïa reviendra-t-elle à l'affiche avant l'été ? »

Il tressaillit à ce nom, se souleva sur le coude. Sa prunelle soudain rapetissée fixa avec rage un point dans le vide.

« Mathilde... », murmura-t-il en lançant une bouffée vindicative que le négrillon, à coups d'éventail, s'empressa d'écarter.

Je compris trop tard ma bévue, en apercevant, bien en vue sur un trépied d'ébène incrusté de nacre, le portrait de l'illustre ballerine. La photographie, signée Hélène de Mrosovski, le cabinet en vogue sur la Perspective, montre la danseuse dans le rôle de la Bayadère, la poitrine couverte de perles, deux broches rondes en forme de bouclier posées sur les seins. La taille, blanche et nue, émerge d'un fouillis d'étoffes nouées sur les hanches par des nœuds de pierreries. La jeune femme croise les mains derrière la tête, et les voiles de mousseline qui pendent de ses bras ajoutent à l'atmosphère vaporeuse.

En réalité, ce n'est pas une beauté si parfaite. La photographie la flatte, en arrêtant son portrait au genou. Courte sur jambes, faite pour les rôles de caractère, comme Dulcinée ou Coppélia, elle ne danse les héroïnes romantiques que par la grâce du tsarévitch. L'héritier de la couronne, son amant depuis trois ans, l'impose dans les ballets de Tchaïkovski.

Je n'aurais jamais pensé qu'Anatole, avec vingt pensionnaires du Mariinski à sa disposition, vingt créatures plus ravissantes l'une que l'autre, eût l'inconscience de prétendre aux faveurs de la maîtresse officielle de Nicolas, et la folie encore plus grande de se laisser dépiter par le refus de la seule femme inaccessible de Saint-Pétersbourg.

Anna saura que cet homme si léger, si futile, n'est pas exempt de passions.

Il retomba en arrière et ne dit plus mot. Gagné par la mollesse ambiante, je n'eus garde de le relancer. Bavarder, activer le métier à tisser les paroles, selon la caustique formule de Tolstoï, faire ronronner à tout prix le silence, quel bonheur d'échapper pour une fois à cette corvée ! Anatole me promit, d'une inclinaison de narguilé, de m'amener au Yacht-Club de la marine, et me dispensa, par un battement de cils, de lui expliquer pourquoi je cherchais à y être admis. Je m'apprêtais à prendre congé, quand mon œil aperçut, à moitié cachée dans le pli d'un coussin, une lettre dont je reconnus le cachet.

« Tu as reçu une lettre du tsar ? m'exclamai-je, comptant sur nos vieux liens de camaraderie pour en apprendre un peu plus.

— Quelle lettre ?

— Là, je vois le cachet.

— Ah !

— L'aigle bicéphale de Sa Majesté ! continuai-je, agacé par tant d'incurie.

— Apporte, dit-il au négrillon.

— Comment t'appelles-tu ? demandai-je à l'enfant, pour tromper mon impatience.

— Il est muet, fit Anatole en riant. Je l'ai acheté à un marchand d'Arabie, qui lui avait coupé la langue. »

Il ouvrit l'enveloppe, relut la lettre, puis la jeta au loin en haussant les épaules.

« Comment ? C'est tout le cas que tu fais d'un ordre impérial ? dis-je avec reproche, pour l'obliger à parler.

— A mourir de rire, mon cher. A-t-on inquiété, il y a trois ans, Georges, le deuxième fils d'Alexandre III ? Pourtant, pendant son voyage au Japon, cet idiot a été surpris là où il n'aurait pas dû se trouver. On a étouffé le scandale, et tout a été dit. »

Je n'osais lui demander à quel événement il faisait allusion. Ni comment il s'y prenait pour connaître à fond, sans quitter les moiteurs de son harem, les secrets de la Cour et de la ville. Devant lui, on se sent toujours un peu bête de son ignorance.

« Mais aujourd'hui, repris-je, l'affaire, quelle qu'elle soit, ne sera pas étouffée. J'ai vu l'autre jour sept courriers partir avec une lettre identique. Ils ne passaient pas inaperçus, je t'assure. Peut-être Pobiedonostsev n'est-il pas étranger à ce remue-ménage.

— Le procureur du Saint-Synode, tiens ! je n'y avais pas pensé.

— Tu admets donc que l'affaire est sérieuse.

— Je te la lirais bien, cette lettre, si elle en valait la peine.

— Tu me la lirais ? dis-je avidement.

— A quoi bon ? La chose est toute jugée. On me demande de siéger dans un tribunal et de décider si la conduite d'un de ses anciens élèves attente à l'honneur de notre Ecole. Où est la faute de cet homme ? On l'accuse comme d'un crime de quelque chose qui pour moi est tout à fait ordinaire. S'il préfère le poisson à la viande, faut-il le déclarer coupable ? Quelle sottise ! Je ne vais pas me casser la tête avec une stupidité pareille. A mourir de rire, te dis-je. Toute l'histoire va partir en fumée... »

Il avança une main en direction de la lettre. Trop éloigné pour l'atteindre, il s'abandonna à la renverse dans le coussin.

« Bah ! c'est sans importance, crois-moi. Tu aurais été bien déçu.

— Mais non, bredouillai-je, intrigué par cette métaphore alimentaire.

— Ils n'ont rien à faire, au Palais, pour partir en guerre contre des moulins à vent ! Se déclarer offensés parce qu'on ne vit pas comme eux ! Réunir un tribunal, comme s'il s'agissait d'une affaire d'Etat ! La pipe turque a ma prédilection, continua-t-il en aspirant une bouffée. Mettons que tu aimes mieux, toi, le cigare havanais. Vais-je te traduire en justice, sous le prétexte que tu fumes un autre tabac ? Sottise que tout cela ! Tu verras que ce procès n'aura même pas lieu. »

Anatole ferma les yeux et s'absorba dans la dégustation de son plaisir, avec une béatitude si enfantine que je jugeai inutile d'insister.

VI

Au Yacht-Club de la marine, la conversation roulait sur le rapprochement franco-russe. Anatole ne m'eut pas plus tôt présenté à quelques habitués, qu'on m'entoura de politesses et de flatteries. L'amitié entre les cours allemande et russe périclitait depuis le congrès de Berlin. La Russie pouvait-elle rester isolée ? Abandonner les Balkans à l'Autriche-Hongrie ? Le récent accord militaire, signé entre les chefs d'état-major français et russe et divulgué le matin même par la chancellerie du Palais, produisait une impression des plus favorables dans les milieux politiques. Je fus accueilli avec autant de chaleur que si j'avais eu quelque part dans la décision d'envoyer à Toulon, le mois prochain, l'escadre russe en visite de courtoisie.

« Attention ! bougonnait le général Alexandre Kolnikov, un vieil officier moustachu, en désaccord avec la satisfaction générale. Sa Majesté n'est pas encore résolue à une alliance avec un pays dont le régime républicain heurte ses plus fermes convictions.

— Que le ciel inspire notre tsar pour le bien du peuple russe ! ajouta sans dévoiler son opinion le secrétaire du consistoire pour l'éparchie de Saint-Pétersbourg, le Père Macaire, dont la robe ecclésiastique et la longue barbe noire se rencontraient dans tous les cercles où il y avait quelqu'un ou quelque chose à espionner. L'âme damnée de Pobiedonostsev, murmurait-on.

— N'ayez crainte, me dit le général Apraxine, votre pont, vous l'aurez. Après le pacte militaire, le traité commercial. Mercure dans les fourgons de Mars.

— Le chancelier Bismarck n'aurait pas permis cet accord, fit la voix fluette et joyeuse d'un lieutenant en tunique blanche, dont la jeunesse tranchait sur la moyenne d'âge.

— C'est l'aide de camp du grand-duc Constantin Constantinovitch, me dit mon voisin, lorgnon et barbiche de propriétaire terrien.

— Verrons-nous le grand-duc ? demanda-t-on de plusieurs côtés.

— Feu le grand-duc Constantin Nicolaïevitch son père aurait approuvé le rapprochement avec la France, opina un dignitaire décoré de l'ordre de Saint-Vladimir de troisième classe.

— Est-il vrai, demandai-je, que le défunt, appuyant le projet de réformes présenté par le ministre Nabokov, a contribué à les faire adopter ? Qu'Alexandre II ne se serait pas montré si libéral sans la bénéfique influence de son frère ? C'est ce qu'on dit à Paris.

— Mais ces réformes, à quoi ont-elles abouti ? rétorqua le général mécontent. A l'assassinat de son frère trop confiant. Vous abolissez le servage : les paysans aussitôt se soulèvent parce qu'ils croyaient qu'on allait leur distribuer gratuitement les terres. Vous créez des assemblées locales de gouvernement : elles se hâtent d'ouvrir des écoles où, avec l'apprentissage de la lecture, se développe le goût des écrits subversifs. Vous émancipez les universités du pouvoir central : voilà autant de foyers où va mûrir l'audace révolutionnaire des jeunes générations. Vous accordez aux villes l'autonomie municipale : elles en profitent pour réclamer un régime constitutionnel, au détriment de l'autorité impériale. Vous bouleversez l'organisation de la justice en décidant l'élection des juges et la création de jurys populaires. Résultat : la nihiliste Véra Zassoulitch tire sur le général Trepov, gouverneur de Saint-Pétersbourg, et le jury, formé de sujets illettrés aussi incapables de suivre les débats qu'inaptes à en comprendre l'enjeu, acquitte la meurtrière, aux applaudissements de nos ennemis. Un tel scandale n'a pu qu'encourager l'entreprise exécrable des régicides qui ont jeté les bombes sur le tsar. Le nouvel empereur, Dieu merci, a compris la leçon. Il revient à la manière forte. J'espère que Constantin Constantinovitch n'a pas hérité l'imprudence de son père et que nous le verrons avec des idées plus saines.

— Viendra-t-il ? » demandèrent une seconde fois ceux qui paraissaient regretter son absence.

Je constatai que le jeune grand-duc jouissait de l'estime et de la sympathie d'une partie de l'assistance, mais qu'on n'osait les manifester trop ouvertement, par crainte du Père Macaire, qui dressait l'oreille sans émettre d'avis.

« Son Altesse observera le deuil quelque temps encore, annonça le petit lieutenant en tunique blanche, qui répondait au nom d'Ossip Konradi.

— Au moins, reprit le général Kolnikov, Alexandre II, malgré tant d'imprudence, n'a jamais causé le moindre déplaisir à Guillaume Ier. Il tenait à l'amitié avec l'Allemagne, où la loi réprime sévèrement les socialistes, autant qu'il se défiait de la France, asile de nos plus farouches adversaires. Le gouvernement de M. Jules Ferry osa lui refuser l'extradition du terroriste Hartman... Son fils a-t-il oublié cet épisode, pour tendre la main à des jacobins ? Beau rapprochement en perspective... S'entendre avec Marianne en bonnet rouge... Approuver les boniments de M. Victor Hugo... Du temps du défunt tsar, on n'aurait pas vu une telle impiété... »

Tandis que le nostalgique de l'alliance prussienne continuait à marmotter contre le revirement de la politique étrangère, Sosthène Apraxine m'attira à l'écart pour me rassurer à nouveau.

Un professeur de collège, rouflaquettes jusqu'au menton, la cinquantaine, admis au club par dérogation, en raison d'un service rendu en Sibérie, allait d'un groupe à l'autre en s'exclamant sur la chance qui lui pleuvait du ciel. Lui, un ver de terre, jouir d'une compagnie aussi distinguée !

« Je suis si heureux, répétait-il. Le destin est si bon pour moi. Praskovia n'en croira pas ses oreilles, quand je lui raconterai que j'ai croisé tant d'hommes remarquables. Ai-je l'honneur, monsieur, dit-il en se tournant vers moi, de serrer la main à un compatriote d'Auguste de Montferrand, l'illustre architecte de la cathédrale Saint-Isaac ? »

Je ne savais comment me débarrasser du fâcheux, lorsque le docteur Nicolas de Souzdal, le plus cher de mes vieux camarades de l'école de Droit, s'avança à ma rencontre. L'élégant parquet de chêne craquait sous ses grosses chaussures, incongrues dans ce salon.

« Toi ici ! » s'écria-t-il.

Il m'entraîna dans l'embrasure d'une fenêtre. Je lui racontai en deux mots l'objet de mon voyage. A présent qu'il remplissait les fonctions d'inspecteur général de la Santé, cette haute charge l'avait déplacé de Moscou à Saint-Pétersbourg. Je le trouvai épaissi, alourdi, négligé dans sa mise, usé par les soucis. Des poches cernaient ses yeux marron.

« Oui, j'ai entendu parler de ce pont. Ce sera une bonne chose, qui rapprochera du centre l'hôpital militaire de Petrograd. Mais je m'étonne, mon vieux, de te voir ici. Je ne te savais pas si mondain. Est-ce un lieu pour toi ?

— Toi-même, tu y vas bien !

— Pas de bon gré, je t'assure. Sans le besoin de récolter des fonds et d'organiser des soirées de bienfaisance, il y a longtemps que j'aurais cessé de venir... Ah ! sais-tu, dans mon hôpital à Moscou, je croyais avoir touché le fond de la misère humaine. Ce n'était rien, à côté de ce que j'ai découvert dans mes nouvelles fonctions. La situation hospitalière en Russie est indigne d'une nation civilisée. Je n'ai pas le dixième des subsides nécessaires. Il me manque dix mille lits, je ne sais combien de médecins et d'infirmiers... Et voilà qu'on parle d'interdire la profession de médecin aux juifs, après leur avoir interdit la profession d'avocat. Comment ferai-je ? Qui soignera les milliers de tuberculeux et d'alcooliques ? Où trouver l'argent, sinon en mendiant auprès des ministres, des chefs de service, des grands propriétaires ? Allons, parlons d'autre chose ! Toi, les millions, tu les auras pour ton pont, c'est sûr... Je ne voudrais pas te sembler amer... Les ambulances feront plus vite le chemin... Ce sera quelques vies de gagnées... Une vie pourrait-elle se payer trop cher ? Changeons de sujet, s'il te plaît. Dis-moi comment se porte Anna Mikhaïlovna. »

Je lui donnai des nouvelles de ma femme, de mon fils et de ma fille, sans trop m'étendre sur la stabilité de mon bonheur domestique, connaissant les innombrables déboires sentimentaux de mon ami. Il n'avait jamais pu s'attacher longtemps une femme, bien qu'il fût incapable de vivre seul. Trois fois au moins, à ma connaissance, il avait été sur le point de se marier, mais au dernier moment les invités de la noce avaient reçu un mot d'excuses pour annuler la cérémonie. Ou bien la promise s'effrayait d'unir son existence à un homme si dévoué à son sacerdoce qu'il se relevait en pleine nuit pour aller soigner un patient à trois heures de cheval, ou c'était lui-même qui rompait les bans. Les avis différaient sur les faillites successives de ses projets conjugaux.

« Et Olga, dis-je, m'efforçant de ne pas regarder la tache de graisse sur le revers de sa veste, elle a pu lâcher ses malades et te suivre à Saint-Pétersbourg ?

— Pour avoir moins de regrets de quitter Moscou, elle s'est mise à étudier à fond les tendances actuelles de la médecine... Voilà une femme non seulement généreuse, mais capable de développement... Une perle, je crois que j'ai déniché une perle... »

Je l'écoutais, non sans crainte, me raconter les mérites de sa nouvelle compagne. Outre que la différence d'âge me paraissait excessive, il découvrirait un jour sur quel malentendu reposait leur union. Je me souvenais d'Olga comme d'une Caucasienne aux yeux verts. Elle était infirmière à l'hôpital quand il l'avait rencontrée. Cet homme d'où émanaient la force morale et le rayonnement des apôtres avait tout de suite fasciné la fille d'un modeste pope de Sotchi. Autant je ne pouvais mettre en doute son amour, autant je m'inquiétais d'un dévouement qui s'adressait à la personne individuelle de Nicolas, plutôt qu'au genre humain, comme il aurait voulu.

D'Olga, il passa au chapitre plus général des femmes, m'assurant que le salut de la Russie dépendait de leur émancipation, et me rappelant quelles bonnes conversations il avait eues à ce sujet à Moscou avec Anna Mikhaïlovna.

« Une des choses qui me choquent le plus dans ce club, ajouta-t-il en baissant la voix, c'est que les femmes n'y sont pas admises. Je suis sûr que mes campagnes pour récolter des fonds auraient plus de succès, si le pouvoir de disposer de l'argent appartenait moins exclusivement aux hommes. En ce moment, j'essaye d'obtenir des crédits pour ouvrir à l'hôpital de l'Ascension une salle d'accueil à l'intention des femmes battues. Oh ! fit-il pour répondre à mon geste de surprise, tu ne sais pas à quels excès conduit l'alcoolisme. Eh bien ! tous ces messieurs que tu vois ici, ces généraux, ces hauts fonctionnaires, ces diplomates te déclareront qu'ils respectent la femme, qu'ils la vénèrent, qu'elle est l'ornement de la société, tu les verras aux courses ou à la patinoire se répandre en courbettes, mais, à peine te risques-tu à attirer leur attention sur le sort des femmes dans les quartiers populaires ou en milieu rural, ils prennent un air gêné, presque offensé. La galanterie qu'ils accordent à quelques femmes suffit à contrebalancer, selon eux, le destin misérable auquel la plupart sont condamnées. Ils défaillent devant leurs compagnes, ils leur susurrent qu'elles ressemblent à des fleurs, à des roses, ils leur tiennent la portière, ils les installent au premier rang de leur loge, ils encensent les poètes qui les comparent à des sirènes... Et toutes ces simagrées, pour justifier leur domination et leur mépris secret. Si tu veux savoir le fond de ma pensée, je te dirais même que la brutalité du moujik ou du pope contre son épouse les rassure. La Russie a beau évoluer et se mettre à l'école de l'Occident, apprendre la politesse, les jolies manières, il y aura toujours, pensent-ils, assez de santé, d'attachement aux traditions et de robuste simplicité dans le peuple, pour préserver l'hégémonie du sexe fort... Le Père Macaire nous observe, je n'aime pas ses allures de corbeau.

— Et... que comptes-tu faire, Nicolas ? dis-je, lorsque l'espion du procureur se fut éloigné.

— Je ne sais pas... Il faudrait leur apprendre que l'homme qui bat, loin d'être un modèle de virilité et d'énergie, doit être moins sûr de lui qu'il n'en a l'air, pour avoir besoin d'une telle preuve... L'idée qu'on n'est pas un type réussi, à moins de posséder une femme en maître, pervertit, abîme les meilleurs... Ôtons-leur ce préjugé, la civilisation progressera d'un grand pas en Russie... Je peux te le confier, à toi : si je n'ai jamais voulu me marier, c'est par répugnance à me retrouver *propriétaire* d'un être humain. Propriétaire, tu te rends compte ? Il y a de quoi déguerpir à cinquante verstes de l'église préparée pour la noce... »

Soudain il se frappa le front, puis se mit à fouiller dans sa veste.

« Suis-je bête, Basile ! La voilà, l'occasion de leur montrer qu'il y a une autre variété d'homme que leur stéréotype... Oh ! ce ne sera pas commode... Ils vont se récrier... Oui, ils auront beau jeu de tourner en dérision mes arguments... En voilà une affaire... N'ai-je pas commencé moi-même par être choqué de ce que j'ai lu ? Pourtant, c'est une des célébrités les plus en vue de la Russie qui est en cause... Ils ne pourront pas nier qu'il est la gloire de notre pays, ni qu'il contribue, par ses succès internationaux, à rehausser notre image à l'étranger... Avec ça, si ce qui est écrit dans ma poche est vrai, on n'a jamais vu bafouer plus témérairement l'idéal viril de ces messieurs... Ah ! ah ! une belle controverse en perspective... J'ai reçu une lettre, sais-tu ?

— Une lettre du tsar ?

— Pour me convoquer à une sorte de procès. Il s'agit de prévenir un scandale, si j'ai compris. Quelques-uns des jurés pressentis font partie de ce club. C'est aussi pour cela que je suis venu. Ils pourront éclairer ma lanterne. J'avoue que dans cette histoire plusieurs circonstances me paraissent bien obscures.

— Le prince Anatole Kremski, peut-être ?

— Tiens, tu es au courant ?

— Enfin, non, pas vraiment. Si tu pouvais me dire de quoi il retourne...

— Rien de plus simple. »

Il s'apprêtait à déplier la fameuse lettre, lorsqu'il aperçut à l'autre bout de la salle un homme petit et maigre, sanglé dans une stricte redingote, debout contre la boiserie, et tirant nerveusement sur une cigarette.

« Excuse-moi, Basile. Voilà justement une des personnes que je cherche. »

Il s'éloigna d'un pas pesant, la lettre à la main, si préoccupé de ne pas perdre de vue l'homme à la cigarette qu'il se heurta au prince Kremski.

« Prince... »

Je crus deviner, à la manière dont il exhibait la lettre au nez d'Anatole, qu'il tentait de l'entraîner avec lui, pour qu'ils fussent trois à confronter leurs opinions. Anatole haussa les épaules, sortit de sa poche une lettre identique à celle qu'on agitait devant lui, puis fronça le sourcil d'un air agacé. Il n'avait rien à apprendre sur cette affaire, et, pas plus que l'autre jour avec moi dans son palais, n'était disposé à donner de l'importance à quelque chose qui n'en valait pas la peine.

L'indolence se peignit à nouveau sur son beau visage ovale. Ses yeux aux cils caressants daignèrent à peine battre d'une lueur amusée, lorsque le professeur de collège, succédant à Nicolas, vint le gratifier d'une révérence accompagnée de protestations hyperboliques.

« Prince, qui suis-je pour oser serrer la main à un homme d'une aussi illustre lignée ? Rentre sous terre, me dirait Praskovia, rentre sous terre, ver de terre, tu n'es pas digne de cirer ses bottes... Ecrase-toi, Sémione Pavlovitch Klimenko...

— Là-bas ? C'est Son Excellence le conseiller privé Sergueï Barenkov, me dit Sosthène Apraxine, que j'interrogeais sur le personnage abordé par Nicolas.

— Le président du Comité de surveillance des Bâtiments et de l'Urbanisme ?

— Un des hommes clefs, je vous l'ai dit, pour le pont. »

L'homme clef sortait une lettre de sa poche et la comparait à celle de Nicolas.

« Rappelez-vous, continua le gouverneur, que je vous ai mis en garde. Un homme difficile à manier. A cheval sur les principes. Il vit cloîtré avec sa femme. Nul ne le connaît trop bien. »

Le général Kolnikov me tira par la manche. Excédés par son bagou, ou craignant, s'ils prêtaient trop d'attention au ronchonot germanophile, de paraître critiquer la volte-face impériale, les habitués du club ne se gênaient pas pour tourner le dos à celui qu'ils appelaient entre eux le Prussien. Il crut trouver en moi un allié.

« Vous au moins, monsieur de Sainte-Foy, vous regretterez que notre empereur ne se montre pas plus fidèle à la politique de son père. Parfaitement ! Sa Majesté Alexandre II n'aurait jamais permis à ses ministres de pactiser avec les descendants des brutes qui ont guillotiné vos ancêtres. »

VII

Sergueï Barenkov et Nicolas de Souzdal restèrent longtemps à se concerter. Le premier fuma de suite pas moins de trois cigarettes. Nicolas secouait sa bonne grosse tête qui exprimait le doute et la compassion, tandis que l'autre, figé dans une moue dédaigneuse, ne se donnait même pas la peine de répondre. Ils se quittèrent sur un simple signe de tête. Déçu et attristé, ses lourdes épaules affaissées, Nicolas se dirigea vers la sortie.

Demeuré sur place, le conseiller privé alluma une quatrième cigarette. Il aspirait nerveux la fumée et la rejetait par les narines, sans avoir l'air d'en tirer le moindre plaisir. Le plaisir semblait la chose du monde la plus étrangère à Sergueï Barenkov, pour ne pas dire la plus antipathique. Minces, blêmes, comprimées l'une sur l'autre, presque escamotées, ses lèvres avaient perdu l'apparence de la chair. La peau de ses joues luisait de reflets bleus. On devinait qu'il ne les rasait pas de si près par élégance, mais pour les racler, les râper, les punir de rester une partie molle, un îlot de molécules tendres dans un visage anguleux.

Ses yeux bleu acier lançaient des rayons froids. Quand, pour répondre au salut de telle ou telle connaissance, il essayait de prendre un aspect moins revêche, ses efforts d'amabilité produisaient l'effet contraire. Seules les lèvres manifestaient le désir d'être agréable, par un sourire crispé, mécanique, un sourire de la bouche où les yeux n'avaient nulle part.

Je n'observais pas sans malaise celui qui, avec le général Apraxine, tenait dans ses mains le sort de ma mission. Contracté, toujours sur le qui-vive, responsable de je ne sais quelle faute collective qui le condamnait à une perpétuelle insatisfaction, il donnait le sentiment d'être en guerre avec le genre humain.

J'allais lui tendre ma carte, lorsqu'un vieillard de belle allure, fendant la foule, me devança. Il avait gardé son manteau sur les épaules, une élégante pelisse de zibeline argentée. Entorse encore plus grave aux usages, il n'avait pas retiré sur le seuil les galoches de caoutchouc protégeant ses chaussures. Elles dégoulinaient d'eau boueuse. Seul un très grand personnage pouvait se permettre de telles libertés.

Dmitri Nabokov, dont l'action à la tête du ministère de la Justice et la politique libérale avaient popularisé la figure sous le règne précédent, fut aussitôt reconnu et entouré. Ses cheveux blancs peignés avec soin en arrière et divisés par une raie, son front haut et dégagé, son menton volontaire, ses gestes calmes et décidés cadraient avec l'image de l'humaniste et du sage qu'il s'était acquise en sept ans de gouvernement. Un homme d'Etat véritable, me disais-je, en me rappelant les grandes lignes de son œuvre.

Les fameuses réformes que le grand-duc Constantin Nicolaïevitch avait fait adopter par son frère, à qui d'autre la Russie les devait-elle ? C'est grâce à Dmitri Nabokov, sous l'influence de ce Solon, que, le statut des juges étant modifié, ils devinrent indépendants du pouvoir. Alexandre II se tenait prêt, disait-on, à concéder de plus larges changements, lorsqu'il fut tué dans l'attentat du 1er mars. Le ministre de la Justice, à peine connu le crime, se précipita au palais d'Hiver. L'héritier du trône, en signe de reconnaissance pour son dévouement aux intérêts de la couronne, lui offrit les boutons qu'il avait arrachés à la chemise ensanglantée de son père. Ensuite, devenu tsar sous le nom d'Alexandre III, il lui avait gardé sa confiance.

Sans les manœuvres de Pobiedonostsev, qui l'obligea à se démettre, Dmitri Nabokov aurait conservé son portefeuille. Avoir été chassé par le procureur du Saint-Synode ajoutait à sa légende. On lui savait gré d'avoir interdit la pendaison publique des condamnés à mort, qu'on exécutait désormais dans l'enceinte des prisons. Maintenant que son successeur avait annulé la plupart des réformes d'Alexandre II, supprimé l'élection des juges de paix, rendu leur nomination au gouvernement, aboli les jurys, on s'apercevait, au succès croissant de la propagande socialiste, qu'un pouvoir borné et arbitraire travaille plus à l'affaiblissement de l'Etat qu'il n'en consolide l'autorité.

Sur le fils du grand-duc Constantin Nicolaïevitch, le « rouquin », dont l'anticonformisme, décidément, tranchait avec les milieux officiels, reposaient les espoirs, je crus comprendre, du parti libéral.

Dmitri Nabokov s'arrêta à quelques pas du conseiller privé, les deux mains dans les poches de sa pelisse.

« Monsieur, j'aurais deux mots à vous dire, commença l'ancien ministre.

— Que Votre Haute Excellence permette que j'appelle un laquais qui portera son manteau au vestiaire.

— Je sais que vous êtes pointilleux sur le règlement.

— Personne n'a le droit de se mettre au-dessus des lois.

— J'habite en face et n'ai qu'un moment à rester. »

Le conflit entre les deux hommes au sujet de l'oriel à construire sur la façade de l'hôtel Nabokov étant de notoriété publique, une partie de la salle se rapprocha pour assister à l'altercation.

« Les caoutchoucs aussi, repartit sans se démonter Barenkov, en indiquant le filet d'eau qui s'écoulait sur le parquet.

— Pas un détail ne vous échappe.

— Service de l'Etat, Votre Haute Excellence.

— L'Etat ne s'abaisse pas à ces vétilles. »

Prenant les devants, le conseiller privé aborda la question en litige.

« Pour l'Etat, rien n'est secondaire. Bolchaïa Morskaïa ne mériterait plus son nom, si chacun prenait la liberté d'ajouter à sa maison des ornements de son choix. »

Tout en parlant, il fixait les poches où l'ancien ministre gardait enfouies ses mains, par une grossièreté calculée. Barenkov accusait l'offense, plus atteint par cette ostentation de mépris que je ne l'aurais supposé d'un individu aussi sec.

« Sa Majesté appréciera votre zèle.

— Sa Majesté m'a confié la tâche de conserver intact le décor de sa capitale.

— Et vous vous acquittez de cette tâche sans une minute de défaillance, dit l'ancien ministre avec une ironie de plus en plus marquée, tandis que son adversaire, le dos collé à la boiserie, les mains crispées sur les boutons de sa redingote, se raidissait dans son intransigeance.

— Quand il s'agit de faire respecter la volonté de Pierre le Grand, aucun scrupule n'est superflu.

— Est-ce Pierre le Grand qui a fixé le nombre des fenêtres ?

— Je ferai observer à Votre Haute Excellence qu'un oriel n'est pas une fenêtre.

— Vous vous amusez à humilier un homme qui n'est plus en faveur.

— Au banquier de Sa Majesté, j'ai refusé l'autorisation de surélever d'un étage l'immeuble où il voulait installer ses bureaux.

— J'appelle aridité d'esprit et sectarisme cette façon de procéder. »

Barenkov devint livide.

« Nous connaissons tous, monsieur, de quel milieu modeste vous provenez, continua Nabokov sans paraître remarquer la pâleur soudaine du conseiller privé. Dans un village des environs de Pskov, votre père vivait de la culture du lin. Vous vous êtes élevé par vos seuls mérites, à la force du poignet, jusqu'à la haute position que vous occupez. Ce n'est pas une raison pour tenir rancune à ceux que la bienveillance du sort a favorisés.

— Si vous-même admettez ne prendre d'autre peine que de jouir de vos privilèges, ne prétendez pas y ajouter des passe-droits.

— C'est Saint-Just en personne ! s'exclama l'ancien ministre en invoquant les spectateurs à témoins. Pourquoi, dans notre sainte Russie, pousse-t-il aujourd'hui cette graine de dogmatisme et d'intolérance ? Au lieu de chercher la solution dans le juste milieu, chacun se met des œillères et va droit à son but sans regarder autour de lui. Monsieur dérange Pierre le Grand pour empêcher un vieillard de donner un peu plus de lumière à la chambre de son petit-fils.

« Le plus terrible, ajouta-t-il après une pause, c'est que les serviteurs du tsar ne se montrent pas moins fanatiques que ses assassins. »

Où veut-il en venir ? se demandait-on stupéfait.

« Après le meurtre de Sa Majesté, j'ai tenu à interroger personnellement les auteurs de l'attentat. Il me semblait que mon devoir de ministre de la Justice m'obligeait à écouter leurs raisons, avant de les envoyer à l'échafaud. J'ai interrogé Ryssakov, qui avait jeté la première bombe. Dix-neuf ans, un visage d'ange, et, pensais-je, un cœur gonflé par l'amour du peuple russe. Pourquoi commettre un crime si abominable, si l'on ne nourrit pas l'illusion que la disparition du maître changera le sort de ses sujets ? Pas une fois, dans les propos que m'a tenus ce garçon, je n'ai senti vibrer la fibre humaine. Une apologie, froide et abstraite, du régicide, voilà tout ce que j'ai obtenu de sa bouche où vous auriez glissé comme à un chérubin innocent le pain bénit de la communion. La cause du peuple ? Simple prétexte, pour lui, à clamer sa haine.

« Et la hautaine Sofia Pérovskaïa, savez-vous ce qu'elle m'a répondu ? J'espérais qu'elle m'expliquerait son geste par un souvenir d'enfance, l'image d'une injustice restée brûlante au fond de son cœur. "Pourquoi semer la destruction et inciter au carnage ? Vos bombes ont tué non seulement l'empereur, mais déchiqueté un enfant qui se trouvait sur le passage du cortège, deux cosaques de l'escorte, le cocher, une autre personne dans le carrosse." Elle m'a dévisagé froidement. "J'ai agi, me dit-elle, pour m'offrir à la cause." Le pur désir de sacrifice ! S'offrir à la cause et mourir !

« Pas la moindre peur, dans son visage buté et souriant, de la corde déjà prête pour la pendre, ni le plus léger regret de quitter la vie à vingt-huit ans. En pleine jeunesse ! Je vous le demande, messieurs :

peut-on arriver à quelque chose, avec la seule passion de la mort ? Ils appelaient leur cercle de conjurés : la Volonté du Peuple. Mais ce n'était que la volonté du néant ! Du néant, peut-il sortir le bien ? Sans un peu de compassion et d'amour de soi-même, on ne fera qu'ajouter l'injustice à l'injustice. Vingt-huit ans, et le mépris de la vie chevillé au corps ! Que diriez-vous si les blés, refusant de pousser, décidaient de sécher sur leurs tiges ? Sainte Russie ! Qu'avons-nous fait au ciel, pour devenir aussi arides et sans pitié ? Un peu d'humanité, Seigneur, un peu d'humanité ! »

Il s'était peu à peu écarté de Barenkov. Parmi ceux qui l'écoutaient, beaucoup n'avaient pas approuvé, il y a douze ou quinze ans, les réformes du ministre, mais tous, aujourd'hui, s'accordaient pour reconnaître la parfaite harmonie de ses actes et de ses idées. Quand il plaidait pour plus d'humanité, il avait prouvé que de tels mots ne sonnaient pas en vain dans sa bouche. Même sa façon d'évoquer la mémoire des régicides ne déplut pas, car on sentait que l'attention portée au cas individuel des pendus et l'apitoiement sur leur jeunesse fourvoyée laissaient intacte en lui l'horreur de leur crime. Quelques regards de blâme se coulèrent vers le président du Comité de surveillance imbu d'une confiance excessive dans son rôle.

Sergueï Barenkov se redressa.

« Votre Haute Excellence a oublié un détail », commença-t-il en tirant de sa poche un paquet, bien ficelé, de billets arc-en-ciel.

L'ancien ministre se troubla à son tour.

« La requête pour la construction de l'oriel est parvenue sur mon bureau accompagnée de cette liasse de coupures. Je n'ai pas eu besoin de les compter pour évaluer à quel prix vous m'achetez. Le voilà, votre juste milieu ! Le voilà, votre moyen de faire vibrer la fibre humaine, comme vous dites ! Parce qu'il est né riche et que les roubles ne lui coûtent rien, le grand seigneur se permet de suborner un fonctionnaire issu d'une famille de paysans. »

Partout ailleurs en Europe, cette sortie eût récolté l'assentiment des témoins. La corruption est si bien admise en Russie, les pots-de-vin une pratique si généralisée, que les fières paroles de Barenkov obtinrent le résultat contraire. Qui était-il, pour se livrer à une attaque aussi perfide ? Où prenait-il l'audace de récuser un usage si répandu à tous les échelons du gouvernement, que brandir l'étendard de l'honnêteté constitue une véritable offense contre les gens en place ? Sans entendre les murmures de désapprobation, il acheva sa diatribe.

« Reprenez votre argent, monsieur le ministre, et offrez-le à quelqu'un que l'amour de soi-même, selon votre formule, dispose à accepter vos cadeaux. Il serait dommage de vous laisser gémir plus longtemps sur l'inconfort de la nursery qui aura l'honneur d'abriter les vagissements de votre petit-fils ! »

Dmitri Nabokov repoussa l'argent et se dirigea vers la sortie, avec la majesté théâtrale de celui qui dédaigne les insultes. Sergueï Barenkov resta seul. Il prit la carte que je lui tendais, regarda le nom, me salua d'une inclinaison de tête et m'indiqua d'une voix brève les heures où je le trouverais à son bureau. Intimidé par sa froideur, je n'arrivais pourtant pas à le blâmer. Un homme d'une conviction si entière force le respect et l'estime. Il protège la capitale des tsars contre l'initiative des particuliers, plus efficace que ce saint Michel tout en or qui, du haut du mausolée d'Hadrien, n'a pu s'opposer à l'enlaidissement de Rome.

Moi qui partageais mon temps entre Moscou et Paris, deux villes non moins défigurées par une spéculation anarchique, il ne me semblait pas si mauvais qu'on fît respecter à la lettre les règlements d'urbanisme.

VIII

Quand Dmitri Nabokov eut traversé avec une lenteur étudiée la grande salle du club vers la porte de sortie, l'eau sale qui dégoulinait de ses caoutchoucs avait formé une rigole au milieu du parquet. Un majordome en habit bleu et rouge vint constater les dégâts, puis appela des cuisines un homme de peine qui entra avec un seau et une serpillière. Ancien serf, Zossima pouvait avoir une soixantaine d'années. Sous un tablier gris serré à la taille par une corde de chanvre, il portait une souquenille bleue, des pantalons bouffants crème, des bottes à l'empeigne fendillée. Les corvées et les rhumatismes avaient arqué son échine.

Une veilleuse suspendue par trois chaînettes d'argent brûlait devant l'icône. Il posa le seau pour se signer. Houspillé par le majordome, il se mit à l'œuvre, essuyant le parquet avec la serpillière. Il dut parcourir à genoux la moitié de la salle. Pas un soupir ne sortit de sa bouche. Il ne songeait ni à protester ni à se plaindre, même quand il lui fallait se relever pour prier le propriétaire d'une chaussure de s'écarter d'un demi-pas. On s'exécutait de mauvaise grâce, et le majordome, tout en présentant ses excuses, querellait le vieux serviteur.

« Tu as dérangé Sa Haute Noblesse ! Ne vois-tu pas que Son Excellence est occupée ! »

La dernière personne qui aurait dû, selon moi, se montrer dure envers ce pauvre diable était Sergueï Barenkov. Non loin de la sortie, là où l'ancien ministre avait serré quelques mains avant de franchir le seuil, le conseiller privé attendait qu'on lui apportât son manteau. La flaque la plus large s'étalait à cet endroit, et le pied du conseiller était posé dessus.

« Quelques verchoks seulement... », marmotta l'ilote après s'être redressé péniblement. L'ennemi des riches, le fonctionnaire intègre, l'Alceste du Palais reprit avec aigreur l'ancien serf.

« On ne dit pas verchoks, petit père. A sept ans du vingtième siècle, tu te crois encore au Moyen Age ? Ignores-tu que la Russie moderne compte en centimètres ? »

Ayant hoché la tête sans comprendre, le vieux se baissa pour finir sa tâche. Barenkov haussa les épaules et sortit. Quel homme intransigeant au-delà du raisonnable, pour vouloir remplacer les mesures coutumières par le système métrique des jacobins ! Quelle passion exclusive de la rectitude et de la pureté !

J'espérais retrouver Nicolas de Souzdal, puis me souvins que, n'aimant pas s'attarder au club, il était retourné à ses occupations. A peine entré, un nouveau personnage semblait fort désireux au contraire de se mettre en valeur devant ce parterre d'Excellences.

Ni vieux ni jeune, ni beau ni laid, ni gros ni maigre, ni grand ni petit, en tout il tenait une sorte de milieu, obtenu à force de vouloir plaire, de s'imposer des contraintes et de gommer ce qui aurait pu faire saillie. Même la couleur de ses cheveux échappait à une définition précise : entre blonds et châtains, ils luisaient d'une teinte jaunâtre avec des reflets plus sombres. Cette filasse tombait raide sur sa nuque, selon une coupe qui ne correspondait plus à son âge, sans pour autant s'adapter à la mode de la nouvelle génération.

A Saint-Pétersbourg, on a la passion du costume militaire. Tout ce qui possède un grade dans la hiérarchie civile se souvient des équivalences instituées par Pierre le Grand. Le registrateur du Sénat s'habille en sous-lieutenant, le conseiller titulaire en capitaine, le conseiller de la Cour en lieutenant-colonel, et ainsi de suite. A chaque tchin son uniforme ; peut-être, si j'en croyais les allégations du général Apraxine, pour apaiser l'angoisse d'appartenir à un pays aussi démesuré.

Le nouveau venu portait la tunique droite et le pantalon de général, tenue qui allait aussi mal que possible à son corps mou, sans dessin ni ligne. La croix de Saint-Stanislas de troisième classe, la classe inférieure dans l'ordre le plus subalterne, brillait sur sa poitrine, mais seulement par intervalles, car sa main gauche ne cessait de rabattre le revers de sa veste et de masquer la partie du gilet qui arborait la décoration.

« Conseiller d'Etat Boris Nicolaïevitch Atanaiev ! » glapissait-il d'une voix trop haute, en claquant des talons avec un respect exagéré. Il allait de l'un à l'autre, non sans une foi naïve dans le succès de ses efforts pour gagner les faveurs du grand monde, espoir chaque fois déçu par le sourire gêné ou la moue ironique de ceux qu'il accostait.

« Conseiller d'Etat Boris Nicolaïevitch Atanaiev ! » Il prenait son élan, jetait son titre avec emphase, mais soudain, conscient que ce n'était pas une recommandation plus fameuse que la croix de Saint-Stanislas de troisième classe n'était une distinction élevée, mortifié de prêter le flanc à la raillerie ou sujet à quelque brusque impulsion, il changeait de ton et d'accent. Sa voix, normalement virile, montait de plusieurs notes, puis elle dérapait vers l'aigu, et, sur les deux dernières syllabes, il criait en fausset : « aï-ev ! ». L'intonation avait sauté malgré lui, il devenait tout rouge et, après un salut embarrassé, repartait plus loin. Nouveau claquement de talons, nouvelle parade de son grade, nouvelles avances auprès des membres influents du club, nouvelle bérézina, nouvelle piteuse retraite.

Vanité ? Ambition ? Recherche de prébendes ? En disant dès maintenant que j'avais deviné, dans sa personnalité plus complexe que l'apparence ne le laissait voir, des dissonances qui en faisaient l'intérêt, je ne voudrais pas être accusé d'anticiper sur l'avenir, quand la vérité, grâce à Nastasia Alexandrovna, son épouse, fut percée à jour. Pour le moment, je me bornais à le soupçonner de nous cacher quelque chose. Un malheur, une disgrâce, dont le tourment le poussait à se conduire de la manière la plus nuisible à sa cause. Politesses excessives, étalage de son titre, façon malencontreuse de le claironner : pauvres moyens de défense, encre que lâche la seiche pour se dissimuler, mais dont le noir sillage la dénonce.

Les contorsions que s'imposait le conseiller d'Etat aboutissaient au résultat contraire. Certes, on ne pouvait savoir quelle faute il avait à se reprocher, mais un homme qui ne se sent pas coupable agit avec moins d'affectation, sans crier son nom ni se masquer sous des grimaces ridicules. La prudence qui, préposée à la garde de son secret, lui soufflait à l'oreille : « Attention ! tu n'as pas le droit, étant donné ce que tu es, de te présenter à visage nu », le forçait à gesticuler et à glapir, en sorte que l'ordre de passer inaperçu se traduisait par une exhibition théâtrale de culpabilité.

Les boiseries sculptées du plafond et le cuir de Cordoue tendu sur les murs attestent le goût du prince Orlov, qui met à la disposition du Yacht-Club de la marine le rez-de-chaussée de son palais. Un buffet richement garni présentait sur des nappes brodées en fils d'or par des serves du Caucase toutes les variétés de hors-d'œuvre, ainsi que des viandes et des poissons en provenance des districts les plus reculés de l'empire. Les œufs d'esturgeon frais voisinaient avec les foies au madère, les filets de sterlet de la mer Caspienne avec les croquettes d'ours de l'Oural. Sous l'œil du majordome qui les morigénait sans motif, les domestiques circulaient avec des plateaux chargés de boissons. Dans les flûtes pétillait le champagne, et, pour ceux qui préféraient la vodka, un échanson remplissait leur verre après chaque rasade. Fabergé avait fourni la cristallerie, la porcelaine, l'argenterie, les brûleurs à parfum, Elisseiev, le célèbre traiteur de la Perspective, apporté les victuailles et les nappes, le restaurant Donon, sur la Moïka, procuré les mitrons.

Boris Atanaiev m'aborda déjà un peu gris. Sans cette circonstance, eût-il prêté attention à un homme qui, n'ayant aucune position dans la société pétersbourgeoise, ne pouvait lui être utile en rien ? J'eus droit au claquement de talons, à la déclaration emphatique et au glapissement. Un trait de sa conduite me déplut. Au moment où mes yeux rencontraient les siens, il baissa le regard et fixa un point sur le parquet. Il n'était pas responsable de ses yeux globuleux et jaunes, mais fuir le regard d'autrui constitue, selon moi, un indice de lâcheté. Mon arrière-grand-père avait regardé bien en face les juges qui le condamnaient à mort, et ceux-ci soutenu sans faiblir son regard. A victimes impavides, bourreaux sans remords. On m'avait toujours présenté, en me racontant les légendes de notre famille, ce croisement de prunelles et cette joute oculaire comme la mesure de l'altitude où la Révolution portait les esprits.

Après m'avoir salué d'une courbette, plus servile que courtoise, Boris Atanaiev mit le cap sur le général Apraxine. A la poignée de main cordiale et au coup d'œil franc de Sosthène Mikhaïlovitch, il répondit en louchant vers le sol. Je faisais des vœux pour que la négociation au sujet du pont évitât le bureau où officiait ce personnage, quand je le vis sortir de sa poche une lettre semblable à celle que le hasard avait mise déjà cinq fois sous mes yeux. Le général baissa la voix et poussa le conseiller d'Etat à l'écart.

Cette lettre étant devenue un peu mon affaire, que n'aurais-je donné pour avoir une idée de son contenu ! Je savais seulement que Nicolas de Souzdal, le plus cher de mes amis à Saint-Pétersbourg en même temps que le meilleur des hommes et le plus généreux des médecins, comptait s'en servir dans l'intérêt de certaines de ses convictions, que le conseiller privé Sergueï Barenkov lui avait opposé un refus sec, alors qu'Anatole Kremski, en grand seigneur que rien ne surprend, non seulement paraissait dénier toute importance au message impérial, mais encore se moquer de ceux qui sollicitaient son opinion.

Qu'y avait-il de commun entre le directeur des Théâtres impériaux, l'inspecteur général de la Santé et le président du Comité de surveillance des Bâtiments et de l'Urbanisme ? Entre Nicolas et Anatole, j'établissais le lien : l'école de Droit, mon lycée, dont le général Apraxine était aussi un ancien élève, ainsi qu'Alexandre Obolev, le directeur du musée de l'Ermitage, au domicile duquel, rue des Millionnaires, un des sept courriers du tsar avait déposé la fameuse lettre.

Ce Boris Atanaiev l'avait donc reçue également ? Ses yeux de grenouille s'étaient posés dessus ? Pourquoi tous, quand ils l'avaient lue, éprouvaient-ils le besoin de se concerter ? Quel procès devaient-ils instruire ? Quel scandale empêcher d'éclater ? Atanaiev et Barenkov avaient-ils passé, comme les quatre autres, par l'école de Droit ?

On entendit un brouhaha près de la porte, et toutes les têtes se tournèrent dans cette direction.

IX

Celui dont l'entrée causait une telle sensation n'était autre que le grand-duc Constantin Constantinovitch. Confus d'être le point de mire, il osait à peine nous regarder. « Ne vous occupez pas de moi ! » semblaient dire ce sourire pâle adressé à la cantonade, ce maintien modeste. Il portait le deuil de son père. Sans les boutons noirs cousus à son uniforme, se fût-il montré plus hardi ? On le devinait d'un tempérament réservé, ne tirant, de son cousinage avec Alexandre III, ni orgueil de caste ni avantages personnels.

Un collier de barbe peu fourni entourait son visage régulier. Des yeux doux et tristes, d'où émanait le charme d'une nature pensive, complétaient une physionomie de rêveur et de poète. Il avait publié avec succès un recueil de vers, signé des deux lettres K.R., acronyme qui, sans tromper personne, lui permettait d'en nier la paternité aux courtisans trop flagorneurs. Ses goûts l'inclinaient vers les plaisirs de l'intimité plus que vers le faste de la Cour. Sans la crainte de se donner trop d'importance, il eût réuni au palais de Marbre un cercle de lettrés et d'artistes. Vice-président de la Société musicale russe, il n'avait accepté cette charge que sur les instances de Piotr Ilitch Tchaïkovski. De tous les membres de la famille impériale, il était le seul que le grand compositeur fréquentât lors de ses séjours dans la capitale. Les six romances de l'opus 63, écrites sur les vers du grand-duc, portaient son nom en dédicace. Chaque fois qu'on lui rappelait cet hommage, il avait tendance à rougir et à éluder le compliment.

L'opposition libérale, qui l'eût volontiers, en souvenir de son père, reconnu comme chef, déplorait son excessive réserve. L'autocratie prônée par Alexandre III rebutait sa nature trop douce, mais, au dire de ses amis politiques, la répugnance envers le pouvoir, quel qu'il fût, l'empêcherait toujours de se mettre à la tête d'un parti.

Autant Constantin s'efforçait de passer inaperçu, autant le sous-lieutenant qui l'accompagnait avait envie d'être remarqué, admiré. On lui eût accordé tous les suffrages, à ne le juger que sur sa tournure. De l'avis général, nul ne revêtait avec plus d'élégance l'uniforme rouge et noir du régiment Sémionovski. C'était un de ces jeunes Russes auxquels le climat hyperboréen, loin de décolorer la peau, la nimbe d'un éclat doré, en harmonie avec les cheveux blonds.

Quel âge donner à cet imberbe ? Vingt et un, vingt-deux ans tout au plus. Les premiers à se poser la question furent aussi les premiers à revenir sur leur impression favorable. Personne n'étant admis au club avant vingt-cinq ans révolus, il fallait supposer au blanc-bec, pour oser enfreindre la règle, une certaine présomption. Par ailleurs, comment expliquer l'ascendant qu'il exerçait sur le grand-duc ? Connu pour sa discrétion, celui-ci n'avait pu amener de bon gré quelqu'un dont la présence, il le savait, choquerait une partie des habitués.

Appartenait-il à l'aristocratie au moins ? Vantait-il un grand nom ? Par l'aide de camp du grand-duc, ce lieutenant en tunique blanche, on sut bientôt à quoi s'en tenir. Vladimir Lvovitch Davydov. Une lignée inconnue. Lev Davydov, son père ? Personne n'en a entendu parler. Et puis, il faut bien le dire, ce garçon est peut-être beau, mais qu'est-ce qu'une enveloppe extérieure, en disharmonie avec l'âme ? Est-il même si beau que cela ? Ses cheveux ne sont-ils pas un peu trop blonds, un peu trop fins, son nez un peu trop effilé, ses lèvres un peu trop minces ? Dans toute sa physionomie, ne se cache-t-il pas quelque chose de pointu et de rusé qui infirme la bonne opinion du début ?

La médisance allait bon train. Je prêtais l'oreille, non moins intrigué par le compagnon du grand-duc qu'amusé par ces commentaires. Les hommes sont bien curieux, me disais-je. Si une femme, jeune et belle, se présente à leurs yeux, ils s'écrient : quelle belle femme ! sans ménager leur admiration ni se demander si l'épithète convient. Mais dire d'un garçon : c'est un beau garçon ! les gêne, les effraye, ils se sentent coupables, le qualificatif leur reste coincé dans la gorge. S'ils le lâchent, il faut qu'ils le reprennent aussitôt. Vladimir était la beauté même, comment en nier l'évidence ?

« Vous ne trouvez pas ? » demandai-je à Boris Atanaiev, qui se tenait par hasard à mon côté. Dissimulé derrière une haie d'uniformes, il couvait des yeux celui à qui personne ne pouvait rester indifférent.

Il sursauta, se tourna vers moi.

« Qui donc ? balbutia-t-il. Ah ! ce gringalet arrogant ! »

Il loucha, mécontent, vers le sous-lieutenant, l'enveloppa d'un regard vindicatif, puis, tout en feignant d'examiner la rangée de croix sur la poitrine du vieux prince Bolkonski, continua à lorgner par en dessous le garçon.

Qu'avec les formes gracieuses de Vladimir s'accordât un cœur droit et pur, il était permis d'en douter, même sans partager la hargne du conseiller d'Etat. Beauté ou pas, son maintien manquait de tact. Quelqu'un de si jeune et d'une origine si obscure n'aurait pas dû profiter de la modestie de son auguste protecteur pour se pousser en avant et plastronner avec cet aplomb.

Tandis que tous les fronts se courbaient au passage du grand-duc et que celui-ci répondait aux saluts par une timide inclinaison du menton, Vladimir, imperturbable, gardait la tête haute, en sorte que les hommages avaient l'air de s'adresser à lui. La figure creuse et triste de Constantin, que le collier de barbe allongeait encore, contrastait avec la fatuité épanouie de son compagnon. Lequel, sans regarder personne, s'avançait au milieu de la foule, blonde et dédaigneuse idole, un sourire figé sur ses lèvres pâles, ses cheveux courts dressés en épis. Le prince, dans le sillage duquel il aurait dû rester, marchait un demi-pas en arrière.

Comme on n'osait blâmer le cousin du tsar, on faisait porter au jeune effronté tout le poids d'une telle inconvenance.

Cependant, une information circula, qui nuança les opinions. On apprit que Vassili Davydov, son grand-père, hostile à Nicolas Ier, avait pris part à la conjuration de 1825. Arrêté avec les autres décembristes, il fut incarcéré à la forteresse Pierre-et-Paul. Au lieu de le pendre, on l'expédia en Sibérie.

« Oui, sa maison de Kamenka, en Ukraine, servait de repaire aux factieux. C'est là qu'ils tramaient leurs infâmes complots », dit à voix haute, pour être entendu du Père Macaire, le dignitaire favorable au rapprochement avec la France.

A peine le corbeau se fut-il éloigné :

« Vassili et son frère Alexandre étaient des plus sympathiques à Pouchkine, ajouta-t-il d'un ton plus confidentiel. Le poète résidait souvent à Kamenka, chez ceux qu'il appelait "chers et intelligents ermites". Il écrivit là-bas *le Prisonnier du Caucase*. »

On se mit à regarder avec plus de considération celui dont le grand-père avait charmé un tel hôte. Cette caution, pourtant, sembla insuffisante à la plupart. Elle n'excusait pas la violation du règlement. Ni l'outrecuidance, pour un simple sous-lieutenant, de prendre le pas sur une altesse.

Anatole, en grand seigneur que ses privilèges placent au-dessus des conventions, ne paraissait nullement choqué. Il se faufila jusqu'à moi, un pli espiègle au coin de la bouche. Ce qu'il avait à me dire devait être plaisant, car il me secoua le bras, sans s'apercevoir qu'il me pinçait.

« Je ne voulais pas l'admettre, mais ce garçon, Basile...
— Eh bien ?
— Rien de plus naturel, d'ailleurs. Avec son bagou, sa drôlerie... »

Pressés par la foule, repoussés par le majordome qui ouvrait au grand-duc un passage vers le buffet, nous échangions tant bien que mal des bouts de phrases. Je n'avais qu'une peur, c'est qu'Anatole, toujours capricieux et changeant, ne sautât à un autre sujet.

« Quelle coïncidence... Non, mon cher, je te le donne en mille !
— Mais qui est-ce, Anatole ?
— Tu ne le devineras jamais... Si en plus tu savais le fond de l'affaire... Retrouver ici, en compagnie du grand-duc, le neveu de... »

Une bousculade me sépara du prince. Il contourna un groupe d'officiers qui ne se gênaient pas pour critiquer une autre impudence de Vladimir. Selon eux, il n'avait aucun droit à porter l'uniforme de sous-lieutenant du régiment Sémionovski.

Quand Anatole m'eut rejoint :

« Qu'en penses-tu ? reprit-il de plus en plus excité. Tchaïkovski ! Son propre neveu !
— Tchaïkovski ?
— Quel rusé lascar, vraiment ! Il paraît qu'il fait souffrir son oncle... Bah ! ajouta-t-il avec un éclat de rire, ce sont leurs affaires ! »

En réponse à un grognement de son compagnon, on entendit le grand-duc élever la voix.

« Tout de suite, Bob. »

Le cousin du tsar prit des mains de l'échanson la carafe de vodka et remplit lui-même un verre qu'il tendit au garçon. Geste si contraire au protocole, qu'il provoqua une stupéfaction improbatrice.

Anatole exultait.

« Bob ! Il l'appelle Bob, tu te rends compte ! »

Les officiers continuaient à mettre en doute qu'un jeune homme sans noblesse, un freluquet sorti de rien, pût être admis au grade d'officier dans cet illustre régiment. Le prince Cheremetiev ne prêtait pas son palais pour y loger un paysan d'Ukraine. « Quelle audace !
— Un mot bien poli, vous pouvez le dire. » Ossip Konradi, le lieutenant en tunique blanche, essayait de défendre Vladimir. Devant l'aide de camp de Son Altesse, les autres n'osaient insister. Le vieux général Kolnikov vint à leur secours. En confirmant leurs soupçons, il retrouva audience et crédit. Il connaissait par cœur l'histoire de chaque régiment, comment on y entrait, à quelles conditions, et fut catégorique au sujet des trois corps d'élite, Préobrajenski, Sémionovski, école des Pages. Un roturier officier au régiment Sémionovski ?

Autant imaginer un chameau au pôle Nord. La dernière dérogation, d'après lui, remontait à Nicolas Ier.

« Sa Majesté Alexandre II, marmonnait-il, n'aurait jamais permis une telle impiété. »

Je voulus m'approcher du buffet, afin d'observer Constantin de plus près. Vladimir l'avait précédé et passait en revue les victuailles. Le neveu de Tchaïkovski... Faire souffrir son oncle... Que signifiaient les allusions d'Anatole ? De quel piquant secret se régalait-il ?

Mes yeux tombèrent sur la nuque de Constantin, où frisotaient des mèches noires. Noires ? Ne disait-on pas de lui : le rouquin ? N'avais-je pas constaté moi-même, devant le palais de Marbre, que ses cheveux tiraient sur le roux ? Il les avait donc teints ? Il n'en aimait pas la couleur naturelle, soit, mais de là à se teindre comme une femme... Quelle déception de penser que ce rêveur, ce poète à qui seules les portes d'or du Parnasse auraient dû s'ouvrir, s'égarait dans le monde de l'illusion, de la tromperie.

« Le deuil a bon dos », me souffla Anatole, avec un clin d'œil fripon.

Sur ce propos sibyllin, il vida son verre et me planta.

« Ma foi, j'mangerais ben un morceau », déclara soudain Vladimir.

C'était la première fois qu'on entendait le son de sa voix. Les dispositions bienveillantes qu'on avait pu lui garder furent plus ébranlées par cette courte phrase que par l'initiative malséante du grand-duc. En trois mots il commettait trois fautes : contre l'étiquette, qui interdit d'adresser le premier la parole à un membre de la famille impériale ; contre la politesse, qui commande de s'effacer devant autrui ; contre la civilité, qui déconseille de faire allusion à son ventre. Si encore il s'était exprimé correctement ! Voulions-nous continuer à juger « élégant » un gamin échappé de l'école ? Quelle façon vraiment « distinguée » de parler ! Avaler la moitié des syllabes et adopter le vocabulaire de la place aux Foins !

Le son même de cette voix causa ma principale déconvenue. Une voix de basse, inadaptée à ce corps gracile d'adolescent. Et non seulement grave, mais grasse, avec une pointe de vulgarité. Une voix épaisse, engagée dans la matière, au service de désirs triviaux. Une voix qu'on n'imaginait pas dire les vers délicats de Constantin. Entre l'aspect physique de Vladimir, la finesse de ses traits, l'éclat de son teint et cet organe malsonnant, la disparité était si flagrante que mon cœur se serra. La nature, sur le point de produire un chef-d'œuvre, avait échoué au seuil de la perfection.

Le jeune homme pointa le doigt vers un magnifique sterlet à moitié découpé dans un plat en vermeil, tapota de l'index sur la peau rugueuse, puis enfonça le doigt dans l'œil du squale. Il avait des mains courtes, bien dessinées, des mains de pianiste, me dis-je en les comparant aux miennes, trop fines et longues, que Nicolas Rubinstein avait jugées indignes de m'ouvrir une carrière professionnelle, oui, les mains mêmes d'Alexandre Siloti, ce qui me rendit encore plus triste de les voir commettre cette action déplacée.

Vladimir indiqua au majordome qu'il voulait une part de sterlet. Le majordome, à qui l'étiquette imposait de servir d'abord Son Altesse, interrogea du regard 'e grand-duc. Celui-ci s'empressa de s'aligner sur le choix de son compagnon. Du moins, c'est ce que chacun de nous pensa. Vladimir tendit la main et s'empara le premier de son assiette. Le grand-duc à son tour prit la sienne. En tout, comme un serviteur docile, il avait l'air de l'imiter.

L'âme du garçon se dévoila tout entière dans la courte scène qui suivit. Il faut savoir que le sterlet ne se pêche que dans la mer Caspienne ou dans le cours inférieur de la Volga, à des centaines de lieues de Saint-Pétersbourg, qu'il doit arriver vivant dans la marmite pour conserver son goût, et qu'il ne peut vivre que dans les eaux où il est né. On le transporte dans des bacs ad hoc, qu'on maintient à une température constante, en renouvelant l'eau avec une eau de la même origine. La rareté de ce poisson et les frais élevés du voyage portent un tel article jusqu'à des prix exorbitants.

Elisseiev avait envoyé son plus beau spécimen. On évaluait sa valeur à une dizaine de billets rouges. Le grand-duc dégustait les premières bouchées et manifestait son contentement, lorsque Vladimir, prenant un air dégoûté, reposa son assiette et dit :

« Pouah !

— La saveur est spéciale, c'est vrai, fit le grand-duc embarrassé. Il faut s'y accoutumer. Une fois qu'on a pris l'habitude, tu verras qu'il n'y a pas de mets plus exquis.

— M'habituer à c'truc-là ? Jamais, avec tout le respect dû à Votre Altesse. »

Constantin insista.

« Essaye encore une fois. Pour me faire plaisir. »

Ce prince si doux et poli était soucieux de ne pas vexer les habitués du club, réputé pour l'excellence de sa table.

Vladimir prit une autre bouchée et la recracha.

« Où a-t-on pêché cette bestiole ?

— Votre Noblesse, elle a coûté cent vingt roubles », dit le majordome obséquieux.

« Cent vingt roubles ! Avec ce fric, on pourrait avoir pendant un mois les bohémiennes. »

Le grand-duc s'empourpra.

« Ce n'est pas le prix qui compte, dit-il sèchement au majordome.

Si monsieur n'aime pas le sterlet, sers-lui autre chose. Voyons, Bob, que veux-tu ? Une caille en gelée ? Du cochon de lait au raifort ? Qu'est-ce qui te ferait plaisir ?

— Allons-nous-en. J'en ai assez de cet endroit. Où sont les femmes ? On ne rigole que là où il y a les femmes. »

Il jeta un regard circulaire sur la salle, où il n'aperçut que de hauts personnages décorés, le plus souvent barbons. Un murmure parcourut les groupes. Cette déclaration, le ton employé pour la faire, l'envie de « rigoler » et la familiarité décidément triviale du langage furent les pièces à conviction offertes aux derniers incrédules.

Anatole, voyant le blâme peint sur ma figure, me prit à part.

« Ne les écoute pas, avec leurs commérages ! Dans cette Cour empesée, qui étouffe sous le respect, où le protocole dicte chaque geste, Bob est le seul à mettre un peu de vie, de gaieté. Son non-conformisme ne déplaît pas à Constantin, son toupet l'amuse, son franc-parler l'aère. Un type qui le change des courtisans, tout le secret est là. Les vieilles barbes sont jalouses, tu ne vas pas faire chorus avec elles ! »

Je ne savais que répondre. Le garçon se chargea lui-même de commenter les propos d'Anatole.

« Allons chez Iar », dit-il soudain.

Les tziganes les plus provocantes de Saint-Pétersbourg se produisent dans ce cabaret, situé entre le pont Nicolas et le palais Roumiantsev. Malgré cet emplacement de choix, le local a si mauvaise réputation, qu'on évite de prononcer son nom. Les plus assidus à le fréquenter, lorsqu'on leur demande où ils comptent passer leur soirée, se contentent d'un pudique euphémisme. « Oh ! Quai des Anglais, sans doute... »

Le grand-duc avait essayé de flatter la vanité sociale du jeune homme en l'introduisant dans le club le plus fermé de la capitale : cet effort pour l'élever au-dessus de sa condition, dans un milieu raffiné, échouait, non seulement à cause des mauvais instincts de Bob, mais parce que le cousin du tsar manquait de caractère. Ce que chacun de nous avait craint ne s'avérait que trop. La débauche unissait les deux hommes. La soumission de l'un comme le sans-gêne de l'autre résultaient de ce lien. Vladimir, fort de sa beauté et de son audace, servait à appâter les femmes que Constantin, trop timide pour se les procurer seul, n'obtenait que par son entremise.

« Alors, chez Iar, on y va ? » reprit le mirliflore impatient.

Il tournait déjà le dos sans laisser à Constantin le temps de finir son assiette, quand le prince, rappelant à lui sa dignité, dit d'une voix tranchante qui surprit agréablement et rassura l'assistance :

« Tu attendras que j'aie terminé. »

Vladimir, docile, revint devant le buffet. D'une mine renfrognée, avec cet air des enfants qu'on a grondés et qui se vengent de l'offense en boudant, l'ange outragé se mit à boire. Il vida un premier verre de vodka, puis un deuxième. En silence, comme un automate, avec une application studieuse et butée. Il tendait son verre à l'échanson pour s'en faire remplir un troisième, lorsque le cousin du tsar, pour éviter un nouvel esclandre, prit les devants, posa son assiette encore à moitié pleine et poussa vers la sortie le jeune homme qui commençait à être ivre.

X

Dix ou douze jours après ma première visite, sur les instances du général qui tenait à hâter les négociations, je me fis conduire à nouveau dans l'île aux Lièvres. Sous un ciel traversé de petits nuages blancs, la Néva, revenue à son niveau habituel, coulait sans obstacle vers la mer.

Sur la bande de terre qui sépare le rempart du fleuve, côté sud, des promeneurs s'attardaient, pour goûter les premiers rayons chauds du soleil. L'île autrefois n'était accessible qu'aux militaires. Sur décision du général, homme assez libéral pour ouvrir son domaine aux civils, on pouvait maintenant faire le tour des murailles. Et même, à la belle saison, se baigner sur la plage, à la pointe ouest de l'île, face à la Bourse maritime. Le petit jardin, planté de peupliers, d'arbustes et de buissons, qui s'étend à cet endroit au pied du rempart, se trouvera associé si intimement à cette histoire, que j'ai voulu le mentionner sans attendre.

L'aide de camp m'introduisit dans le cabinet du gouverneur, au premier étage de la maison des Commandants.

Un visiteur, en uniforme de lieutenant général, prenait congé.

« Son Excellence le comte Rodion Menchikov, commandant du corps des Pages. Il me laisse Igor jusqu'à demain.

— Votre Haute Excellence peut se féliciter d'avoir un tel fils, proféra le comte, un athlète de plus de deux archines et demi.

— C'est la prunelle de mes yeux », dit le général.

Un imperceptible sourire échappa au commandant de l'école. Il le réprima aussitôt, et, sur son visage figé, réapparut le masque de l'officier, du chef. Le général ne s'était aperçu de rien.

« Veillez sur lui toujours avec le même soin, reprit-il. Vous aurez droit à ma reconnaissance éternelle. »

Rodion Menchikov s'inclina, dissimulant, me sembla-t-il, un sourire plus marqué. Les deux hommes prirent congé, sur le salut réglementaire.

Apraxine retourna à son bureau, devant une bibliothèque qui pouvait contenir trois ou quatre cents livres. Un rayon de soleil tombait sur sa joue balafrée. Il avait annoté les pages d'un in-folio à la reliure ancienne. Un autre volume, sur la tranche duquel je lus le nom de Montesquieu, était posé sous la lampe.

« Oh ! fit-il pour répondre à mon regard admiratif, j'ai trouvé cette bibliothèque en prenant mon poste. Un de mes prédécesseurs, le général Ivan Nabokov, l'avait constituée.

— Un parent de l'ancien ministre de la Justice ?

— Son oncle, je crois. Il lisait beaucoup — uniquement des livres en français. La culture russe a un tel retard sur l'Occident, que beaucoup d'ouvrages anciens ou étrangers ne nous sont accessibles que dans la traduction française. Pour lire Plutarque — il me désignait le volume ouvert sur la table — nous devons recourir à la traduction d'Amyot.

— Je ne sais pas, dis-je en riant, si un général français, gouverneur d'une prison d'Etat, fréquenterait les auteurs grecs.

— Vous vous représentez cette forteresse comme une antichambre de l'enfer. Dostoïevski a contribué à répandre ce préjugé à l'étranger. Déjà célèbre quand il entra ici, on le traita avec des égards qu'il n'a jamais reconnus. Saviez-vous que, pendant sa détention, le général Nabokov lui prêtait les livres de sa bibliothèque ? Voici un exemplaire du *Dernier Jour d'un condamné* de Victor Hugo. Il est annoté de la main du romancier. »

Il me montra la relique.

« N'empêche, dis-je, qu'il fut condamné à mort, conduit sur le lieu de l'exécution, coiffé de la cagoule noire, couché en joue par le peloton et gracié à la dernière minute. Il aurait pu devenir fou. Un de ses camarades perdit la raison.

— On aime beaucoup Dostoïevski, en France ?

— On craint, au pays de Voltaire et de Condorcet, que les méthodes de la justice russe n'aient guère changé depuis cinquante ans.

— Je vois où vous voulez en venir. Le pont...

— Franchement, mon général, le gouvernement français ne donnera son aval que s'il obtient des garanties sérieuses sur le respect des libertés en Russie.

— Si vous voulez bien, monsieur, je vous ferai visiter tout à l'heure ces fameuses cellules au sujet desquelles courent tant de bruits inexacts. Pour le moment, prenez la peine d'examiner la carte de l'empire russe étalée sur ce mur. Les libertés, comme vous dites, ne peuvent avoir le même sens dans un pays de cinq cent mille kilomètres carrés, unifié politiquement depuis trois siècles, gouverné par une capitale au centre de l'Etat, habité par une population homogène — et un empire de plus de vingt-deux millions de kilomètres carrés, quarante-quatre fois plus étendu, éparpillé en une multitude de races et d'ethnies aux mœurs différentes, aux accoutrements disparates.

« Assistez donc à une de ces fêtes que nos empereurs aiment à donner, où affluent des diverses provinces leurs représentants en costume national. Vous verrez arriver le Petit-Russien en caftan, l'Arménien en robe longue, le Mongol en bonnet pointu, le Turkmène en turban, le Lapon sur son traîneau tiré par des rennes, le Kamtchadal derrière son attelage de chiens, le Kalmouk à dos de vache, le Buchar à dos de chameau, l'Ostiak sur ses patins.

« Mon Dieu ! vous savez cela mieux que moi », continua-t-il en tirant de l'étagère deux volumes qu'il mit sous mes yeux. L'un, plus ancien, portait sur la reliure les initiales I.N., l'autre, gravé S.A., était une acquisition d'Apraxine.

« Cette mosaïque de peuplades a fasciné vos deux meilleurs romanciers. Alexandre Dumas fut invité à une de ces fêtes au palais d'Hiver. Il l'a décrite dans *le Maître d'armes*. Jules Verne visita la foire de Nijni-Novgorod, et l'évocation de ces foules cosmopolites lui a inspiré un des chapitres les plus brillants de *Michel Strogoff*. Le Circassien aux cheveux noirs près du Finnois roux, le Géorgien hautain à côté du Bachkir qui pue le mouton et le porc, la Mingrélienne en robe de soie bleue, la Kurde en pantalon de satin rouge, la Tadjike qui allonge ses cheveux par des ganses en poil de chèvre, la Mandchoue qui pique dans ses nattes des papillons avec des aiguilles d'or... Quelle variété, innombrable, de types et de costumes !

« Bon, mais ce qui excite leur curiosité et amuse des littérateurs étrangers, Alexandre Dumas en historien, Jules Verne en géographe — chacun, même en Russie, enfourchant son dada, avec une constance qui aurait pu suggérer à Plutarque de mettre leurs vies en parallèle —, cet agrégat de toutes les bizarreries ethnologiques constitue pour un responsable de l'ordre public un sujet d'inquiétude permanent.

« Qui donnera la cohésion à cette marqueterie de peuples et de nations vivant sous des climats opposés et selon des coutumes si diverses ? L'empire est sans cesse menacé d'éclatement, de même que sa capitale risque d'être engloutie par la prochaine crue de la Néva. Parce qu'ils refusent de se raser la barbe et de se signer avec trois doigts, sous prétexte que leurs ancêtres n'en utilisaient que deux, les Vieux-Croyants se retranchent dans leur schisme et sont prêts à rallumer la guerre religieuse. De l'océan glacial aux montagnes du Caucase, de la Pologne aux steppes orientales, nous devons rester jour et nuit en alerte. Sans cesse de nouveaux troubles à réprimer, de nouvelles dissidences à prévenir... »

Impatienté par de tels arguments, j'interrompis le général.

« La police, à ce que je sache, ne se soucie guère des Lapons ni des Kirghiz. C'est à Moscou et à Saint-Pétersbourg qu'elle opère, là où les gens ne se promènent ni à dos de vache ni en turban. Elle tient à l'œil, met en prison et envoie au bagne, non les paysans arriérés d'Altaï ou de Carélie, mais les partisans du progrès, lecteurs de... Montesquieu », ajoutai-je en indiquant le volume posé sous la lampe.

« Qui exile-t-elle en Sibérie ? Les adversaires de l'absolutisme, ceux qui en dénoncent, non sans quelque raison, avouez-le, les abus, ceux qui, bien souvent, ne commettent d'autre crime que d'attendre du tsar une attitude plus conforme au tempérament généreux de Sa Majesté...

« Enfin, permettez-moi de vous dire le fond de ma pensée, je trouve regrettable que le maintien de l'ordre, même si l'on y voit une priorité légitime, autorise certains excès. Qu'elle ait pour tâche de surveiller les ennemis politiques du gouvernement ne justifie pas l'acharnement de votre police. »

Cessant d'aller et de venir, le général s'arrêta net.

« Plaise au ciel qu'elle s'en tienne à cette catégorie de suspects ! s'écria-t-il avec une animosité soudaine. Eux seuls devraient être de son ressort ! Si notre police se contentait du rôle pour lequel on l'a créée, vous ne me verriez pas dans un tel embarras. »

Je le regardai, surpris.

« Coffrer les libéraux, sévir contre les libertés, y a-t-il autre chose qui l'occupe ?

— Il lui arrive de fourrer son nez là où on ne lui demandait rien. J'ai sur les bras une affaire... »

« C'est la lettre », me dis-je, en le voyant prendre sur la table une feuille de papier aux armes impériales.

« N'êtes-vous pas vous aussi un ancien de l'école de Droit ? » demanda-t-il à brûle-pourpoint, après avoir retourné dans tous les sens la lettre.

Je ne m'attendais pas à cette question.

« J'y ai été deux ans après vous, et y suis resté mes sept ans. Cursus complet de mes études secondaires, de douze à dix-neuf ans.

— Je peux donc vous parler en ami ?

— Appelez-moi ainsi, dis-je en m'inclinant.

— Que ne suis-je entré tout de suite à l'Académie militaire !
— Regrettez-vous votre passage à l'école de Droit ?
— J'aurais la conscience moins troublée.
— Si mes lumières peuvent vous être utiles, mon général...
— Non, je n'ai pas le droit de vous dévoiler le contenu de cette lettre. Sachez seulement que Sa Majesté le tsar demande à certains anciens de l'Ecole de juger un de leurs condisciples.
— Le tsar ! m'exclamai-je avec une feinte surprise.
— Lui-même ou un haut dignitaire du Palais, la chose est loin d'être claire, et cette incertitude, figurez-vous, rend ma tâche encore plus délicate. Il s'agit, en quelque sorte...
— Comptez sur ma discrétion.
— Oh ! vous aussi, après tout, le tsar pourrait vous convoquer, puisque l'honneur de notre Ecole n'est pas moins votre affaire.
— Combien serez-vous ?
— Sept, et c'est moi qu'on a nommé président.
— Avec voix double ?
— Non, Dieu merci. Chacun donnera son avis, le verdict sera prononcé à la majorité. »
Il s'assit à son bureau et replia la lettre, qu'il replaça dans l'enveloppe et enferma dans un tiroir, par deux tours de clef. Une série d'actions exécutées avec minutie, comme pour me dire : « En voilà assez là-dessus ! », mais je repris espoir, en le voyant tourmenter la clef d'un geste machinal.
« Au fond, reprit-il, il ne m'est pas interdit de vous consulter.
— Je serais honoré de votre confiance.
— A part le nom, bien entendu. Le nom, je ne puis en aucun cas le divulguer.
— Le chef d'accusation est donc si grave ?
— Oui et non. La conscience de chaque juré en décidera. La nature même du crime crée la première difficulté. S'il s'agissait d'un homicide, ma religion serait faite, et je ne songerais pas à demander votre opinion. Si la sécurité de l'Etat se trouvait en jeu, je serais encore plus catégorique. Mais ce genre d'affaire ? Menace-t-elle l'ordre établi ? Certaines civilisations n'avaient rien à redire, là où nous nous rebiffons avec un sentiment d'horreur. Et même..., ajouta-t-il en indiquant le livre ouvert devant lui.
— Plutarque sera d'excellent conseil, mon général.
— Je me suis mis à la recherche de tout ce qui a trait à ce sujet. Le cas est si rare de nos jours... »
Il se troubla, et, pour se sentir plus à l'aise, se releva et recommença à marcher de long en large.

« Si rare, à vrai dire, que depuis la fin du monde antique... Je ne sais même pas comment vous en parler sans rougir ! »

Ma curiosité était excitée au plus haut point.

« Imaginez que vous connaissiez un homme honorable sous tous les rapports, installé dans une position sociale élevée. Vous n'êtes pas dans des termes assez étroits avec lui pour répondre de sa vie privée, mais l'activité publique qu'il déploie le place au-dessus de tout soupçon. Pas d'individu plus zélé à servir son pays, plus dévoué aux valeurs dont vous-même croyez être un fidèle serviteur... Bref, un homme à qui vous prêteriez dix mille roubles sans demander un reçu, un convive dont l'entrée dans un salon ajoute du crédit à la maîtresse de maison, un modèle qu'on cite en exemple de l'heureux développement de notre société russe.

« Eh bien ! tout à coup, on vous affirme que cet homme si distingué, si recherché pour ses qualités, si utile au bon renom de la nation... on vous affirme qu'il appartient à la tribu des... De quel nom les désigner ? Montesquieu, votre grand Montesquieu lui-même, hésitait à salir sa plume en les appelant trop crûment... Il recourut à une périphrase : *antiphysiques*... Antiphysiques, vous comprenez ? Un mot bien poli pour une secte de dépravés... Enfin, comment réagiriez-vous, en découvrant que ce sujet loyal du tsar vous a trompé par un comportement hypocrite, que ce patriote vénéré du public mène une vie privée qui outrage les mœurs ?

— Je dirais que c'est impossible, mon général ! Si cet homme est tel que vous me le décrivez, si ses mérites lui ont conquis l'estime, l'admiration générales, il est inconcevable qu'il se livre à de telles... Je dirais que c'est une calomnie !

— J'attendais de vous cette réponse, cher ami. Malheureusement, nous avons des preuves. Celui qui m'a fait tenir cette lettre est en mesure de contrôler la véracité des faits recueillis par la police. Ministre influent, il ne s'abaisserait pas à jeter le soupçon sur l'honneur de l'individu en question, si des preuves certaines n'étaient entre ses mains.

— A votre place, mon général, je garderais mes doutes.

— Répondez-moi sans détours : condamnez-vous cet homme, si ce que je vous ai dit à son sujet est vrai ?

— Question inutile, il me semble !

— Même en tenant compte des services qu'il rend à la nation ? »

Je partageais alors, comme je l'ai dit, les idées de mon époque, dont je ne me serais sans doute jamais départi, si le hasard ne m'avait mêlé à cette affaire.

« Un père de famille, surtout, doit se montrer intraitable, dis-je en

scandant les mots. J'ai un fils de vingt-deux ans, élève de l'école d'Ingénieurs. Vous avez un fils également.
— La prunelle de mes yeux, murmura Apraxine.
— Ce beau garçon que vous avez baptisé Igor. Songez à vos responsabilités envers lui. Extirper la mauvaise engeance partout où elle pousse, tel est le devoir des parents. »

Le général hochait la tête sans répondre, pendant que je lui débitais les lieux communs dont j'étais imbu.

« Un jeune succombe si vite à une influence pernicieuse ! La haute position qu'on occupe, la notoriété dont on jouit ne rendent-elles pas la faute encore plus criminelle ?

— Oui, oui... C'était ma conviction, à moi aussi... Pourtant... Ecoutez ceci, dit-il en revenant à son bureau devant le Plutarque d'Amyot. Cet auteur parle avec éloges d'une institution militaire dont la ville de Thèbes tirait gloire. Le régiment d'élite était formé de jeunes gens qu'on groupait deux par deux, en prenant soin de les choisir avec un écart d'âge suffisant, en sorte que l'aîné initât le cadet non seulement au maniement des armes, mais aussi à... Loin de nuire à la discipline, cette organisation la fortifiait, par les liens indestructibles qu'elle créait entre les soldats. Plutarque le dit sans ambages. *Voyant que c'était une nation courageuse et violente de sa nature, les législateurs la voulurent un peu modérer et amollir dès l'âge de l'enfance, et à cette intention, parmi les ébattements de la jeunesse aux exercices de la personne, introduisirent l'usance de faire l'amour, pour tempérer et adoucir les mœurs et le naturel de leurs jeunes hommes.*

« Et encore ce passage, si vous n'êtes pas trop dégoûté », ajouta-t-il cramoisi.

« *Cela donne à entendre que là où la force et la hardiesse militaire est unie et conjointe avec la grâce d'attraire et de persuader, toutes choses sont réduites par cette harmonie à un très beau, très bon et très parfait gouvernement.* »

Apraxine referma le livre.

« Monsieur de Sainte-Foy, je comprends que ces affirmations vous heurtent. Elles m'ont d'abord scandalisé. Les faits sont là, pourtant. On appelait dans l'Antiquité *bataillon sacré* cette légion thébaine. Elle était réputée invincible, du fait que les amis combattaient deux par deux coude à coude. Ils préféraient mourir ensemble que survivre l'un à l'autre. Le jour où ils livrèrent bataille à un ennemi supérieur en nombre, ils se firent tuer jusqu'au dernier.

— Vous ne recommandez pas ce moyen, je suppose, pour renforcer la cohésion de l'armée russe ! Oh ! je vous demande pardon... »

Trop absorbé pour relever ma boutade, il resta un moment silencieux.

« La lecture de Plutarque m'a ouvert de nouvelles perspectives, reprit-il d'une voix lente. Je pèse mes mots, étonné le premier d'arriver à une telle conclusion. Ce qui fait dans notre pays l'objet d'une sévère répression est un spectre peut-être imaginaire. Il n'est pas prouvé que le crime soumis à notre tribunal attente à l'ordre public et nuise au bon fonctionnement de la société.

— Mais la Bible ? dis-je. N'est-elle pas formelle sur ce point ? Peut-on transiger avec la Bible ?

— On voit bien que vous provenez du pays de Pascal et de Bossuet ! En France, le goupillon marche toujours avec le sabre. Pierre le Grand, qu'il en soit loué, a délivré la Russie de la tyrannie des prêtres. »

Il alla jusqu'à la fenêtre, toucha la cicatrice sur sa joue et, d'abord dans un murmure, ensuite avec assurance :

« J'ai tué un homme en duel, savez-vous, un homme à qui je n'avais rien à reprocher, un camarade qui me donnait le plus amical, le plus sage des avis, et j'estime que c'est une faute bien plus lourde que celle dont Sa Majesté, ou le ministre de la Cour impériale, nous invite aujourd'hui à peser la gravité.

« Pis encore, j'avais une petite fille... Quelles que soient les circonstances où il s'est produit, je porte seul la responsabilité du drame. Ce n'est ni le hasard ni la fatalité qui a tué à l'âge de quelques mois cette enfant, mais la folie, l'entêtement stupide de son père... M'a-t-on jugé pour ces deux crimes ? Je me retrouve juré dans une affaire infiniment moins grave que ces deux assassinats pour lesquels on ne m'a même pas inquiété.

« Et puis... A quoi bon mettre le nez dans les misères d'autrui ? Qu'ai-je à m'occuper d'un cas individuel, moi qui ai sous ma garde les criminels d'Etat ? En quoi un petit secret privé dérange-t-il l'ordre établi ? La sécurité publique est-elle en péril, parce qu'un malheureux s'écarte des lois de la nature ?

« Tenez, j'ai promis de vous faire visiter les cellules. Essayer de traiter avec humanité les prisonniers, tout en veillant à la sûreté de l'Etat, voilà une tâche plus noble qu'instruire le procès d'une des gloires de notre patrie russe. »

XI

Nous nous dirigeâmes vers le bastion Troubetskoï, à l'ouest. Igor, sur l'ordre du général, s'était joint à nous. Son père, faute de le juger assez mûr, ne lui avait jamais permis de visiter la prison. Rassuré par le comte Menchikov, il décida de l'initier aux secrets de la forteresse, qui sont aussi les tréfonds de l'histoire russe. Blond et pâle, marqué de taches de rousseur, les bras trop longs pour son uniforme, Igor devait sans cesse maîtriser son allure pour ne pas courir en avant dans le dédale des bâtiments.

La première pièce où nous entrâmes avait servi de geôle au fils de Pierre le Grand. On y conservait le lit de fer du jeune homme. L'icône de la Sainte Trinité suspendue au-dessus de la porte ne l'avait pas sauvé du bourreau. J'étais surpris qu'on éternisât la mémoire d'une des actions les plus abominables perpétrées dans les temps modernes. De quoi s'était rendu coupable le tsarévitch Alexis ? Resté plus proche du peuple russe que son père, influencé par les prêtres et les femmes de son entourage, il partageait leur aversion contre la politique de Pierre le Grand. Nombreux étaient ceux qui ressentaient comme une violation des habitudes ancestrales les mesures autoritaires décidées par ce despote. L'ordre de se couper la barbe, de quitter le caftan pour les habits occidentaux, l'obligation de compter les années non plus depuis la création du monde mais à partir de la naissance du Christ, la déposition du patriarche, son remplacement à la tête de l'Eglise par un conseil ecclésiastique, le Saint-Synode, assemblée d'évêques placés sous l'autorité d'un procureur laïque qui représente l'empereur et détient les pouvoirs d'un ministre de la religion, que d'impiétés à subir ! Riches ou pauvres, boyards ou paysans, ils se révoltaient, sous l'offense de ces oukases mûris en une nuit et lancés sans appel, au mépris des plus saintes traditions de la Russie. La ville même de Saint-Pétersbourg, ces églises où la flèche allemande avait remplacé la coupole orthodoxe, ces maisons construites non plus dans le bois des forêts mais en brique hollandaise, ces rues tracées au cordeau par un géomètre français paraissaient l'effort d'une modernisation sacrilège.

Trop faible pour s'opposer ouvertement au tsar, malgré la multitude des mécontents qui le suppliaient de se mettre à leur tête, Alexis s'enfuit à l'étranger. Pierre le Grand promit son pardon à l'enfant prodigue, par une lettre dont la feinte mansuétude le trompa. A peine revenu à Saint-Pétersbourg, Alexis fut arrêté, conduit dans la forteresse, enfermé dans cette cellule et soumis à la question. Son père dirigeait les interrogatoires. Lorsque la corde et le collier lui semblaient trop lâches, il appliquait lui-même l'estrapade. Le malheureux finit par succomber aux tortures.

Un événement comparable aux tragédies de l'Antiquité. Ayant immolé sa fille Iphigénie, Agamemnon ouvrit par ce meurtre le drame sanglant des Atrides. Crime d'une égale sauvagerie, celui-ci remontait à moins de deux siècles.

« 1718, précisa le général. L'époque, chez vous, du Régent, des roués, des soupers fins au Palais royal. Voilà qui creuse un fossé entre les histoires respectives de nos deux pays. La politique, chez nous, touche à la religion. Les adversaires de Pierre le Grand l'appelaient l'Antéchrist. Les plus passionnément attachés à la tradition partaient à pied dans les champs. Revêtus de chemises blanches, ils se couchaient dans des troncs d'arbre évidés en forme de cercueils ; et là, se récitant les cantiques des morts et chantant des hymnes, ils attendaient le son de la trompette qui leur annoncerait la venue du Christ. D'autres s'enfermaient dans des cabanes de rondins au cœur des forêts. Le tsar ne pouvait tolérer qu'une partie de ses sujets se dérobât à l'impôt et au service militaire. Il les faisait poursuivre par ses soldats, cerner dans leurs refuges. Pour ne pas être pris, ces fanatiques renversaient sur leur paillasse les bougies allumées devant les icônes et brûlaient vifs, avec femmes et enfants.

« Ne jugez pas le meurtre d'Alexis comme l'acte d'une brute ou d'un fou. Jamais sang ne fut versé à meilleur escient politique. Si Pierre le Grand n'avait pas sacrifié son propre fils aux intérêts de l'Etat, je n'aurais pas le plaisir de discuter ici avec vous, car la Russie ne serait pas devenue une puissance digne de négocier avec la France sur un pied d'égalité. Une société ne peut se développer qu'en mettant à mort un de ses membres, et il faut que la victime soit choisie parmi les personnages les plus haut placés. »

Il ajouta ces mots, tristement prophétiques :

« Le meurtre fondateur n'est jamais acquis une fois pour toutes. Vous avez eu Jeanne d'Arc, Louis XVI, le duc d'Enghien. Nous avons eu Alexis, Paul Ier, Alexandre II, et je crains que nous n'en ayons d'autres, à mesure que la Russie achèvera sa mutation en grande nation moderne. »

Igor ne pouvait détacher son regard du lit de fer où le pauvre garçon, guère plus âgé que lui, était mort dans des circonstances si barbares. En le voyant si pâle, le général comprit ce qui se passait dans l'esprit du jeune homme, et, soit tendresse paternelle et désir de ménager sa sensibilité juvénile, soit regret et mépris d'une sensiblerie excessive, il le poussa dehors et ordonna de refermer la porte derrière nous.

Les cellules ordinaires m'étonnèrent par leurs dimensions. Je m'attendais à des cachots étroits, tels les Plombs de Venise. Je vis des pièces relativement spacieuses. Le plafond, bien que voûté, permet de rester debout à un homme de grande taille. La fenêtre donne un éclairage suffisant. Sans le souffle glacé de la Néva qui roule avec un bruit continu en contrebas des murailles, le séjour serait supportable.

« Alexandre Dumas nous a fait beaucoup de tort, dit le général en riant. Tout le monde croit, depuis *Monte-Cristo*, que les basses-fosses suintantes et sans lumière du château d'If constituent le modèle des geôles politiques. »

Quel genre de prisonniers avait-il à présent sous sa garde ? Apraxine resta évasif. Bien souvent, je le savais, il suffisait d'une perquisition pour être expédié dans la forteresse. Disciples de Plekhanov et d'Axelrod, émigrés de Londres revenus avec des tracts marxistes, imprimeurs de journaux clandestins, fomentateurs de grèves, l'Okhrana, la si puissante et redoutée police secrète d'Alexandre III, étouffe comme de la graine de conspirateur quiconque obéit à une idée généreuse. Deux ou trois ans de réclusion punissent les coupables ; jamais de procès public ; on interdit à la presse de signaler leur arrestation, de publier leur nom. Ils disparaissent, engloutis.

Une douzaine de cellules se trouvaient pour le moment occupées. Le gouverneur, plus à l'aise avec les morts qu'avec les vivants, m'introduisit dans quelques-unes de celles qui avaient hébergé un hôte historique. Je pus me rendre compte que Dostoïevski avait lu commodément, à la table placée sous la fenêtre, les volumes que lui prêtait le général Nabokov. « Vous en convenez ? » me dit Apraxine. Igor, déjà rasséréné par la mention d'Alexandre Dumas et la constatation que les geôles de son père n'avaient rien de commun avec le boyau d'Edmond Dantès, s'amusa à imaginer comment il organiserait sa vie en prison. A le voir subir cette fascination qu'un espace clos exerce sur l'âme fertile d'un imberbe, personne n'aurait pu deviner la scène qui suivit.

Nous arrivâmes au quartier des condamnés à mort. Les auteurs des deux derniers complots contre Alexandre III avaient séjourné ici avant d'être exécutés. Alexandre Oulianov, étudiant à l'université de Saint-Pétersbourg, fut pendu. Le même sort, l'année suivante, échut à Salomon Ginzburg.

« Un juif, souligna le général. La police l'arrêta au moment où il s'apprêtait à jeter une bombe sur l'empereur. N'avons-nous pas raison d'exclure les juifs des grades supérieurs de l'armée, de leur interdire les professions libérales, de restreindre leur nombre à l'Université ? La moitié des révolutionnaires se recrutent parmi les juifs. »

Certes, me dis-je, mais comment accepter un raisonnement aussi spécieux ? Pour un Russe, le juif, objet encore de superstitions médiévales, reste le bouc immonde, l'homme d'outrage, celui sur lequel on crache, le bourreau qui planta la croix sur le Golgotha et les clous dans la chair du Christ. Mettre le feu à la boutique d'un juif, le frapper, l'estropier, le battre à mort est un acte « religieux », comme eût dit Apraxine. Je ne pensais pas sans horreur à l'utilisation politique que le gouvernement d'Alexandre III fait du sentiment populaire. Campagnes de presse, pogroms, massacres organisés, il détourne sur les quatre ou cinq millions de juifs le mécontentement et l'inquiétude de cent dix millions de Russes.

Igor avait blêmi en entendant son père raconter la pendaison de cet Alexandre Oulianov dont, né sept ans plus tôt, il aurait pu être le camarade dans le joli palais rouge des Douze Collèges sur le quai de l'île Basile. Le supplice de Salomon Ginzburg obtint un autre effet.

« Chez nous, jamais on n'admettra de youpins », déclara fanfaron le jeune page.

Que la corde eût étranglé un juif n'émut pas ses entrailles de petit Junker, faraud de son uniforme et de la pureté ethnique de son école. Apraxine dut remarquer quelque chose dans mon air, car il me demanda si en France les juifs étaient mieux acceptés. Je répondis que nous avions encore beaucoup de préjugés à combattre.

« J'ai moi-même du sang juif, dis-je, mon grand-père ayant épousé une cousine des Uhlman du Creusot.

— La Révolution française a brouillé toutes les distinctions de classes et de familles, observa-t-il, comme s'il cherchait une excuse à cette tare.

— Sans doute, mon général. Il faudra vous faire à l'idée, ajoutai-je pour me venger du fils sur le père, que les poutres en fer du pont de la Trinité sortiront des forges de Robert et Henri de Wendel, grâce à l'application du procédé Grunberg et Goldstein.

— Chez nous les juifs ne pratiquent que l'usure, murmura-t-il. En France au moins ils se rendent utiles à la société. »

Une double grille, fermée en permanence par des chaînes, nous séparait du dernier secteur, réservé aux régicides.

« On ne l'ouvre jamais, en raison des souvenirs exécrables liés à cet endroit. Je tiens pourtant à vous le montrer, pour que vous constatiez que même les assassins de Sa Majesté eurent droit à un traitement correct. »

Chacun des six complices du meurtre d'Alexandre II disposait d'une cellule. Il pouvait lire s'il le voulait, ou se promener de long en large sans se cogner contre les murs. Au nombre des instigateurs du complot se trouvaient deux femmes.

« Pendues elles aussi ?

— L'une, Guessia Helfman, une jeune fille juive, fut graciée parce qu'elle était enceinte. Une forte tête, celle-là. A dix-sept ans, elle s'était enfuie de chez elle pour ne pas épouser l'homme que lui avait choisi son père. Première rébellion.

— Mais si elle ne l'aimait pas ?

— Il n'y a que dans les romans français qu'on se marie par amour. Guessia aurait mieux fait de suivre la coutume...

— Et accepter d'être ignorée, méprisée en tant que femme ? »

Nicolas de Souzdal n'avait pas prêché en vain. Anna Mikhaïlovna eût été contente de son mari.

« Jusqu'où l'a poussée cette révolte ? rétorqua le général. Du père, elle est passée au tsar.

— Et la seconde femme ? dis-je, pour changer de sujet.

— C'était ce phénomène, dont l'ancien ministre Dmitri Nabokov a gardé un souvenir si terrible... Sofia Pérovskaïa, vous vous rappelez ? Il nous l'a dépeinte comme une mystique sèche, brûlant de s'offrir pour la cause... Une fanatique, impatiente de s'immoler pour le peuple... Presque contente d'être pendue...

« Mais j'y pense ! Le général Piotr Barianski n'est autre que le sinistre Lev Jdakov ! Quelle histoire... Quand Sofia fut condamnée à mort, le bruit courut qu'elle serait graciée, parce qu'on n'avait jamais vu aucune femme monter sur l'échafaud. Frolov, le bourreau officiel, avait déclaré qu'il se refusait à la pendre. Les choses en étaient là, lorsqu'elles vinrent à la connaissance d'un stagiaire au Palais de justice, un certain Lev Jdakov. Ses collègues méprisaient cet individu, à cause de ses mœurs... Enfin, vous me comprenez, ajouta-t-il en baissant la voix pour ne pas être entendu d'Igor, lequel, à trois pas de nous, tendait l'oreille. Jamais, pour cette raison, il n'avait réussi à devenir avocat, et il est probable que sa carrière se serait arrêtée à un grade subalterne. Le déshonneur du barreau... Il s'en alla trouver le président du tribunal et lui déclara : "Eh bien ! Cette criminelle ne sera pas graciée faute de bourreau ! Si Frolov ne veut pas la pendre, je m'offre à le remplacer." On accepta sa proposition.

— Et... c'est lui qui a... pendu Sofia ? balbutia Igor.

— Lui ou Frolov, peu importe », répondit sèchement son père.

Le blondin perdit contenance.

« Il l'a pendue... », bredouilla-t-il à nouveau. Sans nous laisser le temps de le secourir, il s'écroula sur le sol, évanoui.

« Emportez-le à l'infirmerie, ordonna le général. Surtout, ne le dites pas à sa mère. »

Il se retourna vers moi.

« J'ai été beaucoup trop tendre pour ce garçon. Je n'ai pas voulu l'élever à la dure, à cause de... » Il se troubla, chassa d'un geste une pensée. « Erreur, si j'ai fait de lui une mauviette. A dix-huit ans, je ne serais pas tombé dans les pommes parce qu'une femme a été pendue. Heureusement qu'il est aux Pages, où règne une vigoureuse discipline. De ce point de vue, c'est notre meilleure école militaire, grâce à la poigne du commandant, mon bon ami Menchikov, que vous avez croisé en entrant. Un modèle de chef ! »

Je fus heureux de ressortir à l'air libre. Nous contournâmes l'hôtel des Monnaies par le bastion Zotov, d'où le regard embrasse un des plus beaux panoramas de Saint-Pétersbourg, du palais d'Hiver aux colonnes rostrales, de la Bourse maritime à l'église Saint-Vladimir.

« Le zèle de Jdakov fut si apprécié des autorités, reprit Apraxine, que le petit stagiaire abandonna le barreau pour entrer dans la police. Réussite brillante et rapide. Le général Barianski, c'est lui. Il a emprunté ce nom, pour faire perdre sa trace, mais on n'échappe pas si facilement à une réputation flétrie. Je m'attends à tout de ce type.

— Pourquoi me parlez-vous de lui ? Vous avez l'air de le craindre !

— Le général Barianski, figurez-vous, se trouve à l'origine de la dénonciation contre la haute personnalité que nous avons à juger. Il a déposé de ses mains, sur le bureau du ministre en question, les pièces du procès.

— Mais, objectai-je, si ce Barianski, ou Jdakov, est tel que vous me l'avez laissé entendre, pourquoi voudrait-il nuire à un... coreligionnaire, pardonnez-moi ce blasphème ? Entre adeptes du même clan, ne devraient-ils pas s'entraider ?

— La contradiction serait flagrante en effet, si ces gens n'avaient l'âme naturellement basse. Quand on accepte de remplacer Frolov, il faut avoir bu toute honte. Que ce Barianski diligente en personne l'enquête n'a rien d'étonnant. Il doit se blanchir des soupçons qui continuent à peser sur Jdakov, et montrer d'autant plus de zèle qu'il craint pour son avancement. Avec cette épée de Damoclès sur sa tête, il n'a pas intérêt à faire croire qu'il éprouve la moindre indulgence pour un crime dont il est lui-même coupable.

— Excusez-moi, je n'arrive pas à croire qu'un homme menacé du même danger s'acharne contre son semblable.

— Barianski, sachez-le, veille personnellement à ce que l'affaire ne soit pas étouffée. »

Du bastion, nous redescendîmes dans la cour par la porte Saint-Nicolas. La petite promenade, la brise marine m'avaient rafraîchi, après la visite des prisons. J'accueillis volontiers l'invitation du général à entrer dans la cathédrale, où les civils n'ont pas accès.

« Pourtant, si vous croyez trouver ici un havre de paix, détrompez-vous, dit-il, comme s'il avait lu dans ma pensée. Sous ces voûtes qui devraient dégager un avant-goût du ciel, tout respire la violence. Des tsars qu'on a enterrés ici, plus de la moitié sont tombés sous les coups d'assassins. Le mausolée des Romanov n'est qu'un catalogue de vengeances et de meurtres. »

Eparpillés sur le dallage de pierre, je vis une vingtaine de tombeaux de marbre blanc. Rien de plus simple, de plus nu que ces sépultures, toutes identiques, sans autre ornement qu'une croix d'or posée sur le couvercle et l'aigle bicéphale répétée aux quatre coins. Seul le monument d'Alexandre II est en jaspe vert de l'Altaï, et celui de son épouse en rhodonite rose de l'Oural. Une jonchée de fleurs couvrait la tombe du tsar déchiqueté par la bombe de Sofia. La lampe d'or qui pend sur le sarcophage brûle jour et nuit, me dit le général. Il me désigna les monuments de Pierre le Grand, ceux d'Elisabeth Petrovna et de Catherine II.

« Et là, chuchota-t-il comme s'il craignait d'offenser leurs mânes, c'est Pierre III, empalé sur une baguette de fusil rougie au feu. Là, Paul Ier, étranglé avec son écharpe. Là, Ivan VI, égorgé à vingt-quatre ans. Pierre II manque à l'appel. Poignardé à Moscou, à l'âge de quinze ans, il repose au Kremlin.

« Sur les neuf souverains de la dynastie Romanov, cinq ont péri de mort violente. Victimes expiatoires, offertes au développement de la nation. Revenons à cette idée du meurtre fondateur. Les Russes vous paraissent des sauvages. Notez cependant qu'ils ne mettent jamais à mort sans un sentiment mystique du supplice qu'ils infligent. S'ils ôtent la vie à un homme, c'est au nom d'un principe supérieur. Ils n'obéissent pas à la plate loi du talion, mais à la nécessité de l'offrande. Ainsi le Christ a-t-il été immolé, non pour être puni d'une faute particulière, mais pour permettre la régénération du genre humain.

« Les Russes poussent si loin leur conception mystique du sang répandu, qu'ils se refusent à tuer légalement. La peine de mort n'existe même pas dans notre code pénal — ce qui, permettez-moi de vous le faire remarquer, n'est pas le cas en France, pays des droits de l'homme. La peine de mort ne figure que dans notre code militaire, et, hors de celui-ci, seulement pour les attentats contre la personne de l'empereur.

« Autant le meurtre, le meurtre rituel, fait partie de notre histoire et de notre culture, parce que nous ne pensons pas que la patrie russe puisse reprendre des forces et croître en vigueur sans le sacrifice périodique d'une victime de choix, autant l'application juridique de la peine capitale nous répugne. Les exécutions sont si rares qu'en 1825, lorsqu'il fallut pendre cinq des décembristes, personne ne sut construire un gibet. On dut recourir à un spécialiste allemand. Frolov, aujourd'hui vieux, continue à prêter service : nul ne s'offre pour le remplacer. L'horreur qu'il suscite m'oblige à le loger dans un bâtiment de la forteresse. Il me serait difficile autrement d'assurer sa protection. Avant de pendre, il se met dans un état d'ivresse si complète, qu'il procède ensuite en automate. Pour Jéliabov, pendu en même temps que Sofia, la corde cassa. Il en avait mal calculé l'épaisseur.

— Mon général, ne pus-je m'empêcher de lui demander, étiez-vous déjà... gouverneur de la forteresse, en 1881 ?

— Dieu merci non. J'ai toujours réussi à éviter cette partie de ma tâche qui, même si je n'en discute pas la nécessité, sera toujours absolument étrangère à mon caractère. »

Il m'accompagna jusqu'à la porte Saint-Pierre, où m'attendait mon cocher Ivan.

« Heureusement, dis-je, le tribunal dont vous venez d'être nommé président n'aura à se prononcer que sur une peine légère, s'il doit prononcer une peine.

— En sommes-nous si sûrs ? » murmura-t-il soucieux.

XII

Le 1ᵉʳ mai, la saison de la villégiature commença. De longues caravanes de chariots chargés de tables, de canapés, de pianos, s'acheminèrent vers les îles, où les familles possèdent chacune son cottage, qu'elles meublent et habitent pour l'été. Eparpillées sous les arbres, ces datchas ont charmante allure. En bois de sapin, elles se prêtent à être ornées de dentelles et de festons, et il n'est pas rare de voir les fils de la maison, une scie ou une hache dans la main, embellir le toit de nouveaux fleurons ajourés, tandis que les femmes et les jeunes filles tournent dans les bassines de cuivre, comme au début d'*Eugène Onéguine*, la marmelade de klukva, cette airelle des marais qu'elles ont cueillie en bordure des étangs.

Anatole m'emmena à Pavlovsk, dans son phaéton tiré par deux trotteurs. Je n'étais pas fâché de goûter un peu à la campagne. Saint-Pétersbourg puait. On n'y avait pas encore déblayé les ordures de l'hiver. Jeter les immondices dans la rue est ici l'habitude. Elle ne se révèle jamais si déplorable qu'à l'époque du dégel : la croûte de glace qui les rendait inoffensives ayant fondu, une odeur délétère se répand sur la ville. Quel bonheur de parcourir une plaine que la première herbe égaye de sa verdure ! Nous dépassions ou nous croisions quantité de jeunes gens des deux sexes. Ils coupent sur le revers des fossés une tige qu'ils rapportent, comme la colombe de l'arche, en témoignage de la victoire du printemps.

Les feuilles poussent si vite, qu'on pourrait suivre à l'œil nu leur croissance. C'est un des miracles du climat russe, que ce passage, sans transition, de l'hiver polaire à un ciel italien.

Anatole tenait les guides. Je découvrais un tout autre homme que le sultan alangui au milieu de ses coussins. Stimulé par la renaissance de la nature, il saluait à droite et à gauche en soulevant son chapeau — à croire qu'il s'était lui-même réveillé de l'engourdissement boréal. Il me nomma les oiseaux dont le retour, après leur migration sous des climats plus doux, annonce l'approche de l'été : l'alouette, le freux, la grolle, l'hirondelle. Selon la légende russe, l'hirondelle ramène la chaleur du paradis où elle a hiberné.

En moins de deux heures nous eûmes franchi les trente verstes. Pavlovsk, propriété de Constantin Constantinovitch, avait attiré une foule d'équipages. Les solistes de l'orchestre du Mariinski devaient donner un concert dans le Vauxhall. On entendrait des œuvres de Rubinstein, Tanaiev, ainsi que le sextuor de Tchaïkovski *Souvenir de Florence*.

Le grand-duc, qui l'a hérité de son père, avait ouvert son domaine au public. Pour la première fois, je pus entrer dans la cour d'honneur, m'approcher de la colonnade et contempler le château. Cette grande villa néoclassique, inspirée des constructions de Palladio près de Venise, offre l'image la plus complète du raffinement atteint par la civilisation russe au début du siècle. Le grand-duc Paul, fils de Catherine II, aménagea cette demeure. Il semble incroyable qu'un homme ayant montré tant de goût se soit transformé, à peine monté sur le trône, en tyran. Si capricieux et fou, que ses proches l'étranglèrent dans sa chambre du château Saint-Michel.

Tandis que j'examinais le fronton triangulaire du portique et l'étrange coupole surbaissée, le cousin du tsar apparut à une fenêtre puis retira en hâte derrière la tenture son visage long et creux, dont la barbe teinte en noir accentuait l'aspect mélancolique.

Nous partîmes nous promener dans le parc. Des pavillons librement copiés de l'Antiquité émaillent les collines et les bois. Après le temple de l'Amitié, nous découvrîmes la gloriette des Trois Grâces. Plus loin, un kiosque ovale est dédié à l'Olympe. Ce décor n'évoque-t-il pas les jardins de Platon, les bosquets de Virgile ?

La rivière Slavianka serpente parmi les coteaux. Elle se ramifie en ruisseaux et en lacs ; et c'est toujours un enchantement, que d'assister à la délivrance des eaux, enchaînées par deux cents jours de glaces. Elles murmurent avec une fraîcheur, elles courent avec une gaieté et se pressent avec un entrain que n'ont jamais les rivières de France, assoupies par un clapotis routinier qui ne leur laisse aucune chance de renaître à neuf.

Cette Arcadie, pourtant, ne restera pas gravée dans mon souvenir à cause de ses couleurs et de ses bruissements idylliques, mais parce que j'y fus confronté soudain au drame qui allait mûrissant.

Nous avions quitté la rivière et grimpé le long d'une cascade, jusqu'à la rotonde à moitié effondrée qui abrite une copie de l'Apollon du Belvédère. Une partie de la colonnade s'étant abattue à la suite d'une inondation, on avait hésité à la reconstruire. Le goût des ruines apporté par Hubert Robert conseilla de ne pas relever les blocs éparpillés dans l'herbe, m'apprit Anatole. Il possède trente-trois tableaux de ce peintre, achetés par ses ancêtres. Au palais Stroganov, on en compte une dizaine. Plus de vingt à l'Ermitage. Encore une bizarrerie de Saint-Pétersbourg. La nostalgie de la chute aurait pu être épargnée à cette ville toute neuve. Mais non, au lieu d'être fière de sa modernité, elle s'est empressée de se doter de sphinx, de pyramides et de fabriquer de fausses ruines. A Tsarskoïe Selo, des fûts tronqués de colonnes, des arcs prétendument écroulés donnent la profondeur de vingt siècles à une société qui n'en a même pas deux.

Anatole, enjoué et disert, ne tarissait pas d'anecdotes. J'eus envie de mettre ces bonnes dispositions à profit, et de l'interroger sur la lettre. Lui seul, trop grand seigneur pour se sentir lié par le devoir de réserve, pourrait m'en dévoiler la teneur. J'hésitais pourtant à aborder de front le sujet.

Il me laissa bafouiller et m'embrouiller, puis, lorsqu'il eut compris où je voulais en venir :

« Que d'embarras, s'écria-t-il, que de chichis... Tu es vraiment drôle... »

Il riait à gorge déployée, donnant cours à une gaieté vexante.

« Quoi ! Tu ignores qui c'est ? Mais d'où sors-tu ? Quelle province que Moscou... »

D'après lui, dans les milieux littéraires et artistiques, tout le monde était au courant. Même dans l'entourage d'Alexandre III, on ne se faisait plus d'illusions. Il avait fallu un élément nouveau pour que le tsar, ou quelqu'un du Palais, se mît en tête d'inculper Tchaïkovski.

« Tchaïkovski ? fis-je, abasourdi.

— Piotr Ilitch, mon vieil ami.

— C'est impossible, Anatole ! Nous ne parlons pas du même homme.

— Tu voulais savoir le nom du suspect dénoncé pour attentat aux mœurs ?

— Oui.

— Et que le Palais veut faire juger par ses anciens condisciples ?

— Ce ne peut être Tchaïkovski !

— Pourquoi, s'il te plaît ?

— Un grief de ce genre contre Tchaïkovski !

— Allons, remets-toi, mon vieux. C'est comme cela.

— Ma fille chante ses romances, et ma femme l'accompagne au piano ! »

Il s'esclaffa de nouveau.

« Les femmes délirent pour Tchaïkovski. Elles sont si crédules ! La Kchessinskaïa est amoureuse de lui jusqu'à la pointe de ses ballerines, jusqu'au bout de ses faux cils teints. Pour lui, elle tromperait le tsarévitch... Seul Piotr Ilitch, s'il était moins tordu, réussirait à l'avoir... Sais-tu qu'elle... »

Il serra les poings sans achever sa phrase. Tant de questions se pressaient en moi, que je me levai du débris de chapiteau qui nous servait de siège, pour aller me rafraîchir à l'eau de la cascade.

« Voyons, Anatole, Tchaïkovski est marié.

— Tu veux parler d'Antonina Milukova ?

— N'est-elle pas sa femme ?

— Ecoute, Basile, il y a dix-sept ans que la vie professionnelle m'as mis en contact avec Piotr Ilitch. C'était l'époque où j'ai créé son troisième opéra, *Vakoula le forgeron*. Novembre 1876, je m'en souviens comme d'hier. Je le voyais si nerveux et angoissé que je commençais à me faire une piètre idée de la foi des artistes dans leur art, quand il me révéla ses projets conjugaux. Irrépressible besoin de se livrer au premier venu, comme ces types qui monologuent au café dans les romans de Dostoïevski, ou parce que mon tempérament est si différent du sien que l'opposition de nos natures l'encouragea à se confier, toujours est-il qu'un soir, après la répétition, il me saisit par le revers de ma veste et me dit, les yeux brillants de fièvre : "Anatole Igorovitch, je vais me marier !" Geste si brutal et voix si oppressée, qu'il ne me vint même pas à l'esprit, je t'assure, de balbutier les félicitations d'usage.

« Stupéfait et perplexe, je l'emmenai au bar du théâtre. Il ne toucha ni aux harengs ni aux concombres que le maître d'hôtel, familier de ses goûts, avait posés devant lui pour lui être agréable. Il refusa même la compote de klukva, servie sans crème, selon ses recommandations habituelles. Piotr Ilitch raffole de cette baie. Je ne comprends pas qu'il la préfère aux groseilles ou aux myrtilles... Ou plutôt si : il la préfère parce qu'elle ne pousse que dans les marécages autour de Saint-Pétersbourg, parce que c'est le fruit russe par excellence... Il passe sur son abominable acidité, par patriotisme agricole... Entre parenthèses, les imbéciles qui l'accusent d'écrire une musique occidentalisée ne savent pas à quel point il est russe, non seulement dans sa musique, mais dans ses habitudes, ses goûts, ses manies... Or, ce jour-là, négligeant malossols et klukva, il se contenta de vider coup sur coup trois verres de pertsovka, en homme qui cherche à s'étourdir.

« Sans que j'eusse besoin de lui poser la moindre question — tu sais d'ailleurs combien peu je suis bavard, quelle mouche me pique donc aujourd'hui ? Est-ce la contagion du printemps ? Ou le fait que ce pauvre Piotr Ilitch se soit mis dans une situation si impossible que je dois penser au moyen de le tirer de ce pétrin ? —, sans même qu'il parût attendre de ma part plus qu'un signe d'humaine compassion, il me raconta l'histoire de ses fiançailles.

« Comment il avait reçu une lettre d'une jeune admiratrice. Comment, de cette lettre, émanait tant de chaleur et de sincérité, qu'il n'avait pu s'empêcher de répondre, faux pas qu'il évitait d'ordinaire avec soin. La correspondance s'était engagée, sur un ton d'abord cordial, ensuite de plus en plus familier. Et un jour, contrairement à toutes ses règles de conduite, il était allé la voir. *J'ai maintenant la conviction que le destin m'a entraîné chez elle*, telles ont été, en substance, ses paroles. Selon lui, il expliqua à cette jeune fille qu'il éprouvait de la sympathie et de la gratitude pour son amour, mais qu'elle ne devait pas s'attendre à trouver en lui plus qu'un ami reconnaissant. L'autre crut l'affaire à moitié gagnée. C'est une nature avide, impulsive, exaltée qu'Antonina. Elle continua à le bombarder de protestations et de serments, il crut comprendre qu'il la rendrait très malheureuse et la pousserait peut-être à une décision funeste s'il cessait soudain tout rapport après lui avoir permis une relative intimité.

« Il réfléchit aussi que son vieux père avait quatre-vingt-deux ans et que le reste de sa famille, surtout son frère aîné et sa sœur Alexandra, vivait dans l'espoir de le voir marié. La peur de les décevoir inclina son cœur à une lâche indulgence pour les appels angoissés d'Antonina.

« Il retourna chez la jeune fille, se plaignit de n'éprouver pour elle aucune trace de sentiment amoureux, lui dépeignit son caractère, difficile, irascible, ses sautes d'humeur, son horreur de la société, sa sauvagerie — et, au moment de prendre congé, cédant à un élan involontaire, la pria de devenir sa femme.

— Cela signifie, il me semble, que, sans le savoir ou sans se l'avouer, il l'aimait.

— Tu n'y es pas, mon cher. Cela signifie qu'il avait besoin d'une façade de respectabilité pour avoir la paix avec le monde. Un mariage fermait la bouche aux rumeurs malveillantes, aux médisances. Trente-sept ans, et encore célibataire ! Piotr Ilitch a toujours soigné son image sociale. Oh ! il n'y a nulle méchanceté dans ce que je dis. Un créateur est forcé de se soucier de sa carrière, contrairement à ce que pensent les sots. Piotr Ilitch a trop d'autres défauts, pour que je songe à lui reprocher des précautions nécessaires, s'il veut garder la tête libre pour composer.

« La Russie, hélas, a changé. Nous ne sommes plus au temps de Casanova. Tu te rappelles l'épisode avec le jeune officier russe ? Ce lieutenant Piotr Lounine, blond et joli comme une fille, mit au défi le

Vénitien de rester indifférent à ses charmes, et n'eut guère besoin d'insister pour faire le bonheur de Giacomo et le sien... Cette victoire sur le préjugé, cette liberté, ce naturel ont disparu. Ou du moins, tu dois acheter ta liberté par le mariage. Sous le bouclier d'une épouse, avec l'alibi du mariage, tout reste permis.

« Dans notre société devenue bourgeoise et bête, un artiste en vue doit présenter un livret de famille respectable. Après trente ans, le célibat ralentit l'afflux des admirateurs, surtout des admiratrices. A trente-sept ans, le cas devient suspect. Plus le public s'élargit, moins on a le droit de n'être pas conforme à ce qu'il attend d'un grand homme.

« L'attachement de Piotr Ilitch à sa famille, la pitié pour son vieux père, l'affection qu'il porte à sa sœur Alexandra, l'exemple à donner à ses deux plus jeunes frères, les jumeaux, ont fait le reste.

— Mais s'il a vraiment les mœurs que tu prétends, n'est-on pas fondé à lui prêter le désir de se réformer en épousant Antonina ? N'a-t-il pas cherché à s'amender ? »

Il recommença à rire.

« S'amender ! Tu raisonnes en moraliste ! Je ne te croyais pas si français ! Dans le pays de Molière, on parle toujours de réformer la nature humaine ! En Russie, on l'accueille telle qu'elle est. Piotr Ilitch n'avait aucune intention, en se mariant, de renoncer à des habitudes qui ne lui paraissent nullement coupables. Il n'avait en vue que sa carrière, l'estime et les prébendes de la Cour, la tranquillité et le repos de ses parents. Rien de blâmable, encore une fois, dans ces motifs, si tu admets qu'un artiste n'a d'autre devoir moral que de s'assurer les conditions les plus favorables à son œuvre. »

Nullement coupables, de telles mœurs ! Se pouvait-il que Tchaïkovski s'estimât innocent ? Je n'étais pas disposé à le croire, mais, plutôt que de soulever un sujet si délicat, je préférai interroger Anatole sur le mariage et le déroulement de la vie conjugale du compositeur.

Un vrai désastre, m'affirma-t-il. Là encore, il tenait ces renseignements de l'intéressé lui-même. Le soir du mariage, une crise d'angoisse l'avait suffoqué, dans la chambre où Antonina préparait leur lit. Il s'était sauvé en cachette. Errances dans Moscou et nuit blanche à vaguer. Rentré à l'aube, il se terra tout habillé au salon, et s'endormit dans un fauteuil. La même scène se répéta chaque jour. Dès que le crépuscule tombait, il s'échappait du domicile, seul, en grand manteau et chapeau de feutre, pour n'être pas reconnu. Le couple décida de changer de ville, comme si un voyage pouvait apporter la guérison. Train de nuit jusqu'à Saint-Pétersbourg — et supplice de la proximité. Ils descendirent à l'hôtel Europa — condamnés à vider entre les quatre murs d'une chambre la haine et la honte d'un échec sans remède. Piotr Ilitch ne résista pas longtemps à ce nouveau calvaire, aggravé par l'impossibilité de travailler sur une table où l'épouse éparpillait ses accessoires féminins. Une nuit, il descendit les marches du quai sur le canal Catherine et, debout dans l'eau jusqu'à la taille, il attendit que le destin, le *fatum*, répéta-t-il (son mot préféré), statuât sur son sort. Nulle velléité de suicide, non, Piotr Ilitch aime trop la vie, mais la vague aspiration à une catastrophe qui le forcerait à sortir de cette intolérable situation.

La catastrophe se présenta sous la forme d'une pneumonie à caractère aigu. Le médecin mit le point final à cette union calamiteuse, en prescrivant au convalescent d'aller se rétablir au soleil d'Italie. Modeste, son préféré des jumeaux, arrangea le voyage et l'emmena.

« A Florence ? demandai-je, songeant au sextuor que nous devions écouter tout à l'heure.

— A Florence ou à Rome, je ne sais plus. Mais à coup sûr en Italie, qui a toujours eu pour lui un attrait de prédilection.

— Il a des amis là-bas ?

— Un seul, mais combien cher. Ce Modeste, son frère bien-aimé. Un écrivain couci-couça, mais doué comme librettiste. A eux deux ils forment un brillant tandem, on l'a constaté avec *la Dame de pique* et *Iolanta*. Modeste se plaît tellement en Italie qu'il s'y est carrément installé. A Naples, si je ne me trompe. Il a établi sa résidence à Naples.

— Et... quand Piotr Ilitch revint à Moscou ?

— Il n'y revint qu'à une condition : c'est qu'il ne reverrait jamais plus sa femme. Bien que le mariage n'eût pas été consommé, il se garda de demander le divorce, pour éviter de relancer les commérages. Je suis bien placé pour savoir qu'il continue à verser à Antonina une pension alimentaire. Quand il me réclame une avance sur ses droits, je lui dis : "Piotr Ilitch, pourquoi persistes-tu à entretenir cette... Ne sais-tu pas qu'elle a eu trois enfants de son amant, et qu'elle les a mis à l'Assistance publique ?" Il n'aime pas que je remue le fer dans cette plaie... Payer le rassure, il achète ainsi le droit de pouvoir travailler sans remords.

— Quel gâchis, dis-je, mais rien de ce que tu me racontes n'autorise à accuser Tchaïkovski du crime pour lequel on instruit son procès. Beaucoup de mariages échouent, par pure incompatibilité de caractère. Cette Antonina n'était pas la femme qu'il lui fallait, voilà tout. »

Il me regarda d'un œil si moqueur, que je me demandai quelle nouvelle bourde m'avait échappé.

« La femme qu'il lui fallait, mon cher, et qui lui suffisait amplement, c'était son valet de chambre.

— Son valet de chambre !

— Alexis Sofronov. Depuis que, jeune garçon, il était entré à son service, il ne lui refusait aucune de ces complaisances nécessaires à un homme qui n'a pas fait vœu de chasteté. Bien qu'il se soit ensuite marié, leurs relations n'ont pas cessé complètement.

— Piotr Ilitch... Son propre domestique..., balbutiai-je.

— Il n'est pas permis d'être aussi moscovite que cela ! s'exclama gaiement Anatole. Sors un peu de ta province ! C'est le secret de Polichinelle que je t'apprends ! A Saint-Pétersbourg, dans la haute société, de telles situations restent fréquentes. Vestige de l'époque du servage, où le maître avait tous les droits sur son serviteur, et le serviteur aucune envie de contrecarrer la volonté de son maître.

— Selon le général Apraxine, ces mœurs existaient dans la Grèce antique, mais ont disparu aujourd'hui, du moins dans la bonne société.

— Seul un militaire peut être aussi jobard ! Je parie que le brave général rencontre dans son cercle le prince Vladimir Pétrovitch Mechtcherski, et tant d'autres *tiotki* du grand monde, à qui il serre la main en toute candeur... Un militaire et un tsar... Alexandre III n'a connu la vérité sur Georges, son deuxième fils, qu'après le voyage au Japon où le frère cadet du tsarévitch a eu le tort stupide de s'afficher. »

J'étais, je dois le dire, confondu. Et je restais sceptique. Ce qui se passe en haut lieu n'intéresse qu'un nombre très restreint de grands seigneurs, et leur dépravation les regarde, mais, pour un artiste dont l'audience s'étend jusqu'en Amérique, il faut la désinvolture d'Anatole pour ne pas s'étonner d'une telle fracture entre l'œuvre et l'homme.

Aucune musique n'est plus populaire que celle de Tchaïkovski, je le vérifiais à chaque concert de la Société musicale de Moscou. Jeunes, moins jeunes, enfants, hommes, femmes, tous éprouvent le charme dès les premières mesures, et l'enchantement les possède jusqu'à la fin. Comment peut-on disposer de ce pouvoir, me demandai-je, si l'on s'est retranché de la vie de ses semblables ? Toucher des milliers d'auditeurs, en refusant de se mêler aux peines et aux joies des humains ? Subjuguer le public, non seulement russe mais de tous les pays où *le Lac des cygnes*, la quatrième symphonie, le concerto pour piano remportent des triomphes, si le sentiment le plus universel, celui qui pousse l'homme vers la femme, reste étranger au compositeur ?

Quant à ma réaction personnelle, je vais paraître à peine moins naïf en la dévoilant. Si Anatole disait vrai, c'est que nous étions les dupes d'un tricheur. Est-il licite de communiquer des émotions qu'on est incapable de ressentir ? Ne suis-je pas fondé à mettre en doute la qualité d'une inspiration, si pour prendre son envol elle s'appuie sur le mensonge et la feinte ? Je me sentais blessé. J'admirais des œuvres dont, si j'avais su leur origine, je me serais détourné avec réprobation.

Ma femme et ma fille ont un faible pour la romance qui débute par ce vers : *N'étais-je pas comme un brin d'herbe ?* Dans ce poème d'Ivan Sourikov, une jeune fille clame sa détresse. On l'a prise contre sa volonté et mariée à un homme qu'elle déteste. *Voilà qu'on m'a fauchée, et je me suis fanée sous le soleil.* Jamais Tchaïkovski n'a exprimé avec plus de force le tourment d'un âme tyrannisée. Mais de quel droit ? me disais-je à présent. Qui lui permet de se glisser dans l'âme d'une jeune fille, si la femme lui demeure un continent fermé ? Ce n'est pas tant à moi que je pensais en éprouvant cette sorte de dépit. Mais Anna Mikhaïlovna, que dirait-elle ? Et surtout ma fille, Liouba ? Comment cette innocente apprendrait-elle que son dieu se moque d'elle en feignant de s'attendrir sur les malheurs d'un sexe qui lui répugne ? J'imaginais avec effroi la scène où elle dégringolerait de ses illusions. Pauvre enfant... Non, décidément, il était impossible qu'Anatole eût raison.

« Le secret de Polichinelle ! Le secret de Polichinelle ! repris-je, pour répondre à ses dernières paroles. Tu as l'air de parler d'une chose toute naturelle, qui court les rues et ne heurte personne. Le prince Kremski en prend à son aise ! On voit bien que son rang et sa fortune le mettent au-dessus des lois ! Secret de Polichinelle, c'est un peu vite dit, ne trouves-tu pas ? Pour un crime qui expose à la perte des droits civiques et à la déportation en Sibérie !

— Allons, ne te fâche pas. C'est vrai que la loi est sévère contre ceux qui n'ont pas les moyens de se mettre hors d'atteinte des juges... Le talent, la réussite, la célébrité étendaient à Piotr Ilitch, en quelque sorte, les privilèges de notre milieu... Tout le monde savait, au sujet du mari d'Antonina... On fermait les yeux, voilà tout, par égard pour son génie.

— Et pourquoi a-t-on éprouvé, tout à coup, le besoin de les ouvrir ?

— C'est cela qui commence à m'inquiéter, justement.

— La lettre ?

— Au début, quand je l'ai reçue, j'ai haussé les épaules. A quoi bon prendre au sérieux quelque chose qui n'a aucune importance ? Tel était mon raisonnement, fondé sur l'opinion que les mœurs de Piotr Ilitch étant connues depuis si longtemps, je ne voyais pas la nécessité de s'en offenser soudain. Mais il y a des éléments nouveaux, qui remettent en question la sécurité de notre ami. Une sécurité acquise en trente ans de prudence et... de salutaire hypocrisie ! Perdre ainsi, pour un béguin stupide, le bénéfice d'une politique avisée ! »

XIII

En route vers le Vauxhall, car l'heure du concert approchait, nous longeâmes la rivière que nous franchîmes par un pont orné aux quatre coins de centaures. Mon compagnon avait l'air soucieux, expression si inhabituelle chez lui, que je commençais à soupçonner quelque vérité dans ses dires.

« Quelles relations as-tu dans les milieux musicaux français ? me demanda-t-il soudain.

— En matière de musique, je ne suis qu'un amateur. Plus que modeste, tu sais.

— Crois-tu que les confrères français de Piotr Ilitch pourraient intervenir, le cas échéant ? Saint-Saëns, par exemple, rencontré jadis à Moscou, et qui s'est dépensé ensuite pour diffuser en France sa musique... Ou Gounod, qu'il a connu à Paris, ainsi que Widor, Gabriel Fauré, Massenet... Quel dommage que Delibes vienne de mourir ! Piotr Ilitch adore *Coppélia*... Seraient-ils gens à se mouiller pour un confrère en difficulté ? Envoyer des télégrammes de soutien... Signer une pétition... Que sais-je.... Il a invité Massenet à diriger un concert à Moscou... Il y a Pauline Viardot, aussi. A-t-elle encore de l'influence à Paris ? Se rappellera-t-elle le jour où elle lui a montré le plus précieux de ses trésors ? Piotr Ilitch eut la joie de tourner les pages autographes de *Don Giovanni*. Elle est propriétaire du manuscrit... Il m'a souvent raconté que, de toute son existence, peu de moments l'ont ému à ce point... "C'est comme si j'avais serré la main de Mozart et que j'eusse conversé avec lui."

— Il aime Mozart ?

— C'est son Dieu !

— En France, on les oppose l'un à l'autre. On dit que le pathos démonstratif de Tchaïkovski est aux antipodes de l'élégance pudique de Mozart. L'un taperait sur la grosse caisse des émotions, quand l'autre dissimulerait son chagrin derrière un sourire.

— Sans te vexer, mon cher, je ne donne pas dix kopecks du goût musical des Français... Pathos démonstratif ! Tu vas entendre avec le sextuor...

— Ce besoin, quand même, d'étaler ses sentiments...

— Quand on est contraint de les dissimuler dans sa vie... C'est dans les pages de sa musique qu'une police intelligente trouverait les preuves de sa duplicité.

— Mais enfin, Anatole, que risque-t-il ?

— Tu as rencontré son neveu l'autre jour ? Tous ses malheurs viennent de ce type.

— Quel neveu ?

— Vladimir Davydov, le neveu de Piotr Ilitch, le fils de sa sœur Alexandra.

— C'est vrai, le neveu de Tchaïkovski ! m'exclamai-je, en revoyant le jeune homme blond et mal élevé du club.

— Il est devenu l'âme damnée de son oncle.

— Comment cela ?

— Son oncle est amoureux de lui. Amoureux fou. Il lui dédie sa prochaine symphonie, qui sera créée en octobre à l'Assemblée de la Noblesse. Un garçon attachant, malgré les apparences... Il adore la musique de son oncle et lui joue au piano les *Saisons*. Ce n'est pas Alexandre Siloti, mais enfin, le drôle a du talent. Piotr Ilitch s'est laissé empaumer. Bob par ci, Bob par là, une vraie passion. "Je suis esclave de la beauté", dit-il pour se défendre de courir après un imberbe.

— La situation est déplaisante, mais en quoi offusque-t-elle le tsar ?

— Attends. Ce godelureau n'aime que les femmes. Mais fort du pouvoir qu'il exerce sur son oncle, il en profite pour lui extorquer de l'argent. Je ne parle pas seulement des petits cadeaux et des sommes qu'il lui soutire chaque mois, sous un prétexte ou un autre... Au régiment Sémionovski, il y a de fort beaux jeunes gens... enfin, de ceux qui plaisent quand on a les goûts de Piotr Ilitch... Il n'aime que les blonds, et il faut avoir la couleur des blés pour être recruté dans ce régiment. Bob se fait payer par l'oncle pour lui ménager des rendez-vous avec tel ou tel de ses camarades.

— Quelle horreur ! Et tu trouves des excuses à ces agissements ?

— Pour se justifier, Bob prétend qu'il doit soutenir son rang. Il accuse son père, cultivateur de betteraves en Ukraine, d'ignorer, par radinerie de propriétaire terrien, les besoins d'un jeune homme qui veut réussir dans la capitale.

« Quant à Piotr Ilitch, redevenu célibataire depuis le mariage de son valet Alexis, supportant mal sa solitude, il n'est pas mécontent d'un système qui, tout en lui procurant les satisfactions nécessaires, lui épargne les embarras d'une liaison. Un créateur de sa nature ne cherche pas l'amour, mais seulement l'équilibre du corps, l'harmonie physique, de quoi garder l'esprit libre pour composer.

« Bon, fit-il pour répondre à mon regard interrogateur, le cas ne serait pas pendable, si Piotr Ilitch, parmi tous les camarades de Bob, n'avait jeté son dévolu sur un certain Victor, jeune cornette de dix-sept ans... Il l'a dans la peau... Un gamin, bien au-dessous de l'âge admis... et qui a le malheur, pour Piotr Ilitch, d'être le neveu du comte Stenbock... Commences-tu à comprendre ?

— Le comte Stenbock ? Le maréchal du Palais !

— Et, qui plus est, protecteur du régiment Sémionovski.

— Indigné, il est allé dénoncer le suborneur au tsar ?

— Pas tout à fait. Les choses sont encore plus compliquées. Alexandre III protège Piotr Ilitch. Naguère, il s'est déplacé pour entendre *Eugène Onéguine* au Mariinski. Le compositeur, à cette occasion, se rendit à Saint-Pétersbourg. Il fut reçu dans la loge impériale, présenté au tsar et à la tsarine, décoré de la croix de Saint-Vladimir et gratifié d'une somme importante. Depuis six ans, il touche une pension annuelle de plusieurs milliers de roubles prélevée sur le budget du ministère de la Cour impériale.

« Or, Alexandre est très strict sur la morale. Il n'a pas été élevé pour rien par ce cafard de Pobiedonostsev. Tant mieux pour moi, d'ailleurs. La liaison de l'héritier de la couronne avec la Kchessinskaïa déplaît fort à Sa Majesté. Ma seule chance d'avoir Mathilde — il serra les mâchoires —, c'est le prochain mariage de Nicolas. Il est impensable que l'empereur ne force pas son fils à rompre, avant la cérémonie qui réunira une douzaine de souverains. L'Allemande ne va pas se convertir à la religion de saint Basile pour épouser l'amant d'une ballerine... Alexandre III veille jalousement sur l'honneur de la nation. Dans le cas de notre ami, il ne pardonnerait pas une accusation calomnieuse, ou sans preuves suffisantes. Celui qu'il honore de ses faveurs, son compositeur préféré, doit rester sans tache.

« Le comte Stenbock avait adressé sa lettre de dénonciation au comte Vorontsov, en le priant de la transmettre à Sa Majesté. Le ministre de la Cour impériale comprit tout le danger qu'il y aurait à accomplir une telle démarche. Lui-même risquait son crédit et sa place. Il estima plus judicieux de confier l'affaire à un tribunal d'honneur, dont les membres seraient d'anciens condisciples de Piotr Ilitch à l'école de Droit, intéressés à sauvegarder la réputation de cet établissement. Pas de procès public, pas d'éclat, pas de scandale... A huis clos, au contraire, entre anciens camarades...

— Ainsi toi...

— Comme je te l'ai dit, j'ai commencé par prendre cette histoire à la légère... On n'allait quand même pas inquiéter le plus grand compositeur de Russie pour des fredaines qui ne nous regardent pas. Tu sais mes idées là-dessus : chacun est libre de sa vie privée. *Na vkous, na tsvet, tovaritchtcheï niet.*

— Ce qu'on pourrait traduire par : *Sur le goût, sur la couleur, la camaraderie meurt.*

— Pas mal ! Les Français, je crois...

— Ont une formule plus drapée : *Des goûts et des couleurs on ne dispute point.*

— Toujours le style noble ! Quoi qu'il en soit, seuls les esprits plats veulent régenter le monde et le réduire à leur mesure... Pourquoi, si je préfère les poires, déclarer illégal l'amour des pommes ? Mais s'attaquer à un mineur... Et tomber sur le neveu d'un personnage influent... Je voulais d'abord refuser de siéger à cette parodie de tribunal... A-t-on idée de faire comparaître un chien et de se demander si l'on va l'envoyer en Sibérie, pour la seule raison qu'il n'est pas un chat ? Mais depuis que je suis venu à la connaissance des griefs qui étayent plus précisément l'accusation...

— En tout cas, Tchaïkovski aura un défenseur au Palais. Le grand-duc Constantin, dont il a mis en musique une demi-douzaine de romances... »

A peine avais-je dit ces mots, qu'Anatole me saisit par le bras et porta un doigt à ses lèvres.

« Chut ! Je voulais éviter ce nom... Tout prince Kremski qu'on est, il est des eaux vaseuses où il faut s'abstenir d'enfoncer le bâton.

— Mais enfin, Anatole... »

Les promeneurs, affluant de tous les côtés, se dirigeaient par petits groupes vers le Vauxhall.

A voix basse, il reprit :

« Certains familiers du tsar n'attendent qu'une occasion pour lui demander s'il ne trouve pas quelque chose de bizarre dans l'intimité de son cousin et de Piotr Ilitch, et si la justification poétique de leurs rencontres ne cache pas une réalité plus scabreuse. On pourrait faire remarquer à Sa Majesté que le grand-duc se teint les cheveux, qu'il se hasarde dans les rues sans escorte et rentre dans son palais à des heures indues, par la porte de service, de manière à éviter les aides de camp en faction dans l'antichambre, toutes choses que confirmeraient sans peine les espions du général Barianski. Une nouvelle affaire, tu comprends, serait fatale pour notre ami. J'ai appris l'autre jour, en préparant mon budget avec Witte, le ministre des Finances, les bruits qui courent à ce sujet. Des bruits, c'est déjà trop, lorsqu'on touche aux sphères élevées de la Cour.

— Et pourtant Georges, m'as-tu dit, le frère cadet du tsarévitch...

— Justement. C'est assez pour Alexandre III qu'un de ses fils prête aux rumeurs. Il ne passera pas l'éponge une seconde fois. Constantin aurait intérêt à se montrer plus prudent.

— Je ne te suis pas. Le grand-duc se teint les cheveux en noir, et tu viens de m'affirmer que Tchaïkovski n'aime que les blonds...

— Eh bien ! Est-ce une raison pour croire qu'il n'y a rien entre eux ? Le général Barianski ne t'engagera pas comme détective, si tu te montres aussi finaud ! Le fait que le grand-duc ait choisi de se teindre en noir pourrait être la preuve qu'il sent son ami en danger et cherche à détourner les soupçons... Je n'affirme rien, je répète que certaines médisances commencent à circuler... Il n'est pas interdit de penser que son deuil a fourni au grand-duc un alibi providentiel.

— Anatole ! Tu étais au club avec moi. Tu as assisté à la scène où Constantin s'est laissé convaincre par ce Vladimir Davydov de l'emmener chez Iar... Iar, le cabaret des bohémiennes, où l'on ne va pas seulement pour les regarder danser !

— Ah ! ce Bob ! toujours lui ! Ce gamin vicieux ! Attachant, mais vicieux ! Si le scandale éclate, ce sera de sa faute ! Il va me faire rater la reprise, programmée pour Noël, de *Casse-Noisette* ! »

Bob pouvait avoir tous les défauts du monde, Anatole ne venait-il pas de m'affirmer que, dans un domaine au moins, on devait mettre le jeune homme hors de cause ?

« Bob ne s'intéresse qu'aux femmes, me dis-tu. N'est-ce pas une garantie, aussi bien pour Piotr Ilitch que pour le grand-duc Constantin ?

— Pauvre cloche de Moscou ! Tu es vraiment *la reine des pommes*, comme on dit à Paris. Bob ne s'intéresse qu'aux femmes, mais les hommes, eux, s'intéressent à lui, et comment... C'est un type à les allumer... Nul ne s'entend aussi bien à les bercer de faux espoirs... Un pas en avant, deux pas en arrière... Il conduit le grand-duc chez les bohémiennes pour se faire payer leurs services...

— Et le grand-duc, pendant ce temps...

— S'estime heureux de *tenir la chandelle*.

— Mais Piotr Ilitch, lui au moins...

— Ne va pas chez Iar, non, pour la seule raison qu'un créateur aime se coucher tôt, pour être tôt le lendemain à sa table de travail.

— S'il a tant de respect pour son travail, comment en garde-t-il si peu pour lui-même ? Corrompre un mineur de dix-sept ans... Courir après son propre neveu !

— L'honnête mari d'Anna Mikhaïlovna n'en revient pas. Il reste comme *deux ronds de flan*, j'adore cette autre expression française. »

Sur cette nouvelle pirouette, Anatole m'indiqua la foule qui grossissait autour de nous. Un de ses serviteurs maures, qui l'attendait à la porte du Vauxhall, tendit nos deux invitations au prince.

XIV

Tchaïkovski touchait alors à l'apogée de sa gloire. On avait organisé le concert d'inauguration de Pavlovsk en hommage au chef incontesté de l'école russe. Une ouverture d'Anton Rubinstein, qui avait été son maître à Saint-Pétersbourg, puis le quatuor d'un de ses élèves, Sergueï Ivanovitch Taneiev, précéderaient *Souvenir de Florence*. Les musiciens avaient déjà pris place sur l'estrade et accordé leurs instruments. On n'attendait plus que le grand-duc Constantin. Une estafette du château se montra à la porte. L'assistance, croyant que le cousin du tsar arrivait, se leva. Le directeur de la salle prit connaissance du billet qu'on lui avait remis puis monta sur l'estrade pour présenter les regrets du grand-duc. Un empêchement de dernière minute avait retenu Son Altesse.

« Mauvais présage, si Constantin a peur de cautionner Piotr Ilitch », murmura Anatole en me jetant un coup d'œil entendu.

Les deux premières œuvres n'éveillèrent qu'une approbation polie. On n'était venu que pour le sextuor. Dès le *fortissimo* abrupt de l'attaque, un frémissement parcourut l'auditoire. J'avais beau me défendre contre la tentation d'associer la musique de Tchaïkovski à ce que je venais d'apprendre de sa vie privée, il m'était impossible de ne pas établir de lien.

La plupart de ses œuvres, j'en étais familier depuis longtemps. A l'instar des milliers de ses admirateurs dans le monde, j'écoutais la sérénade, les symphonies, les concertos, les trois quatuors, le trio comme l'émanation la plus accomplie de l'âme slave, mélange d'aspiration à l'infini et de retombées mélancoliques. Impuissant à me dégager de cette lecture superficielle, je me contentais de ce qui plaît à l'immense majorité du public. En amateur type de Tchaïkovski, qui s'identifie à ce qu'il croit être les émotions du compositeur, je me laissais tour à tour violenter par les dissonances agressives, bouleverser par les plaintes torturantes, apaiser par les cadences élégiaques du plus russe des Russes.

Pour la première fois, aujourd'hui, l'origine de cette musique m'était connue. Elle ne prend sa source ni dans l'âme slave ni dans aucun des états psychologiques que partage l'assistance, mais dans un secret infamant.

Tant que dura l'*allegro con spirito* initial, je me demandai comment, de cette nature viciée, avait pu jaillir cette admirable phrase au violon, qui déroule une rêverie vaporeuse et meurt dans un contrechant exalté. Est-ce le propre de la musique que de transformer en or l'innommable ? Cet art n'est-il que mensonge et tromperie ? Une fois de plus j'observais, sur le visage extasié de mes voisines, l'extraordinaire fascination qu'exerce sur leur sensibilité l'œuvre d'un homme qui règne par la fraude sur les cœurs féminins.

Le deuxième mouvement du sextuor, *adagio cantabile e con moto*, confirma mes soupçons. Dire que j'avais écouté à Moscou ce morceau, sans y distinguer autre chose qu'un merveilleux dialogue entre le violon et le violoncelle ! Et non moins merveilleux il me parut ce jour-là, un des sommets de tout ce qu'on a jamais écrit pour la musique de chambre. Même ce libertin, ce cynique d'Anatole ferma les yeux lorsque, sur des triolets en pizzicati joués en sourdine par les quatre autres solistes comme les accords d'une sérénade, une longue aria, pure et sans heurts, se déploya au premier violon, bientôt reprise par le premier violoncelle.

Les deux instruments continuèrent à dialoguer affectueusement, de manière à justifier le sous-titre du sextuor. Entre la douceur provocante de leur mélodie et l'imitation de la mandoline par les cordes pincées au second plan, on se croyait à San Miniato, par un crépuscule d'été, sur la terrasse au-dessus de la ville. Souvenir de Florence, réminiscence attendrie des coupoles, des tours, des flèches dessinées contre le ciel, dans la gloire estompée du soleil couchant. Echange de deux voix, aussi suave qu'un duo d'opéra romantique, sur fond d'arpèges amortis. Trilles et caresses d'un *bel canto* cajoleur. Frôlement de deux têtes, rapprochées sous les premières étoiles...

Seulement, à peine revenu de mon ravissement, je fus pris d'une sorte d'effroi en m'avisant que Piotr Ilitch, à l'abri de cette Toscane de soupirs et de charme évoquée d'une main si légère, s'était livré à la plus impudique confession, au plus choquant (selon mon opinion de naguère) étalage d'émotions prohibées. Ah ! le joli souvenir, vraiment ! Ce violon qui avait entamé la mélodie, n'était-ce pas la voix claire de quelque *ragazzo* des rues ramené sur la colline dans la calèche fermée du compositeur ? Et, dans ce violoncelle qui se mourait d'impatience, n'entendais-je pas la voix grave de l'homme mûr, de l'adulte anxieux de plaire au garnement, en contrefaisant le chant du vaurien par une imitation aussi parfaite que possible ?

Plus j'écoutais, plus grandissait mon malaise. Les deux voix étaient maintenant enlacées dans une étreinte amoureuse, les règles du contrepoint ne servant qu'à parfaire leur union. Combien chaque instrument, me disais-je, se distingue par un caractère particulier, correspondant au rôle qu'il symbolise ! Le violon, clair et pointu, dessine les omoplates saillantes et la silhouette dégingandée d'un jouvenceau acerbe, le violoncelle, par ses hanches renflées et son abdomen confortable, la taille épaissie du quinquagénaire. La pure joie d'exister se dégage du violon, une innocence, une jeunesse triomphante, aussitôt rattrapée par le halètement du violoncelle. Il a ondulé dans l'ombre avant de jeter sur sa proie ses tentacules insidieuses. Sous ses accords pesants, il l'enserre, il l'étouffe, il la force peu à peu à se mêler à lui, à l'épouser, à fondre leurs différences dans une communion exaltée. Le double chant, devenu un par la pénétration réciproque, meurt ensuite et s'éteint, tandis que les pizzicati, égrenant leurs notes comme un concert de grillons nocturnes, prolongent l'extase du couple épuisé...

Quelle inconvenance ! pensai-je en me ressaisissant. Quelle effronterie ! Les circonstances de la création du sextuor eussent à elles seules justifié mon blâme. Alors que la primeur de ses œuvres revenait d'habitude à Moscou, Tchaïkovski s'était rendu tout exprès, en novembre dernier, à Saint-Pétersbourg, pour y créer son *Souvenir de Florence*. Et pourquoi avait-il pris cette peine, si contraire à ses habitudes ? Parce qu'en novembre dernier, justement, Vladimir s'était transféré d'Ukraine dans la capitale, pour entrer au régiment Sémionovski. Simple coïncidence ? On ne m'y prendrait plus, à être *la reine des pommes*. Une déclaration d'amour, en bonne et due forme, voilà ce que renfermaient ces notes en apparence si déliées.

Dans la voix du violoncelle, je percevais maintenant la prière humiliante de celui qu'aucune rebuffade ne décourage, et qui continue à espérer un improbable retournement de faveur. Il met tout en jeu pour se faire agréer : l'éloquence, l'élan passionné, la palpitation fiévreuse, le ralentissement langoureux. Il minaude, s'étire, se gonfle de soupirs voluptueux, s'affaisse en chuchotements veloutés...

Comme une femme, murmurais-je en moi-même. Et aussitôt, je m'avisai que le violoncelle, en dépit de ses sonorités de bronze, porte un nom qui se termine par une désinence féminine, l'*e* muet des caresses et des grâces, alors que le violon, féminin par son registre aigu, se prévaut d'un vocable ramassé, deux syllabes laconiques. Oui, dans cet appariement insane, c'est celui qui devrait se conduire en homme qui dessine des sinuosités serpentines, qui se glisse, se traîne, ondoie en courbes moelleuses, câline et cajole et se tord en méandres serviles, tandis que le violon oppose à ces manœuvres de séduction la pureté et l'indifférence de son chant rectiligne.

Ainsi l'oncle à genoux, rampant devant le neveu intraitable...

Comment autour de moi, dans la salle, pouvait-on méconnaître la mimique obscène de cet *adagio cantabile* ? Tout, dans cet aveu forcené, même si l'on ignore le rôle de Bob dans la vie du compositeur, ne clame-t-il pas le désir, le délire contre nature ? En Italie, ces mœurs courent peut-être, les voyageurs qui reviennent de Florence, de Rome ou de Naples l'insinuent à demi-mot. En Russie, Anatole a beau dire, on garde le discernement du bien et du mal — telle était alors, je le répète, ma crédule opinion. Il me cite le prince Mechtcherski, sa coterie d'écervelés qui s'affublent de sobriquets féminins. Assurément, la caste à laquelle appartient Anatole n'observe aucune règle et se croit tout permis, mais le reste du pays, fidèle au sens moral, ne se laisse pas dévier.

Tchaïkovski avait-il contracté son vice lors de ses voyages en Italie ? Assez naïf pour comparer sa perversion à une maladie contagieuse, je me fondais, pour le croire, sur la fréquence et la longueur de ses séjours romains et toscans.

Quelle virtuosité, en tout cas, dans l'emploi du double langage ! Les auditeurs du Vauxhall se laissaient charmer par une évocation poétique de la Toscane, ils voyaient frissonner, dans les courbes de la mélodie, la toison des cyprès ou bomber la silhouette des coupoles. Belle imposture, en vérité, que ces phrases enjôleuses ! Tchaïkovski s'était servi du *cantabile* italien à des fins dépravées, pour exalter l'autre Italie, le repaire des ganymèdes et des gitons.

L'équivoque pouvait-elle se maintenir plus longtemps sans danger ? Lui-même, sans doute, avait craint de se trahir, car le mouvement suivant, *allegro moderato*, nous ramena brusquement en Russie. Le scherzo n'a plus rien de commun avec le *bel canto* des nuits d'été indolentes, il manifeste la saine gaieté populaire, quand on a les doigts rougis par le froid et qu'on se rassemble autour d'une bouteille. C'est presque un morceau de folklore, où les accords tambourinés, au lieu du frémissement ambigu de la mandoline, suggèrent le tremolo viril de la balalaïka. Est-ce là un exemple de cette « hypocrisie salutaire » qu'Anatole approuve dans la conduite de Tchaïkovski ?

Le quatrième et dernier mouvement, *allegro vivace*, puise aussi dans une veine leste et facétieuse. Retour à l'Italie, mais à celle qui danse sur le Ponte Vecchio pour les fêtes de carnaval, ou descend l'Arno, la nuit de la Saint-Jean, en barques éclairées par des torches. Coda brillante, plaquée comme un masque de Polichinelle.

Elle fut saluée par un tonnerre d'applaudissements, et le public se retira satisfait. Quel joli divertissement ! se disait-on à la sortie, sous les tilleuls que son fils rapporta de Milan pour les planter entre les chênes de Catherine II. Tchaïkovski avait bien dupé ses admirateurs. Ne resterait dans leur souvenir qu'une récréation agréable. Rien d'autre qu'une promenade musicale dans l'Italie conventionnelle, dans la Toscane des coteaux en pente douce, des émotions licites, des passions sans risques.

Anatole m'arracha à mes réflexions. A grandes enjambées, il m'entraîna à travers le parc, jusqu'à la résidence du grand-duc. Inquiet de n'avoir pas vu celui-ci au concert, il avait l'intention de se faire annoncer à Son Altesse, et de sonder les dispositions de Constantin. L'officier de garde nous informa que le palais était vide, le tsar ayant brusquement convoqué son cousin.

XV

Outre le prince et le général, où habitaient les juges du tribunal d'honneur ? Dans quel quartier ? Avec qui ? Vivaient-ils seuls, comme Anatole, ou mariés, tel Apraxine ? Comment me les représenter dans leur existence quotidienne ? Le comte Vorontsov avait envoyé sept courriers revêtus de la livrée impériale, la lettre arriva chez sept destinataires et fut appréciée diversement par sept lecteurs, dont chacun réagit selon son caractère, ses convictions religieuses ou politiques, sa situation de famille, son métier, ses problèmes personnels, les succès ou les échecs de sa vie privée. Puisque le sort d'un homme a dépendu de la décision de ces sept juges, je dois, pour me préparer à entendre leurs sentences respectives, entrer dans la maison et dans l'intimité de chacun. Mon récit a-t-il un autre but, que de réfléchir l'aventure humaine de Tchaïkovski dans sept consciences différentes ?

Seulement, une difficulté presque insurmontable s'oppose à l'exécution de ce projet. J'arriverai sans peine à me faire inviter au domicile de Nicolas de Souzdal. Alexandre Obolev, un autre de mes anciens camarades, ne refusera pas ma visite, bien que nous soyons restés beaucoup moins liés. Pour Sergueï Barenkov, responsable des questions d'urbanisme, je pourrai m'introduire chez lui en alléguant un motif professionnel. Mais les deux derniers ? Aucun moyen d'avoir accès auprès du septième, puisque j'ignore jusqu'à son nom !

Quant à Boris Atanaiev, le conseiller d'Etat, ce type qui m'a paru, lors de la soirée au Yacht-Club de la marine, si mal dans sa peau, sous quel prétexte sonner à sa porte ? Dieu sait pourtant que j'aurais envie de vérifier si, dans l'intimité de son foyer, il ose regarder son interlocuteur en face ! Comme il est pitoyable, avec son uniforme de général de brigade qu'il porte avec ostentation, tout en semblant rongé par un sentiment de culpabilité permanent ! Et cette façon d'aboyer, devant chaque membre du club à qui il se présente, son nom et son titre, en claironnant une ambition régulièrement trahie par le diapason trop élevé de sa voix ! D'après ces quelques tics de comportement, est-il possible de tirer des indices sur la position qu'il adoptera dans l'affaire Tchaïkovski ? Espoir chimérique, bien sûr, dont la ruine me découragerait de persévérer dans mon entreprise, si...

Si je me laissais intimider par nos littérateurs à la mode et par cette sorte de tyrannie qu'ils ont instaurée en exigeant que chaque personnage, chaque scène d'un roman reflète un « point de vue » unique, arrêté au début du récit et maintenu tout du long coûte que coûte. L'objectivité du narrateur omniscient, qui soulève comme Asmodée le toit des maisons et regarde bouger ses héros sans se soucier de l'invraisemblance d'un tel procédé, n'est plus de mise à la fin d'un siècle qui a détrôné les vieilles gloires et les a remplacées par les champions d'un art résolument « moderne ». Périmé, Gogol ! Démodé, Tolstoï ! Obsolète, Dostoïevski ! L'écrivain du jour, c'est Tchekhov, celui justement qui a établi la dictature du « point de vue ». Chacune de ses œuvres obéit à la même recette. Il s'installe dans la conscience d'un personnage donné, et, à partir de cet observatoire, enregistre tout ce qu'il est possible à ce personnage de voir, d'entendre, de ressentir, mais seulement à ce personnage. Un mari trompé ? Le filtre de son amertume colore l'ensemble du récit. Un secrétaire de tribunal porté sur la bonne chère ? Le glouton transforme les rapports d'audience en grotesques énumérations de plats. Un médecin de district, un paysan harassé par la corvée, un chasseur de gelinottes, une veuve, une coquette restent au centre du paysage physique et moral évoqué autour d'eux. Tchekhov pousse si loin cette virtuosité, qu'il fait défiler l'immensité de la steppe russe par les yeux d'un enfant de neuf ans. Si le héros est un animal, tout sera vu, flairé par des prunelles, un museau de chat ou de chien.

Un art incomparable, à coup sûr. Un écrivain digne de l'admiration qu'il suscite, mais qui n'a jamais composé que des nouvelles. Le plus long de ses textes aura quatre-vingts pages. La plupart en comptent moins de dix. Au-delà de dix ou de vingt pages, comment maintenir le despotisme du « point de vue » ? En ce qui me concerne, vais-je, parce que je n'ai pas été le témoin de certains faits dont le récit est indispensable à la compréhension de cette histoire, me priver de les raconter ? Quand Boris Atanaiev a reçu la lettre, étais-je là pour épier sur sa mine — une face ni belle ni laide et que surmonte une filasse ni blonde ni châtain (les seuls détails dont je puisse me porter garant) — les réactions du conseiller d'Etat ?

Pourtant la lettre est arrivée chez lui, et il s'est trouvé un moment où ses yeux en ont pris connaissance, une minute fatidique où s'est inscrit sur cette face un mouvement soit de satisfaction pour l'honneur d'avoir été choisi, soit de crainte pour cette responsabilité nouvelle. Si la sentence qu'il rendra diffère du jugement souhaité par le tsar, obtiendra-t-il l'avancement qu'il convoite ?

La scène de la réception de la lettre a commencé, selon toute vraisemblance, non pas dans le bureau du conseiller d'Etat mais dans la cuisine de son appartement de six pièces, canal Catherine, n° 25. L'immeuble jaune situé au tournant du canal a plutôt belle allure. L'appartement occupe la totalité de l'étage noble. Le jeune Grichka, douze ans, est sorti de sa chambre qui donne sur la cour et s'est avancé dans le couloir à pas de loup. Bien que j'appartienne à la même génération que Boris Atanaiev, nos enfants ont dix ans d'écart. Il a épousé sur le tard une héritière, voilà qui est attesté. Crainte de compromettre sa carrière par un célibat prolongé, souci d'améliorer sa position dans le monde ou désir de léguer à une progéniture les profits tirés d'une ascension laborieuse, on s'accorde à penser qu'il n'a pas obéi à un élan d'amour en se mariant avec Nastasia Alexandrovna. Si les deux rejetons de cette union calculée ont à pâtir de leur origine, peut-être le verrons-nous plus loin. Pour le moment, revenons au jeune Grichka, que nous trouvons debout dans le corridor. Il a oublié d'apporter sa lampe, à moins qu'il ne tienne à rester dans l'ombre. Par le trou de la serrure, il épie l'intérieur de la cuisine éclairée.

« Vos preuves ? » demandera le consciencieux adepte du « point de vue ». Mes preuves ? Le bon plaisir de mon imagination, le besoin de peindre, à travers l'influence qu'il exerce sur son entourage, le caractère de Boris Atanaiev. Seigneur, quel aveu ! De quoi détacher de mon récit les braves lecteurs férus de « modernité » !

Par le trou de la serrure, le jeune garçon regarde Pélaguéïa, la cuisinière, qu'il découvre sous un jour déroutant.

Assise sur les genoux d'un inconnu, gaillard hirsute en houppelande de livreur, elle se livre avec lui à un exercice qui ballotte ses gros seins et la secoue de fous rires. Le samovar trône sur la table au milieu de la toile cirée, une vapeur bleue monte de la théière, deux verres remplis fument devant la chaise occupée par le couple. Le jeu consiste, pour le géant barbu, à mettre dans sa bouche avant chaque gorgée de thé un morceau de sucre qu'il retire aussitôt pour le placer entre les lèvres de Pélaguéïa, puis à le reprendre et ainsi de suite jusqu'à ce que le petit cube ait entièrement fondu.

Grichka est-il trop jeune pour comprendre les sous-entendus de ce manège ? Ou se dépite-t-il d'être exclu par son âge d'un passe-temps qui a l'air bien agréable ? Toujours est-il qu'après quelques vagues et plutôt dédaigneux coups d'œil sur les étranges aventures du morceau de sucre, son attention est accaparée par une lettre posée sur la table. Un oiseau magnifique, à deux têtes, imprimé en rouge, orne le coin de l'enveloppe. Comme le conseiller d'Etat est absent de la maison, et que, peu après le courrier du tsar, s'est présenté le livreur de pâtés à la viande, la cuisinière a remis à plus tard le transport du pli sur le bureau du destinataire.

Pélaguéïa étant une personne de devoir, malgré les apparences aujourd'hui peu favorables, il faut le dire, à sa réputation, elle n'a pas oublié que la lettre, dont le cachet inhabituel l'a impressionnée elle aussi, gît sur la toile cirée non loin du samovar, à proximité dangereuse du plateau de pirojki dorés et luisants. Le moindre contact avec l'enveloppe causerait un dégât accusateur. Une tache de graisse, même une goutte d'eau bouillante dénoncerait la traîtresse à son maître. Aussi, cherchant à se dégager de l'étreinte du livreur, allonge-t-elle un bras vers la lettre. Plus elle se débat, plus il accentue sa pression ; en sorte que leur excitation à tous deux monte encore d'un degré et que leurs fous rires deviennent horripilants. Ils finissent par se disputer lèvres à lèvres le morceau de sucre et à s'embrasser goulûment sur la bouche.

Quel peut bien être l'intérêt de cette scène pour l'économie de mon récit ? Ah ! voilà où le veau d'or du « point de vue » multipliera le nombre de ses adorateurs ! Une chose est certaine, c'est que je n'étais pas derrière le trou de la serrure, mais il est non moins établi que la lettre a transité par la cuisine et traîné sur la toile cirée avant d'échouer devant le conseiller d'Etat. Sinon, comment distinguerait-il au dos de l'enveloppe, après l'avoir soupesée et examinée sous toutes les coutures, selon sa manie de relever chaque détail, une minuscule bavure produite, à n'en pas douter, par de l'huile ? Et comment — c'est là mon « point de vue » à moi — introduire avec plus d'habileté le lecteur dans l'âme de mon personnage, si je renonce à peindre l'irritation que cette tache de graisse lui causa ?

Boris Atanaiev, premier signe qui le distingue, est un fanatique de la propreté. Son œil globuleux s'arrête à chaque souillure. Pour se rendre au bureau, il sort tiré à quatre épingles, ganté de beurre frais, chaussé de bottines aussi brillantes qu'un miroir. De tels scrupules, une telle application à ne se présenter aux autres que sous une apparence impeccable mériteraient tous les éloges, si cet excès de précautions ne laissait soupçonner une conscience rien moins que nette. Qui n'a aucun reproche à se faire se montre plus coulant sur sa mise.

D'où provient, chez le conseiller Boris Atanaiev, une phobie aussi prononcée du sale ? A le voir verser une pincée de poudre sur la moucheture graisseuse de l'enveloppe, on devine qu'il n'obéit pas à une décision réfléchie. En quoi quelques millimètres carrés maculés peuvent-ils troubler le repos de l'honnête serviteur de l'Etat ? Personne, à coup sûr, n'irait rapporter au tsar cet infime, insignifiant sacrilège. S'il se donne tant de mal pour une vétille, n'est-ce pas qu'il cède à une contrainte intérieure, dont le sens pour le moment nous échappe ?

On aurait tort de croire que la négligence de Pélaguéïa est le motif principal de sa mauvaise humeur. Constater que ses émoluments ne lui permettent pas de s'assurer les services d'un maître d'hôtel ou d'un valet de chambre lui inflige une blessure plus cuisante. Sa cuisinière ouvre la porte et reçoit le courrier, et les lettres, par suite de cette fatale circonstance, subissent dans la cuisine un séjour forcé. Même les jours où elles arrivent saines et sauves jusqu'à lui, ce transit qui les contamine n'est conforme ni au statut social ni à la dignité d'un fonctionnaire du cinquième tchin.

A vrai dire, on n'a jamais vu le conseiller d'Etat satisfait ni heureux de rien. Son perpétuel mécontentement puise à une source invisible. De quel désir inassouvi souffre-t-il ? Quelles aspirations, quels rêves doit-il réprimer, quelle lutte contre lui-même soutenir, dont l'angoisse se transmet au plus anodin de ses actes ?

N'aurait-elle d'autre utilité que de nous poser cette question et de nous inciter à chercher la réponse, la scène de la cuisine serait indispensable.

Deuxième avantage : nous montrer le fils de la maison dans une posture qui ne fait pas honneur à son courage. Epier par le trou de la serrure révèle un manque de spontanéité navrant chez un être si jeune. Pourquoi Grichka n'a-t-il pas ouvert la porte et demandé à voir le cachet ? Nous savons aussi — nous l'avons appris par la suite — qu'il raffole des petits pâtés à la viande. La bonne Pélaguéïa l'aurait autorisé à y goûter, s'il l'en avait priée poliment. Non, il préfère s'embusquer dans la pénombre du couloir, spectateur muet.

Or, à douze ans, est-on responsable de sa conduite ? Un enfant sournois et dissimulé paye la faute de ses parents, a coutume de me dire Anna Mikhaïlovna. Préposée dans son association de femmes aux problèmes pédagogiques, elle s'efforce de venir en aide aux mères de famille. On peut la croire, lorsqu'elle soutient qu'un enfant vicieux est la victime d'une éducation viciée. Si Grichka ne se rue pas dans la cuisine pour obéir au double aiguillon de la curiosité et de la gourmandise — ce qui serait, pour Anna Mikhaïlovna, l'heureux indice d'un caractère épanoui —, si même il ne pousse pas la porte pour présenter à la cuisinière la courtoise requête d'un petit pâté et demander la permission d'examiner l'aigle à deux têtes, incriminer la nature du jeune garçon, cire vierge où les adultes impriment leur marque à tort et à travers, ajouterait l'injustice à l'erreur, selon nos féministes.

L'atmosphère de son foyer, la crainte que lui inspire son père — car comment soupçonner une mère de contraindre son fils ? —, le climat de suspicion et de mensonge que l'insatisfaction chronique du conseiller d'Etat génère dans sa famille, voilà les seuls responsables.

Quel est ce père, en fin de compte ? Impossible de continuer à feindre de ne m'être pas dessiné le plus complètement possible le caractère de celui qui est appelé à jouer dans cette histoire un rôle ni plus ni moins important que les six autres juges. Même sans posséder des antennes aussi fines que Nastasia Alexandrovna, son épouse, j'ai relevé assez de symptômes pour deviner que mon personnage a « la boule à l'envers », comme disait ma grand-mère Salomé Uhlman.

XVI

Commençons par la question du domicile, ce bel immeuble jaune dont il occupe, avec Nastasia Alexandrovna, leur fils Grichka et leur fille Nadia, les six pièces du deuxième étage (troisième, pour calculer comme les Russes, qui incluent le rez-de-chaussée dans le compte). Observons le chef de famille, à l'heure où il rentre du bureau. Ce moment de la journée, que Nicolas de Souzdal, en praticien expérimenté, tient pour critique dans la vie de tous les ménages, met à rude épreuve aussi bien les nerfs du conseiller d'Etat que ceux de sa femme et de leurs deux enfants. Passer de la compagnie de ses collègues au cercle domestique demande une souplesse d'esprit, une faculté d'adaptation que peu d'hommes détiennent. Les menues activités du bureau, les bavardages avec son voisin de table, les ordres donnés aux secrétaires, les directives reçues des chefs entretiennent l'illusion qu'on mène une vie bien remplie. L'existence a un but, on ne se sent ni inutile ni impropre à la tâche. Le métier accapare. De retour dans son foyer, on se retrouve en face de soi-même, et cette confrontation, sans être agréable à quiconque, semblait odieuse à Boris Atanaiev.

Par exemple, le 3 mai 1893, il quitta la Banque d'Etat et franchit la passerelle qui mène à son logis, de plus mauvaise humeur que jamais. Cette fois, du moins, avec un prétexte solide. Il avait consulté, chez le chef du service protocolaire, le tableau d'avancement publié à l'occasion de la fête de l'impératrice, et constaté, une fois de plus, que son nom n'y figurait pas. Il resterait donc conseiller d'Etat, l'équivalent de général de brigade, avec le droit de se faire appeler Votre Haute Origine — un droit qu'il exerçait sur les garçons de bureau et les copistes, inutile de le préciser, avec la dernière rigueur.

Telles sont les prérogatives du cinquième tchin. Un rang déjà élevé dans la hiérarchie, mais Boris Atanaiev, au lieu de contempler avec un dédain satisfait les neuf premiers tchins qu'il a franchis plus rapidement que la plupart de ses collègues, et qui forment à ses pieds comme les marches du trône où il s'est hissé à force de patience et d'application, se consume, se meurt d'envie de passer au degré suivant, le quatrième tchin, celui qui donne accès au titre de conseiller d'Etat effectif, aux épaulettes de général major et à l'appellation de Votre Excellence.

Eh oui ! entre le conseiller d'Etat et le conseiller d'Etat effectif, étincelle ce double mirage des épaulettes et de l'Excellence, sur lequel notre personnage tient les yeux écarquillés. *Effectif*, cette épithète où tout homme sain perçoit l'affreux gargouillement du jargon bureaucratique, se pare à ses oreilles de mille accords célestes. Le destin se joue si cruellement de ses ambitions que l'empereur Nicolas Ier, pourrait-on être plus malchanceux, a restreint aux quatre premiers tchins la transmission héréditaire de la noblesse acquise par les titres. Parmi les défauts qu'Atanaiev impute à son fils, il lui reproche, avec une injustice flagrante, de rester un enfant de la roture, un rien du tout, un nul : pas le plus petit degré honorifique, la plus légère onction tchinesque, pour ce gamin à qui son père ne pourra léguer le droit de mépriser le cordonnier du rez-de-chaussée, que s'il réussit à attraper le barreau supérieur, là où les avantages obtenus restent dans la famille et passent à la descendance.

Spécialiste des questions financières, Boris Atanaiev prête service dans les locaux de la Banque d'Etat : privilège d'autant plus appréciable que cet édifice est cité comme un des chefs-d'œuvre du grand architecte italien Giacomo Quarenghi, celui qui a construit pour Catherine II le théâtre de l'Ermitage, l'Académie des Sciences, l'Institut Smolny, le palais Alexandre de Tsarskoïe Selo, sans compter le palais des princes Youssoupov sur la Moïka. La Banque d'Etat se compose d'un corps central convexe qui donne sur le canal Catherine, et de deux ailes arrondies qui aboutissent à deux pavillons sur la rue Sadovaïa : le tout agrémenté de colonnes, de pilastres et de frontons, et coloré de cette délicate nuance jaune pâle aimée des empereurs.

Sortir par la façade sur le canal, emprunter le pont de la Banque, dit aussi pont aux Griffons, et sonner, presque en face, au n° 25, tel est le trajet offert tous les soirs au conseiller d'Etat, un parcours qui plairait même aux rois, même aux anges, si l'on songe que cet angle du canal est un des coins les plus poétiques de Saint-Pétersbourg, et cette passerelle, décorée de lions de bronze aux ailes dorées, qui happent dans leurs gueules les câbles de soutien, un des ornements les plus gracieux de ce paysage de pierre et d'eau. Pour quelque raison mystérieuse, aucun de ces avantages ne suffit à réjouir l'âme inquiète de Boris Atanaiev, pas même la chance indiscutable d'habiter à trois minutes de son bureau, et de n'avoir rien de laid, rien de désagréable à rencontrer en passant de son travail à son domicile.

Son domicile ! L'adresse qu'il doit faire imprimer sur ses cartes de visite ! Voilà pour lui un sujet majeur de dépit. Des trois canaux concentriques qui enserrent de leurs méandres les quartiers historiques de Saint-Pétersbourg, celui du milieu, le canal Catherine, est tenu à juste titre pour le moins chic. La Moïka a l'honneur de ceinturer le palais d'Hiver, l'Amirauté, la cathédrale Saint-Isaac, le Saint-Synode et le Sénat, la Fontanka relie le palais d'Eté au palais Anitchkov où réside Alexandre III, mais le canal Catherine, avant de passer devant le n° 25, a serpenté dans les quartiers populaires, là où Dostoïevski, un auteur exécré du conseiller d'Etat, a placé les scènes les plus répugnantes de *Crime et Châtiment* et domicilié des personnages à qui un homme de devoir ne serrerait pas la main, l'étudiant criminel dans une mansarde crasseuse, la prostituée Sonia dans une maison de guingois et l'usurière au fond d'une cour humide dont une charrette de foin suffit à obstruer le porche d'entrée. Que peut avoir de commun un détenteur du cinquième tchin et ce dépravé, cet assassin de Raskolnikov ? Rien, sinon les eaux de ce maudit canal, où le meurtrier s'est peut-être lavé les mains du sang de son forfait.

Ce roman obscène mis à part, impossible d'oublier que le canal Catherine borde un côté de la place aux Foins. La place aux Foins, qui aura mérité autrefois ce sobriquet champêtre, abrite le marché en gros où affluent des environs de Saint-Pétersbourg les charrettes de maïs et de choux, les convois de poules et de canards. Aujourd'hui, son appellation rustique, qui suggère l'honnêteté de la campagne, donne l'idée la plus mensongère du lieu. Le port d'arrivée des légumes et des volailles est aussi le carrefour des voleurs. En effleurant d'un de ses coudes ce ramassis de paysans en souquenille et ce repaire d'escrocs à la tire, le canal Catherine lèche le ventre puant de Saint-Pétersbourg. Epluchures de choux et larcins, déjections de basse-cour et resquilles, immondices concrètes et souillures morales, qui peut jurer que le courant ne charrie pas quelque reste d'ordure jusque sous les fenêtres du n° 25 ? Avec la phobie particulière que nous connaissons à Boris Atanaiev, c'est là plus que suffisant pour discréditer à ses yeux les volumes harmonieux de la Banque d'Etat aussi bien que les ailes dorées des griffons.

Si encore il avait de ses fenêtres une vue plus réconfortante ! De son salon, il aperçoit, non pas la belle façade convexe de Quarenghi masquée par les arbres du quai, mais, au milieu de la rue Tchernichev perpendiculaire au canal, un coin du Gostiny Dvor, l'énorme galerie marchande fréquentée par les classes inférieures. Mettre ce bazar sous ses yeux, l'obliger à être témoin de ce tohu-bohu d'occupations ménagères, c'est l'affront que le sort lui a réservé. Aussi les fenêtres de son salon sont-elles munies d'épais rideaux qu'il ordonne à Pélaguéïa de tirer, non seulement les jours de réception, mais chaque fois qu'il attend un parent ou un collègue. Parmi les visiteurs du conseiller d'Etat, nul ne doit savoir qu'il habite à cent mètres d'un dédale de boutiques et de ruelles aussi encombré et malpropre qu'un souk oriental.

Est-il besoin d'ajouter qu'il se fait une chimère de ce voisinage, et qu'aucune de ses connaissances ne songerait à le taquiner là-dessus ? « De quoi te sens-tu coupable, pour avoir l'air sans cesse de t'excuser ? » : voilà ce que lui dirait un ami, s'il avait un ami. Je me permets la même demande, en attendant d'étayer mes soupçons. « Boris Atanaiev, pourquoi cette passion de la réussite sociale ? De quelle faute secrète Votre Haute Origine cherche-t-elle à se laver ? »

Il y a trois mois qu'un cordonnier s'est installé dans le local du rez-de-chaussée. La susceptibilité du conseiller d'Etat est mortifiée de cette cohabitation. Les coups de marteau et les chansons gaies remplissent le quartier d'une allégresse vulgaire. Le quartier, c'est beaucoup dire, car à peine si le bruit monte dans la maison, jusqu'à l'étage noble. Une oreille si fine pour les sons grossiers trahit une peur irraisonnée de la vitalité populaire.

En particulier, Boris Atanaiev ne peut souffrir l'apprenti du maître cordonnier, un jeune gaillard qui, estime-t-il, cherche à le narguer chaque fois qu'il passe devant les fenêtres de l'échoppe. Le rustre tape plus fort sur son établi et siffle à la manière des tziganes. Sans l'inconvenance d'une telle démarche, le conseiller d'Etat entrerait chez Pavel Ivanovitch Stoïko pour lui demander le renvoi de ce Boris (Boris ! assez effronté, en plus, pour porter son propre prénom !), mais sous quel prétexte exiger le départ d'un garçon qui n'a d'autre tort qu'un naturel exubérant ?

Souvent il s'en va, seul ou en compagnie de ses enfants, pour qui ces promenades sont une exception heureuse à l'habituelle sévérité de leur père, observer le trafic des barques sur la Fontanka. A bord du bateau-lavoir amarré le long du quai, des femmes en chemise, armées de battoirs en osier, frappent en cadence sur le linge. De vigoureux débardeurs chargent et déchargent les péniches. Par une curieuse inconséquence, ni l'étalage de la lessive ni le sans-gêne de ces hommes à demi nus ne l'indisposent. La pensée que le tsar et certains des plus grands seigneurs de Saint-Pétersbourg, tel le prince Kremski, directeur des Théâtres impériaux, résident à moins d'une demi-verste lui fait oublier que cette portion du quai est affectée à des besognes triviales.

Les garçons bateliers, habitués à le voir se promener avec ses enfants, le saluent en soulevant leur bonnet. Chose surprenante (j'avoue n'avoir encore rien deviné), il leur répond en touchant du doigt sa casquette. Grichka aime l'eau et les barques. Son père lui permet de monter à bord d'un chaland. Pendant ce temps, il s'assoit sur une borne d'amarrage, attire sa fille entre ses genoux, sourit aux mariniers qui montrent le maniement du gouvernail au gamin. Soit lénifiante influence du milieu aquatique, soit besoin de se détendre, il goûte les seuls instants apaisés, dans sa journée ingrate.

Les petits comprennent d'autant moins pourquoi leur père se durcit à nouveau. Sur le chemin du retour, il les tance, les rabroue, semblant leur reprocher ces moments où la discipline familiale s'est pour une fois relâchée. Plus on approche de la maison, moins on a le droit de regarder à l'intérieur des boutiques. Grichka et Nadia espèrent toujours, en passant devant la fenêtre du cordonnier, tromper la surveillance paternelle et empocher les bonbons que l'apprenti met de côté pour eux. En vain, car le conseiller d'Etat les tire par la main, les emprisonne dans sa poigne et s'engouffre avec eux sous le porche. Sur le palier du troisième, il actionne la sonnette et attend que Pélaguéïa accoure — si l'on peut parler d'accourir, pour cette feignasse peu pressée d'obéir.

Bien qu'il ait une clef de son appartement dans sa poche, jamais Boris Atanaiev ne s'abaisserait à ouvrir lui-même.

XVII

Le soir du 3 mai, il eut une nouvelle fois l'impression que quelque chose dans sa mine excitait la gaieté de l'apprenti cordonnier.

Il sonna à sa porte et, comme d'habitude, Pélaguéïa la cuisinière vint lui ouvrir. Il avait remarqué que les vitres de son appartement brillaient d'un éclat inaccoutumé. On les avait lavées et frottées pendant son absence. Le bref mouvement de satisfaction qu'il éprouva ne l'empêcha pas de gronder la cuisinière pour la façon dont elle traînait les savates dans le couloir. Puis il se heurta à Grichka, qui sortait en courant de sa chambre et se jeta par mégarde dans les jambes de son père. Une taloche expédiée sans retard rappela l'étourdi aux règles de la bienséance. Il se retira en pleurnichant. A voir le regard oblique dont il gratifia l'auteur de ses jours, l'observateur le moins averti eût donné raison aux théories d'Anna Mikhaïlovna.

Boris entra au salon. Nastasia, son épouse, travaillait à un ouvrage de couture, tandis que leur fille Nadia, onze ans, à plat ventre sur le tapis, tournait les pages d'un album illustré. Elle s'empressa de se lever pour tendre son front au baiser de son père, puis se plongea à nouveau dans les images de son livre. Le conseiller d'Etat s'inclina devant sa femme, qui lui tendit une main à baiser.

L'ameublement reflète les goûts et les moyens de bourgeois à leur aise. Comme on n'attend personne à dîner, les rideaux ne sont pas tirés. Par les fenêtres, orientées au sud, un reste de lumière se glisse vers les abat-jour à franges posés sur un pied de bronze, les consoles en acajou à têtes de sphinx, les fauteuils en bouleau nain de Karélie tendus de reps rayé. Aux murs, des portraits de femmes, achetés chez un antiquaire de la Grande Morskaïa, alternent avec des natures mortes aux fleurs. Accrochée entre les deux fenêtres, une lithographie de Martinov représente le palais chinois d'Oranienbaum.

Nastasia coupa avec ses dents un fil, examina son ouvrage à contre-jour, puis se tourna vers le conseiller d'Etat. C'était une belle et grande femme, aux cheveux ramassés en chignon, d'un caractère tranquille et posé, habituée aux accès d'humeur de Boris, et résolue à ne pas se laisser entamer par l'hypocondrie chronique de son mari. Elevée dans l'aisance, ayant appris qu'il n'y a aucune difficulté dans les familles que l'argent n'aplanisse, elle opposait aux contrariétés de la vie conjugale le rempart d'une indifférence polie.

« *Les Nouvelles de Saint-Pétersbourg* ont publié aujourd'hui la réforme scolaire décidée par Pobiedonostsev. Vous serez heureux de constater la place beaucoup plus importante faite aux études grecques et latines. Et cela, dès les premières années du gymnase.

— En effet, dit Boris. Je pense que c'est le meilleur moyen de lutter contre les idées subversives qui attirent la jeunesse. Il faut la détourner du temps présent. Moins elle mettra le nez dans la politique, plus elle sera à l'abri des doctrines propagées par les ennemis du tsar.

— Grichka n'a que douze ans. Vous exagérez peut-être le danger.

— On ne saurait l'immuniser trop tôt contre le poison socialiste.

— J'ai donc eu raison d'acheter pour nos enfants ce livre un peu cher sans doute, mais qui les familiarisera avec l'art de l'Antiquité. »

Elle indiqua l'album ouvert sur le tapis, sous les yeux de la fillette extasiée.

« Qu'est ceci ? fit Boris en s'approchant d'un air circonspect. Hum ! Le Galate blessé du Capitole... Je ne sais pas si c'est très indiqué. Donne-moi ton livre. »

Il se mit à feuilleter d'un air rogue le *Recueil des plus belles statues grecques*, rapporté de chez Eggers et Cie, perspective Liteïny, selon le cachet du libraire.

« Vous n'avez pas l'air d'approuver mon achat ? demanda Nastasia de sa voix la plus calme, prête à désarmer par son flegme l'irritation de son mari.

— Trouvez-vous normal de mettre sous les yeux de cette innocente un pareil spécimen d'anatomie masculine ? s'écria-t-il en agitant devant le nez de sa femme une reproduction en pleine page de l'Apollon du Belvédère.

— Eh ! mon Dieu, une copie de cette statue, en marbre blanc, se dresse dans l'allée centrale du jardin d'Eté, où vos enfants se promènent et jouent tous les dimanches.

— Mais un homme nu, ici, dans mon salon ! » protesta-t-il d'une voix offensée, qui monta à un diapason excessif.

« Rentre dans ta chambre ! » cria-t-il à sa fille.

Pâle, tremblante, elle s'était reculée dans un coin de la pièce, sans rien comprendre à cette querelle entre ses parents.

« Et vous, continua-t-il à l'adresse de Nastasia, vous me ferez le plaisir de rapporter cette... cette indécence au libraire, en le priant de vous dire s'il est fier de corrompre les enfants par des images qui ne devraient jamais entrer dans un foyer. »

Nastasia jeta un long regard à son mari. En femme perspicace que cette algarade ne prenait nullement au dépourvu, elle emmagasina une preuve supplémentaire de ce qu'elle soupçonnait depuis longtemps — et que nous, spectateur ignare de cette dispute, espérons apprendre un prochain jour de sa bouche. Peut-être, sortant de la réserve qu'elle s'impose autant par souci de sa tranquillité personnelle que pour ne pas causer de tort aux enfants, se serait-elle décidée à dire à Boris une partie de ses vérités, lorsque Pélaguéïa frappa à la porte. Elle demandait la permission d'introduire le laveur de carreaux. Il avait fini son travail, et sollicitait l'honneur de présenter son compte.

On vit entrer un garçon bien bâti, robuste, aux cheveux noirs bouclés, d'origine ukrainienne, comme beaucoup de ceux qui exercent dans la capitale un métier qui demande à la fois application d'artisan et agilité d'acrobate. Entre la beauté rude, à peine dégrossie, insolemment plébéienne de cet athlète frisé, et l'élégance chamarrée des dignitaires qu'Atanaiev rencontrait dans son club, pas de commune mesure. Pour ce motif, sans doute, il resta bouche bée devant le garçon. Celui-ci le salua d'un regard droit et franc. Le conseiller d'Etat rougit, s'empourpra, devint écarlate, puis — trop tard — détourna les yeux. Loucher de côté et singer l'indifférence, une habitude à lui, nous le savons.

Si brève qu'eût été cette scène, Nastasia n'en avait pas perdu un détail.

« C'est bien, fit-elle en vérifiant d'un coup d'œil la somme. Mon mari et moi sommes contents de toi, Aliochka.

— Permettez ! intervint Boris en s'emparant du papier. Vous vous fiez un peu trop à l'aveuglette à ce qu'on vous dit de payer.

— A l'aveuglette ! mon ami. A l'aveuglette ! Mais je l'ai suivi pas à pas dans chaque pièce, et puis vous certifier que tout ce qui est indiqué ici — elle lui montra du doigt la liste des fenêtres, pièce par pièce, y compris le vasistas de la salle de bains et la lucarne de la soupente où dormait Pélaguéïa —, tout correspond au travail fourni, au centimètre carré près.

— Ah ! vous l'avez suivi pas à pas ! » s'exclama Boris, l'œil injecté.

L'expression « pas à pas » n'est peut-être pas très heureuse, mais comment, lorsqu'on connaît Nastasia Alexandrovna (et qui se trouve mieux placé que son mari ?), comment soupçonner, même pour rire, la vertu de cette irréprochable ménagère, qui, en surveillant le laveur de carreaux, n'a fait que remplir son devoir ?

Interloqué par cette sortie, Aliochka roulait sa casquette entre ses mains, auxquelles l'habitude des tâches matérielles n'avait pas ôté cette finesse propre aux riverains de la mer Noire.

« Et d'abord, reprit Atanaiev de moins en moins maître de lui, qui vous a permis d'embaucher une personne étrangère ?

— Mon ami, vous savez bien que Pélaguéïa n'a plus l'âge de grimper sur le rebord des fenêtres. Même monter sur un escabeau lui donne des vertiges.

— Des vertiges... des vertiges...

— Aliochka a les meilleures références. La baronne Simonov...

— Cette vieille momie... » marmonna-t-il à bout de nerfs.

Quelle pitié que de le voir, sans aucun motif plausible, tenaillé par une sotte jalousie !

« Monsieur, dit-il en marchant sur le pauvre garçon abasourdi qu'il secoua par le revers de sa blouse, sachez que des types de votre espèce n'ont aucun titre à s'introduire dans mon foyer. Mes vitres aiment mieux rester sales que de refléter une figure comme la vôtre.

— Boris, Boris... », murmura-t-elle, en retenant sa voix.

Au lieu de s'étonner de cette incartade grossière (elle n'avait donc plus aucune illusion sur son mari ?), Nastasia s'empressa de tendre au laveur les roubles qu'elle avait préparés.

« Plus dix kopecks pour boire à notre santé, Aliochka.

— Hors d'ici ! » hurla le conseiller d'Etat, exaspéré par cette faveur. Saisissant le garçon au collet, il le poussa jusqu'au seuil, puis le retourna par les épaules et le jeta dans le couloir.

L'album était resté ouvert sur le tapis, à la page de l'Apollon. Boris piétina le dieu nu, après quoi il sortit de la pièce en claquant la porte. Nastasia, qui avait suivi chacun de ses mouvements, se remit à son ouvrage de couture. De temps à autre elle levait les yeux et embrassait du regard les meubles et les tableaux, achetés avec l'argent de sa dot. Une froide détermination se lisait sur ses traits.

Cependant, Nadia et Grichka, dans la chambre des enfants, se livraient au partage de la poignée de bonbons que Boris, l'apprenti cordonnier, avait glissés dans la main de la fillette lorsqu'ils étaient rentrés de l'école.

« Moi, dit Nadia, je m'demande pourquoi papa il a grondé maman.

— Il a ses raisons, t'es trop petite pour comprendre », fit Grichka. Il essayait de concilier l'adoration qu'il portait à son père et la nécessité de lui désobéir en acceptant les cadeaux de leur ami du rez-de-chaussée.

« Ce qui est bête, reprit Nadia, c'est que j'avais préparé un bonbon pour le monsieur qu'est venu frotter nos carreaux. Un type chouette, tu trouves pas ?

— Peuh ! laissa tomber Grichka. Au fait, ce bonbon, où est-il si tu l'as pas donné ?

— Le voilà, dit Nadia, en sortant de sa poche un berlingot à la menthe.

— Ah ! faut recommencer le partage, tout est à refaire. Tu voulais me filouter, hein ? Fiez-vous aux femmes ! »

Le conseiller d'Etat eût été ravi de trouver chez son fils d'aussi bonnes dispositions comptables, ainsi qu'une philosophie des sexes déjà approfondie. Renonçant, ce soir-là, à leur dire bonsoir dans leur chambre, il resta jusqu'au dîner dans son cabinet, devant sa collection d'armes. Chasseur invétéré — et sa femme, bien qu'amie des bêtes, l'encourageait à pratiquer un sport qui absorbait une partie de sa hargne — il inspecta ses fusils avec un soin minutieux.

XVIII

Inspecteur général de la Santé, Nicolas de Souzdal se doit d'habiter un immeuble de prestige. Soucieux des misères humaines et ami des pauvres, il tient à être implanté dans un de leurs quartiers. Il a trouvé, au 38 de la rue Sadovaïa, dans l'édifice d'angle avec la rue aux Pois, le moyen de satisfaire à ces deux exigences contradictoires. Une des façades de son appartement donne sur la flèche d'or de l'Amirauté et la girouette en forme de caravelle, l'autre sur les bulbes de l'église populaire de l'Ascension, place aux Foins.

Loger à trois minutes de la place aux Foins et disposer de quatre colonnes blanches au-dessus de sa porte d'entrée, concilier la proximité des halles et la jouissance d'un six pièces cossu : un vrai tour de force, dans cette ville cloisonnée. Aucune barrière ni géographique ni sociale ne sépare Nicolas de ce qu'il appelle la tumultueuse et féconde vitalité du peuple russe. Une centaine de pas à gauche de son domicile, et il s'enfonce dans la fourmilière humaine qui grouille sur la place du marché et déborde dans les rues adjacentes.

Il interpelle par leur nom les paysans accroupis derrière les étals, serre la main aux revendeurs nichés dans leur guérite, tape sur l'épaule des filous professionnels, glisse un kopeck dans la sébile des mendiants, pince la joue des enfants attelés à la manivelle des orgues de Barbarie. Plus bas encore que les voleurs, dans l'opinion pétersbourgeoise, les commerçants juifs, reconnaissables à leur lévite râpée et à leur calotte noire, occupent le dernier degré. Refoulés dans un angle de la place, à côté des autres mal-aimés de l'empire, tziganes à large ceinture d'où pend le couteau, Tatars que distinguent le caftan à manches courtes et le bonnet pointu, ils ont échappé aux pogroms en Petite-Russie et vivotent de troc et d'usure. Nicolas ne dédaigne pas d'aller dire bonjour au plus déshérité de ces parias, jeune réfugié du ghetto polonais de Berditchev, prêteur sur gages dans une minuscule bicoque de tôle. Le malheureux nous regarde d'un air rogue. Sa figure hâve, à barbiche jaune, est agitée de tremblements nerveux. Il préférerait, je crois, le mépris à la compassion. L'injustice absolue est plus satisfaisante pour l'orgueil.

Faire le tour avec Nicolas des éventaires et des échoppes met à rude épreuve l'estomac. Il faut siffler ici une rasade de vodka, avaler là une chope de bière, accepter un beignet offert par la marchande de friture, ingurgiter plus loin une saucisse. On finit par descendre dans un des cafés-épiceries en sous-sol. Nicolas se fait raconter les menues aventures de chacun, les difficultés de la concurrence, la hausse ou la baisse des prix, les démêlés avec la police, les conflits au sujet des taxes et des impôts, dans une odeur de tabac, de hareng et de chou.

Insensiblement, à force de trinquer et de boire, on en vient à parler de questions plus intimes. Les femmes, quand elles ont un verre dans le nez, risquent des allusions à leur vie domestique. Elles relèvent leur manche et montrent sur leur bras la tache brunâtre d'ecchymoses. Celle qui a un œil au beurre noir ne dit plus qu'elle est tombée sur un coin de l'évier. Nicolas écoute, enregistre, ne dit mot. Je suis toujours surpris d'entendre la victime évoquer ses malheurs sans récriminer. Souvent, le mari ou le compagnon est là. Pas plus qu'elle ne songe à l'accuser, il ne se croit tenu de protester. Coups donnés, coups reçus, on dirait qu'ils subissent cette fatalité comme une loi de la vie en couple. Les quelques scènes de ménage plus violentes se terminent par des embrassades et des effusions : on boit une rasade d'alcool supplémentaire, on pleure dans les bras l'un de l'autre, et la femme, plus rarement l'homme, oubliant querelles et conflits, jette dix kopecks sur le comptoir pour une tournée générale d'eau-de-vie.

A dix-neuf ans, après l'école de Droit, Nicolas s'orienta vers la médecine, discipline où régnait, à cette époque, la plus complète hypocrisie. On expliquait l'alcoolisme et les brutalités qu'il entraîne par un vice de naissance, indépendamment des moyens d'existence et des conditions de vie. Nicolas, avec l'intransigeance de la jeunesse et les convictions généreuses de cet âge, jugea que la société était la seule responsable. *Dipsomanie et paupérisme*, sa thèse de médecine, attira l'attention des autorités. On l'affecta, dans les hôpitaux de banlieue de Moscou, aux départements spécialisés dans le traitement des ivrognes. C'est là qu'il prit l'habitude de côtoyer les classes les plus démunies, mais découvrit également qu'il suivait une fausse route en attribuant les drames de la vie conjugale à la seule pauvreté.

La misère du peuple russe ? L'indigence où vit la population qui fréquente les cabarets ? La détresse où croupissent les moujiks ? La gêne qui assaille le petit employé, l'artisan, l'ouvrier ? Une interprétation encore superficielle, selon Nicolas, une analyse non moins tendancieuse que l'ancienne explication par le vice. Les couches inférieures de la société n'ont pas le monopole de l'alcoolisme. Il est plus spectaculaire, sans doute, chez les pauvres, parce qu'ils n'ont pas le moyen de le cacher. Mais doit-on, parce qu'il ne jette pas ses victimes sur le trottoir, comme les pochards que la police ramasse chaque matin, ignorer celui qui exerce ses ravages à huis clos, dans les familles où l'aisance ne manque pas ?

« Rejeter sur les inégalités sociales, sur l'argent, toute la faute de la mésentente dans un couple me paraît une autre forme d'hypocrisie », me confia Nicolas, tandis que je le raccompagnais jusqu'à son logis. Nous traversions la place aux Foins, où il avait salué le juif de Berditchev. Le pauvre diable empilait avec haine dans son lariok de tôle ondulée la pacotille de bijoux laissés en gages.

« La clef du mystère est ailleurs. Regarde : à cet endroit, Raskolnikov s'est prosterné pour baiser le sol. Là-bas, près de l'église, l'Idiot a acheté sa croix à un soldat ivre. Seul un Dostoïevski, je crois, pourrait nous révéler comment, d'une dissension entre époux, naît peu à peu une tragédie. Il faudrait non seulement des trésors d'intelligence, mais des abîmes de compassion... Plus une bonne dose de courage, reprit-il au bout d'un moment.

— De courage ?

— Je pense à Tchaïkovski... Oui, le cas que nous avons à juger devrait nous permettre de marquer un point décisif. A condition d'ouvrir les yeux et de prendre nos responsabilités... Le couple que formaient Piotr Ilitch et sa femme n'est pas une exception, loin de là... »

Tout en devisant, nous avions remonté la rue Sadovaïa jusqu'au 38. J'eus très envie de revoir Olga, sa nouvelle compagne, la « perle », la femme véritablement « moderne », qui étudiait les « tendances actuelles » de la médecine et acceptait de vivre avec cet ours mal léché. Les trois enfants de la concierge se précipitèrent à la rencontre de Nicolas. Il leur caressa les cheveux et entreprit de monter l'escalier. La marmaille s'accrochait à ses jambes avec des piaillements d'allégresse.

Au troisième étage, par la porte de son appartement ouverte en permanence, on entrait, on sortait librement, malgré une petite femme brune assise derrière une table dans l'antichambre. Je reconnus Olga. Elle tendait à chaque nouvel arrivant un formulaire à remplir et à chaque patient qui s'en allait une note à payer. La plupart passaient devant elle sans même la gratifier d'un sourire. Quelques kopecks, de temps en temps, tombaient avec un bruit aigre dans sa boîte en fer.

Assisté de trois aides bénévoles, Nicolas soigne les gens du quartier. Gratis, en dépit des efforts d'Olga pour leur imposer un minimum de formalités et les soumettre à une rémunération symbolique.

« Olga, Olga, dit-il en l'apercevant derrière sa table et ses papiers, laisse-les tranquilles avec l'argent.

— S'ils en mettaient un peu dans cette boîte, Kolia, ils en auraient moins à dépenser au cabaret.

— Nous n'avons pas besoin de leur argent.

— Est-ce pour nous que je l'exige ? Tu sais très bien, mon chéri, que s'ils ne versent rien, pas même le plus petit kopeck, ils oublieront leur ordonnance au fond de leur poche et n'auront pas la volonté de guérir. Un médecin qui ne se fait pas payer ne leur inspire aucune confiance. Le vieil Anton Pavlovitch revient chaque semaine sans avoir suivi le traitement qu'on lui a prescrit. Seul l'argent déboursé transforme le vague désir d'être bien portant en conscience de la maladie. N'ai-je pas raison, mon chéri ? »

La femme « véritablement moderne » avait parlé. Contre un tel argument, Nicolas baissa la tête, penaud.

Il me précéda à travers les trois salles de consultation, encombrées de malades qui attendaient leur tour, adressa à chacun des aides un mot d'encouragement, donna deux ou trois fois son avis dans un cas difficile, puis, après m'avoir poussé dans un couloir, ouvrit la porte du salon.

Intérieur d'une banalité affligeante, moins par manque de goût que par indifférence. Le cadre de sa vie privée n'intéresse pas un médecin. Je vis des fauteuils en peluche, des chaises dépareillées pêchées à la salle des ventes, un lot de poupées gigognes, une table à pieds d'éléphant, une lampe-potiche à pendeloques multicolores. La science et l'art font rarement bon ménage, mais ici, le divorce est criant. Et pas même un bouquet de fleurs sur le piano, aucun signe que l'adepte fougueuse des « nouvelles tendances » se déjuge par une concession aux qualités traditionnelles de son sexe.

« Tu vois, murmura-t-il en se laissant tomber dans un fauteuil, donner gratis les soins va contre l'intérêt des malades... Que faire ?

— Pourquoi n'épouses-tu pas Olga ? Elle est jeune, elle est jolie. Veux-tu la livrer à un malotru qui la batte ? dis-je en riant. Les enfants du quartier t'adorent. S'il y a un homme né pour être père de famille, c'est bien toi.

— J'ai passé cinquante ans, Vassia.

— Et alors ? N'es-tu pas dans la force de l'âge ? »

Il s'absorba dans ses pensées, rougit, puis balbutia :

« Elle m'appelle *mon chéri*, tu as entendu ?

— Heureusement, m'écriai-je, qu'elle conserve des sentiments humains ! Tu as vraiment déniché la perle...

— Si tu avais, comme moi, risqué trois fois de tomber dans le panneau d'un mariage absurde...

— C'est que les trois premières fiancées, j'imagine...

— La première, oui, une petite oie de province. J'étais moi-même très jeune... Omsk, mon premier poste... On gèle, en Sibérie, on a besoin de se réchauffer, d'échanger quelques paroles. Mais la deuxième ! Une femme remarquable ! Veuve à vingt-trois ans, qui élevait toute seule ses trois enfants. Le gouvernement d'Alexandre II venait d'offrir aux femmes la possibilité de devenir médecin. Anioucha fit partie des deux cents premières lauréates.

« Peu avant la date fixée pour le mariage, elle me tint ces propos :

« *Mon chéri* (elle aussi !), je ne voudrais pas te donner l'impression que je cherche à te gêner dans les services que tu rends à la société. Aussi suis-je prête, pour me consacrer avec toi sans réserve à la médecine des pauvres, à te fournir une preuve de mon dévouement. Une parente de mon défunt mari va recueillir mes trois enfants. Je les lui confie sans regrets. Nous serons libres ainsi de nous dédier aux souffrances du peuple, et tu pourras remplir ton apostolat sans entraves."

« Voilà, Basile, comment elles comprennent le bien public, nos femmes modernes... Je brûlais de honte pour Anioucha. Les fiançailles furent rompues.

— Et elle resta avec ses trois enfants ?

— Non, elle les quitta pour suivre un capitaine au long cours. Je crois qu'ils ont échoué, ces pauvres gosses, à l'Assistance publique... Hélène, l'avant-dernière, me paraissait le type idéal... Plongée dans les livres de médecine, à ses moments libres... Nous tenions ensemble le dispensaire de Kountsevo... Du très bon travail, dans un quartier infesté par la peste sibérienne... Au bout de quelques semaines, je m'aperçois que les cas diminuent.

« "Hélène, lui demandai-je, est-il vrai que l'épidémie recule ?"

« J'étais harassé à l'époque, il m'arrivait de me jeter tout habillé sur le divan et de m'endormir, épuisé... J'espérais ardemment une réponse positive, bien qu'il y eût un doute au fond de moi... Elle se troubla — c'était une créature honnête, incapable de mensonge — et finit par m'avouer que, depuis un certain temps, chaque fois qu'elle me voyait assoupi sur le divan, elle renvoyait les malades... Il lui en coûtait trop de me réveiller. J'entrai en colère... Alors elle, pour se justifier :

« "*Mon aimé*, me dit-elle, même dans les livres il n'est pas écrit qu'on doive exposer *son bien-aimé* à la peste sibérienne."

« *Mon aimé ! Son bien-aimé !* Toujours les mêmes mots ! Et Olga itou ! Je ne veux être l'aimé, le chéri de personne, comprends-tu ?

Cet amour des femmes, à la longue, affaiblirait ma conscience... Ces souplesses, ces indulgences, ces liquéfactions de tendresse siéraient à une bonne dame, grasse et affable, elles ne conviennent pas à la compagne active d'un médecin.

« Epouser Olga, à quoi bon... Pour contribuer à la reproduction de l'espèce ? Non, ce rôle ne me va pas... »

XIX

Interdit, je regardai Nicolas. Lui, la charité en personne, n'avoir aucune confiance dans l'amour ! Sur la table basse devant moi, s'empilait un lot de partitions tournées à l'envers. Je soulevai la première — c'étaient les *Saisons* de Tchaïkovski.

« Qui joue ici ? Olga ?

— Oui, mais plus jamais ça ni aucune œuvre de Tchaïkovski.

— Pourquoi donc ?

— Elle va te le dire elle-même. »

La jeune femme brune venait d'entrer, une caisse de pharmacie sous le bras. Ses cheveux divisés par une raie au milieu du front et coupés court sur la nuque encadraient un visage énergique, adouci par deux fossettes enfantines au coin de la bouche et du nez.

« Ne vous dérangez pas, dit-elle en me faisant signe de me rasseoir. Pas de compliments entre nous. Un ami de Nicolas est ici chez lui. Je viens compter avec vous les doses que j'ai en réserve.

— Combien de cas nouveaux aujourd'hui ? demanda Nicolas.

— Trois presque sûrs, deux autres plus douteux.

— En provenance de la Caspienne ?

— Un du Turkménistan, deux du Kazakhstan.

— Toujours le lac Balkhach ?

— A ce qu'il paraît.

— Des éleveurs clandestins d'esturgeons ?

— Les salines pourraient être en cause. »

Nicolas notait sur un calepin les renseignements fournis par Olga. Elle avisa la partition sur mes genoux.

« Ah ! Tchaïkovski... »

Elle prononça ce nom avec un dégoût marqué, et, de la cordialité manifestée au début, passa à un ton plus froid.

« Cette œuvre, dis-je, suffirait à écarter un des reproches le plus souvent adressés à Tchaïkovski. On l'accuse de singer l'Occident. Seul un Russe pouvait avoir l'idée d'évoquer son pays d'après les douze mois de l'année. En France, la richesse du sol, le relief des montagnes, le découpage des côtes, la diversité et la mobilité des paysages (je récitais la leçon apprise chez Apraxine) créent une variété d'impressions presque infinie. Alors qu'en Russie, où la nature est pauvre, égale sur des centaines de verstes, la plaine couverte d'une végétation uniforme, sans accidents ni surprises, la steppe parsemée d'arbres rares et rabougris, le seul changement est introduit par l'évolution du climat. Mois par mois, on sent la terre bouger, vivre, se renouveler. Un tableau géographique serait d'une monotonie décourageante. Il faut peindre la Russie par ses saisons, dont chacune a ses travaux, ses fêtes, ses plaisirs, ses chants, ses danses. Nul comme Tchaïkovski, dans ces douze miniatures pour piano, n'a réussi à rendre les vicissitudes de chaque mois, les nuances, les reflets, les murmures qui ne sont jamais les mêmes d'une partie de l'année à l'autre... »

Olga m'interrompit. « Quelle sensibilité exceptionnelle ! » fit-elle d'un ton sarcastique.

J'interrogeai Nicolas du regard. Gêné, il bredouilla quelques mots. « Elle n'est plus d'accord avec cette musique, depuis que...

— Le prince Kremski m'a mis dans le secret, murmurai-je à Olga.

— Bon Dieu ! s'écria-t-elle, vous faites beaucoup de mystères, messieurs, pour quelqu'un qui ne mérite pas tant de ménagements !

— Olga ! murmura Nicolas, de plus en plus embarrassé.

— Je vous demande un peu, dit-elle en se tournant vers moi, si nous pouvons garder notre estime à un homme qui évoque les bûches dans la cheminée, l'alouette au printemps, le faucheur dans le champ de blé, mais se réserve pour lui-même le droit de bafouer les lois de la nature.

— La nature... la nature..., grommela Nicolas. Savons-nous ce qu'est la nature ? Je trouve que dans notre métier nous devrions être plus circonspects avant de trancher de ce qui est dans l'ordre de la nature et de ce qui n'y est pas. L'alcoolique te dira qu'il est dans sa nature de se soûler, et il tiendra pour bien atteint celui qui reste sobre.

— A cette différence près, mon chéri, que les sobres n'ont pas besoin de se faire soigner, qu'ils n'encombrent pas nos hôpitaux et ne prennent pas tout ton temps. Savez-vous, monsieur, que j'ai trouvé une datcha à louer dans la campagne, pour le mois d'août, et qu'il ne s'est pas encore octroyé un jour de congé pour aller voir si elle lui convient ?

— Je te fais confiance, Olga.

— N'essaye pas de me tromper, Nicolas. Tu sais très bien, ajouta-t-elle en le fixant dans les yeux, pourquoi tu ne vas pas voir notre datcha.

— Et... quelle serait cette raison ?

— Tu te dis que ce n'est pas la peine d'inspecter une maison où de toute façon tu n'iras pas.

— Où je n'irai pas ? marmotta Nicolas, démonté.

— Dites-lui, monsieur, je vous en prie, qu'il a besoin de se reposer. L'autre jour, il était si fatigué qu'il s'est trompé d'ordonnance et a prescrit une potion astringente dans un cas supposé de choléra.

— Le choléra à Saint-Pétersbourg ? m'écriai-je.

— Ce n'est pas encore sûr, dit Nicolas. Des présomptions... Quelques symptômes sont apparus...

— Si nous avons en plus le choléra sur les bras, comment suffiras-tu à la tâche ?

— Il faudra bien.

— A bout de force comme tu es, mon chéri ? Alors qu'en revenant, frais et dispos, d'un mois de vacances à la campagne...

— Bon, Olga, j'irai dans ta datcha.

— Non, tu n'iras pas, car c'est au mois d'août que vous devez vous réunir pour ce... pour cette affaire, enfin.

— Mais le sort d'un homme est en jeu ! dit Nicolas, recouvrant un peu de fermeté.

— Si tu peux appeler ce type un homme ! fit-elle en jetant sur la table le cahier des *Saisons*.

— Olga ! Nous sommes des médecins ! Ta réaction manque de caractère scientifique ! »

La jeune femme se dressa d'un bond.

« Vous l'entendez ? Voilà où conduit une conception exagérément scrupuleuse de la profession médicale... Quand nous nous occupons d'alcooliques, nous mettons la morale de côté, et nous avons raison de le faire... Un estomac délabré, un foie détruit, rien d'autre ne compte pour nous... Il faut parer au plus pressé...

— Tchaïkovski n'est-il pas un malade comme les autres ?

— S'il est un malade, qu'il se soumette à une cure. Votre Charcot, monsieur, a de nombreux émules en Russie. Nous ne manquons pas d'hôpitaux psychiatriques, à Saint-Pétersbourg et à Moscou. Or, rien n'indique qu'il se considère comme malade. Il dirige ses œuvres en public, voyage à l'étranger, fréquente le grand monde, a des relations à la Cour. S'il acceptait de se faire traiter, je serais la première à réviser mon jugement dans un sens plus favorable. Mais puisqu'il refuse, apparemment, cette solution, puisqu'il n'envisage même pas la possibilité de guérir, le verdict que vous rendrez tiendra compte, j'espère, de cette circonstance aggravante.

— Il te dérange tant que cela ? Ce n'est qu'un malheureux, rien d'autre...

— Un malheureux ? Et considères-tu pour rien ce qu'une femme éprouve ? Il méprise la moitié du genre humain, et tu serais prêt à l'excuser ! Vous qui avez vécu à Paris, je suis sûre, monsieur, que vous êtes plus à même de me comprendre. Les femmes ne peuvent que s'estimer offensées par Tchaïkovski. Si le tsar avait nommé des femmes dans votre tribunal, on aurait moins de doutes sur l'issue du procès. »

D'un mouvement de tête, Nicolas désavoua sa compagne. Comme il restait silencieux, j'en profitai pour exposer mon point de vue. Selon moi, il était impossible de ne pas mettre dans la balance la réputation internationale du compositeur. La noblesse de son talent équilibrait, en quelque sorte, la tare de sa vie privée. Autant il fallait veiller à la protection de la jeunesse, empêcher le coupable de nuire, autant ce serait priver la Russie et le monde d'une source inépuisable de bonheur que de contrecarrer sa carrière.

« Qu'il consulte un psychiatre et se fasse soigner, répéta Olga.

— Pardon, objecta Nicolas, en réponse à ce que je venais de dire, Tchaïkovski ne nuit à personne. Ceux qui vont avec lui agissent de plein gré. Tant qu'il ne cause aucun préjudice à autrui, fichons-lui la paix. »

Ce nouvel argument parut désarmer la jeune femme. Elle feuilleta les autres partitions pour piano, les *Six Pièces* de l'op. 19, la *Grande Sonate* en sol majeur, la *Doumka*, cette splendide variation sur une rêverie ukrainienne, l'*Album pour enfants*.

« Quelle audace ! » marmonna-t-elle.

Comment blâmer trop sévèrement les répugnances d'Olga ? Je continuais moi-même à me sentir partagé entre l'admiration esthétique et le dégoût moral.

En bas de la pile se trouvait le cahier des *Cinquante Chants populaires russes* pour piano à quatre mains, une des œuvres préférées de ma femme et de ma fille. Elles passent de longues heures à étudier ensemble ces morceaux adaptés du folklore. Que diraient-elles en apprenant que des chansons aussi naïves, « Une cane nageait dans la mer », « Ma tresse, ma belle tresse », des mélodies aussi fraîches ont pris naissance dans un cœur dépravé ? De la romance « Vania était assis sur un divan » provient le thème de l'*andante cantabile* du premier quatuor, ce mouvement d'une beauté si déchirante que Léon

Tolstoï pleura en l'écoutant. Une doumka ukrainienne, encore, exposée au violon, puis répétée cinq fois, la quintessence de l'âme russe — quelque chose d'inconciliable, vraiment, avec le vice italien.

Maintenant que je n'avais plus lieu de mettre en doute cette rumeur — de toute part, je la voyais confirmée —, je n'étais capable ni de ne plus aimer la musique de Tchaïkovski, ni de l'aimer avec l'innocence, la spontanéité antérieures.

Cette situation inconfortable dura tant que mes préjugés persistèrent.

Olga, elle, avait tranché. Elle ramassa toutes les partitions et quitta la pièce, la pile de cahiers sous le bras, la caisse de pharmacie à la main, me laissant seul avec Nicolas.

XX

« La pauvrette, dit Nicolas. Elle voulait son mois d'août. Elle déteste Tchaïkovski parce qu'il lui vole son mois d'août. Une fois par an, la femme la plus moderne estime qu'elle a le droit de s'enfermer quelque part, loin du monde, en compagnie de *son chéri*.

— En ce cas, répliquai-je, c'est au comte Vorontsov qu'elle devrait en vouloir.

— Ah ! tu es informé des moindres détails de l'affaire !

— Par Anatole.

— Anatole et moi, je crois qu'il n'y a pas deux personnes plus séparées par la manière de vivre, les goûts, les idées... Tout nous oppose... Tu es allé chez lui, j'imagine ? Tu as vu son palais, ses esclaves nègres, son harem oriental... Et pourtant, en cette circonstance, je ne vois pas sur quel défenseur plus sûr Tchaïkovski peut compter.

— Par indifférence, Nicolas. Il n'a aucun principe, rien qui lui tienne à cœur. Personne n'est coupable à ses yeux. Qu'un homme brave les lois divines et humaines lui est complètement égal.

— Le parfait libéral, en somme.

— Tu ne vas pas me dire que tu l'approuves ?

— Olga, elle, se bloque dans des convictions trop arrêtées.

— On ne peut se passer d'en avoir que lorsqu'on est riche à millions.

— Tu as raison. S'il n'y avait que des riches sur la terre, jamais la loi morale ne serait apparue. Les règles, les restrictions, les prohibitions ont été inventées pour les pauvres, dit-il avec amertume. On accepte plus facilement de se priver par devoir que par nécessité. »

Je me levai et lui demandai la permission d'ouvrir une fenêtre. Il m'aida à tirer le lourd rideau de velours et à dégager le double vitrage. Sur notre gauche, la tour de l'Amirauté découpait dans le ciel sa pointe effilée. Aucune barre d'appui ne protégeant l'embrasure, je dus, pour apercevoir la flèche, m'arc-bouter à l'allège.

« Eh oui, dit Nicolas en devinant ma pensée, un faux mouvement, et tu tombes dans la rue. Je crois qu'en France on appelle garde-fou cette barre qui partout ailleurs dans le monde permet de se pencher dans le vide sans risquer sa vie. Saint-Pétersbourg est la seule ville où cette mesure de sécurité n'a pas été adoptée. Nous avons trop de fous à garder pour avoir confiance dans les garde-fous. »

Je le regardai, surpris.

« Relis Gogol. Le fantasme du nez perdu n'a pas germé dans la cervelle d'un littérateur, le médecin peut te l'assurer. Pendant quatre ou cinq mois de l'année, ici, quand le thermomètre tombe à trente centigrades au-dessous de zéro, tu risques de perdre ton nez. Et, avec ton nez, ta raison. Tu marches dans la rue, emmitouflé dans ta pelisse jusqu'au menton, ton bonnet enfoncé jusqu'aux oreilles, mais le bout de ton nez, quoi que tu fasses, reste exposé. Promène-toi place du Palais ou sur les quais de la Néva, quand le vent souffle du nord et rend le froid plus intense. Les passants qui se croisent s'observent avec inquiétude : est-ce que j'ai encore mon nez ? semblent-ils se demander l'un à l'autre. Certains portent leur main à leur figure, pour s'assurer que l'appendice est toujours à sa place. De temps à autre, tu entends un cri : *Noss ! Noss !* Cela veut dire qu'un nez est en train de geler et qu'une âme compatissante signale le danger à un imprudent. D'autres fois, tu vois quelqu'un ramasser une poignée de neige et se ruer sur un promeneur pour lui frotter le nez de toutes ses forces. Il arrive que celui qui est ainsi assailli pense être victime d'une agression et cherche à se défendre. Des pugilats éclatent, jusqu'à ce que le malentendu soit dissipé. Mais suis-je bête ! Tu as vécu à Saint-Pétersbourg je ne sais combien d'hivers.

— Tu te rappelles ce matin de février où, devant l'église Sainte-Catherine, nous avons lu dans le journal le décret impérial sur l'émancipation des serfs ? Un officier qui marchait sur le trottoir opposé traversa la Perspective, toucha du doigt sa casquette et nous dit : Mes petits messieurs, je vous préviens que vos nez sont en train de geler. Dans notre enthousiasme, nous ne nous en étions même pas aperçus !

— L'été, c'est autre chose. Une autre folie prend possession de la ville. Ces palais magnifiques, ces alignements d'arcades, ces rues monumentales et glacées, loin de rassurer les habitants, les agitent d'une obscure inquiétude. "C'est trop beau pour moi, il faudra que je le paye d'une façon ou d'une autre." La perfection de leur ville est un reproche permanent pour les Pétersbourgeois. Ils ont comme honte d'eux-mêmes, du peu qu'ils sont, en comparaison de ces arcs de triomphe, de ces portiques, de ces colonnades. Les enfants se montrent particulièrement anxieux. De véritables cauchemars, souvent... La flèche de l'Amirauté, c'est pour eux le doigt accusateur du Père éternel ; la coupole de Saint-Isaac, le casque doré d'un ogre ; la place du Palais, une arène vide où ils vont être livrés aux lions ; les canaux, la Néva, de monstrueux serpents prêts à les engloutir.

« Chez les adultes, j'ai observé une manifestation morbide à laquelle, si j'avais le temps, je consacrerais une étude sous le nom de "syndrome de Pouchkine". Ils s'imaginent que la statue de Pierre le Grand descend de son socle et les poursuit à travers les rues. La faute dont le tsar veut les punir leur est inconnue. Ils cherchent à quelles obligations ils ont pu manquer. L'énorme cheval bondit en soufflant derrière eux. Ils s'époumonent à courir, biaisent par des galeries transversales, s'enfoncent sous les porches et tentent de s'abriter dans les cours. Où qu'ils se réfugient, le galop nocturne tambourine dans leur crâne. Un martèlement sans relâche, qui les amène dans mon cabinet de consultation... Les cas les plus graves, je les envoie à l'hôpital Nicolas, dans le département que j'ai ouvert à leur intention.

— Vous avez tant de fous que cela ?

— De toutes les espèces, à tous les degrés, tu ne peux te figurer le nombre et la variété des fous à Saint-Pétersbourg ! Ville maléfique s'il en est, ville maudite, qui n'aurait jamais dû sortir des marécages du delta !

— Olga t'aide à les soigner ? »

Il mit un doigt sur ses lèvres.

« Le spectacle est trop atroce. Le département des fous est interdit à Olga.

— Une femme si énergique, Nicolas ! Tu me caches quelque chose.

— Ecoute, tu me jures que ce que je vais te dire restera entre nous ? Non seulement Olga, mais aucun des jurés nommés par le comte Vorontsov ne doit l'apprendre. Tout à l'heure, j'ai menti en prétendant que Tchaïkovski n'a jamais nui à personne. Une grave responsabilité pèse sur lui. Il a détruit un être humain. Sa femme, Antonina Ivanovna.

— Anatole m'a raconté leur mariage. Une histoire pitoyable, en effet.

— Mais il n'a pu te dire ce que je suis le seul à savoir. »

Il se pencha vers moi, et me glissa à l'oreille :

« Antonina est devenue folle.

— Que dis-tu ?

— Folle, cliniquement folle. La pauvrette n'a pas supporté la catastrophe. Elle est internée à l'hôpital Nicolas. Au nom du ciel, garde cette information pour toi. Olga me rendrait la vie infernale, et je ne couperais pas à la datcha. Pour Tchaïkovski, le dommage serait incalculable. S'il y a une chance d'amener le tribunal à prononcer un verdict de clémence, on doit lui taire ce détail. Une telle nouvelle ruinerait mes efforts.

— Tu reconnais donc que Tchaïkovski est coupable ?
— Je ne sais pas. Pourquoi s'est-il marié ? Nous savons que ce n'est ni par amour ni par désir. Il s'est marié parce que, à trente-sept ans, un homme qui ne s'est pas assuré la possession d'une femme se trouve en butte à une suspicion qui l'humilie devant son entourage et compromet sa carrière. En dehors d'une certaine pitié pour Antonina Milukova, apporter la preuve qu'il était pleinement viril et fait comme les autres a été le seul mobile qui a décidé Tchaïkovski. Tu vois à quel désastre ce préjugé les a conduits tous les deux !

« Il existe des hommes qui, tout en étant normalement constitués et même doués de brillantes qualités, éprouvent devant la femme une inhibition qui les en détourne et les fait chercher ailleurs leurs satisfactions. Pourquoi vouloir à toute force les diriger vers un but que leurs aptitudes refusent de mettre à leur portée ? J'en suis venu à une conviction qui va te surprendre — mais, avant de te récrier, songe qu'elle est étayée sur des dizaines et des dizaines de cas que j'ai étudiés. Un inverti marié contre son gré, pour obéir à ce que sa famille, ses amis attendent de lui, est un danger public bien autrement grave qu'un... un amateur de jeunes soldats !

— Nicolas !

— Prends ceux qui noient dans l'alcool, par exemple, l'horrible sentiment de s'être fourvoyés dans une voie sans issue. Il est de bon ton, chez nos tolstoïens, dès qu'on parle d'alcoolisme, d'accuser la misère à laquelle on accule le peuple, etc. Or, pour certains individus, il y a quelque chose d'aussi pénible que d'arriver au 25 du mois sans un rouble en poche, devant le garde-manger vide, avec des enfants qui ont faim... Imagines-tu ce que peut être l'enfer d'un homme condamné à partager la vie d'un être pour lequel il a un dégoût physique, une répugnance de peau, de sexe ? Comment la surmontera-t-il ? En buvant, en s'assommant par l'alcool. Et, si le remède est encore insuffisant, en se vengeant sur cette femme de la torture qu'il est obligé de supporter. Parmi les femmes battues, il s'en trouve un grand nombre, crois-moi, dont le mari n'a qu'un seul tort, c'est d'avoir cédé à la pression de son entourage, et de s'être marié pour faire plaisir à ses parents. Une telle conclusion s'impose, lorsqu'on a constaté, comme moi, l'extension de ce fléau à toutes les classes de la société. Riches et pauvres sont logés à la même enseigne, je t'assure. Le seul moyen d'éviter de semblables tragédies...

— Tu ne vas pas me soutenir, Nicolas... ?

— Si, Vassia. Il faut permettre à tous les hommes constitués comme Tchaïkovski de se sentir dispensés du mariage.

— Le célibat n'est pas interdit, que je sache !

— Vassia ! Vassia ! Ne joue pas sur les mots. Leur interdire de satisfaire leurs tendances, c'est les obliger au mariage, foi de médecin

— Tu ne voudrais pas... ? »

J'osais à peine formuler ma question.

« Tu ne voudrais pas... leur permettre... ? Tolérer ce que saint Paul s'épouvante de nommer ? L'abomination des abominations, condamnée par la Bible, stigmatisée par le sens moral !

— Je voudrais profiter du service indirect que cette dépravation peut rendre à la société.

— Tu plaisantes, je suppose ?

— Qu'ils ne soient plus enfermés dans un carcan insupportable ! continua Nicolas. Violation des lois divines et humaines, sans doute, mais qui tire à peu de conséquence, il me semble, en comparaison du saccage de leur vie privée et du scandale des femmes battues ou répudiées. D'après mes calculs, un mari sur dix refoule ses véritables tendances... Si tu avais vu comme moi cette pauvre Antonina, bavant et hurlant des insanités, la bouche déformée par un rictus atroce, tu comprendrais qu'en voulant épargner une petite déception à son vieux père et à sa sœur Alexandra, Tchaïkovski a causé un dommage irréparable...

— Les torts sont entièrement de son côté.

— Non ! le vrai coupable, ce n'est pas Tchaïkovski, c'est le préjugé dont il a été la victime, c'est la surestimation qu'il a entendu faire, dès son enfance, du modèle viril, c'est le devoir de prendre femme qu'on lui a imposé. Et je ne parle même pas du code pénal, qui prive l'inverti de ses droits civiques et le déporte en Sibérie. A ce type d'hommes, la Russie n'a-t-elle d'autre choix à offrir que le supplice du foyer conjugal ou la relégation à Irkoutsk ? Quel pays civilisé, on peut le dire !

— Bon, admettons que ton paradoxe renferme quelque vérité. Reste que Tchaïkovski est Tchaïkovski, et que ce qu'on pourrait lui permettre, à lui, en contrepartie de ses dons éclatants et des services qu'il rend à la collectivité, doit demeurer interdit à ses semblables. L'espèce humaine courrait à la catastrophe, si... »

Je balbutiai et me tus, en proie à une subite confusion. Pour la première fois, j'avais l'impression d'opposer aux arguments de Nicolas l'inertie d'un lieu commun. A cette conversation remonte, je suppose, le début du revirement qui s'opéra dans mes idées.

« Vassia... Vassia... Est-il raisonnable de convoquer l'espèce humaine ? Songeons d'abord à ces centaines, à ces milliers de femmes qui endurent des souffrances absurdes...

— Ne pas obliger tout le monde à se marier, d'accord... Mais de là à autoriser le vice, il y a une belle différence ! m'écriai-je, d'autant plus vivement que, sous le regard si bon et intelligent de Nicolas, je commençais à sentir que mes objections manquaient de force.

— Je crois entendre le Père Georges Terenski.

— Qui est le Père Georges Terenski ?

— Un des coadjuteurs de Monseigneur Isidore, notre métropolite. Celui-ci étant trop âgé pour siéger à notre tribunal, le comte Vorontsov a désigné à sa place le Père Terenski, seul des sept jurés à n'être pas un ancien de l'Ecole.

— Et que dit le Père Terenski ?

— Oh ! il adopte une attitude on ne peut plus chrétienne. Pas de condamnation du pécheur, à condition qu'il renonce à pécher.

— La chasteté, alors ?

— Pourquoi pas la soutane, tant qu'il y est !

— Un évêque est un évêque, Nicolas. Cependant, je m'étonne que toi, médecin, qui considères Tchaïkovski comme un malade, tu n'envisages pas de le soumettre à un traitement. Enfin, peut-être pas Tchaïkovski lui-même, dis-je en rougissant de nouveau, mais ceux qui n'offrent rien à la société en dédommagement de leur vice.

— Je crois entendre Olga... Entre elle et moi, c'est là le sujet le plus violent de désaccord... Les hôpitaux psychiatriques sont la honte de la Russie... J'essaye d'humaniser les services de l'hôpital Nicolas, dans le département que j'ai créé, mais partout ailleurs... Camisoles de force, douches glacées, voilà ce qu'on offre à des individus déjà fragilisés par la lutte qu'ils mènent contre leurs tendances.

— Enregistre-t-on des résultats positifs ?

— Pas un seul cas de guérison. Ces procédés barbares n'amènent aucun changement. Autant s'efforcer de faire remonter un fleuve vers sa source !

« D'ailleurs, si tu veux mon avis, psychiatres, psychothérapeutes et autres médecins de l'âme ne m'inspirent qu'une confiance modérée, malgré la mode qui souffle de Vienne... Prétendre soigner par la psyché, c'est faire le jeu du gouvernement, qui refuse d'augmenter les crédits de la Santé et laisse nos hôpitaux à l'abandon, nos patients dépérir faute de médecins et d'équipements.

« Des douches glacées pour modifier l'orientation sexuelle de malheureux qui n'ont pas choisi leur état... Au lieu d'essayer de les changer, ajouta-t-il pensif, si nous changions nous-mêmes d'attitude à leur égard ? Olga ne veut pas entendre raison... Tu as de la chance d'avoir pour femme Anna Mikhaïlovna... Parle-lui de cette affaire. Je suis sûr qu'elle abondera dans mon sens. »

XXI

Le Comité de surveillance des Bâtiments et de l'Urbanisme remonte à Pierre le Grand, même si le nom sous lequel nous le connaissons aujourd'hui n'a pas été fixé avant le début de notre siècle. Dès la fondation de Saint-Pétersbourg, l'empereur décida de soumettre à un contrôle minutieux le développement de la ville. Avant d'entreprendre une nouvelle construction, les architectes étaient tenus de consulter le *Recueil des façades approuvées par Sa Majesté*. Pierre le Grand exerçait en personne la surveillance. Sous Catherine II, le contrôle passa à l'Académie des Beaux-Arts, et enfin, sous Alexandre Ier, à un Comité créé tout exprès, composé d'architectes, d'ingénieurs, de représentants du ministère de l'Intérieur et de la Direction de la police. Assujettir l'architecture à une censure aussi sévère que la littérature, le théâtre et la presse peut sembler barbare à des esprits occidentaux. Pourtant, il est impossible d'admirer le caractère d'unité et d'harmonie imprimé à la capitale, sans attribuer le mérite de cette réussite exceptionnelle à l'absolutisme des tsars.

« Nous n'avons pas été libres de construire à notre guise, me confiait un jour, peu de temps après que j'eus eu l'honneur de faire sa connaissance, Piotr Ilitch Tchaïkovski. Tout nous a été imposé : la hauteur et la longueur des édifices, le nombre des fenêtres, la répartition des colonnes. On n'a laissé aucune initiative au tempérament individuel. Tel péristyle qui vous paraît le fruit d'une fantaisie charmante était inscrit dans le cahier des charges. Rien, dans Saint-Pétersbourg, ne relève du hasard ou de l'invention personnelle. C'est la seule ville au monde dont le développement ne s'est pas fait de manière empirique, mais selon la volonté du pouvoir. Je reviens de Rome, où la délicieuse anarchie des siècles a entassé pêle-mêle les styles les plus disparates, quitte à produire des monstruosités révoltantes, comme le nouveau monument en marbre dédié à Victor-Emmanuel, hideuse verrue blanche qui défigure le paysage de collines brunes et rosées enchâssant la Ville éternelle.

« La capitale de la Russie est un cas unique dans l'histoire des villes. Deux types de réaction sont possibles, ajouta-t-il d'une voix altérée par une émotion dont je ne soupçonnais pas la cause. Ou bien vous accusez le style pétersbourgeois d'uniformité, de monotonie, et, dans cette succession obligée de portiques et d'arcades, vous dénoncez le langage de l'autocratie. Ou bien, sensible à la beauté sans pareille de ce décor, vous vous demandez si les théories romantiques de l'art, fondées sur la revendication de la liberté, sont aussi justifiées qu'on le dit. »

Nous fîmes quelques pas en silence, jusqu'à la pointe de l'île aux Lièvres, puis il conclut, sous cette forme interrogative qu'il affectionnait (il m'en a transmis le goût) :

« Les restrictions du libre arbitre, la soumission à des principes imposés par une autorité extérieure, le refoulement des élans individuels ou du moins l'obligation de les contrôler, de les déguiser, de les recréer (il se reprit : de les *créer*) sous une forme qui les rende méconnaissables ne seraient-ils pas des stimulants plus féconds que la liberté elle-même ? »

Plus familier du compositeur, j'aurais deviné que ces propos sur l'art en général se référaient à son expérience personnelle. A l'époque de cette conversation, je connaissais encore trop peu Tchaïkovski pour comprendre qu'il me parlait de lui et de son prochain sacrifice. Nous regardions, de l'extrémité de l'île, but préféré de ses promenades, la Bourse maritime entre les colonnes rostrales, et, en nous tournant vers la gauche, l'alignement des palais de l'autre côté du fleuve. Palais d'Hiver, Amirauté, Sénat, il me vantait les avantages du despotisme impérial. Par bonheur, j'eus d'autres occasions de discuter avec lui d'un sujet lié aussi intimement à son sort. La réaction de Tchaïkovski au verdict du tribunal, telle est mon opinion aujourd'hui, fut une réponse originale au problème de la liberté de l'artiste, une solution inédite, audacieuse, à contre-courant de toutes les idées reçues.

Sergueï Pétrovitch Barenkov présidait depuis cinq ans le Comité de surveillance des Bâtiments et de l'Urbanisme quand j'arrivai à Saint-Pétersbourg. Pour obtenir le permis de construire le pont, c'est à lui que j'aurais dû m'adresser d'abord. Il m'avait paru si revêche, lors de la soirée au Yacht-Club de la marine, que je différai plusieurs fois ma visite. Quel entêtement à repousser la requête, pourtant modeste, de l'ancien ministre de la Justice ! Pour un simple oriel, se montrer si intransigeant ! S'identifier si complètement à sa fonction, sans autoriser le moindre changement dans une façade ! Un censeur à ce point jaloux de l'intégrité de Saint-Pétersbourg laisserait-il jeter sur la Néva, à la place de l'ancien pont de bateaux, un ouvrage en fer ? L'offre de la Perm, Orenbourg et Cie semblerait à ce rigoriste, j'en avais peur, l'intrusion impie du métal dans la ville des façades peintes et des portiques badigeonnés.

Il vivait à l'écart du monde. Sa femme ne paraissait jamais dans les réceptions. Selon des bruits incontrôlables, Barenkov adhérait à un mouvement socialiste clandestin. Cas rare mais non unique parmi les hauts fonctionnaires ayant séjourné à l'étranger et réfléchi aux moyens de doter leur pays d'institutions, de lois, de libertés nécessaires à son développement. Proudhoniens, marxiens, plékhanoviens, chaque camp avait ses partisans secrets.

Si cette rumeur n'était pas sans fondement, si Barenkov restait en contact avec Bruxelles ou avec Londres, je m'expliquais une partie de sa conduite. Rien de plus naturel qu'il tînt à prévenir toute ingérence dans sa vie privée, autant par méfiance de Pobiedonostsev et de ses espions, que pour établir une ligne de démarcation stricte entre son activité professionnelle et ses convictions.

D'autres soutenaient que Marfa n'était pas son épouse légitime, mais une compagne sans titre légal. Rigides envers les autres, les puritains ont de ces étranges complaisances pour eux-mêmes.

Comment oublier la scène où il avait rabroué l'homme de peine du club, coupable d'utiliser les anciennes mesures russes au lieu de l'abstrait système métrique ? Le souvenir m'en était resté si vif, qu'avant de solliciter une audience je voulus me familiariser avec le caractère de Barenkov, en explorant le quartier où il vivait.

L'adresse qu'on me donna renforça mes appréhensions. Vassilievski Ostrov, sixième ligne, n° 5. L'intérieur de Vassilievski Ostrov, l'île Basile, est un secteur de la ville bien particulier. Derrière les beaux édifices alignés sur le quai de l'Université, s'étend une zone plus neutre, quadrillée par de longues avenues vides qui se coupent à angle droit. Etudiants, nous n'allions que rarement nous promener de ce côté. « C'est ton île, pourtant ! » me disaient mes camarades pour me taquiner. Pierre le Grand, au début, avait pensé en faire le centre politique et administratif de la nouvelle capitale. Sur ses ordres, on creusa des canaux à l'imitation de ceux d'Amsterdam. L'absence de ponts fixes sur la Néva, l'isolement de Vassilievski Ostrov pendant l'embâcle et la débâcle montrèrent les inconvénients de ce choix. Abandonnée aux boutiquiers et aux employés, l'île chut au rang de faubourg de commerce. Aucun palais n'y fut plus construit. Ni théâtre ni restaurant ne l'anime. On combla les canaux, qui sont devenus ces rues disposées en damier. Le quartier tomba dans un tel discrédit, qu'on oublia de les baptiser.

Les trois axes horizontaux s'appellent encore Grande, Moyenne et Petite Perspective, les quatorze transversales verticales ont gardé le nom singulier de *lignes*. Triomphe de l'épure géométrique et de la dénomination abstraite. Le bannissement de tout nom propre ou de métier reflète la volonté de Pierre le Grand. Puisqu'il leur bâtissait une cité idéale, ses sujets ne devaient pas être logés à l'enseigne d'un personnage historique ou d'une corporation, mais occuper un numéro sur une ligne. A la mort du tsar, la Palmyre du nord, réduite à un catalogue de chiffres, n'était qu'une surface divisée en rectangles par des droites anonymes.

Quand le centre de la ville, sous les successeurs de Pierre, se transporta sur la rive gauche de la Néva, peu à peu la chaleur de la vie et de l'imagination reprit ses droits. Un saint, Alexandre Nevski, une impératrice, Catherine, furent appelés à l'aide pour humaniser la toponymie. La Résurrection, l'Ascension vinrent à la rescousse. Ermitage, palais d'Hiver, rues de la Mer, Fontanka, autant de bouffées de fraîcheur dans la nomenclature. Nicolas de Souzdal habite rue des Jardins (Sadovaïa, du nom commun *sad*). Innovations limitées, prudentes, si je compare avec la saveur populaire que dégage le nom des rues à Paris. C'est un miracle que le Foin puisse exhaler son odeur plébéienne en plein cœur de la ville. Par sentiment de frustration et nostalgie du pittoresque, la rue Gorokhova, dont le nom provient du riche marchand Gorokhov, est donnée par les habitants comme un dérivé du légume *gorokh*. Pour eux, c'est la « rue aux Pois ».

L'île Basile reste le seul quartier qui respecte la pensée du tsar fondateur. Les quatorze rues verticales continuent à être réparties chacune en deux lignes. La ligne de droite, quand on vient de la Néva, porte le chiffre pair, la ligne de gauche le chiffre impair. Sergueï Barenkov habitait la première transversale à gauche après le pont Nicolas, sa maison étant la cinquième sur la sixième ligne, côté droit de cette rue sans nom. Un choix conforme à ce que je savais de lui. Il eût vécu sous une cloche de verre qu'il n'eût pas manifesté plus clairement ses opinions. Un homme domicilié à cette adresse s'accorde autant d'importance qu'un pion sur un jeu de dames. Il n'accepte un toit que par pure nécessité. Vassilievski Ostrov, 6e ligne, n° 5 : une manière de nier l'individu, les valeurs de la vie privée.

En réalité, malgré l'abandon auquel il est livré, ou peut-être à cause de cette incurie, ce quartier possède un charme fou. Il repose des avenues et des canaux d'apparat. Des rangées d'arbres, des terrepleins herbus, des places de guingois comme des *campi* vénitiens, des enclos envahis de cultures maraîchères ont trouvé le moyen de germer dans le quadrillage d'origine. Des terrains vagues, ouverts sur les avenues et plantés d'une végétation anarchique, les bordent de jardins improvisés qui rompent la monotonie du plan. A cinquante archines de l'endroit où loge Barenkov, a surgi un marché qui répand sur les trottoirs, en pagaille insolente, les fruits et les légumes des potagers voisins.

Je franchis le porche, obscur et humide, de son immeuble, et débouchai dans une cour, semblable à la plupart des cours pétersbourgeoises, grise, délabrée, rongée d'une lèpre jaune, sinon que le manque d'entretien me parut encore plus flagrant, la vétusté plus pénible. Les convictions socialistes, la solidarité avec les pauvres avaient dû jouer aussi dans le choix du conseiller privé. Les tuyaux de descente, fendillés par le gel, strient les murs, de haut en bas, de longues traînées suintantes. Pas de moulures aux fenêtres. Des linges, rapiécés, sèchent sur des fils de fer tendus entre les jambages. Les logements trop petits crèvent par chaque ouverture et lâchent leur misère en haillons flottants.

Une porte étroite et haute, sans boiserie, découpée dans le nu du plâtre, dessert chacune des quatre façades, donnant accès à un vestibule sans lumière et à un escalier dont les marches poussiéreuses s'enroulent autour d'une rampe de fonte, rouillée.

Une lettre, de A à G, indique les quatre entrées. Barenkov occupait, dans l'aile A, sur la rue, au deuxième étage, l'appartement n° 1. Comme je m'attardais sur le palier, qui prenait d'une fenêtre aux carreaux encrassés un jour blême, il sortit en tirant la porte derrière lui. Je me jetai dans un renfoncement, caché par un gamin qui dévalait la rampe à califourchon.

Barenkov n'ayant pu m'identifier au club, j'eus l'idée de le suivre, incognito. L'ancien entrepôt de Suède, sur la Néva, non loin de la Bourse maritime, abrite les locaux du Comité de surveillance des Bâtiments et de l'Urbanisme. Passant tour à tour devant l'Académie des Beaux-Arts ocre, le palais Menchikov jaune, le palais de Pierre II vert, les Douze Collèges de Domenico Trezzini rouges, il remonta le quai de l'Université jusqu'au palais de l'Académie des Sciences bleu : tous édifices d'un classicisme sévère, malgré le chatoiement des couleurs. Il devait préférer leurs façades régulières à l'architecture plus libre et fleurie du palais d'Hiver sur la rive opposée.

A l'Académie des Sciences succède le musée d'Anthropologie. Barenkov obliqua vers la porte et entra. Qu'allait-il regarder ? Les coléoptères géants capturés dans la région d'Astrakhan ? Le mammouth retrouvé intact dans les glaces de Sibérie ? Il traversa sans s'y arrêter la salle des animaux naturalisés, évita les fossiles, fonça vers l'escalier à vis qui mène à la galerie de Pierre le Grand. Elle occupe dans la tour, à l'écart des circuits aménagés pour les groupes scolaires, une pièce ouverte aux seuls adultes. Il serait dangereux en effet de mettre sous les yeux de jeunes enfants les curiosités amassées par la boulimie tératologique du tsar. Les amateurs ne manquent pas : j'en comptai, ce jour-là, une bonne douzaine.

Veau à deux têtes, bébés mongoliens, frères siamois, fœtus difformes, Pierre le Grand a concentré ici toutes les aberrations du règne animal. On discute encore si cette partie du musée offre l'exemple le plus éclatant de ses lubies, ou la preuve de sa finesse politique. En invitant ses sujets à constater jusqu'où s'égare la nature dès qu'elle tente une expérience hors des lois, il tirait des espèces vivantes, par analogie, une justification du despotisme.

Le conseiller privé, en habitué qui regarde de sang-froid ces horreurs, se pencha sur les vitrines et observa sans dégoût les spécimens empaillés ou conservés dans le formol. Visages sans oreilles et sans nez, corps soudés par la gémellité, embryons apodes, squelettes de nains, quel instinct rassasiait-il dans la contemplation de ces monstres ? Il s'arrêta longtemps devant la pièce la plus célèbre du musée. On raconte que Pierre le Grand, soupçonnant sa femme d'avoir un amant, fit décapiter celui-ci et placer la tête au chevet de la parjure. La tête, à présent, trône dans un bocal au milieu de la galerie. L'attention avec laquelle, aussi impavide que Saint-Just, le conseiller privé fixa cette relique me rappela les infamies commises en France sous la Terreur, lorsqu'il fallut creuser des rigoles dans le pavé de la place Louis-XV, pour y écouler le sang des milliers de suppliciés quotidiens.

Surmontant ma répugnance, je sollicitai enfin, par écrit, une audience. Elle me fut accordée dans les plus brefs délais.

XXII

Contre mes prévisions, Sergueï Barenkov me réserva un accueil, je ne dirais pas chaleureux, ce n'était pas dans sa nature, mais d'une cordialité encourageante. De son bureau, on voyait fort bien le pont de bateaux de la Trinité. Après les préliminaires d'usage, au lieu de m'interroger sur l'état du projet, la structure de l'ouvrage, le nombre et la forme des arches, la grosseur des piliers, il voulut savoir si la mise en place de ce mastodonte nécessiterait un grand nombre d'ouvriers. Ma réponse affirmative le disposa en ma faveur. Combien à peu près ? Plus de mille, dis-je, si l'on comptait, en plus des ouvriers spécialisés, la foule des manœuvres, conducteurs de chariots, grutiers, etc. Il faudrait prévoir aussi des forges mobiles, des ateliers d'assemblage, le personnel d'entretien pour les baraquements, une équipe de peintres pour le revêtement des poutres métalliques.

« Encore une demande, monsieur. Par ouvriers spécialisés, vous entendez les monteurs, ajusteurs, riveteurs, burineurs ? »

J'acquiesçai d'un signe de tête.

« Est-il nécessaire que votre Société les fasse venir de Perm ?

— D'habitude, nous les fournissons avec le matériel. »

Il alluma une deuxième cigarette.

« Si c'était possible, reprit-il, je préférerais qu'ils soient recrutés sur place. Nous avons dans les quartiers de Petrograd et de Vyborg des arsenaux, des ateliers de mécanique, où travaillent des artisans qualifiés.

— La Société tiendra compte de vos souhaits.

— Et... combien les paierez-vous ? Un effort de votre part inciterait mes services à la bienveillance », fit-il en examinant quelques dessins du pont que j'avais déposés sur son bureau.

Etonné que le salaire des ouvriers entrât dans ses compétences, je répondis que je n'étais pas mandaté pour traiter cette question. Il se leva, marcha jusqu'à la fenêtre, regarda l'endroit où le pont de fer remplacerait le pont de bateaux, tira nerveusement quelques bouffées puis revint écraser sa cigarette dans le cendrier.

« J'attache la plus haute importance, dit-il en scandant les mots, à ce que les ouvriers appelés à construire le pont soient recrutés ici, et reçoivent un salaire moins misérable que ce qui est accordé habituellement en Russie. Puisque ce pont doit être le symbole du rapprochement politique avec la France, il faut qu'il serve aussi à raccourcir la distance sociale entre nos deux pays. Est-il admissible que le salaire de l'ouvrier russe soit en moyenne inférieur de 300 % au salaire de son camarade français ?

« Je vais vous dire des choses qui vous surprendront, monsieur. Par vos attaches avec la France, vous êtes sans doute la seule personne à Saint-Pétersbourg à qui je peux m'ouvrir avec autant de franchise. Notre ami commun Nicolas de Souzdal m'a parlé de vous en termes qui m'inspirent la plus entière confiance. Nicolas et moi partageons la même analyse pessimiste de la société russe, quittes à diverger sérieusement sur les remèdes à prescrire. Il se fie davantage à l'action personnelle, convaincu que l'exemple qu'on donne sur le terrain, le dévouement qui s'exerce dans une enceinte d'hôpital, les soins appliqués modestement à quelques-uns, le soulagement apporté à un ou deux malades, le sauvetage d'une seule femme en danger sont plus utiles que les théories, les manifestes et les programmes. Je suis d'un autre avis, pour avoir étudié quelque temps à Bruxelles aux côtés de Proudhon, et pris assez des idées de Marx et Engels pour en retenir les aspects valables, malgré les absurdes exagérations de la pensée allemande toujours encline à systématiser. La Russie ne se sauvera pas sans doctrine politique ni analyse globale des injustices et des inégalités qui la mettent au rang des nations les plus rétrogrades. Je sais que vos ancêtres, monsieur de Sainte-Foy, ont subi la persécution et le supplice. C'est pour moi une raison supplémentaire de vous croire plus sensible que d'autres au sort des opprimés.

« Pour quelles raisons vous accorderais-je le permis de construire le pont ? Il enlaidira les quais de la Néva, quel que soit le talent de vos ingénieurs. Mon rôle est de sauvegarder l'intégrité de la ville. Un jour peut-être vous confierai-je pourquoi j'ai accepté cette mission. Vous avez déjà deviné, je pense, que ce n'est pas simple manie de conserver le patrimoine. A travers la vigilance que j'exerce, s'exprime une philosophie de l'existence, une *Weltanschauung* comme disent les nouveaux hégéliens. Auxquels, entre parenthèses, on serait mieux avisé, en France, de ne pas laisser le monopole des grandes idées réformatrices.

« Vous avez compris aussi que certaines de mes opinions me rendraient hautement suspect à Pobiedonostsev et au chef de la police, s'ils venaient à les connaître. »

Inquiet, je l'avoue, du ton que prenait l'entretien, je me bornai à une observation prudente. Sans braquer Barenkov contre moi, une telle remarque ne pourrait en aucun cas être interprétée comme une critique du gouvernement impérial.

« Justement, dis-je, la construction du pont entrera dans vos vues. Le tsar ne peut conclure avec un régime républicain une affaire aussi importante, sans que certains usages de la démocratie française déteignent sur la société russe et influencent le pouvoir lui-même.

— C'est possible, monsieur. Comptez cependant que le prestige qu'il retirera de cette opération renforcera l'absolutisme de notre gouvernement. La visite de la flotte russe à Toulon ne va pas démocratiser nos mœurs, mais consolider, au contraire, par une garantie internationale qui lui manquait, l'autocratie d'Alexandre III. »

Il alluma une troisième cigarette et se remit à arpenter la pièce.

« A mes yeux, reprit-il, le seul argument en faveur du pont, c'est qu'il favorisera, pour la première fois dans l'histoire de Saint-Pétersbourg, la concentration d'un millier d'ouvriers, si vos calculs sont justes et si la Perm, Orenbourg et Cie répond à mes souhaits. Un millier d'ouvriers réunis pendant plusieurs mois, c'est pour moi la certitude qu'un début de conscience ouvrière se formera dans ce coin de Russie.

« Oh ! continua-t-il en surprenant mon geste, ne vous effrayez pas ! Loin de moi le désir de mettre le feu aux poudres et de provoquer l'incendie, comme les nihilistes de triste mémoire ! Vous appelez de ce terme, absolument impropre, croyez-moi, les poseurs de bombes qui ont ensanglanté le dernier règne. Des visionnaires, des mystiques épris de sacrifices, des idéalistes sans plomb dans la tête... Ils ont commis trop d'erreurs pour garder la moindre crédibilité politique. Ce qu'il faut à la Russie — et cela, il n'y a rien de criminel à l'affirmer, même si je n'aimerais pas que ce propos revienne aux oreilles de Pobiedonostsev —, c'est une constitution. De quel type, je ne sais pas. Sur le modèle français, anglais ou américain, peu importe. Mais une constitution, qui mette fin à l'absolutisme, et, tout en respectant l'autorité de l'empereur, donne certains droits aux représentants de la nation. La Russie étouffera peu à peu et disparaîtra du nombre des pays civilisés, si cent dix millions de vassaux continuent à ployer sous l'arbitraire.

« Cette idée est si peu subversive que trois des ministres

d'Alexandre II avaient projeté de réunir les députés des états provinciaux et des doumas des grandes villes. Cette assemblée se serait bornée à étudier les lois et à donner son avis. Rien de très révolutionnaire, vous voyez, une simple consulte, avec des pouvoirs limités. "Messieurs, dit l'empereur à son conseil, ce qu'on nous propose, c'est l'assemblée des notables de Louis XVI. Il ne faut pas oublier ce qui a suivi. Pourtant, si vous jugez cette mesure utile au pays, je ne m'y oppose point." Pour embryonnaire qu'eût été cette charte, Alexandre II savait bien qu'elle marquerait la fin du pouvoir absolu et le début de l'ère constitutionnelle. Néanmoins, vingt ans après avoir émancipé les serfs, fidèle à sa réputation libérale, il la signa. Restait à la promulguer.

« Le matin du dimanche 1er mars 1881, avant de partir pour la parade du Champ de Mars, le tsar envoya au ministre de l'Intérieur l'ordre de publier le lendemain, dans *le Messager officiel*, le texte de la réforme. Au moment où il sortait du palais d'Hiver, il se tourna vers sa nouvelle épouse, la princesse Catherine Iourevski — une épouse morganatique, dont il avait eu, du vivant de la tsarine légitime, deux enfants, ce qui montre, dans ce domaine aussi, son indépendance. "Je viens de signer, lui dit-il, un papier qui, j'espère, fera une bonne impression et apprendra à la Russie que je lui accorde tout ce qui est possible." Après un signe de croix, comme il en avait l'habitude dans les circonstances solennelles, il ajouta : "Demain, ce sera publié, j'en ai donné l'ordre."

« Quelques instants plus tard, Sofia Pérovskaïa et ses complices lançaient leurs bombes sur le cortège impérial. Les jambes déchiquetées par l'explosion, le tsar mourut dans les heures qui suivirent. Le général Loris Mélikov, chef du gouvernement, demanda au nouveau souverain s'il devait respecter la dernière volonté du défunt. Au milieu de la désolation générale, dans le palais en deuil, Alexandre III recommanda de ne rien changer aux ordres de son père. "Ce sera son testament." La charte, je vous le rappelle, devait être promulguée le lendemain matin lundi.

« Elle n'a jamais paru dans *le Messager officiel*, ni ce jour-là ni plus tard. Au cours de la nuit, ce démon de Pobiedonostsev, d'autant plus attaché au principe autocratique qu'il en tire des prébendes confortables, circonvint le jeune tsar. Alexandre II n'avait pas eu le temps, représenta-t-il à son ancien pupille, d'étudier toutes les conséquences d'une innovation aussi téméraire. Le précepteur d'Alexandre III, pratiquant un amalgame spécieux, interpréta le meurtre comme le contrecoup de la faiblesse montrée jadis par le libérateur des serfs. Ce serait gratifier d'une récompense criminelle le parti des assassins, que d'introduire une autre réforme dans l'empire. Le nouveau souverain céda à cet argument. Son oncle, le grand-duc Constantin Nicolaïevitch, qui avait rédigé cette ébauche de constitution, fut mis à l'écart. Douze ans après l'attentat, la Russie demeure un Etat féodal et policier. J'ai peur que Constantin Constantinovitch soit trop timide pour reprendre le flambeau allumé par son père.

— Je ne savais pas, dis-je, qu'un début de régime constitutionnel devait être instauré.

— C'est la vérité, monsieur. Restée secrète, un tout petit nombre seulement la connaissent, puisque Pobiedonostsev a enterré le projet de réforme sans même permettre de l'ébruiter. Excusez-moi d'avoir été si long. »

Non seulement j'avais écouté ce récit avec le plus vif intérêt, mais senti croître ma sympathie pour Barenkov, en songeant qu'un homme aussi favorable au développement des libertés ne pourrait qu'employer ses convictions à défendre Tchaïkovski, quand le tribunal se réunirait et jugerait si un individu doit être déporté en Sibérie à cause d'un crime sans gravité pour la nation.

« Est-ce la seule erreur commise par les terroristes ? demandai-je, après lui avoir laissé le temps d'allumer une quatrième cigarette.

— Il y en a une autre plus grave. Une erreur de fond. On peut admettre que Sofia Pérovskaïa ne savait rien de l'imminente promulgation de la réforme, et qu'elle n'a décidé le meurtre que par ignorance et préméditation. En revanche, comment lui pardonner d'avoir méconnu aussi complètement le caractère même du paysan russe ? Elle et ses compagnons se forgeaient une image du moujik d'après le prolétariat urbain de l'Occident. Ils ne comprenaient pas que la masse du peuple est formée chez nous d'illettrés dépourvus de conscience politique. Liés à Dieu et à leur tsar par un lien religieux, restés serfs et vassaux dans l'âme, ils rejettent comme un langage sacrilège l'appel à la révolte.

« Vous aurez lu *Moumou*, la nouvelle de Tourgueniev ? Je n'aime pas toujours cet auteur, qui a eu le tort de façonner le terme équivoque de *nihilistes*, et de nimber ces imbéciles d'une auréole indue. Mais enfin, *Moumou* est un chef-d'œuvre. Non, vous ne l'avez pas lu ? Il s'agit d'un serf, sourd et muet de naissance, attaché au service d'une barina despotique. On l'a surnommé Moumou, à cause des beuglements qu'il mugit, son seul moyen de communiquer. Ce malheureux n'a qu'un ami, son chien. Une nuit, le chien aboie et réveille la barina. Elle convoque son domestique et lui ordonne d'aller noyer l'animal. Qu'aurait fait un Moumou français, selon vous ?

— Je ne sais pas... Il aurait supplié... confectionné une muselière... A coup sûr, un tel ordre lui aurait semblé inhumain.

— Ce Guérassime, notez bien, loin d'être un gringalet, a la taille et la force d'un Hercule. Sans faire ni une ni deux, il emmène le chien au bord d'un étang, fixe une pierre à son cou et le jette à l'eau. Puis il s'en va, pendant trois ou quatre jours, errer dans les bois, avant de revenir au domaine. Voilà la réponse du moujik au despotisme : courber la tête sans protester, sans discuter, par attachement mystique à une autorité ressentie comme surnaturelle. Tel Abraham, il sacrifierait son propre fils si l'ordre émanait de cette source sacrée. Remarquez que ce Moumou ne s'avilit pas en obéissant à sa maîtresse : il garde intacte sa dignité, symbolisée par ces trois jours de vagabondage dans la forêt. Il ne réintègre pas la maison par servilité, mais par respect d'un pouvoir aussi indiscutable que mystérieux. Trois jours employés à ruminer son chagrin, surmonter ses velléités de vengeance et recouvrer la sérénité nécessaire pour reprendre le joug.

« Les ouvriers éparpillés dans l'empire ne différent guère, par la mentalité, de ces paysans et de ces Moumous. Disséminés par cinq ou six dans des ateliers, dispersés dans des embryons de manufactures, ou même complètement isolés dans leur village, comment se regrouperaient-ils pour constituer une force sociale ? Idée inconcevable pour eux ! Songez que les seules associations professionnelles qu'on leur autorise sont les caisses de secours mutuel. Ils ne peuvent ni adhérer à un syndicat, ni se mettre en grève, comme en France. N'ayant pas le sentiment de former une classe à part, trop incultes pour aspirer aux conquêtes des ouvriers français ou anglais, ils ne réclament même pas ces droits.

« La civilisation urbaine est encore insignifiante en Russie. Tout ce qui favorisera son extension contribuera au progrès général. Alors qu'en Europe les villes renferment le tiers ou la moitié de la population totale, chez nous elles n'en contiennent pas plus du neuvième. C'est la nécessité de fabriquer en série les produits qui draine les paysans vers les villes et les transforme en citadins. Or, les circonstances de notre histoire ont maintenu la dispersion des activités manufacturières. Jusqu'en 1861, les propriétaires utilisaient les serfs à fabriquer sur place, dans le domaine, les objets dont ils avaient besoin. Aujourd'hui, le climat, la rigueur des longs hivers, la distance entre les villages, les six mois de chômage agricole dus à la mauvaise saison restent de puissants obstacles à la concentration. Le paysan met à profit ses loisirs forcés pour tirer autrement que de la culture de la terre ses moyens d'existence. Il confectionne lui-même, pour son usage personnel ou pour les vendre, les outils, les ustensiles, les meubles qui sortent chez vous des usines. Cet émiettement de l'activité industrielle est un des freins principaux au développement de la conscience ouvrière.

« Toutes ces raisons expliquent que les doctrines réformistes ne pénètrent que très lentement dans notre pays. Le socialisme est lettre morte en Russie et le restera tant que de grandes fabriques ne remplaceront pas les petites unités artisanales. Plus il y aura d'ouvriers dans les villes, moins ils supporteront d'être exclus de la gestion des affaires publiques et traités en esclaves.

« Aucun régicide ni coup d'Etat politique ne permettra de réorganiser le pays sur des bases justes : seule une mutation économique et sociale nous rapprochera de ce but. A Saint-Pétersbourg, la ville la plus industrialisée de l'empire, on compte douze mille métallurgistes, répartis en cent vingt-six fonderies, laminoirs et fabriques de machines : soit une moyenne de quatre-vingt-quinze ouvriers par établissement. Mille ouvriers réunis pour la première fois éprouveront la solidarité de leur classe et leur force d'action. Le nouveau pont de la Trinité les aidera à prendre la mesure de ce qu'ils valent, à coordonner la légitime défense de leurs droits et, par là même, à sortir le pays de l'ornière où il s'enlise. »

Il pouvait compter sur moi, dis-je à Sergueï Barenkov. J'appuierais d'autant plus volontiers sa demande auprès du consistoire de la Perm, Orenbourg et Cie, que le gouvernement de la République ne donnerait pas sa caution et refuserait les crédits sans quelques signes tangibles de progrès en Russie. Les pendaisons d'Oulianov et de ses camarades, puis de Ginzburg, avaient choqué l'opinion française, qui s'indignerait de voir la patrie des droits de l'homme prêter son assistance à un des derniers bastions de l'absolutisme, et soutenir le développement industriel d'un Etat encore moyenâgeux.

En réalité, c'est pour Tchaïkovski que, sans mentionner son nom, je plaidais. Pourquoi invoquer avec tant d'emphase les droits de l'homme, sinon pour inviter le conseiller privé à en faire état, le jour venu, devant les membres du tribunal ? Un socialiste vole au secours du juste persécuté, Barenkov ne pouvait être d'un autre sentiment. Sur la foi que le président du Comité de surveillance se montrerait aussi préoccupé du sort particulier d'un individu que soucieux du destin de la nation, je renouvelai mes promesses avant de prendre congé.

Mes pas me ramenèrent au pont Nicolas. Je jetai un coup d'œil vers la sixième ligne, juste à temps pour voir une jeune femme s'approcher du n° 5. Cheveux courts et jupe droite. Ayant lancé un appel, elle se recula pour attendre. Une fenêtre s'ouvrit au deuxième étage.

« C'est toi, Marfa ? demanda avec un empressement doucereux un jeune homme coiffé d'une calotte noire.

— J'ai dû laisser ma clef à la maison.

— Eh bien ! Je suis content de descendre. »

L'épouse de Sergueï Barenkov — aucun doute, c'était elle, à

l'avant-garde du féminisme comme son mari des théories sociales — répliqua d'un ton dur et aussi dépourvu d'humour qu'on pouvait l'attendre d'une jeune personne férue d'idéal égalitaire.

« Pas de ces simagrées entre nous ! Jette-moi la clef, Moïsseï Moïssevitch, au lieu de me prendre pour une poupée. »

Moïsseï Moïssevitch ! Un juif installé ici ! En violation du règlement ! J'en croyais à peine mes oreilles. Les juifs n'ont pas le droit de résider dans la capitale. Interdiction rigoureuse, à moins d'être marchand de la première guilde ou titulaire d'un grade universitaire élevé, ce qui ne pouvait être le cas de cet étudiant âgé au maximum de vingt-cinq ans.

Sergueï Barenkov logeait donc un proscrit ! Un israélite pratiquant, qui portait la kippa ! Que le haut fonctionnaire, si strict sur le respect des normes architecturales, abritât chez lui un descendant de la race d'Abraham et un adepte de la religion de Moïse, quelle complète surprise ! Comme il cache bien son jeu, me dis-je, comme son loyalisme affiché recouvre une sympathie courageuse pour les parias de l'empire ! N'obéir si scrupuleusement aux directives du Palais en matière de bâtiments et d'urbanisme, que pour prendre en privé le parti des ennemis jurés de Pobiedonostsev !

Tout cela me parut d'excellent augure pour le procès de Tchaïkovski, bien qu'à aucun moment nous n'eussions abordé ce sujet. Au milieu du pont Nicolas, je m'arrêtai pour contempler le fleuve. Les palais reflétés dans le courant coloraient de leurs teintes vives les flots rapides.

« Où ai-je donc vu ce visage ? » me demandai-je, en songeant que j'avais déjà rencontré quelque part l'hôte clandestin du conseiller privé, cet œil cave, cette barbiche jaune.

XXIII

Comment sa vocation artistique fut révélée à Alexandre Ivanovitch Obolev, il vaut la peine de le raconter. Rien ne destinait ce garçon d'une timidité excessive à devenir le surintendant du musée de l'Ermitage. Tant qu'il fut à l'école de Droit, nous lui prédisions un emploi de notaire ou une carrière de bureaucrate. Au moindre prétexte il rougissait et balbutiait des excuses, alors qu'il n'avait offensé personne. Grand et maigre, embarrassé de son corps, il s'efforçait de passer inaperçu. Impossible de l'imaginer courant après les honneurs ou chargé de responsabilités importantes.

Dans nos réunions du samedi soir, il s'asseyait à l'écart et restait là, immobile et silencieux. Que l'un de nous lui demandât son avis, il se troublait à tel point que nous renoncions à attendre sa réponse. Le simple fait d'être regardé à l'improviste le mettait mal à l'aise, en sorte que nous avions pris l'habitude de le laisser tranquille, sans nous occuper de lui, sauf à l'asticoter par volonté taquine.

Deux fois par an, à la fin de chaque semestre, l'école de Droit organisait dans certaines salles de l'Ermitage un jeu auquel tous les étudiants étaient tenus de participer. La Direction mettait à notre disposition la partie du musée réservée aux collections de sculptures. Nous nous divisions en deux groupes, les chasseurs et les chassés. Les chassés se mettaient en quête d'une cachette. Les chasseurs partaient à leur poursuite. Une récompense, décernée en grande pompe, allait à celui qui avait déjoué le plus longtemps les recherches.

Comme tous les jeux, celui-ci révélait le caractère de chacun. Peu m'importait d'être chasseur ou chassé, et par ce trait, sans doute, je montrais que j'étais constitué d'une pâte neutre, prêt à m'adapter à toutes les situations, sans personnalité trop accentuée, défaut ou qualité qui m'aura disposé à devenir le témoin et le chroniqueur de cette histoire. Je me rappelle qu'Anatole choisissait toujours le camp des chasseurs. Il mettait la même gourmandise, la même avidité joyeuse à dénicher un de ses camarades tapi contre un vase de l'Oural ou derrière une statue romaine, qu'il en mettrait plus tard à lever les danseuses dans les coulisses du théâtre Marie.

A côté de ce prédateur-né, Obolev incarnait la tendance contraire. Toujours dans le camp des chassés, il profitait de cette aubaine pour disparaître pendant deux ou trois heures et jouir d'une solitude anxieuse. Cependant, il redoutait si fort de n'être découvert qu'en dernier, catastrophe qui l'eût exposé à recevoir sa récompense sous les applaudissements de ses camarades, qu'il s'arrangeait, un quart d'heure avant la fin prévue du jeu, pour signaler sa présence, en toussant ou par un geste du bras. Sans cette initiative, il est certain qu'il aurait toujours gagné la statuette offerte au vainqueur, son instinct le dirigeant vers les cachettes les plus sûres. Honte de lui-même ou crainte du regard humain, il avait le goût et le génie de se dissimuler.

Un mot au sujet de cette statuette, avant de relater l'aventure qui excita ma curiosité et éveilla mes soupçons.

Dans les années 1860, l'école de peinture russe s'était affirmée avec assez de variété et de talent pour n'avoir plus rien à envier à l'Occident. Alexandre Ivanov et Karl Brioullov, surtout, nous paraissaient suffisamment dégagés des influences italiennes et françaises pour mériter d'être reconnus comme les champions d'un art national. Il n'en allait pas de même pour la sculpture, très en retard sur le reste de l'Europe.

La responsabilité en incombe à l'Eglise orthodoxe. Les statues étant faites à l'imitation du corps humain, elle juge que la matérialité de cet art entretient l'idolâtrie. Aucune statue n'est donc admise dans les églises russes. Puisque les artistes, jusqu'au début du XVIIIe siècle, ne travaillaient que sur des commandes ecclésiastiques, la statuaire était inexistante en Russie. Les peintres d'icônes, sans doute, ne jouissaient que d'une liberté relative. Ils devaient recopier les stéréotypes de la Vierge et des saints, avec défense de s'écarter autrement que par quelques détails des modèles fixés par la tradition. Mais au moins, dans cet exercice, ils avaient acquis du métier. Quand Pierre le Grand laïcisa les arts en les délivrant de leurs obligations religieuses, ce métier leur permit de peindre des scènes d'histoire ou des portraits avec autant d'aisance qu'ils reproduisaient auparavant les traits de la Madone et des anges. La libération de la sculpture ne donna pas les mêmes résultats, faute d'artisans rompus au travail de la pierre ou du bronze.

Les sculpteurs de Saint-Pétersbourg s'appelaient, dans ma jeunesse,

Etienne Falconet, Carlo Rastrelli. Pour de jeunes slavophiles, rien de plus mortifiant. Le musée de l'Ermitage contenait une riche collection d'œuvres de l'Italien Canova et du Danois Thorvaldsen, bien exposées dans la Galerie d'Art ancien, passage obligé entre le Nouvel Ermitage et le Vieil Ermitage, que nous traversions plusieurs fois au cours du jeu. D'autres sculpteurs italiens, Bartolini, Dupré, Tadolini, se partageaient le reste des salles. Mais, de sculpteurs russes, il fallait en faire notre deuil, à moins d'annexer à l'art national les masses d'armes en bronze du premier millénaire avant notre ère découvertes à Koban en Ossétie, ou la pierre de Tmou-Tarakan, gravée en lettres slavonnes, datée de l'an 1068 : en tout état de cause, moins des sujets d'orgueil que d'accablants témoignages de l'extinction de cet art depuis huit siècles — si l'on exceptait, seule source de satisfaction pour le patriotisme de mes camarades, les dix récents et déjà prestigieux atlantes ajoutés par Alexandre Terebeniev au portique du Nouvel Ermitage.

Le hasard du jeu, si ce n'est le flair particulier d'Obolev, nous permit de revenir sur notre erreur. A force de chercher de nouvelles cachettes, Alexandre s'aventura dans des salles qui servaient de réserve. Il attira notre attention sur des marbres et des bronzes d'origine incertaine. La plupart illustraient des sujets pris dans le théâtre ou la poésie antiques, mais leur facture moderne, le poli intact de leurs surfaces excluaient l'hypothèse de vestiges grecs ou romains.

Un guerrier assis sur le bord d'un tombeau ; Cupidon avec son carquois et ses flèches ; Prométhée attaché à son roc ; Polycrate crucifié sur une stèle ; Ajax emportant sur son épaule le corps de Patrocle : tous avec un air de famille, tous jeunes, minces, à peine vêtus. Une dizaine de génies funéraires complétaient la collection : anges nostalgiques ou adolescents pâmés, lisses blancheurs d'éphèbes. Cette galerie de jouvenceaux nus et de sylphes nous inspira des sentiments mêlés. Je me souviens que nous restâmes quelques minutes en silence, surpris que des artistes aussi doués eussent borné leur imagination à ce répertoire conventionnel.

Anatole Igorovitch exprima l'opinion générale en s'écriant : « Ils auraient pu quand même représenter une ou deux filles ! » La facétie de notre camarade nous libéra de la sujétion qui nous empêchait de commenter ces œuvres, et nous nous mîmes à les examiner de plus près.

Et d'abord, qui en étaient les auteurs ? De quelle nationalité ? L'ostracisme qui avait frappé ces figures nous parut de bon augure. Italiennes ou scandinaves, sorties de l'atelier de Canova ou de Thorvaldsen — hypothèse rien moins qu'absurde, étant donné non seulement les sujets, mais le fini, l'élégance, la froideur stylisée et gracieuse de ces statues —, on ne les aurait pas reléguées à l'écart. Fallait-il les croire russes ? Constituaient-elles l'embryon de ce musée de sculpture nationale auquel aspirait la fierté slave ?

Mon cœur battit plus fort après que nous eûmes déniché un Faune de marbre dans la plus pure tradition grecque, sauf que ses pommettes saillantes et ses yeux bridés le désignaient comme un spécimen de la race mongole : quelque berger du Caucase, peut-être, choisi pour modèle. Forts de cette découverte, nous allâmes interroger un des directeurs du musée. Il nous confirma qu'une école de sculpteurs pétersbourgeois avait prospéré au début du siècle. Prévenu contre la statuaire russe, on n'avait pas jugé opportun de montrer leurs œuvres au public.

Il n'en fallut pas plus pour nous décider à venger ce dédain. Que justice soit faite ! La première question à régler fut celle des attributions. Non sans peine, en consultant les archives, nous réussîmes à rendre à chacun ses œuvres : les héros mythologiques à Mikhaïl Kozlovski, les génies funéraires et les Eros éplorés à Ivan Martos, le Faune transouralien à Boris Orlovski. Des noms que, aujourd'hui encore, je trouve scandaleusement négligés. Puis nous nous cotisâmes pour faire reproduire, à échelle réduite, chacune de ces figures. La direction du musée leur attachait si peu d'importance, qu'elle nous donna sans se faire prier l'autorisation. Ces statuettes serviraient à récompenser le vainqueur du jeu.

Nous fûmes unanimes à juger l'idée excellente, sauf Obolev, qui tenta de s'y opposer. On lui demanda pourquoi il ne voulait pas essayer de gagner la copie d'une des statues qu'il avait découvertes, et s'il regrettait maintenant de les avoir mises sous nos yeux. Il se troubla, rougit, bredouilla des mots incompréhensibles. Son embarras fut attribué à sa timidité habituelle, et l'incident passa inaperçu.

La décision d'ouvrir au public les collections impériales ne remonte qu'au milieu du siècle. Autocrate en politique, Nicolas Ier concéda cette mesure à l'opinion libérale. Il fit bâtir en 1850, derrière le Vieil Ermitage, sur la rue des Millionnaires, le Nouvel Ermitage. On l'accusait de mettre au secret ses adversaires politiques, on le félicita d'étaler ses trésors.

L'inauguration du musée eut lieu deux ans plus tard. Anatole se souvenait d'y avoir assisté. L'édifice est précédé d'un portique que soutiennent ces dix fameux atlantes de Terebeniev, des géants nus hauts de cinq mètres, à peine voilés sur le bas-ventre d'un pagne qui, accroché à la taille par une ficelle, ne laisse rien ignorer de leurs fesses rebondies. La surface polie du granit miroite. Sous cette coulée de lumière semblable à l'huile dont s'enduisaient les athlètes dans la Grèce antique, jamais corps masculins n'ont chatoyé avec plus d'ostentation. Puissance des muscles, saillie des pectoraux, épanouissement des cuisses, le sculpteur n'a reculé devant aucune audace.

Anatole avait douze ans alors. Il admira lui aussi l'originalité et la beauté de ce travail ; tout en regrettant déjà, prétendait-il, que quelque caryatide féminine aux formes plus moelleuses n'adoucît la rudesse de ces nudités trop viriles.

On l'avait affublé d'un habit à queue de pie et d'un chapeau haut de forme. Telle était la tenue imposée aux messieurs, s'ils ne portaient pas le costume militaire. Pendant plusieurs années, en outre, l'accès aux collections demeura soumis à une autorisation préalable : si bien que le nombre des visiteurs atteignait à peine le millier par an. L'entrée ne fut rendue libre qu'au début des années 60 : à l'époque, justement, où l'Ecole dut renoncer à y organiser le jeu.

Les solennels canapés aux accoudoirs en col de cygne, les bergères soutenues par des têtes de sphinx, les ottomanes à dossier arrondi fournissaient d'excellentes cachettes. On pouvait soit tourner autour du meuble en surveillant les allées et venues du chasseur, soit se faufiler sous le siège. Le Voltaire de Houdon, drapé dans une longue robe au fond d'un imposant fauteuil, fut souvent utilisé, de même que le carrosse de Pierre Ier ou le traîneau d'apparat de Catherine II. Il fallait déjà plus de hardiesse pour grimper sur le bassin en bronze de Timour et se glisser à l'intérieur du cratère, qui mesure plus de deux mètres de diamètre. L'escalade du gigantesque vase de Kolyvan, haut de 2,60 m et taillé dans un seul bloc de jaspe sibérien, exigeait des ressources musculaires dignes des Hercules du portique. La châsse d'Alexandre Nevski, avec la grande pyramide ornée d'anges qui la surplombe, offrait un point d'observation idéal. Les canons de Pierre Ier comme les statues du département des antiquités classiques présentaient des refuges moins sûrs. Nicolas de Souzdal fut trahi par la Vénus de Tauride : il n'avait pas pris garde que le déhanchement gracieux de la déesse interrompt la ligne du corps et découvre celui qui essaye de s'en faire un paravent. « Puceaux ! Si vous vous y connaissiez mieux en femmes ! » commenta en riant Anatole, qui n'en était plus à sa première aventure.

Un jour, le jeu tirant à sa fin, Alexandre Obolev restait introuvable. Contre ses habitudes, il avait oublié de se livrer à temps. En vain avions-nous fouillé les recoins. Nous nous éparpillâmes pour une ultime exploration. J'examinais une dernière fois le dessous des canapés, quand j'entendis une sorte de râle. Il provenait d'un couloir de dégagement à peine éclairé par une lucarne au plafond. Interloqué, je m'approchai sur la pointe des pieds et fus le témoin de ce spectacle extraordinaire.

Le couloir abritait l'*Abel mourant* du sculpteur italien Giovanni

Dupré. Malgré la pénombre propice, aucun de nous n'aurait songé à se cacher ici. La statue étant poussée contre le mur, il n'y avait pas moyen de se couler derrière. Nu comme il convient au fils d'Adam et Eve, le jeune homme est étendu sur le dos, les bras allongés derrière la tête. Cette pose met en valeur le modelé harmonieux de son torse. Agités en boucles rebelles autour du front et sur le cou, les cheveux démentent par leur énergie tumultueuse l'inertie des membres pâmés. Le souffle de la vie qui abandonne le mourant écarte ses lèvres et les gonfle d'un soupir extatique.

Le vérisme de cette agonie ayant scandalisé, disait-on, les édiles de Florence, gent académique et pincée, les émissaires de Nicolas Ier achetèrent ce marbre pour une somme dérisoire. Il faut croire qu'il n'avait pas davantage plu à Saint-Pétersbourg. Soit qu'on lui reprochât la même indécence que les Florentins, soit veto contre un sujet biblique, on l'avait relégué dans ce passage peu fréquenté.

Surpris par l'arrivée d'un chasseur, Alexandre s'était jeté dans le couloir et là, avisant le corps couché de la statue, il n'avait rien trouvé de mieux que de se coller dessus de tout son long, dans l'espoir de passer inaperçu. Le bruit que j'avais entendu et pris pour un râle accompagnait les baisers dont Obolev couvrait les épaules, le cou, les joues, le front d'Abel. Il épousait de son corps les formes nues du gisant, il caressait de la main le beau visage froid, mais ensuite, attiré par leurs courbes pulpeuses, revenait appliquer sa bouche aux lèvres entrouvertes.

Anatole, j'en suis sûr, n'eût pas hésité à démasquer Alexandre et à exciter la raillerie de nos camarades. Le malheureux s'était laissé emporter par l'enthousiasme artistique. J'eus pitié de lui. De retour dans la salle, je me mis à déplacer les canapés avec une énergie bruyante. Les cheveux en désordre, sa tunique d'uniforme froissée, Alexandre parut sur le seuil, le sang au visage.

« D'où sors-tu ? demandai-je.

— Tu ne m'as pas vu ?

— Puisque je te cherchais ici, *Abelev*... »

Trahi par ce calembour involontaire, je devins à mon tour écarlate. A partir de ce jour, il eut tendance à m'éviter. Depuis trente ans, par sa faute, nos relations restent froides. De tous mes anciens condisciples, je me suis rendu chez lui en dernier. J'avais constaté l'embarras où le plongeaient mes visites. Ce lointain *Abelev*, pour une raison ou une autre, était le verrou qui me fermait son cœur.

De mon côté, je ne pensais plus guère à cette scène, sinon pour la mettre en rapport avec la carrière de l'ex-élève de l'école de Droit. En se couchant sur le jeune homme de Dupré, le futur directeur de l'Ermitage avait découvert, selon moi, la puissance vivante d'une statue, le délire sacré qui pulvérise les règles de la bienséance. Les baisers dont il avait couvert le marbre ne pouvaient prêter à malignité que pour celui qui ignore comment la révélation de la beauté transfigure le respect conventionnel en ivresse. L'extase artistique s'identifie alors au transport amoureux. J'étais déçu qu'Obolev me jugeât incapable de comprendre cet épisode crucial de son adolescence. Son attitude fuyante, ses regards obliques qui se détournaient des miens me paraissaient des précautions plus maladroites qu'utiles. La possession de son secret me donnait un avantage sur lui, peut-être, mais il me connaissait assez pour savoir que je n'aurais jamais songé à en profiter. C'est lui-même, on le verra plus loin, qui s'est livré à ma merci.

A mes cris, tout le monde accourut. On entoura Alexandre, on le félicita d'avoir échappé si longtemps aux recherches. Son teint cramoisi, ses balbutiements, sa confusion n'étonnèrent pas ses camarades, habitués à ses délicatesses de jeune fille. Il lui fallut encore, en haut des marches qui descendent vers les atlantes du Nouvel Ermitage, recevoir sa récompense.

Le hasard lui assigna une copie du Faune de Boris Orlovski : de toutes les statuettes offertes aux gagnants, la plus sensuelle, la plus voluptueuse, d'une animalité qu'on jugerait impudique si elle ne rayonnait avec tant de naturel. Les joues rondes et duveteuses de l'éphèbe, la lueur gaie de son regard relevé aux extrémités par un étirement ironique de la paupière, la plénitude de ses lèvres dont il approche la flûte de Pan à sept roseaux, la liberté du Mongol qui ignore les principes de la décence européenne, tout, dans ce corps et ce visage radieux, respire la jubilation de la jeunesse et de la nudité.

Alexandre, dont la gêne faisait un piteux contraste avec l'éclat du jouvenceau, s'empressa de fourrer la statuette sous le pan de sa tunique. Poursuivi par nos applaudissements, il dévala quatre à quatre l'escalier.

XXIV

Il habite maintenant, rue des Millionnaires, à deux minutes du Nouvel Ermitage, le premier étage d'un grand palais rouge à fronton triangulaire. Le passage étroit par lequel, selon l'usage pétersbourgeois, on pénètre dans la cour, est d'une longueur inusitée ; obscur et froid en plein jour, il concentre sous sa voûte l'humidité glacée de la proche Néva.

Je trouvai mon ancien condisciple toujours aussi maigre et dégingandé. Ses hautes fonctions ne lui avaient pas apporté l'assurance. Quand il entra dans le salon où sa domestique m'avait introduit, le simple fait de reconnaître un ami de sa jeunesse empourpra ses joues blêmes. Il se détourna sous prétexte de commander deux cafés. La vieille femme sortit en maugréant entre ses dents gâtées. Quelle idée, pensai-je, de ne pas employer un valet de chambre ! Un domestique mâle est toujours plus stylé.

La timidité est contagieuse. J'étais venu pour lui parler de Tchaïkovski et sonder ses intentions, maintenant que je me sentais une certaine responsabilité dans l'affaire. Mes conversations avec Nicolas, le laxisme d'Anatole, la relative indulgence du général Apraxine lui-même, qui, à chacune de nos rencontres, m'avouait son regret d'avoir à juger, pour un crime qui n'attentait nullement à l'ordre public, « une gloire de notre patrie russe », les échos du concert de Pavlovsk, le souvenir de ce sextuor au milieu du printemps embaumé, tout m'invitait, non pas à disculper Piotr Ilitch, mais à me demander s'il était juste de le poursuivre, pour un vice racheté par le génie.

Je ne sais ce qui me retint d'abord tout de suite le sujet. Il m'invita à prendre une bergère Louis XVI. Aussi embarrassés l'un que l'autre, nous échangeâmes quelques considérations sur les meubles.

Le Mobilier national les avait prêtés au surintendant de l'Ermitage. La console d'angle, me dit Alexandre, était le cadeau personnel de Marie-Antoinette au fils de Catherine II. Du grand-duc Paul, ma pensée se reporta au grand-duc Constantin, propriétaire du palais de Marbre situé à deux cents mètres de l'appartement. Transition naturelle, vers les griefs formulés contre le compositeur, vers la menace qui pesait sur sa liberté.

Pourtant, cette fois encore, je me tus. Je venais d'apercevoir, entre les deux fenêtres, juchée sur une colonne de marbre, la copie du Faune d'Orlovski qu'il avait gagnée en cette circonstance mémorable.

Alexandre surprit mon regard.

« Plus nous vieillissons, plus les souvenirs de l'Ecole nous deviennent précieux, bredouilla-t-il. N'est-ce pas la même chose pour toi ? »

Je n'avais pas revu le musée depuis quinze ou vingt ans.

« Sans doute, Alexandre, tu as mis en valeur l'original de cette copie ? J'imagine que, toi directeur, les Kozlovski, les Martos sont sortis du dépôt ?

— Oh ! j'ai réorganisé les salles, fit-il sans répondre directement. Veux-tu les visiter ? Nous serons seuls, c'est aujourd'hui le jour de fermeture.

— Volontiers, dis-je, je suis curieux de découvrir les nouveaux arrangements.

— Tu ne verras pourtant aucune des œuvres de nos sculpteurs pétersbourgeois. Sa Majesté l'empereur a accepté mon idée de transporter dans le palais Michel l'ensemble du patrimoine russe. Nous aurons ainsi un Musée russe. Il est en cours d'installation. J'y placerai tout ce qui a été créé par le génie national, des icônes de Pskov et de Novgorod aux scènes religieuses d'Alexandre Ivanov, des tableaux d'histoire de Karl Brioullov aux bronzes et aux marbres de l'école de sculpture. A propos d'Ivanov, continua-t-il après un instant d'hésitation, j'ai un doute. Si tu peux m'aider à trouver une solution... Le tableau a été décroché, mais je crois qu'on ne l'a pas encore emporté. »

Pendant qu'il se mettait à la recherche du trousseau de clefs, je jetai un coup d'œil sur les volumes de sa bibliothèque : brochés, pour la plupart, ou recouverts de toile. Une demi-douzaine de Balzac tranchaient par une reliure luxueuse : maroquin rouge et fers en or pour la trilogie consacrée aux entreprises de Vautrin sur Rastignac et Rubempré. Un signet marquait la page où Lucien, près d'Angoulême, monte dans la voiture du faux prêtre espagnol.

« Pauvre Lucien ! As-tu idée du motif qui l'a poussé à se pendre ? »

Il remua les lèvres, avant d'articuler péniblement :

« Je... je ne me suis jamais posé la question... »

Puis, d'un ton décidé :

« J'ai fait un sort particulier à ces volumes parce que j'estime que les auteurs étrangers ayant honoré Saint-Pétersbourg de leur présence ont droit à notre reconnaissance. Madame Hanska logeait rue des Millionnaires, au n° 25, à trois maisons de la mienne, et Balzac, presque en face », conclut-il en ouvrant la fenêtre pour m'indiquer le deuxième étage au-dessus d'une pâtisserie.

Quartier littéraire entre tous. Il aurait suffi de contourner son immeuble en direction du fleuve, pour tomber sur le Club anglais, où Tolstoï a placé des scènes d'*Anna Karénine*.

« Mais viens, j'ai une surprise. »

Au lieu de me conduire par le chemin le plus direct à l'Ermitage, il prit par le quai de la Moïka. La maison de Pouchkine se dresse au bord du canal.

« Une belle surprise, reprit Alexandre. Depuis ton dernier séjour, la demeure du poète a été transformée en musée. Tu verras le manuscrit d'*Eugène Onéguine*. »

Eugène Onéguine ! Les élèves de l'Ecole connaissaient par cœur ce roman. La vie paisible de Tatiana à la campagne, le rite des confitures avec la vieille nounou, l'arrivée inopinée d'Eugène dans la maison engourdie, l'émoi subit de la jeune fille à l'apparition de l'étranger, les affres du premier amour, la longue lettre qu'elle lui écrit au cours d'une nuit fiévreuse, le dédain moqueur avec lequel il reçoit cet aveu : nous nous récitions ces vers avec la ferveur de notre âge. La froideur d'Onéguine nous paraissait un modèle insurpassable de comportement masculin. Eugène reste indifférent à la confession passionnée de Tatiana, puis il tue en duel, le plus calmement du monde, son meilleur ami, le lyrique et enthousiaste Lenski. Ainsi, pensions-nous, faut-il se conduire, en méprisant les sentiments et en laissant aux femmes et aux ténors la faiblesse d'héberger un cœur.

Quelque vingt ans après notre sortie de l'Ecole, Tchaïkovski avait tiré, du poème de Pouchkine, son plus bel opéra. Et tout à coup, son ouvrage m'apparut sous un aspect différent. Pouchkine, lui, ne songe à rendre, dans la lettre d'amour de Tatiana, que l'effusion d'une âme innocente.

Je te reconnus tout de suite.
Soudain, mon cœur battit plus vite
Et je me suis dit : le voilà !

Plus vite : Tchaïkovski broda sur ces mots une succession de rythmes rapides et haletants confiés aux instruments à vent. Dans cette envolée de triolets à la clarinette et au hautbois, faut-il entendre seulement le chagrin, la plainte de la petite provinciale repoussée par le dandy ? Combien cette lecture, à présent, me paraissait insuffisante ! Il est évident que la Tatiana du compositeur exprime quelque chose de beaucoup plus vaste et poignant que la déconvenue d'un premier amour. A travers son chant s'exhale le désarroi de toutes les femmes que les maléfices du hasard ou leur propre penchant au sacrifice attirent vers un homme incapable par nature de répondre à leur élan.

Est-ce pure coïncidence si l'opéra fut écrit à l'époque du mariage et du fiasco sexuel de Tchaïkovski ? Obnubilé par son échec, mettant de côté l'héroïne du poème, il n'a pensé qu'à sa propre épouse, au drame de cette malheureuse. Antonina Ivanovna, non Tatiana, chante la lettre. Coupable d'avoir aimé et capturé un inverti dans les liens de l'hymen, honnie et chassée pour ce crime, la femme répudiée se laisse aller à une douleur sans espoir. Ce n'est pas une déception passagère, comme pour la jeune fille de Pouchkine, qui fait trembler sa voix et défaillir son âme, mais la conscience du désastre absolu.

Quant à l'Eugène Onéguine de Tchaïkovski, il ne diffère pas moins de l'original. Poseur byronien chez le poète, il incarne dans l'opéra cette race d'hommes que leur *maligna stella* frappe d'effroi et d'impuissance devant l'autre sexe. Piotr Ilitch s'est souvenu des nuits où, pour fuir le domicile conjugal, il errait dans Moscou endormie.

> *Croyez-moi, je n'aurais point cherché*
> *D'autre épouse que vous...*
> *Mais je ne suis pas fait pour le bonheur,*
> *Mon âme lui est étrangère !*
> *Je vous aime comme un frère,*
> *Ne me demandez pas autre chose...*

Avec la permission d'Obolev, je tournais les pages du manuscrit, cherchant par quel biais l'amener à exprimer son avis.

« *Je vous aime comme un frère...* Une fatalité, Alexandre ! Veux-tu condamner à la déportation un homme qui paye déjà assez cher, par l'isolement et l'angoisse, l'obligation de vivre en marge de la société ? »

Je ne lui dis rien cependant, le courage me manqua. Il me précéda vers la sortie. Du seuil, on voyait une partie de la place du Palais, l'arc arrondi de l'Hémicycle, la colonne d'Alexandre Ier en granit rose. Plus loin, la flèche de l'Amirauté et le dôme de Saint-Isaac dominaient de leurs dorures la masse sombre des jardins. Obolev s'arracha avec peine à ce spectacle magnifique. A mesure que nous approchions du Nouvel Ermitage, je constatais des signes d'inquiétude chez mon compagnon. J'eus l'impression qu'il voulait me prévenir de quelque chose. Il tripotait les clefs au fond de sa poche.

Cambrés sous l'architrave du portique, j'aperçus les fameux atlantes de granit, rangés en sentinelles à l'entrée du bâtiment. Leurs torses aux saillies musculeuses, leurs cuisses et leurs fesses nues luisaient aux rayons obliques du soleil. Pendant qu'Alexandre s'affairait après les serrures et les cadenas, je m'arrêtai sur le trottoir d'en face, pour contempler dans toute leur gloire ces dix géants.

Au milieu de quelle société hypocrite vivons-nous ! me disais-je. Dans une des rues les plus fréquentées de la capitale, à la porte du musée où l'Europe accourt, surgissent bien en vue et à une échelle emphatique qui exalte les splendeurs de leur anatomie, dix échantillons parmi les plus parfaits de la beauté masculine. On les admire, ils servent de porte-parole à l'art russe, de réclame au génie national, et l'on condamne le sentiment qui les a inspirés ! Si l'on stigmatise l'amour grec, pourquoi rendre publiques les créations qui en procèdent ? Abattez les idoles ou autorisez l'idolâtrie.

« Puis-je t'aider ? dis-je en m'approchant.

— Inutile. Le mécanisme de ces serrures est un peu compliqué, même pour un habitué. C'est moi qui ouvre chaque matin, car j'aime arriver un quart d'heure avant mes employés. Les œuvres d'art ont un autre aspect dans les salles désertes. »

Je reconnus le vestibule à colonnes de porphyre, l'escalier solennel qui monte entre deux parois de marbre gris, l'atrium du premier étage, les colonnes de marbre gris qui soutiennent le plafond à caissons. En haut des marches, cependant, les changements commençaient. De notre temps, cet atrium était vide. Je fus surpris d'y voir exposée l'école italienne de sculpture. Et stupéfait de découvrir, à côté de la porte qui ouvre sur la Galerie d'Art ancien, rien de moins que l'*Abel mourant* de Dupré.

« C'est toi qui l'as installé à cette place ? ne pus-je m'empêcher de lui demander, d'un ton trop vif. Tu passes ici chaque matin ? » Il se détourna, confus. Immédiatement, la pensée qu'il profitait du quart d'heure quotidien de solitude pour renouveler avec le gisant son expérience d'autrefois me traversa l'esprit. Supposition incongrue, que je chassai tout aussi vite. Alexandre était devenu un homme mûr et sérieux, il vivait au milieu des œuvres d'art et en symbiose avec l'Italie. Titien et Giorgione, Raphaël et Léonard lui transmettaient chaque jour le feu sacré. N'était-elle pas révolue, l'époque où le contact physique des statues stimulait l'enthousiasme de l'adolescent ?

En traversant la Galerie d'Art ancien — un simple corridor, sous ce nom pompeux, qu'on coupe en son milieu pour se rendre de l'atrium à la salle des Tiepolo —, je m'aperçus qu'on avait interverti l'ordre des statues. Je me rappelais fort bien — nous empruntions si souvent ce passage — que les premières à gauche et à droite étaient le Ganymède de Thorvaldsen et le Pâris de Canova, tous deux en tenue adamique. A présent, elles se trouvaient reléguées au bout du couloir. On avait pris grand soin, semblait-il, d'éloigner d'autant plus les statues qu'elles étaient plus déshabillées. Le visiteur qui ne faisait que traverser cette galerie arrêtait son regard sur les deux marbres placés au début de la rangée, d'une inspiration si différente qu'on ne les aurait pas crus sortis de la même main : d'un côté une Madeleine repentante de Canova, pieuse et édifiante à souhait, de l'autre côté une Comtesse Tolstoï de Thorvaldsen, raide et ennuyeuse allégorie de la vertu. S'il n'avait pas la curiosité de remonter les deux files, ce visiteur s'en allait sans avoir découvert que le genre pénitente contrite et matrone romaine n'est pas la spécialité de ces deux sculpteurs.

« Pourquoi ce déménagement, Alexandre ? demandai-je en allant revoir, au fond du corridor, une des statues que j'aimais le plus, un dieu Amour dont Canova n'avait dissimulé aucune partie du corps.

— Leurs Majestés nous ont fait l'honneur, lors des fêtes pour le dixième anniversaire du sacre, de visiter le musée. Il n'eût pas été convenable de mettre sous les yeux de l'impératrice des œuvres inadaptées à une circonstance aussi solennelle. Marie Féodorovna est une âme pure, que blesserait le moindre manquement à la bienséance.

— Mon cher ! m'écriai-je, non sans charger ces deux mots d'une intention sarcastique, les âmes pures devraient éviter la fréquentation des musées ! Mais dis-moi : quand on est directeur de l'Ermitage et qu'on a l'occasion d'accueillir des hôtes de marque, il doit être fort instructif d'observer leurs réactions. J'aimerais savoir, par exemple, comment Tchaïkovski regarde les tableaux.

— En général, il est assez indifférent aux beaux-arts.

— Je parierais pourtant, fis-je d'un air désinvolte, qu'il a remarqué l'*Abel mourant* de Dupré.

— Pourquoi l'*Abel mourant* ? balbutia-t-il.

— Eh ! Si tu l'as placé en haut de l'escalier, sur le passage des visiteurs, c'est bien pour que leurs yeux tombent dessus ! »

Alexandre rougit jusqu'aux oreilles.

« Mais pourquoi... Tchaïkovski justement.. En quoi sa réaction...

— Mon Dieu ! dis-je, de plus en plus agacé par les faux-fuyants de mon ancien condisciple, la raison en est simple. Sur des preuves encore vagues, sur de simples rumeurs que la police s'efforce d'accréditer, on l'accuse d'un crime pour lequel tu es appelé à le juger. Tu sais qu'on l'attend d'un jour à l'autre à Saint-Pétersbourg, où il vient pour les répétitions de sa symphonie. A ta place, je l'inviterais à visiter à nouveau ton musée, et je le conduirais exprès devant cette statue.

« S'il a vraiment les tendances qu'on lui prête, il sera obligé de se trahir, d'une manière ou d'une autre.

« Soit en manifestant un intérêt exagéré pour un morceau de sculpture plutôt académique. Tu ne vas pas me soutenir, j'espère, que cette statue est autre chose qu'une imitation conventionnelle d'un sujet mille fois exploité sur les sarcophages romains ? Si tu l'as exilée dans l'atrium, avant les salles consacrées aux véritables chefs-d'œuvre, comme ces chaises qu'on laisse dans l'antichambre pour y déposer le courrier, n'est-ce pas que tu la trouves d'un style inférieur ? »

Je cherchais à fixer Alexandre dans les yeux. Il m'opposa un regard vide.

« Un autre type de réaction est possible. Tchaïkovski affectera de détester une représentation qui le touche de trop près. Je ne m'étonnerais pas qu'il veuille écarter les soupçons en critiquant l'exhibitionnisme de cette pose et la complaisance du sculpteur à souligner certains détails. »

Je m'approchai du gisant et passai un doigt sur ses lèvres, avec une lenteur calculée.

« Je retire ce que j'ai dit. L'œuvre est en tout point superbe. Tu as bien fait de la placer là, pour t'en délecter tous les jours. »

Au lieu d'avoir pitié d'Alexandre, je me sentais en humeur de le provoquer. Sa frayeur croissante, qu'il n'essayait même plus de cacher, m'indisposait contre lui. Pour toute réponse, il tourna les talons et s'éloigna vers la salle des Tiepolo.

« En tout cas, marmonnai-je dans son dos, rien de tel que cette statue de Dupré pour démasquer les hypocrites ! »

XXV

J'entrai après lui dans l'immense salle, badigeonnée de rouge pompéien. Elle doit son nom aux six grands panneaux de l'histoire romaine qui décorent, dans le style emphatique de Venise, la paroi du fond. Le reste de la pièce, jusqu'à la récente décision de créer un musée national, était réservé aux peintres de l'école russe. On avait emporté les toiles d'Ivanov, de Brioullov, de Répine. Des rectangles plus pâles se dessinaient sur les murs à la place des tableaux décrochés. L'un de ceux-ci, déposé par terre et retourné contre le mur, n'était pas encore parti. Pour le reste, tout me parut identique, la voûte à caissons romains, la verrière au milieu du plafond, les candélabres géants, les vases de malachite de l'Oural, les canapés immortalisés par nos jeux, les têtes de sphinx et les cols de cygne des accoudoirs.

Assailli par les souvenirs, je fus quelques instants sans m'apercevoir d'une nouveauté pourtant spectaculaire. Au centre de la salle, se dressait une statue qui ne s'y trouvait pas de mon temps. Quelle inconscience, grands dieux, avait poussé Obolev à la tirer de la réserve ? Si l'*Abel mourant* de Dupré risque de prêter au blâme, que dire de cet Adonis déchaîné ? Adonis ou Actéon, d'après le sanglier sur lequel il prend appui d'une main. Pieuse fable, car d'après sa posture immodeste, la giration en spirale de son buste, la projection de son torse et de son ventre nus, ce ne peut être qu'un satyre livré aux excès de la luxure. Ivre de son corps, affolé de son plaisir, il s'est affranchi de toute pudeur. Une chevelure d'une opulence animale encadre de boucles frénétiques son visage dont tous les orifices, les yeux, la bouche, les narines, dilatés par l'excitation, clament le débordement et l'orgasme, que seul l'euphémisme des poètes oserait qualifier dionysiaques.

« Un derviche tourneur, Alexandre ! L'as-tu rapporté de Boukhara ? »

Il remua faiblement les lèvres et m'indiqua, du doigt, une inscription sur le socle. Je m'approchai et lus :

« Giuseppe Mazzuola, 1641-1725. »

« Un Italien, dis-je. Encore un Florentin, je suppose... Tous pareils, à Florence... »

Tout en feignant d'examiner le travail du marbre, je ne quittai pas du coin de l'œil Alexandre. Une goutte de sueur pendait au bout de son nez, bien qu'il ne fît pas plus chaud sous la verrière que dans les autres salles. A l'improviste, se croyant inobservé, il tira de sa poche une gourde et but en hâte une rasade. Un peu de liquide tomba par terre, une odeur d'alcool se répandit. Je me retournai brusquement

« Qu'est-ce qui te prend, mon vieux ? »

Il perdit contenance, chancela jusqu'à un fauteuil et soudain, sans préavis, s'effondra.

« Tu es implacable, murmura-t-il, affalé au fond du siège. Ne me mets pas plus longtemps à la torture. Depuis combien de temps as-tu deviné ? Depuis trente ans, n'est-ce pas ? Depuis le jour où tu m'as surpris avec la statue ? Je savais que tu m'avais vu ce jour-là... Je l'ai toujours su... Mais j'ai besoin que tu me le dises... Cesse de me torturer par tes allusions... Le pire, vois-tu, c'est d'être toujours à me demander : *Savent-ils ? Jusqu'à quel point savent-ils ?* Ah ! je comprends le criminel qui court se livrer au juge, uniquement pour être délivré de cette incertitude. Te rappelles-tu les interrogatoires de Raskolnikov par Porphyre ? C'est exactement l'impression que je ressens depuis que tu es venu me trouver... Le Faune par ci, l'Abel mourant par là... Et Lucien de Rubempré, pourquoi s'est-il pendu ? Même le clin d'œil à Florence, tu ne me l'as pas épargné... »

Ses propos furent beaucoup plus décousus que je ne les rapporte ici. Alexandre s'interrompait pour s'éponger le front. Il parlait avec peine, quelquefois je n'entendais plus qu'un marmonnement. Evoqua-t-il tout de suite Dostoïevski ? Je dois confondre avec une discussion ultérieure. Pour le moment, il tenait par-dessus tout à savoir si, en ce jour lointain où j'étais parti à sa recherche dans les salles du musée, je l'avais vu dans le réduit, *vautré sur le gisant.* Ce furent ses propres mots — une exagération manifeste, que j'essayais en vain de combattre.

« Que ce jour soit damné, Basile ! Maudite soit l'inspiration qui m'a poussé à me coucher sur ce corps... Il m'a ensorcelé... Non ! le mot est trop beau, pour une vulgaire possession qui a souillé en moi les sources du bonheur normal... Tu ne m'as jamais connu ni femme, ni amie... Mon amie, ma compagne, mon amante, ma maîtresse, c'est lui... Si je suis entré, à vingt-cinq ans, dans l'administration des beaux-arts, c'est uniquement pour le garder près de moi... Depuis plus de trente ans nous vivons ensemble. Il m'a défendu d'éprouver tout autre sentiment humain, et interdit en même temps de dévoiler ce qui nous unit. Une passion exclusive, comprends-tu, et qui, par surcroît, doit rester clandestine... Oh ! tu vas me juger fou ! A quel énergumène a-t-on confié les destinées de l'Ermitage ? Il fallait que je parle à quelqu'un... Depuis plus de trente ans je porte cette pierre attachée à mon cou...

« Mais dis-moi : est-ce que les autres s'aperçoivent de quelque chose ? Si toi, tu avais deviné, d'autres ont-ils pu avoir des soupçons ? Crois-tu que quelqu'un me tienne à l'œil aujourd'hui, sans que je le sache ? Et me prenne pour... Car je n'en suis pas, Basile ! Je n'en suis pas ! Seulement avec cette statue, je te le jure ! »

Cette protestation, loin de renforcer la sympathie qu'il avait suscitée en moi par son aveu, produisit l'effet contraire. Néanmoins, je lui assurai que je n'avais rien deviné, malgré la scène dont j'avais été le témoin. Mes paroles commencèrent par lui rendre un peu de calme, après quoi il se remit à s'agiter.

« Pourquoi, alors, as-tu feint de ne m'avoir pas vu ? J'entends encore le bruit des meubles tirés pour me forcer à reprendre mes esprits. Ce roulement de canapés remués me brûle du feu de la honte. *Il était là, il a tout vu, et il garde ce secret pour lui !*

— Franchement, Alexandre, je n'ai pas attaché d'importance à ce que j'avais vu. Tu cherchais à te cacher, tu avais saisi la première occasion, je trouvais même ta cachette des plus ingénieuses...

— Non, Basile, non. Si tu n'y avais pas attaché d'importance, tu serais accouru, et, à ton appel, tous nos camarades nous auraient rejoints.

— Pourquoi te crisper sur un incident qui, au fond, ne tire pas à conséquence...

— Ah ! tu nies ce qui fait depuis trente ans la croix et le délice de ma vie ! Impossible de boire à une autre fontaine, depuis que je me suis abreuvé à celle-là. Impossible... Mon corps est enchaîné au souvenir de sa première volupté... Ce n'est pas un délire de mon imagination, c'est un besoin de mes sens, l'infâme mais irrépressible désir de ma chair... »

La situation commençait à me paraître déplaisante. « Boire à la fontaine », « désir de ma chair », « croix et délice », je n'aimais pas ce vocabulaire de sacristie, où le langage des psaumes habille d'images fraîches une réalité scabreuse.

« Crois-tu en Dieu ? lui demandai-je à brûle-pourpoint.

— En Lui seul reposent la miséricorde et le pardon.

— As-tu essayé de te confesser à un prêtre ?

— Plusieurs fois, dit-il après un moment d'hésitation. Mais le moyen de se confesser dans nos églises de Saint-Pétersbourg ? Il n'y a ni siège pour le prêtre ni prie-Dieu pour le pénitent. Le prêtre se tient adossé à un mur et le pénitent reste debout devant lui, au milieu de la foule dont aucune cloison ne les sépare. Des dizaines de personnes attendent leur tour, un cierge à la main. Assiégé par les fidèles dont le flot se renouvelle sans cesse, le prêtre n'a qu'une ou deux minutes à accorder à chacun. Que peux-tu faire, sinon t'avancer à ton tour, courber le front, te signer trois fois, recevoir sur ta tête, en guise d'absolution, un pan de l'étole du prêtre, baiser l'Evangile ouvert sur le pupitre, te prosterner de nouveau, puis laisser la place au suivant ? Les plus scrupuleux vont inscrire leur nom sur le registre du diacre, signer, déposer une aumône, et les voilà quittes, au moyen de quelques génuflexions et de vingt kopecks d'offrande, avec leur conscience !

« Lors d'un de mes voyages à Paris, je suis entré dans une église. J'avais rêvé la nuit précédente que j'étais Caïn. Abel se relevait de son socle et, me saisissant dans sa main de marbre, m'entraînait avec lui dans la tombe. Seul un ministre de Dieu pouvait me délivrer de ce cauchemar. Les catholiques attachent beaucoup plus d'importance que nous au sacrement de la confession.

— Je suis moi-même catholique, dis-je. Tradition des Sainte-Foy.

— Alors tu sais que de petits abris en bois, genre guérites, appelés confessionnaux, sont disposés à cet effet autour de la nef. Une cloison, percée au milieu de petits trous, divise l'intérieur de cet habitacle en deux compartiments. Tu t'agenouilles d'un côté, le prêtre s'assied de l'autre et attend que tu déclares tes péchés. Oh ! ce fut plus horrible que tout ce qu'on peut imaginer. Quand il eut compris où je voulais en venir, sais-tu ce qu'il m'a demandé ? *Combien de fois, mon fils ?* Et ensuite : *Seul, ou avec d'autres ?* Et pendant ce temps ses yeux en vrille me fixaient à travers les trous pour se repaître de ma honte... Qu'aurais-je pu répondre ? Avec d'autres ! Quel autre, juste Dieu ! S'il avait su ! Je m'enfuis de cet immonde édicule, sortis à toutes jambes de l'église et courus jusqu'à la Seine, assez loin pour être sûr de ne pas être poursuivi par ce regard plus vicieux que ma propre débauche...

« Une autre fois, j'étais allé voir ma mère, retirée dans un village à cinquante verstes de Moscou. Le pope de ce hameau passe pour un saint homme, presque un starets Zossima. La direction de conscience n'existant pas chez les orthodoxes, je ne m'attendais pas à un examen serré. Mais tout de même ! Je dus d'abord déposer dix kopecks dans une sébile placée au pied de l'évangéliaire. Notre clergé de campagne est très pauvre, je te l'accorde. Est-ce une raison pour que la vénalité du sacrement empiète sur son mystère ? *As-tu volé ?* me demanda-t-il abruptement. Nous étions debout face à face, au fond de l'église. Abasourdi, je restai bouche bée. *T'es-tu enivré ?* Puis, sans attendre ma réponse : *Ton nom ? Ton prénom ? Le prénom de ton père ?* Il n'avait d'autre préoccupation que de les inscrire sur son registre, afin de grossir le nombre des confessions reçues et d'attendre avec plus de confiance la prochaine visite de son évêque, qui éplucherait son tableau de chasse et augmenterait peut-être, au vu de ses bons résultats, le misérable pécule alloué par le consistoire de l'éparchie.

« Ma mère, à qui je racontai ma mésaventure, se mit à rire.

« "D'où sors-tu ? me dit-elle. Ne sais-tu pas que nos popes ne posent jamais d'autres questions aux paysans ? *As-tu volé ? T'es-tu enivré ?* J'espère au moins que tu as répondu selon le rite."

« J'aurais dû répondre : *Je suis pécheur*, n'importe quel enfant russe connaît, dès huit ans, la recette.

« "Je n'ai rien répondu, maman.

« — Et il t'a donné quand même l'absolution ? s'exclama-t-elle en riant de plus belle. Estime-toi heureux, gros nigaud !"

— Il me semble, dis-je, que Dieu ne t'a pas négligé tant que cela. En te donnant la passion pour les arts et en t'élevant à la direction de l'Ermitage, il t'a permis de mettre ce que tu appelles ta débauche au service de la collectivité.

— Débauche mentale, Basile ! Seulement avec cette statue, je te le jure !

— Chacun de nous porte en lui un vice, une tendance nocive ou criminelle incompatible avec les règles sociales. Comment tourner ces instincts non autorisés en activité acceptable ? C'est le problème que l'enfant doit résoudre en grandissant. Il ne peut ni renoncer à ceux de ses penchants que la société prohibe, ni les satisfaire de manière directe. Seule issue : choisir le métier qui lui permette, sans enfreindre la loi ni outrager la morale, d'extérioriser ses tendances interdites.

« Le brutal exerce sa violence au fond de la mine, sur l'enclume du maréchal-ferrant ou dans le ring de boxe. Cela vaut mieux que d'assommer son prochain au cabaret ! Celui qui aime le sang dévie ses pulsions meurtrières en devenant militaire, chirurgien ou boucher. Le goût malsain de ce qui est sale et malodorant conduit à se faire teinturier ou éboueur. Le dépravé que les petites filles attirent sublime cette perversion en s'engageant comme instituteur... Pardonne-moi ces exemples ! C'était pour te dire que tu n'as rien à te reprocher ! Ne maudis pas cette lointaine expérience, puisqu'elle t'a communiqué l'enthousiasme pour la perfection artistique... Loin d'offenser la société par ta conduite, tu répares ce tort au centuple, en lui offrant un des plus riches musées d'Europe.

« La statue de ce... Mazzuola, continuai-je après avoir vérifié le nom sur le socle, est un chef-d'œuvre qui gisait méconnu dans les réserves. Grâce à toi, il est rendu à l'admiration publique. Qu'importe le motif qui t'a poussé à le tirer de l'oubli. Le résultat est là : le vil plomb d'une passion défendue, tu l'as métamorphosé en or... »

XXVI

« Si tu crois que ce n'est pas accablant, bégaya-t-il, de me heurter sans cesse à certains tableaux... »
Il m'entraîna dans les salles, et nous commençâmes la visite la plus étrange qui se puisse imaginer. Partout, me dit-il, se dressait devant lui l'image vivante de son péché. *Les autres* regardent sans honte les innombrables femmes nues. Ils n'éprouvent que du plaisir à contempler les modèles de Titien ou de Cranach, celles qui ont posé devant Rembrandt ou Giorgione. Les maritornes de Rubens, les gueuses de Van Ostade, les gourgandines de Boucher, les polissonnes de Fragonard, toutes ces filles d'Eve, élancées ou replètes, piquantes ou dodues, font les délices des visiteurs. Mais *lui*, ajouta-t-il, n'avait pas le droit de s'attarder devant la beauté masculine. Celui qui regarde avec trop de complaisance un homme nu passe d'emblée pour suspect. Il peut le vanter pour son allure, sa prestance, mais non pour son pouvoir sensuel, pour son charme. Les peintres répercutent dans leur travail cette discrimination. Lequel d'entre eux oserait représenter un homme nu, avec la même simplicité qu'une Vénus ou une Danaé ?

« Le nu masculin est tabou. Toute transgression doit être justifiée. Endymion ? Diane le surprend dans son sommeil. Saint Sébastien ? Les vêtements feraient obstacle aux flèches. Vulcain ? On ne travaille pas habillé dans une forge. Isaac ? Son père l'a dépouillé de sa tunique pour l'égorger. Adam ? Le tissage n'était pas inventé. »

A l'étage des peintres français, il m'arrêta devant le Tancrède de Poussin, dont l'armure guerrière sert d'alibi à un corps efféminé, puis devant le Morphée de Guérin, que la morale réprouve, alors que la voix du vice et de la honte, murmura Alexandre, acquitte triomphalement le mol éphèbe pâmé. La salle des Espagnols, il essayait de l'éviter, pour ne pas ajouter, en face du Saint Sébastien de Ribera, à la perversion du voyeur le crime du sacrilège. Mais les Italiens, comment leur échapper ? Une véritable persécution, du Garçon accroupi de Michel-Ange au Saint Sébastien de Titien (que de Saint Sébastien dans son musée ! A croire qu'ils s'étaient ligués pour le perdre !), du Dionysos de Guido Reni aux gondoliers de Carpaccio. Il y avait des nuits où il se réveillait en sursaut. Descendus des cimaises et réunis en tribunal, tous ces personnages pointaient le doigt contre lui et réclamaient son châtiment. *Il nous a souillés de son regard ! Il doit payer cette profanation !*

« Toi aussi, tu me condamnes, n'est-ce pas ? Quelle indulgence une imagination aussi pervertie pourrait-elle mériter ? Si tes yeux sont une occasion de pécher, arrache-les de leurs orbites et régénère-toi dans les ténèbres ! »

En réalité, si quelque sévérité se lisait sur mon visage, Alexandre n'en devinait pas le motif. J'aurais compati avec plus de bienveillance à ses angoisses, sans la comparaison que je faisais avec Tchaïkovski. A l'inverse de Piotr Ilitch, Alexandre n'a pas le courage de ses instincts. Etreintes fictives avec des statues ou contemplation morbide de tableaux, il ne court aucun risque. Quelque chose en lui de pleutre et d'intéressé rebutait peu à peu ma première indulgence. « Décide-toi à vivre ! avais-je envie de lui dire. Sors dans la rue et regarde autour de toi, au lieu de te complaire dans un remords stérile et de paraphraser l'Ecriture ! Tu préfères ta sécurité à tes passions. Tchaïkovski, dont tu vas être le juge, a toute l'audace qui te manque. »

Nous arrivâmes devant le tableau de Caravage, une de mes œuvres préférées autrefois, le portrait d'un jeune musicien, que j'eus la surprise de découvrir sous une nouvelle étiquette : *la Joueuse de luth.*

« Oui, Basile, étonne-toi, indigne-toi ! L'ambiguïté de ce visage a favorisé ma petite imposture... Les experts ergotent sur le sexe du modèle. Fille ? Garçon ? Qu'ai-je besoin de leurs avis pour reconnaître un garçon ? Un joueur de luth, et non une fille... C'est vers moi qu'il penche sa tête pâle, c'est moi qu'il interroge de ses grands yeux humides, c'est pour moi que s'entrouvrent ces lèvres rougies au fard... Non, je ne délire pas... J'ai demandé à notre camarade Souzdal de corroborer mon intuition. Les tendons du cou, le relief des omoplates, l'attache des poignets appartiennent à un sujet masculin, m'a-t-il affirmé. Ce qui ne m'a pas empêché d'écrire : *la Joueuse de luth* sous le tableau. Je compte bien que Nicolas, trop absorbé par ses tâches, n'aura jamais le temps de remettre les pieds ici... Vois où j'en suis réduit ! Je ne pouvais supporter que cette créature continue à me dévisager, à me provoquer avec les yeux d'un garçon... Oh ! Basile, dis-moi que c'est une fille ! Une fille, n'est-ce pas ? Dis-moi que je cède devant ce tableau à une attraction licite ! Je suis amoureux de ce visage ! Dieu m'a envoyé une fille pour me sauver ! Il n'a pas déguisé, pour tourner en dérision mes espoirs de rachat, un voyou en bohémienne...

— Heureusement, dis-je, que nos peintres russes se cantonnent dans les paysages, les tableaux d'histoire et les scènes religieuses. »

Un léger persiflage dut percer dans ma voix. Je pensais au voyou bien réel qui tenait Piotr Ilitch à sa merci, ce Vladimir Davydov né pour la damnation de son oncle.

« Détrompe-toi. La mythologie grecque a tenté pour une fois Alexandre Ivanov. Plût au ciel qu'il n'eût jamais entendu parler d'Apollon ! Je puis te le dire maintenant : l'envie de me débarrasser de son tableau hellénique a stimulé mon projet de Musée russe. »

Nous étions revenus dans la salle des Tiepolo.

« Chaque fois que je passais devant cette peinture — il m'indiquait le tableau déposé par terre —, je me sentais insulté... Je me demande même si je ne vais pas l'envoyer à Moscou, contre quelque chose de plus acceptable. »

Scandaleux, Ivanov ? N'était-ce pas l'auteur, édifiant à souhait, de *l'Apparition du Christ au peuple*, quarante mètres carrés d'imagerie sulpicienne, qui avaient laissé sur le mur un énorme rectangle pâle ?

« Oh ! comme Tartuffe, il n'y a pas mieux », murmura Alexandre.

En effet. Il retourna de mon côté le tableau, peint par la main qui avait exalté Jésus. Je découvris — cette toile, et pour cause, n'étant pas exposée de mon temps — une œuvre à côté de laquelle les *Ignudi* de la chapelle Sixtine ne sont que bluettes de rosière. Un paysage de collines boisées, dans le genre Arcadie, étage ses bosquets de convention. Apollon s'est assis sur une pierre, le torse et le ventre dénudés jusqu'à l'aine. De sa longue robe qui descend du pubis aux chevilles émergent deux pieds chaussés de sandales. Il a suspendu sa lyre à une branche. Appuyé à son flanc, un éphèbe de quinze ans, sans le moindre voile celui-ci, et le sexe bien dessiné entre ses jambes imberbes, se pâme les yeux à demi clos. Le dieu l'enlace par l'épaule ; les mains se touchent ; l'autre main du jeune garçon palpe le bras d'Apollon. Comme si cette scène n'était pas assez éloquente, le peintre a ajouté de l'autre côté du dieu un enfant encore plus jeune, tout nu également, à genoux, ses cuisses fraîches posées sur ses talons, occupé à jouer de la flûte pendant qu'Apollon effleure son genou d'une caresse.

Apollon, Hyacinthe et Cyparisse faisant de la musique, annonce l'étiquette, rideau hypocrite tiré sur ce harem de jouvenceaux.

Quelle idylle inqualifiable, quels ébats contre nature son autorité

de directeur l'obligeait-elle à couvrir ? se lamentait Alexandre. Méritait-il d'être cloué au pilori par les œuvres dont il avait la garde ?
Une voix chevrotante appela du rez-de-chaussée.
« Votre Excellence est arrivée ?
— Oui, Gregori, tu peux apporter le thé. »
J'aidai Alexandre à remettre le tableau face au mur. Un vieillard apparut à l'autre extrémité de la salle, s'approcha en traînant les pieds, déposa le plateau sur la table de marqueterie italienne. Près du samovar et de la théière, je vis un verre et une tasse. Après avoir salué Obolev, le domestique, si âgé et chassieux qu'il n'avait même pas remarqué ma présence, se retira du même pas incertain.
« Une tasse ? dis-je vivement. Tu attendais donc une femme ?
— Rien ne t'échappe, Basile. Gregori, sans savoir si je suis seul ou avec quelqu'un, monte toujours du thé pour deux personnes, lorsqu'il entend mon pas au-dessus de sa tête. Un verre pour moi, une tasse pour ma femme, selon l'usage de la Cour.
— Ta femme ?
— J'ai dû faire croire que j'étais marié. On ne confie pas des postes aussi importants à des célibataires.
— Anatole, pourtant...
— Un prince peut se moquer des lois. Et puis, s'il n'est pas marié, c'est par surabondance d'aventures féminines. Officiellement, je suis un homme marié, dont l'épouse ne supporte pas le climat humide de Saint-Pétersbourg et vit à Vladimir, avec sa belle-mère, non loin de Moscou, à sept cents verstes des marécages de la Néva. Gregori ne voudrait pas mourir sans lui avoir présenté ses respects. Il s'imagine que j'attends d'un jour à l'autre celle qu'il vénère comme sa maîtresse. »
Il mit un morceau de sucre dans sa bouche et avala une gorgée.
« Il ne t'a jamais demandé à voir un portrait de ta femme ? Ta vieille domestique non plus ?
— Oh si ! Et j'ai ce qu'il faut, dit-il en tirant de son portefeuille avec un sourire finaud l'image jaunie d'une jeune femme assise à un piano. Une de mes cousines... Morte il y a douze ans... »
Devant ma mine plutôt dégoûtée, il ajouta :
« Nous étions très liés. Je l'aurais peut-être épousée, si elle avait vécu.
— Le comte Vorontsov croit aussi que tu es marié ?
— Même le tsar, Basile. Il n'y en a qu'un dont j'aie à craindre la perspicacité : Pobiedonostsev. Si le procureur du Saint-Synode se doutait de la supercherie et mettait sa police en chasse... Tu te rappelles Jdakov, ce jeune stagiaire du barreau, qui s'offrit pour pendre Sofia Pérovskaïa ? Il occupe à présent, sous le pseudonyme de

Barianski, un grade élevé dans la police... Comme tous ceux dont la vie privée donne barre à ses supérieurs, il fait du zèle. Partager son vice suffit à s'attirer sa haine. Je prie le ciel qu'il n'envoie pas ses limiers à Vladimir. »

Barianski... la punaise dont m'avait parlé Apraxine ? Je tenais le prétexte pour ramener sur le tapis l'affaire du procès.

« N'est-ce pas ce même type, repris-je, qui a lancé l'enquête au sujet de Tchaïkovski ?

— Ah ! je ne savais pas...

— Bonne occasion de lui damer le pion ! »

Alexandre pâlit.

« Barianski ? Tu es sûr de ce que tu avances ?

— Non content d'avoir mis le feu à la mèche, il veille à ce que l'affaire ne soit pas étouffée. Demande au général Apraxine.

— S'il en est ainsi, bredouilla Alexandre, les choses sont mal engagées pour Tchaïkovski...

— Mais tu le défendras ? m'exclamai-je. Tu auras à cœur de ne pas ressembler à ce renégat ? »

Il s'empressa de fourrer un deuxième morceau de sucre dans sa bouche et d'ingurgiter une nouvelle lampée.

« Tu défendras Tchaïkovski, Alexandre ?

— Si Pobiedonostsev et Barianski s'en mêlent...

— Raison de plus pour ne pas céder.

— Si je vote l'acquittement...

— Eh bien ?

— Tu ne comprends donc pas ? Les soupçons se dirigeront contre moi. On fouillera dans mon passé, on passera ma vie au crible...

— Prends ce risque, Alexandre ! Pour le plus grand créateur de notre temps... Comment peux-tu hésiter ?

— Ah ! tu en parles à ton aise... »

Le couard, il craignait pour sa carrière, le reste ne comptait pas. J'aurais voulu qu'il fût tourmenté, non pour sa place, mais pour son âme. Je fis appel à son honneur — il haussa les épaules. A nos souvenirs de l'Ecole — il sourit avec dédain. A l'intérêt supérieur de l'art — il ricana. A la solidarité entre exclus — il s'emporta.

« Piotr Ilitch a rompu le pacte, et je devrais payer pour lui ? Il a été assez bête pour se faire prendre, ne compte pas m'attendrir...

— Alexandre, si vous ne vous soutenez pas les uns les autres...

— Tu rêves ? Tu veux me compromettre ? dit-il avec une irritation croissante. Tu veux nous perdre tous ? Notre seule loi est le mensonge. Notre seul devoir, de nous dissimuler. Notre seul espoir, qu'on passe à côté de nous sans nous voir. Piotr Ilitch a rompu le pacte, qu'il en assume seul les conséquences. »

XXVII

Un soir de la fin mai, j'écrivais mon rapport à la Perm, Orenbourg et Cie, sans avoir besoin d'allumer la lampe. Bientôt, la clarté resterait suspendue toute la nuit. Commençait la courte saison des nuits blanches, dont je gardais un souvenir émerveillé. Selon Anatole, Tchaïkovski ne manquait jamais de venir à cette époque passer une ou deux semaines dans la capitale. Même sans la nouvelle symphonie à mettre en répétition, il aurait trouvé un prétexte.

Un groom à la ceinture cerise m'apporta un billet de Nicolas. Le médecin, en bas à la porterie, me priait de l'y rejoindre. Nous montâmes aussitôt en voiture.

« Vassilievski Ostrov », dit-il au cocher.

Nicolas m'inspirait une telle confiance que je l'avais suivi sans poser de question.

« Je vais chez Sergueï Barenkov, commença-t-il quand nous eûmes tourné le coin de la perspective Nevski, en direction du fleuve. J'ai pensé que cela t'intéresserait de voir son intérieur. Une installation vraiment pittoresque ! Je n'y suis entré qu'une fois. Ils sont si jaloux de leur vie privée, qu'ils s'arrangent pour ne jamais être malades... Un trio savoureux... Je compte que tu me donneras ton avis... »

Une raison aussi futile n'avait pu décider Nicolas à quitter le dispensaire pendant une heure ou deux. Il semblait plus soucieux que d'habitude.

« Olga ? demandai-je.

— Nous nous sommes encore disputés. Toujours au sujet de cette datcha et de l'emploi de notre mois d'août.

— Tu veux rester à Saint-Pétersbourg ?

— Il le faut. Anatole affirme que l'affaire Tchaïkovski est arrivée aux oreilles de Pobiedonostsev.
— De Pobiedonostsev !
— Par les bons soins du général Barianski.
— Il a osé faire cela !
— Aucune infamie ne rebutera Jdakov. En contrepartie, il espère grimper du sixième au cinquième tchin dans le prochain tableau d'avancement.
— Pour un chef de la police, il occupe un grade encore modeste.
— Sa vie privée le dessert. Il entretient un danseur du théâtre Michel. Situation périlleuse, qui l'oblige à persécuter les adeptes de sa religion. Sa tranquillité est à ce prix. Olga ne comprend rien à de telles intrigues. Ce double jeu la rend furieuse. Ils ne sont même pas solidaires entre eux, objecte-t-elle, et toi, tu les défends ! Elle me traite de dupe, de jobard... J'ai droit à tous les noms... Ce Barianski est dangereux, tu sais. Il est acharné contre Tchaïkovski. Il flaire l'occasion de frapper un grand coup et de s'assurer l'impunité définitive. D'ici qu'il envoie une lettre de délation à l'empereur lui-même, s'il voit qu'on cherche à enliser le procès...
— A-t-il des preuves ?
— Les preuves ne manqueront pas, dès que Piotr Ilitch aura retrouvé son neveu et les jeunes gens du Sémionovski.
— Quand arrive-t-il ?
— Dans dix ou douze jours.
— On le dit sur ses gardes. N'a-t-il pas échappé jusqu'à présent aux soupçons ? Madame von Meck l'a aidé de ses subsides pendant quatorze ans, sans se douter le moins du monde à qui elle prodiguait ses bienfaits.
— L'irruption de Bob dans sa vie est récente.
— Tu crains que l'histoire du cornette...
— J'ai peur aussi de ce côté-là », dit-il en tendant la main vers le Champ de Mars. Le palais de Marbre, résidence du grand-duc Constantin, dressait au-dessus des arbres sa masse verte.
Anatole étant sûr, Apraxine probable, Obolev exclu, Atanaiev incertain, le dernier juré inconnu, Nicolas se demandait auprès de qui obtenir la quatrième voix.
« Que penses-tu de Barenkov ? reprit-il. Je l'ai averti de ma visite et prévenu de son objet. Comme il veut ce pont, j'ai réfléchi que ta présence pourrait l'amadouer.
— A-t-il besoin d'être amadoué ? »
Je lui racontai brièvement notre entrevue. Les convictions politiques du président du Comité de surveillance me semblaient de bon augure.

« C'est un esprit ouvert, généreux...
— Je voudrais en être certain, Vassia. Sa première réaction, l'autre jour au club, a été négative.
— Sa femme le poussera dans ton sens. »
Il écouta, incrédule, l'épisode de l'étudiant juif et de la clef.
« Marfa ? Ce n'est pas sa femme. Crois-tu que des gens aussi orgueilleux d'être à l'avant-garde de la société pratiqueraient autre chose que l'amour libre ? Marfa Aglaïevna Lopoukhine appartient à la haute noblesse. Elle est en révolte contre sa classe.
— Tant mieux pour toi. Elle appuiera tes vues.
— Si le sort de Tchaïkovski intéresse son plan d'action général. Nos femmes modernes perdent tout sens des nuances. Elles épousent une cause aussi aveuglément et servilement qu'elles épousaient autrefois un mari.
— Mais enfin, tu me dis qu'ils pratiquent l'amour libre. Elle ne peut que sympathiser avec un homme qui défie plus hardiment encore les conventions sociales. »
Nicolas secoua la tête.
« Est-il sûr qu'ils couchent ensemble ? Le mépris des jouissances matérielles leur inspire des comportements si bizarres... Ils déclarent répugnant tout ce qui ne concourt pas à la diminution des souffrances du peuple. Par exemple, avant de me connaître, Olga vivait avec un étudiant qui mettait son point d'honneur à ne pas user des droits qu'il revendiquait. Il prêchait la suppression de la famille et la libre union des sexes, mais exigeait de sa compagne une chaste cohabitation, de frère à sœur. Les Russes sont devenus fous. Après avoir traité la femme en esclave, ils se sont mis à l'idéaliser, au mépris des lois de la nature. Je parle des meilleurs d'entre eux, évidemment. Nous avons encore une majorité de brutes et d'ivrognes.
— Et cet étudiant juif qui partage leur appartement ?
— Pour celui-là, je suis d'accord avec toi. Comptons sur lui pour nous aider. »
La voiture avait rejoint le quai de l'Amirauté. En face de nous, sur l'île Basile, les palais alignaient leurs façades harmonieuses. Nous tournâmes par le pont Nicolas.
« Le métier même de Barenkov, reprit Nicolas, est pour moi un sujet d'inquiétude. Veiller sans relâche à l'intégrité de ce décor, vérifier chaque jour si un propriétaire ne s'est pas permis une modification ! Comment peut-on passer sa vie à contrôler, mesurer, interdire, punir ?
— La surveillance des bâtiments n'est pour Barenkov qu'une activité de façade. En réalité, la condition des prolétaires l'intéresse plus que les règlements d'urbanisme.

— Il aurait pu servir le mouvement ouvrier par des moyens plus directs ! On n'embrasse pas une carrière, Vassia, sans d'obscures motivations intérieures, dont l'origine remonte, non pas à un choix réfléchi, mais à des pulsions inconscientes. L'expérience médicale apprend à reconnaître, chez un homme ou chez une femme, l'unité profonde de toutes ses tendances. Par exemple, la prédilection pour tel ou tel style architectural ne relève pas du seul goût esthétique. Si l'on préfère les coupoles orthodoxes, fondues dans la pénombre, c'est qu'on cherche l'élévation spirituelle du mariage. L'amour de la luxuriance baroque traduit un tempérament dissipé. Quant à la régularité, la sévérité de nos édifices pétersbourgeois, que symboliseraient-elles, sinon la rectitude du puritain ? L'intransigeance professionnelle de Barenkov, son intolérance m'épouvantent. Lorsqu'on exerce un contrôle aussi jaloux sur les pierres, on ne doit pas être enclin à beaucoup d'indulgence pour les hommes.

— Tu oublies ses activités secrètes, son engagement dans la cause socialiste. L'hébergement d'un juif est contraire aux lois. Il a besoin d'une couverture officielle pour ne pas être inquiété. Son empressement à servir le pouvoir répond à un calcul nécessaire. Oui, selon moi, l'intransigeance professionnelle de Barenkov n'est qu'un moyen d'endormir les soupçons du gouvernement. »

Nicolas, qui ne serait pas médecin sans un fond d'optimisme, parut croire à mon boniment. Quand la voiture nous eut déposés devant le n° 5 de la sixième ligne, il me précéda sous le porche humide, puis dans l'escalier. Nous dûmes nous tenir à la rampe pour ne pas glisser sur les marches.

Sergueï ouvrit lui-même la porte. Sanglé dans sa tunique d'uniforme, chez lui comme à son bureau, il tripotait un tube de verre à moitié rempli d'une matière brune.

Après les relents de chou qui empestaient l'escalier, l'appartement inodore où j'entrai me frappa par une ordonnance toute spartiate. Il se compose de plusieurs pièces en enfilade. Les trois premières contiennent chacune un lit à une place. Il faut les traverser pour accéder au salon. L'étudiant juif qu'ils ont recueilli occupe la première chambre. Un voile de prière pendu à un clou, la gaine de cuir des dix commandements posée à côté du lit, les courroies sacrées et la Bible de Babylone dans sa reliure de vieux cuir rangées sur le coffre m'indiquèrent l'israélite pratiquant.

La deuxième chambre, celle de Marfa, un peu moins nue, est ornée d'une icône et d'un bouquet de fleurs sous l'image sainte. Un imperceptible parfum d'encens flottait dans cette pièce, bien qu'aucune lampe à brûler ne fût visible. Sergueï couche dans la troisième chambre, meublée, outre le lit étroit, la table et la chaise de bois blanc, d'une étagère de livres rangés par ordre de taille et d'une horloge à balancier dont le tic-tac implacable m'empêcherait de dormir.

J'échangeai un coup d'œil avec Nicolas. On pouvait faire toutes les hypothèses sur la vie dans cet appartement. Ménage à trois ? Concubinage de Marfa et du juif, avec la bénédiction de Sergueï ? Affectation de promiscuité, pour mieux marquer le dédain des mœurs faciles ? Union purement mystique de trois exaltés ?

Moïsseï était sorti. Marfa se tenait au salon, assise à même le plancher, près d'un pain entamé, d'un canif et d'un compotier rempli de pommes. Elle ne se leva pas à notre entrée. Je ne pus m'empêcher de la comparer à mon Anna Mikhaïlovna, qui reçoit nos amis avec tant de gentillesse et de bonne grâce, sans manquer à ses convictions féministes.

Elle exhibait une maigreur agressive. Par l'échancrure de sa stricte robe noire, on voyait la saillie des omoplates et le haut d'un sein plat, orgueil de nonne cloîtrée ou résignation d'amoureuse platonique. « Vous devriez prendre soin de votre santé... », commença Nicolas. Il resta court, en avisant le compotier. La jeune femme était de ces missionnaires qui ne s'alimentent que de pommes et de pain, parce que le moujik n'a pas d'autre nourriture à sa disposition. Malgré sa mise négligée, elle demeurait d'une beauté hautaine. La princesse sa mère ne doit pas avoir plus d'allure habillée en grande dame, que la croisée du peuple dans son abaissement volontaire.

Sergueï rapporta de la cuisine un fragment du pain dont Marfa triturait la mie — si l'on peut appeler mie une sorte de boue noirâtre sous la croûte gris sale aux cassures brun foncé. Il avait analysé dans son éprouvette la composition chimique de cette mixture : un quart d'arroche, un quart d'amidon de seigle, de nombreuses parcelles de balles, 8 % de cendres, 24 % d'eau, le reste en sels minéraux.

« C'est donc du pain, conclut-il avec une ironie appuyée, et nullement, comme on pourrait le croire, un morceau de tourbe séchée. »

Pendant que Sergueï commentait les résultats de l'expertise, Marfa mordillait dans la croûte en me fixant d'un air rogue.

« Valeur nutritive égale à zéro. Néanmoins le paysan peut s'estimer content d'avoir sur sa table bancale de quoi se régaler avec ça. On considère que 340 roubles de revenu annuel par tête est le minimum indispensable. Dans plusieurs districts la moyenne atteint à peine 300 roubles.

— Où donc vous êtes-vous procuré ce pain ? objecta Nicolas, qui avait pris entre deux doigts un morceau pour en examiner la texture. A quel étal perdu ? Même place aux Foins, je n'en ai jamais vu d'aussi mauvaise qualité.

— Evidemment ! rétorqua Marfa. On vous parle des provinces de

Tver et de Riazan. Est-ce qu'elles ne font pas partie de notre patrie russe ? Devons-nous nous désolidariser de ce qui se passe plus loin que le bout de notre nez ? A Nijni-Novgorod, n'est-il pas honteux que les travailleurs des chantiers portuaires soient nourris de soupe aux choux où baigne de la farine sans viande ? Pour nous, le repas d'une famille est plus important que la plus longue symphonie. »

J'aurais préféré qu'elle dît ces mots sur un autre ton. Si elle voulait croiser le fer au sujet de Tchaïkovski, à quoi bon invoquer le menu des bateliers de la Volga ? Je comprends qu'on se préoccupe des masses populaires, mais non que cet intérêt se borne à une déclamation verbeuse et abstraite. Mettre en statistiques leur misère ne soulagera pas leur faim. Prenez à cœur plutôt le sort particulier d'un homme, usez de votre influence là où elle peut s'exercer.

« Nous sommes venus... », fit Nicolas.

Sergueï lui coupa la parole.

« Ramener les grands problèmes de la Russie à un cas individuel, je sais. Tu nous a annoncé le but de ta visite. Nous avons eu le temps d'arrêter une position qui tient pleinement compte des intérêts du peuple et des besoins de la nation.

— Il y a un homme à sauver, Sergueï. Il dépend de toi qu'il soit condamné à la déportation ou qu'il puisse continuer à travailler.

— Les cas individuels ne nous intéressent pas. Ils affaiblissent notre lutte et la dévient de son but.

— Peux-tu diviser la justice ? Refuser de te porter sur le point où tu la vois menacée ? Depuis quelque temps, avivé par les premières chaleurs, le choléra s'étend à Saint-Pétersbourg. L'hôpital de l'Ascension s'est spécialisé dans l'étude et les soins de l'épidémie. Si un de mes assistants, quand il fait la tournée des dortoirs, repère un malade de la peste sibérienne, va-t-il se dire : "Qu'il crève ! Celui-là n'est pas pour moi" ?

— M. Tchaïkovski n'a pas attrapé la peste sibérienne, dit Marfa en secouant les miettes de sa robe. S'il n'a su résister au vice italien, tant pis pour lui. Prendre sa défense ne ferait que détourner notre lutte de ses objectifs prioritaires. Le peuple russe est sain, Dieu merci, et ce n'est pas en corrigeant le code pénal par un amendement exceptionnel en faveur de M. Tchaïkovski que nous rendrons ce pain plus nutritif. »

Elle se signa trois fois en prononçant le nom de Dieu.

Ceux qui savent ce qui est bon et ce qui n'est pas bon pour le peuple m'ont toujours effrayé, moi dont les ancêtres furent envoyés à l'échafaud par un Comité de salut public. La justice est une et indivisible, comme venait de le rappeler Nicolas. Couper la tête à six Sainte-Foy était-il bon pour le peuple français ? Saint-Just a-t-il amélioré le sort de ses compatriotes, leur a-t-il apporté une once de bonheur supplémentaire en leur sacrifiant une partie de ma famille ? Sergueï et Marfa m'ont encore rapproché de Tchaïkovski, et je date de ce jour-là le désir passionné de le sauver.

« C'est un grand compositeur, dis-je pour venir en aide à Nicolas. Le plus grand compositeur de la Russie. Le renom qu'il a acquis à l'étranger peut avoir des effets bénéfiques pour la nation russe tout entière. »

Marfa haussa les épaules.

« Un compositeur bourgeois. La musique bourgeoise n'est pas un objectif prioritaire pour nous. Le peuple n'a besoin que de deux instruments pour soulager ses misères : la balalaïka et l'accordéon. Si M. Tchaïkovski daignait aller recueillir les musiques traditionnelles dans le Caucase ou sur la mer Caspienne, s'il se mettait à l'écoute des bergers tatars, des nomades kazakhs, des trappeurs lapons, à la bonne heure ! Nous aurions plus de respect pour son travail.

— Il pense, non sans raison, qu'*Eugène Onéguine* ou *la Dame de pique* ont plus de chances d'émouvoir ses compatriotes et de toucher leur cœur, que s'il dénaturait son talent par l'imitation artificielle de musiques qui lui sont étrangères.

— Le peuple a un estomac, avant d'avoir un cœur. Le public qui paie l'équivalent d'un demi-salaire d'un employé de la voirie pour un fauteuil au théâtre Mariinski ne nous intéresse pas.

— L'opéra est un passe-temps de riches, confirma Sergueï.

— Soit, répondit doucement Nicolas, en se dominant. Chère Marfa Aglaïevna, pour en revenir au code pénal que vous avez cité, comment se fait-il qu'un grand nombre de lois en vigueur dans l'empire vous révolte, alors que vous admettez sans discussion celles qui vous conviennent ?

— Vous confondez les torchons et les serviettes, Souzdal ! (En aristocrate qu'elle était restée, elle ne l'appelait pas autrement que par son nom de famille.) Je vous interdis de mettre sur un pied d'égalité les droits légitimes du peuple et le vice d'un protégé du tsar !

— Ce vice n'a pas empêché Platon d'être un philosophe vénéré dans l'Antiquité, ni Michel-Ange le sculpteur le plus populaire de Florence.

— Nos paysans n'ont jamais entendu parler de la Grèce ni de Florence, et ne savent même pas ce qu'est une statue. Par conséquent vos exemples ne nous touchent pas plus que si vous évoquiez les mœurs du bison.

— Un instant, dit Sergueï, trouvant lui-même ce raisonnement un peu court. Les lois que nous combattons concernent l'ensemble des Russes. Changer le statut des villes en abaissant le cens électoral, voilà notre premier objectif. A Saint-Pétersbourg, pour une population de 900 000 âmes, il n'y a que 8 000 électeurs. D'après le montant des impositions qu'ils payent, ces 8 000 électeurs sont divisés en trois catégories. Excuse-moi, Nicolas, de donner ces précisions pour M. de Sainte-Foy. La première catégorie compte 145 individus, la deuxième 351, la troisième 7 504. Chacune de ces catégories envoie au conseil municipal un nombre égal d'élus. Deux tiers des membres du conseil municipal représentent donc 496 individus, un tiers 7 504. Quant aux 892 000 autres habitants de la capitale, ils n'ont aucune voix au chapitre. La ville est livrée au pouvoir d'une oligarchie de banquiers et de spéculateurs.

— Voilà pourquoi, trancha la jeune femme, toute préoccupation étrangère aux moyens de mettre fin à ce scandale doit être considérée comme une atteinte à la cause du peuple. »

Nicolas, toujours pragmatique, ne se laissa pas démonter.

« Bon, la vie municipale, il faut la réformer. Je suis d'accord, mais en avez-vous les moyens ? De quelle influence disposez-vous ? Moi, Sergueï, je te propose une chose toute simple. Le hasard t'a choisi pour empêcher une injustice. Tu es un des sept jurés. Ta voix emportera peut-être la décision. Tu cherches comment te rendre utile : ne laisse pas échapper cette occasion. »

Il sentit que ses arguments restaient faibles. Sa religion médicale de la douleur, son dévouement de bon Samaritain ne pouvaient émouvoir un homme qui ne s'intéresse aux souffrances d'autrui que sous la forme collective et abstraite de millions de malheureux à aider. Se vouer à la politique, c'est voir grand et large, adapter sa conduite à l'échelle de la nation, s'exalter à l'idée qu'on travaille pour le bonheur du grand nombre, foi et enthousiasme qui ont pour corollaire le plus profond mépris à l'égard des « cas individuels ». Selon moi, d'ailleurs, le simple lecteur de journaux participant dans son fauteuil aux guerres et aux catastrophes qui ravagent la planète ressemble beaucoup au politique de profession. Comme lui, il saisit la commodité de se passionner pour les causes générales, en se dispensant de ce qui lui coûterait un effort d'imagination personnel. Tel qui envoie cent roubles pour les victimes du tremblement de terre en Arménie ne donnera pas un kopeck pour sauver de la saisie son voisin de palier.

Nicolas, en quête d'une preuve plus convaincante, frappa soudain entre ses mains.

« Ah ! tu ne sais peut-être pas qui a dénoncé Tchaïkovski ?

— Quel qu'il soit, il mérite notre respect, dit Marfa.

— Vous changerez d'avis en apprenant son nom.

— Eh bien ? demanda Sergueï.

— C'est Barianski, le général de la police. »

Ce nom ne disait rien à Marfa, mais Sergueï paraissait fort bien renseigné.

« L'ex-Jdakov ?

— Lui-même.

— Le bourreau de Sofia Pérovskaïa ? C'est impossible, Nicolas.

— Après avoir pendu la meurtrière d'Alexandre II, l'apôtre et la martyre de votre cause, il cherche à se distinguer à nouveau par son zèle.

— Barianski ? C'est impossible, répéta Sergueï.

— Ne comparez pas cette sainte à un musicien de salon ! renchérit Marfa. Nous ne sommes pas d'accord avec elle, mais c'est une sainte !

— Demandez au général Apraxine, le mieux renseigné d'entre nous. Le gouverneur de la forteresse Pierre-et-Paul reste en contact permanent avec le Palais.

— Barianski ! bredouilla une fois de plus Sergueï. Barianski ! Celui qui donne la chasse aux socialistes...

— Votre ennemi le plus enragé.

— Il a envoyé dans un cachot de la citadelle un garçon dont le seul crime était d'avoir chez lui, au-dessus de son bureau, un portrait de Vera Zassoulitch.

— Un jeune homme de votre âge, madame », précisa Nicolas, qui croyait émouvoir la jeune femme.

Le conseiller privé, moins buté que sa compagne, semblait prêt à reconsidérer sa position.

« Que faire, Nicolas ?

— Que faire ? Sauter sur l'occasion qui t'est offerte... Une occasion inespérée... Ce procès te fournit une tribune, comprends-tu ? Dans ta plaidoirie, tu engloberas tous ceux qui subissent la persécution... Les innombrables victimes de l'autocratie se présenteront au tribunal par ta bouche. Même si tu restes indifférent au sort de Tchaïkovski, songe que chacune des paroles que tu prononceras en sa défense retentira, jusqu'au fond des prisons où croupissent tes amis politiques, comme un message d'espoir pour ces malheureux. Rien de tel qu'un abus particulier pour démonter la machine du pouvoir. »

Si décontenancé qu'il ne pensa même pas à objecter que les débats se dérouleraient à huis clos, Sergueï chercha du regard Marfa. La jeune femme fixait d'un œil perplexe un coin du plancher, quand la sonnette de la porte d'entrée retentit.

XXVIII

« Moïsseï », dit Sergueï, quand le deuxième coup eut vibré.
Marfa se précipita pour ouvrir.
« N'a-t-il pas la clef ? demanda Nicolas.
— Il n'habite que provisoirement chez nous et se considère comme un nomade. Par solidarité avec les descendants de Moïse, il ne veut pas prendre d'habitudes sédentaires.
— Depuis combien de temps loge-t-il ici ?
— Huit ou neuf mois », dit Sergueï, gêné.
Moïsseï entra, suivi de Marfa qui s'était emparée de son balluchon et trottinait sur ses pas. Je reconnus le jeune usurier qui tient un lariok place aux Foins. Il portait un pantalon trop court, une houppelande rapiécée, des sandales poudreuses dont les lanières se croisaient sur ses pieds nus. Une petite calotte noire tenait en équilibre sur ses cheveux jaunes frisés. L'éclat velouté de grands yeux orientaux compensait l'aspect ingrat d'un visage triangulaire allongé par une touffe de poils jaunes taillée tant bien que mal en barbiche.
Ma redingote étant neuve et aucun de mes habits ne provenant du fripier, il me toisa avec mépris. Je n'appartenais pas, comme lui, à la race qui a souffert et puise dans les souffrances qu'elle endure depuis la nuit des temps le droit de regarder les autres de haut. Marfa, dont l'empressement auprès de Moïsseï tranchait avec son arrogance antérieure, acceptait avec soumission cette supériorité de l'Elu. Elle poussa dans sa direction l'unique siège confortable, un vieux fauteuil délabré, l'aida à ôter sa houppelande et courut dans la cuisine raviver les braises du samovar. Sous son vêtement, il ne portait, par-dessus sa chemise, qu'un gilet de drap noir. Des bouts de papier avec des

colonnes de chiffres et des calculs mystérieux pendaient de chacune des quatre poches.

Sergueï aussi avait changé d'attitude depuis l'entrée du jeune homme. Il prit des mains de Marfa la houppelande et la plia avant de la ranger sur le coffre. Moïsseï se laissait servir sans remercier ni manifester par le moindre signe qu'il appréciait de tels égards. Il regarda les autres s'affairer autour de lui, indifférent à leurs attentions, comme s'ils ne les adressaient pas à la personne privée de leur pensionnaire, mais à l'envoyé de Moïse, au témoin intemporel de Iahvé.

Refusant de s'asseoir, il renversa dans le fauteuil le contenu de son balluchon. Quelques broches ornées d'un faux brillant, deux ou trois colliers de peu de prix, des anneaux de mariage, des pendeloques détachées d'un lustre, un cadre d'icône en argent se répandirent sur le cuir fendillé du siège. Moïsseï étala ces pauvres objets dont les chaînes et les montures cliquetèrent entre ses doigts maigres. Il mettait dans ses gestes un air de défi et de morgue qui m'eût irrité sans le souvenir que les juifs excitent en Russie une haine qui se traduit en violences et déprédations. Le dernier pogrom signalé ne remontait pas à plus de trois mois, dans le ghetto de Kiev dévasté sous les yeux de la police. La lenteur méticuleuse de Moïsseï et le regard hautain dont il nous enveloppait en exhibant les gages qu'on avait déposés sur son comptoir nous disaient sans ambages : « Méprisez-moi, si vous l'osez, après m'avoir réduit à cette activité infâme ! »

« Il me semble, monsieur, que je vous vois souvent place aux Foins, fit Nicolas d'une voix conciliante.

— Et pourquoi pas, rétorqua Moïsseï, désireux de le blesser. Ma guérite patauge dans la boue du marché, à côté de l'église de l'Ascension. N'importe quel bourgeois qui a envie de se divertir aux dépens des pauvres gens peut apercevoir Moïsseï Moïssevitch prêter sur gages quelques roubles aux paysans et aux journaliers endettés. Afanassy, l'épicier ruiné, est venu aujourd'hui récupérer la parure d'améthystes de sa femme. Dix roubles de bénéfice net pour le juif. »

Il plongea la main dans une des poches de son gilet et en retira deux billets bleus qu'il agita dans la lumière et regarda en transparence.

« Vous voilà conforté dans vos opinions, cher monsieur, continua-t-il à l'intention de Nicolas, dont la bienveillance excitait ses sarcasmes. Quand vous me saluez place aux Foins, en train d'exercer mon commerce immonde, vous pensez : "Tiens, encore un teigneux, un pelé de juif qui exploite la misère des bas-fonds !" Et maintenant, devant ces deux billets bleus extorqués à un marchand ruiné, vous vous dites : "Je ne m'étais pas trompé ! L'argent et le profit, c'est toute la vie du juif ! »

— Vous avez beaucoup souffert, murmura Nicolas, si bas que je fus le seul à l'entendre.

— Quel usage croyez-vous que je vais faire de cet argent ? poursuivit le jeune homme emporté par sa diatribe. Vais-je le remettre à Sergueï Pétrovitch, pour contribuer aux dépenses de la maison où il m'accueille avec tant de générosité ? Mon bon Sergueï, combien l'hébergement et la nourriture du juif Moïsseï Moïssevitch vous coûtent-ils par mois ? Précis et méticuleux comme vous êtes, n'allez pas me dire que vous n'en avez pas dressé le compte exact ! Deux billets bleus, ce ne serait pas de refus, n'est-ce pas ? Je pourrais aussi, cher monsieur (il se retourna vers Nicolas), les rendre à l'épicier ruiné, en souvenir de mon père. Ou distribuer cet argent aux nécessiteux. Marfa, la bonne, la chère Marfa consacre toutes ses énergies à lutter contre les inégalités sociales. Elle serait contente, si je m'acquittais envers elle par un geste de solidarité.

« Marfa ! » cria-t-il en direction de la cuisine.

Elle accourut, portant le verre de thé qu'elle lui avait rempli.

« Ma chère, ma bonne Marfa, il y a longtemps que tu mérites un cadeau ! Veux-tu que je t'achète pour dix roubles d'encens ? De quoi alimenter ta lampe pendant une année ? Oh ! si tu crois que je n'ai pas apprécié l'exquise délicatesse avec laquelle tu épargnes à mes narines talmudistes les effluves de ta dévotion parfumée... Merci à toi ! Je n'ai respiré, en traversant ta chambre, qu'une très légère odeur chrétienne... Et même, pour ôter de ma vue un accessoire injurieux, tu as caché la lampe à brûler sous ton lit ! »

Il éclata de rire, devant Marfa rouge de confusion.

« Eh bien non ! aucune de ces solutions ne me convient. Me montrer juste ? Utile ? Généreux ? Rien de tout cela ! Moïsseï fils de Moïsseï Moïssevitch Salomon a l'insolence de n'avoir envie ce soir que de prouver qu'il n'est pas un chien. Voilà ce qu'il en fait, de l'argent qu'il a gagné ! »

Il s'approcha du poêle éteint, dont les carreaux hollandais représentent des pêcheurs en sabots, allongea la main vers la boîte d'allumettes et mit le feu aux deux billets qu'il jeta dans le foyer. Les billets crépitèrent et se tordirent, un peu de fumée s'échappa de la porte restée ouverte, et, du salaire mensuel d'un balayeur de la place aux Foins, ne subsista plus qu'un tas de cendres blanchâtres.

« Dites encore, si vous l'osez, que le juif, c'est l'argent et le profit ! Je brûle l'argent que j'ai légitimement gagné après dix heures de station immobile dans la boue et la crasse du marché. Je n'ai pas besoin d'argent, je le méprise. Tout comme vous, je suis un être humain. Pas plus que vous, je ne suis un chien galeux d'usurier ! »

Soudain, il se laissa choir près du poêle. Au persiflage succéda un hululement plaintif. Les ombres croisées dans l'Enfer ne poussent pas vers Dante soupirs plus dolents. A genoux sur le plancher, il heurta à plusieurs reprises le sol de son front, les mains posées à plat devant lui. Entre deux prosternations, il s'accusait.

« Qui méprise l'argent, sinon le chien justement ? Je ne suis qu'une vermine, un polack, un youpin, qui prête de l'argent sur gages et s'engraisse sur le dos des chrétiens. Leur misère m'est bien égale, puisque je les écorche de dix roubles pour le plaisir de montrer à des goïm la noblesse de mon âme de cabot. »

Figés chacun à notre place, nous ne savions que dire. Marfa, le verre de thé à la main, manifestait la plus profonde commisération, tandis que la gêne et la honte pétrifiaient Sergueï. Nicolas prit l'initiative. Il s'approcha de Moïsseï, le releva, redressa la kippa sur sa tignasse frisée. Le jeune homme se laissa conduire docilement, à travers les deux chambres de Sergueï et de Marfa, jusqu'à son lit. Nicolas le coucha, étendit la couverture sur ses pieds puis revint au salon après avoir fermé derrière lui les trois portes de communication. Marfa posa le verre sur le coffre, ramassa les bijoux et les enfourna dans le balluchon, non sans avoir agité sous mon nez, comme si j'étais responsable de la honte infligée à l'Elu, cette poignée de colifichets sans valeur mais si riches de symboles.

« Moïsseï Moïssevitch Salomon, commença-t-elle avec emphase, était l'espoir de la recherche pharmaceutique. Né à Berditchev, dans le ghetto polonais, fils d'un couple d'épiciers, il arriva l'an dernier à Saint-Pétersbourg en vue de terminer ses études. Une circulaire ministérielle, placardée sur les murs de l'Université, avait fixé à trois pour cent le contingent des étudiants juifs. Vingt-cinq d'entre eux se présentèrent, deux seuls furent pris. Faute de produire un certificat d'inscription, Moïsseï n'a pas obtenu le droit de résidence dans la capitale.

« Devait-il rentrer en Ukraine ? Pouvions-nous le laisser retourner dans ce ghetto qu'il exècre, auprès de ses parents qui ne lui ont jamais pardonné de s'être enfui ? L'exposer de nouveau à l'hostilité des goïm, laquelle ne distingue pas entre ses frères de race et les englobe tous sous le même mépris ? Le gouvernement empêche les juifs d'étudier, il leur barre la plupart des carrières libérales, il les exclut des professions intellectuelles. Après qu'il les a condamnés aux seuls métiers qui leur restent ouverts, il dit aux paysans : "Voyez, les juifs vous étranglent ! Sus aux youpins ! Tous des courtiers, des changeurs, des prêteurs sur gages, des usuriers ! Tous des parasites et des sangsues !"

— Du moment que votre ami, demanda Nicolas, a la chance de trouver ici un domicile et un refuge, ne peut-il dénicher en ville une activité... moins apte à développer l'antisémitisme dans les couches illettrées de la population ? »

Marfa ne l'eût pas dévisagé avec plus de haine s'il avait reproché au Christ de s'être immolé pour le salut du genre humain. Elle reprit : « Le choix d'une activité méprisée révèle la grandeur de Moïsseï Moïssevitch et l'élévation de son âme. Il aurait très bien pu renier sa patrie et partir pour l'étranger. Nous étions prêts à nous cotiser, un certain nombre d'entre nous, pour lui payer le voyage et les études dans une université allemande. Il n'a pas voulu. Il a refusé cette solution. Il est resté parmi ses frères. Il tient à partager leur sort. Il prend sur lui l'impopularité que s'attire la profession d'usurier. Il se glorifie d'être ravalé plus bas que terre. Il assume votre mépris.

« Oui, continua-t-elle avec une exaltation croissante, vous ne sauriez comprendre la noblesse de son renoncement. Il s'expose volontairement aux railleries et aux sarcasmes de ceux dont la bonne conscience n'est pas troublée par la honteuse discrimination qui pèse sur les juifs. Son besoin d'expiation est sans limites ! On l'a frappé sur une joue en lui interdisant de poursuivre ses études, il tend l'autre pour racheter les péchés de ses bourreaux. Prêter sur gages le dégoûterait, sans la dimension mystique de son sacrifice... Sa couronne d'épines, il l'aime, il ne la céderait à personne... Le juif n'a pas le droit de vivre dignement ? On lui refuse l'égalité avec les Russes ? On le repousse du pied dans la sentine de son ghetto ? Il se clouera lui-même au pilori, il laissera saigner et suppurer ses plaies... »

Soucieux de modérer la jeune femme et d'introduire des arguments plus pondérés, Nicolas profita d'une interruption pour dire avec calme :

« C'est assurément une absurdité que d'interdire aux juifs les professions où leurs dons leur permettent de briller. En se privant de leur collaboration, la société non seulement commet une grave injustice, mais se porte à elle-même un préjudice incalculable. Pour les médecins juifs aussi, une loi vient d'établir un *numerus clausus*. J'ai dû congédier certains de mes assistants les plus qualifiés. Le Dr Samuelson, spécialiste du choléra, a demandé ses passeports pour l'Allemagne, au moment où l'épidémie s'étend à Saint-Pétersbourg... Les compétences pharmaceutiques de votre ami seraient précieuses dans mon service... Il pourrait travailler au laboratoire avec l'équipe de chercheurs... Si vous voulez que j'essaye de le caser à l'hôpital de l'Ascension, dans le quartier le plus touché par le fléau... Il suffirait de l'engager sous un faux nom... »

Marfa et Sergueï échangèrent un regard. La proposition de Nicolas ne semblait pas leur agréer plus que cela. Mécontents de s'entendre suggérer qu'il y a plus d'amour du prochain et de confiance en l'humanité dans la patiente étude du bacille cholérique que dans la chasteté et l'ostentation à ne se nourrir que de pommes, ils déclinèrent l'offre sans même prendre avis de l'intéressé.

« Moïsseï est maintenant trop engagé dans le combat politique. Excuse-moi, mais accepter ce que tu lui proposes lui paraîtrait une sorte de trahison.

« Oui, continua Serguëi en regardant Nicolas d'un air sévère, tu te trompes sur Moïsseï et tu attentes à sa dignité en supposant qu'un juif conscient du statut de ses coreligionnaires est capable de préférer son salut individuel à la lutte collective. Tu voudrais qu'il tire son épingle du jeu, en les abandonnant à leur sort ? Fi donc ! Chacun d'eux se sent responsable de tous les autres. »

Marfa approuvait par des signes de tête. Elle enchaîna avec passion :

« Le jeune juif qui a commencé ses études et qu'on chasse de l'Université ne peut ni retourner dans sa famille d'origine ni accéder au nouveau milieu qu'il a entraperçu. Ses camarades chrétiens ont devant eux une carrière grande ouverte, toutes les portes sont fermées devant lui. Que faire, avec ce tourbillon d'idées qu'il a dans la tête ? Il cherche une solution, il ne comprend pas pourquoi, alors que son père l'a maudit d'avoir planté là l'épicerie du village et la promiscuité étouffante du ghetto, la patrie russe l'écarte en intrus, le repousse comme un pestiféré. Au fond de son cœur, il remue nuit et jour l'affront d'être traité, quoi qu'il fasse, où qu'il aille, vers quelque groupe social qu'il se tourne, en étranger et en paria. De son offense particulière, il en vient par la pensée aux affronts subis par quiconque, dans la sainte Russie, supporte l'humiliation et la honte. Combattre tous ces affronts, alerter pour rétablir la justice les bonnes volontés encore endormies, mobiliser en vue de la réparation générale ceux des Russes que n'obnubile pas l'égoïsme, il se voue corps et âme à cette tâche. Le voilà qui se lève, non seulement pour lui-même, non seulement pour les siens qu'il a vu outrager, mais pour toutes les victimes de l'ostracisme, tous les humiliés et offensés de la terre... »

Pendant qu'elle parlait, la porte de communication avec les chambres s'était rouverte sans bruit. Comme attiré par ce panégyrique, Moïsseï se montra sur le seuil, en gilet, tête nue, sans calotte. Nicolas, saisi d'une inspiration subite, tendit les bras vers le jeune homme.

« Monsieur, si vous prenez à cœur l'injustice, où qu'elle se manifeste et dans quelque domaine qu'elle étende ses méfaits, aidez-moi à convaincre vos amis. Bien que les préjugés soient encore plus endurcis à ce sujet, vous conviendrez, j'en suis sûr, que la discrimination n'est pas là moins choquante. »

Les arguments que j'entendis commencèrent par m'étonner. Sa race et sa religion, disait Nicolas à Moïsseï, le mettent au ban de la nation, comme ses mœurs proscrivent Tchaïkovski. Une si grande différence éloigne-t-elle leurs destinées ? L'un, sous le coup de la circulaire qui interdit aux juifs de résider à Saint-Pétersbourg, doit se cacher dans cet appartement. L'autre, visé par l'article 995 du code pénal, est condamné à une vie privée clandestine. Pour l'un, la menace du pogrom ; pour l'autre, de la déportation en Sibérie. L'un et l'autre victimes de ce qu'on peut appeler, d'un point de vue philosophique, une erreur judiciaire. Tous les deux, bien qu'innocents, réprouvés par la société, punis par la loi, pourchassés dans leur propre patrie.

Petit-fils d'une Uhlman du Creusot, je ne m'attribue aucun mérite si cette part de judaïté, mêlée au sang des Sainte-Foy, me protège de l'antisémitisme. Revenu de mes préventions contre les invertis, il me paraît naturel, à présent, d'assimiler aux juifs cette autre catégorie d'exclus. A mesure que Nicolas plaidait pour Tchaïkovski en invoquant les malheurs d'Israël, l'évidence de ce parallèle s'imposait à mon esprit.

N'est-il pas étrange que l'auteur du *Concerto pour violon* et de la *Sérénade mélancolique* ait chéri l'instrument dont les juifs ont acquis la spécialité ? Son faible poids et son maniement facile les séduisent, autant que les attire la douceur élégiaque de son chant. Le violon est l'interprète idéal de la tristesse et de la douleur. Sa mobilité en fait le compagnon d'exil qu'on garde à portée de main et qu'on joint au léger bagage pour fuir la maison dévastée. Les peuples nomades, juifs ou tziganes, les tribus persécutées ne s'en séparent jamais. Celui qui est destiné à l'errance l'emporte avec soi, en gage que le malheur n'est pas absolu, tant qu'on peut le traduire en musique.

Pour tous les autres instruments, la langue russe emprunte à l'italienne : *pianino*, *alto*, *violoncel'*, *clarnet*, etc. Le slave n'a fourni que le mot désignant le violon : *skripka*. Un dérivé du verbe *skripet'*, grincer. Bien révélateur, ce choix. Pourquoi appeler *grinçoir* l'instrument le plus poétique, sinon par mépris pour ceux qui l'ont en prédilection ? Voilà comment le Russe trouve à dénigrer son propre bonheur. Il se punit, par le mot *crin-crin*, de partager l'émotion de gens qu'il déteste.

Quelques années à peine après la scène racontée dans ce chapitre, le procès d'Oscar Wilde coïncida de manière spectaculaire avec celui du capitaine Dreyfus. Une foi égale dans la justice de leur cause m'obligea à me porter sur les deux fronts et à combattre ce double déni avec la même détermination. Me trouvant en France à cette époque, je fus un des rares à ne pas dissocier les deux cas. Il me semblait même que l'auteur du *Portrait de Dorian Gray* serait plus facile à défendre que le capitaine du deuxième bureau. Un particulier n'ayant enfreint les lois que dans le huis-clos des chambres d'hôtel doit répondre à des charges infiniment moins graves qu'un militaire accusé d'avoir divulgué des secrets d'Etat.

Quelle amère déconvenue fut la nôtre ! Les dreyfusards les plus enthousiastes refusèrent de signer la pétition que le valeureux Hugues Rebell leur soumit. Réviser le procès de l'écrivain irlandais ? Emile Zola objecta qu'il n'était pas opportun de soulever un tel problème au moment où l'Armée et l'Eglise se coalisaient pour abattre un innocent. Que conclure de ce refus, sinon qu'il tenait Oscar Wilde pour coupable ? Zola montra un courage extraordinaire en défendant Dreyfus. Il eût fallu plus que du courage, il eût fallu de l'héroïsme pour s'élever contre le troisième livre du Pentateuque et dénoncer l'inhumanité de la Torah.

Alphonse Daudet se récusa : père d'un garçon de quinze ans, il estimait un tel verdict salutaire. Rien n'était assez bon pour garantir la sécurité des familles. Familles, que de crimes on commet en votre nom ! Jules Renard osa répondre qu'il ne signerait que si Wilde s'engageait à ne plus écrire une ligne. J'ai jeté à la poubelle *Poil de carotte* et boycotte les nouveaux livres de ce pharisien. Les intellectuels de gauche emboîtèrent le pas à Zola. Lâcheté sur toute la ligne. Autant la condamnation de Dreyfus les indignait, autant Wilde pouvait crever, ils s'en lavaient les mains. On me fit même comprendre que je n'avais pas intérêt à fondre les deux causes, si je ne voulais pas être soupçonné de turpitudes et traîné à mon tour dans le box des accusés.

Moïsseï écouta, les yeux baissés, le plaidoyer de Nicolas. Pas un muscle ne tressaillit de son visage. La moue dégoûtée de Marfa exprimait avec éloquence l'aversion que soulève dans un cœur socialiste un amalgame aussi impie. Sergueï tirait sur sa dixième cigarette et torturait la boucle de son ceinturon. Le mutisme, l'air sévère du jeune juif finirent par intimider Nicolas, qui se tut.

L'Elu se retira dans sa chambre sans avoir desserré les dents, comme s'il eût souillé la parole de Dieu en utilisant, pour discuter avec un goy, les termes du dictionnaire.

Nous le vîmes reparaître peu après. Il avait revêtu, par-dessus son gilet, la lévite du culte mosaïque, drapé sur ses épaules le taleth de soie blanche, coiffé ses cheveux frisés de la kippa. Marfa lui apporta un lutrin, où il posa, ouverte aux chapitres du Lévitique, la précieuse Bible de Babylone. Avant d'en réciter un passage, il accomplit plusieurs gestes cabalistiques liés aux mystères de sa religion. J'avais le souvenir d'une voix plutôt haut perchée. Un autre organe, grave, impératif, frémissant d'une majesté oraculaire, se substitua à son timbre naturel dès qu'il eut commencé la lecture.

« Gardez mes lois et mes ordonnances, et mettez-les en pratique, de peur que la terre où je vous conduis pour y demeurer ne vous rejette avec dégoût de son sein. Ne vous comportez point selon les lois et les coutumes des nations que je dois chasser loin de vous, car elles se sont rendues coupables de crimes qui les font prendre en horreur. Vos pieds fouleront leur sol, je vous en donnerai moi-même la possession, une terre qui ruisselle de lait et de miel. »

Il reprit son souffle. Solennelle comme les portes de bronze du temple de Salomon, implacable comme la volonté de Jéhovah, obtuse comme l'opinion populaire, la loi de Moïse gronda sur nos têtes, effleura les pêcheurs en sabots du poêle hollandais, s'envola par les fenêtres et vibra en ondes prophétiques vers les coupoles et les flèches de Saint-Pétersbourg.

« L'homme qui couche avec un homme comme on couche avec une femme : c'est une abomination qu'ils ont tous deux commise, ils devront mourir, leur sang retombera sur eux. »

Seconde partie

I

Ni volets, ni vrais rideaux. Sous prétexte que la lumière est basse pendant le reste de l'année, on dort mal en période de nuits blanches. Plus d'une heure avant le rendez-vous fixé avec Anatole pour aller à la gare, le soleil transperça la mince toile de coton tendue devant ma fenêtre. Découragé par la lenteur du service, ce vice des hôtels russes, je n'attendis pas le petit déjeuner. Lavé, habillé en hâte, je descendis dans le hall vide. Une tasse de café au bar, un coup d'œil au *Journal de Saint-Pétersbourg*. L'annonce de son arrivée ? Oui, en dernière page, bien en vue. On précisait même l'heure. Je parcourus les autres nouvelles, puis l'impatience me poussa dehors. Un groom, qui sommeillait sur une banquette, se précipita pour me tenir la porte. Il rattrapa d'une main sa ceinture de soie cerise et la renoua à la taille de son uniforme blanc.

Tchaïkovski, je ne l'avais aperçu qu'une fois. De loin, dans la salle du Bolchoï, la veille de mon départ de Moscou. Il était venu soutenir le premier opéra d'un compositeur de vingt ans. Tous le virent se pencher sur le rebord de sa loge pour applaudir le jeune prodige. Entré obscur au théâtre, Sergueï Rachmaninov avait un nom en sortant.

En face de l'Europa, déjà au travail, les peintres s'affairaient. Juchés sur des échelles, ils badigeonnaient de couleurs claires la façade de l'hôtel de la Noblesse : rafraîchissement décidé en l'honneur de la grande nouveauté attendue pour l'automne, la première audition de la sixième symphonie de Tchaïkovski. Tout Saint-Pétersbourg se presserait dans la salle aux colonnes blanches où Natacha Rostov avait débuté dans le monde. Quel progrès accompli en Russie depuis un siècle ! A l'époque d'Alexandre Ier, un bal honoré par la présence de l'empereur constituait un événement. De nos jours, la création d'une symphonie a plus d'importance qu'une présentation à la Cour.

Malgré l'heure matinale, la foule affluait place Michel. Employés du Gostiny Dvor accourant du quartier populaire de Petrograd par le canal Catherine, chantres se dépêchant dans le sens inverse vers l'église de la Résurrection, commis des magasins de la perspective Nevski, fonctionnaires des ministères voisins, le nombre augmentait de minute en minute, au milieu des chiens promenés par leurs maîtres. De superbes animaux, tous de race pure, la plupart d'origine anglaise. Dix airedales, mastiffs ou setters pour un barzoï — à croire que le gouvernement de la reine Victoria, sans se décourager des succès diplomatiques de la France, cherche à reprendre le cœur des Russes par leur faible le plus avoué.

Le théâtre Michel, dans un coin de la place, ouvrait ses portes aux équipes de balayeurs et de femmes de ménage. J'y avais entendu hier *la Dame de pique*. Le palais Michel, au fond de l'esplanade, paraissait lui-même sens dessus dessous. Des chariots bâchés entraient par les arcades et déposaient sous le portique les œuvres d'art qu'on déménageait de l'Ermitage pour former le noyau du Musée russe.

Je songeais au tableau d'Ivanov, dont Obolev supporte si mal la vue. Il faut être en bien mauvais termes avec sa conscience, pour croire que ce pastiche d'oaristys grecque est autre chose qu'un méchant exercice d'école. Et Tchaïkovski, une telle peinture pouvait-elle lui plaire ? Même exécutée avec talent, me disais-je, elle eût indisposé Piotr Ilitch. Une réminiscence trop directe des mœurs antiques doit rebuter un homme qui s'ingénie par tous les moyens à ne rien laisser paraître du regret que leur disparition lui inspire. La conception qu'il se fait de son art, non seulement la prudence, lui dicte cette attitude. *La Dame de pique* m'avait éclairé là-dessus. Maintenant que j'écoutais d'une oreille plus avertie les œuvres de Piotr Ilitch, cet opéra me paraissait plus complexe que ce qu'en retiennent les spectateurs. Ils réduisent l'aventure d'Hermann au secret des trois cartes qui rend fou le lieutenant. L'aspect fantastique que revêtent certaines scènes les empêche de remarquer qu'il s'agit d'un des ouvrages les plus personnels, les plus autobiographiques de l'auteur. Le propre du génie n'est-il pas de s'approprier une histoire pour la tourner au profit de ce qui l'obsède, tout en ayant soin de la traiter le plus objectivement possible ?

Rapporter tout ce qu'il écrit au tourment fondamental d'un créateur peut sembler la négation de ses dons. S'il se montre capable de créer, n'est-ce pas justement qu'il plane à une altitude où rien de ce qui nous blesse ne l'atteint ? A la différence des hommes ordinaires, n'échappe-t-il pas aux vicissitudes de l'existence ? Puisant son inspiration où il veut, comme les abeilles qui de fleur en fleur voltigent et folâtrent sans restrictions à leur liberté, il butine çà et là au gré de son humeur. Cette image zoologique et botanique des mystères de la création littéraire ou musicale recueille l'assentiment du grand nombre. Je la croyais moi-même exacte, jusqu'à l'époque où, devenu familier de Tchaïkovski, j'en ai découvert la fausseté.

A nous qui sommes conditionnés, ligotés par un ensemble de petites servitudes — famille, métier, âge, santé, soucis domestiques, tracas financiers —, il plaît d'imaginer que certains êtres privilégiés, à qui nous devons nos plus profondes émotions, gardent leurs coudées franches. Habitants d'une planète affranchie de nos misères, les artistes, les écrivains, pensons-nous, se distinguent du commun des mortels par une indépendance qui explique leur supériorité. Or, je puis l'affirmer aujourd'hui, cet idéalisme ne fait pas honneur à notre perspicacité. Plus semblable à un prisonnier qui tourne en rond dans sa cellule qu'à un flâneur qui a le choix de sa promenade, le créateur authentique se cogne au même mur, qu'il finit par aimer. Plus il reste fidèle à l'expérience qui a orienté son destin, plus son œuvre gagne en force. Pour que, de sa symphonie ou de son roman, jaillissent les inventions, les surprises, que nous assimilons, dans notre lâche refus de comprendre, aux virevoltes de l'insecte papillonnant au hasard, il faut qu'il se répète avec une monotonie héroïque et creuse obstinément, sans dévier du sillon, cette hantise première, invariable, inépuisable, dont le tourment l'a poussé un jour à noircir du papier et ne lâche plus, comme dit Pouchkine, les élèves chéris d'Apollon.

Nul n'est plus esclave de soi, plus déterminé par ce qu'il a vécu et ce qu'il vit, nul n'est moins libre que celui qui nous aide à nous délivrer de nous-mêmes et à nous « changer les idées », selon la formule consacrée pour indiquer le pouvoir d'une œuvre d'art. Ses idées à lui ne changent jamais, et ne doivent pas changer, s'il veut nous plaire et nous émouvoir par l'illusion de la variété. Il doit les laisser assiéger son esprit pendant qu'il parfait l'ouvrage destiné à soulager le nôtre. Modèle de l'artiste dans la moindre page duquel se répercute l'ensemble de sa vie intérieure, Tchaïkovski n'a rien écrit qui ne prenne racine dans les profondeurs de son être. Laboureur entêté, il retourne obstinément la même portion de terrain.

Cependant, il m'a enseigné aussi, non moins importante que la première, la seconde loi de la création. S'il est vain de chercher dans une œuvre un témoignage de la liberté de son auteur, l'autre erreur serait de s'attendre à une confession. Seul l'artiste dépourvu d'ambition se livre directement. Créer, c'est utiliser le pouvoir de transposition et de symbolisation que chaque art possède. L'auteur n'est pas libre de ne pas dire ce qu'il dit, mais il garde le choix des moyens.

Là réside sa véritable liberté. Malheur à celui qui croirait intéresser le public par l'exposé de ses misères. Il ressemblerait à l'ami qui vous fatigue les oreilles en vous racontant ses déboires. Pour atteindre à l'universel, il faut avancer caché. La suite de cette chronique me permettra d'élucider ce paradoxe. Que *la Dame de pique* me serve ici de premier exemple, en attendant que Tchaïkovski, prenant lui-même la parole, vienne expliciter un point crucial de sa pensée.

J'avais entendu deux fois cet opéra à Moscou, sans m'étonner des changements apportés au récit classique de Pouchkine, ni m'interroger sur le sens de ces modifications. Dans la nouvelle, le lieutenant Hermann est un pur calculateur. Aucun romantisme ne réchauffe son imagination. Cœur sec et volonté tendue, il exécute froidement ses manœuvres. Une idée fixe le possède : arracher à une comtesse centenaire un secret qu'elle tient du comte de Saint-Germain, le célèbre aventurier du XVIIIe siècle. Qui connaît certaine combinaison de trois cartes est sûr de gagner à tout coup. *Tri karty, tri karty* : Hermann ne pense à rien d'autre. Pour s'introduire auprès de la comtesse, il circonvient une jeune fille pauvre, pupille de la vieille femme et amoureuse de l'officier. Celui-ci, qui joint, selon le poète, « le profil de Napoléon » à « l'âme de Méphistophélès », exploite en cynique les sentiments de Lisa.

Bien différente l'histoire racontée dans l'opéra. Lisa, devenue la petite-fille de la comtesse, est aimée d'Hermann. C'est par amour, et seulement par amour, qu'il veut faire fortune. Parce qu'il occupe dans la société un rang subalterne et dispose de revenus trop modestes pour épouser une héritière, il conçoit le projet de s'approprier le secret, qui lui apportera, avec la richesse et la position dans le monde, le droit de prétendre à sa main.

Le deuxième acte de l'opéra suit de plus près le récit. Hermann s'introduit nuitamment chez elle et menace de son pistolet la comtesse qui meurt de saisissement sans avoir parlé. Le lendemain, pendant que l'officier cherche en vain le sommeil sur son lit de camp, le spectre de la morte lui apparaît et lui livre la troïka gagnante : trois, sept, as.

Le dénouement, à nouveau, s'éloigne du texte original. Epouvantée par cette obsession des cartes, la Lisa de Pouchkine abandonne à son sort le maniaque et prend pour mari un type aimable, fonctionnaire aisé. Dans l'opéra, elle reste éperdument attachée au lieutenant. Impatient d'essayer le secret, celui-ci repousse les effusions de la jeune fille. Désespérée, Lisa se jette dans le canal d'Hiver. Hermann court à la maison de jeu. Il gagne avec le trois, puis avec le sept. Au moment où il croit tenir l'as, et parie sur cette carte le monceau d'or entassé devant lui, la dame de pique se glisse dans sa main avec un ricanement. Ruiné, moqué, vilipendé par ses camarades, il se poignarde. Chez Pouchkine, même scène finale mais moins tragique, car l'officier, au lieu de se tuer, devient fou.

Au théâtre Michel, j'avais découvert, pour la première fois, le double sens de l'opéra. Chez Pouchkine, une seule passion : le jeu, la frénésie du gain, le fanatisme de l'argent. Un sujet tout à fait impropre à exciter la veine de Tchaïkovski. Il a vécu longtemps dans des conditions modestes, avec son traitement de professeur au Conservatoire de Moscou et ses droits d'auteur, lesquels ne sont devenus d'une certaine importance que ces dernières années. A bout de ressources, il recourait aux libéralités de Mme von Meck, la veuve milliardaire du constructeur des chemins de fer russes. « Incomparable amie, lui disait-il à peu près, vous êtes la seule personne au monde à laquelle je n'ai pas honte de demander de l'argent. D'abord vous êtes bonne et généreuse, ensuite vous êtes riche. » Sans-gêne ? Impudence ? Non : sentiment que l'artiste doit se consacrer tout entier à son travail et que c'est à la société de lui assurer, sous forme de salaire officiel, de subventions impériales ou de mécénat privé, les moyens de subsistance nécessaires à la tranquillité qui permet la création. L'argent en soi n'a jamais intéressé Tchaïkovski. Aucune maison de jeu ne l'a compté parmi ses clients. La curiosité d'entrer au casino de Venise ne l'a même pas effleuré. Incapable de mettre en musique la nouvelle de Pouchkine sans qu'elle fût remaniée de fond en comble, il demanda à son frère Modeste de lui écrire un livret sur mesure.

Auquel des deux frères appartient l'idée de transformer le cynique en amoureux ? Le jeune homme sans cœur en héros romantique ? De joindre à son goût dépravé du jeu la flamme d'un sentiment pur ? L'Hermann des Tchaïkovski se trouve partagé entre deux passions : une passion belle, licite, socialement acceptable (Lisa), et une passion laide, illicite, maudite (les fameuses *tri karty*). Hermann serait sauvé si l'inclination pour Lisa était la plus forte. Mais c'est l'autre penchant, pervers et interdit, qui domine son âme et cause leur perte à tous deux. La tyrannie d'une passion démoniaque fait le thème de la nouvelle ; le conflit de deux passions, l'une permise, l'autre prohibée, celui de l'opéra.

Déshonneur du tripot, opprobre de l'inversion. Plus qu'une analogie, c'est une identité. La honte du jeu renvoie à l'autre secret, à l'amour qui n'ose pas dire son nom. Dans les deux cas, on s'exclut de la société, on se livre au démon, on sème la ruine et la mort. Lisa se jette dans un bras du fleuve quand elle comprend sa défaite. Scène à peine transposée : Antonina Ivanovna, impuissante malgré son dévouement à sauver un mari possédé par un dieu sur lequel aucune femme n'a de pouvoir, s'est laissée glisser, noyer dans la démence. Eau noire du canal pour l'une, naufrage mental pour l'autre. Quant à Hermann, il se poignarde. Tchaïkovski, en renforçant le châtiment de son héros, révèle son propre sentiment de culpabilité. Il doit expier la faute d'avoir été vaincu dans son effort de « normalité » (l'amour d'une femme) par la violence de ses instincts « anormaux ».

L'obsession des trois cartes n'est qu'une figure du vice italien. Tchaïkovski a choisi une passion amorale et destructrice mais encore avouable, encore recevable par le public, pour exprimer à travers elle l'infamie absolue. Résultat de cette alchimie symbolique : un de ses deux opéras les plus beaux, un spectacle qui empoigne l'assistance et la tient en haleine jusqu'à la catastrophe finale.

L'as : emblème masculin. Avec l'as, Hermann triompherait. Rêve impossible, utopie sacrilège. Le dernier mot revient à la dame de pique. Ici, Tchaïkovski n'avait qu'à se conformer au texte de Pouchkine. Similitude complète entre lui-même et son héros : qui a trahi les femmes doit être puni par une femme.

Exposer de façon plus directe la nature de son tourment n'eût pas convenu à Tchaïkovski. Aucun directeur d'opéra n'aurait accepté un tel sujet. Une raison plus profonde, la raison intérieure de l'artiste, le dissuadait de se montrer à découvert. Le créateur qui cède au besoin de la confession banalise ce qui ne garde sa force que sous le voile de la métaphore. Pour avoir ignoré cette condition du grand art, le peintre Alexandre Ivanov n'a réussi qu'à se compromettre par une fade évocation de l'Antiquité. Présenter des garçons nus dans une prairie fut une pitoyable exhibition de ses penchants. Pas de salut hors du symbole : et puisque les coutumes modernes font un crime de ce qui était admis au temps de Platon, il faut recourir à un symbole tragique, par exemple la puissance dévastatrice du jeu.

Tchaïkovski n'a évité le piège que de justesse. L'intermède de la « Bergère sincère », au deuxième acte de *la Dame de pique*, fut une périlleuse embardée vers l'explicite. Au cours de la fête chez le prince, on donne un petit spectacle : *Daphnis et Chloé*, inspiré du roman grec de Longus. Toujours l'Antiquité, miroir aux alouettes pour les invertis. Les deux jeunes gens s'épanchent en strophes gracieuses, où ils se jurent fidélité mutuelle. « Mon gentil ami, / mon pastoureau joli... », dit Chloé la bergère. Et Daphnis de répondre : « Je t'aime depuis longtemps, / je dépérissais sans toi. » Il n'y aurait rien à remarquer, dans cette églogue assez mièvre, si Tchaïkovski n'avait choisi une actrice féminine pour chanter en travesti le rôle du jeune Daphnis. On entend deux femmes échanger de tendres promesses. Deux personnes du même sexe étalent en public leur amour. Malgré le déplacement sur deux femmes, point ici ce que j'appellerais l'ivanovisme de Tchaïkovski, cette candide nostalgie de la Grèce qui aide à supporter l'intolérance. Longus a situé dans l'île de Lesbos l'action de son roman : équivoque supplémentaire, que le compositeur et son frère n'auront pas attribuée au hasard.

Piotr Ilitch se ravisa à temps. Effrayé d'avoir été sur le point de s'abandonner à l'aveu, faute majeure contre son système poétique, il appela à la rescousse Mozart, et donna le change en pastichant son dieu. L'air de Chloé comporte une citation textuelle du 25e concerto pour piano. On y repère également plusieurs mesures du quintette à cordes en *ut* mineur. Hommage au plus désincarné des musiciens, mais aussi appel au témoin de moralité. Avec la caution de Mozart, le climat ne peut être qu'à l'innocence. Les amours trop osées s'évaporent, le ciel attire à lui et fond dans un lointain irréel les crudités de l'idylle.

Subterfuge réussi : pas plus dans cet intermède que dans le reste de l'opéra, l'assistance ne soupçonne le secret, ne flaire le scandale. Hier soir, mille personnes avaient applaudi un auteur qui exprime tout sans rien dévoiler : miracle d'équilibre entre le dire et le taire. Sur toutes les scènes, en Russie, dans le monde, *la Dame de pique* triomphe, par la peinture d'une passion qui, connue sous son vrai nom, provoquerait la répulsion de l'auditoire, des bordées d'injures, l'intervention des censeurs, la fermeture du théâtre.

Au lieu de ces diverses calamités, les deux salles de Saint-Pétersbourg remplissent leurs caisses avec les opéras de Tchaïkovski, sans empêcher celui-ci d'épancher le plus intime de sa nature et de donner une forme publique à son tourment, ce qui est le but libérateur assigné à l'œuvre d'art.

HERMANN

Ma beauté ! Ma déesse ! Mon ange !
Pardonne-moi, céleste créature,
D'avoir troublé ta quiétude.
Ma déclaration passionnée,
Ne la rejette pas.
Oh ! prends pitié ! En mourant
Je t'adresse ma prière.
Réchauffe mon cœur par ta tendresse.

Qui parle ici ? Hermann qui a surgi dans la chambre de Lisa et la supplie de le détourner du jeu ? Ou Piotr Ilitch se souvenant de l'époque où il cherchait auprès d'Antonina Milukova le remède qui le sauverait de son vice ?

Ces vers ne sont pas fameux, mais on se gardera d'accuser Modeste d'en être le seul responsable. Ne les a-t-il pas écrits sous la dictée du compositeur ? De dix ans plus jeune que Piotr Ilitch, il lui ressemble comme un double. D'après Anatole, tout est commun entre eux, la sensibilité, les goûts, les mœurs. Leur complicité a commencé dès l'adolescence de Modeste. Prenant modèle sur son frère, le cadet s'est émancipé plus vite. Piotr Ilitch, à son tour, en voyant Modeste jouir sans scrupules de son bonheur en Italie, a tiré profit de cet exemple.

Modeste ne quitte plus guère Naples. De sa maison sur le Pausilippe, continua Anatole dans la voiture qui nous emmenait à la gare, il envoie des lettres enthousiastes. Petits travaux littéraires, articles, nouvelles, livrets, l'aident à subsister dans une ville où la satisfaction des goûts coûte peu, ainsi qu'il le mande à son frère, en invitant celui-ci à le rejoindre. L'« antique Parthénope », qualifiée, en images transparentes, de « paradis sur terre » et « miracle de l'Hellade retrouvée », périphrases où se reflète la fadeur du style des opéras non moins que la mièvrerie du pédéraste, la « patrie de Corydon » ignore les lois répressives. Modeste essaye d'y attirer Piotr Ilitch, par le mirage d'une vie libre, fertile en aventures, impossible dans la Russie des tsars.

II

Creusé, pâle, les yeux cernés, le regard vague, il parut à la portière du wagon. Chemise, cravate, redingote, barbe taillée et rafraîchie à l'eau de Cologne, toute sa personne, mise avec soin malgré une nuit de chemin de fer, trahissait l'effort d'une toilette scrupuleuse.

Si tourmenté qu'il pût être, il gardait foi dans les vertus de l'élégance. A une époque où le genre bohème venait à la mode, Tchaïkovski s'habillait strictement. En dehors d'une lavallière noire ou d'un chapeau à large bord rabattu (et cette coiffure, on n'en soupçonnerait pas sans raison l'utilité), il s'interdisait de jouer à l'original ou au libertaire, convaincu que le débraillé de tant d'artistes contemporains n'est qu'une pose sous laquelle ils dissimulent leur médiocrité. Seuls les sots prennent une tenue négligée pour une victoire de l'esprit sur les usages bourgeois.

Ce parti pris d'un extérieur correct et froid, ce conformisme vestimentaire n'exprimaient pas seulement l'horreur du laisser-aller, ils répondaient à un calcul de prudence. Conscient d'être un personnage public, Piotr Ilitch entendait tenir ses admirateurs à distance, par l'image d'une sérénité conventionnelle. L'homme privé se mettait ainsi à l'abri de leurs indiscrétions.

Ou croyait se mettre à l'abri. Ce matin-là, perdu et lointain, il me fit pitié. Tout en s'obligeant à sourire à la foule qui avait envahi le quai, il eût préféré, selon moi, débarquer incognito.

Outre le personnel des théâtres, bon nombre de musiciens de l'orchestre et d'interprètes de ses opéras avaient tenu à l'accueillir, malgré l'heure matinale, sans compter un groupe fourni de journalistes et de photographes. Je repérai également Piotr Ivanovitch Jurgenson, l'éditeur de ses œuvres. Edouard Napravnik, que j'avais vu au pupitre de *la Dame de pique*, accompagnait un jeune homme de haute taille, la figure longue et grave, les cheveux coupés ras. Je reconnus Rachmaninov, aperçu un mois plus tôt au Bolchoï. Déjà voûté, par précoce habitude du piano, il portait sous le bras le cahier imprimé de sa *Fantaisie pour deux pianos*, que Tchaïkovski l'avait autorisé à lui dédier. Bien qu'il se tînt sur la réserve, nous n'eûmes pas besoin de le prier longtemps pour qu'il nous montrât la partition. Un sourire de fierté illumina son visage, trop sérieux pour un garçon de vingt ans, lorsqu'il surprit l'étonnement qu'inspirait à notre cercle de connaisseurs le rapprochement des deux noms — un débutant, à peine sorti de l'obscurité, adoubé par le chef de l'école russe !

« Je vous en prie, murmurait-il à ceux qui le félicitaient en l'appelant M. Rachmanínov. Mon nom s'accentue sur la deuxième syllabe, non sur la troisième. Rachmánimov, s'il vous plaît. »

Et il avait l'air de s'excuser, comme s'il trouvait inconvenant d'imposer à des gens assez bons pour le couvrir d'éloges l'effort de prononcer correctement cette kyrielle de syllabes.

Le bruit se répandit que le grand-duc Constantin avait envoyé son aide de camp. Pure malignité, ou goût malsain du scandale. Ni le lieutenant Ossip Konradi, ni aucun émissaire du palais de Marbre ne se présenta. Plusieurs badauds, voyageurs sur le départ en compagnie de leurs parents ou simples employés de la gare attirés par le magnétisme que dégage la célébrité, grossirent l'affluence au pied du wagon.

Au dernier moment, accoururent quatre enfants, qui se tenaient par la main en piaillant et en bousculant tout le monde. L'aîné, à vrai dire, n'était plus un enfant, mais, entraîné par la gaieté et la pétulance de ses frères, il sautait et criait comme un diable, sa vareuse d'étudiant déboutonnée, le col de sa chemise ouvert. Le plus petit n'avait pas dix ans. Le plus chahuteur était l'avant-dernier, un polisson aux cheveux ras, onze ans tout au plus, élève du collège préparatoire à l'école de Droit. Malgré son uniforme qui le serrait au cou, il conduisait la farandole et fonçait dans le tas. Un vrai gavroche, qui sifflait entre ses doigts l'air de la chanson française « Bon voyage, monsieur Dumollet ! ». Ses frères reprenaient en chœur le refrain, tandis qu'il gonflait les joues pour imiter le bruit de la trompette et battait le tambour sur l'épaule de son cadet.

Derrière les galopins, se faufilant tant bien que mal dans la cohue, ramassant leurs casquettes, s'excusant de leur turbulence auprès de ceux qu'ils avaient heurtés, trottinait le père, un homme de cinquante ans, chauve et barbichu, comique dans ses efforts pour garder un air respectable. Il avait beau semoncer la petite bande par-dessus la tête des passants, crier « Igor ! », « Gouri ! », « Youri ! », ses appels se perdaient dans le vacarme. « Roman, calme-les ! » Roman, ou bien n'entendait pas, ou bien était trop aise de jouer au garnement. Je voulus m'enquérir au sujet de cette famille, et pourquoi cette meute de gamins déchaînés se précipitait au-devant de Tchaïkovski. Le père, me dit-on, marié à une ancienne soprano, chantait au théâtre Mariinski. Baryton-basse, il avait créé plusieurs opéras de Piotr Ilitch. Celui-ci aimait à se rendre chez le couple et partager le repas de la maisonnée. A l'instant où j'allais apprendre le nom d'un personnage qui occupait avec sa femme et ses enfants une place si importante parmi les amis du compositeur, un glapissement nous assourdit. Les deux benjamins, à force de coups de tête et de bourrades, s'étaient poussés jusqu'à la portière du wagon, au premier rang des admirateurs, claironnant leur enthousiasme par un cri à percer les oreilles :

« Diadia Petrouchka ! »

Manquait Bob. Le neveu avait dédaigné de venir. Après l'avoir cherché dans la foule, Piotr Ilitch se tassa sur lui-même. Un voile gris tomba devant ses yeux. Il descendit comme un automate sur le quai, donna l'accolade à Anatole, serra quelques mains, toucha à peine la mienne. Rachmaninov lui offrit sa partition : il fit mine de ne pas voir le bras qui se tendait vers lui, et le jeune homme, soudain honteux d'avoir été surpris à fanfaronner en public, recula et disparut. Roman eut droit à un salut affectueux mais distrait. « Oncle Pierrot » ne s'anima qu'à la vue des trois diablotins. A notre surprise, il se pencha et les embrassa, à tour de rôle, sur les deux joues, sans se fâcher de leurs trépignements ni repousser leurs chamailleries. Chacun voulait être le premier à se frotter contre sa barbe. Il pinça l'oreille de Gouri, le plus petit. Aussitôt Igor, le troisième, réclama un câlin. Il les apaisa d'une caresse sur leur crâne duveteux, mais déjà son regard, perdu au loin, errait à la poursuite de l'absent.

Ayant répondu d'un air poli mais las aux questions des journalistes, il se laissa entraîner vers la sortie et conduire à son appartement de l'Europa. Fidèle à sa ligne de conduite, décidé à braver la curiosité publique pour mieux se protéger des commérages, Tchaïkovski avait accepté de se soumettre à une conférence de presse dans le hall de l'hôtel. « Bon voyage, monsieur Dumollet ! » Une dernière salve de ferveur enfantine jaillit sous la verrière, mais, à voir leur *diadia* si triste, si abattu, les garçonnets baissèrent peu à peu le ton, et, au lieu de se joindre au cortège, restèrent sur le quai, serrés l'un contre l'autre.

Tchaïkovski n'arrivait pas de Moscou mais de Klin, petite ville située à quatre-vingts verstes au nord de Moscou, sur la voie ferrée de Saint-Pétersbourg. La commodité de pouvoir prendre le train pour l'une ou l'autre des deux capitales l'avait décidé à s'établir à l'orée de cette bourgade, dans une maison de bois peinte en bleu, bordée de parterres fleuris, parmi les troncs argentés des bouleaux. Bien que le parc ne s'étende que sur un quart de dessiatine et que la bâtisse elle-même soit modeste, trois pièces au rez-de-chaussée pour les services et le logement du domestique, salon et chambre à coucher du maître à l'étage, le domaine coûtait encore trop cher pour que Piotr Ilitch s'en rendît acquéreur.

La rupture avec Nadejda von Meck remontait à trois ans. La baronne, sans explication et par une décision unilatérale, avait mis fin à leur correspondance et coupé tout subside, avec une soudaineté mortifiante pour son protégé. L'aide financière prodiguée pendant quatorze ans lui faisait brusquement défaut. Bien pis, il perdait une amie dont l'admiration fidèle et les conseils judicieux l'avaient soutenu contre l'hostilité des critiques et mis à l'abri de ses propres doutes. Appui d'autant plus précieux qu'il n'était assorti d'aucune exigence en retour. Cas unique dans l'histoire du mécénat, l'excentrique milliardaire avait posé comme condition de son assistance qu'il n'approcherait jamais sa bienfaitrice et ne chercherait sous aucun prétexte à la rencontrer, leur rapport devant se borner à l'échange épistolaire. Une aubaine inespérée pour un homme à la Tchaïkovski. Il avait joui pendant quatorze ans d'un commerce exclusivement intellectuel, avec une femme n'ayant pas plus de chair qu'un fantôme.

Veuve d'un fabricant de rails, mère de onze enfants tous en vie, elle s'était éprise de la musique de Tchaïkovski, et seulement de sa musique. Elle la buvait comme une drogue, elle ne pouvait s'en passer un seul jour. Sur sa demande, quelques élèves du Conservatoire travaillaient en permanence à réduire pour le piano les symphonies et les opéras du maître. Avec l'esprit pratique que lui avait transmis son mari, et qui contredisait, sans la gêner le moins du monde, ses aspirations à la pure spiritualité, elle payait ces jeunes gens à un tarif variable selon le nombre des instruments employés dans la partition. Chez elle, à Moscou, dans la pénombre des salons où elle ne recevait personne, elle se faisait jouer, à deux ou à quatre mains, les transcriptions du *Lac des cygnes* ou d'*Eugène Onéguine* sur un des nombreux et magnifiques pianos achetés en Allemagne.

N'étant ni vieille — huit ans de plus que Piotr Ilitch — ni si laide, la coquetterie ne lui avait pas dicté un tel pacte. Craignait-elle une déception, en se trouvant nez à nez avec un être de chair et de sang, moins purement idéal que dans ses rêves ? Non plus. Dérèglement des sens, alors, lubies de veuve, hystérie ? Je risque une hypothèse plus généreuse. Nadejda von Meck pensait que l'artiste n'est pas le véritable auteur de son œuvre, mais seulement l'apparence que choisit le dieu pour se manifester sur terre. Authentique platonisme, dont notre époque bête s'égaye. L'habitude des interviews, des portraits dans les journaux, des rencontres avec le public, manie répandue aujourd'hui, le besoin de voir, d'entendre parler de lui celui que son travail ne suffit plus à faire apprécier, indiquent-ils un degré supérieur de civilisation ? Traiterons-nous la baronne de vieille sotte ? La musique de Tchaïkovski l'élevait au-dessus du monde, et mettre un visage, un corps sur des notes paradisiaques eût rompu l'illusion qu'elles tombaient directement du ciel et abreuvaient son âme sans intermédiaire. Entre elle et sa béatitude, elle ne voulait pas le truchement d'un être humain.

Ils séjournèrent une fois en même temps à Florence. Elle avait loué pour lui une villa, à deux cents mètres de la sienne. Chaque matin, par un valet de chambre, elle lui communiquait l'itinéraire de ses promenades, afin qu'il évitât de se trouver sur son chemin. Il appelait parfois *droug*, « ami » au masculin, cette amoureuse affranchie du sexe. Dédicataire de la quatrième symphonie, la symphonie du *fatum*, qu'il considérait comme son chef-d'œuvre, Mme von Meck n'existait physiquement pour son protégé que par l'allocation de mille puis deux mille roubles versée chaque mois, sans compter les subventions extraordinaires pour les frais de concert ou les déplacements à l'étranger.

Au bout de quatorze ans sans nuages, pourquoi ce revirement subit ? Pourquoi cesser, non seulement de lui envoyer de l'argent, mais de partager avec lui émotions musicales, impressions de lecture, souvenirs de voyage ? Nombreuses étaient les conjectures, personne ne pouvant deviner l'extravagante vérité, telle qu'elle me serait révélée lors de mon unique et mémorable visite dans son hôtel particulier de Moscou. Parmi toutes les manières d'expliquer la rupture, deux semblaient plus probables. Les fils aînés de la baronne, qui avaient grandi entre-temps, s'étaient-ils décidés à empêcher leur mère de dilapider leur patrimoine ? Ou bien, si longtemps aveugle sur le secret de Piotr Ilitch, les yeux enfin dessillés, la douairière furieuse avait-elle découvert le pot aux roses ?

Hypothèse pour lui angoissante, car si Nadejda avait percé sa conduite malgré les précautions dont il s'entourait, il pouvait craindre d'avoir relâché sa prudence. D'autres, qui ne se contenteraient pas du silence et de la neutralité, allaient-ils colporter la rumeur ? A la veille de son procès, il convenait de prendre une telle menace au sérieux. Rien n'indispose plus les juges d'une affaire confidentielle que de la savoir éventée et discutée sur la place publique. Le crime qui ne peut être étouffé doit être puni plus sévèrement.

Faute de moyens pour acheter la propriété de Klin, Piotr Ilitch la louait depuis un an. Il venait d'y achever la première rédaction de sa nouvelle symphonie, en compagnie de son domestique, le fameux Alexis Sofronov. Celui qui a été si longtemps, selon Anatole, le « mari » de Piotr Ilitch, reste prêt, bien qu'il ait pris femme et mène au rez-de-chaussée de la datcha bleue une vie conjugale régulière, à rendre dans la chambre du premier étage des services qui outrepassent le rôle du valet.

III

Sur son invitation, je suis allé le voir dans cette maison, pendant l'été qui a suivi notre rencontre à Saint-Pétersbourg. Au retour d'un bref voyage à Moscou, je fis halte chez lui.

Alexis avait emprunté la carriole d'un voisin pour m'attendre à la petite gare de Klin. C'était un paysan, dans la force de l'âge, beau, viril, les cheveux plaqués en arrière, l'œil bleu fendu à l'orientale. Il occupait une pièce du bas avec sa femme, que je ne rencontrai qu'une fois lors de mon court séjour. Reléguée dans la cuisine, elle ne montait jamais à l'étage et ne servait même pas à table. Alexis faisait seul le lit et le ménage chez son maître et dans le salon. Piotr Ilitch l'avait engagé à douze ans, élevé comme un fils, dégrossi, instruit, avant de l'initier à d'autres usages, qui s'étaient prolongés jusqu'au mariage du jeune homme, sans cesser complètement. Leur familiarité, si Anatole ne m'avait pas menti, ne transpirait en rien durant la journée. Alexis, en parfait domestique, accomplissait sa besogne en silence et ne se départait pas du ton le plus respectueux. Piotr Ilitch ne l'appelait qu'Alexis, sans se permettre aucun diminutif. Cette réserve, devant l'hôte, me plut.

Un soir, avant de monter dans sa chambre, Piotr Ilitch s'adressa au garçon et lui dit : « Pleine lune, Aliocha. » Il croyait que je ne l'avais pas entendu. En m'apercevant, il rougit. J'avais surpris, sans le vouloir, leur code. Intimité si discrète, si invisible, que sans ce signal nocturne je n'aurais rien soupçonné.

Travail d'abord ! En observant sa discipline, les horaires stricts auxquels il s'astreignait, les habitudes rigoureuses devenues pour lui un besoin, le temps compté de ses promenades malgré le charme du jardin, j'ai compris que, même sans la déconvenue de ne pas trouver son neveu sur le quai, il n'aurait pu nous faire meilleure figure en débarquant à Saint-Pétersbourg. Après trois mois de retraite et de solitude complète, après la tension et la plénitude d'une saison créatrice, se réadapter à notre monde, sourire à droite et à gauche, répondre à nos souhaits de bienvenue par une amabilité forcément superficielle, ces politesses lui coûtaient.

Si bien intentionnés que fussent les amis et connaissances levés de bonne heure pour l'attendre, il voyait en face de lui des gens qui n'accordent à l'œuvre d'art qu'une portion de leur existence, et vaquent à bien d'autres affaires dans leur journée. Bien pis, les questions sur son travail récent, leur désir d'entendre sa dernière œuvre ne concernaient pas le même objet. Cette nouvelle symphonie ? Pour eux, une curiosité excitante, un événement dans leur vie routinière, le frisson d'un plaisir passager. Pour lui, un absolu, qui lui avait coûté tout son temps, auquel il avait dédié toutes ses forces, offert en sacrifice ses autres intérêts.

A Klin, le facteur passe à 9 heures du matin. Alexis n'a le droit de monter le courrier et le journal qu'à 13 heures, après que son maître a composé pendant cinq heures et abattu son labeur quotidien. Piotr Ilitch pourrait embrasser du regard, quand il écrit, les parterres de fleurs, les bouleaux de son joli parc. Il a placé son bureau, non pas devant la fenêtre, mais contre un mur aveugle. Rien ne doit le distraire, pendant qu'il crée.

Le refuge champêtre de Piotr Ilitch ressemblait aux datchas où les personnages de Tourgueniev, de Tchekhov, prennent le thé sous le péristyle. Une allée de peupliers conduit de l'entrée du domaine à la façade postérieure de la maison. De l'autre côté s'ouvre la véranda, entourée d'une balustrade à croisillons. La statue mutilée d'une Psyché entre deux bouleaux, un kiosque envahi par le lierre, un banc vermoulu sous le saule pleureur font tout l'ornement du jardin. Un sentier qui serpente entre les pois de senteur aboutit à un tas de feuilles mortes. Elles pourrissent sur place d'année en année. La frise de guirlandes au-dessus des piliers de la véranda, les dentelles de bois aux auvents, les fenêtres à meneaux sur l'oriel d'angle, tout est simple, de goût rustique et charmant.

Le grand salon aux rideaux bleus renferme, outre le Becker à queue, un canapé à lourde monture de chêne, des bergères de série, des chaises à appuie-tête rembourré, des tables recouvertes de tapis brodés, une table à jeu, bref le mobilier quelconque d'un intérieur bourgeois. Tchaïkovski ne prêtait guère attention au cadre où il vivait. Il avait déposé au hasard quelques objets rapportés de ses voyages ou donnés par un ami : un presse-papier avec une vue du château Saint-Ange, une pendule de cheminée, de Ludwig Heinz, en obsidienne bleu pâle, achetée à Prague, un coq en bronze d'Auguste Cain, dressé sur ses ergots dans l'effort de pousser un cocorico gaulois. C'était le cadeau de Lucien Guitry, en remerciement de la musique de scène écrite pour *Hamlet*. L'acteur français avait trouvé ce prétexte, pour se débarrasser d'une horreur.

Ce bric-à-brac comprenait aussi un pot à bière en argent, don de la ville d'Odessa, les souliers de la ballerine qui avait dansé le premier *Lac des cygnes*, un pare-feu en soie rose dans le style Pompadour, un modèle réduit de la statue de la Liberté à New York monté en encrier, et, bibelots d'un caractère plus russe et d'un attrait plus poétique, des salières et des coupes en argent, en émail, souvenirs des cérémonies d'accueil dans plusieurs villes où l'on avait présenté, à l'invité illustre, le pain et le sel de la bienvenue.

La décoration de photographies sur les murs me renseigna mieux sur les goûts personnels de Tchaïkovski, ses fidélités, ses partis pris. Le père, ingénieur des mines, en uniforme de lieutenant-colonel. Bob (plusieurs fois) en uniforme du régiment Sémionovski. Photos de bustes de Beethoven et de Mozart. Photos mortuaires du mars noir de l'année 1881 : bombe sur le carrosse d'Alexandre II, le 1er mars. Nicolas Rubinstein, directeur du Conservatoire de Moscou, mort de tuberculose à Paris, le 11 (clichés pris par Piotr Ilitch lui-même, lors des obsèques à la cathédrale de la rue Daru, en compagnie de Lalo, Massenet, Pauline Viardot, Edouard Colonne). J'ai cherché en vain les portraits des deux autres victimes de ce début d'année fatal : ni Dostoïevski ni Moussorgski n'étaient là. Place d'honneur, en revanche, pour quelqu'un dont la présence me surprit : Louis XVII, à sept ans, enfermé au Temple, recroquevillé dans un coin de sa cellule. Touché que Piotr Ilitch eût accroché son image, je lui appris qu'une partie de ma famille avait été massacrée. « Ils tuaient même les enfants », murmura-t-il, en faisant le signe de croix sur le petit prisonnier.

Quelle association d'idées lui inspira de m'ouvrir son album ? Il me montra une photo provenant du « Cabinet Portrait Kulish ». Datée de 1863, elle le représentait lui-même, à l'âge de vingt-trois ans. Employé au ministère de la Justice, en grand uniforme, les bras croisés sur la poitrine. On ne voyait que le buste, estompé dans le flou artistique d'un halo.

« Il y a donc une époque, m'écriai-je, où vous ne portiez pas la barbe !

— Je ne m'y suis résolu qu'à Moscou, trois ans plus tard, quand j'ai commencé à enseigner au Conservatoire. »

Dans ce beau jeune homme aux joues lisses et à la bouche sensuelle bien dessinée, je n'aurais pas reconnu mon hôte. Le visage que la gloire a popularisé disparaît sous une prolifération pileuse qui noie jusqu'aux lèvres. Si le choix de la moustache et de la barbe trahit le plus souvent une volonté de se dissimuler, de fuir, Tchaïkovski, me sembla-t-il, avait accompli, en cessant de se raser, un geste d'automutilation. La facilité à plaire, qu'il tenait au plus haut point de la nature, pourquoi l'avoir sacrifiée si impitoyablement ?

« Je devais me donner un aspect plus sérieux, reprit-il, comme s'il avait lu dans mes pensées. N'ayant guère les compétences d'un professeur, en prendre au moins l'apparence. Tenez, ma première photo en barbu. De quoi en imposer aux élèves, vous ne trouvez pas ? »

Ce ton désinvolte sonnait faux. Pour se décider tout d'un coup à s'enlaidir, il avait fallu que le jeune homme eût été saisi de frayeur devant sa propre beauté. A quel obscur épisode de sa vie renvoyait un renoncement si drastique au plaisir d'exercer son charme ? Le suicide, resté inexpliqué, de son camarade de jeunesse Karl Choub ? D'une photo à l'autre (Piotr Ilitch les avait rangées dans l'ordre chronologique), flagrante déperdition d'attrait. La rapidité avec laquelle la barbe avait envahi la face et enfoui la bouche sous une dissuasive abondance de poils me confirma dans l'idée qu'il s'était volontairement, dès l'âge de vingt-six ans et pour toujours, retranché du nombre de ceux qui n'ont qu'à se montrer pour séduire.

Devant le Becker noir, installé au milieu de la pièce comme le trône de majesté et l'âme vibrante de la maison, nous échangeâmes des souvenirs sur Nicolas Rubinstein, qui avait été mon professeur de piano.

« Un despote ! Il me déclara que mon concerto ne valait rien, qu'il était injouable, que je n'avais qu'à le détruire... avant de s'en faire le meilleur interprète et de l'exporter jusqu'en Amérique ! Peut-être, au fond, n'avait-il pas tort de le critiquer si sévèrement. (Il martela sur le clavier les premières mesures.) Je traite le piano comme un instrument à percussion, ce que Liszt lui-même n'a jamais osé faire. Seul l'avenir dira si cette audace ouvre une voie nouvelle, ou si frapper des batteries d'accords n'est qu'une tentative sans lendemain. »

Les volumes reliés en rouge de l'œuvre complet de Mozart, cadeau de son éditeur Jurgenson pour la Noël 1889, remplissent une armoire vitrée. Les étagères contiennent les grands classiques russes, Lermontov, Tioutchev, Pouchkine, Tolstoï, Tourgueniev, Gontcharov, Dostoïevski, l'*Histoire de l'Etat Russe* de Karamzine, l'*Histoire du vieux Pétersbourg* de Pyliaev, un ouvrage sur *la Musique populaire russe*, le théâtre de Shakespeare, la traduction par Joukovski de *Die Jungfrau von Orleans* de Schiller, ainsi que la *Jeanne d'Arc* de Michelet, en français. En français également, annotés d'une main attentive, les trois volumes des *Œuvres de Spinoza* traduits par Emile Saisset, et une étude sur le philosophe hollandais, *Dieu, l'homme et la béatitude*, par Paul Janet.

Une tenture de coton relevée par deux embrasses tient lieu de porte entre le salon et la chambre à coucher. Piotr Ilitch travaille dans la pièce où il dort. C'est là, devant une table en loupe de bouleau non peinte, assis sur une chaise de bois inconfortable, qu'il a écrit la sixième symphonie. Au-dessus du lit, pend un paysage de champs nus sous un ciel livide, intitulé, en français, *Mélancolie*. La table de toilette contre un mur, simple tréteau rustique, supporte un service de porcelaine des frères Kouznetsov à Tver. La coiffeuse, poussée dans un coin, est au contraire d'un raffinement extrême. Drapée dans des étoffes à motifs géométriques bariolés, elle ressemble aux autels des églises de bois ukrainiennes. Un des flacons alignés sous le miroir renferme une demi-krouchka de « vinaigre aromatique du Louvre » rapporté de Paris.

Chaque objet garde tant de relief dans mon esprit, que je parle au présent de ce qui n'existe peut-être plus. Il me permit de regarder toutes ces choses, que son neveu, à l'heure où j'énumère ces reliques, aura déjà dispersées.

Sur la porte d'entrée, en bas, un panneau coulissant recouvrait alternativement, selon qu'on le poussait d'un côté ou de l'autre, deux avis gravés sur une plaque de cuivre. A droite : « P.I.T. reçoit les lundis et jeudis de 3 à 5 h. » A gauche : « N'est pas à la maison, prière de ne pas sonner. »

« Eh oui, s'excusait-il en me rejoignant dans la véranda après sa matinée de travail, si je ne limitais pas strictement les horaires, ce serait un défilé de curieux, de solliciteurs, de quémandeurs de toute sorte. Je suis heureux que les gens apprécient ma musique, mais n'ai jamais compris qu'ils s'intéressent à ce que je suis personnellement, à mon aspect physique, à ma conversation... Mme von Meck était véritablement unique — unique dans tous les sens du mot ! Entre l'aspiration à la gloire et le désagrément de ses conséquences, l'artiste moderne se débat comme il peut. »

Puis nous allions nous promener jusqu'à l'extrémité du petit bois. Les merles, les freux sautillaient dans l'herbe. Alexis, devant nous, essuyait le banc. J'appris, dans ce cadre où la vie paraissait si aimable, si facile, à quel régime draconien se soumet le créateur.

« Si je commence à ouvrir les lettres, me disait Piotr Ilitch, autant renoncer à écrire pour le reste de la journée. Un ami m'annonce que sa vieille mère est à l'hôpital, une élève me demande conseil pour réussir son examen, mon beau-frère, que j'aime beaucoup, voudrait savoir si j'irais passer, en mémoire de ma sœur, le mois de septembre dans sa propriété de Kamenka en Ukraine, avec les quinze personnes de sa maisonnée. Je ne parle pas du temps que me prendront les réponses : je parle des brusques avenues qui s'ouvrent devant mon esprit et l'obligent à se détacher de ma partition. Quel sens peut garder l'insertion d'un bémol pour les seconds violons, par rapport aux soucis domestiques d'un parent, au chagrin d'un ami, à l'anxiété d'une élève ? Et pourtant, si vous ne croyez pas qu'il est plus légitime de vous occuper de ce bémol que des problèmes où se débattent les êtres les plus chers de votre entourage, abdiquez toute ambition. Ecrire exige une concentration de chaque instant. Du dehors, j'admets que cette foi aveugle dans l'importance de la moindre minute de travail paraisse un monstrueux égoïsme. Songez qu'une symphonie, pour un esprit sain, représente quarante-cinq minutes de passe-temps, rien de plus. Pour moi, ces quarante-cinq minutes effacent le reste du monde. Je ne suis pas libre de ne pas me dédier totalement à l'œuvre en cours.

« Mon frère Modeste, bien qu'il sache lui-même, par expérience, quelle application demande une page d'écriture, me harcèle pour que je vienne, pendant quelques semaines, terminer mon travail auprès de lui. "Tu découvriras un véritable paradis", me serine-t-il. La mode des bains de mer s'étend et installe dans la petite île de Capri ses avant-postes pour les touristes étrangers. Il ose ajouter, le malheureux, que j'écrirai plus "commodément", avec plus de "facilité", dans cette atmosphère de "vacances". Autant de mots qui me hérissent... Ah ! s'il savait combien celui de "vacances", en particulier, m'est antipathique ! Du latin *vacuus*, vide. Ecrire désoccupé ! Personne ne comprend donc qu'un environnement trop agréable coupe les ailes à l'imagination ! Il faut se sentir étouffé par l'angoisse pour arracher de soi quelque chose qui vaille la peine d'être dit. "Vacances" n'est un idéal que pour une tête creuse... Je bénis le sort de m'avoir fait naître dans un pays sans agrément, sous un climat hostile, où le ciel bas et gris, opprimant couvercle, concentre les idées qui se dissoudraient dans l'azur...

« Car je ne vous cache pas, ajouta-t-il après un soupir, que je suis homme aussi. Céderais-je à la faiblesse d'accepter l'offre de mon frère, l'instinct du bonheur reprendrait le dessus. Le soleil... La baie de Naples... La beauté de la nature... Une beauté *toute faite*, donnée... Non, quand je vois sur le timbre la belle Parthénope à tête de femme et à corps de poisson, j'hésite à décacheter l'enveloppe. Le chant de cette sirène est trop captivant, y succomber serait renoncer à mon œuvre. Je dois me boucher les oreilles comme Ulysse, si je veux garder l'illusion que mes pauvres notes ont une chance de rivaliser avec la musique de la mer... *Onde où l'onde se roule à la houle d'une onde...* Connaissez-vous ce vers d'un jeune poète français ? J'ai lu ses chansons à Paris, sur la recommandation du jeune homme qui avait été précepteur des enfants de Mme von Meck à Moscou, M. Debussy... *Onde où l'onde se roule à la houle d'une onde...* Pourrait-on se laisser charmer ainsi au bord de la Baltique ? Mon frère Modeste devrait réfléchir, avant de me vanter les agréments de la Méditerranée, que chacun de ses appels m'oblige à lutter contre la tentation, par une résistance qui use mes réserves d'énergie.

« La lecture du journal achèverait de me démoraliser. J'apprends que le choléra mobilise les médecins à Saint-Pétersbourg, que le Japon fait des préparatifs pour envahir la Chine et de là menacer nos frontières, qu'en Amérique latine une république se substitue à un empire. Epidémies, guerres, révolutions, quel vacarme aux quatre coins de la planète, quel tohu-bohu d'événements ! Participer à la vie de l'univers est la meilleure façon pour un homme d'élargir son cœur et son cerveau. Un avantage auquel le créateur doit absolument s'interdire d'aspirer. Son œuvre le condamne à une vie étroite, monotone, répétitive. Le public s'imagine que l'écrivain, le peintre, le compositeur se tient à l'écoute du monde et répercute dans son travail le tumulte qui gronde à sa fenêtre. Il n'en est rien. La nuance de rouge à placer dans un coin de sa toile obnubile l'un, le choix d'un mot juste vole à l'autre deux heures de promenade. Oh ! ne croyez pas que j'accepte facilement de me sentir à ce point inutile. Le scherzo de ma sixième symphonie me semble une tâche cruciale tant que je reste enfermé dans mon bureau. Dès que je la compare avec la diplomatie de nos ministres affairés à conclure l'alliance franco-russe par l'envoi de notre flotte à Toulon, je mesure la vanité de ma profession. Que vaut cette application à un but minuscule, si je pense au dévouement des infirmiers qui assistent mon camarade d'école Nicolas de Souzdal à l'hôpital de l'Ascension ?

« Avec le développement du télégraphe et des moyens modernes de communication, l'air qu'on respire est saturé de nouvelles. Une page de journal me transporte en quelques minutes à Paris, où éclate le scandale de Panama, en Grèce, où l'on ouvre le canal de Corinthe, dans le New Jersey, où l'on enterre Whitman... Me voilà projeté avec une force irrésistible au milieu d'aventures, de coups d'Etat, de morts illustres, de tragédies et autres surprises mille fois plus variées, riches de sens, excitantes pour l'esprit que mon humble labeur de fourmi sur les lignes uniformes de la partition. Or, la condition même pour que j'écrive est d'être convaincu que seules comptent les portées à remplir, que le choix d'une blanche ou d'une noire pulvérise en importance votre pont de fer sur la Néva et les avantages qui en résulteront pour la vie quotidienne d'un million de Pétersbourgeois.

« Une œuvre ne s'édifie que sur la négation de l'univers. Si je cesse de voir en elle un absolu, le nombre, la diversité, la gravité des événements dans le monde me forcent à la juger dérisoire... Savoir qu'un seul enfant a faim ôterait tout sens à mes efforts... »

Une autre fois — c'était à Moscou, dans une des cathédrales du Kremlin, devant les fresques d'Andreï Roublev — il revint sur cette conversation de Klin.

« J'ai feint d'admettre que la dédition du créateur à son œuvre comporte une forte dose d'égoïsme. Combien le mot est mal choisi, pour désigner un mépris aussi complet de tout agrément, aise, commodité ! Nous autres modernes ne pouvons échapper au soupçon de poursuivre une ambition personnelle, du fait que le succès nous rapporte, que nous le voulions ou non, un profit direct. Il faudrait nous éclipser au moment où nous livrons notre ouvrage au public, faire en sorte que notre nom lui-même reste secret. Regardez ces vieux peintres du Moyen Age. Ils tenaient à demeurer anonymes, n'œuvraient qu'en équipe, s'abstenaient de signer leurs chefs-d'œuvre et disparaissaient sans permettre à la postérité de distinguer entre les figures de leur main et le travail de leurs assistants. Certains n'hésitaient pas à faire le sacrifice de leur vie. N'est-ce pas ce Roublev, justement, qui a refusé de s'enfuir devant l'envahisseur mongol, parce qu'il avait un dernier ange à peindre pour terminer l'iconostase ? Les brutes l'ont égorgé.

« Je connais un cas d'immolation encore plus mystérieux. Il y avait en Hollande, à Leyde, un peintre appelé Lucas de Leyde, spécialisé dans les tableaux de villes en feu et de poudrières en train d'exploser. Les Français, ou quelque autre peuple voisin, assiégeaient une citadelle des Pays-Bas. Lucas rejoignit les défenseurs et s'enferma avec eux derrière les remparts. Il voulait rendre avec le plus de détails possible les effets de la canonnade. Dans un des bastions de la forteresse étaient entreposées les réserves de poudre. Un boulet tomba sur ce bastion et mit le feu à la charpente. A peine eut-il vu l'incendie se propager, que Lucas planta à proximité son chevalet et s'attela au travail. "Retirez-vous ! lui cria-t-on, ou vous sauterez dans l'explosion !" Il répondit : "Que l'explosion attende !" Jamais la nécessité de peindre le progrès dévastateur des flammes ne l'avait stimulé autant. Au moment où il posait la dernière touche de bleu au milieu des rouges et des jaunes, la poudre explosa, le bastion vola en éclats, Lucas fut tué par une pierre et son tableau déchiqueté.

« Cette histoire serait-elle apocryphe, avouez qu'elle reste exemplaire. Dans certaines circonstances, le choix d'une mort volontaire est pour un créateur la seule façon de prouver la sincérité de son art. »

Il prononça la dernière phrase avec une gravité, que je mis au compte de la pénombre, de l'encens, du chuchotement des prêtres et de la majesté des figures peintes sur l'abside et les murs de la basilique. Trônes, dominations, principautés, les anges nous fixaient de leurs yeux grands ouverts. A cause de cette atmosphère solennelle, les mots restèrent gravés dans ma mémoire. Avec quelle force prophétique n'ont-ils pas resurgi, lorsque les événements eurent été consommés !

IV

Entre la venue au monde d'un enfant et la naissance d'une œuvre d'art, la similitude paraît si évidente que le même mot d'accouchement désigne les deux événements. Je ne me laisserai plus jamais prendre à cette comparaison boiteuse. Seule la paresse d'esprit, la propension au cliché ont pu lui donner créance. Depuis que j'ai accompagné Tchaïkovski à l'Europa, dans la voiture d'Anatole, puis assisté à la conférence de presse et suivi, jusqu'à la création de la nouvelle symphonie en octobre, le déroulement de la campagne d'articles et d'affiches, j'en suis venu à la conviction que le moment de livrer au grand jour ce qui n'a possédé jusque-là qu'une vie intérieure et secrète est aussi pénible pour l'auteur d'une pièce de musique ou d'un livre que joyeux pour la maman d'un bébé.

Pendant cette matinée, la pensée de Bob et le chagrin de son absence ne furent pas seuls à courber les épaules de Piotr Ilitch sous le poids d'un découragement résigné. L'obligation de répondre avec courtoisie à des questions dont il mettait en doute la pertinence était pour lui un fardeau. Les journalistes n'avaient pas rencontré depuis longtemps le plus célèbre compositeur de Russie. Ils sentaient le besoin de se préparer et de préparer le public à ce que la rumeur annonçait comme le couronnement de son œuvre et l'apogée de sa carrière. Pour eux, celui qui apportait dans ses bagages une imposante symphonie appelée à faire date ne pouvait être qu'un homme heureux. Ne venait-il pas de se délivrer d'une longue et difficile gestation ?

« Oui, oui », disait Tchaïkovski d'un air las, tout en pensant le contraire. Car le passage de la création à la publicité de son œuvre est pour l'artiste une épreuve qu'il n'affronte pas de gaieté de cœur. Le nouveau-né devient pour celle qui va le nourrir et l'élever le but d'une attention passionnée et le centre de sa vie à venir, alors que l'œuvre, à l'instant même où le point final est mis au bas de la dernière page, change de nature et déchoit. Quand l'auteur y travaillait, elle était tout pour lui ; à peine sortie de ses mains, elle se transforme en objet de consommation. De reine despotique à laquelle il se consacrait corps et âme, de divinité jalouse qui ne lui laissait aucun répit, elle passe au statut mercantile de produit. Les autres s'en emparent, la manipulent, l'adaptent à leur usage. On en assure la promotion, on la vend, on l'écoule, et ceux qui en sont le plus enthousiastes ne peuvent traduire autrement leur ravissement que par la réclame bruyante qu'ils en font autour d'eux.

Valeur absolue tant qu'un esprit la concevait, elle s'est dégradée en marchandise. Il faut lui trouver un titre, si possible aguicheur. « Romantique », « Héroïque », « Fantastique ». Jusque-là, on la désigne par son numéro de série, ni plus ni moins que les locomotives sorties de la fabrique impériale d'Alexandrovsk. Je n'entendais parler de la nouvelle symphonie de Tchaïkovski que sous le nom de « la sixième ». Les plus fervents admirateurs qu'elle recruterait ne tarderaient pas à la ranger, dans leur mémoire et dans leur bibliothèque, avec les cinquante-deux symphonies de Mozart, les cent huit de Haydn, les neuf de Beethoven, les neuf de Schubert, les dix-huit de Mendelssohn, les quatre de Berlioz, les quatre de Schumann, les quatre de Brahms, les trois de Borodine, les huit de Dvorak, les huit de Bruckner, les cinq premières de Tchaïkovski lui-même. Un point infime dans une série infinie, au lieu du miracle unique.

Un nouveau venu, Gustav Mahler, se lançait à son tour dans la carrière, d'autres l'imiteraient, chacun se croyant destiné à parachever par le chef-d'œuvre suprême l'histoire de la musique, chacun devant admettre tôt ou tard la relativité de son génie. Tout créateur finit en dieu déchu. Les symphonies continueront à être produites sans fin, car les mélomanes ont besoin de variété, se lassent d'entendre les mêmes partitions et réclament sans cesse de nouveaux stimulants.

Si Tolstoï avait cru qu'après sept années de labeur le monumental *Guerre et Paix* scellerait vingt-cinq siècles de littérature — ambition qui est la marque du véritable écrivain —, la confrontation entre ce roman et les milliers de romans antérieurs et contemporains commença dès le jour de la publication. Peu de temps devait s'écouler avant qu'un titre non moins fracassant de Dostoïevski ne vînt souffler aux aventures du prince André et de Natacha la première place dans l'actualité de la librairie et dans la curiosité des lecteurs.

La symphonie écrite dans la solitude de Klin, à quoi se réduisait-elle, ce 3 juin 1893 au matin ? A un sujet d'entrefilet pour les échotiers, d'éditorial pour les critiques musicaux, de fierté pour Anatole, à une occasion de gain pour l'éditeur Jurgenson, d'avancement pour les musiciens de l'orchestre, à une aubaine pour les maîtresses de maison, les familiers des clubs, les pique-assiette en tout genre, et même, de toutes les conséquences la plus amère, à un motif de récréation pour ceux qui étaient le plus sincèrement attachés à la musique de Tchaïkovski. Récréation ! Délassement ! Mots haïssables pour un créateur. Ils iraient au concert pour se distraire, pour oublier leurs petits tracas, pour renouveler leur conversation, pour se vanter dans les salons d'avoir assisté à l'événement — ils n'entreraient pas dans la salle animés de la centième partie de la foi en le pouvoir régénérateur de l'art avec laquelle le compositeur s'était donné à son œuvre.

Plusieurs journalistes ne se privèrent pas d'objecter que, si Tchaïkovski était si méfiant, si susceptible, il n'aurait pas dû sortir de sa retraite ni s'exposer à être déçu en présidant à l'inévitable banalisation de son travail. Remarque non dénuée de malveillance, insinuation que Piotr Ilitch, au fond, sous son air de ne s'intéresser qu'à la pureté originelle de son œuvre, veillait aux conditions qui en assureraient le succès.

A quoi il répondit que son expérience du métier lui interdisait de négliger l'aspect commercial d'une entreprise dont il n'était pas le seul à tirer profit. Le fait d'engager dans sa propre aventure un certain nombre de personnes dont le salaire serait proportionné aux recettes de la Philharmonie le chargeait d'une lourde responsabilité. Musiciens de l'orchestre, imprésarios, fabricants de programmes, colleurs d'affiches, vendeurs de boissons à l'entracte, concessionnaires du restaurant, fournisseurs de la décoration florale et jusqu'aux femmes de ménage, de tous il se sentait solidaire.

Cette mise au point me plut, par la franchise à reconnaître le caractère collectif de toute réussite. Tchaïkovski s'est toujours montré attentif aux conséquences sociales de ses échecs comme de ses triomphes.

Il était facile cependant d'interpréter de travers sa haute conscience professionnelle — et le commentaire blessant ne fut pas long à venir.

« Vous admettez donc que le créateur, que vous nous avez dépeint il y a un instant en ermite condamné à la tour d'ivoire, doit devenir le propagandiste de soi-même ? N'y a-t-il pas là une contradiction qui induit en doute sur sa sincérité ? »

Que répondre, sinon en avouant la nécessaire duplicité de celui qui devrait être Dieu le Père en personne pour se passer d'aider à la diffusion de son œuvre ?

L'espèce des journalistes se divise en deux familles universelles. Le type sanguin, barbu, robuste est d'habitude le plus sympathique. Les individus de ce groupe ont un naturel débonnaire. Fainéants, bavards, enclins à la bienveillance moins par générosité que faute d'idéal, fumant volontiers le cigare ou la pipe, ils passent de longues heures dans les salles de rédaction, puis devisent jusqu'à minuit au fond de tavernes enfumées. Pour s'éviter la peine d'écrire leurs articles, ils les dictent à un camarade de beuverie au milieu du brouhaha, quêtant çà et là une opinion, une formule, un mot qui fasse mouche. Le principal reproche à leur faire, c'est de manquer d'ambition. Ils vivotent au jour le jour. Leur cerveau a du mal à concevoir que d'autres poursuivent des buts élevés au prix de lourds sacrifices personnels. Ils se prennent pour des artistes, sur le seul motif qu'ils ne sont pas astreints à des heures de bureau et gardent la liberté d'organiser leur temps. Un homme de la stature de Tchaïkovski ne les impressionne pas, car ils ne distinguent pas sa supériorité. Ils le traitent en égal, sans méchanceté ni envie, regrettant pour lui qu'il ne s'accorde pas plus de loisirs et, au lieu de s'enfermer inutilement dans son bureau, ne vienne pas les rejoindre au cabaret, où son inspiration, jugent-ils dans leur comique ignorance des mécanismes créateurs, puiserait une nouvelle jeunesse.

Boris Pétrovitch Annenkov, du *Journal de Saint-Pétersbourg*, bien que parfait représentant de cette race d'inoffensifs bourdons, dépasse ses confrères en intelligence et vigueur de pensée. Sa doctrine musicale repose sur l'équation slavophilie/populisme. L'artiste véritablement russe, selon lui, est celui qui sort d'un milieu populaire, vit dans le peuple, partage les émotions du peuple, nourrit les mêmes rêves, tombe dans les mêmes défauts. Quoique « vivre dans le peuple » signifie surtout, pour Boris Annenkov, fréquenter les débits de boissons et avoir une bonne descente de vodka, on ne peut pas dire que sa théorie manque de cohérence, ne serait-ce que parce qu'il cite pour l'illustrer un compositeur d'un incontestable génie. Modeste Moussorgski s'est si bien identifié au peuple russe qu'il a roulé dans les bas-fonds et fini sans un sou, vagabond et clochard. Les slavophiles célèbrent en lui le martyr de leur cause. Descendre au fond de l'abîme où se vautre le moujik lui coûta la vie. Abrutissement, misère, delirium tremens, mort précoce, il consentit à sa propre destruction. Une fois par soirée, Annenkov lève son verre à la mémoire du poivrot.

L'exemple de la pauvreté volontaire de Moussorgski n'a pas fait tant d'indifférents au gain que celui de son ivrognerie a fait d'intempérants. Ce culte paresseux voué à l'auteur de *Boris Godounov* m'enragerait contre des gens incapables de s'asseoir à une table et de s'y concentrer cinq minutes de suite. Pourtant, je ne veux pas me laisser monter contre Boris Annenkov. Ennemi idéologique de Tchaïkovski, il s'est toujours contenté d'exprimer ses réserves sous forme de regrets polis. Son caractère affable l'amena à déplorer la tension outrancière de la sixième symphonie. C'était moins un reproche d'ordre musical qu'une objection au mode de vie, trop solitaire, trop âpre, d'un auteur qui aurait gagné, selon lui, à être plus sociable.

La presse n'a guère aimé ni soutenu Tchaïkovski, les représentants de l'autre famille se montrant de beaucoup les plus hostiles et susceptibles de nuire. Ceux-là sont secs de tempérament, ils se rasent de près et pèsent chaque mot de leurs articles. Un fond d'aigreur les dresse contre quiconque remporte un commencement de succès. On en a vu qui lancent d'un ton protecteur un débutant, puis tirent dessus à bout portant dès qu'il arrive à la notoriété. Ils prennent au sérieux leur métier et, bons connaisseurs en général, estiment que l'école russe aurait avantage à suivre leurs conseils. Le premier malheur pour eux, c'est qu'un vrai créateur n'a pas besoin de conseils. Le second malheur, c'est qu'ils le savent et se rongent à l'idée de leur propre impuissance. Avec tout leur bagage scientifique, ils ne rempliront jamais une seule portée. La crainte d'être jugés les paralyse, ce qui ne les empêche pas d'asséner des sentences et d'assassiner impunément.

La plupart d'entre eux sont issus du Conservatoire de musique, munis d'un diplôme en bonne et due forme. Oscar Morovitch, rédacteur au *Messager pétersbourgeois*, a étudié auprès d'Anton Rubinstein. La solide formation qu'il a reçue le prive d'indulgence envers le groupe des Cinq, qu'il blâme de n'être que des amateurs : Borodine, médecin, César Cui, ingénieur militaire, Rimski-Korsakov, officier de marine, Moussorgski et Balakirev, autodidactes. Une critique, on le sait, que leur adresse de son côté Tchaïkovski, lui aussi ancien élève d'Anton Rubinstein et convaincu que, faute de se doter d'une technique à toute épreuve, les Russes ne se hisseront jamais au niveau de leurs confrères européens.

En bonne logique, Oscar Morovitch devrait appuyer Tchaïkovski, si ce n'est que sa gloire l'indispose. Comme il ne peut la nier, il a lancé, pour expliquer le succès international de Piotr Ilitch, les insinuations de « facilité » et « mondanité ». Selon les jours, sa musique lui paraît « trop allemande » (les valses) ou « trop française » (les romances), de toute manière manquant de caractère, visant à l'effet, teintée d'exotisme, superficielle. Sans être slavophile — et d'autant moins qu'il réprouve le laisser-aller, l'ivrognerie de son concurrent —, le sévère Aristarque ne voudrait pas être soupçonné de tiédeur patriotique. Il trouve dans les fréquents voyages de Piotr Ilitch un motif pour froncer le sourcil.

Boris Pétrovitch Annenkov et Oscar Morovitch (il signe sans mettre son patronyme, par désir d'être « moderne »), chroniqueurs et rivaux dans les deux principaux quotidiens de la capitale, accusent donc Tchaïkovski chacun d'un défaut opposé. L'un lui reproche des mœurs trop sauvages, un manque de souplesse et de *savoir-vivre* (en français, par une contradiction bizarre avec son ultranationalisme), l'autre regrette que les influences étrangères transforment en dilettante, bon pour être la coqueluche des tournées européennes, celui que la variété de ses dons et la solidité de sa technique destinaient à devenir le Répine, le Tolstoï de la musique.

Outre ces deux arbitres, une trentaine de journalistes plus ou moins écoutés se pressaient dans le hall de l'hôtel. Piotr Ilitch redescendit de sa chambre en redingote de voyage. Il n'avait pas pris le temps de se changer : politesse de roi, pour leur éviter d'attendre. Il reconnut et salua de la main Irène Blamoutier, correspondante du *Figaro*, et Isabelle Townsend, du *New York Herald*. En citoyenne émancipée, celle-ci croisait les jambes et ne portait pas de chapeau.

Selon une rumeur invérifiable, entre la blonde Américaine et lui, pendant son séjour aux Etats-Unis, s'était nouée une intrigue, mais nul n'aurait su dire si l'imprésario américain avait lancé ce bruit à titre de réclame pour son client, ou si Piotr Ilitch, transporté sur un autre continent, loin du cadre habituel de sa vie, dépaysé par la distance, encouragé par la nouveauté, s'était pour une fois libéré des entraves qui le ligotent ici.

L'illusion fut de courte durée, si toutefois la voix publique de cette aventure n'était pas une pure invention de propagande. A voir le sourire, affable et dénué de la moindre gêne, adressé à la jeune femme, on inclinait à croire que les techniques publicitaires de M. Walter Damrosch avaient habilement exploité en affaire sentimentale un simple rapport d'amitié et d'estime.

Renato Donatelli, de *La Nazione* de Florence, et Wieland Knopf, de la *Bayerische Zeitung* de Munich, eurent droit chacun à un signe de bienvenue, faveur dont les journalistes russes ne furent pas gratifiés. Oubli ou dédain, cette discrimination ne contribua pas à les animer de meilleures intentions à son égard.

Juste avant le début de la conférence, Rachmaninov s'était glissé dans le fond de la salle. Son arrivée passa inaperçue, ce qu'il souhaitait. La *Fantaisie pour deux pianos* faillit tomber de sa poche, au moment où il écartait les pans de sa veste pour s'asseoir. Il saisit la partition et la serra sous son bras.

V

« Vous avez passé une fois de plus l'hiver en Italie ? » demanda soudain Morovitch. L'insistance sur *une fois de plus* fut assez agressive pour donner à ses confrères plus timorés l'impression excitante qu'ils allaient assister à un *événement*, cette tarte à la crème de la presse.

J'échangeai un coup d'œil inquiet avec Anatole : l'allusion à l'Italie pouvait avoir un double sens, mais nous fûmes vite rassurés. Le reproche de Morovitch ne visait que l'habitude contractée par Tchaïkovski de vivre et de travailler une partie de l'année hors des frontières. Personne dans l'assistance ne sembla attacher une signification particulière au fait que, de tous les pays européens, l'Italie fût celui où il séjournait de préférence.

« Je suis retourné à Florence et à Rome, reconnut tranquillement Piotr Ilitch. Mon frère m'invita à le rejoindre à Naples. C'eût été contrarier mon projet d'entendre à Berlin un des opéras de Wagner que je ne connaissais pas encore.

— On dit que vous n'appréciez guère ce compositeur, est-ce vrai ? » demanda Annenkov en promenant un regard de défi sur la salle. Si incompatible avec l'univers héroïque du Walhalla que paraisse la trogne enluminée de Boris Pétrovitch, l'influent critique se pose en wagnérien fervent. Il a levé dans son journal l'étendard de la guerre sainte. On le voit s'endormir à *Parsifal* et aux *Maîtres chanteurs*, ce qui ne prouve pas qu'il soit de mauvaise foi en publiant des comptes rendus dithyrambiques. Comme tous les paresseux, il aime se sentir écrasé sous la masse de l'orchestre. Wagner le transporte dans un monde glauque, épais, opaque, qui le subjugue par un ruissellement de sonorités pléthoriques, dont il se juge trop modeste pour discuter le mysticisme nébuleux.

Quand on le taquine sur son enthousiasme, il sort un argument infaillible. Un seul exemple lui suffit, il n'en varie jamais. Au dernier acte du *Vaisseau fantôme*, dans le fjord de Norvège où le Hollandais volant a jeté l'ancre, les gens de la côte, les pêcheurs, les filles du port constatent que tout est silencieux à bord du navire étranger. En vain essayent-ils de réveiller l'équipage, les matelots ne donnent aucun signe de vie, l'invitation à danser avec les jeunes villageoises ne réussit pas à les tirer de leur torpeur. *Sie trinken nicht ! Sie singen nicht !* répète tristement la population massée sur le quai. *Ils ne boivent pas ! Ils ne chantent pas !* C'est donc bien, commente réjoui Boris Pétrovitch, qu'ils n'ont pas d'existence réelle. Quel génie, ce Wagner ! Un vaisseau dont les marins sont abstèmes ne peut être qu'un fantôme de vaisseau. *Ils ne boivent pas ! Ils ne chantent pas !* Annenkov a fait de cette phrase son refrain, il la fredonne chaque fois qu'il ouvre une bouteille, pour indiquer qu'un homme en chair et en os ne reste pas à se morfondre au fond de la cale pendant qu'on s'amuse dans les cabarets du port. *Sie trinken nicht ! Sie singen nicht !* Pour renoncer au plaisir de boire, il faut n'être déjà plus de ce monde ! A cette pensée, l'émule de Falstaff vide un nouveau verre, embrasse d'un coup d'œil satisfait sa vaste corpulence et s'écrie qu'il est impossible, quand on a écouté sérieusement cet opéra, de ne pas être archiwagnérien.

TCHAIKOVSKI : « Chez Wagner, j'admire la science orchestrale, la richesse des harmonies, la variété des couleurs... Un incomparable symphoniste, à coup sûr... Mais, se voulant d'abord penseur et poète, il attachait moins d'importance à sa musique qu'à ses livrets, qu'il concevait et rédigeait lui-même. Son but n'était pas tant de communiquer une émotion musicale que de propager ses idées philosophiques. Sur ce terrain, il m'est difficile de le suivre. Sa mythologie est trop étrangère au spectateur ordinaire que je suis, le monde qu'il met en scène trop éloigné des hommes et des femmes que je côtoie. Siegfried, Brunnhilde, Wotan, pourrais-je les rencontrer dans la vie réelle ? Je regrette que Wagner ait lié si indissolublement les beautés de sa musique à ce qui ne me paraît être qu'un fatras de légendes à usage exclusif des Allemands. »

WIELAND KNOPF (de la *Bayerische Zeitung*) : « Dites-vous cela, monsieur Tchaïkovski, en raison de la situation politique actuelle ? Sa Majesté l'empereur Alexandre III a nettement pris position pour la France contre l'Allemagne. L'alliance franco-russe a pour but de rétablir l'équilibre en Europe et de dissuader l'Allemagne d'entreprendre une nouvelle guerre contre la France. Dans ce contexte, la volonté de puissance qui s'y exprime condamne-t-elle les opéras de Wagner ? Est-ce à cause de leur pangermanisme que vous les récusez ? »

TCHAIKOVSKI : « Il serait dommage de censurer un compositeur sur ses idées politiques. A ce que je sache, on ne parle pas d'interdire Wagner en Russie. Si tel était le cas, j'élèverais une protestation auprès du comte Vorontsov. »

(Nouvel échange de regards avec Anatole : Tchaïkovski ne savait donc rien de ce qui se tramait à la Cour contre lui.)

RENATO DONATELLI (de *La Nazione*) : « Vos réserves, il me semble, ne visent pas seulement le contenu idéologique des opéras wagnériens. J'ai étudié vos partitions, monsieur Tchaïkovski. Vous avez un idéal de clarté et d'élégance qui vous conduit à découper vos symphonies en *tempi* distincts, vos opéras en airs séparés. Wagner a l'ambition contraire. Il veut saturer l'auditeur, le gorger de musique, le noyer dans un flot de sensations, l'anéantir sous ses incantations et ses philtres. Vous êtes un fils d'Apollon, dont la tâche historique est de résister aux sortilèges de Dionysos. Je comprends que l'Italie vous séduise, avec ses paysages aux contours nets, ses cyprès noirs en file indienne contre le ciel, la silhouette élancée de ses campaniles. Et nous sommes nombreux à vous être reconnaissants d'être aujourd'hui le seul compositeur à ne pas subir l'influence de Wagner. Tous y ont succombé, Dvorak, Bruckner, Mahler, même notre Verdi, dans ses derniers ouvrages. Tous, sauf vous. »

UNE JOURNALISTE ANGLAISE : « Votre nouvelle symphonie sera-t-elle divisée, comme les autres, en quatre mouvements classiques ? »

TCHAIKOVSKI : « Quatre mouvements, oui. Classiques, ce sera à vous d'en juger. »

IRENE BLAMOUTIER (du *Figaro*) : « En France, les critiques ne vous trouvent pas assez russe. Le public s'interroge. Votre musique plaît, on se presse pour aller vous entendre, il n'en est pas moins vrai qu'à la sortie du concert chacun se regarde et se demande : "Est-ce bien un musicien russe que nous avons applaudi ? Ne sommes-nous pas dupes d'un tour de passe-passe ?" J'aimerais des éclaircissements là-dessus. Vos nombreux séjours à l'étranger corroborent le soupçon fâcheux que vous ne seriez pas un authentique représentant de votre nation, ni votre œuvre un produit russe spécifique. »

BORIS PETROVITCH ANNENKOV : « Le soupçon de madame se changerait en certitude si les œuvres des véritables compositeurs russes étaient jouées à Paris. Malheureusement, messieurs Lamoureux et Colonne n'ont pas encore découvert l'existence d'un certain Borodine, d'un certain Moussorgski. »

TCHAIKOVSKI : « Je vous vois venir, Boris Pétrovitch. Les Cinq... Il n'y aurait que les Cinq à être russes... Toujours la même rengaine, la même accusation contre un homme qui a la Russie dans le sang, un fils de Saint-Pétersbourg, qui ne compose rien de bon à l'étranger sinon inspiré par la nostalgie de sa patrie lointaine...

« Permettez-moi de donner une précision à nos confrères étrangers. Savent-ils que l'histoire de la musique en Russie diffère profondément de ce qu'on observe dans le reste de l'Europe ? Tous les malentendus viennent de là... Avant 1862, date de l'ouverture du Conservatoire de Saint-Pétersbourg, songez qu'il était impossible de faire des études musicales sérieuses en Russie. La profession de musicien n'y était même pas reconnue. On l'abandonnait aux serfs, qui se transmettaient de père en fils la pratique de quelques instruments. Pas moyen d'apprendre la composition, évidemment, sauf si l'on avait la possibilité, comme Glinka, de se rendre en Italie.

« L'abolition du servage, en 1861, créa un vide soudain. Pour former une nouvelle classe d'interprètes et fonder une école de musique, on créa le Conservatoire en question. Un des premiers à y entrer, j'ai eu la chance de recevoir un enseignement complet, de type européen, avec des maîtres, pour la plupart et par force, européens. Les Cinq au contraire, moins heureux, avaient dû batailler tout seuls pour acquérir les bases de leur art. César Cui, leur porte-parole, ne me pardonne pas d'avoir bénéficié d'une éducation professionnelle. Pour justifier le style souvent plus rudimentaire de ses amis, il a lancé la légende que le génie russe est obligatoirement "barbare", au-dessus des règles, exempt de toute théorie, et caetera. Quiconque essaye d'affiner sa technique au contact des grands maîtres serait un traître à la patrie... Je ne sous-estime en rien l'œuvre des Cinq, souvent remarquable par la vigueur de l'inspiration, la vivacité du coloris, mais prétends que ce n'est pas faire honneur aux ressources du génie national, que de lui prêter pour première condition l'ignorance. »

IRENE BLAMOUTIER : « Vous avez mentionné César Cui. J'ai lu sous sa plume des critiques féroces contre vos symphonies. Mais les quatre autres ? »

TCHAIKOVSKI : « Oh ! ne me forcez pas à leur rendre la monnaie de leur pièce ! Je n'ai aucune envie d'humilier des hommes que j'admire. Sachez seulement que Rimski-Korsakov, le plus doué du groupe, éprouva le besoin, après avoir renoncé à la marine, de recommencer ses études. »

ISABELLE TOWNSEND : « Au Conservatoire de Moscou, fondé en 1866, où Nicolas Rubinstein vous confia, d'emblée, la chaire de théorie musicale. Pourquoi ne leur dites-vous pas que Rimski-Korsakov, renonçant avec soulagement à la "barbarie" des Cinq, y a été votre élève ? Qu'il a cherché auprès de vous la science qui lui manquait ? Quelle revanche sur cette teigne de César Cui ! »

IRENE BLAMOUTIER : « Le fils d'un militaire français... » (Rires)

TCHAIKOVSKI : « Je n'ai pas à tirer vanité de la coïncidence qui ouvrit les portes du premier Conservatoire russe juste au moment où j'avais l'âge d'y entrer, et du second, juste l'année où j'étais en mesure d'y devenir professeur. »

OSCAR MOROVITCH : « En reniant toute fierté nationale ! »

BORIS PETROVITCH ANNENKOV : « Vos opéras, Piotr Ilitch, ignorent l'existence du peuple. Ce n'est pas un chœur de moissonneurs de trois minutes, au début d'*Eugène Onéguine*, ni la scène du jardin d'Eté, dans *la Dame de pique*, qui me fera changer d'avis. L'absence du peuple dans vos opéras justifie pleinement l'accusation d'occidentalisme qu'on porte contre vous. La spécificité de l'école russe est d'avoir installé sur la scène et mis au centre de l'action la masse populaire des hommes et des femmes russes. A Saint-Pétersbourg, le rideau de *Boris Godounov* tombe sur la mort du tsar. Exécrable habitude, à laquelle on reconnaît que le public de la capitale est inféodé au goût européen. Il veut une conclusion spectaculaire, qui permette d'applaudir la vedette, dans le décor somptueux du Kremlin, au mépris des intentions de Moussorgski. A Moscou, ville vraiment russe, prévaut la version authentique : après la mort de Boris, le dernier mot revient à la foule, au peuple, et la scène finale a lieu en pleine forêt. »

OSCAR MOROVITCH : « Choisir pour héros, comme vous le faites, tel ou tel personnage isolé, entrer dans sa psychologie particulière, voilà, ainsi que l'a dit mon excellent confrère, une façon de capituler devant l'Occident. »

BORIS PETROVITCH ANNENKOV : « Un vrai Malakoff musical. Par suite des vicissitudes de notre développement historique, l'épanouissement d'une civilisation de l'individu n'a pas été possible entre les Carpates et l'Oural. Qu'on s'en félicite ou qu'on le regrette, la chose est indubitable. Notre mode d'existence est la collectivité. Communisme de sentiments, communisme économique et social. (« Communisme de taverne », entendis-je murmurer Isabelle Townsend, incommodée par le cigare de Boris Pétrovitch.) Qu'y a-t-il de plus russe que le mir ? Citez-moi un seul autre pays d'Europe où les paysans préfèrent la propriété collective à la propriété privée, où les terres soient exploitées en commun sans rivalités ni jalousies. Un opéra de solistes, un opéra où le chœur des hommes et des femmes du peuple n'occupe pas le devant de la scène ne peut être considéré comme un opéra russe. »

TCHAIKOVSKI (toujours aussi calme) : « Les opéras que vous qualifiez de russes ont pour sujet des événements qui remontent au Moyen Age. Le prince Igor vivait au dixième siècle, Boris Godounov au seizième, Ivan Soussanine sous le premier Romanov, la *Khovanchtchina* évoque la lutte des Vieux-Croyants contre le gouvernement de Pierre le Grand. Est-ce que la Russie n'a pas évolué depuis ? L'histoire du monde nous apprend que tous les pays ont commencé par mener une vie collective et grégaire, jusqu'à ce que le progrès des techniques, l'essor des villes, l'adoucissement des mœurs permettent au sentiment individuel de se développer. Pourquoi notre pays devrait-il être le seul à rester à la traîne ? Si être russe signifie n'être pas de son siècle, alors vous avez raison. Pour ma part, je ne vois pas au nom de quelle conception périmée vous interdiriez à un sujet d'Alexandre III d'exprimer dans ses opéras la Russie d'aujourd'hui. Ne constatons-nous pas que les villes gagnent en importance sur les campagnes, que chacun commence à disposer d'un logement séparé, que les souffrances, les joies, les péripéties de la vie privée trouvent un champ d'action infiniment plus étendu qu'au temps où le tsar régnait sur une masse indistincte de serfs ? »

MOI : « Pensez-vous, en somme, que l'opéra doive suivre une évolution parallèle au progrès de la littérature ? »

TCHAIKOVSKI : « Le Moyen Age s'exprimait en chroniques, en bylines, en récits de moines anonymes. On nous racontait les aventures collectives de pèlerins et de guerriers. Notre époque s'exprime en romans, dont les personnages sont fortement individualisés. *Guerre et Paix* marque la charnière, en quelque sorte, des deux époques. Des survivances de sentiment choral y alternent avec la peinture des caractères. Pour Tolstoï, ni les décisions des généraux ni la volonté du souverain n'ont constitué les facteurs décisifs de la victoire sur Napoléon, mais l'obscur stoïcisme des masses, leur endurance à supporter la guerre, leur passivité résignée. Cette conviction trouve son porte-parole en la personne de Platon Karataev. Vous souvenez-vous de ce paysan ? Il prie tous les soirs en disant : "Seigneur, fais-moi dormir comme une pierre et lever comme le pain." L'homme supérieur, selon Tolstoï, se fond dans les grandes forces de la nature, il refuse de se prendre pour *quelqu'un*. Ce n'est pas Raskolnikov qui parlerait ainsi ! Le jeune assassin, lui, prémédite longuement son geste. Il n'a confiance que dans sa volonté. On peut même dire que l'hypertrophie de son moi, et nul autre mobile plus important, le conduit au crime. Dostoïevski est-il moins russe que Tolstoï ? Non, assurément. La différence, c'est qu'il est plus moderne. Nous reconnaissons justement la modernité de Dostoïevski au fait qu'il n'hésite pas, cher Boris Pétrovitch, à entrer dans la psychologie particulière de chacun de ses personnages. »

L'ENVOYÉE DE LA REVUE MUSICALE RUSSE : « Ma revue a publié un numéro spécial intitulé *L'opéra russe, école de héros épiques.* »

TCHAIKOVSKI : « Ce que vous appelez l'opéra russe n'est pour moi, chère madame, qu'une certaine catégorie d'opéras russes. Si fort que j'admire Moussorgski et Borodine, je n'ai pas envie de me trouver toujours en compagnie de tsars, de princes légendaires, de khans féroces, de chefs de religion surhumains. Je vous l'ai déjà dit à propos de Wagner : les gens que je peux rencontrer dans la vie réelle m'intéressent plus que les figures hors du commun. Eux seuls réussissent à me toucher. Tatiana, Lenski, Olga, Lisa, Hermann lui-même n'appartiennent pas au monde exclusif du théâtre. Je les croise chaque jour dans la rue. (A Boris Annenkov et Oscar Morovitch, surpris :) Reconnaissez, messieurs, que j'ai accompli là une petite révolution. L'opéra italien n'aborde jamais la vie quotidienne. Toujours des rois, des doges, des pharaons, des châtelaines prisonnières dans une tour, des vestales séparées du monde, des grands inquisiteurs, des gouverneurs de forteresse en Sicile, des pirates errant à bord de navires aussi fantômes que celui du Hollandais volant. Toujours des conventions, avec lesquelles je suis le premier à avoir rompu.

« Grâce à Pouchkine, bien sûr, et à son merveilleux *Eugène Onéguine*. Mais remarquez une chose : ceux qui se sont servis avant moi de ses textes n'ont retenu de ce poète que la veine fantastique, comme Glinka dans *Rousslan et Ludmila*, ou historico-épique, tel Moussorgski dans *Boris Godounov*. Je garde la priorité pour l'exploitation de la veine réaliste de Pouchkine. L'opéra de la vie quotidienne n'existait pas avant le mien.

« Une datcha toute simple en lisière de forêt, une mère de famille en bonnet à ruche, un chaudron où mijotent les confitures, deux sœurs qui chantent à la fenêtre, la visite fortuite de voisins, une lettre d'amour confiée à la nounou : de telles scènes, qui les avait osées avant moi ? En pourriez-vous trouver qui soient plus authentiquement, plus typiquement russes ? Et comment être plus russe qu'en débarrassant le théâtre du fatras livresque qui l'encombrait, pour y introduire, tout simples et ordinaires, des tableaux de genre puisés dans les occupations de tous les jours ? Rappelez-vous l'arbre qui ombrage la maison de Mme Larina : ce n'est ni le chêne gaulois de Norma, ni le frêne aux racines saillantes de la hutte de Hunding, mais le tilleul familier de nos campagnes. »

BORIS PETROVITCH ANNENKOV (piqué) : « Une chose est le sujet de vos opéras, une autre chose le traitement musical, la répartition des voix selon l'étendue et le timbre. La voix russe naturelle, c'est la voix de basse. Entrez dans n'importe quelle église, les basses dominent le chœur. On choisit les diacres pour leur voix rocailleuse. Plus bas ils descendent dans l'échelle des sons, plus vite ils montent dans la hiérarchie ecclésiastique. (Eclat de rire d'Isabelle.) La voix de ténor et la voix de soprano, au contraire, sont la spécialité d'un peuple léger. Regardez Glinka, le père de notre musique. Comme vous, il adorait l'Italie. Il y a séjourné, il y a étudié, il s'y est laissé bercer par les acrobaties mélodieuses du *bel canto*. Néanmoins, à peine rentré en Russie, il a compris la nécessité de se soustraire à leur charme. Quand il fonda l'opéra russe, il donna le rôle principal à une basse. Ivan Soussanine est le premier de nos héros russes, le chef de cette lignée triomphale illustrée ensuite par le prince Igor, par Boris Godounov, par le grand prêtre Dossifeï, par le prince Khovanski... Des héros sérieux, aussi graves, aussi profonds que leur voix.

« Chez vous, les ténors sont les protagonistes du drame. Vous reléguez les basses dans le rôle un peu ridicule du vieux mari. C'est régresser à une formule nettement antinationale, c'est rechercher le succès auprès de la partie frivole du public, celle dont la sympathie va de préférence aux valeureux et bouillants champions de la jeunesse, et qui porte aux nues les gosiers agiles exercés à triller comme des rossignols. Tout l'opéra italien exploite sans vergogne cette recette. »

TCHAIKOVSKI : « Les amours de Dimitri, ténor, et Marina, soprano, occupent un acte entier de *Boris Godounov*. »

BORIS PETROVITCH ANNENKOV (exultant) : « L'acte polonais ! Je m'y attendais, à cette objection ! Sans trop espérer, toutefois, que vous tomberiez dans le piège, Piotr Ilitch ! Moussorgski présenta en 1869 la première version de son opéra au Comité de lecture des théâtres impériaux. Il n'y avait pas alors d'acte polonais, pas de Marina, pas de soprano du tout ! Et c'est parce qu'à cette époque le Comité de lecture s'inclinait servilement devant la mode occidentale, qu'un opéra dépourvu de *prima donna*, de ténor amoureux et d'intrigue sentimentale n'avait aucune chance d'être accepté. Moussorgski dut retravailler son ouvrage, y ajouter un acte, inventer un couple d'amoureux. Il mit trois ans avant de se dérussifier suffisamment pour extraire de sa plume un succédané d'acte italien. Sans cette concession à l'occidentalisme, s'il n'avait pas vidé la forte vodka à l'herbe de bison de son encrier pour le remplir avec du mièvre lacryma-christi, jamais on n'aurait monté son opéra. »

TCHAIKOVSKI : « Soutenir, comme vous le faites, que la présence de scènes d'amour dans un opéra est une concession à la mode étrangère me paraît une exagération polémique. L'expression a sûrement dépassé votre pensée, Boris Pétrovitch. L'amour n'est pas lié à un pays particulier. Il n'y a pas de sentiment plus universel, et je serais bien triste d'être russe si l'on venait me prouver qu'on ne peut être à la fois russe et amoureux. » (Rire général, sauf Isabelle.)

OSCAR MOROVITCH : « Vous reconnaissez quand même que cet acte polonais manque de réussite ? Il n'est pas d'une veine aussi forte que le reste. On sent l'effort, l'application malheureuse. »

TCHAIKOVSKI : « J'ai lu dans vos articles des considérations fort pertinentes à ce sujet. N'avez-vous pas écrit que la technique a fait défaut à Moussorgski, et qu'un autodidacte, de quelque génie qu'il soit doué, se heurte à des obstacles insurmontables ?

« Je suis heureux de saisir cette occasion, mesdames et messieurs, pour préciser devant vous un point de ma pensée et dissiper une équivoque nuisible au développement de l'art en général. On croit d'habitude que, plus un sentiment est spontané, plus il trouve facilement son expression artistique. C'est le contraire qui est vrai. Ne nous fions jamais à l'instinct pour écrire le moindre vers ou la moindre ligne de musique. Ce qui est beau et pur dans notre cœur a besoin de circuler à travers des alambics et de subir des transformations compliquées avant de s'exprimer sous une forme adéquate. Tout le monde, à un moment ou à un autre, est tombé amoureux. Le dieu Eros, comme dit Pouchkine, n'épargne personne. S'il suffisait, pour être poète ou musicien, de transcrire sur une feuille l'enthousiasme, le désespoir, la folie qui nous soulève dès les premières atteintes de la puberté, les forêts de la planète ne fourniraient pas assez de pâte à papier. L'amour nous surprend, nous saisit, nous violente, nous dévaste. Cependant, pour être capables de rendre la dixième partie des ravages qu'il exerce dans notre cœur, nous devons nous en remettre, non à l'élan de notre sensibilité, mais aux artifices de la science, une science longue et aride. Tel est, à mon avis, un des paradoxes fondamentaux de la création artistique.

« Plus le sentiment à exprimer est éloigné de notre vraie nature, plus facilement nous réussissons à l'habiller d'un vêtement adapté. Croyez-vous que Moussorgski se soit senti familier du sujet qu'il traite dans *Boris Godounov* ? Entre un tsar féodal torturé de remords parce qu'il a fait assassiner l'héritier légitime pour s'emparer du trône, et un bohème de 1869 aussi étranger que possible aux séductions du pouvoir, voyez-vous la moindre affinité ? Le plus petit début de consonance ? Cette histoire étant à des années-lumière de ce qui le préoccupait dans sa vie réelle, il s'est magnifiquement tiré d'affaire. En revanche, parce qu'une chose aussi banale que l'amour demande pour être exprimée sans mièvrerie des connaissances musicales étendues, le duo de Marina et de Dimitri dépare le chef-d'œuvre.

« Quant à moi, tous mes efforts ont tendu à acquérir assez de science pour traduire avec la force convenable cet emportement des sens et de l'âme, ce ravissement atroce, cette souffrance qu'on ne voudrait échanger contre tout l'or du monde... »

RENATO DONATELLI (à mi-voix) : « *Croce e delizia...* »

TCHAIKOVSKI : « *Croce e delizia*, selon les mots immortalisés par votre compatriote. L'amour est non seulement le moteur de l'univers, il est aussi le maître de tout artiste, un bon maître, à condition que l'artiste ne lui obéisse pas en aveugle et se résigne, pour contrebalancer son influence, à entrer dans un Conservatoire où de sages professeurs lui enseigneront les règles ennuyeuses du contrepoint et de l'harmonie. »

WIELAND KNOPF : « Vous avez enseigné douze ou treize ans au Conservatoire de Moscou et publié, si je ne me trompe, un *Manuel pour l'étude pratique de l'harmonie.* »

TCHAIKOVSKI : « Vous ne vous trompez pas. Je suis le contraire du créateur spontané, bien que rien de ce que j'écris n'ait son origine en dehors de ce que j'éprouve. Si je puise en moi-même, dans mon expérience personnelle, le climat, le ton de mes opéras, si mes concertos et mes symphonies reflètent le plus intime de ma nature, je soumets ce matériau émotif brut à une élaboration scrupuleuse, peur de laisser affleurer la moindre trace de sensiblerie, de prosaïsme sentimental... Je n'ai pas toujours atteint mon but... Les critiques ne se privent pas de relever, çà et là dans mes œuvres, des effets faciles. Je me range à leur avis. Seulement, ils auraient tort de croire que c'est par confiance dans mon instinct, par forfanterie, par légèreté que je laisse passer de tels défauts. Il arrive que je sois vaincu dans la bataille que chaque mesure me coûte. Eros est un dieu, il a le pouvoir de m'arracher des sanglots, de m'obliger à écrire un voile de larmes devant les yeux... et l'instant d'après, si l'espoir renaît, de stimuler en moi une veine joviale et vulgaire. »

OSCAR MOROVITCH : « Regrettez-vous d'avoir livré au public certaines pages ? »

TCHAIKOVSKI : « Il faut être assez humble pour admettre que, dans le coin de la partition à laquelle on croit avoir donné le meilleur de soi-même, pointe une stupide petite fleur bleue... C'est ce qui m'est arrivé avec le finale de mon concerto pour violon. »

VI

Dans le vestibule, on entendit un vacarme de cris et de chaises bousculées. Aux éclats de voix se mêlaient des piaillements. Les grooms à ceinture cerise s'efforçaient d'interdire le passage à une petite troupe d'enfants excités. Deux d'entre eux réussirent à forcer le barrage. Ils se faufilèrent jusqu'au fauteuil de Piotr Ilitch et se blottirent contre ses jambes. Je reconnus tout de suite, dans ces débrouillards, les deux plus jeunes de la bande qui avait accueilli à la gare *diadia Petrouchka* par la chanson de M. Dumollet. Derrière eux, comme à la gare, accourut le père, en s'excusant du dérangement causé par les vauriens. Piotr Ilitch, qui paraissait enchanté de cette diversion, caressait les têtes rasées des petits. En apercevant l'homme chauve et barbichu, il se souleva à moitié de son siège.

« Viens, viens, approche donc, mon bon, mon cher Fiodor Ignatievitch. Assieds-toi avec nous. »

L'autre s'inclina profondément.

« Bien estimé Piotr Ilitch... Pardonne-leur... Igor !... Gouri !... », balbutiait-il, sur un ton de réprimande, mais les deux garçonnets, sentant sur eux la main protectrice et bienveillante d'« oncle Pierrot », regardaient fièrement la salle. Qu'on ose un peu les déloger ! Boris Annenkov et Oscar Morovitch, les seuls à s'expliquer cette intrusion, échangèrent à voix basse quelques mots sur le nouveau venu. Les autres, choqués d'une telle inconvenance, s'étonnaient que le compositeur, non seulement tolérât leur sans-gêne, mais couvât d'un œil paternel les trublions. Piotr Ilitch, d'une phrase, apaisa les curiosités.

« N'avez-vous pas reconnu Fiodor Ignatievitch Stravinski, baryton-basse au théâtre Mariinski ? Un des meilleurs titulaires du rôle de Boris Godounov, et qui m'a fait l'honneur, Boris Pétrovitch, de créer deux de mes opéras. Un vieil ami à moi, un camarade d'études au Conservatoire... Depuis combien de temps nous connaissons-nous, mon cher Fiodor ? Depuis quarante ans peut-être... Je t'ai marié, j'ai vu naître tes enfants... »

Le chanteur rougit sous le compliment. Tout le monde examina avec considération un homme auquel Tchaïkovski confiait le destin de ses œuvres. La voix aigre d'Oscar Morovitch trancha sur les murmures élogieux.

« Ce n'est pas une raison pour tenir aussi mal ses moutards ! »

Les « moutards », accroupis sous le fauteuil, buvaient les paroles de Tchaïkovski. Loin de se laisser intimider, ils jetèrent dans la bataille le renfort de leur juvénile enthousiasme. La conférence de presse, grâce à eux, prit un tour différent. Piotr Ilitch affronta d'une humeur plus combative la meute de ses contradicteurs.

WIELAND KNOPF : « Vous vous définissez comme le contraire du créateur spontané. Est-ce pour ce motif que le trésor des musiques populaires vous laisse plutôt indifférent ? Il y a quelques semaines, en Ouzbékistan, j'ai entendu le maître Mahmud Rahim Krisnawaz, virtuose du rubâb. Cet instrument suscite une intense curiosité en Allemagne. »

TCHAIKOVSKI : « Le folklore du Caucase et de l'Ukraine m'intéresse beaucoup. Je profite toujours de mes séjours à Kamenka pour recueillir les chants des moissonneurs, des vendangeurs... Il m'est même arrivé de glisser un de leurs refrains dans des compositions dites savantes. »

JURGENSON : « Le premier quatuor... La sérénade pour cordes... Une des premières œuvres que j'ai publiées de vous, Piotr Ilitch, a été les *Cinquante Chants populaires russes* transcrits pour piano à quatre mains. Je me rappelle que Balakirev et Rimski-Korsakov saluèrent favorablement ce recueil. »

TCHAIKOVSKI (découvrant Rachmaninov au dernier rang) : « M. Rachmaninov a eu l'heureuse idée d'introduire dans son opéra *Aleko* des thèmes tziganes. J'approuve ces emprunts aux traditions ethniques. Ils ne peuvent que vivifier nos partitions. Les recherches sur leur folklore national occupent les meilleurs compositeurs aujourd'hui. Dvorak en Bohême, Erkel en Hongrie, Mascagni et les véristes en Italie... »

OSCAR MOROVITCH (agressif) : « Toujours l'Europe... »

TCHAIKOVSKI : « Chaque pays, chaque province possède une culture musicale en accord avec son développement historique. Transplanter une musique en dehors du terrain où elle a poussé me semble une absurdité. Notre temps ne restera pas longtemps à l'abri de cette hérésie. La multiplication des voyages, la circulation des journaux, l'avidité des entrepreneurs de spectacles, le snobisme qui pousse à vouloir être au courant de tout, la recherche du profit pour quelques-uns, la crédulité pour les autres, transforment le patrimoine de l'humanité en un immense bazar où chacun vient faire son marché, sans respect pour la culture spécifique de chaque peuple. Toutes ces facilités que se donne notre époque favorisent le goût superficiel d'accumuler et de comparer des connaissances hétéroclites. Un jour viendra où votre maître ouzbek se produira en concert à Moscou, dans la salle du Conservatoire.

« Ne comptez pas sur moi pour mordre à cet hameçon. Pourquoi voulez-vous que je m'intéresse au rubâb ? Se mettre au rubâb comme on se met au pudding anglais à Noël, c'est prendre le chant du rossignol pour un air de boîte à musique. Emmenez-moi à Samarcande, j'irai volontiers m'initier à cet instrument, tel qu'il faut l'écouter, assis par terre, au fond d'une échoppe, à l'ombre d'une mosquée, en compagnie de bergers, de chasseurs, qui n'ont pas besoin de faire des recherches sur le folklore pour vibrer avec les trois cordes principales, les quinze cordes sympathiques et les deux en bourdon de ce banjo d'Afghanistan. En revanche, toujours à Samarcande, vous n'arriverez pas à me traîner au concert de l'orchestre de Moscou en tournée. Je trouve stupide d'infliger à un public d'éleveurs de moutons astrakans une symphonie de Mozart ou de Beethoven, Hans von Bülow en personne viendrait-il la diriger. »

IRENE BLAMOUTIER : « L'amour est le maître de tout artiste, dites-vous. Pourquoi alors, monsieur Tchaïkovski, le talent créateur est-il si rare dans notre sexe ? Bien que les femmes passent pour avoir une sensibilité particulièrement développée et des dispositions spéciales pour l'amour, elles n'ont guère enrichi la culture universelle. »

TCHAIKOVSKI : « On compose une symphonie, on écrit un roman, on peint une fresque pour laisser une trace de son passage sur la terre. Sans le désir d'immortalité et sans l'illusion que l'œuvre d'art la procure, personne ne s'astreindrait à l'effort de créer, ne s'exposerait aux déceptions, aux angoisses qui accompagnent l'acte d'écrire ou de peindre. L'homme n'a pas d'autre espoir de se rendre immortel que la renommée acquise au prix de durs sacrifices. La femme, elle, dispose d'un moyen beaucoup plus simple. En mettant au monde un enfant, elle est sûre de vaincre la mort, de passer à l'immortalité. »

ISABELLE TOWNSEND : « J'aimerais apporter, comme Américaine, un démenti à cette vision des choses, si typique de l'Ancien Continent. Mais je dois le reconnaître : Mary Cassatt, notre femme peintre nationale, n'est jamais si bonne que lorsqu'elle traite le thème de la maternité. *Mère et Enfant* est de loin son meilleur tableau. »

TCHAIKOVSKI : « Merci, Isabelle. Il se fait tard. Je ne voudrais pas vous quitter sans dissiper un dernier malentendu. J'ai entendu dire tout à l'heure que le public pétersbourgeois se comporte comme le public européen, alors qu'à Moscou seulement on sentirait et on réagirait à la russe. La remarque de Boris Pétrovitch nous permet d'élargir le débat, de ne plus le limiter à ma personne. Le reproche d'occidentalisme que vous me faites s'adresse, au-delà de mon œuvre, à la ville de Saint-Pétersbourg.

« Mais d'abord, quelques précisions biographiques. Né dans l'Oural, arrivé dans la capitale à l'âge de dix ans, j'y suis resté jusqu'à vingt-six. Collège préparatoire, école de Droit, quelques années de service au ministère de la Justice, puis deux ans d'études musicales auprès d'Anton Rubinstein, avant de partir pour Moscou. Quatorze années pétersbourgeoises dans ma vie, de celles qui comptent le plus dans la formation d'un homme. Par toutes mes fibres je tiens à cette ville — même s'il m'arrive d'en critiquer l'administration trop bureaucratique ou d'en maudire le climat. Mes œuvres ont ici leurs racines. J'habitais, avec mon père, dans Vassilievski Ostrov, première ligne, la maison Osterlov, et le cours tumultueux de la Néva, dont j'ai essayé de rendre, en prélude à l'avant-dernier tableau de *la Dame de pique*, l'énorme et terrible puissance, m'empêchait souvent de dormir.

« Par tout ce que je suis, j'appartiens au monde de Saint-Pétersbourg. Saint-Pétersbourg m'a élevé, formé, imprégné de son atmosphère, pétri de ses vapeurs et de ses brumes, amené à l'âge d'homme sans me libérer de mes impressions d'enfance, enchaîné pour toujours à ses canaux et à ses portiques. Je dois tout à la cité de Pierre. La mesure classique et la calme évidence des lignes ajoutent plus à la beauté du monde que les détails pittoresques et la couleur locale, c'est dans ce décor que je l'ai appris.

« Ma première symphonie, écrite quand j'étais encore ici, porte, en hommage au paysage de neige et de glace qui transforme pendant quatre mois la ville en palais boréal, le titre de *Songes d'hiver*. J'ai mis dans cet essai de jeunesse les réminiscences de nos promenades par moins trente : courses en traîneau sur la Néva, randonnées à travers l'immensité de la plaine vierge, haltes transies devant les péristyles enneigés, glissades sur la banquise dans le golfe de Finlande... Rien ne me destinait encore au métier de compositeur... Mes amis étaient juristes comme moi... Nous sortions de l'école qui s'appelait alors, non de Droit, comme aujourd'hui, mais des Droits, au pluriel. Ecole impériale des Droits, tu te souviens, mon cher Fiodor ? Je ne sais pas si c'est un bon signe que les Droits, variés, multiples, concrets, se soient réduits à l'abstraction d'un seul Droit, rigide, universel...

« Ai-je rendu la couleur du ciel, ce bleu de glace, au ton rare et précieux, qui n'a aucun rapport avec l'azur méridional ? La Néva se hérisse de dunes blanches, des congères la boursouflent, on dirait un champ de laves dans sa version polaire... Nous allions ensemble, tu te rappelles ? surprendre les pêcheurs penchés au-dessus de leurs trous. De sous la croûte de glace, ils retirent des poissons qui, après deux ou trois cabrioles, se raidissent soudain au fond de la nasse, figés dans un étui transparent. L'eau s'est solidifiée sur leurs écailles. Sa Majesté le Froid ne tolère aucune rébellion.

« Rien n'est beau comme la place du Palais, par une soirée d'hiver, quand les derniers piétons se sont retirés. La façade du palais, repeinte aujourd'hui en jaune-brun, avait gardé, de notre temps, le bleu-vert d'origine, et cette couleur d'aigue marine s'harmonisait mieux avec les nuances de saphir et de béryl que prend le tapis de neige sous la lune. Mes amis m'arrachaient à ma contemplation, pour m'éviter d'être changé en statue de cristal, dans ma fourrure nacrée de mica. Je serais resté toute la nuit sous l'enchantement de cette mort blanche, saisi d'une bizarre folie qui m'empêchait de sentir le froid.

« Puisse-t-on retrouver dans ma première symphonie, malgré ses défauts criants, ce scintillement de givre, cet éclat, cette griserie. *Songes d'hiver* voudrait n'être que poudroiement lumineux, envol de paillettes irisées... Je mourrai content si l'on dit de moi que j'ai réussi à incarner Saint-Pétersbourg, à être la voix musicale de cette ville — autant que Moussorgski passe pour le porte-parole de Moscou, de la Russie archaïque et truculente qui complotait dans les couloirs du Kremlin puis se lavait de ses crimes en faisant retraite dans les cellules de Novodievitchi. »

BORIS PETROVITCH ANNENKOV : « Comptez-vous vous racheter de vos tendances au cosmopolitisme en les justifiant par l'influence d'une ville notoirement bâtie en vue de briser la résistance des Vieux-Russes et d'extirper de notre pays les traditions d'où il tirait sa force ? »

TCHAIKOVSKI : « Tel est le fond de la querelle, n'est-ce pas ? Je ne voudrais pas vous blesser, mais poser la question de cette manière ne tourne pas à votre avantage. Vous retardez de deux siècles, tout simplement. Quand Pierre le Grand fonda Saint-Pétersbourg, vite baptisée "fenêtre ouverte sur l'Europe", l'air nouveau qui souffla de la Baltique enrhuma les riverains de la Moskva. C'en était fini de la Russie, disaient-ils, si au lieu de construire des églises à bulbes on dressait une flèche au-dessus de la cathédrale Pierre-et-Paul, au lieu d'employer le bois on utilisait la brique, au lieu de maisons étroites et pointues on étirait au bord de l'eau des palais de deux étages, au lieu de stagner dans les brumes de l'Orient on se tournait vers la lumière et la raison. Ces griefs, ces lamentations, on les entendait en

1710, en 1720, il y a presque deux cents ans de cela ! Est-ce que Paris n'est plus Paris parce qu'on a rasé les maisons sur les ponts et percé des avenues dans le fouillis des vieilles ruelles ? Est-ce que la Russie n'est plus la Russie parce qu'une autre architecture, d'autres façons de vivre, des habitudes plus modernes ont ôté le monopole à la Russie féodale des boyards en pelisse, des popes chamarrés d'or, des bûchers funéraires, des coupoles ténébreuses, des iconostases enfumées, des ermites barbus jusqu'au nombril ?

« Libre à certains compositeurs d'avoir la nostalgie de cette époque et de la ressusciter avec les moyens de leur art. Libre à une partie du public de communier dans le souvenir des tsars féroces et des patriarches félons. Libre aussi aux étrangers, chère madame Blamoutier, de croire que la seule Russie valable est la Russie d'Asie, celle des lithographies où ils voient briller à leur intention les bulbes dorés de nos kremlins. Réduire Venise à ses gondoles, les Andalouses à leurs castagnettes, les Hollandais à leurs moulins à vent trahit la même paresse mentale. Il y aura toujours des amateurs de clichés pour se dire que les trônes ensanglantés par l'intrigue, les fanatiques prêchant en guenilles, les foules agenouillées à la porte des couvents, les anachorètes penchés sur des in-folio vermoulus, les voûtes surbaissées emplies d'ombre et d'épouvante résument l'histoire de notre patrie.

« Néanmoins, que ces compositeurs, cette partie du public, ces étrangers et messieurs les critiques qui n'accordent qu'à ce type d'opéras la faveur de les trouver russes sachent qu'une seconde Russie a deux siècles d'existence, qu'elle n'est pas moins russe que l'autre, qu'elle a depuis longtemps ses lettres de noblesse littéraire. Saint-Pétersbourg a produit Pouchkine, Gogol, Dostoïevski, Gontcharov. Si la musique et l'opéra ont été plus longs à se dégager du pittoresque oriental, c'est à cause de la force persistante du stéréotype selon lequel ne seraient russes que les basses caverneuses, les processions de moines, les prières collectives, les Streltsy sanguinaires, les ivrognes mystiques. »

BORIS PETROVITCH ANNENKOV : « Russe, Saint-Pétersbourg ? Non, décidément, on ne me fera pas avaler cette énormité. Demandez au Père Terenski, coadjuteur de Mgr Isidore, s'il s'y retrouve dans cette prolifération d'Eglises étrangères : la hollandaise, la catholique, la luthérienne, la calviniste, l'anglicane, l'évangélique finnoise, l'évangélique suédoise, la lettone, l'estonienne, l'arménienne... Saint-Isaac et Notre-Dame de Kazan, nos cathédrales orthodoxes, travesties elles-mêmes en basiliques romaines... Pas une seule coupole byzantine, pas une seule église-pyramide... Le culte de rite grec habillé à la française, à l'italienne ou à l'allemande... Evidemment, puisque les architectes de Saint-Pétersbourg s'appellent Richard de Montferrand, Vallin de La Mothe, Rastrelli, Carlo Rossi, Velten ! »

RENATO DONATELLI : « A ce compte, les preuves du génie national vous manqueront également à Moscou. Le Kremlin n'est pas russe pour un sou, monsieur Annenkov. Ne savez-vous pas que les remparts furent élevés par des Milanais, le palais des Diamants copié sur celui de Ferrare, la cathédrale de l'Archange Michel bâtie par un Vénitien, celle de l'Assomption par un architecte de Bologne ? »

TCHAIKOVSKI : « Nos compatriotes ne savaient manier que la hache ! Russe, la résidence des tsars n'eût été qu'une misérable masure. Sans l'intervention de maîtres occidentaux, notre architecture n'eût pas plus évolué que notre musique si elle était restée ancrée dans l'Asie, figée au stade du rubâb et du guzlar. »

WIELAND KNOPF : « Quand vous composez une œuvre, à quelle partie de votre public la destinez-vous ? Pensez-vous au public lorsque vous écrivez ? »

TCHAIKOVSKI : « La vie d'une œuvre d'art comporte deux temps distincts : le temps de la création et le temps de la distribution. Penser au public pendant qu'on écrit serait une erreur fatale, qui conduirait à chercher comment plaire, au lieu d'obéir à la seule exigence intérieure. On n'écrit pour aucun autre que pour soi... » (Hésitation à poursuivre)

OSCAR MOROVITCH : « Vous avez pourtant l'habitude d'inscrire une dédicace en tête de chaque nouvelle œuvre. A qui la nouvelle symphonie sera-t-elle dédiée ? »

TCHAIKOVSKI (gêné) : « Je ne sais pas encore... »

BORIS PETROVITCH ANNENKOV : « La plupart de vos œuvres sont créées à Moscou. Ce ne peut être sans intention que vous réservez la prochaine à Saint-Pétersbourg. »

TCHAIKOVSKI : « Pur hasard, je vous assure... »

OSCAR MOROVITCH : « On dit que vous réservez à un jeune neveu l'honneur de voir son nom imprimé en tête de la partition. »

TCHAIKOVSKI : « Peut-être, je n'ai pas encore décidé. »

BORIS PETROVITCH ANNENKOV : « Ni votre père, ni aucun de vos frères et sœurs n'ont jamais eu cet honneur. »

TCHAIKOVSKI (sur des charbons ardents) : « J'y penserai... »

OSCAR MOROVITCH : « Il faut que ce jeune neveu présente de grandes qualités pour mériter pareille faveur. »

TCHAIKOVSKI : « Messieurs... »

On commençait à chuchoter. Des bruits vagues, des suppositions sans fondement, auxquels Piotr Ilitch, en ayant l'air de se sentir visé, donnait un soudain crédit. Il sortit un mouchoir de sa poche et le passa sur son visage. Un incident touchant fit diversion. Pendant qu'il

s'épongeait le front, le plus petit des garçonnets se dressa d'un bond et cria, face au public, de sa frêle voix pointue :
« Laissez-le donc tranquille ! »
Le cri de protestation enfantine rappela les journalistes, déjà sur la piste du scandale, à plus de retenue.

WIELAND KNOPF : « La nouvelle symphonie comporte-t-elle quelque innovation spectaculaire ? En ferez-vous un manifeste de la modernité ? J'imagine que vous avez à cœur, malgré votre conception du travail créateur, de mettre les jeunes de votre côté. »

TCHAIKOVSKI : « Je vous répondrai d'abord qu'elle n'est pas terminée. Je suis venu pour étudier avec l'orchestre trois de ses mouvements. Le quatrième reste à finir. J'y consacrerai l'été. Ensuite, je vous le répète, tant que je suis dans le travail d'écriture, je ne m'occupe pas de savoir si l'œuvre est ceci ou cela, moderne ou pas moderne, d'avant-garde ou sur un modèle connu. Elle est mienne, et c'est tout. Quand je l'aurai donnée aux copistes, quand le public l'entendra, quand elle sera soumise à votre jugement, quand elle aura échappé à mon contrôle et acquis une vie indépendante, eh bien ! il sera temps de décider ce qu'elle vaut, si elle apporte quelque chose de neuf à l'art de notre époque ou se contente de reproduire des formules déjà éprouvées. »

BORIS PETROVITCH ANNENKOV : « Savez-vous que c'est mépriser le public que d'écrire sans penser à ce qu'il aimerait entendre ? Vous gardez une conception élitiste de l'art, conception désavouée par vos contemporains. Aujourd'hui, la tour d'ivoire n'est plus permise, il faut être à l'écoute de la société, il faut répondre aux besoins du peuple. Un Hugo, un Zola, un Tchekhov ont compris les nouveaux devoirs de l'artiste. Vous ne pouvez vous prétendre moderne et ignorer superbement la sensibilité de ceux qui achètent un billet pour écouter votre symphonie et veulent trouver en échange de leurs roubles une musique à leur goût. »

TCHAIKOVSKI : « Je serais navré de décevoir mon public. De le décevoir en le sous-estimant. Je me fais une haute idée de ses aptitudes à la nouveauté. Le mépris serait plutôt de votre côté, il me semble. Exiger d'un compositeur qu'il plaise d'emblée à ses auditeurs, au prix de concessions inévitables pour atteindre ce but, c'est négliger leur désir de découvrir plus loin que le bout de leur oreille et les juger incapables de surmonter une perplexité passagère en vue d'un enrichissement ultérieur. Le véritable artiste est en avance sur ceux qui l'écoutent : il les attire au-delà du point où ils seraient allés tout seuls, il les élève au-dessus de leur existence routinière, il leur fournit de nouvelles raisons de vivre, de croire, d'aimer.

« Si j'achète chez mon épicier un bocal de concombres au sel, la marchandise que je me procure est sans surprise. Dûment identifiée, dûment tarifée, elle me donnera le plaisir que j'en escompte, ni plus ni moins. Les gens ont besoin d'aventure, les concombres au sel ne leur suffisent pas, ils entrent dans une salle de concert avec l'espoir d'en ressortir différents, enrichis d'un nouveau sens de la beauté. Même s'ils sont d'abord décontenancés par le caractère inouï de ce qu'ils entendent, ils apprécient que le compositeur, au lieu de leur servir des malossols de routine, les incite à se dépasser eux-mêmes, à reculer les limites de leur horizon, à le suivre dans un monde inconnu. »

L'ENVOYEE DE LA REVUE MUSICALE RUSSE : « Comment voyez-vous l'avenir de la musique en Russie ? Estimez-vous avoir des disciples ? »

TCHAIKOVSKI : « Des disciples, je ne sais pas. Mais qu'il y ait de jeunes talents déjà épanouis, cela ne fait aucun doute. Je citerais Alexandre Glazounov à Saint-Pétersbourg, Anton Arenski à Moscou. Et tenez, M. Rachmanínov, le plus prometteur de sa génération, a pris la peine de venir jusqu'ici. Sergueï Vassilievitch Rachmanínov, je vous renouvelle publiquement ma proposition. Votre opéra *Aleko* et mon dernier opéra *Iolanta* ne durent guère plus d'une heure chacun. Que diriez-vous de les monter ensemble, dans le même spectacle ? »

Tous les regards se tournèrent vers le jeune homme. Il se leva, salua, en proie à un trouble visible. La partition qu'il serrait sous son bras glissa par terre. Il essaya d'articuler un remerciement, mais ne réussit qu'à marmonner une phrase pour prier une nouvelle fois les présents de prononcer correctement, Rachmáninov et non Rachmanínov. En réponse aux paroles si généreuses de Piotr Ilitch, on trouva ce reproche particulièrement malvenu. Il s'en aperçut, rougit, se rassit d'un mouvement brusque.

RENATO DONATELLI : « Ah ! Monsieur Rachmanínov ! (Il s'embrouilla dans les syllabes et déclencha l'hilarité.) Quelle chance de vous avoir sous la main ! Votre prélude en ut dièse mineur fait le tour du monde. Le public s'interroge sur la signification de ces trois notes, martelées avec une insistance sinistre. Qu'avez-vous cherché à évoquer ? Les cloches du Kremlin ? L'incendie de Moscou ? Le Jour du Jugement ? »

ISABELLE TOWNSEND : « En Amérique, on a baptisé ce prélude "Cauchemar d'un enterré vivant". Titre stupide, mais les gens n'en veulent pas démordre. Faites une tournée là-bas, votre extrême jeunesse leur prouvera que vous n'avez pas écrit ce morceau — j'ai entendu cette autre ânerie — pendant qu'on clouait le cercueil de votre femme. »
(Rires)

TCHAIKOVSKI : « Cette manie de chercher un programme ! J'ai été victime moi aussi de ces admirateurs trop zélés qui veulent absolument qu'une musique traduise un état d'âme. La vraie musique ne traduit rien, c'est un art pur, dont le seul but est de procurer une émotion par la variété et la beauté des lignes. »

ANATOLE KREMSKI : « Le moment est venu de remercier Piotr Ilitch. A moi de poser une question. Après la sixième symphonie, tes projets pour l'avenir ? »

TCHAIKOVSKI : « Cesser d'écrire, peut-être... Laisser la place aux jeunes... La relève n'est-elle pas brillamment assurée ? »

GOURI (grimpant sur les genoux de Piotr Ilitch) : « Et moi, diadia Petrouchka, ne m'as-tu pas dit que je serai un jour musicien ? » (Rires)

TCHAIKOVSKI (le seul à rester sérieux, se penchant pour embrasser l'enfant) : « Mais bien sûr, mon grand, si tu continues à travailler aussi bien. Musiciens, vous l'êtes déjà, toi et ton frère... »

L'autre garçonnet le tira par la manche, pour l'empêcher de prononcer son nom, et porta un doigt à sa bouche : si le marmot ne savait pas tenir sa langue, lui, Igor, exigeait de Piotr Ilitch qu'il gardât le secret. Piotr Ilitch comprit le geste. Toute cette scène se déroula si vite, que je ne m'en serais pas souvenu, si je n'avais appris plus tard à connaître les gamins.

ANATOLE KREMSKI (agacé) : « Cesser d'écrire... cesser d'écrire... Mômeries en l'air... Je vais le leur dire, moi, ce qui mûrit dans ton esprit, quand tu ne gâtifies pas avec ces mioches mal élevés... »

TCHAIKOVSKI : « Bon, c'est vrai, j'ai en tête un nouvel opéra. »

BORIS PETROVITCH ANNENKOV : « Vous avez choisi le librettiste ? »

TCHAIKOVSKI : « Il s'est choisi tout seul. »

WIELAND KNOPF : « Votre frère Modeste, une nouvelle fois ? »

ANATOLE KREMSKI : « Il se la coule trop douce, à Naples, pour se mettre à un travail sérieux. »

OSCAR MOROVITCH : « Un nom connu ? »

IRENE BLAMOUTIER : « Une signature ? »

TCHAIKOVSKI (désinvolte) : « Anton Pavlovitch Tchekhov. »

Stupéfaction générale. Les plumes qui étaient déjà rentrées dans les étuis furent prêtes à remplir une nouvelle page de cahier. Quelle bombe ! Quelle sensation ! Tchekhov ! Le plus russe des écrivains, le confident des simples et des humbles, le médecin de campagne ayant ausculté la misère humaine, le peintre et le chroniqueur des déshérités, le romancier des paysans, des mineurs de charbon, des charretiers qui parcourent la steppe et des passeurs qui font traverser la Volga, l'ami des vagabonds et des fous, la coqueluche des slavophiles, Tchekhov ne trouve pas *le Lac des cygnes* un passe-temps d'oisifs riches, ni le *Concerto pour piano* une marmelade sentimentale à l'usage de snobs désœuvrés !

Incrédule, Boris Annenkov se fit répéter le nom. Tchaïkovski tira de sa poche le dernier livre de Tchekhov, encore froissé par le voyage. *L'Ile Sakhaline*, enquête sur les déportés en Sibérie. L'écrivain avait tracé sur la page de garde les mots suivants : « à Piotr Ilitch, son futur librettiste, affectueusement ».

IRENE BLAMOUTIER : « Quel sera le sujet du livret ? »

TCHAIKOVSKI : « L'histoire d'une actrice. *Tchaïka*, la Mouette. J'avais raconté à Anton Pavlovitch qu'un de mes ancêtres, un cosaque d'Ukraine, fut surnommé Tchaïka pour son art d'imiter le cri de cet oiseau. "De là dérive votre nom ? me demanda-t-il. — Selon la légende de notre famille, oui. — Eh bien ! encouragé par cette homonymie, j'appellerai *la Mouette* l'ouvrage que vous mettrez en musique." »

Le livre sur les déportés en Sibérie circula de main en main. Chacun voulait voir, toucher le gage d'une amitié si inattendue, d'une sympathie intellectuelle si imprévisible. Le fils d'épicier et le « cosmopolite », la voix la plus pure de la littérature nationale et le prolixe accusé d'éclectisme, celui qui ne quitte guère son village et le Florentin d'adoption, le docteur des pauvres et le chouchou des douairières, l'un et l'autre engagés à présent dans un travail commun !

Persistance des préjugés contre Piotr Ilitch : car aucun auteur, à vrai dire, je le comprends aujourd'hui, ne pouvait lui plaire autant, lui être plus proche que celui dont toutes les histoires racontent, sur un ton froid, impersonnel, l'impuissance de la volonté humaine contre le cours préordonné des choses. Malmenés par une main invisible, les personnages d'Anton Pavlovitch essayent en vain de se rebeller. Nés vaincus, vite résignés à leur sort, ils courent tout doucement à une fin lamentable. La différence avec Tchaïkovski, c'est que celui-ci exalte et emphatise la victoire du destin. Un thème traité par Tchekhov en sourdine, avec l'économie de moyens, la précision clinique, le laconisme qu'il tient de sa profession. Ces deux hommes étaient faits pour s'entendre, le médecin prêtant son stéthoscope au poète. Inestimable caution scientifique, pour celui qui doutait de soi, et trouva dans la prose neutre, sans passion, objective du praticien la preuve que ce n'est pas être la proie d'une fixation pathologique que de clamer son épouvante du *fatum*.

L'affectueuse dédicace, que chacun, pour se convaincre de sa véracité, voulut lire de ses yeux, contribua à rétablir le crédit de Tchaïkovski plus que son courage devant la presse, plus que l'autorité de ses réponses. La malveillance, la calomnie ont tant de pouvoir même sur les esprits les mieux disposés que le disculpant hommage, lorsque j'en pris à mon tour connaissance, me causa, j'ai honte d'avouer ma lâcheté, une heureuse surprise.

VII

« Les chiens ! »

Cette exclamation m'échappa devant l'hôtel. J'avais raccompagné Anatole jusqu'à sa voiture.

« Les chiens ! Ils l'ont mis à la torture ! Ce n'était pas une conférence de presse, mais un procès ! La répétition générale du grand procès, tu ne trouves pas ?

— Bah ! fit Anatole, il est impossible qu'ils sachent quoi que ce soit.

— Ils se doutent sûrement de quelque chose. Tu as entendu comme ils ont parlé de Bob ? Ces demandes à bout portant ? Ces insinuations venimeuses ? Les "grandes qualités" du neveu, la "faveur" que représente cette dédicace...

— Pure coïncidence, Basile.

— Et lui, crois-tu qu'il sache ce qui l'attend ?

— Impossible ! Il débarque de Moscou, et n'a rencontré personne en dehors de ma présence. S'il avait eu vent du procès, aurait-il mentionné l'école de Droit ?

— Ne serait-ce pas un type à se jeter dans la gueule du loup ? Faire ainsi l'apologie de l'amour...

— Il ne sait rien, Basile, il ne peut rien savoir.

— Ne trouves-tu pas curieux qu'il ait emporté, pour lire dans le train, justement une enquête sur la déportation en Sibérie ?

— Coïncidence, te dis-je, simple coïncidence. »

N'ayant pas le flegme d'Anatole, cette coïncidence me donnait froid dans le dos. Et cette allusion de Boris Annenkov au Père Terenski, pouvait-on la considérer aussi comme fortuite ? Si le coadjuteur de Mgr Isidore déplore la prolifération des églises européennes et prêche le retour aux traditions nationales, de quel œil jugera-t-il un homme accusé du vice italien ?

Pour me faire une première idée de celui que le comte Vorontsov avait choisi pour septième juge, je résolus de me rendre, dès le dimanche suivant, à la laure Alexandre Nevski, le grand monastère au bout de la Perspective.

Etudiant, je visitais souvent, avec mes camarades, le cimetière qui précède la laure. Nous avions l'âge où la pensée de la mort embellit d'un halo poétique les brutalités de l'ambition. A cette époque — vers 1860 —, faute de grands hommes en Russie, le cimetière ne renfermait aucune tombe connue. Nous nous promenions sans but entre les dalles et les cippes qui émaillent les pelouses. Le premier mort célèbre fut Glinka. Après l'éloge qu'en avaient fait les journalistes, je voulus revoir sa sépulture.

J'aperçus d'abord un monument fort laid, dédié à la mémoire de Dostoïevski. Le buste du romancier est d'un réalisme si plat, qu'on regrette le temps où la sculpture était prohibée en Russie. Plus loin, j'eus la surprise de découvrir, groupées autour de celle de Glinka, les tombes de plusieurs autres compositeurs. En trente ans, la jeune école russe de musique avait eu le temps de former des élèves, de les conduire à la gloire et de les enterrer. Borodine et Moussorgski reposent côte à côte, chacun sous une stèle sans ornement. Simplicité de bon aloi. Le jeune pâtre en bronze, nu, qui joue de la flûte sur la sépulture de Dargomyjski, me déplut. Je me dis que si Tchaïkovski mourait à Saint-Pétersbourg et qu'on l'inhumât dans ce coin du cimetière, un tel précédent pourrait encourager Modeste à trahir le secret de son frère, par quelque allusion indiscrète à ce que Piotr Ilitch prend si grand soin de cacher.

Par fidélité à leurs ancêtres français, mes parents m'ont élevé dans la religion catholique. A Moscou, je fréquente la paroisse catholique de Sainte-Catherine. Les solennités de Noël et de Pâques m'attirent dans les basiliques du Kremlin. Je me laisse éblouir par l'éclat de la cérémonie, bercer par la beauté des chants, c'est tout ce que je connais du culte grec. En quoi se distingue-t-il du culte romain ? La morale particulière de l'Orient déteindra-t-elle, le jour de la sentence, sur la décision du Père Terenski ? Entre « laure » et « monastère », y a-t-il d'autres différences que de nom ?

Contrepartie religieuse, à l'extrémité sud-ouest de la ville, de la citadelle Pierre-et-Paul, entouré de murs et de douves, parsemé d'églises, de chapelles et de maisons d'habitation, vaste de plusieurs dessiatines, l'ensemble des bâtiments consacrés au grand-duc canonisé ressemble à un un parc d'agrément. La collégiale de la Trinité, but de mon expédition, occupe le milieu de l'enceinte. Je dus me frayer un passage à travers une cour des miracles. Loqueteux en sandales d'écorce de bouleau, estropiés, culs-de-jatte, tronçons humains montés sur des planches à roulettes exhibent leurs infirmités et leurs plaies aux fidèles qui arrivent à pied de tous les coins de la capitale. A la foule affluant du centre et des îles après une marche de quatre ou cinq verstes, se joignent les paysans qui n'ont eu qu'à passer la Néva, ainsi que les ouvriers du dépôt de farine installé de l'autre côté du fleuve.

Le métropolite et ses coadjuteurs résident, en face de la Trinité, dans un édifice long et bas, d'un seul étage, blanc et rose, que flanque à chaque bout une tourelle de la même fadeur bicolore. Si Boris Annenkov a dit vrai et que le Père Terenski soupire après les églises du Kremlin, je suppose que ce nostalgique de la Russie byzantine subit comme une pénitence cette bonbonnière Pompadour.

Quant à la collégiale, blanche, nue, surmontée d'un dôme unique, il ne peut en franchir le seuil sans un serrement de cœur. La liturgie orientale garde la pompe d'autrefois, mais dans un cadre vide et glacé. Les murs sont revêtus de marbres dont la somptuosité, loin de réchauffer l'édifice, en accentue la froideur. Sur les piliers, copies de Mengs et de Van Dyck, ces hérétiques. En face de l'autel, portrait géant de Pierre le Grand, ce renégat. Pour iconostase, une muraille de marbre, sans ornements, austère. Bien qu'elle symbolise le voile du Temple et cache à l'assistance le sacrement de l'eucharistie où seuls les prêtres ont accès, une iconostase n'a pas à avoir un aspect aussi rébarbatif. Porte qui donne sur le sanctuaire, partie la plus vénérable de la nef, et, dans une église traditionnelle, trésor scintillant de bois dorés et de pierres précieuses, comme tout attrait, ici, lui fait défaut ! Une vraie barrière. Elle rebute l'âme au lieu de lui ouvrir le ciel.

Parmi la douzaine de prêtres qui officiaient au milieu des fidèles, derrière l'enclos carré que surplombe la coupole, on m'indiqua le Père Terenski.

Chasuble d'or, mitre d'or, haute stature, longue barbe, voix rocailleuse : il ressemblait aux autres, à tel point que je n'étais pas sûr, si je le revoyais un jour, de pouvoir le reconnaître. Que l'Eglise orthodoxe ensevelisse sous le luxe des parures et l'uniformité des psalmodies la personne physique des prêtres, de sorte à leur enlever toute existence individuelle, voilà qui ne présage rien de bon pour Tchaïkovski. Le Père Terenski, lorsqu'il siégera au tribunal, acceptera-t-il d'entrer dans le détail d'une vie humaine ? Accordera-t-il à l'accusé la faveur d'examiner son cas ? Ou se contentera-t-il, tel le juif Moïsseï Moïssevitch, d'aligner sa sentence sur la parole du Lévitique ?

Par un mouvement involontaire hérité de mon éducation, j'avais croisé les bras sur ma poitrine, posture favorable à l'examen de conscience. Ce geste de repli choqua une vieille dévote. Elle m'enjoignit de décroiser les bras, de m'ouvrir au souffle divin. Je m'avisai, à la voir si cassée et décrépite, qu'il n'y a ni chaises ni bancs dans l'église. L'office, beaucoup plus long que chez les catholiques, a beau durer trois ou quatre heures, chacun le suit debout. Qu'il soit vieux, malade ou infirme, sa fatigue n'intéresse pas le Seigneur. L'individu n'est rien, pour la religion orthodoxe. D'un juge ecclésiastique, comment espérer qu'il distingue entre un homme et un autre et n'applique pas à tous le verdict péremptoire de Moïse ? La mort précoce d'une mère, la solitude de l'orphelin ne seront pas pour lui des circonstances atténuantes.

On ne l'incitera pas à la miséricorde en invoquant les mérites exceptionnels de l'accusé. L'Eglise d'Orient ne reconnaît qu'une seule musique, le plain-chant. Versets récités par les chantres, répons lancés de la tribune par les basses et les garçons du chœur. Suavité ou violence, douceur céleste ou gravité sépulcrale, murmures diaphanes ou grondements de l'abîme, mais toujours pur souffle humain jailli des poumons, à l'exclusion de tout instrument. Les Hébreux mettent une harpe aux mains de David, un psaltérion aux doigts des chérubins. Les catholiques munissent les anges de violes de gambe et de violons. Ici, jusqu'à l'orgue est banni. Le bois, le cuivre, le plomb, le crin des archets, les boyaux de chat des cordes souilleraient de leur matière sans âme la gloire vivante du Seigneur. Il faut chanter sans accompagnement, à voix nues, n'importe quel autre son n'étant qu'une profanation de la louange.

Autour de moi, hommes et femmes ne cessaient de se signer, de se prosterner, de s'agenouiller, de se relever. Profondes et rapides inclinations, plongeons brusques, redressements soudains, une spectaculaire pantomime, qui contraste avec le recueillement, vrai ou feint, d'une messe romaine. Devant les icônes, contre les piliers, d'une travée à l'autre, c'est un va-et-vient continu. On s'approche pour planter un cierge, on touche du doigt l'image, on se prosterne avec des signes de croix, pas moins de trois à la suite, on se baisse jusqu'au sol, on retourne vers le fond de l'église acheter un autre cierge aux babouchkas qui bavardent près du samovar, on va jeter un coup d'œil au mort exposé dans son cercueil devant l'autel d'un bas-côté.

Aucun missel dans cette foule, aucun texte écrit, à part les bouts de papier griffonnés tant bien que mal que quelques dévotes tendent aux prêtres en leur glissant un billet dans la main : elles y ont gribouillé le nom du proche qu'elles recommandent à leurs prières. Personne ne suit l'office dans un livre. Le corps a plus de place que l'esprit, dans cette gymnastique sacrée. Qui d'entre eux fréquente l'Evangile, dans ce pays où l'on compte 60 % d'analphabètes ? Ils détiennent une recette plus simple, plus directe, pour entrer en contact avec Dieu.

Je vis un homme aux cheveux blancs s'agenouiller et se relever si souvent que je voulus vérifier combien de fois il soutiendrait l'épreuve. Je comptai jusqu'à trente, avant de me lasser moi-même. Il continua à se prosterner entre chaque signe de croix, et ne cessa qu'à épuisement complet. Pierre le Grand, qui a voulu arracher la religion russe à l'influence de l'Asie, eût reconnu, dans cette manière de s'étourdir jusqu'aux limites de ses forces, une technique tout orientale d'accéder à la grâce par l'anéantissement de l'individu.

Que, dans le signe de croix, ils touchent d'abord l'épaule droite, ce détail a-t-il un sens ? La moitié droite de la personne est placée sous la protection divine, la moitié gauche ouverte au monde, exposée à ses coups, accessible aux puissances du mal. Cette distinction, commune à l'Orient et à l'Occident, remonte au Moyen Age. Michel-Ange déhanche son *David* et l'appuie sur la jambe droite, du côté où il reçoit sûreté et aplomb. La jambe gauche, fléchie, laisse le héros vulnérable. En se signant d'abord à gauche, le catholique commence par l'aventure, le risque, mais ce courage dure peu, il se réfugie sans tarder en lieu sûr. L'orthodoxe accomplit le geste contraire. Dois-je en conclure que le péché l'effraie moins ? Dialoguera-t-il plus volontiers avec le coupable ?

Pour célébrer l'eucharistie, les prêtres se retirèrent de l'autre côté de l'iconostase, derrière les croisillons de la porte refermée sur eux. Les diacres tirèrent un lourd rideau vert, qui cacha à l'assistance les gestes de la consécration. Puis le rideau fut écarté, la porte à deux battants rouverte, le trône de Dieu à nouveau visible, sous le baldaquin à franges d'or. Les diacres s'avancèrent dans la nef, portant sur leur front le calice. Les prêtres marchaient à leur suite, munis de la cuiller en or pour la communion publique.

D'autres accessoires, tombés en désuétude dans la liturgie romaine, ont gardé leur prestige à Byzance : le *flabellum*, éventail d'argent que les diacres agitent autour du tabernacle, la lance et l'éponge du calvaire. Le souvenir du sacrifice sur le Golgotha et des instruments du supplice reste plus vivant que chez nous.

Le Père Terenski prit place devant l'autel et, debout dans son armure d'or, commença à distribuer le pain et le vin. Du pain fermenté, non du pain azyme. Du pain quotidien, le même qui sert d'aliment et de réconfort à cent douze millions de Russes. Coupé en tranches derrière le rideau de l'iconostase, il a été fragmenté en petits morceaux puis trempé dans le vin du calice. Du bout de la cuiller en or, l'officiant introduit entre les lèvres du fidèle une parcelle de nourriture eucharistique imbibée de vin sacré.

Voilà ce qui distingue le plus complètement de nous les orthodoxes. Ils communient sous les deux espèces. Que notre hostie, toute plate et toute blanche, paraît sèche, en comparaison de cette pâte onctueuse dont chacun absorbe une bouchée ! Et comme ils ont ici une approche plus sensuelle du Christ, comme ils se repaissent plus moelleusement de son corps ! Ce fut la meilleure raison d'espérer que m'apporta cette messe : car autant l'aridité de la communion sous une seule espèce rappelle au catholique que son Eglise est intraitable sur le péché de la chair, autant je peux m'attendre à l'indulgence de prêtres qui mettent, non pas « de l'eau dans leur vin », mais du vin dans leur pain. Rome se crispe sur la morale sexuelle ; bien moins fidèle à Jésus, sur ce point, qu'inféodée à saint Paul, ce fanatique, qui a sillonné l'Asie Mineure sans aborder, heureusement pour Piotr Ilitch, sur la rive russe du Pont-Euxin.

La cuiller en or entra dans des centaines de bouches sans être passée à l'eau ou nettoyée entre deux communions. De toute la cérémonie, je ne la vis ni changée ni rincée. Après qu'ils avaient communié, le diacre qui se tenait à côté du Père Terenski tendait un mouchoir rouge aux fidèles. Ils s'essuyaient la bouche avec ce chiffon. Le même bout de tissu sert à tous. Il n'est lui non plus ni lavé ni renouvelé. Cuiller et serviette collectives. Les mendiants, les scrofuleux aux purulentes écrouelles ne sont pas traités à part. Eparpillés dans la foule, ils mêlent leur bave infecte à la pure salive des enfants. Communisme russe, dirait Annenkov. Des fillettes de douze ans, des jeunes mariés, des mères allaitant leur nourrisson utilisèrent la loque que des syphilitiques avaient passée sur leurs lèvres. Je ne surpris aucun signe de dégoût.

Plus qu'un simple manquement à l'hygiène, je vis dans cette indifférence aux cas particuliers une nouvelle preuve que l'individu ne compte pas pour l'Eglise orthodoxe. Le Père Terenski aura beaucoup de mérite à juger selon sa propre conscience. La crainte de la maladie, les précautions contre le risque de contagion ont pour fondement le droit de chacun à disposer d'une existence à soi. S'ils poursuivent un idéal opposé, si leur foi repose sur le mépris de ce que chacun est, s'ils ne tendent qu'à s'oublier dans le Christ, peu leur importe que ce mouchoir transmette des germes d'infection, peut-être le virus d'une épidémie.

« Tu exagères, me dit Nicolas. Personne, à ma connaissance, n'a jamais été contaminé à l'église. Ces gens vivent dans des conditions sanitaires déjà si déplorables, qu'ils sont immunisés contre les microbes. Quant au choléra, il ne se propage que par l'eau. »

Ce qu'il m'apprit du Père Terenski ne m'encouragea guère à compter sur sa clémence.

VIII

Evêque coadjuteur, deuxième de la hiérarchie après Mgr Isidore, candidat à la succession du métropolite de Saint-Pétersbourg et Novgorod, le Père Georges Terenski n'était parvenu à cette haute position qu'à force de volonté personnelle et d'énergie.

Fils d'un prêtre rural, il gardait de son enfance le souvenir de disettes et d'expédients honteux. Maïkovo était un des villages les plus pauvres d'Ukraine. Où trouver l'argent pour manger ? Par quels moyens survivre ? Trois fils, trois filles et une femme à nourrir pour le pope, à qui la commune prêtait une maison et un champ. Aucun traitement fixe, quelques subsides çà et là, à lui de se débrouiller. Et « se débrouiller », pour le Père Macaire Terenski, consistait à exploiter la crédulité du peuple. Il mettait les sacrements aux enchères : trois kopecks pour la confession, dix pour la communion, quarante pour le baptême. Le prix d'un mariage variait entre deux et cinq roubles, un enterrement coûtait de un à deux roubles. Il refusait l'extrême-onction si on ne lui donnait pas la plus belle oie de la basse-cour ou un cochon de lait.

Le pillage des ruches fournissait un appoint appréciable. Les six enfants de Macaire, envoyés dans les champs à la poursuite des essaims sauvages, rentraient à la maison les mains et le visage tuméfiés. La cire des abeilles, dont l'odeur ambrée se mêle aux parfums de l'encens, est plus agréable à Dieu que la stéarine qu'on tire du mouton. Elle sert à fabriquer des cierges plus résistants, qu'on peut revendre jusqu'à deux ou trois fois.

Un autre joli bénéfice provenait de l'Image sainte conservée dans l'église, une Vierge en majesté, qu'on sortait de temps à autre et promenait en cortège. L'honneur de l'héberger pendant une nuit, au cours de la procession qui durait plusieurs jours et s'égaillait à travers la campagne, se payait de deux billets bleus à deux billets rouges.

Ni ce trafic des superstitions populaires ni l'ivrognerie du pope ne choquaient les villageois. Si abjecte que puisse être la conduite du prêtre russe, elle ne porte pas atteinte à la majesté de la religion. On le tient pour un simple valet, le domestique préposé à l'autel. Aucune auréole mystique ne l'entoure. Etant marié et père de famille, il se distingue à peine du commun des mortels. Seul Georges, le benjamin, souffrait que le culte du Seigneur fût avili. Il voyait son père débattre avec les agonisants le prix de leur absolution, et régler la longueur de ses prières d'après la somme stipulée. N'était-ce pas profaner la Face peinte sur l'icône, que de l'approcher des lèvres du moribond contre un demi-litre de vodka ?

En pension à Moscou chez un de ses oncles, il visita le Kremlin. La pénombre dans les églises, les hautes nefs, les coupoles mystérieuses, la solennité de l'office, tout parut fabuleux à son jeune esprit. Le scintillement des marbres et des pierreries, la décoration peinte, les dizaines de figures déployées sur les murs, la psalmodie des chœurs invisibles l'envoûtèrent. Les fresques sur fond d'or l'éblouirent. Les splendeurs de l'Orient avaient pris possession de son âme. Mainmise si forte et durable, que la déconvenue éprouvée plus tard à Saint-Pétersbourg joua un rôle lorsqu'il eut à se prononcer au sujet de Tchaïkovski.

Son souvenir de Maïkovo le plus cuisant : la tournée, à Noël et à Pâques, des bénédictions payantes. Revêtu des habits sacerdotaux, escorté de sa famille, le pope se mettait en route pour visiter chacun de ses paroissiens. Il entrait dans une maison, se tournait vers l'icône accrochée au-dessus de la veilleuse, récitait les prières, donnait aux assistants la croix à baiser, empochait l'argent, se hâtait de ressortir pour frapper à la porte suivante.

Les riches le faisaient recevoir par leurs domestiques, qui le cantonnaient dans l'antichambre. Quelquefois, surcroît de mortification, on le dispensait de chanter l'alléluia et de réciter les prières. Il touchait l'aumône dès le seuil, et la porte se refermait sur son nez.

Dans les campagnes, accueil non moins indigne. Posté à cent mètres, un gamin donnait l'alerte à la maisonnée. Le paysan fermait à clef son isba et détalait avec sa famille dans les champs. Macaire, alors, ordonnait à sa femme et à ses fils de courir après les récalcitrants. Lui-même, relevant d'une main le bord de sa soutane et de l'autre brandissant la croix, se lançait à leur poursuite. Les deux camps rivalisaient en blasphèmes ; on en venait aux mains ; les femmes et les enfants se battaient. Un peu plus tard, couvert de boue et de bleus, tout le monde se retrouvait dans la cuisine, autour d'un carafon de vodka. Le paysan non seulement ajoutait dix kopecks au billet vert habituel, mais remerciait le prêtre de faire honneur à son eau-de-vie. Tapi dans un coin de la pièce enfumée, Georges eût défailli de dégoût et de honte, sans le verre de vodka qu'il avalait avec plaisir.

Comme ses frères, comme tous les fils de pope, on l'avait destiné à la carrière sacerdotale. Ses sœurs se marièrent à des popes. La prêtrise forme en Russie une caste, dont on se transmet de génération en génération les privilèges et les désagréments. Lévitisme qui remonte à l'époque du servage, quand le paysan, propriété du seigneur, n'avait le droit ni de le quitter ni d'abandonner la culture de la terre. Un prêtre ne pouvait sortir que des rangs du clergé. C'est ainsi qu'une classe particulière attachée à l'autel s'est développée au pays des *Ames mortes*. L'habitude du recrutement interne continua après l'émancipation.

Georges entra au séminaire. A vingt-cinq ans, il dut choisir entre les deux clergés, le clergé blanc des prêtres mariés et le clergé noir des moines célibataires. La bure monacale le priverait des joies de la famille, mais lui ouvrirait l'accès aux dignités de l'Eglise, les évêques étant puisés dans le réservoir des cloîtres. Ses supérieurs, qui lui tenaient ce discours, n'eurent pas besoin d'insister. Le jeune homme, qu'ils avaient remarqué pour son zèle à l'étude, leur paraissait un espoir de la prélature. Pour les joies de la famille, il savait à quoi s'en tenir. Ce ne fut pas un grand sacrifice que d'y renoncer. A trente ans, âge fixé par la loi, il prononça ses vœux et reçut la tonsure.

Au premier rang des vœux, celui de chasteté.

« J'aurais préféré, Nicolas, que le juge de Piotr Ilitch eût une expérience directe de la vie sexuelle. Ne peut-on craindre qu'un homme forcé de réprimer une part aussi importante de ses instincts ne soit porté, même involontairement, à une sévérité excessive ? J'admire la sagesse de votre droit canon, qui contraint les prêtres à se marier. Pourquoi n'avez-vous pas étendu cette obligation à tout le clergé ? Pourquoi le bas clergé s'y trouve-t-il seul astreint, alors qu'un évêque, condamné au célibat...

— Se montrera intraitable, c'est ce que tu veux dire, Basile ? En principe, tu as raison. Le refoulement de la libido — excuse mon jargon de médecin — ne profite pas à la jugeote... Mais le Père Terenski, heureusement pour Piotr Ilitch, a un penchant pour la boisson marqué... Et la boisson, tu sais... Il y a pris goût dès l'enfance... A force de suivre son père dans les campagnes, de licher un petit verre par-ci, un petit verre par-là, de voir toute sa famille en goguette... On ne l'a jamais surpris en état d'ivresse, il a trop d'ambition pour cela... L'ambition du coadjuteur, voilà le vrai danger pour Piotr Ilitch... Je le crois d'une honnêteté foncière, mais la crainte de déplaire à Pobiedonostsev entrera en conflit avec sa loyauté... Quelle attitude il aura au tribunal, impossible de le prévoir... »

Plus que la prélature, le couvent attira d'abord le jeune moine. Une vie de pénitence et d'oraisons rachèterait à peine, pensait-il, l'abaissement du clergé marié. Il passa deux ans à expier, dans la solitude du cloître, les fautes de son père. Soucieux d'assurer son salut, il avait cessé de boire. Cependant, il se sentait trop d'énergie pour renoncer aussi complètement au monde. Décidé à jouer un rôle parmi ses semblables, il attendit d'être assez fort intérieurement.

A trente-deux ans, fuyant la sécurité et l'égoïsme du couvent, il s'inscrivit à l'académie ecclésiastique de Kiev. Pour se frotter au siècle, il sacrifiait les pures joies de la retraite. L'usage modéré de l'alcool lui sembla un dédommagement permis. A quarante ans, il fut nommé évêque de Vitebsk, à quarante-cinq coadjuteur de Mgr Isidore, avec droit de résider dans le palais du métropolite et de postuler à sa succession.

A peine arrivé dans la capitale pour occuper ce poste envié, le Père Terenski tomba de haut. Saint Alexandre Nevski avait combattu ici, acquérant au bord du fleuve, par sa victoire sur les Suédois hérétiques, ses titres de canonisation. Mais que restait-il, de l'esprit chevaleresque et mystique du Moyen Age, dans la ville de Pierre le Grand ? Des églises froides, rationnelles, inspirées de modèles hollandais, voire suédois ! ou des cathédrales gigantesques, copies de monuments romains. Voilà les lieux de prière et de culte dont il devait s'accommoder.

Chaque fois qu'il accompagnait Mgr Isidore place Pierre, pour les réunions du Saint-Synode, il voyait se dresser devant lui, par les fenêtres du palais, le dôme énorme, obscène de Saint-Isaac. Quel outrage à sa foi ! L'architecte, un Français évidemment, un papiste, avait placé sur le toit, en violation de la loi de Moïse qui condamne pour idolâtrie toute figure anthropomorphe, des anges en bronze, colossaux. Cette vue infligeait au coadjuteur un affront dont le temps n'avait pas atténué l'amertume. Quelques rasades de vodka l'aidaient à se remettre. Sous le pupitre de son bureau, dans la cellule qu'il occupait à la laure, il tenait en réserve, à côté d'un bocal de harengs, un carafon gradué, dont les encoches lui indiquaient la dose à ne pas dépasser.

Il reprit espoir lorsque Alexandre III eut ordonné de bâtir, au bord du canal Catherine, à l'endroit même où son père avait été assassiné, une église expiatoire sur le modèle de la cathédrale de Basile-le-Bienheureux. Le Père Terenski se rendait souvent sur le chantier. Il voyait avec plaisir s'élever une réplique du fameux sanctuaire de Moscou. Clochetons en pyramide, flèches côtelées de nervures, arcs en quinconce, colonnettes renflées, galeries à balustres, clefs pendantes, prolifération de bulbes, toitures en spirale, en torsade, en bossage, en diamant, mosaïques bleues, jaunes, vertes sur les coupoles, c'était le catalogue complet des formes et des couleurs byzantines. L'orthodoxie de la place Rouge reprenait l'avantage sur l'hérésie occidentale. Hélas, il dut vite déchanter. Cet assemblage hétéroclite n'était qu'un pastiche criard, une contrefaçon sans âme, la caricature de l'esprit russe, un tarabiscotage prétentieux.

Le coadjuteur n'aurait trouvé aucun refuge adapté à sa piété, sans les deux églises édifiées sous le règne d'Elisabeth Pétrovna, les deux seuls sanctuaires de la capitale à présenter l'alliance mystique du blanc, du bleu et de l'or, les cinq clochers et les cinq bulbes de la tradition slave. Saint-Nicolas-des-Marins et Smolny, de pure souche indigène, croyait-il, les deux seuls édifices religieux de type byzantin, construits — mais il ne le savait pas — l'un par l'architecte du palais d'Hiver, un Italien !, l'autre par son élève russe.

A Saint-Nicolas-des-Marins, devant la féerie polychrome des façades, les envolées de colonnes blanches sur fond d'azur, les échafaudages de clochetons terminés par des croix d'or, son âme se libérait de toute aigreur. A l'intérieur, sous les voûtes surbaissées dont la courbure s'estompe dans la fumée des encens et la patine des murs, enveloppé de pénombre et de mystère, il pouvait se croire à Moscou ou à Kiev.

Pour aller à Smolny, dans la boucle de la Néva, il faisait à pied les trois verstes, de la laure au monastère. La marche le mettait dans un état d'allégresse propice à l'émerveillement. Il ne savait rien ni de Bartolomeo Rastrelli ni de la mode romaine des courbes et des contrecourbes. Sans soupçonner que ce transfuge du camp papiste avait singé une église orthodoxe, non par souci de la vraie religion, mais pour se conformer à l'art des sinuosités, enflures et boursouflures en vogue dans toute l'Europe de 1750, le Père Terenski contemplait avec satisfaction la façade colorée, les chapiteaux fantasques, les moulures contournées, la coupole centrale flanquée des quatre clochetons, les cinq bulbes dorés disposés en pyramide, les cinq croix d'or au sommet des bulbes.

Le ressentiment conçu à Saint-Isaac ou à Notre-Dame-de-Kazan, l'animosité contre les influences pernicieuses de l'étranger cédaient à une douce extase. Un tel luxe de formes serpentines, de lignes incurvées, de turgides excroissances paraissait au coadjuteur, qui n'avait jamais entendu parler d'architecture jésuite ni de style baroque, un exemple de foi militante, la victoire de la sainte Russie sur l'Occident dépravé. Dans cette méprise due au manque d'instruction, résidait la meilleure chance de Tchaïkovski.

IX

Minuit. Ma chambre restait aussi claire qu'en plein jour, lorsque, renonçant à dormir, je sortis. Un client de l'hôtel m'avait précédé dans le couloir. Enveloppé d'une longue cape malgré la tiédeur printanière, coiffé d'un chapeau noir dont le bord rabattu lui cachait la nuque, il descendit sans bruit les étages. La grande attraction, pendant les nuits blanches, étant d'assister aux régates sur la Néva, je crus qu'il tournerait à droite et enfilerait la Perspective. Il tourna à gauche, en direction de la Fontanka. Sa démarche, à la fois pressée et furtive, me parut si étrange que, mû par une inquiète curiosité, je suivis l'inconnu.

Il remonta l'avenue, à contre-courant de la foule qui descendait vers le fleuve, traversa le pont Anitchkov, prit la Fontanka sur la gauche. Devant le palais Cheremetiev, deux minces silhouettes semblaient faire le guet. Je ne pouvais distinguer ces deux ombres, mais, en me rappelant que le régiment Sémionovski loge dans une annexe du palais, au fond de la deuxième cour, comment garder un doute ? L'identité du piéton de l'Europa, le but de sa sortie, je compris tout. Il hâta le pas, se frayant un chemin parmi les badauds qui déambulaient sur le quai.

Non sans rougir de mon indiscrétion, je me faufilai d'arbre en arbre le long du canal, jusqu'au tronc d'un gros peuplier, presque en face de la grille entrouverte.

Vladimir Davydov accueillit le visiteur d'un ton rogue. Il montra l'heure à son poignet. Piotr Ilitch parut s'excuser de son retard. Le neveu lui coupait la parole. Quelques éclats de sa voix grasse, arrogante, parvenaient jusqu'à moi. La boucle de son ceinturon brillait sur sa tunique de sous-lieutenant.

L'autre n'avait encore rien dit. Blond, élancé, bien pris dans son uniforme de cornette, le neveu du comte Stenbock — le fameux Victor, c'était donc lui — se balançait d'un pied sur l'autre, embarrassé. Si jeune. Trop jeune. A peine dix-sept ans. « Un gamin », selon le mot d'Anatole.

Bob s'énerva. Fourrageant dans ses cheveux en épis, il semblait en vouloir à son camarade, qui regardait par terre, rougissant, gauche. J'eus l'impression que les deux jeunes gens s'étaient entendus sur la ligne de conduite à tenir envers Piotr Ilitch, mais que Victor, trop émotif, trop sincère pour rester dans son rôle, mettait le plan de Bob en danger.

Piotr Ilitch se tourna vers le jeune garçon et lui adressa quelques mots à part. Bob tira son oncle par la manche, le sépara de Victor et tendit la main, d'un geste décidé.

Tchaïkovski, d'un signe de tête, acquiesça. Il s'empêtra dans le lacet de sa cape. Ses doigts tremblaient. Il retira de la poche de son habit un portefeuille qu'il ouvrit sur une liasse de coupures. En les donnant à son neveu, il remua brièvement les lèvres. Victor, détournant le visage, prêta l'oreille à une rumeur qui s'approchait. Une bande de noctambules passait en farandole sur le quai. Ils chantèrent un couplet du poème que tout étudiant de Saint-Pétersbourg connaît par cœur.

> *Harmonieux chef-d'œuvre de Pierre,*
> *Je t'aime pour ta grâce sévère,*
> *Le cours puissant de la Néva,*
> *Le granit qui borde tes canaux,*
> *Je t'aime pour la transparente*
> *Obscurité de tes nuits, quand l'aurore*
> *Se hâte d'aller relever*
> *Le crépuscule inachevé...*

La mélodie limpide flotta dans la nuit claire, sans freiner l'impatience de Bob.

Il se saisit de la liasse, compta les billets en mouillant de salive ses doigts courts et nerveux de pianiste, puis, dégoûté ou feignant de l'être, flanqua le tout dans la main de son oncle.

Celui-ci écarta les bras.

Le cornette blond, attendri par les vers de Pouchkine, sortit de son mutisme et tenta d'amadouer son camarade. Il respirait la pureté, la franchise. Peut-être, par enthousiasme pour sa musique, aimait-il Piotr Ilitch, d'un amour désintéressé.

L'irritation de Bob redoubla. Il toisa Victor des pieds à la tête, et, l'ayant écarté d'une bourrade, réclama à son oncle le reste de la somme stipulée.

De plus en plus gêné d'avoir surpris cette rencontre, je vis Bob continuer à gesticuler, tandis que l'objet gracieux de ce marchandage s'interposait avec mollesse. Quant à Piotr Ilitch, qui se lissait le menton pour se donner une contenance, geste qui attirait l'attention sur les poils blancs de sa barbe, sa docilité passait la mesure. A sa place, j'aurais giflé l'impudent. « Il faut être malade, raisonnais-je, pour tolérer un tel cynisme. » Mais aussitôt, je me mordis les lèvres, en songeant qu'Olga, avec son bon sens étriqué d'infirmière, aurait pensé de même.

« Que savons-nous, elle et moi, des lois qui gouvernent leur monde ? Des sentiments complexes auxquels ils obéissent, et dont ils tireront un surcroît de jouissance ? C'est peut-être cela, qui plaît à Tchaïkovski, d'être maltraité, exploité. Bob, en lui tenant la dragée haute, saura mieux ce qu'il fait que le trop sentimental Victor. »

De temps à autre Piotr Ilitch, oubliant toute prudence, relevait le bord de son feutre pour dévisager le cornette ; et alors son regard, voletant sur l'éphèbe, en détaillait les formes avec une convoitise effrayante.

Cupidité réelle ou calcul psychologique, l'entremetteur n'entendait pas lâcher un kopeck sur ses gains. Piotr Ilitch ayant en vain fouillé et retourné ses poches, Vladimir agrippa Victor aux épaules, le fit pivoter, le poussa dans la cour du palais et rentra dans la caserne derrière lui, sans avoir pris congé de son oncle ni permis à celui-ci de convenir d'un nouveau rendez-vous.

Tchaïkovski demeura sur place, assommé. Il fut longtemps à se remettre. Puis, épiant de côté et d'autre, pour découvrir si la scène avait eu des témoins, il se mit en marche d'un pas dégagé, non sans feindre de s'intéresser aux barques qui glissaient sur le canal. Ornées de lanternes et chargées de victuailles, elles transportaient au son de l'accordéon des fêtards, auxquels il rendait leur salut en soulevant son chapeau. Contenance faussement désinvolte, presque aussi pitoyable que sa servilité devant le neveu.

Il descendit la Fontanka jusqu'au château des Ingénieurs, contourna les douves de cette ancienne forteresse, obliqua par la Moïka, longea le canal jusqu'au coin du Champ de Mars dont il suivit la lisière en direction de la Néva. Piotr Ilitch se hâtait, mais au lieu de presser le pas vers les quais, le but de sa course n'était autre que le palais de Marbre, dont je voyais la masse sombre se dessiner au bout du Champ de Mars. Le palais de Marbre et le grand-duc, hélas ! auquel sa folie l'enchaînait.

Il gagna une petite porte sur la façade latérale — la même entrée de service où j'avais surpris Constantin, le jour de mon arrivée. Déserts me parurent les alentours du palais. Le cousin du tsar avait aboli toute espèce de gardiens et de sentinelles — par horreur de l'étiquette, disait-on à la Cour.

« Chanson », prétendait Anatole. Il admirait sincèrement les vers du grand-duc, en particulier ceux que Tchaïkovski avait mis en musique. Un poète, convenait-il, n'a que faire du protocole imposé aux personnages officiels.

« Cependant, à la place des Muses, je me méfierais de cette excessive modestie. Comment éluder la surveillance des espions ? Par l'incognito. Constantin a pris l'habitude de sortir et de rentrer par cette porte dont il garde sur lui la clef. Ni vu ni connu de la valetaille. Enfin, il pense être en sûreté de cette façon. A mon avis, les agents de Pobiedonostsev ne le lâchent pas d'une semelle. »

Tchaïkovski frappa un coup léger — en homme qui se sait attendu. Puis un coup plus fort. Le voilà tambourinant des deux poings, à réveiller tout le personnel. Le *fatum* qui poursuivait cette nuit-là Piotr Ilitch se montra sourd et aveugle. Nulle lampe ne s'alluma sur la façade, aucun bruit dans l'antichambre, aucune main pour tirer le verrou.

Il était impossible que le vaste édifice fût vide d'occupants. Les domestiques prenaient-ils leurs instructions de Pobiedonostsev ? Avaient-ils reçu l'ordre de ne plus ouvrir à celui dont les visites compromettaient la Cour ? Tchaïkovski ne se tint pas pour battu. Ayant reculé de quelques pas, il ramassa une poignée de sable qu'il jeta contre une fenêtre. La fenêtre resta fermée, les vitres noires, la chambre à coucher du grand-duc muette, le palais silencieux. Contretemps cruel pour le visiteur, mais apparemment léger pour Constantin : son absence ne s'expliquait que par quelque partie de plaisir décidée à l'improviste. Le grand-duc rompait son deuil et sortait sous l'influence de ses courtisans, gent frivole qui n'aurait pas laissé finir une nuit blanche sans filer en drojki jusqu'aux îles.

Piotr Ilitch ne se résigna pas tout de suite à cette nouvelle avanie. Il stationna sous la fenêtre, à l'écoute du moindre bruit. Aucun signe de vie n'émanant de la chambre princière, il s'éloigna, la tête basse, les bras ballants, voûté, ne cherchant plus à cacher son âge. Bien qu'il eût à peine dépassé la cinquantaine, l'humiliation le vieillissait de dix ans.

Il s'avança dans la rue des Millionnaires, passa devant la porte cochère du 19 — que serait-il arrivé si Alexandre Obolev était sorti alors et que les deux anciens camarades se fussent trouvés nez à nez, avec la même allure équivoque, la même faim peinte sur le visage, la même peur d'être reconnu ? — puis, avant d'atteindre l'Ermitage, tourna soudain dans la première rue. Nouveau projet ou égarement d'une âme perdue, il tourna encore, déboucha sur le quai du Palais, essaya de s'aplatir contre les murs, sous la clarté impitoyable.

Elle s'infiltrait partout, pénétrait chaque recoin. Pendant toute la durée des nuits blanches, même l'ombre autour des corps disparaît. Le ciel pâle diffuse une blancheur lisse, étale, uniforme : attraction pour les noctambules, malédiction pour quiconque a besoin de se dissimuler.

Souvent, après avoir dîné soit au restaurant avec Nicolas, soit chez le général à la forteresse, ou encore au palais Kremski avec Anatole, regagnant l'hôtel un peu tard, je voyais la clef de Piotr Ilitch pendue au tableau. Bien qu'il ne pût compter sur les ténèbres, il rôdait une partie de la nuit. Trouvait-il un excitant particulier, dans l'impossibilité de passer inaperçu ? Je craignais qu'à tout moment l'éclairage *a giorno* où baignait la ville ne trahît celui qui prenait un gros risque à manœuvrer en pleine lumière.

Vers le nord, des nuages roses formaient une vapeur légère. Du gris plombé de l'ardoise aux nuances de l'émeraude, le firmament livide jetait un éclat inerte. Astre flottant dans sa buée, trouble coulée immobile, le soleil échoué ne pouvait ni s'enfoncer ni se soulever au-dessus de l'horizon. Condamnée à languir, suspendue au ras du pôle, jaune et agonisante, l'étoile morte stagnait, indécise au milieu d'un morne amoncellement de cendres. Eternel soir ou éternel matin. Insensible à ce miracle, indifférent à ce qui l'entourait, Piotr Ilitch rasait les façades en se protégeant le visage sous le bord rabattu de son chapeau. Moins fascinés par la splendeur du spectacle, les passants se seraient retournés sur cet homme que signalait sa démarche suspecte.

De retour au Champ de Mars, il se hasarda sous les feuillages qui bordent les pelouses, et, aussitôt, d'un buisson plus fourni, surgit un individu en pantalon de travail et casquette d'ouvrier, qui l'aborda sans gêne et avec une intention bien visible. Comment font-ils pour se reconnaître si facilement ? J'avais traversé plusieurs fois l'esplanade, au même endroit, à la même heure, sans être accosté. A présent, moins naïf, je m'aperçus que ce coin de parc en apparence désert recèle d'occultes manèges. Les types aux aguets derrière les massifs d'hortensias ne se manifestent qu'au passage de certains promeneurs que leurs antennes ont détectés.

Genre petite frappe, maigrichonne, noiraude (un comble, pour Tchaïkovski amateur de blonds !), les yeux cernés, le museau tapé par la débauche et l'insomnie, l'inconnu se tortillait devant son client dans l'espoir de le séduire. Je fus stupéfait de voir Piotr Ilitch répondre à ses avances et entamer un bout de négociation. Après le

beau Victor, quelle chute ! Quel complet abandon de son idéal ! Quelle reddition désolée à l'instinct le plus rudimentaire, et combien amer devait être, combien profond le désenchantement de celui qui ne prenait même plus la peine de choisir !
Ils se concertèrent à voix basse. Piotr Ilitch enfonça la main sous son habit à la recherche des billets qu'il avait remis directement dans sa poche après l'affront du palais Cheremetiev. A la vue de la liasse de coupures, le lascar découvrit deux rangées de dents pointues. L'autre comprit son imprudence. Trop tard. Il tendit deux billets, on lui réclama une rallonge. Il protesta, fit mine de renoncer, puis, cédant à l'impulsion contraire, non seulement donna le supplément exigé, mais encore vingt roubles en rabiot. Etre délesté par un voyou habile lui procurait une indéniable satisfaction. Comprenant à qui il avait affaire, le gueux se jeta sur le paquet de coupures, l'arracha des mains de Piotr Ilitch et détala.
Tchaïkovski tenta de courir après le voleur. Son chapeau tomba, il fut reconnu. Une voix moqueuse jaillit d'un buisson. « La Pétrolina s'est fait avoir ! » Aussitôt, le petit monde interlope à l'affût sous les feuillages renchérit en quolibets. « Pétrolina » : c'était, m'avait dit Anatole, le surnom de Piotr Ilitch dans la coterie des aristocrates entourant le grand-duc Georges. Ils s'appelaient entre eux *tiotki* (tantes) et se collaient des sobriquets féminins. Piotr Ilitch avait adopté leur humour, au point de signer « Pétrolina » ses billets au prince Mechtcherski. Inoffensive plaisanterie, sans doute, mais seulement tant qu'elle circulait dans les salons fermés de la noblesse ; signe indiscutable de déchéance, du moment que la pègre s'en était emparée. « Pétrolina », ou même : « la Pétrolina », à l'italienne, avec cette marque populaire de l'article, cette redondance, infamante... Piotr Ilitch s'éloigna en hâte de la bordure plantée d'arbres et gagna le milieu de l'esplanade. Il remit en ordre sa cape et s'achemina vers le fleuve, sans regarder derrière lui.
Je l'entendis fredonner les premières notes de sa quatrième symphonie, cette sonnerie impitoyable du destin. Sa voix bientôt s'étrangla, il continua sa promenade en silence et penaud, car cette nuit, vraiment, il ne pouvait se vanter d'une capitulation héroïque devant le *fatum*, si celui-ci prenait l'aspect d'un vulgaire filou, le micheton grugé fournissant la minable victime.

Arrivé sur le quai, Piotr Ilitch se dirigea vers le pont de bateaux de la Trinité, qu'il traversa en fendant la foule de plus en plus dense, sans prêter attention aux amusantes régates de voiliers ni se tourner vers l'éclat mauve dont s'irisait le ciel. La flèche de la forteresse Pierre-et-Paul brillait devant nous, accrochant sur sa pointe un scintillement de paillettes d'or. Il ne leva pas les yeux vers l'église, ne vit rien de ce que des milliers de spectateurs admiraient.

Peut-être le général Apraxine, incapable lui aussi mais pour d'autres raisons de trouver le sommeil, mettait-il à profit ces heures où il n'était pas de service pour étudier les moyens de sauver de l'étau qui allait se resserrant le compositeur encore ignorant du procès. S'il avait flairé la menace, Piotr Ilitch aurait-il obliqué, comme il le faisait à présent, vers le jardin Alexandre, repaire de malandrins en tout genre, escrocs, maîtres-chanteurs patentés ? Situé derrière la forteresse, non loin d'une caserne d'artillerie, ce parc, le plus mal famé de Saint-Pétersbourg, ne draine que les téméraires ou les proies. Piotr Ilitch espérait-il y retrouver Constantin ? Ses amis entraînaient le grand-duc beaucoup plus loin, sous les tonnelles d'un des deux jardins à la mode, l'Arcadia ou l'Aquarium. Au-delà même de Vassilievski Ostrov, la bande aimait folâtrer dans les îles, Elaguine, Kamenny, où ne coule pas le tord-boyaux à cinquante degrés des guinguettes louches, mais le Veuve Cliquot cité par Pouchkine, le Moët et Chandon de chez Elisseiev.

Il contourna le parc en demi-lune, regardant sous les arbres sans se décider à entrer, longea ensuite la barrière du zoo et finit par se rabattre sur la passerelle qui mène à l'extrémité occidentale de l'île aux Lièvres. La langue de terre aménagée en square, entre le rempart et le fleuve, était, je l'ai dit, son endroit préféré. De cette pointe on jouit d'une vue magnifique sur la Bourse maritime, la flèche de l'Amirauté et le palais d'Hiver. Planté d'arbustes et de buissons, ombragé par des peupliers de Hollande, le jardin offre en plein cœur de la ville le charme d'un refuge agreste. Mais si la beauté sereine du panorama ou l'attrait poétique du havre pouvaient attirer parfois Tchaïkovski en ce lieu, la scène dont je fus témoin me révéla un but moins élevé.

Le sable et les cailloux déposés par les crues forment, dans l'anse de la Néva, une plage naturelle. Malgré l'inconfort d'un sol inégal et pierreux, la belle saison amène au bord de l'eau la jeunesse masculine. Mon cœur se serra lorsque je compris les intentions de Piotr Ilitch. Bien que je n'eusse garde de m'approcher trop près des garçons, crainte d'être pris moi-même pour ce qu'il allait fatalement leur paraître, aucun détail de son manège ne m'échappa.

Ils étaient venus nombreux, musards habituels ou badauds d'occasion, nageurs assidus ou sportifs saisonniers, les uns pour s'entraîner dans la crique abritée du courant par le mur de la forteresse, les autres pour s'étendre sur le gravier et goûter en oisifs l'agrément d'une détente balnéaire, une minorité pour réviser les cours en vue des proches examens.

Profitant de la licence tolérée en cette période, ils avaient déposé leurs habits dans un coin et s'offraient à la clarté presque nus. Plus pâle que la lumière du soleil, plus mystérieuse que les rayons de la lune, la nuit blanche veloutait leur peau. De belles et mâles charpentes, sculptées par l'exercice, voisinaient avec de chétives anatomies d'étudiants. A l'écart des baigneurs regroupés en bande et qui avaient apporté à boire et à manger, on voyait des adolescents solitaires, accroupis en haut de la grève, les genoux remontés contre la poitrine, la tête inclinée sur leurs bras. Un virtuose de l'accordéon improvisait en sourdine, sur des airs tristes et doux, dont la mélancolie ne n'harmonisait pas moins avec la bonne humeur générale que la blancheur du ciel avec l'heure avancée de la nuit.

Le premier à remarquer qu'un vieillard, enveloppé jusqu'au cou dans une cape, observait avec insistance leurs ébats fut un jouvenceau encore au lycée. Il poussa du coude son camarade et tous deux, trop jeunes pour entendre malice à cette muette contemplation, étendirent avec satisfaction leurs membres. Si un vieux, se disaient-ils avec fierté, doit renoncer à se mettre en maillot, ils avaient toute la vie devant eux avant d'atteindre cet âge.

Piotr Ilitch s'était assis sur un canot retourné. Hagard, les yeux fous, il fixait de son regard injecté les torses musclés, les bras nus, les jambes nues des garçons, leur sexe moulé par le caleçon humide. Je m'attendais à ce que le scandale éclatât d'un moment à l'autre, sans penser qu'aucun de ceux qui avaient repéré l'intrus ne lui attribuerait d'autre goût qu'une sénile nostalgie de sa jeunesse. Les commentaires que je pus saisir tendaient à l'indulgence moqueuse. Rien de bien méchant, des rires discrets, quelques « grand-père » vite ravalés. Personne ne soupçonna où se posaient les prunelles rougies de Piotr Ilitch, ni à quels fantasmes indignes s'abandonnait ce monsieur respectable.

Les choses faillirent se gâter quand des étudiants, abonnés à la Philharmonie, s'étant demandé s'il ne s'agissait pas de Tchaïkovski en personne, conclurent étonnés par l'affirmative, malgré le haut du visage caché par le chapeau. Le bruit courut aussitôt sur la grève, et toutes les têtes se tournèrent pour entrevoir la célébrité. Piotr Ilitch démasqué adressa un vague sourire à la foule, et s'éloigna en trébuchant sur les cailloux.

Privilège du génie, les quolibets, plutôt que de redoubler, s'apaisèrent, tant, pour un Russe de sens commun, il est impossible de prêter à l'auteur d'*Eugène Onéguine*, évocation poétique de la vie à la campagne, apologie des mœurs simples et de la fidélité conjugale, d'autres sentiments qu'éthérés. L'envie de descendre jusqu'au fleuve, accessible en ce seul endroit, si ce n'est le hasard d'une promenade

sans but avait amené l'illustre compositeur sur la plage. Le mot
d'ordre passa dans les rangs, au soulagement de ceux qui voulaient
garder pur le culte de leur dieu.

N'empêche que pour quelques-uns — et ces quelques-uns étaient
trop, dans la situation délicate où l'ouverture du procès allait mettre
Tchaïkovski — celui-ci resterait la personne inavouable qui rôde
autour de la chair fraîche et traverse la moitié de la ville à pied pour
atteindre le lieu où les jeunes mâles se déshabillent.

X

Le 23 juin, une estafette du Palais se présenta à la forteresse pour emmener sans délai le général Apraxine auprès du procureur du Saint-Synode, place Pierre, dans son bureau qui donne sur le Cavalier de bronze. Constantin Pétrovitch, d'ordinaire si froid et impénétrable, paraissait fort énervé. Ses yeux brillaient d'un éclat irrité derrière les verres carrés de ses lunettes à mince monture de fer.

Depuis quelque temps, expliqua-t-il à son visiteur, les sectes se multipliaient en Russie ; et d'une espèce si nouvelle, que les moyens de sévir devenaient de plus en plus difficiles. On connaissait jusque-là des mystiques, des illuminés, tels les Christs, qui se croient habités par la divinité et se livrent à des transes obscènes au cours de cérémonies où ils déchirent leurs vêtements et se roulent nus sur le sol ; les descendants des Vieux-Croyants, qui allument des bûchers et se jettent dessus, en proie à une hystérie collective ; les Skoptsy, qui se châtrent ; les Prigouny, qui sautent sur place et se flagellent sans pitié. Tous engeance un peu folle, qui fournit elle-même les prétextes pour être envoyée en Sibérie. Les nouveaux schismatiques prêchent la mesure et la sagesse ; ils ne provoquent aucun scandale ; leur conduite a l'air raisonnable ; vous leur donneriez le bon Dieu sans confession. Les molokanes poussent même l'humilité jusqu'à ne se nourrir que de lait et de légumes.

« Leurs manœuvres pour saper la cohésion de l'empire ont un caractère si pernicieux, mon général, que la police se trouve désarmée. A les entendre — quand ils veulent bien s'expliquer —, le bon droit et la morale seraient de leur côté. Imposture ! Ils renverseraient de fond en comble la société et l'Etat, si on les laissait libres de poursuivre leurs agissements criminels. »

Le maître de la police Ignace Maximovitch Sorokine, adjoint du grand maître comte Ignatiev, assistait à l'entretien. Il avait amené avec lui, pour être interrogés par le procureur, deux suspects plus récalcitrants. Apraxine, sur un signe de tête de Pobiedonostsev, regarda vers le fond de la pièce. Il aperçut les deux sectaires, chacun entre deux agents.

« Vous n'avez aucune idée, dit Constantin Pétrovitch, des procédés qu'ils emploient pour défier l'autorité de l'empereur.

« Toi, avance », ordonna-t-il au premier.

Apraxine vit un homme robuste, de taille moyenne, âgé de quarante ans environ. Bottes jusqu'au genou, pantalon bouffant, chemise et cafetan, le costume ordinaire de l'ouvrier russe. Cheveux longs et barbe touffue, comme tous les sectaires, à quelque Eglise qu'ils appartiennent. N'ont-ils pas en commun d'accepter sans résistance la volonté de la nature ? Ils ne se rasent ni ne se coupent jamais les cheveux.

Portant sur son visage un air de douceur et d'entêtement, l'adorateur de l'univers s'approcha de Constantin Pétrovitch et le salua en silence. Il se retourna vers Apraxine et s'inclina pareillement.

« Ton nom ? »

Il mit la main droite sur sa poitrine.

« De quoi s'est-il rendu coupable ? » demanda le général.

Le maître de la police répondit.

« Un sergent de ville l'a vu rôder près de la gare de Moscou. "Ton nom ? Tes papiers ? Qui es-tu ? Que fais-tu ? Où vas-tu ?" L'homme ne daignant ouvrir la bouche, il le conduisit chez le commissaire de police. Interrogé, fouillé, déshabillé, on constata qu'il n'avait pas de passeport. Sur son refus persistant de répondre aux questions, il fut remis entre les mains de la justice, conformément à la loi russe.

— Je suis prêt à t'aider, dit le procureur, si tu nous révèles ton identité. »

L'homme s'inclina à nouveau.

« Tu ne veux pas que je t'aide ? »

Il secoua la tête.

« Pourquoi ne veux-tu pas être aidé ? »

Il indiqua l'icône suspendue derrière la veilleuse, dans un coin du bureau.

« Tu te fies à la Providence ? »

Mouvement de tête affirmatif.

Le maître de la police intervint pour la deuxième fois.

« Oui, mais tu ne peux nier qu'un avocat expérimenté, à condition que tu l'aides à présenter ta défense, ait une chance de t'éviter la déportation. »

Il sourit, haussa les épaules.

« En t'obstinant dans ton silence et en nous cachant ton nom, tu seras considéré et jugé comme un vagabond.

— Ce qui signifie, ajouta le procureur, l'exil dans une province éloignée de l'empire. » L'homme écarta les bras, résigné. Cette menace ne le touchait pas. Sur un geste de Pobiedonostsev, ses gardiens l'emmenèrent. Constantin Pétrovitch essuya ses lunettes avec une peau de daim, qu'il replia en quatre avant de la remettre dans le tiroir. Sans lunettes, ce regard qu'on croyait si aigu errait dans le vague avec l'inquiétude des myopes. Le procureur consulta ensuite des papiers.

« N'est-ce pas, dit le maître de la police, que le mutisme de ces gens est exaspérant ? Ils écoutent avec la plus complète indifférence l'arrêt qui les condamne à l'exil, et quittent la salle du tribunal sans avoir desserré les dents.

— Mais, objecta le général, se taire n'est pas un crime ! Et, de toute façon, en quoi ces affaires intéressent-elles le gouverneur d'une forteresse réservée aux prisonniers d'Etat ?

— Où fixez-vous les frontières de l'Etat ? Pour moi, ajouta sévèrement le procureur en passant sa main sèche sur son crâne rasé, j'étends l'Etat jusqu'à l'intérieur des consciences. »

Sur son ordre, le second des prisonniers s'avança. Une femme et une fillette, cachées jusque-là par les agents, s'approchèrent derrière lui et vinrent l'encadrer.

« Qui es-tu ? demanda le maître de la police.

— Regardez vous-même, vous n'êtes pas aveugle, répondit le sectaire avec calme.

— Je te demande comment on t'appelle.

— C'est vous qu'on appelle. Moi, personne ne m'appelle. On ne m'appelle d'aucune manière. Laissez-moi tranquille.

— Ote ton chapeau.

— Otez-le vous-même, si vous en avez besoin. »

Le procureur reprit la parole.

« Est-ce ta femme ?

— Non, ce n'est pas ma femme.

— Tu vis pourtant avec elle ?

— Oui, mais elle n'est pas à moi, elle est à elle-même. »

Pobiedonostsev se tourna vers la femme.

« Est-ce ton mari ?

— Non, ce n'est pas mon mari.

— Qui est-il donc ?

— J'ai besoin de lui, il a besoin de moi. Je lui plais, il me plaît. Voilà tout. Chacun de nous s'appartient à lui-même.

— Et cette fillette, est-elle à vous ?

— Non, elle est de notre sang, mais elle n'est pas à nous, elle est à elle-même.

— Vous êtes fous, s'écria impatienté le maître de la police. Cette pelisse que tu portes est-elle à toi ?

— Non, elle n'est pas à moi, répondit le prisonnier.

— De quel droit, alors, la portes-tu ?

— Je la porte tant que vous ne me l'aurez pas enlevée. Cette pelisse était sur le dos d'un mouton, maintenant elle est sur le mien. Demain, peut-être, elle sera sur le vôtre. Comment voulez-vous que je sache à qui elle appartient ? Rien ne m'appartient, sauf ma pensée, ma raison, mon désir de vivre selon la justice et la vérité. »

D'un revers de la main, le maître de la police envoya promener le chapeau.

« Du calme, Ignace Maximovitch, protesta Constantin. Vous êtes-vous mariés à l'église ?

— Nous n'avons pas besoin d'église.

— Tu sais qu'Alexandre III est le chef de l'Eglise russe, et qu'en niant le rôle des prêtres tu insultes à Sa Majesté impériale.

— Je n'ai d'autre chef que Dieu.

— A quel Dieu crois-tu ?

— A celui qui loge à l'intérieur de chacun de nous.

— Que représente, pour ceux de ta secte, l'union de l'homme et de la femme ?

— Un accord provisoire, révocable à tout moment. Si le consentement mutuel vient à manquer, si nous cessons de nous entendre ou de nous plaire, nous nous quittons sans forme de procès.

— N'est-ce pas immoral ce que tu dis là ?

— Nous tenons pour immoral le fait de cohabiter sans amour réciproque. Rester ensemble quand l'harmonie a cessé, voilà le crime.

— Qui s'occupera de la fillette, si vous vous quittez ?

— La commune prendra soin d'elle.

— Tu prétends que vous êtes, toi et ta compagne, sur un pied d'égalité absolue. Or, tu es seul à répondre. L'empêches-tu de parler ? »

Le sectaire sourit avec mépris. La femme posa sur Pobiedonostsev un regard de pitié pour cette grossière insinuation.

Constantin Pétrovitch fit un signe au général, pour l'inviter à prêter une attention particulière à la dernière partie de l'interrogatoire.

« Ainsi, vous ne vous donnez aucune garantie contre les changements d'humeur ? Il ne vous importe en rien d'asseoir votre couple sur des bases plus solides ?

— Asseoir ? A quoi bon ? L'amour nous lie, le manque d'amour nous délie.

— La fantaisie passagère, le caprice vous paraissent-ils mériter le nom d'amour ?

— C'est l'amour imposé par la loi, par l'Eglise, par le sacrement conféré une fois pour toutes, qui insulte à la justice et à la vérité. Le pacte qui n'est pas renouvelé chaque jour par la volonté des deux contractants est aussi mensonger que le reste de vos lois. Le couple où l'harmonie a cessé appartient à Satan.

— Si tu me dis vos noms, peut-être pourrai-je vous relâcher et vous donner des passeports.

— Les passeports, les renseignements, les noms, tout cela est à vous. Nous n'avons rien à voir là-dedans. »

Après qu'on les eut emmenés, le général tenta d'apaiser la colère de Constantin Pétrovitch.

« Excellence, quel soulagement ce doit être pour vous, de ne plus avoir à punir que ce type de rebelles ! Ils sont peut-être bizarres, ils ne sont pas dangereux. Hier, on posait des bombes, aujourd'hui, la protestation prend la forme d'une désobéissance exclusivement passive... Ils ne méritent pas un châtiment bien sévère...

— Je vous vois venir. Celui qui offense les lois sans mettre en danger l'Etat ne serait passible, à vos yeux, que d'une peine légère. Détrompez-vous. Ah ! s'ils se contentaient de se laisser pousser la barbe et de s'enfuir dans les forêts, je pourrais fermer un œil sur leur rébellion. Vous avez constaté comment ils s'obstinent à nier la famille. Le mariage n'est pour eux que la conjugaison fortuite de deux égoïstes incapables de renoncer à un pouce de leur indépendance. Toute contrainte leur paraît contraire à la morale. Ils divorcent aussi facilement qu'ils se marient. Commencez-vous à peser les conséquences d'une telle attitude ? Savez-vous qu'ils contestent aussi l'autorité paternelle ? Que chez eux les enfants n'appellent pas leurs parents père et mère, mais d'un nom de fleur ou d'oiseau ? Que lorsqu'un adulte de la secte rencontre un petit garçon ou une petite fille, il s'incline devant ce marmot avec le même respect que devant un vieillard ?

— Est-ce bien grave ? murmura Apraxine, qui cherchait à deviner où le procureur voulait en venir. Je ne vois là que nicodèmerie, puérilité...

— Allons, mon général ! Je ne voudrais pas que vous ayez à rougir en pensant que votre bon cœur vous a fait oublier vos devoirs de soldat. Supposez que la secte s'étende et qu'au lieu de borner leurs principes au cercle de famille, ils les élargissent... par exemple à l'armée ?

— A l'armée ? bafouilla le général.

— Que diriez-vous si, parmi les militaires de la garnison, se répandait avec succès la propagande de ces individus ? Si le pouvoir de l'officier cessait d'être craint ? Si le désordre, l'indiscipline se mettaient dans les régiments ?

— Impossible ! Rigoureusement impossible ! Jamais ils ne pousseront la troupe à l'insubordination ! Ils prônent la non-violence, précepte sacré pour eux...

— Vous raisonnez avec quinze ans de retard. Sous le règne de Sa Majesté Alexandre II, on pouvait craindre que la révolte, en se communiquant à l'armée, ne dressât les soldats contre leurs supérieurs. Le danger est beaucoup plus grave de nos jours. Si la femme se sent l'égale de son mari, n'est-ce pas le principe même de l'autorité qui vacille ? Si un enfant a droit au même respect qu'un vieillard, que subsistera-t-il de la hiérarchie nécessaire au fonctionnement des diverses cellules qui composent la société ? »

Pobiedonostsev se leva, contourna son bureau et, planté devant son interlocuteur, pointa l'index contre les épaulettes du général.

« Vous semblez prêt à admettre que le père et la mère renoncent à leurs prérogatives. Bon. Mais pourquoi, dans ce cas, le lieutenant voudrait-il rester lieutenant ? Pourquoi, de ses propres mains, n'arracherait-il pas ses galons ? Si l'on se prive de commander dans sa famille, peut-on garder foi dans un quelconque règlement ? Je ne crains plus, aujourd'hui, de mutinerie dans les rangs. Gagnés par la secte, ce seront les supérieurs eux-mêmes qui, cessant de se considérer comme tels, n'estimeront plus nécessaire de se faire obéir des soldats. Chacun piétinera les insignes de son grade.

« D'ailleurs, reprit le procureur après avoir attendu en vain une réponse du général décontenancé, j'ai eu tort de vous dire : Supposez que la secte s'étende. Elle s'étend, nous en avons la preuve. Ces individus n'ont pas tardé à porter dans les casernes leurs activités subversives. De la négation de l'Eglise, ils sont passés à la négation de toute autre institution, spirituelle ou temporelle. Ils n'ont besoin, disent-ils, ni de gouvernement, ni de tribunaux... ni d'armée, que Dieu vous pardonne, mon général ! Ils refusent de payer l'impôt, regardent la terre comme un bien collectif, au mépris du droit de propriété, se dérobent au service militaire — ce qui s'appelle, dans votre langage, ni plus ni moins que désertion — et soutiennent que prêter serment à Sa Majesté est contraire à la dignité humaine.

« Comment l'Etat survivrait-il, si nous les laissons propager leurs idées ? Je ne discute pas la haute valeur personnelle de la plupart des sectaires. Désintéressement, rectitude, abnégation, dignité morale, ces qualités mêmes les désignent comme un danger public pour la Russie.

Leur docilité, leur calme endorment la suspicion de nos agents. Ils ont l'air si convenables, si inoffensifs qu'il faut redoubler de vigilance pour les empêcher de nuire. On ne se défie pas assez d'eux, si le gouverneur de la forteresse Pierre-et-Paul en personne leur trouve des excuses !

« Convenez-en, mon général : consentir à ces gens d'agir à leur guise, les autoriser à répandre leurs lubies, accepter qu'ils fassent des émules aurait pour notre pays, dont la cohésion est déjà si fragile, des conséquences désastreuses. Permettre ce ferment de désordre déchaînerait le chaos. »

Touché au point sensible, Apraxine se mordit les lèvres. Pour l'ébranler dans ses idées libérales, il suffisait, nous le savons, d'évoquer le danger de désagrégation qui menace l'empire russe.

« N'êtes-vous pas convaincu ? continua Pobiedonostsev, qui avait réservé pour la fin l'argument décisif. Le culte qu'ils portent à la nature leur interdit de combattre le feu s'il se déclare, l'inondation quand elle arrive. Si la Néva est en humeur de déborder, qu'elle déborde ! L'homme n'a qu'à s'incliner devant la volonté des éléments. Toute loi étant jugée odieuse, les mesures de protection civile doivent être aussi abolies.

— Excellence ! Il s'agirait d'un véritable crime ! Je ne puis croire que des hommes et des femmes honnêtes souhaitent la destruction, la mort...

— Ignace Maximovitch, racontez-lui l'histoire de ce paysan du gouvernement de Tver.

— Basile Soutaiev ? Il commença par refuser de se marier à l'église. Son jeune fils mourut. Le pope lui réclama cinquante kopecks pour l'enterrement. On se mit à marchander devant le cadavre. Indigné, le père repartit avec le corps de son enfant et l'enterra dans la cour de sa ferme.

« A partir de ce jour, il critiqua toutes les autorités, toutes les institutions. Le vrai chrétien, à l'entendre, n'a pas besoin d'argent. Il doit vivre de ses mains. Un soir, se dirigeant vers la grange, il aperçut des inconnus qui se sauvaient avec sa provision de farine. Sans mot dire, il entra dans la grange et y trouva un sac que les voleurs n'avaient pas emporté. Il se lança à leur poursuite, les rejoignit et le remit entre leurs mains. "Mes frères, leur dit-il, si vous êtes affamés et en quête de nourriture, prenez ce sac que vous avez oublié." Une autre fois, il hébergea une mendiante, lui donna à manger et à coucher dans sa ferme. Le lendemain matin, pendant que la famille travaillait aux champs, la pauvresse fourragea dans les coffres, ramassa les objets de valeur et s'enfuit avec son butin. Des voisins l'arrêtèrent et la conduisirent chez le maire. On la fouilla, on lui lia les mains. Soutaiev accourut. "Pourquoi l'avez-vous attachée ?" demanda-t-il. "C'est une voleuse, elle doit être jugée." Soutaiev protesta. "Ne jugez pas, et vous ne serez pas jugés ! Chacun de nous n'est-il pas coupable de quelque chose ? A quoi bon lui appliquer la loi ? On la jettera en prison, la malheureuse. Quel bien pourrait-elle en retirer ? Donnez-lui plutôt à manger, et qu'elle s'en aille avec la grâce de Dieu."

« Nous avons arrêté Soutaiev, conclut le procureur, pour incitation au vol et recel de marchandises.

— Un exemple isolé ne sera jamais bien dangereux », marmotta le général.

Le maître de la police ayant demandé la permission de se retirer, Apraxine resta seul avec le procureur.

XI

« Le geste de Soutaiev, mon général, eut un tel retentissement, que le comte Léon Tolstoï, reniant son passé, renonçant à sa fortune, abdiquant son titre, répudiant jusqu'à son œuvre littéraire, épouse aujourd'hui les chimères de ce paysan analphabète. Il se répand en écrits humanitaires, inoffensifs en apparence, mais profondément séditieux par la négation de tout ce qui fait la force de l'Etat. Ne nous vengeons pas, ne rendons pas le mal pour le mal, tendons l'autre joue, abolissons les tribunaux, les prisons, les casernes. Ni les Turcs, ni les Allemands ne nous attaqueront si, pour leur prouver nos intentions pacifiques, nous renvoyons nos soldats dans leurs foyers. Cessons d'amasser de l'argent, tout argent superflu étant volé à ceux qui sont dans le besoin. Abolissons les banques. »

Le procureur regarda soudain Apraxine dans les yeux.

« Faute de banques pour avancer les millions nécessaires, avec quel argent construirons-nous le pont de la Trinité ? Votre amitié pour M. de Sainte-Foy m'est connue, ajouta-t-il avec une onction suspecte. Loin de moi l'idée de ne pas l'approuver. Cette sympathie favorisera le rapprochement avec la France, rapprochement si nécessaire à notre pays. Il ne conviendrait pas, cependant, que cet homme, *votre ami*, si respectable soit-il, si digne de notre estime, apporte, en même temps que le fer, les ingénieurs et les plans de sa société, les idées libérales que lui souffle son pays d'origine. »

Apraxine découvrait enfin pourquoi le procureur l'avait convoqué. « Ah ! il surveille mes visiteurs, pensa-t-il, j'aurais dû m'en douter. Il ne va quand même pas... » Mais si, Pobiedonostsev aborda sans se gêner le sujet litigieux, et la brutalité de son attaque prit le général au dépourvu.

« Le sort de M. Tchaï-kov-ski — Constantin Pétrovitch martela les syllabes — est une autre matière à conversation entre vous. Je ne m'étonnerais pas que M. de Sainte-Foy vous conseille l'indulgence. » Le général bredouilla une excuse.

« Si c'est le cas, permettez-moi de vous dire qu'il oublie à quelles conditions la France, le pays de ses ancêtres, est devenue cet Etat fort que nous respectons.

« Je crois nécessaire d'attirer votre attention sur ce point, quitte à vous ennuyer par un petit cours d'histoire.

« En France, dès la fin de l'époque médiévale, le pouvoir a pris des mesures énergiques contre toutes les formes de dissidence et de subversion. Quel mal pouvait-il y avoir à ce que des gentilshommes se battent en duel ? Eh bien ! une des premières décisions arrêtées par le cardinal de Richelieu, le fondateur, le père de cette France moderne avec laquelle nous voulons rivaliser, a été l'interdiction du duel. Pourquoi ? Parce qu'un seul mort prélevé sur la saine jeunesse française représentait une perte économique pour la nation, deux bras en moins, une puissance de travail anéantie pour rien, des enfants qui ne naîtraient pas.

« Chez les Français aussi, une secte a sévi : les huguenots. Ils s'étaient réfugiés dans le port de La Rochelle. Richelieu assiégea La Rochelle et les élimina. Jusqu'où ne s'étendit pas sa vigilance ? Il crut de son devoir de mettre au pas les écrivains eux-mêmes, de discipliner la pensée en réglementant la langue. Un cénacle de grammairiens et de censeurs fut chargé de rédiger une grammaire et un dictionnaire. Etablir avec précision les mots, les tours qui seraient permis, chasser les autres de l'usage, empêcher la pensée de dévier, l'orienter dans le bon sens, telle fut la mission de l'Académie française. Une mission en accord avec la politique générale de l'Etat, et qui a dispensé jusqu'à présent le pays de Balzac et de Jules Verne d'envoyer ses écrivains en exil ou au bagne, comme nous avons été contraints de le faire tant de fois.

« Tout se tient. Richelieu puis Louis XIV et Colbert comprirent que pour avoir la sécurité aux frontières, la prospérité industrielle et commerciale au-dedans, pour construire des moulins, des ports, des routes, des manufactures, pour canaliser les énergies de tous vers la richesse et la puissance de la nation, but unique de leurs efforts, ils devaient déraciner les tendances anarchiques ou simplement centrifuges.

« Alexandre Dumas, mon général, n'est-il pas un de vos auteurs préférés ? Relisez, dans *le Vicomte de Bragelonne*, le chapitre où le jeune Louis XIV sermonne le vieux d'Artagnan. L'époque des mousquetaires est révolue, lui dit-il. Panache, gloriole, exploits gratuits,

prouesses spectaculaires, tout ce qui était à la mode au début du siècle, capitaine, est à proscrire aujourd'hui. Une France unie et forte ne doit plus gaspiller ses ressources... Langage de vrai roi, langage d'homme d'Etat responsable !
« Que M. de Sainte-Foy réfléchisse à l'histoire de la patrie de ses ancêtres. Il verra qu'il n'y a pas de grandeur possible pour un pays si des individus se permettent des conduites prohibées par la loi, et si l'on ne punit pas sévèrement les libertés qu'ils s'autorisent. Accorder un début de légitimité à de tels écarts, ce serait introduire la gabegie. Regardez le comte Tolstoï. Depuis qu'il prêche l'amour libre et la non-résistance aux forces de la nature, il vitupère aussi les innovations de la science, les perfectionnements techniques, les conquêtes du progrès. Un pont en fer ? Du pur gâchis, de l'argent jeté en l'air, sans profit pour le peuple. Quand il apprendra la nouvelle, ce fou ameutera les partisans de Soutaiev. Toute la secte, si nous n'avons pas réussi à les expédier en Sibérie, accourra pour occuper le chantier et empêcher les travaux.

— Cependant, Excellence, entre le projet de la Perm, Orenbourg et Cie et l'affaire Tchaïkovski...

— Vous ne saisissez pas le rapport ? Permettre à un seul individu de s'exprimer dans des formes non admises par l'Etat, c'est porter atteinte à la solidité de l'édifice social. Faites-moi l'honneur de croire que je n'adopte pas une opinion rétrograde en vous disant cela. Je n'ai en vue que la grandeur et la stabilité de l'empire. Que M. Tchaïkovski s'amuse à sa guise, peu m'importe. Qu'il contrevienne aux enseignements de la Bible, c'est à Mgr Isidore de l'en blâmer, pas à moi. D'autres raisons m'obligent à demander son châtiment.

« Mes services m'informent qu'un magistrat allemand propose un nouveau mot pour désigner la catégorie de coupables à laquelle appartient M. Tchaïkovski. Il veut les appeler *uranistes* — du fait, paraît-il, que Platon les croyait soumis à l'influence de l'Aphrodite Ourania. Dans l'esprit de ce juge, un terme purement scientifique, un vocable neutre, sans intention péjorative. Soit. J'accepte cette façon de supprimer l'idée de tare, de dégénérescence, que nous avions l'habitude d'associer au vice de ces malheureux. Vous ne me reprocherez pas de camper sur des positions morales, de m'attarder dans un rigorisme vieux jeu. Ce que je vais vous dire s'inspire des principes de la politique la plus moderne.

« Richelieu puis Colbert recensèrent toute espèce d'hérétiques menaçant la cohésion de l'Etat : juifs, musulmans, réformés, lépreux, sorciers, adultères. N'ayant garde d'oublier ceux qu'on n'appelait encore que du nom moins gracieux de bardaches, ils les soumirent eux aussi à une surveillance rigoureuse, quand ils ne les envoyèrent pas en prison. L'Angleterre, à la même époque, adopta des mesures analogues. En Italie, au contraire, on ferma les yeux sur un goût qui avait compté parmi ses adeptes un Laurent le Magnifique, un Michel-Ange, un Léonard de Vinci, et même un pape, Jules II ! Aujourd'hui, la même tolérance permet à ceux qui fuient la sévérité des lois dans leur patrie de trouver un refuge à Florence ou à Rome.

« Le jeune frère de M. Tchaïkovski, installé à Naples, la ville la plus dissolue sous ce rapport, ne se prive pas de mettre à profit ce relâchement coupable. Il est d'ailleurs curieux que M. Tchaïkovski, jusqu'à présent, ait répondu négativement à l'invitation de son frère à le rejoindre et à tirer parti des facilités offertes si généreusement à leur vice. Ce refus réitéré m'intrigue. Qu'en dites-vous ? »

Le général, qui n'avait rien à en dire, prit l'air vague.

« J'ai employé le mot *coupable*, poursuivit le procureur. Encore une fois, ne vous méprenez pas sur ma pensée. Coupable du point de vue de l'efficacité politique, de la réussite économique. A la fin du Moyen Age, quelles nations voyons-nous émerger du chaos ? Où surgirent les Etats que leur unité et leur force désignent en modèles de ce que nous voulons devenir ? Pas dans la péninsule italienne, assurément, qui n'a jamais séduit que les oisifs, les esthètes, les... uranistes. Mais en France et en Angleterre. C'est parce qu'elles n'ont pas hésité à s'amputer de leurs membres gangrenés ni à éliminer leurs fauteurs de désordre, que la France et l'Angleterre se sont dotées d'un pouvoir centralisé et vigoureux, condition de leur épanouissement. En extirpant leurs minorités, en bannissant tout ce qui pouvait nuire à l'hégémonie du souverain, en exigeant une conformité absolue des opinions et des mœurs à l'orthodoxie définie par le prince, ces deux nations se préparaient à prendre la tête de l'Europe. Résultat de leur sagesse politique, mon général, non d'un moralisme étriqué.

« Venons-en à la Russie. L'immensité et la dispersion géographique de notre territoire nous imposent une sévérité particulière. La diversité des races et des peuples qui le forment a toujours été le principal obstacle à la consolidation de l'empire. Je crois savoir, ajouta le procureur en fixant à nouveau dans les yeux Apraxine, que la difficulté de réunir sous une même autorité des provinces si différentes et le risque permanent d'éclatement (presque les mêmes paroles, pensa le général, qu'il avait naguère adressées à son ami français, à croire qu'un espion du procureur se tenait caché dans la bibliothèque), je crois savoir que ce danger vous préoccupe et tient sur le qui-vive le sentiment de vos responsabilités.

« Maître de la Néva et des eaux, vous êtes le garant de notre sécurité. Ne négligez aucun des aspects de votre rôle. Attachez-vous d'abord au domaine où la prévoyance a le plus de chances de se montrer efficace. L'éparpillement des ethnies étant aussi inévitable que le déchaînement des tempêtes, il importe d'autant plus que nous resserrions la vigilance sur ce qui se passe à l'intérieur des maisons.

« Personne ne doit être laissé libre de sa vie privée, continua le procureur sans dévier de son raisonnement. Pour quiconque prend à cœur les destinées de la patrie, éliminer les divergences individuelles est un devoir sacré. Reconnaissez qu'il s'agit là d'une priorité absolue.

« La rivalité haineuse qui persévère entre la France et l'Allemagne, le désir de revanche des Français, les velléités de guerre préventive qui agitent la chancellerie du Reich, tout ce bruit de bottes et de clairons fournit enfin à Sa Majesté Alexandre III l'occasion de jouer un rôle décisif en Europe et d'affirmer à la face du monde la puissance russe. Le rapprochement diplomatique avec la France, les visites réciproques des deux escadres, l'adjudication du pont de la Trinité à une société française, toutes ces mesures qui visent à l'affermissement de notre Etat ne deviendront décisives que si celui-ci, purgé de ses éléments indésirables, constitue un bloc homogène.

« Inspirons-nous de Richelieu et de Colbert. Je considère les uranistes — s'il faut adopter ce nouveau nom — comme une secte. Ni plus ni moins schismatique que les nombreuses sectes qui sapent notre cohésion. Et donc inacceptable, dans un pays où la soudure des différentes parties reste fragile. Des caractères propres aux autres sectes, celle-ci possède les deux principaux.

« D'abord, l'affirmation de l'amour libre, le rejet du couple fixe. Vous avez entendu cet homme ? *L'amour nous lie, le manque d'amour nous délie.* Si la négation du sacrement et de l'engagement à vie ne ressortissait qu'au domaine privé, je ne verrais pas d'inconvénient à tolérer cette survivance du paganisme. Mais, vous l'avez constaté à propos de ce Basile Soutaiev, permettre à la vie amoureuse de s'exprimer en dehors de la loi, lâcher la bride à l'humeur, au caprice, c'est introduire dans le corps de la société un ferment de subversion et de dissolution.

« Nos agents ont repéré, pour M. Tchaïkovski, en une seule année de filature, quatre liaisons de plus de quinze jours, sept aventures qui ont duré d'une à deux semaines, vingt-huit rencontres occasionnelles, dont la plupart ont donné lieu au chantage ou à l'escroquerie, quand ce n'est pas la rapine pure et simple. Alourdissez encore ce bilan par l'encouragement que de tels succès apportent à la pègre, calculez l'effet que ces actes de délinquance impunis peuvent produire sur des jeunes en situation irrégulière, et vous ne pourrez plus nier qu'il soit urgent de purger notre pays de ce germe de corruption sociale.

« Second trait de toute secte : l'effacement du principe d'autorité, la suppression des rapports hiérarchiques. Supposez que, dans un gymnase, un professeur tombe amoureux de son élève. Ne va-t-il pas être enclin à le ménager, à lui mettre des notes supérieures à celles qu'il mérite, à lui faciliter l'examen, peut-être par la fraude et au détriment de ses camarades ? Voilà l'institution scolaire menacée dans son principe même.

« Je vous laisse le soin d'évaluer quels dégâts causerait dans la discipline militaire la pratique des passe-droits, des faveurs personnelles, des exemptions à titre privé. Nous avons mentionné tout à l'heure le problème de la désobéissance passive, examiné les conséquences qu'elle pourrait avoir dans l'armée, et reconnu que tout affaiblissement chez les gradés de la conscience de leur supériorité aurait sur la troupe des effets désastreux. Convenez maintenant que si, en plus des autres sectes, celle des uranistes réussissait à s'infiltrer dans les régiments, ce risque que nous n'évoquions que de manière vague deviendrait une menace précise et terrible.

« Le capitaine épris d'un sergent serait dominé par son inférieur. L'officier amoureux d'un soldat perdrait le pouvoir de commander. Une compagnie où ces événements auraient lieu donnerait l'exemple, non de la rigueur militaire, mais du relâchement et de l'anarchie. Le théâtre de tels scandales ressemblerait plus aux thermes romains du *Satiricon* qu'à un bastion préposé à la défense de l'empire. Mais pourquoi vous parler au conditionnel, alors que les preuves sont là ? Nos hautes écoles elles-mêmes ne sont pas à l'abri du virus...

— Nos hautes écoles ? dit Apraxine, alarmé. Nos hautes écoles ? »

Il songeait à son fils Igor, élève au corps des Pages.

Pobiedonostsev parut sur le point de lui révéler une information encore confidentielle, mais, se ravisant, il se contenta d'allonger la main sur le bureau et de remuer une liasse de papiers, pour indiquer au général qu'il n'accusait pas au hasard.

« De quelles écoles parlez-vous ? » reprit celui-ci.

Le procureur le regarda fixement, sans répondre. Il se borna à tapoter le dossier. Le général comprit qu'on tenait une arme en réserve contre lui, au cas où il refuserait d'obéir. Pobiedonostsev n'était pas homme à faire des contes en l'air. Sans quitter des yeux son interlocuteur, il repoussa sur un coin du bureau les mystérieuses pièces à conviction. Puis, changeant à nouveau de physionomie, il se renversa dans son fauteuil, et feignit le soulagement.

« Je vois que vous m'avez parfaitement entendu, dit-il avec un sourire plus affreux que ses menaces. Revenons à nos moutons.

« M. Tchaïkovski aurait pu s'intéresser à l'un de ses pairs, un de ses confrères en musique, par exemple, s'attacher à quelqu'un de son milieu et de son âge. Non : la secte force ses adeptes, par une obligation incluse dans sa nature, à chercher leur satisfaction en dehors, loin du cercle où ils auraient des raisons plus légitimes de la trouver.

« Nous connaissons des barons, qui emmènent leur godelureau à l'opéra et l'installent dans une loge de première galerie, de manière à offenser les dames assises à proximité. De hauts fonctionnaires, qui se soumettent au bon plaisir de leur employé, au risque de lui livrer un secret d'Etat. De riches marchands, qui spolient leur famille en léguant au garçon de boutique dont ils se sont entichés un patrimoine accumulé par deux ou trois générations d'honnêtes commerçants.

« Dans le cas de M. Tchaïkovski, je constate une quadruple transgression. »

Nouveau geste vers la pile des dossiers.

« M. Tchaïkovski ne respecte pas le code de réserve militaire, puisque, simple civil, il recrute dans le régiment Sémionovski. Au mépris de la législation sur les mineurs, il ose, quinquagénaire, s'attaquer à un gamin de dix-sept ans. Dans la seule affaire du cornette, voilà donc une double violation de la loi.

« Je vois deux principes encore plus sacrés enfreints par celui que les lois du royaume de France auraient envoyé au bûcher, à l'époque où l'arrière-grand-père de *votre ami* M. de Sainte-Foy portait sa tête sur ses épaules. En poursuivant de ses assiduités le fils de sa sœur, M. Tchaïkovski montre que le tabou de l'inceste ne l'intimide en rien. Enfin, de l'interdit qui protège la noblesse impériale il n'a cure, puisque, sujet d'extraction on ne peut plus roturière, il compromet un proche parent de Sa Majesté. »

Constantin Pétrovitch tira quatre fiches à l'appui des quatre chefs d'accusation.

« Selon vous, je devrais donc..., balbutia, devant cet homme implacable, Apraxine désemparé.

— Non pas selon moi. Selon vous, général. Le moment est venu pour notre pays de redresser la tête. Sa Majesté a juré que l'humiliation de Berlin ne se reproduirait jamais plus. Il lui faut donc un empire fort, stable, uni autour de sa personne, sans tache, sans défaut de la cuirasse. Le développement industriel et militaire de la Russie exige le bannissement, l'éradication de toutes les hérésies. Les éléments anarchiques ne peuvent être tolérés. Vagabonds, adeptes de l'union libre, non-violents, ennemis de la machine à vapeur, apôtres de l'égalité par l'amour, efféminés réfractaires à l'accomplissement de leur devoir viril, tous seront persécutés et déportés. Nous punirons les contrevenants, non pour complaire, comme des sacristains, à Mgr Isidore, mais *ad majorem gloriam Caesaris.* »

Le procureur s'appuya des deux mains au bureau, pour souligner la gravité de sa péroraison.

« Croyez-vous que le président de la République française acceptera de se rendre dans un pays où le chef de l'Etat laisse son propre cousin tourner en ridicule son autorité ? Où un crime auquel les nations civilisées appliquent la rigueur du code pénal souille publiquement la majesté de la Couronne ? La visite de Son Excellence M. Sadi Carnot ou de son successeur est devenue, vous le savez, le but prioritaire de notre politique. Nos ennemis feraient des gorges chaudes, et la presse internationale, toujours friande de médisances, ne se priverait pas de vilipender notre gouvernement, si nous n'extirpons pas, avec la dernière énergie, la cause du scandale.

— Son Altesse le grand-duc Georges, pourtant...

— Malheureux, ne prononcez jamais ce nom ! Si Alexandre III l'a nommé gouverneur de Sibérie orientale, avec obligation de résider à Irkoutsk, c'est bien pour éloigner son deuxième fils de sa vue et purifier la Cour d'une persona non grata. L'affaire du Japon a rendu Sa Majesté particulièrement susceptible. Désormais aucun membre de son entourage ne doit prêter au soupçon. Son Altesse le grand-duc Constantin, s'il ne se marie pas avant la fin de l'année, sera nommé amiral de la flotte d'Extrême-Orient et confiné à Vladivostok.

— Mais le général Barianski... », murmura encore Apraxine.

Un coup d'œil fulgurant lui cloua l'objection dans la gorge. Il comprit que, tout système admettant une exception, ce protégé, ce favori du Palais ne pouvait être cité en exemple.

Le général tenta une ultime résistance. Lorsque, deux jours après sa visite à Pobiedonostsev, il me rapporta les grandes lignes de sa plaidoirie, je reconnus les arguments qui lui étaient familiers : le prestige international de Tchaïkovski, son rayonnement jusqu'en Amérique... Un nom si célèbre dans le monde... Une source de gloire pour la Russie... Sa renommée à Paris, justement... Une caution artistique pour l'alliance...

Pobiedonostsev ne le laissa pas finir.

« Cette célébrité, cette gloire entrent en première ligne dans mon plan. Si nous voulons marquer, avec une certaine solennité, le début d'une nouvelle ère pour la Russie, ne choisissons pas n'importe quel coupable. Nos fichiers regorgent de noms vulgaires, tristes sires dont le châtiment ne serait d'aucun profit pour le but à atteindre.

— Daignez m'expliquer, Excellence...

— Pierre le Grand a illustré son règne de cent actions brillantes. Laquelle, selon vous, a le plus contribué à établir son autorité ?

— La victoire de Poltava.

— Réponse de militaire. La victoire de Poltava a prouvé sa valeur d'homme de guerre, elle n'a pas fondé sa légitimité impériale.

— Battre l'ennemi héréditaire, pourtant... »

Pobiedonostsev entraîna le général vers la fenêtre. De l'autre côté de la Néva, il lui montra l'angle de la forteresse.

« L'action décisive, reprit le procureur, c'est là qu'elle fut accomplie.

— Dans le bastion Troubetskoï ? demanda Apraxine, qui hésitait à comprendre.

— Oui.

— L'assassinat de son fils Alexis ?

— Etait-ce la première fois qu'un prince régnant mettait à mort un de ses proches ? Le fils aîné du Grand Prince de Kiev tendit une embuscade à ses deux frères et les tua pour les empêcher de devenir ses rivaux. Boris et Gleb, les deux victimes, se laissèrent poignarder sans résistance ; on les avait avertis du dessein de leur frère ; au lieu de s'enfuir ou de s'entourer d'hommes d'armes, ils s'offrirent d'eux-mêmes aux coups. Y avez-vous songé, mon général ? Ils furent tenus à ce titre pour saints et canonisés à cause même de leur soumission. Un siècle plus tard, Ivan le Terrible frappa son fils Ioann d'un épieu, bien qu'il éteignît la race des Danilovitch en tuant son enfant bien-aimé. »

J'interrompis le général.

« Le meurtre fondateur. N'est-ce pas également votre théorie ? Vous souvenez-vous du jour où nous avons visité la cellule du malheureux Alexis ? Une société, me disiez-vous, ne peut réussir ses mutations qu'en sacrifiant à intervalles réguliers un de ses membres. Et, pour que cette action soit pleinement efficace, il ne faut pas choisir la victime au hasard, mais dans une classe élevée, si possible parmi les proches du souverain.

— Je vous assure, monsieur de Sainte-Foy, qu'en entendant Pobiedonostsev raisonner froidement sur la nécessité périodique du sacrifice, je compris que nous n'étions pas encore sortis des temps légendaires où tout progrès doit avoir sa contrepartie. »

Le procureur revint s'asseoir à son bureau.

« Le meurtre du tsarévitch Alexis se distingue de tous les autres qui l'ont précédé. Boris, Gleb, Ioann étaient encore des enfants. Je pourrais ajouter à leur nombre le jeune Dimitri, assassiné par Boris Godounov. Tous furent mis à mort parce que leur bourreau craignait pour son propre pouvoir s'il laissait vivre un rival. Alexis avait plus de vingt-cinq ans lorsqu'il fut supplicié. Chétif de corps, simple d'esprit, apathique, paresseux, il ne représentait aucune menace pour son père. Jamais il ne songea à le détrôner. Au contraire, le conflit s'envenima entre le père et le fils à cause du manque d'ambition de celui-ci. Pierre le Grand n'avait aucun motif plausible pour le tuer. Sa parfaite gratuité donne au meurtre sa grandeur symbolique. Alexis ne demandait qu'à vivre en paix, retiré, obscur. "Pour moi, écrivait-il à son père, je n'implore que ma subsistance jusqu'à la fin de mes jours." Cette lettre enragea le tsar et le décida à faire jeter son fils en prison. Pierre descendait lui-même dans le cachot pour interroger et torturer celui qu'il tenait pour un renégat.

« L'unique faute d'Alexis ? Réclamer le droit de mener une vie privée. Détourner à son profit personnel une partie des énergies nécessaires au développement de la nation. Freiner par l'égoïsme et l'inertie l'effort de Pierre le Grand pour transformer un pays archaïque en Etat moderne. Le crime politique majeur, mon général. Un Etat moderne ne peut reconnaître à personne le droit de mener une vie privée indépendante de sa politique d'ensemble. Pour frapper les imaginations et rayer des esprits la chimère du bonheur individuel, Pierre le Grand choisit la victime la plus illustre et commit le geste le plus spectaculaire.

« Que nous reste-t-il à faire, si nous voulons effacer les échecs du règne précédent et marquer le début d'une ère nouvelle ? Prendre modèle sur Ivan le Terrible et sur Pierre le Grand. Choisir parmi les personnages haut placés de l'empire celui dont l'importance donnera le plus d'éclat à notre intervention. Sacrifier, puisque l'occasion inespérée s'en présente, le porte-parole le plus représentatif du génie russe. Le tsar du début du XVIIIe siècle immola son propre fils sur l'autel de la puissance nationale. Le tsar de la fin du XIXe siècle affermira son empire en condamnant le plus glorieux, le plus aimé de ses sujets.

« A deux siècles d'intervalle, on honore celui qu'on a choisi pour bouc émissaire. La Russie *d'après* se dégage par cette opération de la Russie *d'avant*. Coupable ou innocente, il nous faut une victime éclatante.

« Un pont de huit cents mètres sorti des forges de la Perm, Orenbourg et Cie, le premier pont métallique d'une telle longueur, fournira, me direz-vous, un symbole de renouveau assez retentissant. Oui, si le discours que je vous tiens était entièrement rationnel. Les Russes, vous savez, ont un penchant irrésistible pour la mystique. Nous voulons bien devenir une grande puissance industrielle, mais à condition que cette métamorphose prenne l'aspect d'une cérémonie et s'accomplisse avec la gravité d'un rite. Le fer n'est pas un emblème suffisant. En des temps plus barbares, j'aimerais mieux dire : moins timorés, la victime expiatoire eût payé de sa mort physique le privilège de participer à la régénération de l'Etat. Nous nous contenterons de la mettre à mort civilement, par la privation de ses droits, l'exil en Sibérie. J'ai pleine confiance que M. Tchaïkovski, le plus russe des Russes, comprendra de lui-même la nécessité religieuse de ce sacrifice. »

Un aveu si inattendu prit de court le général. Il aurait pu, me dit-il, argumenter contre Pobiedonostsev en restant sur le terrain politique, mais de voir un homme si froid, si calculateur, s'incliner tout à coup devant des forces obscures dont il ne discutait pas la supériorité, le laissa sans voix.

« Tenez, monsieur de Sainte-Foy, voilà ce que le procureur m'a donné en me congédiant. C'est la copie d'une des lettres qu'Ivan le Terrible adressa au prince Kourbski, après que celui-ci se fut enfui de Moscou et réfugié à l'étranger. Ivan, de caractère méfiant et rancunier, n'épargnait aucun de ses collaborateurs. Le prince Kourbski, pourtant le plus fidèle de ses lieutenants, se douta à certains signes que sa disgrâce était proche. Pour sauver sa tête, il s'exila en Pologne. Lisez ceci, et dites-moi si un Russe peut rester insensible à ces reproches, bien qu'ils n'aient pas le sens commun. »

Pourquoi, malheureux, veux-tu perdre ton âme comme un traître, en sauvant par la fuite un corps périssable ? Celui qui est juste et vertueux ne craint pas le supplice nécessaire aux desseins secrets de Dieu, supplice qui n'est pas une mort mais un gain. Si tu es loyal et pieux, pourquoi n'as-tu pas voulu mourir sur l'ordre de ton maître et recevoir de ma main la couronne du martyr ?

« La couronne du martyr, répéta songeur Apraxine, devant mon regard stupéfait. J'ai beau qualifier de folle semblable admonestation, elle éveille en moi des résonances profondes. Peut-être à cause de mon éducation militaire. On m'a habitué à obéir. Un ordre incongru reste un ordre. Un service inutile ne me semble pas une absurdité. Et du reste, que savons-nous de ce qui est nécessaire aux *desseins secrets de Dieu* ? »

Comme toujours, il me raccompagna jusqu'à la porte Saint-Pierre, où m'attendait, enveloppé de sa touloupe de mouton avec son numéro de cuivre accroché dans le dos, mon cocher Ivan. A la politesse et à l'amitié habituelles du général se mêlait, me sembla-t-il, le désir de me consulter sur une question qui le tourmentait. Il hésita jusqu'à la dernière minute. Enfin, comme je montais en voiture :

« Entre nous, me dit-il, pensez-vous que le procureur parlait sérieusement, lorsqu'il a fait mention de nos hautes écoles ? Une idée précise, vous croyez qu'il l'avait ? Si je pouvais soupçonner que le virus, comme il l'appelle, menace de près ou de loin mon fils... »

Les allusions perfides de Pobiedonostsev avaient atteint leur but.

« Ah oui, la prunelle de vos yeux ! » dis-je en parodiant sa formule favorite, car je le voyais tracassé. Il se dérida et m'avoua qu'il se faisait un sang d'encre pour Igor, à cause de ce malheur arrivé à son premier enfant.

« Mon général, le corps des Pages est une institution modèle, vous me l'avez affirmé bien souvent. Sous la cravache de votre bon ami le comte Rodion Menchikov, la plus stricte discipline militaire règne dans cet établissement.

— Oui, mais si vous connaissiez comme moi les dangers de la vie en caserne... »

Sans en dire plus, il me tendit la main, puis me planta sur cette phrase inachevée.

XII

Tchaïkovski regagna Klin, à la fin du mois de juin. L'orchestre attendait les dernières pages de la symphonie. Le compositeur les apportait lui-même au fur et à mesure. L'été ne fut pour lui qu'une suite d'allées et venues entre sa maison de campagne et Saint-Pétersbourg. Il voyageait en compagnie de son fidèle Alexis, débarquait incognito à la gare et, pour semer les journalistes, descendait dans un hôtel de moyenne importance, où le registre des arrivées n'est pas tenu régulièrement.

Le bruit qu'il séjournait dans la capitale ne tardait pas à se répandre. Il changeait alors d'hôtel. Des personnalités des arts et des lettres, des célébrités étrangères, des fonctionnaires du gouvernement, des membres de la famille impériale (avant que Pobiedonostsev ne leur eût conseillé de cesser toute relation avec lui), des admirateurs anonymes, des chasseurs d'autographes déposaient leur carte. Certains l'attendaient dans le hall. Bien qu'il n'accordât aucun entretien et refusât les mondanités, déjouer la curiosité des importuns lui coûtait du temps et de l'énergie.

Après le Bellevue et l'hôtel Central, il essaya du Dagmar, de l'hôtel de Russie, près du pont Rouge, du Grand Hôtel du Nord, à la gare Nicolas. Au Balabin, il apprit que, l'eau n'étant pas sûre, un cas probable de choléra s'était déclaré.

Fatigué de courir à droite et à gauche, il songeait à louer un appartement.

Projet difficile à exécuter, la ville regorgeant de visiteurs obligés de résider plusieurs mois et munis de ressources importantes. Entre les diplomates et les militaires français occupés à mettre au point les différents articles du traité franco-russe, les hommes d'affaires appâtés par de fructueuses occasions de gain, les ingénieurs de la Perm, Orenbourg et Cie préparant les devis pour la construction du pont, les délégations allemandes qui déclenchaient une contre-offensive en offrant à des prix sans concurrence le fer et le charbon de la Ruhr, les émissaires anglais à l'affût d'une petite place à conquérir sur le marché, un appartement spacieux et pourvu de confort partait en quelques heures.

J'avais moi-même déménagé, au 13 de la Malaïa Morskaïa, dans un immeuble qualifié « de prestige » par son propriétaire. Petite Rue de la Mer, parallèle à la Grande, Bolchaïa Morskaïa, petite seulement parce que plus courte, mais ne le cédant à l'autre, ni pour l'élégance des maisons, ni pour le prix des loyers.

C'est lors d'un séjour de Tchaïkovski dans la capitale qu'Anatole Kremski informa son ami et fournisseur de spectacles qu'un tribunal d'honneur s'apprêtait à le juger. Nous avions chargé le prince de cette mission délicate. Lui seul nous paraissait capable de présenter le procès comme une formalité sans importance. Souzdal aurait montré de l'inquiétude. Dans son palais oriental, dont le luxe indolent ne laisse entrer l'agitation du monde que filtrée par les lucarnes d'albâtre et les carreaux de vitrail, le pacha glissa la nouvelle entre deux bouffées de tabac turc de son narguilé serpentin.

Il eut beau minimiser l'affaire, garantir à Tchaïkovski qu'il ne courait aucun risque, celui-ci fut saisi d'horreur.

« Ah ! mon destin m'a rejoint, balbutia-t-il. C'est la fin. Ma carrière s'achèvera sur la note lugubre qui sert de point final à ma symphonie. Les dernières mesures sont écrites. Quelque instinct m'avait averti de ce que tu m'apprends. Pas de presto enlevé, pas de péroraison en fanfare. Sais-tu comment je termine ? D'une façon absolument insolite, par un *adagio lamentoso*. De quoi glacer les auditeurs d'une consternation polie. »

Devant ce visage décomposé par l'angoisse, le prince ne put rester indifférent. Secouant pour une fois son apathie, il énuméra les arguments propres à rassurer son hôte : le tsar ne ferait jamais condamner son compositeur favori, le comte Vorontsov lui avait demandé, à lui Anatole, de programmer *la Belle au bois dormant* lors de la visite, espérée dans un proche avenir, du président de la République française, le procès n'était qu'un coup de semonce, un avertissement pour Piotr Ilitch, une manière, un peu trop solennelle sans doute mais bien dans les habitudes du Palais, de lui conseiller plus de prudence dans le choix de ses relations. Quant à la Sibérie, le prince excluait formellement cette issue. Tout au plus l'inviterait-on à s'expatrier pour quelque temps : en Italie, par exemple, où son frère Modeste l'attendait.

Piotr Ilitch répondit qu'il ne redoutait pas la déportation mais le scandale. Toute sa vie, expliqua-t-il, il avait veillé à dissimuler la nature de ses mœurs, non par honte de ce qu'elles étaient, mais par souci de ne pas faire parler de lui autrement que par sa musique. Le pire sort à craindre pour un artiste, selon lui, était d'attirer l'attention sur sa vie privée. Maintenant qu'il pensait avoir atteint le sommet de ses capacités créatrices et mériter le succès dont on honorait chacune de ses œuvres, le procès détournerait les projecteurs de sa nouvelle symphonie. Quelque chose qui n'avait rien à voir avec l'art passerait au premier plan de l'actualité. Les commérages de la presse ruineraient ses ambitions d'être célèbre par la seule valeur de ce qu'il écrivait.

« La véritable malédiction pour un artiste, répéta Tchaïkovski, un drame que seul un artiste peut comprendre. » En directeur de théâtre soucieux de remplir ses caisses, Anatole trouvait en effet que le tapage mené autour du procès fournirait à la reprise de *Casse-Noisette*, prévue au Mariinski pour les fêtes de Noël, une réclame inespérée.

Et puis, ajouta Piotr Ilitch, il devait tenir compte de sa nombreuse famille. Son beau-frère Lev Davydov avait encore deux fils à marier. L'opprobre qui rejaillirait sur eux compromettrait leur avenir. Dmitri n'avait que vingt-trois ans, Iouri, dix-sept. Une famille durement éprouvée, déjà. Véra, la deuxième des filles, était morte à vingt-six ans. Tania, la préférée de sa mère, encore plus jeune, à l'improviste, d'une crise subite, pendant un bal. Pauvre fleur fauchée ! Sa mère, « ma chère, chère sœur Alexandra », l'avait suivie peu après dans la tombe, détruite par le chagrin.

« Tu vois, un scandale touchant ma personne anéantirait mon beau-frère et ce qui reste des siens. Deux autres de mes nièces sont mariées, voilà donc deux autres foyers qui seraient éclaboussés à leur tour.

— Quel oncle exemplaire tu fais ! s'écria Anatole. Quel miracle de sollicitude avunculaire ! »

Il devinait fort bien le motif secret de Tchaïkovski, une angoisse qui n'avait rien à voir avec cet étalage de bons sentiments, pure façade dont il eut envie de s'amuser.

« Comme c'est curieux ! reprit-il. Tu ne montres pas les mêmes scrupules pour tous les membres de cette famille si durement éprouvée ! »

Et, tirant de sa pipe levantine une bouffée odorante dont les volutes bleutées ne l'empêchaient nullement de surveiller son hôte qui avait viré au cramoisi, il continua à ironiser.

« Je ne me trompe pas ? Vladimir Davydov, le Bob de ton cœur, est bien le frère de ce Dmitri et de ce Iouri que tu redoutes de compromettre, le fils de ce Lev que tu as peur d'achever ?

— Anatole, je t'en prie...

— Mon Dieu, ce jeune homme s'est déjà fait une solide réputation, à laquelle, il me semble, tu n'as pas peu contribué. Bob, le pilier de Iar, le mignon de ces dames, l'épouvantail des familles ! Qui donc, se demande-t-on, lui remplit les poches aux as ? Pour un simple sous-lieutenant, avoir sa table quai des Anglais !

— Ah ! murmura Piotr Ilitch, avouant enfin sa terreur, tu as tort de plaisanter. Bob n'aime que les filles, et il sera fou de rage quand la rumeur flétrissant son oncle aura déteint sur lui. »

Bob amusait Anatole. Son double jeu ne méritait pas, selon moi, tant d'indulgence. Tour à tour affectueux et distant, séducteur et canaille, mener par le bout du nez le plus grand compositeur de Russie ! Bon musicien ? Pianiste doué ? Le bonheur de se faire jouer le premier jet de ses symphonies ne compensait pas, pour Piotr Ilitch, les caprices, les extorsions de fonds, le chantage aux bohémiennes, les éclipses soudaines, les retards inexpliqués, les élans de tendresse eux-mêmes imprévisibles de son fantasque neveu. Une torture à longueur de journée. Sans pitié pour le cœur fatigué du vieil homme, le garçon soufflait le chaud et le froid. Et même, ne pouvait-on craindre que, pour ne pas être mêlé au procès, il ne plantât son oncle et disparût pour de bon ?

A ce supplice s'ajoutait, pour Tchaïkovski, le chagrin de penser qu'il ne serait plus reçu dans la maison de campagne de son beau-frère, à Kamenka, en Ukraine, où il séjournait chaque été, avec des résultats si heureux pour son art, côtoyant alors son neveu tous les jours, dans le cadre apaisant d'une famille, sans avoir à lui mendier quelques instants de présence. Bob se montrait moins sauvage en vacances, malgré sa haine des betteraves, qu'à Saint-Pétersbourg, où l'uniforme qu'il portait, le prestige de son régiment à soutenir, la méfiance de ses camarades, la peur de leurs quolibets le mettaient dans une situation fausse qui développait ses plus mauvais instincts. Maltraiter son oncle le vengeait des insinuations qu'on murmurait à la caserne, en le voyant jeter l'argent à pleines mains.

Une semaine peut-être après la conversation rapportée ci-dessus, Anatole m'invita à goûter d'un thé à la rose envoyé par l'intendant de son domaine ouzbek. En entrant dans le salon maure, j'eus la surprise d'y trouver Tchaïkovski.

« Piotr Ilitch souhaitait te rencontrer à nouveau, dit notre hôte.

— Tout le bonheur est pour moi », protestai-je.

Le compositeur se leva en silence. Je serrai une main froide et inerte. Il portait des bottines noires, un costume à carreaux de bonne coupe, une cravate noire sur une chemise blanche. Fermée par les trois boutons, la veste adhérait au corps. Tenue neutre, impersonnelle. Manifeste volonté d'effacement. Il donnait en outre l'impression de se surveiller. Même chez un ami qui avait sa confiance et dont l'appui le soutenait dans cette passe difficile, il observait une attitude contrainte. Assis dans un des deux seuls fauteuils de la pièce — raides cathèdres de bois enlevées à quelque église byzantine —, les jambes croisées l'une sur l'autre, les deux mains jointes autour du genou, il garda la même posture pendant la durée de notre entretien.

Barbe et moustache taillées, comme d'habitude, avec soin ; moins ornement capillaire que refuge contre les curiosités indiscrètes, dérobade, dissimulation. Toute la vie semblait avoir reflué sous le haut front et dans les yeux bleus magnifiques. D'une immobilité et d'une noblesse presque sévères, ce masque eût donné le change à qui eût ignoré quel bouillonnement d'émotions obligeait Tchaïkovski à un contrôle permanent.

Quel contraste avec l'attitude et avec la tenue du prince ! Une élégante robe de chambre de soie mauve, dont une main négligente avait noué la cordelette à glands ponceau, bâillait sur une blouse brodée et un pantalon bouffant. Anatole, selon son habitude, avait choisi pour s'y allonger un coussin. Il s'enfonça dans l'épaisseur du capiton, en me faisant signe de l'imiter. Par déférence envers le grand musicien, je pris place dans le second fauteuil. Piotr Ilitch se tenait un peu voûté, sans toucher le dossier de son siège.

« Nous parlions justement de Paris, dit-il avec un sourire affable.

— Je suppose que les Sainte-Foy habitaient le faubourg Saint-Germain ? demanda Anatole.

— Il y a juste cent ans que ma famille a émigré en Russie, après que mon arrière-grand-père eut été guillotiné.

— Votre Révolution a été un grand péché. Qui n'a pas connu l'ancien régime, dit Tchaïkovski en citant un contemporain de mes ancêtres, ignore la douceur de vivre.

— Appeler place de la Concorde l'endroit où était dressé l'échafaud ! m'exclamai-je.

— Vous me pardonnerez une petite lâcheté, reprit Piotr Ilitch. Me trouvant à Paris au moment de l'Exposition universelle organisée pour le centenaire de la prise de la Bastille, j'ai naturellement refusé de prendre part à aucune manifestation officielle, malgré les instances de mes amis Saint-Saëns et Massenet. Un sujet du tsar ne peut cautionner une fête républicaine. Néanmoins, je n'ai pas résisté à l'envie de monter sur la tour Eiffel. Je n'aurais pas dû, n'est-ce pas ? Le président Sadi Carnot est le petit-fils du régicide Lazare Carnot.

— Même chez nous les temps ont changé, soupira Anatole. Le seul esclave qui me reste est ce négrillon. »

Il caressa, d'un geste affectueux, la tête crépue. Le petit sourd-muet, à genoux près du coussin, renouvelait dans le flacon du houka l'eau aromatisée.

« Pourtant, reprit Tchaïkovski, la France demeure un modèle de civilisation. C'est pour moi un grand bonheur de parler avec un compatriote d'Alfred de Musset, de Michelet, de Flaubert. J'aimerais écrire un opéra d'après *Andrea del Sarto*. »

J'eus beau protester que mes origines françaises étaient désormais bien lointaines et que je me sentais plus russe que français, rien ne put le faire démordre de sa première impression. Il me vit d'emblée en Français, et, par la suite, je suis resté pour lui le citoyen d'un pays dont il avait appris la langue dès l'âge de quatre ans, avec sa première gouvernante.

« Le français, continua-t-il, est la langue de l'esprit, comme l'italien la langue du cœur, l'anglais la langue du commerce, l'allemand la langue du pouvoir.

— Et le russe ? demandai-je.

— A vous de le dire, monsieur.

— Le russe est la langue de l'âme. »

Il s'inclina avec un sourire.

« Tu aimes Paris, n'est-ce pas ?

— On y a accueilli ma musique avec indulgence.

— Raconte un peu à Basile comment tu as réussi à te faire jouer.

— Est-ce vraiment nécessaire ? murmura Tchaïkovski.

— Tu ne te vexeras pas, Basile ? » ajouta en riant Anatole, qui n'avait aucune raison, lui, de ménager ma susceptibilité.

Edouard Colonne, le célèbre chef d'orchestre, ayant lu la quatrième symphonie, s'était écrié : « Impossible à diriger ! Trop russe ! Trop barbare ! » Saint-Saëns s'était entremis. Il faudrait payer, expliqua-t-il au compositeur. L'orchestre, la salle, les annonces. En France, on payait pour se faire jouer. *Point d'argent, point de Suisse !* Deux mille francs pour une symphonie ! Anatole fit des gorges chaudes sur cet épisode, qui ne me rappelait que trop l'avarice, le manque d'allant, l'esprit rechigné si répandus en France. Intéresser des banques privées au consortium financier franco-russe, quelle peine inouïe ces démarches me coûtaient !

« Je suis en tout cas certain, dis-je afin de rendre sa politesse à Tchaïkovski, que vous avez pu réunir aisément les fonds. Pour vous la tâche a été facile ! »

Il décroisa les jambes, les recroisa dans l'autre sens, sous le coup d'un trouble soudain. Je rouvrais, sans le vouloir, une plaie encore saignante. Cette fameuse baronne von Meck, et personne d'autre, avait financé le concert de Paris, de même qu'elle s'était chargée, pendant quatorze ans, de l'entretien complet du compositeur, avant de rompre, sans préavis ni justification, avec son protégé. Et lui, qui s'était imaginé pendant tant d'années qu'une admiratrice dévouée et une amie sincère croyait dans son génie, avait découvert mortifié qu'il n'avait été qu'un jouet pour cette femme riche, le caprice d'une milliardaire, le domestique qu'on embauche et auquel on donne son congé.

« Une dame a été assez bonne pour m'aider », marmonna-t-il avec effort.

Pour réparer mon impair :

« Le peuple français n'est pas très musicien, dis-je, voilà la vérité. Chaque fois que je rentre en Russie, je suis frappé de la différence. Dans chaque maison, ici, on trouve au moins un piano. Figurez-vous que dans l'appartement que je viens de louer, le propriétaire m'a laissé un Bechstein demi-queue.

— Piotr Ilitch cherche aussi un appartement à louer.

— Sans succès, confirma celui-ci. Je ne sais pourquoi les appartements sont si rares en ce moment à Saint-Pétersbourg, et les loyers si exorbitants.

— Monsieur le sait, pourquoi », fit observer, malicieux, Anatole.

Je bredouillai quelques mots sur l'importance historique du rapprochement franco-russe et sur la nécessité de supporter les inconvénients passagers d'un afflux de visiteurs dans la capitale. Ce fut à Tchaïkovski de me tirer d'embarras.

« Le fer me connaît, dit-il. Votre pont me rappellera des souvenirs. Mon père dirigeait à Votkinsk, dans l'Oural, une des plus grandes mines de fer de Russie. Je suis né dans cette ville, et le premier son qui a frappé mes oreilles fut le bruit cadencé des maillets dans l'usine de locomotives. »

Anatole se tourna vers moi.

« Piotr Ilitch ne partage pas ton avis sur la musique française. Juste avant que tu n'arrives, il me conseillait d'inclure *Coppélia* dans la prochaine saison.

— En effet, dit Tchaïkovski, l'école française de musique est aujourd'hui la plus intéressante en Europe. J'aime beaucoup Delibes. Gounod aussi, qui se singularise avec bonheur en écrivant, non pas à partir de théories préétablies, comme les Allemands, mais sous l'inspiration du sentiment. Quant à Bizet, j'ai eu la chance de le rencontrer, peu avant sa mort.

« A Paris, je descends à l'hôtel Richepanse, dans la rue du même nom, derrière la Madeleine. La proximité des grands magasins m'entraîne chaque fois à des dépenses inconsidérées. Comment résister à acheter du linge de soie chez Tremblet, un costume neuf aux Trois Quartiers, une demi-douzaine de paires de gants chez Darbeuf ? Un repas fin au Dîner de Paris, une séance aux Bains de Jouvence, où le boy vous fait asseoir dans un mélange de vinaigre, de son et de baumes, un café et une fine à la terrasse du Grand Hôtel, quelques emplettes sur le boulevard des Italiens... Ah ! Paris s'entend à détrousser le visiteur ! L'argent coule entre les doigts, mais avec quel bonheur on le laisse filer !

« Ivan Tourgueniev, me voyant un jour à sec, m'invita chez lui, 50 rue de Douai, sur les premières hauteurs de Montmartre. C'est là que Pauline Viardot conservait le manuscrit de *Don Giovanni*... Aujourd'hui, après avoir lu *l'Œuvre* de Zola, j'aurais un motif supplémentaire de m'intéresser à cette rue. Quel dommage qu'on ne sache pas à quel numéro le peintre avait son atelier... Je n'aime guère Zola, vous savez, *l'Assommoir* me semble un roman ordurier, mais je lui pardonne pour les pages de *l'Œuvre* où il évoque cette sorte de possession dont le créateur devient l'esclave : "Dès que je saute du lit, le matin, le travail m'empoigne, me cloue à ma table, sans me laisser respirer une bouffée de grand air..."

« J'ai donc logé quelques jours chez Ivan Tourgueniev et Pauline Viardot, dans ce quartier délicieux où l'on croise les ombres de Berlioz et de Renan, de George Sand et de Chopin. Bizet, un autre forçat de l'art, qui habitait au 22, venait en voisin, déjà gravement atteint à la gorge. Absent de Paris pour la première de *Carmen*, j'ai assisté, un an plus tard, à la reprise, toujours avec Galli-Marié, à l'Opéra-Comique. Je tiens *Carmen* pour le seul opéra contemporain novateur. Mes modestes activités de chroniqueur musical n'ont d'autre mérite que d'avoir prédit, dans un article écrit en 1880, que *Carmen* deviendrait dans une dizaine d'années l'opéra le plus populaire au monde. C'est cet exemple qui m'a encouragé, dès 1877, quand j'ai commencé *Eugène Onéguine*, à porter sur la scène des épisodes de la vie de tous les jours. Je précise ces dates, pour que vous ne croyiez pas que je me pare des plumes du paon.

« Les Allemands font dans l'élevé et le grandiose, tandis que Bizet ne cherche que la nature. Avec des moyens simples et une sincérité qui touche au cœur. Mon neveu ne peut me jouer au piano la dernière scène sans me tirer des larmes. La gaieté et l'excitation brutale de la foule, pendant la course de taureaux, puis, en opposition, la mort des deux amants, que leur étoile conduit à une fin lamentable — mais en même temps à l'apogée de leur destin.

— Tu omets de signaler que les Français, ce peuple si mélomane, ont sifflé des dix doigts *Carmen*, que l'opéra a été un four et que

Bizet est mort, non de la gorge, mon cher, mais du chagrin de cet échec.

— Un autre sujet de gloire à mettre au crédit des Français, continua Tchaïkovski sans relever le persiflage d'Anatole, est l'extraordinaire découverte de M. Mustel, le bien nommé célesta, instrument qu'on ne peut se procurer que rue Chaptal, au coin de la rue de Douai, chez son inventeur. J'avais demandé à Jurgenson d'en acheter un pour ton théâtre, en le conjurant de garder le secret le plus absolu. Avisés de cette nouveauté, Rimski-Korsakov ou Glazounov m'en auraient volé la primeur. Conviens que le succès remporté par *Casse-Noisette* doit beaucoup à l'emploi du célesta, intermédiaire, monsieur, entre un petit piano et le glockenspiel de Mozart. Sa sonorité cristalline imite à la perfection la chute des gouttes d'eau dans le bassin d'une fontaine. J'ai voulu avec ce ballet toucher le public enfantin — et l'attrait que cet instrument exerce sur l'imagination des enfants m'a été d'un secours inestimable.

— Piotr Ilitch adore les enfants, dit Anatole, qui ne pouvait les souffrir. Les quatre fils de Fiodor Ignatievitch le feront tourner en bourrique. De vrais morveux...

— Sans ces morveux, je n'aurais pas écrit *Casse-Noisette*, qui a renfloué tes caisses aux dernières fêtes de Noël et qui, cette année encore, te sauvera de la faillite.

— Bon. Ne te fâche pas.

— Je vous raconterai un jour, ajouta Piotr Ilitch à mon intention, tout ce que ces enfants m'ont appris... comment ils ont rajeuni mon inspiration... *Coppélia*, l'histoire d'un automate, va leur plaire, j'en suis sûr. Les Français, contrairement à ce qu'on affirme de leur prétendu rationalisme, ont le sens du merveilleux plus développé que bien des peuples... *Casse-Noisette*, c'est la conjonction de la fantaisie d'Alexandre Dumas et de la chorégraphie de Marius Petipa... Comme déjà *la Belle au bois dormant* résultait de la rencontre entre Charles Perrault et le danseur marseillais.

— Eh bien ! s'écria Anatole, la flatterie est adroite ! Profites-en, mon cher, pour présenter ta requête à Basile. Je le vois tout attendri par ton panégyrique. »

Tchaïkovski jeta un regard mécontent sur le prince. Je pouvais penser, à la manière dont Anatole avançait les choses, que son éloge de la France cachait un but intéressé.

Pour le mettre à l'aise, je m'empressai de lui dire :

« Si vous avez besoin d'un contact à Paris, n'hésitez pas à m'utiliser. Et toi, Anatole, arrête tes facéties. Vous servir d'intermédiaire serait un plaisir et un honneur pour moi. Si vous choisissez *Casse-*

Noisette, je ferai tout ce qui est en mon pouvoir pour faciliter la création de ce chef-d'œuvre à Paris.

— Merci, dit simplement Tchaïkovski. En réalité, il s'agit d'une tout autre question, qui ne peut être soulevée ici...

— Vas-y, Piotr Ilitch !

— J'aimerais seulement, monsieur, que vous acceptiez... de venir dîner... ce soir... ou un autre jour à votre convenance.

— Vous ne serez pas seuls », intervint le prince. D'un coup d'œil éloquent, il me pressa d'accepter. Je compris qu'ils avaient examiné ensemble, avant mon arrivée, une difficulté nouvelle, indépendante du procès. Trop paresseux pour chercher lui-même un remède, Anatole comptait sur moi pour arranger l'affaire.

« Nous serons trois en effet, car... c'est au sujet d'un... d'un parent que vos conseils me seraient précieux... Vos conseils, et peut-être même votre influence... Or, continua Tchaïkovski, de plus en plus gêné, je n'ignore pas que, sans voir d'abord la personne en question... En somme, si ce n'est pas trop vous demander... »

Il s'embrouilla et s'arrêta, confus.

« Acceptez-vous mon invitation à dîner ? » dit-il soudain, en rougissant de plus belle.

Le prince m'adressa un second coup d'œil.

« Ce soir même, si vous n'y trouvez pas d'inconvénient.

— Dans ce cas, dit-il, permettez-moi d'aller retenir une table au Donon. »

Il se leva. Sans se déranger, Anatole lui tendit une main molle. Au coup de sonnette du négrillon apparut le majordome, imposant personnage tout scintillant de boutons dorés.

« Peste ! fis-je, après l'avoir suivi des yeux jusqu'à la tenture qu'il souleva devant Tchaïkovski, le Donon ! Le restaurant le plus cher de Saint-Pétersbourg !

— Tu vas tomber de tes illusions, mon cher. Ce n'est nullement pour toi que Piotr Ilitch se met en frais. Bob — car tu as deviné, je suppose, l'identité du troisième convive ? — Bob refuse de dîner ailleurs qu'au Donon. Je n'aurais jamais suggéré à Piotr Ilitch d'organiser ce repas, sans la conviction que tu peux l'aider à tirer son neveu du pétrin. »

XIII

Le drojki me déposa sur la Moïka, non loin du pont des Chanteurs. Je tendis ma carte à un portier en casquette.

« M. Tchaïkovski attend Votre Honneur », dit-il en m'ouvrant le tambour.

Jamais encore je n'étais allé au Donon, peur de grossir outre mesure ma note de frais. Une nuée de maîtres d'hôtel m'accueillit ; quant au nombre des garçons, il me parut incalculable. En veste rayée ou en habit noir, certains en simple gilet, avec une chaîne en sautoir d'où pendait un ouvre-bouteille ou un tire-bouchon, ils couraient en tout sens, les bras chargés de plats fumants.

Près de l'entrée, sur une estrade, je vis un piano de concert, le couvercle relevé. Le pianiste, une serviette étalée sur son frac, se restaurait dans un coin. Gros et gras, réclame pour les cuisines, il dépeçait une aile de pintade. Les orgues trônent à l'autre bout. Ils ont coûté, dit-on, soixante mille roubles, et, de tous les instruments similaires qui rehaussent le luxe des trois ou quatre premiers restaurants de la capitale, offrent l'échantillon le plus somptueux.

J'aurais cru que Tchaïkovski choisirait un cabinet particulier pour me réunir à son neveu. Je l'aperçus au fond de la grande salle, seul à une table où étaient dressés trois couverts. Il avait posé devant lui sa montre, et, sauf pour regarder en direction de l'entrée, ne la quittait pas des yeux. Il ne tourna même pas la tête vers un spectacle pittoresque, objet de la curiosité générale : la vieille princesse Véra Kondrachine, adipeuse, peinturlurée, emmitouflée dans des voiles de mousseline, que deux de ses valets de pied, en grande livrée, portaient jusqu'à sa place, sur une chaise décorée de son blason.

« Excusez-moi, dis-je, il est difficile de trouver une voiture à cette heure.
— Ah ! c'est donc cela ! » Il saisissait ce prétexte pour apaiser son inquiétude. « Vladimir m'avait promis d'être ici à huit heures. Il est déjà huit heures et quart.
— Un cocher m'a demandé jusqu'à cinquante kopecks ! J'ai refusé, bien entendu. Ces isvostchiks profitent de la situation avec trop d'insolence.
— Pour un jeune, qui n'a pas beaucoup d'argent, ce moyen de transport est devenu impossible.
— Tout à fait impossible », me hâtai-je de confirmer.
La vieille princesse, enfin déposée devant son assiette, promenait son pince-nez sur la salle.
« Quelle belle montre vous avez là ! Vous permettez ? »
Jeanne d'Arc à cheval sur une face, Apollon entre deux muses sur l'autre, le tout en émail noir avec des étoiles d'or.
« Oh ! fit Tchaïkovski, gêné, en remettant la montre dans son gousset, voilà tout ce qui me reste de cette dame dont nous parlions chez le prince. Elle m'avait donné ce joyau pour réchauffer mon inspiration. J'étais en train d'écrire *la Pucelle d'Orléans*. L'opéra est raté, la dame a disparu, la montre marche encore... »
J'essayai de le distraire, en lui prédisant un triomphe : toutes les places pour octobre étaient déjà louées, la symphonie suscitait un engouement extraordinaire. La dirigerait-il lui-même, ou Napravnik, comme d'habitude, aurait-il l'honneur de la créer ? Intimidé par ce tête-à-tête, je dus lui paraître bien plat. Sans relever mes propos, il consultait à tout moment sa montre et se penchait de côté, agacé par le va-et-vient des garçons qui lui cachait le tambour. Un maître d'hôtel était venu plusieurs fois lui tendre la carte. Ses énormes favoris roux descendaient jusqu'au col cassé de son habit. Tchaïkovski le renvoyait avec un geste vague, bien que la situation devînt embarrassante. Que penserait-on, aux tables voisines, en découvrant qu'un gamin mal élevé faisait attendre et sécher d'inquiétude une célébrité ?
Vladimir parut enfin, avec trois quarts d'heure de retard. Je ne le reconnus pas tout de suite, car il était en civil, choix surprenant de la part de ce fat, expert en séduction, qui n'ignorait pas combien, à la coquetterie personnelle, ajoute le prestige de l'uniforme. Il portait une veste jaune, achetée à la boutique *fashionable* où se fournissent les gandins de la capitale, derrière la place du Palais. Ce jaune, qu'un vendeur pour le flatter lui avait conseillé d'assortir à ses cheveux blonds, manquait son effet, à cause justement de cette similitude. Les cheveux eux-mêmes, maintenant que leur coupe n'était plus justifiée par le règlement militaire, paraissaient trop courts. Assez fin pour

comprendre qu'il ne produisait pas l'impression escomptée, il nous aborda d'un air maussade, le visage chiffonné par la mauvaise humeur.

Le pianiste avait fini son repas. Une valse d'Arenski accompagna les présentations.

« Vladimir Davydov, le fils de ma défunte sœur Alexandra. Monsieur de Sainte-Foy, chef de la délégation française qui négocie la construction d'un pont de fer sur la Néva.

— *Enthousiasmé* de faire votre connaissance », dit le jeune homme.

Négligeant son oncle, à qui il adressa à peine un salut, il me tendit sa main, ornée d'un rubis.

« On dit *enchanté* », murmura Piotr Ilitch, blessé.

Bob le toisa, faraud.

« J'ai eu la meilleure note de français ! La langue de Voltaire, ça me connaît !

— Monsieur parle russe aussi bien que nous. »

La maladresse de l'oncle irrita l'amour-propre du neveu. Il continua dans *la langue de Voltaire*, entrelardant ses phrases de mots estropiés, employés à contresens ou exagérément familiers, appris dans les romans naturalistes à quatre sous dont se délectent, loin de leur famille, les jeunes nobles cantonnés dans les casernes.

« Pourquoi tu t'es mis dans ce coin ? demanda-t-il, mécontent. C'est *moche* de ne pas être au milieu.

— Je t'avais proposé de retenir un cabinet particulier. Nous avons à parler de choses sérieuses, dit Tchaïkovski. Monsieur nous fait la faveur de se déranger pour nous. Ici, du moins, on peut s'entendre. »

Il aperçut tout à coup la bague. Un flot de sang inonda ses joues.

« Mais venir au Donon pour se cacher comme des rats ? Pas la peine de *casquer ton fric* si personne ne nous regarde. Changeons de table. »

Le maître d'hôtel aux énormes favoris roux déclara qu'il regrettait, l'établissement étant complet, de ne pouvoir nous donner satisfaction. Sans doute avait-il jaugé son client, car il indiqua à Vladimir, sur la gigantesque carte écrite en français et calligraphiée en caractères gothiques, les mets les plus chers, que celui-ci s'empressa de commander. Je pris une botvinia, potage froid au poisson, et des pâtés de veau. Piotr Ilitch aligna son menu sur celui du garçon : oukha au sterlet, et encore sterlet en gelée, sterlet au four, une fortune, sans compter toutes sortes de hors-d'œuvre rares, poissons fumés de l'Atlantique, canapés de foie gras, croquettes d'élan, apportés dans des raviers où je fus invité à piquer, au milieu d'un grand nombre de sauces, crèmes, sorbets et piments.

Valses, mazurkas, polkas se succédaient sous les doigts mollassons du gros pianiste.

Après le verre de vodka traditionnel — Tchaïkovski n'y trempa que le bout des lèvres —, le jeune homme réclama la carte des vins.

« Naturellement, dit-il, ce seront des vins français, en l'honneur de monsieur. »

Il commanda du champagne et un Mouton-Rothschild dont même le président de ma société n'a jamais vu la couleur. A propos de couleur, il aurait fallu du vin blanc, moins coûteux, pour le sterlet sous toutes ses formes. Le sommelier se garda d'attirer notre attention sur ce point. Lui aussi avait repéré le lascar.

« Eh bien ! commença désinvolte Tchaïkovski, en plongeant sa cuiller dans le potage, l'habit civil te va très bien, mon neveu.

— Dis pas de bêtises ! J'ai été *viré* du régiment. Un désastre ! Cette veste jaune est affreuse.

— Nous irons en acheter une autre...

— Je suis *à la rue*, et par ta faute !

— Mon neveu, dit Tchaïkovski en se tournant vers moi, est orphelin de mère. Je me sens donc une part de responsabilité... »

Vladimir l'interrompit grossièrement.

« Orphelin ? Orphelin ? Tu tires maintenant sur la corde sentimentale ? Sors ton mouchoir, pendant que tu y es ! Voyez-moi ça ! Le pauvre petit, orphelin ! Un orphelin, monsieur, que son oncle trouvait bien commode d'exploiter quand il était au régiment ! Veux-tu que je parle à monsieur de Victor ? »

Tchaïkovski le supplia de baisser la voix. Sur le visage impassible des domestiques, ne se lisait que l'indifférence ou la servilité la plus plate, mais, autour de nous, on commençait à reconnaître le compositeur. Piotr Ilitch, cependant, ne put retenir une question imprudente.

« Et... ce... Victor... l'a-t-on chassé également ?

— Tu me poses la question, *hypotrique* ? Ma parole, qu'on l'a chassé ! Et lui en premier ! Un déshonneur pour le régiment ! Moi, je ne faisais que *tenir la chandelle*, mais lui... Sans le comte Stenbock-Fermor, son oncle, il n'y coupait pas, aux verges.

— Bob, Bobichka, s'il te plaît...

— Il médite à Iakoutsk, au fond de la Sibérie, les avantages d'avoir *tapé dans l'œil* de notre génie national. »

Etonné d'abord que Tchaïkovski, devant un étranger, laissât son neveu descendre à des détails si scabreux, je compris vite qu'Anatole lui avait dit que j'étais dans le secret de toute l'affaire.

« Iakoutsk ? fit-il en écho, indifférent à la raillerie. Iakoutsk ? » Il calculait avec douleur que des dizaines de milliers de verstes, désormais, le séparaient du cornette.

Vladimir se rengorgea soudain, et, agitant près de la bougie, sous le nez de son oncle, le rubis qui miroita :

« Tout le monde n'a pas *une Altesse dans sa poche*, déclara-t-il avec suffisance.

— C'est lui qui te l'a donné ? murmura Tchaïkovski dans un souffle.

— Pas plus tard qu'il y a une heure. Il vaut au moins dix mille roubles.

— Tu étais donc là-bas, pendant que nous t'attendions ?

— J'adore être au palais de Marbre ! »

Vladimir, à présent, montrait une folle gaieté, autant par vanité d'avoir ses entrées à toute heure du jour et de la nuit chez le grand-duc, que par plaisir de tourmenter son oncle.

« J'y *pieute* même, si tu veux tout savoir !

— Tu dors au palais de Marbre ?

— Le grand-duc me loge, oui. Flanqué dehors par ta faute, où voulais-tu que je me recase ? La mansarde de la vieille, merci bien !

— Tu dors au palais de Marbre ! » balbutia de nouveau Piotr Ilitch, les yeux fixés sur le rubis, comme s'il trouvait dans la somptuosité du cadeau et la prodigalité du donateur la preuve que Constantin le trahissait avec son neveu. Avait-il oublié le goût exclusif de Bob pour les bohémiennes ?

« Par force, siffla le petit serpent, puisqu'un toit, t'as pas réussi à nous le *dégoter* ! »

Aveuglement de l'amour ! La douceur de ce *nous* inattendu effaça pour Piotr Ilitch la perfidie du reproche.

« Voyez-vous, me dit-il, l'idée de louer un appartement me trottait depuis longtemps dans la tête... Toujours descendre à l'hôtel... Je n'en pouvais plus, à la longue... Quand j'ai appris que Bob se retrouvait sans domicile, je me suis dit que je pourrais du même coup le loger... Le pauvre, il a d'abord emménagé dans une soupente, comme Raskolnikov... Chez une vieille, ronchonne et soupçonneuse, à croire que rien n'a changé depuis Dostoïevski... Tous mes efforts, jusqu'à présent, ont été vains. Nous en parlions tout à l'heure, chez le prince...

— Chez le prince ? demanda Vladimir, avide d'étendre ses relations dans le grand monde.

— J'ai peut-être, dis-je, le moyen de vous aider. Ma société a le bras long.

— Ce sera trop cher pour moi », soupira Piotr Ilitch.

Vladimir revint à la charge.

« Eh bien ! Fais-toi *refiler le fric* par Son Altesse ! Elle ne demandera pas mieux que de *faire une fleur à son chouchou* ! Tu ne vas pas me dire qu'elle refusera quelques billets arc-en-ciel à celui qui a *le mot de passe* pour entrer la nuit dans son palais. »

Il imita, en heurtant de sa fourchette le cristal à filets d'or d'un des verres à pied alignés devant son couvert, les quatre premières notes — trois brèves puis une longue — de la cinquième symphonie de Beethoven. Elles tintèrent, argentines. Ce n'était plus l'auguste fanfare, mouture allemande et version solennelle de l'invocation au *fatum*, mais l'écho moqueur d'un souvenir agréable. La première note résonna à peine, les autres s'enfuirent, véloces, légères, le dernier coup vibra, à peine plus appuyé.

« Tiens ! lança-t-il gaiement, voilà comme tu frappes, toi aussi, à la porte de service ! »

Ce *toi aussi* fut terrible pour Tchaïkovski. Il n'était donc plus le seul à être attendu par Constantin, dans la chambre à coucher au-dessus de l'entrée latérale.

« Mais, reprit Bob — au contraire de son oncle, il tenait pour une offense le privilège d'être reçu en secret —, n'est-ce pas *excessivement* vexant de se faufiler par la porte de service ? Moi, je préférerais mille fois entrer par la cour d'honneur, monter les trois rampes du grand escalier entre deux haies de *larbins*. Et Vénus sur son char, tu trouves malin de *rater* cette peinture magnifique ? Elle vous accueille, monsieur, au plafond du grand escalier. Toi, évidemment, Vénus, ce n'est pas ta *tasse de thé* !

— Une belle peinture, il a raison, bredouilla Piotr Ilitch, qui avait rougi sous le sarcasme.

— Avoir ses entrées au palais de Marbre pour être traité en garçon de courses, franchement, *ça me débecte* !

— Bob ! Le grand-duc nous donne une marque exceptionnelle de confiance, en nous évitant les ennuis du protocole.

— Parle pour toi ! Si tu aimes raser les murs, c'est ton affaire ! Ce doit être *chouette*, d'être précédé par un majordome et salué par les courbettes de vingt domestiques. »

Réprimant mon envie de rire, j'affirmai à Piotr Ilitch que je remuerais ciel et terre pour lui obtenir une location dans un immeuble convenable. Combien de pièces lui fallait-il ? Quel prix pouvait-il mettre ?

« Ne prenez pas cette peine, monsieur... On n'arrive à rien dans cette ville... J'emmènerais bien Bob à Klin...

— Vivre à la campagne, quelle horreur ! protesta le garçon.

— Laissons cette question du logement. Je ne pensais même pas vous en parler... Non, je ne me serais pas permis de vous déranger pour un cas aussi banal... J'ai à résoudre un problème d'une bien autre importance... Un vrai casse-tête... Si vous pouviez me donner un avis... peut-être me dire auprès de qui chercher de l'aide... La nécessité est on ne peut plus impérieuse... Bref... Mon neveu a besoin, maintenant, de se procurer un travail... Besoin urgent, monsieur...

— Oh ! fit le neveu, pour ce qui est de me *dépatouiller*, rassure-toi. »

Tchaïkovski, trouvant enfin comment ressaisir l'avantage, redressa la tête.

« Tu sais très bien que ton père, si tu ne peux justifier d'une situation dans la capitale, te rappellera à Kamenka. »

A l'idée d'aller s'enterrer en Ukraine, Vladimir piqua avec rage dans la chair nacrée du sterlet.

Pour faire plaisir à son oncle, je dis que j'avais entendu vanter les dons du jeune pianiste. L'auteur d'*Eugène Onéguine* ne pourrait-il faire embaucher son neveu comme répétiteur au Mariinski ?

Bob se rebiffa, indigné.

« Ah ! non, grogna-t-il. Pas question d'accepter, en ce moment, une place par ton entremise.

— Vous voyez, dit Piotr Ilitch, accablé. Il ne veut rien me devoir. Je ne suis pas, *en ce moment*, quelqu'un dont un jeune homme souhaite recevoir une faveur. Il faut qu'un autre que moi lui obtienne le moyen de rester à Saint-Pétersbourg...

« Monsieur, continua-t-il en s'enhardissant, la société chargée de construire le pont va engager un nombreux personnel. N'y aurait-il pas un emploi pour mon neveu ? Dans les bureaux peut-être ? Dans l'administration qui établira la paie des ouvriers ? Ou dans quelque autre secteur vers lequel vous pourriez l'orienter ? Ce garçon tient absolument à vivre dans la capitale. Cela ne sera possible qu'avec l'autorisation de son père. Sans le nom et l'adresse d'un employeur honorable... Lev est un propriétaire foncier, un homme pratique...

— A force de cultiver les betteraves..., marmonna Bob.

— Sans garanties sérieuses, il ne te permettra pas de rester... Il voudra savoir le montant exact du salaire... examiner le certificat... A cette heure, monsieur, on l'aura déjà averti que son fils est renvoyé du régiment.

— Quelle est la formation de votre neveu ? Que sait-il faire ? » demandai-je.

En réalité, je posai ces questions plus par pitié pour Tchaïkovski que pour m'informer des capacités du garçon. Au premier coup d'œil on voyait qu'il ne savait rien faire, ne voulait rien faire et qu'il n'était bon à rien. La Perm, Orenbourg et Cie ne se mettrait pas sur les bras un mirliflore en veste jaune. Nous passâmes en revue, son oncle et moi, les variétés de gagne-pain qui peuvent s'offrir à un jeune homme de bonne volonté, tout en sachant, aussi bien l'un que l'autre, que Bob repousserait avec dédain les seules besognes à sa portée. Manœuvre, gardien de nuit ou balayeur de chantier ? Il n'écoutait même pas ce que nous disions, comme si nous parlions d'un autre.

Le numéro qu'il nous préparait l'amusait beaucoup plus que la discussion de son avenir. Je le vis repousser son poisson à peine entamé, faire signe au maître d'hôtel de remporter l'assiette. Piotr Ilitch n'ayant pas remarqué le départ du plat à cinquante roubles, Vladimir chercha un autre moyen de le provoquer. Il appela le sommelier.

« Ce vin sent le bouchon.

— Si Monsieur l'affirme... », dit le sommelier, tout en jetant un coup d'œil à Piotr Ilitch, dans l'espoir d'un avis plus autorisé.

A ma surprise, Tchaïkovski tint bon.

« Excusez-le, chef, mon neveu ne s'y connaît pas bien encore. Bobichka, ce vin est de premier ordre. Nous gardons la bouteille. De quelle année, dites-vous ? 1856 ? Un grand cru, vraiment. »

Le sommelier, goguenard, remplit de nouveau les verres, sans réprimer un sourire à l'intention du blanc-bec rabroué.

Vladimir tritura en bougonnant sa serviette, tandis que je reprenais avec Piotr Ilitch la liste des emplois possibles. Il ne pardonnait pas à son oncle de l'avoir mouché devant un domestique. Quelle vengeance ruminait-il sous son museau renfrogné ?

On était arrivé au dessert. Un autre maître d'hôtel, sans rouflaquettes celui-ci mais avec une moustache *en guidon de vélo*, selon la remarque à haute voix du maroufle, apporta une troisième carte. Vladimir réclama des abricots.

« En compote ou en marmelade ?

— Des abricots frais.

— Pas d'abricots frais avant le mois d'août !

— Exprimez-vous plus poliment !

— Les fruits n'arrivent aux halles que dans la première semaine d'août.

— A quoi sert de venir au Donon, si l'on n'y trouve que ce qu'on trouve ailleurs ? »

Embarrassé, le maître d'hôtel consulta son collègue aux favoris roux. Ils unirent leurs efforts pour expliquer au jeune homme que, le cours des saisons étant ce qu'il est, Dieu lui-même ne pourrait faire mûrir les abricots avant terme.

« Appelez-moi le directeur. »

Le directeur accourut et, devant son illustre client, se répandit en courbettes. Il s'étendit à son tour sur les inconvénients du climat pétersbourgeois. Piotr Ilitch, pâle de honte, s'épongeait le front.

« Nous avons du klukva frais, proposa le directeur.

— Parfait ! » dit Piotr Ilitch, qui raffolait de cette baie rouge. Bob s'esclaffa.

« Il ne manquait plus que ça ! Des *trucs* de marécage ! »

Et, posant sa serviette, il se leva tranquillement, sans attendre la fin du repas organisé pour lui, ni l'issue de la délibération le concernant.

« Puisqu'il n'y a pas de dessert, je rentre, déclara-t-il à son oncle stupéfié.

— Tu rentres ? Où rentres-tu ? Je t'avais retenu une chambre dans mon hôtel...

— Je rentre où *ça me chante* de rentrer », dit-il en quittant Piotr Ilitch sur cette allusion empoisonnée. Il s'éloigna entre les tables, sous les regards intrigués de nos voisins.

Tchaïkovski recula sa chaise. Je crus qu'il allait s'affaisser et piquer du nez sur la nappe, comme un boxeur qui a pris un coup dans l'estomac. Le pianiste, à l'autre bout de la salle, s'était tu soudain ; plus de valses ni de mazurkas ; après quelques secondes d'un silence pour moi angoissant, on entendit s'élever les premières notes des *Nuits blanches*.

Ma femme exécute avec une relative facilité ce morceau des *Saisons*. J'en appréciais la mélodie, mais, ce soir, sous les doigts qui la nuançaient avec des raffinements inouïs, je découvris une autre œuvre. Jamais Anna Mikhaïlovna n'eût dégagé de ces arpèges en apparence anodins cette trouble et poétique sensualité. Je tournai la tête : Bob s'était mis au clavier.

« C'est lui », soufflai-je à Piotr Ilitch.

Il se redressa, ferma les yeux de bonheur. J'étais heureux moi aussi que Bob fût différent de ce qu'il voulait paraître. Après avoir bafoué son oncle, il lui faisait la surprise de ce cadeau. J'étais heureux, mais à moitié seulement, car autant Piotr Ilitch eût trouvé la force, un jour ou l'autre, de se débarrasser du voyou, autant le virtuose était sûr de garder en esclavage celui qu'il subjuguait par son art.

Les conversations avaient cessé peu à peu. Toute la salle retenait son souffle. La dernière note se fondit dans un soupir. Un client se leva de sa chaise, fonça entre les tables, monta sur l'estrade et serra la main du garçon. On reconnut Alexandre Siloti. L'hommage public du célèbre pianiste au jeune inconnu causa une profonde sensation. Siloti se retourna, désigna Tchaïkovski au fond de la salle, l'obligeant à se lever et à recevoir nos applaudissements. Bob profita du vacarme pour s'éclipser, cette fois pour de bon. Piotr Ilitch, qui ne le lâchait pas des yeux, s'appuya au dossier de sa chaise pour rester droit sous l'ovation.

La vieille princesse Kondrachine choisit ce moment pour lui faire parvenir, par un des valets de pied qui l'avaient apportée sur sa chaise, un programme à signer. De loin, par-dessus les tables qui nous séparaient de la sienne, elle braquait son pince-nez sur le compositeur.

Il ne pouvait se soustraire à l'honneur d'être distingué par une descendante des premiers compagnons de Pierre le Grand. Il signa le programme, impatient de courir après son neveu. Pour lui éviter une nouvelle avanie, je lui dis que je boirais bien un café. Rappelé à ses devoirs d'amphytrion, il se rassit, commanda deux cafés. Le tapeur du restaurant reprit son pianotage insipide. Piotr Ilitch avait l'air si abattu, que je ne voulus pas le laisser rentrer seul.

« Si nous allions marcher un peu ? Nicolas de Souzdal recommande de faire au moins deux verstes après un bon repas. »

A ce pieux mensonge, il ajouta le sien :

« Volontiers. Je crois que ce vin m'est monté à la tête. »

Le maître d'hôtel, encore indigné par l'impudence du jeune invité, accourut au premier signe.

« L'addition, s'il vous plaît.

— Votre Honneur la recevra à son hôtel. »

Il s'inclina, le sourire retrouvé, fier de souligner, devant un client qui savait les apprécier, une des supériorités qui font la gloire du Donon.

XIV

« Quelle drôle d'histoire m'est arrivée là, il y a plus de dix ans, me dit Piotr Ilitch, à peine sorti du restaurant, devant le bel édifice orange de la Kapella Glinka. Malgré le veto de l'archiprêtre Amvrossi, ma *Liturgie de saint Jean Chrysostome*, une de mes œuvres auxquelles je tiens le plus, fut exécutée dans ce lieu profane. La Société musicale russe avait organisé le concert. »

Un des nombreux combats qui avaient jalonné sa carrière... Soulagé de le voir reprendre du poil de la bête, je le priai de me relater l'incident. Il poussa la grille et m'invita à pénétrer dans la cour.

« Enfant, j'avais une jolie voix de soprano. Le jour de la solennité de sainte Catherine, dans l'église du petit village de l'Oural où nous habitions, la maîtrise chantait devant l'autel. On me confiait la partie la plus aiguë du trio entonné au début et à la fin du service. Il m'est resté de ces premières impressions un goût très vif des cérémonies liturgiques, bien que je n'aie pas ce qu'on appelle la foi, et ne croie pas dans la vie future.

« Néanmoins, l'Eglise m'inspire un sentiment bien différent du scepticisme ou de l'hostilité dont se vantent les athées. Pour moi, elle a gardé intact son attrait poétique. Je vais très souvent à la messe : la liturgie de saint Jean Chrysostome, à mon avis, vaut les plus belles créations artistiques. Si l'on suit attentivement l'office, avec une pleine compréhension de tous les rites et de tous les symboles, il est impossible de ne pas être ému par l'intensité spirituelle de notre culte orthodoxe.

« J'aime aussi beaucoup les vêpres. Les mélodies du propre et de l'hirmologion, l'harmonie, toujours rigoureuse, sans accords de sixte et de quarte, sans chromatismes, les sentiers, fleuris de tropaires et de kondakion, qui percent la forêt de la grande doxologie et du polyeleios, je ne me lasserai jamais d'explorer ce labyrinthe. Me rendre le samedi soir dans quelque petite et ancienne église, et, debout dans la pénombre toute remplie de la fumée de l'encens, réfléchir, méditer, chercher la réponse aux éternelles questions : *à quelle fin, quand, où, pourquoi* — être tiré de ma contemplation par le chœur *Depuis ma jeunesse les passions livrent bataille dans mon cœur* et m'abandonner au pouvoir magique de ce psaume — déborder d'une paisible extase quand s'ouvre dans l'iconostase la porte du Roi et que retentit le *Glorifiez le Seigneur dans les cieux* — oh ! j'adore ces moments de grâce, source de mes joies les plus pures.

« Comparer la musique au vin, l'effet qu'elle produit à l'ivresse, comme je l'entends souvent faire, ne peut venir qu'à l'esprit de gens dont l'initiation musicale n'a pas bénéficié de l'atmosphère qui imprègne nos vieilles églises. L'homme recourt à l'alcool pour se tromper lui-même, pour se procurer l'illusion du bonheur. Le vin lui permet d'oublier pour un moment l'amertume et les souffrances de sa vie. Tout autre est l'action de la musique. La musique n'est pas mensonge, elle est révélation. Et c'est dans ce caractère que réside sa force victorieuse et son privilège : elle nous révèle des fragments de la beauté universelle inaccessibles par d'autres moyens. Accéder à ces visions nous réconcilie avec la vie, non pour un instant fugitif et menteur, mais pour toujours. Sans la musique, je serais devenu fou. A l'humanité qui erre dans les ténèbres, le ciel n'a pas remis de cadeau plus précieux. »

Par les fenêtres ouvertes sur la cour, s'échappaient dans la nuit des bribes de chant choral. L'heure tardive n'avait pas dissuadé les chanteurs de la Kapella de répéter l'office de la prochaine solennité religieuse. Piotr Ilitch prêta quelques secondes l'oreille puis fronça le sourcil.

« Du Bortnianski, dit-il, mécontent. Sous l'influence des maîtres de chapelle italiens de Catherine II, des procédés vulgaires ont envahi nos églises. Dmitri Bortnianski avait passé dix ans à Venise lorsque, de retour en Russie, Paul Ier le nomma directeur de la Chapelle impériale. J'ai étudié à fond ses œuvres, Jurgenson m'ayant chargé, autrefois, d'en établir l'édition complète. Eh bien ! je puis vous certifier que son style douceâtre convient à notre foi plus naïve comme un tablier à une vache.

« Purifier la musique orthodoxe des recettes empruntées à l'Europe, telle est la tâche que doivent poursuivre ceux d'entre nous qui ont l'ambition d'être russes. Ecoutez. N'y a-t-il pas dans ce *Kyrie* qu'ils chanteront à Notre-Dame-de-Kazan un abus de l'accord de septième de dominante ? On dirait un morceau écrit pour l'accordéon, l'accordéon, qui ne possède pas d'autres harmonies que la tonique et la dominante.

« J'ai composé mes *Vêpres* et ma *Liturgie de saint Jean Chrysostome* pour réagir contre la profanation de notre ancien répertoire. Il fallut batailler pour obtenir l'autorisation d'exécuter ici la *Liturgie*, sous prétexte qu'une œuvre religieuse ne peut être donnée dans un édifice laïque. L'affaire passa devant le ministère de l'Intérieur, puis devant le Saint-Synode.

« Le Saint-Synode ! répéta-t-il en changeant de ton. Il était dit que je le rencontrerais partout sur mon chemin ! Ce Pobiedonostsev ne me lâchera jamais ! C'est lui, il y a plus de dix ans déjà, qui excita l'archiprêtre Amvrossi. Allons, inutile de biaiser... Anatole, n'est-ce pas ? vous a mis dans le secret... Le procureur me hait, depuis qu'il a échoué dans ses efforts pour interdire ma *Liturgie*. Ce ne fut pas faute de pressions ni de menaces ! Mais j'étais bien en cour, à cette époque, le tsar me protégeait...

— Il vous protège encore... Votre *Liturgie*, me hâtai-je d'ajouter, fut donc chantée en concert ?

— En présence de nombreux membres du clergé et dignitaires de l'Eglise. N'ayant aucun motif pour attaquer ma musique, ils s'en prirent aux manifestations de sympathie dont le public voulut bien m'honorer. On me rappela plusieurs fois sur la scène, on me remit une lyre en feuilles de laurier. Puérilités sans conséquences... La sainte liturgie, pérorèrent-ils, n'a rien à voir avec les jeux du cirque. Que M. Tchaïkovski s'en tienne à ses valses et à ses romances, sans déranger le Seigneur. L'archiprêtre Amvrossi prit la plume et envoya au journal *Rous* une mercuriale. Par tous les saints, une liturgie n'est pas une légende populaire pour qu'on en fasse un livret ! A cet argument, peut-être digne d'être discuté, il en joignait un autre, plus perfide, dont je me rappelle chaque terme. "Les orthodoxes peuvent se féliciter que cette fois la liturgie soit tombée aux mains d'un musicien réputé. Mais qu'ils prennent garde au jour où la sainte Messe sera produite sous le nom de Rosenblum ou de Rosenthal et accueillie par des sifflets et des miaulements."

— Insinuations ignobles, en effet, qui ne méritent que l'oubli.

— Que voulez-vous ? Je suis ainsi fait, que, de tous les articles sur mes œuvres, je ne retiens que ceux qui me blessent, m'humilient. »

Il me cita mot pour mot un jugement sur son concerto pour violon. Le critique y avait découvert « des faces sauvages de kermesse russe », entendu « des jurons grossiers », respiré « des relents d'eau-de-vie », avant de lancer cet anathème : « Quelqu'un a dit un jour à propos d'un tableau qu'on "le voyait puer". En écoutant le concerto de M. Tchaïkovski on se prend pour la première fois à penser qu'il existe des musiques qu'on "entend puer". »

« Mais votre concerto a fait le tour du monde ! Que vous importe l'éructation haineuse de ce monsieur...
— Hanslick. Edouard Hanslick.
— Le célèbre critique autrichien ?
— Présent à Vienne, le soir de la première. Dans le même article, éloge dithyrambique de Brahms.
— Ah ! voilà l'origine de votre appréciation mitigée sur le talent de ce compositeur.
— Pas du tout, car je m'efforce à l'objectivité, quand il s'agit de juger le travail de mes confrères. De toute façon, mon opinion sur Brahms remonte à une époque bien antérieure. Je le trouve froid, sombre, pauvre d'invention mélodique... Ce qui ne m'a pas empêché, lorsque j'ai connu l'homme à Leipzig, de sympathiser avec lui. Il est simple et cordial, sans l'arrogance de tant de ses confrères allemands...

« Mendelssohn, voilà un compositeur à mon goût. De sa musique religieuse émane une suavité toute céleste. *Qui me donnera un plumage comme à la colombe ?* Ce psaume pourrait servir de viatique aux persécutés du monde entier, que seule la foi dans le secours divin protège du désespoir. *Je m'éloignerais en fuyant, je passerais la nuit au désert.* Nul autre qu'un juif ne pouvait atteindre à cette hauteur d'inspiration ! Seul un familier de l'exil et de l'errance éprouve aussi intensément la nostalgie du repos.

« L'archimule Amvrossi, continua-t-il en jetant un dernier regard sur le théâtre de ses démêlés passés, n'aurait pas tort de flairer dans cette prière sublime des relents de Rosenblum et de Rosenthal. »

Tout au souvenir de son premier heurt contre Pobiedonostsev, il songeait à la malignité de son *fatum* personnel, qui dressait devant lui, à nouveau, le spectre du procureur. Nous étions arrivés à l'entrée de la place du Palais.

« Croyez-vous, me demanda-t-il à brûle-pourpoint, qu'il y aura un juif parmi mes juges ? Anatole n'a su me nommer, outre lui-même, que notre vieux camarade Nicolas de Souzdal.
— Impossible, monsieur. Les juifs sont exclus des hautes charges.
— Dommage... L'antisémitisme de l'Eglise orthodoxe est d'une injustice si criante, qu'un juif aurait pris ma défense, par pure hostilité au Saint-Synode. »

Un juif peut-être, pensai-je en moi-même, mais pas un israélite pratiquant, pas un Moïsseï Moïssevitch, si tous puisent dans la Bible cette haine, cette répulsion du « péché innommable » qui m'avaient sidéré le jour de ma visite à Sergueï Barenkov.

« Est-il dans vos intentions, monsieur Tchaïkovski, d'écrire d'autres œuvres d'inspiration religieuse ? »

Cette question, destinée à ramener notre entretien sur un terrain moins épineux, produisit l'effet contraire. S'arrêtant au milieu de la place, il porta la main à son cœur, les traits bouleversés par mon involontaire indiscrétion.

« Oui... enfin non... malgré la prière instante de... Allons ! Inutile de vous taire son nom, vous l'avez entendu ce soir mêlé à des circonstances si indignes, que vous pourriez croire qu'il ne s'agit pas de la personne la plus raffinée, la plus... »

Il fit quelques pas jusqu'à la colonne Alexandre, dont le granit rose scintillait à la clarté nocturne, et, s'appuyant au socle pour reprendre son souffle, s'abandonna à des confidences dont le caractère d'intimité m'embarrassa.

« Je veux que vous ayez une meilleure idée du grand-duc... Son Altesse passerait pour un des plus fins connaisseurs de notre vie littéraire, si l'opinion était capable de voir au-delà de ses fonctions officielles. En réalité, c'est un poète de grand talent.

« Outre ses romances, il m'a demandé naguère de mettre en musique un long poème intitulé *Sébastien le martyr*. La personnalité de l'officier romain y est décrite avec beaucoup de relief et suscite dès les premiers vers la participation et l'attachement. Cependant, la figure très vivante de ce Sébastien ne cohabitait pas dans mon imagination avec le tableau de Guido Reni que j'avais découvert à Rome. Dans ce portrait du Capitole, le martyr est représenté tout jeune. En lisant dans le poème de Son Altesse, ainsi que j'eus l'honneur de le lui dire, des formules telles que "devenu tribun des préteurs", "les lauriers du chef victorieux", je voyais un soldat dans la force de l'âge, alors que ma mémoire s'obstinait à dresser sous mes yeux, au lieu du mûr guerrier, le mince adolescent du peintre italien.

« Ce premier projet fut donc abandonné. A une date toute récente, en une circonstance particulièrement douloureuse pour moi, Son Altesse crut apporter, par une commande qui prouve la délicatesse de son cœur, un adoucissement à mon chagrin.

« J'avais un ami très cher, Alexis Nicolaïevitch Apoukhtine... Oui, le poète et romancier... Excusez-moi, monsieur, dit-il en réprimant un sanglot. Nous nous connaissions depuis l'école de Droit, et il est mort au début du mois... C'est à lui que je dois les émotions les plus pures de ma jeunesse, avant que la pureté ait été bannie à jamais de ce genre d'émotions... Nous avions quinze ans, l'un et l'autre... Quinze ans, et tout l'élan, toute la merveilleuse fraîcheur de cet âge... Sa chambre donnait sur le canal d'Hiver, et combien de fois, main dans la main, après une nuit sans sommeil, avons-nous guetté les premières lueurs de l'aube. J'entends encore le cri des mouettes... Ah ! la société s'emploie à salir ce qui était sainte union de nos deux innocences.

« Alexis avait changé lui-même... Vous aurez entendu médire de lui. Non sans raison, je l'avoue... Il avait viré au cynisme, par dégoût des commérages et haine de l'opinion... Jusqu'à sa corpulence, qui était devenue obèse... Une hydropisie toute psychique, à mon avis... Nous ne nous voyions plus guère, sans que je lui eusse retiré ma fidélité intérieure.

« J'ai mis en musique ses meilleurs poèmes, où palpite l'enthousiasme qui nous soulevait autrefois. »

Il se mit à réciter quelques strophes.

> *Oublier si vite, mon Dieu,*
> *tout le bonheur passé !*
> *Nos rencontres et nos aveux*
> *Oublier si vite, oublier si vite !*

Le ton passionné sur lequel il me déclama ce quatrain démentait les paroles. Les souvenirs d'un amour brûlant vibraient dans ces pauvres vers.

> *Nuits de folie, nuits d'insomnie,*
> *propos décousus, paupières lasses...*

> *Qu'il fasse jour, qu'il fasse nuit,*
> *une pensée unique m'occupe,*
> *c'est toi, c'est toi !*
> *Idée fixe et fatale...*
> *De l'âme le bien suprême,*
> *je te le dois, je te le dois !*

Je connaissais ces mélodies, Liouba les chantait de sa voix fraîche, accompagnée au piano par Anna. Naturellement, elles en avaient travesti, selon leurs exigences de femmes, la vraie signification, qui m'apparut avec une évidence obscène. De toutes les images que je garde de Tchaïkovski, celle-là restera sans doute la plus profondément gravée : derrière nous, la masse arrondie de l'Hémicycle ; devant nous, la façade brune du palais d'Hiver ; la place vide à cette heure ; la solitude et l'immensité de l'esplanade déserte ; et, seule vibration humaine dans la perfection géométrique de ce lieu, cette emphase véhémente dont le pathos érotique jurait avec la majesté intemporelle et la froide beauté du décor.

Piotr Ilitch dut se rendre compte que son exaltation me paraissait

incongrue. Il se passa la main sur le visage, essaya de chasser le fantasme, puis, s'excusant d'avoir dévié de notre sujet :
« Revenons au grand-duc, me dit-il. Comme il me voyait abattu par cette mort si cruelle, il me proposa d'écrire un *Requiem* sur les vers écrits par Alexis lui-même au cours de son agonie. Ce fut une idée très noble de la part du grand-duc. Vous seriez dans une erreur extrême en le jugeant d'après ce que certains disent de lui. Sa fortune, il sait la dépenser autrement qu'en achetant des... à... Oui, reprit-il avec effort, il subventionne quantité d'artistes, et il était prêt à soutenir les frais d'une œuvre nécessitant une centaine de choristes ainsi qu'un orchestre renforcé par des trompettes, des trombones, un tuba.

« "Altesse, lui dis-je, je vous remercie de votre offre si généreuse, mais je ne peux l'accepter. Dans le Requiem on parle beaucoup de *jugement dernier,* de *punition*, de *vengeance de Dieu.* Je ne crois pas en cette sorte de Dieu, ou, du moins, ce Dieu-là ne peut susciter en moi ces larmes, cet enthousiasme, cette vénération que le Créateur, source de tout bien, devrait m'inspirer. Je m'essayerais volontiers à mettre en musique certains textes de l'Evangile. Combien de fois, par exemple, ai-je songé à illustrer les paroles du Christ : *Venez à moi, vous tous qui êtes las et fatigués* ou : *Parce que mon joug est suave et mon poids est léger.* Le Christ ressemble pour moi à Mozart, alors que le Dieu de Sabaoth me fait penser à Beethoven.

« — Mozart a bien écrit un *Requiem*, objecta le grand-duc.

« — Oui, mais c'est le privilège de son génie, Altesse, qu'on y entend chanter les anges plutôt que gronder les juges." »

Lancé sur un de ses sujets favoris, Piotr Ilitch me livra une des clefs de son art.

« Je sais qu'il est obligatoire aujourd'hui de s'incliner devant Beethoven. Je m'incline devant lui pour la grandeur de certaines de ses œuvres, mais je ne l'aime pas, et mon attitude envers lui me rappelle ce que j'éprouvais enfant devant la grandeur de Dieu. Je m'inclinais, mais sans amour. Dieu nous accable de son excessive majesté, nous écrase, nous anéantit, au contraire du Christ, le Christ, tout entier et exclusivement amour. Bien qu'il fût Dieu, il était homme en même temps. Il a souffert, comme nous souffrons nous-mêmes. Mozart est le Christ de la musique, Beethoven en est le Dieu. »

Soudain il me saisit par la manche, à nouveau tourmenté et inquiet.

« Qui va me juger, dans ce procès ? Le Christ de la miséricorde, ou le Dieu de la vengeance ? Pardonnez-moi cette question... Nous nous connaissons encore si peu... Mais dans votre famille, si j'ai compris, on a fait l'expérience de ce que vaut la justice humaine... Seul le Christ pourrait me sauver... Ce serait terrible si Dieu, le Dieu

Sabaoth de Beethoven, le Seigneur de colère et de vengeance, présidait aux séances du tribunal.

— Dans tous les tribunaux russes, l'usage est d'accrocher un crucifix au-dessus des sièges réservés aux juges.

— Par dérision, monsieur, par dérision ! Le Christ en croix pend au mur des salles où l'on rend la justice, par dérision pour la doctrine du Sauveur. N'est-ce pas une image caricaturale dans ces lieux de torture, que l'effigie de Celui qui disait : *Ne jugez pas et vous ne serez pas jugés* ?

— A travers la bouche de Souzdal, soyez-en certain, le Christ en personne parlera... Le soin d'appliquer le message est passé aujourd'hui des mains des prêtres à celles des médecins. »

Tout en devisant, nous avions franchi la Néva par le pont du Palais et gagné la Strelka, sous les colonnes rostrales. De la pointe de l'île Basile, nous contemplâmes l'alignement des palais sur le fleuve. Les carreaux des fenêtres brillaient aux rayons horizontaux du soleil. L'éclat de la lumière dans les vitres ajoutait à la féerie du spectacle.

Est-ce dès ce premier soir qu'il me parla de Saint-Pétersbourg ? Qu'il me vanta les règles très strictes d'urbanisme imposées au développement de la capitale ? Je dois confondre avec d'autres promenades qui suivirent, au cours desquelles Piotr Ilitch m'accorda une confiance grandissante. M'exposant ses objections aux théories romantiques de l'art, il émettait des doutes sur les avantages de la liberté. Je compris trop peu, hélas, qu'il me parlait de lui-même en louant le despotisme des tsars, et, sous prétexte de prôner la beauté de la ville, fortifiait en secret la décision qu'il avait déjà prise.

« L'artiste doit obéir à des contraintes, affirmait-il de sa voix la plus douce, non suivre le caprice de son inspiration. Si les contraintes ne lui sont pas imposées du dehors, qu'il s'en prescrive de lui-même ! »

Pensait-il à la contrainte suprême, celle qui ne laisse aucune voie de secours ? Rejetant l'aide du Christ, il s'était remis entre les mains de Dieu.

A une fenêtre de l'Ermitage, de l'autre côté du fleuve, une figure se montra.

« Je parierais que c'est Obolev, dit Piotr Ilitch avec une moue dégoûtée. En voilà un que je n'aimerais pas avoir parmi mes juges. Ne trouvez-vous pas qu'il y a quelque chose de tartufe, de malsain en lui ? Il m'a précédé d'un an à l'école de Droit. Un cafard, déjà. Il ne regardait personne dans les yeux. Il passe sa vie enfermé dans son musée. Même la nuit, regardez, il ne quitte pas ses œuvres d'art. Cela ne s'appelle pas vivre, que de ne fréquenter son prochain qu'en peinture. Il n'a même pas allumé les lampes : la nuit blanche lui suffit pour se promener au milieu de ses tableaux. Un fantôme, un revenant, qui n'a pas de sang dans les veines. Comment pourrait-il être appelé à se prononcer sur un homme, puisqu'il ne connaît rien de la vie ? » Cette opinion tranchée me plut. J'aurais été attristé que l'angoisse de passer en jugement fît regretter à Piotr Ilitch les avantages de l'hypocrisie. On ne pourra jamais lui contester le courage ni le goût du risque, traits qui lui attirent la sympathie des femmes. Tenues à la prudence par la maternité, elles aiment celui qui ose. Trop de maris se laissent rogner les ailes par le métier. Anna Mikhaïlovna préférerait un criminel à un poltron. Grâces soient rendues à ma femme, elle m'aide à ne jamais sacrifier à un calcul de carrière ce que je me dois à moi-même.

« Marchons encore un peu, dit Piotr Ilitch, parler avec vous me fait du bien. »

Marcher un peu, pour un Russe, signifie abattre plusieurs verstes sans fatigue, et Piotr Ilitch, sur ce point aussi, était un fils de Pierre le Grand. Il m'entraîna, et nous remontâmes le quai de l'Université jusqu'au pont Nicolas. A la sortie du pont, au lieu de retourner vers Saint-Isaac, il continua à droite sur le quai des Anglais. Le palais de Marbre, l'île aux Lièvres étaient loin derrière nous. Je voulus croire que, dans son esprit également, ses lieux nocturnes de damnation le laissaient en repos. A peine cependant avions-nous dépassé le palais Roumiantsev, jolie copie de temple antique ornée sur le tympan d'un Apollon en majesté, que, se frappant soudain le front, il s'exclama, décidément imperméable à la sérénité du dieu grec :

« Ah ! Voilà où Victor habitait... Je n'avais aucune intention de venir là... Mes pas m'y ont porté malgré moi... Je n'aurais pas dû... A quoi bon remuer ces souvenirs... De ce balcon — il m'indiquait l'élégante façade du palais Stenbock-Fermor —, Victor me sourit, un jour que je me rendais chez son oncle. La couronne de lauriers en relief sur le mur, vous la voyez ? avait l'air d'être posée comme un diadème sur ses cheveux blonds... Il y a de cela deux ans... Cette vision, ce sourire ont déclenché la catastrophe qui fond sur ma tête aujourd'hui... Tout a commencé ici, à ce balcon.

— Pourquoi parler de catastrophe ? dis-je, saisi d'une inspiration subite. Ne soyez pas si pessimiste. Il suffirait d'obtenir du comte Stenbock qu'il retire sa dénonciation... Un de vos amis haut placés pourrait s'entremettre et plaider auprès de lui votre cause... Le prince Kremski, par exemple, enchaînai-je, étonné qu'à un moyen aussi simple n'eût songé ni Anatole ni même Nicolas. Je suis sûr, monsieur Tchaïkovski, que le comte Stenbock regrettera un geste dont il n'avait pas calculé les conséquences.

— Non pas Stenbock, malheureusement, mais Stenbock-Fermor...

Race pacifique que les Stenbock, de noblesse suédoise... La famille s'est divisée en deux branches, et mon destin m'a guidé du côté où il voulait me perdre.

— Fermor, quel nom étrange...

— Des Ecossais. Le premier Fermor débarqué en Russie avait soutenu Jacques Stuart contre les Anglais. Après la défaite des Jacobites, il dut s'exiler. Pierre le Grand l'engagea dans son armée. Il fut tué sous Azov, par les Turcs. Son fils s'illustra de manière encore plus éclatante, hélas pour moi. Général en chef d'Elisabeth Pétrovna, il battit les troupes de Frédéric, pendant la guerre de Sept Ans, et prit Berlin. Une gloire nationale... Il n'eut que deux enfants, un fils, Wilhelm, qui mourut jeune, et une fille, Sarah Eléonore, restée l'unique héritière. Ayant épousé un Stenbock, elle obtint de garder le nom de son père, pour elle et sa lignée. Vous pouvez voir son portrait en fillette, dans la galerie des portraits russes de l'Ermitage. Une vraie poupée, à dix ans, dans une robe à crinoline quatre fois grande comme elle... Ne vous fiez pas à l'apparence : pure Fermor, elle avait hérité l'âme combative de son père et de son grand-père... Le culte militaire de l'honneur était inscrit dans ses gènes...

— Pourtant, son grand-père avait connu l'échec, la fuite, l'exil... De quoi la rendre sensible, elle et ses descendants, aux accidents de l'histoire, qu'elle soit publique ou privée.

— Détrompez-vous. Ses descendants, pour effacer toute trace de leur défaite, pour gommer jusqu'au souvenir de leurs revers passés, abjurèrent le catholicisme auquel les premiers exilés étaient restés fidèles. Depuis un siècle, ils n'ont cessé d'occuper de hautes charges à la Cour. Les malheurs de leurs ancêtres leur ont enseigné qu'il vaut mieux se tenir du côté des vainqueurs. L'oncle de Victor est maréchal du Palais et protecteur du régiment Sémionovski. Il n'a fait, en me dénonçant et en obtenant la mutation de son neveu en Sibérie, que remplir ce qu'il tient pour un devoir de famille, un devoir sacré. Jamais il ne reviendra sur un geste offert, en réparation du scandale, aux mânes du général Fermor... »

Une heure du matin. Nous revînmes sur nos pas. Depuis le dîner, une idée me trottait dans la tête : céder à Piotr Ilitch mon bail, seul moyen, pensais-je, de l'installer avec son neveu et de le soustraire à cet imbroglio de vantardises, de chantages et de mensonges que favorisait la séparation des logements. Sous prétexte de contourner le Cavalier de bronze et d'examiner si le serpent qui soutient la queue du cheval n'est qu'un expédient statique pour équilibrer le poids ou complète le programme symbolique des vertus de Pierre Ier, je m'arrangeai pour gagner la place Saint-Isaac, puis remonter la Malaïa Morskaïa, une des routes possibles vers son hôtel.

Au coin de la rue aux Pois, je l'arrêtai sous mes fenêtres.
« Monsieur Tchaïkovski, j'habite ici. N'est-ce pas un bel immeuble ? La rue est pourvue d'un éclairage électrique — le seul qui existe à Saint-Pétersbourg.

— En Amérique, tout marche à l'électricité, l'éclairage des maisons comme celui des rues. Il suffit de tourner un bouton. J'ai fait rire mes hôtes en leur demandant une bougie.

— Malheureusement, un étage entier est trop grand pour moi. Treize fenêtres en façade, je ne sais combien de pièces !

— Savez-vous ce que signifie pour nous le chiffre 13 ?

— En France, il porte malheur.

— C'est pire en Russie. Le chiffre 13 détruit. Chiffre du diable en personne !

— Le diable se loge bien ! m'exclamai-je. Il s'est payé une cariatide de chaque côté de la porte, des frontons arrondis au-dessus des fenêtres de l'étage noble, quatre *putti* italiens sur chacune des façades, des bow-windows à l'angle, une belle couleur jaune sur le tout. »

Tchaïkovski soupira.

« Pourquoi est-il si difficile de se loger à Saint-Pétersbourg ? J'aimerais tant moi aussi dénicher quelque chose...

— Eh bien ! dis-je, je vous cède volontiers cet appartement.

— Il n'en est pas question.

— Vous seriez à égale distance de la salle de la Philharmonie et du théâtre Mariinski. Toutes les répétitions, vous pourriez y aller à pied.

— Votre générosité me touche, mais...

— Le propriétaire m'a laissé un demi-queue Becker. Pas un Bechstein, comme je vous l'ai dit tout à l'heure. Un Becker, votre marque préférée.

— Vous jouez du piano ?

— Après avoir entendu vos *Nuits blanches* sous les doigts de votre neveu, je n'oserai plus m'asseoir au clavier... Quelle pitié, si ce magnifique instrument restait inutilisé... Je suis sûr que Vladimir n'a pas eu souvent à sa disposition un piano de cette qualité. »

Il ne répondit pas tout de suite, tiraillé entre plusieurs sentiments : désir d'attirer Bob par un appât supplémentaire, crainte de me paraître trop complaisant pour un ingrat, inquiétude pour son budget. L'argument économique l'emporta.

« De toute façon, le loyer doit être très élevé.

— Mille roubles par mois.

— Vous voyez. Je n'ai pas les moyens... en ce moment », dit-il en rougissant.

Il releva la tête, aperçut le numéro de l'immeuble, tressaillit.

« 13 ! Vous habitez au 13 ! Trop de 13, décidément. Ce serait de mauvais augure pour moi.

— Etes-vous superstitieux ?

— Les Russes ont escamoté de leur vocabulaire, chaque fois qu'ils l'ont pu, le nombre 13. Ainsi, tels les Suisses, je crois ? et leurs *septante trois, nonante trois*, nous nous débrouillons pour dire, non pas *soixante-treize*, comme vous, ni *quatre-vingt-treize*, mais *siemdeciat tri, dévianosto tri*. Ce qui n'empêche, ajouta-t-il de plus en plus sombre, que nous sommes bel et bien, selon la langue la plus universelle, dans l'année mille huit cent quatre-vingt-treize, et qu'on ne saurait prendre assez garde.

— Mais vous-même, insistai-je, vous croyez à ces contes de bonne femme ?

— J'utiliserais mal le pouvoir de la raison, si je niais qu'il a des limites. Les dates, par exemple, portent chance ou malchance. Ma mère a fait de son mieux en reculant de douze heures le moment de ma naissance. Elle m'a mis au monde le 7 mai, lendemain de la fête du patriarche Job. Et pourtant, n'est-ce pas à moi qu'elle s'applique, la doléance du prophète ? *A peine conçois-je une crainte qu'elle se réalise, et tous les malheurs que je redoute fondent sur moi.* »

Effrayé de le voir retomber dans ses pressentiments funèbres, je lui indiquai les vingt-trois fenêtres en face de mon immeuble.

« Savez-vous qui possède cet hôtel ? Un vieux chameau, la femme qui passe pour la plus méchante de Saint-Pétersbourg. Ornement de la cour de Nicolas Ier, elle a presque cent ans mais toujours une langue de vipère.

— La comtesse Golitsine ? s'écria-t-il avec une vivacité imprévue.

— Elle-même », confirmai-je, croyant l'amuser et l'attirer par ce piquant voisinage.

Piotr Ilitch avait soudain pâli. Rougir et pâlir tour à tour, je n'ai jamais vu un homme se décolorer si vite pour un mot, puis s'abandonner, l'instant d'après, au flot de sang inondant ses joues.

« La comtesse Golitsine ? reprit-il à mi-voix. Je ne savais pas qu'elle habitait ici. Elle a mené la cabale contre un de mes opéras, cette malheureuse *Enchanteresse*, qui n'enchanta personne. Ce fut un épouvantable fiasco, suite aux manœuvres de cette peste.

— Eh bien ! votre gloire est aujourd'hui si bien établie, qu'elle doit se mordre ce qui lui reste de peau sur les doigts. Elle se taira désormais, sous peine d'être ridicule.

— N'en croyez rien. Car entre-temps je me suis vengé, et comment ! On a dit que le modèle de la Dame de pique était Mme von Meck. Calomnie. Je garde une trop grande reconnaissance à Nadejda, pour me permettre de critiquer les motifs qui l'ont décidée un jour à

me retirer ses bienfaits. Le modèle de la Dame de pique n'est autre que la comtesse Golitsine. Elle s'est d'ailleurs reconnue.
— Vous êtes donc quittes », dis-je en riant.
Il secoua la tête.
« C'est la guerre entre nous. Planter ma tente devant son hôtel serait une folie. Elle s'acharnerait contre moi, elle ne me laisserait pas de répit. Et, souvenez-vous-en, c'est la Dame de pique qui gagne. Elle a détruit Hermann, elle me détruirait à mon tour. »

Une bande d'enfants, qui accourait hors d'haleine et tourna le coin de la rue sans regarder, se jeta entre nos jambes. Ils emmenaient leurs chiens gambader dans les jardins de l'Amirauté. Piotr Ilitch aida une fillette à se relever. Ils s'égaillèrent comme des moineaux.

« N'est-il pas étrange, murmura-t-il, qu'aimant tant les enfants, le destin m'ait refusé d'en avoir ? »

Il tendit l'oreille, jusqu'à ce que leurs rires eussent cessé.

« Merci encore de votre offre, monsieur. Si j'avais le choix, j'habiterais le quartier de mon ancien camarade d'études et ami Fiodor Ignatievitch Stravinski... Canal Krioukov, à proximité de cette famille. Ah ! voilà mon vrai, mon seul foyer... Je n'ai pas menti à Anatole : sans le désir de contenter ces quatre diablotins qui me l'avaient réclamé en cadeau de Noël, je n'aurais jamais écrit *Casse-Noisette*... La mère aussi, je l'aime beaucoup... A la première occasion, je vous emmène dîner là-bas... J'ai vu naître ces gosses, et je les aime comme j'aurais aimé mes propres fils... Surtout les deux plus jeunes, Igor et Gouri... Igor, qui a eu onze ans le 17 juin, possède l'oreille absolue... Mais le prodige, c'est encore le benjamin, Gouri... Il aura neuf ans au mois d'août... Un sens musical exceptionnel... Je ne m'étonnerais pas qu'il devienne compositeur... Un grand compositeur... »

Nous nous séparâmes à l'angle de la Perspective. Piotr Ilitch me parut si revigoré, que j'estimai inutile de l'accompagner plus loin.

XV

Ce matin du 1er juillet, les employés de la Banque d'Etat qui servaient sous les ordres du revêche Boris Atanaiev notèrent avec une stupéfaction incrédule la bonne humeur exceptionnelle de leur patron. Au lieu de les rudoyer comme à l'ordinaire, il les salua par leur petit nom sur un ton courtois, en s'informant de la santé de leur femme et de leurs enfants. A sa secrétaire, qu'il appelait d'habitude à tout bout de champ, pour l'assommer de semonces et de récriminations, il offrit un bouquet d'œillets acheté à la fleuriste du pont aux Griffons. Jamais aucune fleur n'avait décoré l'austère pièce de travail. La jeune Lisa éberluée dénicha dans une armoire une bouteille d'encre vide et planta le bouquet dans le goulot.

Pourquoi ces amabilités subites ? Quelle circonstance avait amadoué l'acrimonieux conseiller d'Etat ? Avait-il repéré, dans une rue plus noble que le trop populaire canal Catherine, un logement plus conforme à son goût du décorum ? S'apprêtait-il à déménager ? Etait-ce plutôt une question d'argent ? L'avait-on augmenté ? Ou bien — mais alors il conviendrait de se cotiser pour lui remettre un cadeau au cours d'une petite fête — le fameux et jusque-là inaccessible quatrième tchin se profilait-il à l'horizon ? Son nom figurait-il au prochain tableau d'avancement ?

Les commentaires, les hypothèses allaient bon train dans les bureaux. Comment la vérité eût-elle pu se faire jour ? L'événement qui versait dans le cœur ulcéré de Boris Atanaiev une consolation provisoire appartenait à un ordre strictement privé. Il avait embauché, à partir du 1er juillet, un valet de chambre. Oui, un valet de chambre, qui porterait une livrée, comme chez les princes et les hauts dignitaires. Sans être encore le triomphe de l'ascension tchinesque différée une fois de plus, c'était du moins une amélioration sensible de son niveau de vie, un gain indiscuté de prestige, le tremplin qui lui servirait à atteindre ce rang de conseiller d'Etat *effectif* conférant la noblesse héréditaire « transmissible aux enfants », il se plaisait à le répéter, sans être embarrassé du pléonasme.

Dans quelles circonstances la décision fut-elle prise ? A la suite de quels incidents ? Impossible de ne pas raconter ce qui précéda l'acquisition du valet, avant d'en venir aux coups de théâtre qui suivirent, jusqu'à la conclusion spectaculaire dont Piotr Ilitch aurait tiré profit sans la *maligna stella* attachée à son sort.

Rappelons-nous l'adresse : 25, canal Catherine, trop près de la plébéienne place aux Foins et du populacier Gostiny Dvor pour les ambitions du conseiller d'Etat. Outre Boris, la maisonnée comprend : sa femme, Anastasia ou Nastasia Alexandrovna, qu'il a épousée moins par amour que par nécessité de s'établir, confiant que le statut social de cette riche héritière l'aiderait à grimper les échelons de la hiérarchie impériale. (Une seule ombre au tableau : par volonté des beaux-parents, le contrat de mariage l'avait laissée propriétaire de la dot.) Leurs deux enfants, l'aîné Grichka, douze ans, et Nadia, onze ; sans oublier Pélaguéïa, aussi négligente dans son service qu'indispensable à ses maîtres.

La cuisinière, justement, joua un rôle dans cette affaire. Un nouveau témoignage de son incurie, joint à l'insolence de l'apprenti cordonnier installé dans l'échoppe du rez-de-chaussée de l'immeuble, détermina Boris à mettre à exécution un dessein depuis longtemps caressé.

Un des derniers jours de juin, en rentrant chez lui de l'autre côté du fameux pont, dont quatre griffons tiennent les câbles dans leur gueule de bronze au-dessus du canal qui reflète leurs ailes d'or, il crut déceler dans la rengaine que sifflait l'apprenti une nuance moqueuse particulièrement désobligeante à son égard. Fidèle à ses principes, il sonna à sa porte, jugeant au-dessous de sa dignité de fourrager avec sa clef dans le trou de la serrure — un exercice, il est vrai, toujours long et compliqué, avec les absurdes clefs pétersbourgeoises.

L'odieux bruit de savates traînées précéda la voix geignarde de Pélaguéïa, puis la matrone apparut sur le seuil, dépenaillée, son corsage de travers, un sein à moitié sorti de la blouse. Un homme plus attentif à la réalité des êtres qui vivaient autour de lui eût tout de suite deviné que le livreur de pâtés à la viande, cet André Mikhaïlovitch, géant et barbu, que nous avons déjà rencontré, s'était attardé dans la cuisine devant le carafon de vodka.

Boris Atanaiev ne vit qu'une chose : sa propre autorité tournée en dérision. Il bouscula la servante, entra dans le salon et claqua la porte derrière lui. Sa femme travaillait à un ouvrage de couture, dans l'attitude appliquée et pensive qu'elle prenait tous les soirs pour l'attendre, moins par zèle étriqué de *Hausfrau* que pour opposer à l'humeur si souvent grincheuse de son mari le pare-choc d'une occupation paisible.

Il s'approcha, s'inclina devant sa femme qui lui tendit sa main à baiser — gestes mécaniques de part et d'autre, mais dont la répétition quotidienne contribuait à la solidité du couple —, puis, tout de go, déclara :

« Anastasia, c'est décidé. »

Sans s'émouvoir de cet exorde abrupt, elle l'encouragea, d'un signe de tête, à exposer sa pensée. Nous ne pouvons pas, expliqua-t-il, nous passer plus longtemps d'un domestique mâle. Revêtu d'une livrée, il sera préposé à la partie noble du service.

« Ouvrir la porte, recevoir les invités, les conduire au salon, préparer les rafraîchissements, apporter et emporter les plats du dîner, nettoyer à la craie les icônes, il y aura là de quoi l'occuper à plein temps. Ne devons-nous pas offrir à nos amis et connaissances une image de notre foyer plus conforme à notre mérite que ne le fait cette souillon de Pélaguéïa ? Je n'aurai plus honte de convier mes supérieurs à une table servie par un valet en gants blancs. »

Il s'étendit en outre sur sa collection de fusils et de carabines, dont il négligeait, faute de temps, l'entretien. Le conseiller d'Etat chassait volontiers à l'automne les bécasses et les coqs de bruyère. Jugeant qu'il serait prétentieux de posséder une meute, il profitait des chiens d'un de ses subordonnés.

« Attendez, je prévois votre objection, continua-t-il. Un domestique pourvu de toutes ces perfections coûte cher, et je ne veux pas soustraire un rouble de votre dot à l'héritage de nos enfants. J'ai calculé que la petite marge que me laissent mes émoluments suffira. Ecoutez : que diriez-vous, si je demandais à Pavel Ivanovitch de me céder son ouvrier ?

— Pavel Ivanovitch, le cordonnier d'en bas ?

— Oui, vous savez que je ne puis souffrir son apprenti, ce Boris qui a l'impudence de s'appeler comme moi. Il siffle à la manière des tziganes chaque fois que je passe devant son échoppe. Considérez tous les avantages que nous retirerons en transformant ce coquin effronté en valet de chambre respectueux.

« *Primo* : il ne me narguera plus de sa gaieté bruyante, au su et au vu de tout le quartier.

« *Secundo* : comme vous devrez le former à son nouveau métier, nous ne lui verserons qu'un salaire de principe. Il ne nous coûtera que le manger. Je débarrasserai la partie du grenier, que Pélaguéïa n'occupe pas, de mes vieux cartons à dessin. Ils renferment mes péchés de jeunesse, lorsque je me croyais une vocation pour les beaux-arts. Idéalisme creux de l'adolescence !

« *Tertio...* »

Il parlait de plus en plus vite, avec une précipitation fiévreuse qui démentait la froideur méthodique de son raisonnement. Nastasia, habituée à lire dans le cœur de son mari, l'examinait avec attention. Déjà se formait en elle une idée plus précise de ce qu'il cherchait à lui cacher — à se cacher à lui-même. Elle posa son ouvrage et prit sur une petite table à côté de son fauteuil un numéro de *la Pensée russe*, ouvert à la page qu'elle lisait avant l'arrivée de son mari.

« *Tertio*, enchaîna-t-elle en citant une phrase de la revue, *le physique n'a pas grande importance pour les hommes, même en amour, et n'est utile qu'aux domestiques et aux cochers présentant bien.* Signé : Anton Pavlovitch Tchekhov. »

Irrité par cette interruption, Boris s'emporta.

« Que vient faire Tchekhov ici ? Pourquoi me parlez-vous des cochers ? Vous m'embrouillez les idées...

— Eh ! mon ami, je pensais que vous alliez me dire : *Tertio, l'apprenti cordonnier présente bien*, et il me semblait que ce ne serait pas vous offenser que d'apporter une caution littéraire à votre argument. »

Il haussa les épaules et grogna :

« Il présente bien ! Il présente bien ! Evidemment qu'il présente bien ! Nous n'irions pas engager un pied-bot ! Je vous énumère des motifs longuement pesés et mûris, et vous me sortez une vérité de La Palice ! C'est comme si vous me disiez, après avoir écouté les avantages d'un séjour de vacances en Crimée — les pensions à petit budget, l'hospitalité des habitants, l'intérêt pour Grichka d'une visite aux chantiers navals de Sébastopol —, c'est comme si vous me disiez : *Il y aura aussi les bains de mer !*

— Alors, c'était quoi, votre troisième point ? demanda-t-elle, imperturbable, en piquant son aiguille dans l'étoffe.

— *Tertio*, reprit Boris, après avoir marché de long en large pour marquer son agacement contre le caquet irréfléchi des femmes, *tertio*, je garderai le contrôle des bonbons que ce gredin distribue aux petits à tort et à travers. »

Elle dévisagea à nouveau son mari. Ce dernier argument était si puéril qu'il ne put s'empêcher de rougir sous ce regard pénétrant.

« Vous avez raison, dit-elle, conciliante. L'abus de sucre multiplie les caries.

— Vous voyez ! Ce n'est pas une lubie qui m'a pris ! Je vais de ce pas chez Pavel Ivanovitch lui demander son apprenti. Il ne pourra pas nous refuser cet honneur. »

Boris, cependant, attendit quelques instants avant de sortir. Il lui semblait étrange que sa femme, à qui plaisait une vie retirée, ne présentât aucune objection. Elle occupait ses loisirs à lire les nouveautés et à jouer sur le Deben quart de queue, acheté d'occasion, du Bach et du César Franck, dont la musique sévère s'accordait mieux à son tempérament que le fiévreux piano russe. Elle jugeait Moussorgski d'une véhémence excessive et Tchaïkovski dangereux pour les nerfs.

Moi aussi, je trouverais bizarre qu'elle eût accepté aussi facilement d'augmenter leur train de vie, si je ne m'étais fait de Nastasia l'image d'une femme supérieure. Absorbée en apparence dans son travail de couture, elle n'avait eu besoin que de quelques minutes pour étudier et retourner le problème à fond. Sur quel motif donna-t-elle son accord ? Ni la gloriole d'avoir à son service un valet ni le souci d'améliorer leur situation mondaine n'entrèrent en ligne de compte, mais quelque chose de plus profond, qui se présenta pour la première fois à elle après treize ans de mariage. Lasse d'essuyer chaque soir la hargne d'un époux toujours mécontent, elle fut traversée par l'idée, encore vague mais déjà séduisante malgré le danger à courir, que l'embauchage du jeune garçon du rez-de-chaussée, sa présence dans la maison, ses allées et venues sous les yeux de Boris feraient exploser la crise et amèneraient à un dénouement, quel qu'il fût.

Elle leva les yeux de son ouvrage et sourit en signe d'assentiment. Boris traita avec Pavel Ivanovitch, et l'on convint que le nouveau domestique prendrait son service le 1er juillet. Voilà pourquoi le conseiller d'Etat, ce jour-là, se montra si bienveillant envers ses subordonnés, presque galant avec sa secrétaire. Comme beaucoup d'égoïstes, il réglait ses rapports avec autrui d'après ses dispositions intérieures, aimable et complaisant lorsqu'il avait le vent en poupe, désobligeant, rogue, voire brutal, chaque fois que, sous le coup d'une contrariété, il cherchait un exutoire à sa bile.

Soucieuse de protéger leurs enfants de ses taloches, Nastasia songeait à lui acheter un chien, afin qu'il se vengeât sur la bête de ses déconvenues au bureau. Aimant aussi les chiens, elle ne donna pas suite à ce plan.

Le premier dîner fut un succès. Chacun autour de la table se réjouit du changement apporté dans les habitudes. Intimidé par ses nouvelles fonctions, l'ex-apprenti cordonnier se montra aussi muet dans la salle à manger qu'on l'avait connu volubile dans l'échoppe. Sa maladresse à passer les plats amusa jusqu'au tatillon chef de famille. Nastasia, depuis longtemps résignée à l'incurie de Pélagueïa, retrouvait goût à donner des instructions. Affable et persuasive, en parfaite maîtresse de maison, elle commandait sans élever la voix. Heureux de pouvoir côtoyer leur ami, les enfants lui faisaient en douce des grimaces, dans l'espoir qu'il perdît son sérieux.

Boris, qui se piquait de calculer d'un coup la quantité de nourriture qui lui convenait, ne reprenait jamais d'un plat. Il se sentit si content ce premier soir, si satisfait de son initiative, si convaincu d'avoir franchi un pas décisif pour son avancement, qu'il voulut goûter d'une seconde côtelette Pojarski. Nastasia nota l'expression singulière, presque voluptueuse, qui se peignit sur son visage lorsque le jeune homme lui avança le plat.

« Seulement, dit-il après la dernière cuillerée de flan aux pruneaux, en repoussant son assiette que le zélé néophyte s'empressa d'emporter, nous ne pouvons pas, Boris, continuer à t'appeler de ce nom. Il ne serait pas séant que les invités de nos raouts se méprennent lorsque ma femme t'ordonnera de servir les rafraîchissements. »

Le nouveau valet n'entendit goutte à ce langage. Sous le coup de la surprise, il faillit lâcher le plateau des tasses à thé. Grichka pouffa derrière ses mains croisées, imité par sa sœur. Leur mère fronça les sourcils pour les rappeler à l'ordre, mais Boris, tout au bonheur de sa nouvelle suzeraineté, ignora ou choisit d'ignorer cette preuve flagrante d'insubordination enfantine.

« Si nous l'appelions Alexandre ? demanda ingénument Nadia, amoureuse de son maître d'école Alexandre Pavlovitch Ziliotine.

— Tu rêves, petite sotte ? Le nom sacré d'Alexandre doit rester l'apanage de notre bien-aimé tsar, que Dieu le garde. Tu ne voudrais pas accoler sous la même étiquette l'empereur de toutes les Russies et le domestique qui te cire tes souliers. »

Il ajouta, en arrondissant le petit doigt au-dessus de sa tasse :

« Ne confondons pas, s'il vous plaît, *les torchons et les serviettes*.

— C'est un proverbe, mes enfants, dit leur mère, non sans réprimer un sourire.

— En français, comme dans les livres de Tolstoï ! dit Nadia, fière de rattraper sa bévue en signalant qu'elle était plongée dans les souvenirs d'enfance du grand écrivain.

— Pourquoi pas : André ? » s'écria l'étourdi Grichka.

Un nom, nous le savons, associé aux pâtés à la viande. Il semblait à l'enfant qu'en installant sous leur toit un homonyme d'André Mikhaïlovitch, la maison regorgerait en permanence de ces pirojki fourrés dont il raffolait. Nastasia intervint aussitôt, pour empêcher que son mari ne s'enquît des motifs de Grichka. En découvrant les activités dont sa cuisine était le théâtre, il pourrait faire un rapprochement entre le laisser-aller de la bonne et les assiduités du livreur.

« Le mieux, dit-elle de sa voix égale, ne serait-il pas d'interroger Boris ? »

Celui-ci la regarda, effaré.

« Quel est votre patronyme, mon garçon ? Peut-être agréera-t-il à mon mari.

— Mon père était serf, madame. Et le père de mon père. Boris de père en fils, depuis toujours. Nous sommes habitués à obéir. Qu'il soit fait selon votre volonté.

— Je te baptise Fédia, déclara Atanaiev. Etes-vous contents, petits ? »

Grichka courut dans sa chambre et en rapporta le dictionnaire des saints.

« Fédia n'y est pas, dit-il, désappointé.

— Idiot ! Regarde à Théodore ! »

Des Théodore, il y en avait bien vingt-huit ! L'enfant élimina d'abord les moins importants, ceux qu'on ne mentionne qu'associés à quelque compagnon de martyre : Théodore et Polycarpe, malgré ce drôle de nom, Théodore, Irénée, Sérapion et Ammonius, qui eurent la langue coupée, Théodore et Pausilippe, Théodore, Océan, Ammien et Julien, qui périrent par le feu, Théodore, Philippe, Socrate et Denis, crucifiés. Des Théodore uniques, il soupesa les mérites respectifs. L'un, Théodore le Stratelate, commanda l'armée de Licinius, un autre, Théodore de Sicée, encouragea le culte de saint Georges. Théodore Trichinas ne portait qu'un cilice de crin, Théodore d'Antioche fut trésorier de sa paroisse. Les Théodore trop étrangers à l'Eglise russe furent recalés à leur tour : Théodore de Bologne, Théodore de Cantorbéry, Théodore le Sacristain, de Saint-Pierre de Rome.

Nastasia intervint.

« Plaçons Fédia sous la recommandation de Théodore le Studite. Originaire de Constantinople, c'est l'un des plus grands saints du Moyen Age. Il fut l'artisan du renouveau monastique, prônant la prière, la clôture, la pauvreté, les études, le travail manuel, étendant son influence au mont Athos, dans les Carpates et en Russie. »

Un peu austère, ce programme, pour le jeune Grichka. De telles vertus parlaient peu à son imagination.

« En voilà un, s'écria-t-il tout excité, qui me plaît. Théodore le Tiron, qui mit le feu au temple de Cybèle en Turquie et fut brûlé à l'endroit même de son exploit. Mais non : le dernier de la liste est encore plus chouette. Théodore Graphos, moine de la laure de Saint-Sabas, à Jérusalem. On lui tatoua sur le visage les versets de l'Evangile. Oh ! petite maman, tu veux bien que ce soit ce Théodore-là l'ange gardien de notre Fédia ?

— Pauvre garçon, je le vois mal parti », murmura Nastasia, mais son regard, au lieu de se poser sur le nouveau domestique, s'attarda inquiet sur son mari.

XVI

Ce changement de nom causa les premières difficultés, fournit un prétexte aux premiers griefs du conseiller d'Etat.

Il criait d'une pièce à l'autre : Fédia ! et le garçon, qui ne s'était pas fait à son nouveau prénom, ne bougeait pas de l'office où il passait la plus grande partie de la journée. Habitué à travailler de ses mains, il se plaisait à recoller la vaisselle, réparer un meuble, fabriquer un jouet pour les enfants. Atanaiev finissait par se ruer dans la cuisine, où il réprimandait son valet.

Un jour que le jeune homme, en dehors de ses heures de service, était resté en chemise pour scier une planche destinée à l'armoire de la chambre à coucher conjugale, le conseiller d'Etat lui enjoignit, malgré la chaleur qui régnait sur la ville, de se rhabiller.

« Et plus vite que ça ! »

Le ton était si féroce que le pauvre diable boutonna tout de travers son gilet.

Chaque jour, depuis cet épisode pourtant anodin, Boris trouvait un nouveau sujet d'animosité contre son domestique. Ou celui-ci accourait trop tard à l'appel, ou il se présentait quand on n'avait pas besoin de lui. Il s'était accoutumé à son nom de Fédia, mais ne tira de cette marque de bonne volonté aucun avantage auprès de son maître.

Atanaiev ne pouvait apercevoir son valet sans être saisi d'une sourde irritation, quand un éclat de fureur ne le jetait pas hors de ses gonds. On eût dit que la personne même du jeune homme lui était désagréable. Il reportait son acrimonie sur Pélaguéïa, sur ses enfants, sur sa femme. Vieille habitude, sans doute. Jamais pourtant la mauvaise humeur, l'énervement n'avait aigri autant Boris ni laissé aussi peu de répit aux siens, malgré le bonheur d'avoir atteint un de ses buts.

Nastasia se demanda au début si son mari ne se montrait pas exprès mécontent, pour refuser à Fédia l'augmentation de gages promise en fonction de ses progrès. Elle le savait assez mesquin pour se livrer à un calcul de cette sorte.

Le soupçon, bien plus grave, conçu dès l'instant où il lui avait parlé d'embaucher l'apprenti cordonnier, continuait entre-temps à grandir. Comment ne pas établir un rapport entre la présence du jeune domestique et la hargne croissante de son mari ? N'était-il pas étrange que l'innocent valet, par son seul aspect physique, exaspérât son maître ? Nastasia était sur le point de s'avouer la vérité. Seulement, pour qu'elle eût quelque certitude de ne pas se tromper dans un diagnostic aussi audacieux, il lui manquait encore des preuves.

Preuves, ses crises de jalousie absurdes ? Il ne supportait pas de trouver sa femme et Fédia ensemble dans le salon, occupés à changer les fleurs ou à suspendre au mur la nouvelle lithographie cédée au rabais par un antiquaire de la Bolchaïa Morskaïa. « Hors d'ici ! » criait-il au garçon, comme si Nastasia eût été femme à se laisser tourner la tête par un domestique.

Preuves, ses allures d'espion pour rôder dans le couloir, aux aguets du moindre bruit en provenance de l'office, chaussé de savates pour étouffer ses pas ?

Preuve, le fait d'avoir renoncé à débarrasser le grenier des cartons à dessin où il conservait ses « péchés de jeunesse » ?

Preuve, le regain d'intérêt pour ces aquarelles, barbouillées pendant les années d'études à l'école de Droit ?

En rentrant du bureau, il montait de plus en plus souvent dans la mansarde attribuée à Fédia. Ouvrir les cartons, étaler les aquarelles sur le plancher, à côté du lit où dormait le garçon, lit la plupart du temps en désordre, car Fédia, à peine réveillé par l'appel de son maître, devait descendre en catastrophe, regarder longuement ces vues de Saint-Pétersbourg et des environs occupait désormais son loisir, malgré l'inconfort de les examiner à plat ventre ou recroquevillé. Il prétendait que ces œuvrettes avaient si peu de prix qu'elles ne gardaient quelque valeur à ses yeux que dans le décor romantique d'une soupente : souvenir de l'époque où, étudiant, il logeait sous les combles.

Bien que Nastasia ne fût pas dupe de tels boniments, elle s'abstint de lui demander pourquoi, s'il retrouvait goût à son travail d'autrefois, il ne descendait pas ses aquarelles au salon, pour les étudier plus commodément. Au moins, pendant ce temps, Fédia n'était ni tancé ni rudoyé. Elle avait noté avec tristesse le changement d'attitude de son fils et de sa fille, qui traitaient dorénavant de haut leur ancien ami. Le sang vicié de leur père coulait dans leurs veines. La poupée ou la locomotive que Fédia leur façonnait avec son alêne, son marteau de cordonnier, ils les recevaient comme leur dû, sans le remercier de ce surcroît de travail ajouté aux longues heures de service.

Ingratitude des enfants, hostilité du père, il supportait tout uniment, avec la patience, l'humilité héritées de ses parents, serfs sur plusieurs générations.

La température monta à vingt-huit degrés, record pour Saint-Pétersbourg, où les hausses comme les baisses surprennent par leur soudaineté. Il y avait dans l'appartement une salle de bains, interdite au personnel. Un réduit, aménagé au bout du couloir, servait de cabinet de toilette à Pélaguéïa. Elle autorisait Fédia à l'utiliser, mais seulement une fois par jour, de bonne heure le matin, après quoi, jalouse de ses flacons et de ses pots de crème, elle fermait à clef le cagibi jusqu'au lendemain.

Par un après-midi torride, Fédia entreprit, non sans en avoir demandé la permission à Nastasia, de se laver dans la cuisine. Il ôta son gilet, se débarrassa de sa chemise et ouvrit à grande eau le robinet de l'évier. Atanaiev revint à l'improviste. Maintenant qu'il avait à sa disposition un domestique en livrée, il préférait ouvrir lui-même la porte et rentrer sans sonner, inconséquence à ranger parmi les autres symptômes répertoriés par Nastasia.

Attiré par le bruit qui provenait de la cuisine, Boris s'approcha à pas de loup. Au même moment Nastasia, dont l'ouïe fine avait perçu le ferraillement de la clef dans la serrure, entrebâilla le plus doucement possible la porte du salon.

A la vue du garçon à demi nu, dont les fortes épaules, le torse vigoureux, les muscles en saillie ruisselaient d'eau savonneuse, Boris resta pétrifié. Il poussa un gémissement, qui se mua par degrés en cri de rage. Le couteau à trancher la viande traînait sur la table. Il jeta l'instrument par terre. La longue lame effilée avait augmenté sa fureur.

« Je te fouetterai, vaurien ! » marmonnait-il à l'adresse du jeune homme, qui avait reculé jusqu'à la fenêtre.

Un torchon pendait à la crémone. Sentiment de pudeur ou réflexe de protection, Fédia s'en couvrit la poitrine. Atanaiev se précipita, arracha le morceau d'étoffe, recula d'un pas, dévisagea le coupable comme s'il voulait évaluer l'énormité de son indécence. Enfin, brandissant le torchon comme un knout, il en assena une grêle de coups sur le torse du malheureux. Des stries rouges apparurent sur la chair.

« Cette fois, je tiens la preuve », murmura Nastasia en refermant la porte du salon. Elle s'installa dans son fauteuil habituel et reprit son ouvrage de couture, en sorte que son mari, quand il entra cinq minutes après, ne soupçonna pas qu'elle avait observé toute la scène.

« Vous avez l'air bien agité, mon ami », dit-elle d'un ton indifférent, en lui tendant sa main à baiser.

Il se laissa tomber sur un siège.

« C'est ce bougre de fainéant.

— Qui ?

— Fédia, pardi !

— Fédia ?

— Il m'a tourné une fois de plus les sangs.

— Fédia ? » répéta-t-elle, pour lui laisser le temps de fourbir son mensonge.

Elle enfonça le dé sur son doigt, puis demanda, d'une voix tranquille :

« Décidez-vous son renvoi ? »

Boris se dressa en sursaut.

« Renvoyer Fédia ? Vous n'y pensez pas ! Je deviens la risée de mes collègues... Où prendre un autre domestique qui nous coûte si peu ? Sans domestique, je perds la face. Je perds la face, cria-t-il de sa voix de fausset.

— Vous tenez donc à garder Fédia ?

— Fédia est indispensable à mon avancement, c'est-à-dire à l'anoblissement de votre fils.

— Quelle faute a-t-il commise aujourd'hui ? »

Nastasia coupa le fil avec ses dents. Elle en profita pour regarder par en dessous son mari. Perturbé, il hésitait à répondre.

« Je l'ai trouvé... couché sur le poêle.

— Dormait-il ?

— Il dormait, balbutia le conseiller d'Etat, en s'épongeant le visage.

— Fallait-il le fouetter pour autant ?

— ... Fouetter... ? répéta Boris, hébété.

— Et faire tout ce raffut ?

— Ce raffut ?

— Eh ! mon ami, j'ai entendu jusqu'ici le claquement de je ne sais quelles lanières.

— J'ai donné quelques coups de torchon sur la table, pour le réveiller.

— Pour le réveiller ?

— Et un peu plus vite que ça !

— Pourquoi haïssez-vous ce pauvre garçon ? »

Il chancela sous cette question abrupte, se laissa retomber dans le fauteuil.

« J'ai tort de me laisser emporter, vous avez raison... Cette canicule me tue... Fédia est une très bonne acquisition, en fin de compte. Seulement...
— Seulement ?
— Défendez-lui, dit-il en rougissant, de faire ses ablutions dans la cuisine.
— Ah ! Il fait *ses ablutions* dans la cuisine ? »
Elle ne put réprimer un sourire.
Ayant trouvé ce terme chez Mme de Sévigné, Nadia en avait demandé la signification à son père. Et maintenant, par ce mot noble inadapté au débarbouillage d'un domestique, il cherchait à rétablir sa dignité.
« Cela lui arrive. Est-ce bien hygiénique ? Dans l'évier où Pélaguéïa nettoie les légumes ? Alors qu'on reparle du choléra ?
— Où voulez-vous qu'il aille, par cette chaleur ?
— C'est vrai. Pélaguéïa enferme à clef ses cosmétiques. Débraillée mais coquette, quelle indécence à son âge ! »
Les deux époux restèrent un moment en silence. Boris fixait un coin du tapis.
« J'ai une idée, dit-il timidement.
— Oui ?
— Nous pourrions lui installer un tub dans sa chambre.
— Là-haut ?
— Ce gaillard ne rechignera pas à monter de la cuisine un ou deux brocs d'eau chaude.
— Est-ce bien raisonnable ? » demanda encore Nastasia.
Elle n'invoquait les deux étages que par loyauté, car son instinct l'avertissait que cette bizarrerie du tub dans le grenier conduirait à la crise nécessaire.
« Il sera plus libre ainsi.
— Mais ne serez-vous pas fâché, s'il est occupé à faire sa toilette, un soir où vous aurez envie de regarder vos aquarelles ?
— Il faudra mettre un verrou à la porte. Nous n'avons pas besoin d'appeler un menuisier. Fédia le confectionnera de ses mains. Je n'aurai pas un sou à dépenser. »
Nastasia avait souvent entendu son mari qualifier toute activité manuelle de « bricolage », passe-temps indigne d'intéresser un homme instruit. Il voulut assister à chaque phase de la fabrication du verrou, peur que le « tzigane », seul avec ses outils et se croyant à nouveau dans son échoppe, ne remplît la maison de son tapage. Debout dans la cuisine, il surveillait son domestique. Fédia se montra moins habile qu'à l'accoutumée, sous le regard soupçonneux de son patron. Enfin l'objet fut terminé et monté au grenier. Grichka s'était

chargé du vilebrequin et du marteau ; Nadia de la boîte renfermant les clous et les vis. Fédia portait les différentes pièces du verrou. Boris suivit le petit cortège, les mains vides, le cœur lourd d'une obscure et injuste méfiance.

Tandis que Fédia enfonçait dans le jambage deux clous pour y fixer la gâche, Grichka avisa du joint entre les planches mal ajustées de la porte.

« Il faudra mettre de la poix, ordonna Boris. Tu me boucheras ces trous. »

Fédia protesta que les courants d'air ne le gênaient pas. Dans l'isba de son père, le vent s'engouffrait entre les rondins. Il dormirait aussi bien sans porte du tout.

Boris se plia en deux pour se mettre à hauteur de son fils et colla son œil à une fente.

« Mais cette coquine de Pélaguéïa ! » dit-il en pointant les fesses sous le vieux pantalon lustré qu'il mettait à la maison.

« Tu ne voudrais pas qu'elle t'épie quand tu seras dans le tub ! »

Il prononça ces paroles avec un sourire qu'il crut cordial et enjoué. Le rictus involontaire qui tordit sa bouche lui donna l'air d'un vampire.

XVII

Jurgenson, l'éditeur qui avait l'exclusivité de ses œuvres, envoya à Tchaïkovski un arriéré de six mille roubles. Il retenait ce pactole depuis plusieurs années, le plus malhonnêtement du monde, sans même en avertir Piotr Ilitch. Rien de plus étrange que les rapports de celui-ci avec l'argent. Il en demandait aux autres, sans penser à retirer le sien ! On l'a beaucoup blâmé d'avoir reçu, pendant quatorze ans, les largesses de Mme von Meck. S'il avait besoin d'une rallonge, il la réclamait à sa bienfaitrice, sans y aller par quatre chemins. Une telle conduite serait la preuve d'une nature intéressée, avide. Comment expliquer, alors, qu'il laissât dormir chez ce Jurgenson, ainsi que chez le comptable du Conservatoire de Moscou où il avait enseigné, des sommes importantes qui lui étaient dues ? Il envoyait aux *Annales contemporaines* et au *Journal russe* des chroniques musicales : on a découvert après sa mort qu'il n'avait pas retiré toutes ses piges. L'argent ? Seul lui plaisait celui qu'il recevait en cadeau. Il ne prenait aucun goût à en gagner, à mériter par son travail une rétribution.

Interrogée sur cette bizarrerie, ma femme, une fois de plus, m'épata — je ne sais pas s'il est juste — par la hardiesse de son diagnostic.

« C'est là un reste de comportement infantile, la preuve que son développement affectif s'est arrêté avant l'âge du travail rémunéré. L'enfant reçoit tout de sa mère, en don gracieux. Piotr Ilitch a perdu sa mère quand il avait quatorze ans. D'où un blocage dans son développement. Sa mère l'entretenait, la mort précoce de sa mère l'a fixé, figé dans une mentalité d'entretenu. »

Six mille roubles, une vraie manne, en ces jours si difficiles pour Tchaïkovski. Il vint me trouver, en compagnie de son Alexis, à mon nouveau domicile et, sans méconnaître l'incongruité de sa démarche, dit qu'il acceptait ma proposition de lui céder mon appartement. A le voir braver avec autant de courage les règles du savoir-vivre, je compris qu'il jouait son va-tout. Bob devait l'avoir poussé à bout, en le soumettant au supplice d'une nouvelle crise de jalousie. Ayant assuré à Piotr Ilitch que je retournerais volontiers à l'Europa, tant que ma société ne m'aurait pas déniché un autre appartement, je l'entraînai à la fenêtre.

« Serez-vous heureux ici, malgré le voisinage de la Dame de pique ? » lui demandai-je en lui montrant, de l'autre côté de la rue, le tympan richement décoré et les vingt-trois fenêtres de l'hôtel Golitsine.

« Son fantôme se rappellera tous les jours à vos yeux. Vous entendrez, d'une fenêtre à l'autre, son cœur *qui bat, qui bat.* »

Je tenais à rire avec lui de cette coïncidence, qui logeait face à face les deux ennemis.

« La comtesse Golitsine crèvera la première, dit-il gaiement. De dépit et de colère, quand elle saura que celui qui s'est payé sa tête habite en face. »

Il admira le piano, « le même que chez moi, à Klin », se montra enchanté de l'armoire à livres, eut la courtoisie de ne pas remarquer la rareté des autres meubles, l'absence totale de canapés. Le bureau, un vrai bureau russe, massif, recouvert d'un feutre vert, posé sur quatre pieds courts et trapus, en forme de pyramide renversée, retint son attention.

« La même forme de pieds que le piano ! s'écria-t-il, ravi de cette similitude. Regardez comme ils sont étroits à la base, et larges sous le tablier ! Cela signifie qu'en Russie, la musique touche à peine terre. Quand j'écrirai à cette table, je ne resterai pas cloué au sol par manque d'imagination !

— Il me reste, monsieur Tchaïkovski, à montrer à votre domestique comment on entre dans l'appartement. Ces maudites clefs pétersbourgeoises sont d'un usage impossible. »

J'avais parlé du domestique, pour ne pas avoir l'air de savoir que Piotr Ilitch rentrait souvent aux petites heures, quand son Alexis était depuis longtemps couché. Comme je m'y attendais, il voulut assister à la démonstration.

Une clef pétersbourgeoise n'a de clef que le nom. C'est une sorte de spatule, longue et plate, qui porte un numéro sur une des faces, et se termine à un bout par des dents de scie. On enfonce ce bout dans un trou, en prenant soin de mettre la spatule à l'horizontale, le numéro au-dessus. Puis on la tourne d'un quart de tour, vers la gauche, enfin on tire d'un geste sec, non sans donner un coup d'épaule dans la porte.

La première fois, Alexis oublia que le numéro était resté au-dessous. La deuxième fois, il tourna vers la droite. Enfin, il réussit à ouvrir.

« A moi », dit Piotr Ilitch.

Il s'amusait beaucoup. Encore plus maladroit que son domestique, tantôt il se trompait de sens, tantôt il oubliait le coup d'épaule, tantôt il ne tirait pas assez sec. La nouvelle veilleuse électrique, d'un fonctionnement encore précaire, s'éteignait au beau milieu des opérations, et nous restions dans le noir.

« L'hôtel a du bon ! » s'exclamait-il, d'une voix qui démentait les paroles. Excité par cette fermeture à secret, qui lierait à lui son neveu par une complicité supplémentaire, il s'escrima longtemps avec la clef, pour le plaisir.

Lorsque j'accourus chez Nicolas, brûlant de lui annoncer que Piotr Ilitch emménageait avec Bob, le médecin rédigeait une ordonnance pour un cas présumé de choléra. Je n'avais eu, pour arriver au dispensaire, qu'à remonter la rue aux Pois. Par une coïncidence où je vis un clin d'œil bienveillant du destin, la rue aux Pois mène tout droit de la Malaïa Morskaïa à la rue Sadovaïa. Tchaïkovski logerait à proximité de son avocat.

Dans l'antichambre du dispensaire, Olga s'obstinait à exiger des malades un ou deux kopecks. Nicolas avait renoncé à lui interdire cette inutile ponction sur le maigre revenu de ses patients. Il gardait son énergie pour éluder le plus longtemps possible la villégiature dans la datcha louée. Oranienbaum : Olga s'était décidée pour cette localité, but de promenade pour les oisifs du dimanche. Il n'avait aucune envie de s'enfermer avec elle au milieu des mélèzes, ni de s'entendre appeler *mon chéri* en arpentant les abords du parc impérial, avec la foule qui essaye de regarder à travers les barreaux de la clôture et s'empiffre de meringues fourrées à la gelée de prune.

Il m'entraîna dans la rue, comme chaque fois que nous avions à parler du procès. La nouvelle que je lui appris le consterna.

« Tu es fou. Ce ménage sera une poudrière. J'ai depuis longtemps une autre idée. »

Il fallait, selon lui, non pas exposer Tchaïkovski à une nouvelle torture, par une promiscuité qui ne serait jamais un partage, mais arracher Bob à son oncle, l'envoyer au loin, le caser en un lieu d'où il ne pourrait plus faire chanter Piotr Ilitch.

« Tu sais que la baronne von Meck a marié un de ses fils à une nièce de Piotr Ilitch. Cette vieille toquée n'a jamais voulu rencontrer celui qu'elle vénérait d'une adoration mystique. Grâce à cet expédient du mariage par intermédiaires, elle a réussi quand même à mêler leurs sangs. Kolia von Meck, le cinquième de ses onze enfants, a épousé Anna, la troisième fille des Davydov, une des sœurs aînées de Bob. Seulement, le mariage n'a pas tourné selon les prévisions de la baronne, en ce sens que Kolia est passé dans le camp des Davydov. Contre la volonté de sa mère, il a investi sa part de capital paternel dans les propriétés et les champs de betteraves de Lev, son beau-père.

« Je suis dans le secret de toute l'affaire, pour avoir soigné à Moscou le jeune Vladimir, petit-fils préféré de Mme von Meck. A mon avis, la cause du refroidissement de la baronne à l'égard de Piotr Ilitch doit être recherchée dans l'échec de sa stratégie conjugale. Connaissant l'influence de Tchaïkovski sur les Davydov, elle l'a rendu responsable de n'avoir pas empêché, en la prévenant de la "trahison" de Kolia, la volatilisation de cent quarante mille roubles... Enfin, une des causes de cet étrange reniement... Avec une piquée de cet acabit, comment savoir au juste ?

« Voici mon plan. La baronne me garde une reconnaissance éternelle pour avoir sauvé du croup son rejeton favori. Je vais la trouver à Moscou, je lui propose de contrebalancer cette union malheureuse par un mariage qu'elle n'espérait plus : Bob épouse Milotchka, la dernière de ses filles. Infirme de naissance, les prétendants ne font pas la queue devant l'hôtel du boulevard Rojdestvennski. La petite sera riche, mais restera boiteuse. Bob passera sur la jambe trop courte, en raison de la dot.

« Qu'en dis-tu ? Ce marché ne présente que des avantages. Nous débarrassons Tchaïkovski de Bob : et d'une. Nous le réconcilions avec son ancienne bienfaitrice : et de deux — tout en nous vengeant : et de trois, par le cadeau empoisonné d'un tel gendre, de la douleur qu'elle lui a infligée. Bien joué, non ? Tu sais qu'il n'a jamais digéré cette rupture.

— Nicolas, je ne te savais pas d'un tel cynisme !

— Cynisme apparent, Vassia. Car je sauve Bob, en même temps. La présence continuelle de Bob est catastrophique pour Piotr Ilitch, mais Piotr Ilitch, par sa complaisance excessive envers Bob, excite les plus mauvaises dispositions de son neveu. Tendre l'autre joue quand on a reçu une gifle, est-ce le moyen de se faire respecter ? L'âme du bourreau se nourrit de l'avilissement de sa victime. A Moscou, loin de son oncle, nous donnons au garçon une occasion de se réhabiliter.

— Dans ce cas...

— Si tu m'accompagnes chez Mme von Meck, la baronne sera flattée, et nous augmentons nos chances de réussite. Elle adore les

Français, depuis que le hasard lui a envoyé de Paris un précepteur musical pour ses enfants. De son vrai nom Claude Debussy, sauf erreur, elle appelait, par snobisme, M. de Bussy ce jeune homme de dix-huit ans. Il partageait sa dévotion pour la musique de Piotr Ilitch et lui laissa, en souvenir de son séjour en Russie, un arrangement pour piano à quatre mains de plusieurs danses du *Lac des cygnes*. »

XVIII

Les négociations pour le pont étant en bonne voie, je pouvais m'absenter quelques jours sans dommage. Ma curiosité de connaître la fameuse Nadejda von Meck serait du même coup satisfaite. Aussitôt que son intendant nous eut signifié l'accord de la baronne, nous prîmes le train de nuit pour Moscou. J'étais heureux de revoir Anna et les enfants. Tchaïkovski voyagea avec nous jusqu'à Klin. Il nous offrit de nous arrêter chez lui au retour. Nicolas, préoccupé par l'extension de l'épidémie de choléra à Saint-Pétersbourg, déclina avec regret l'invitation. De la maison bleue entourée de bouleaux, j'ai évoqué plus haut l'atmosphère studieuse, le charme austère.

A Moscou, Anna m'accueillit à la gare. Mise avec élégance, malgré l'heure matinale. On aurait dit qu'elle ne s'acquittait pas d'un devoir routinier après vingt-cinq ans de mariage, mais accourait à un premier rendez-vous. Je lui sais d'autant plus gré de maintenir dans notre couple cet *allegro con fuoco* si rare entre vieux époux, qu'elle assume, en sus de ses obligations domestiques, des tâches bénévoles assez lourdes. S'occuper du sauvetage psychologique des adolescents difficiles, avec un groupe de femmes de son quartier, n'est pas une sinécure.

Nous déposâmes Nicolas chez sa sœur. Ma fille Liouba avait préparé le petit déjeuner, et mon fils Iouri se trouvait aussi à la maison. A vingt-deux ans, Iouri est un gaillard déjà bien formé, dont la figure ouverte exprime le robuste équilibre d'une personnalité en voie d'épanouissement. En songeant à l'engeance que fréquente Tchaïkovski et à la boue où patauge ce petit monde, je me sentis bourgeoisement soulagé, je l'avoue, de savoir mon fils à l'abri.

Une poêlée d'œufs frits, des saucisses de sanglier du Caucase et des rôties croustillantes nous attendaient sur la table décorée de branches de sapin en l'honneur de mon retour. Nous mangeâmes de bon appétit, en échangeant des nouvelles sur des sujets anodins. Liouba, sur les conseils de sa mère, avait mis de côté, sans le faire griller, le milieu du pain, afin que chacun pût prendre de la mie pour saucer le jaune d'œuf au fond de son assiette. Mesure dictée non par l'avarice, mais par l'expérience psycho-sociale de ma femme. Elle connaît les problèmes économiques dans les familles du voisinage : gaspiller la nourriture quand d'autres ne mangent pas à leur faim serait une insulte à la dignité de ces hommes et de ces femmes.

Les enfants voulurent savoir si j'avais réussi à voir le fameux escalier de fer du Cottage, dans le parc de Peterhof, à l'occasion de la fête de la Trinité, pendant laquelle le tsar ouvre son domaine au public. La Compagnie des Batignolles a construit il y a plus de soixante ans déjà cet escalier, premier mariage en Russie de l'art et de l'industrie. Le Cottage, malheureusement, résidence privée de la famille impériale, ne se visite pas. En revanche, j'avais exploré les jardins. Cinquante mille personnes y affluent pour la fête, en toute liberté. On s'y établit, on y couche, on y reste plusieurs jours, nourri aux frais du souverain, dans son argenterie et par sa maison. Alexandre III lui-même, malgré sa terreur des assassins, n'ose déroger à cette coutume. Un rameau à la main, pour leur donner l'exemple, il passe au milieu de ses sujets, sans garde et sans appareil, accessible à tous. De despote invisible, il se transforme en père de famille débonnaire. Rien n'est plus surprenant que la bonhomie de ces promenades, de la part d'un autocrate.

Iouri, imbu des idées généreuses dont se flatte la jeunesse, taxa d'hypocrisie cette feinte cordialité, et d'aumône une concession faite pendant quelques heures au peuple, en dédommagement de la perte de ses droits le reste de l'année.

Liouba l'interrompit.

« Comme tu es ennuyeux, avec ta politique ! Tu as vu les grandes eaux, papa ? Peut-on approcher de près ? Se fait-on mouiller ? Est-il vrai que le jet le plus haut monte à dix sajènes ? »

Oui, je m'étais mêlé à la foule des curieux, j'avais admiré les fontaines étagées sous le château, j'avais... Mais soudain je me tus, bredouillant une conclusion hâtive. Je venais de me souvenir de cette collection incroyable de statues, nues, de bronze doré à la feuille, alignées comme à la parade devant les bassins en terrasses : de Persée à Hermès, de Bacchus à Ganymède, d'Antinoüs à Apollon, un échantillonnage complet du paganisme antique.

Brusquement, j'étais ramené à l'objet de mon voyage à Moscou. Quoi ! pensai-je, le Palais voudrait condamner un homme, dont le seul tort est d'adopter une religion consacrée jadis avec tant d'éclat ?

S'il y a un reproche à faire à l'empereur, c'est d'ajuster sa tolérance à ses intérêts. Il demande le châtiment de Piotr Ilitch, mais se garde de priver son parc de ces statues. Etincelantes sous leur cuirasse d'or, elles justifieraient l'acquittement. On exhibe Antinoüs, Ganymède, on déporte Victor.

Il me tardait d'examiner avec Anna les derniers rebondissements de l'affaire. Le procès, l'attitude des différents jurés, l'aspect philosophique et moral de la question, nous en débattions dans chacune de nos lettres. La simplicité familiale de ces retrouvailles m'empêcha d'aborder une matière incompatible avec la présence des enfants. Puis Liouba partit pour la visite d'un monastère avec les élèves de sa classe, et Iouri regagna son école d'ingénieurs pour un dernier examen.

« Quel bonheur, dis-je à Anna, que Iouri soit si équilibré et sain. Ce qui allait de soi chez les Grecs d'autrefois expose aujourd'hui à des situations lamentables... Je ne blâme pas Tchaïkovski, je le plains. Si tu savais sous quelles fourches caudines on l'oblige à passer ! Je ne me serais jamais attendu à le voir descendre si bas.

— Tu as raison de te féliciter pour ton fils. Il a grandi entre un père et une mère qui lui ont servi de tuteurs, de guides, de modèles. Tchaïkovski n'a pas eu cette chance. Son père était ingénieur dans l'Oural. A dix ans, l'enfant fut inscrit au gymnase préparatoire à l'école de Droit et mis en pension dans la capitale. A quatorze ans, nouveau choc, irréparable cette fois. Sa mère, à l'improviste, mourut du choléra. Il a gardé, de la défunte, une image idéalisée, qui l'a inhibé devant les femmes. L'interdiction était trop forte pour lui. Lors de l'épreuve conjugale, il n'a pas supporté ses devoirs de mari, qui auraient profané son idole.

— Une forme de pureté, si tu veux, murmurai-je, surpris. C'est bien dommage qu'il ne montre pas autant d'exigence dans le choix de ses relations.

— Que veux-tu dire, Vassia ?

— Nous serions plus à l'aise pour justifier Piotr Ilitch, si nous étions sûrs que sa conduite est guidée par le sentiment. Mais ce Bob, par exemple ? Ce neveu dont il est entiché ? Et s'il n'y avait que Bob, dont le talent de pianiste rachète, en quelque sorte, la muflerie ! On produira au procès les preuves que Tchaïkovski est empêtré dans une série d'intrigues plus ou moins crapuleuses... Les types de rencontre... Les soldats... Même Son Altesse, qui ne fait pas, au milieu, de ces manèges, une figure bien reluisante... Mais le grand-duc, évidemment, on ne prononcera jamais son nom...

« Où est la loyauté, dans tout cela ? Où est la sincérité ? Où est la pureté ? Quand Anna Karénine s'éprend de Vronski, c'est mal, elle trompe son mari, elle abandonne son fils, mais ce qu'elle fait est justifié par l'amour. Elle l'aime, son Vronski, de tout son cœur, de toute son âme. Ce roman nous bouleverse, parce qu'il nous montre que l'erreur, le péché sont compatibles avec le sentiment et la sincérité. Tu imagines un roman sur Tchaïkovski ? Il dégoûterait les lecteurs, il faudrait le reléguer dans l'enfer des bibliothèques.

« Les jurés favorables à Piotr Ilitch vont se trouver devant ce problème embarrassant. Le seul moyen de défendre son vice serait d'invoquer la force, l'irrésistible puissance de l'amour. Or, peut-on parler d'amour, quand seule compte la satisfaction immédiate, au mépris de la plus élémentaire moralité ? Tous les coups bas sont permis dans ce milieu. Le respect humain, les attentions réciproques, la fidélité, l'effort de comprendre l'autre n'existent pas entre eux. Ils se mentent et se trompent à l'envi. J'espère qu'on sauvera Tchaïkovski d'une condamnation qui serait une honte pour le monde civilisé, mais je souhaite non moins vivement qu'il apprenne à distinguer, à l'intérieur même de son vice, ce qui est bien et ce qui est mal, ce qui vaut la peine et ce qui est indigne d'un homme tel que lui. »

Anna contenait à peine son impatience. Soudain, elle explosa.

« Bon Dieu, Vassia ! N'est-ce pas nous-mêmes, je veux dire l'organisation de notre société, qui condamnons ces malheureux au mensonge et à la fausseté ? Mon groupe de mères d'élèves a eu à examiner, l'autre mois, le cas d'une adolescente de dix-huit ans. Ses parents venaient de découvrir qu'elle se prostituait sous les ponts de la Moskva. Sais-tu ce que l'enquête a révélé ? Aglaé — c'est son nom — est la fille d'un riche marchand de Iaroslavl. A Moscou, elle est tombée amoureuse d'un des commis de son père, chargé par celui-ci d'aménager dans l'enceinte du Gostiny Dvor une annexe de son commerce de soieries. Le père d'Aglaé était très satisfait de cet Anton. Si satisfait, si confiant dans les capacités du garçon, qu'il l'avait laissé monter tout seul le magasin de la place Rouge.

« Les deux jeunes gens lui demandèrent sa bénédiction pour se marier. Un mariage ? Stupéfié, indigné, il a non seulement renvoyé son commis mais s'est arrangé pour le faire expédier dans une bourgade du Caucase. Tiens, ces saucisses dont raffolent nos enfants, Anton me les a envoyées de là-bas, pour me remercier de ce que j'ai fait pour lui. Tous nos efforts, hélas, n'ont servi à rien. La mère d'Aglaé elle-même n'a pu fléchir son mari. Voilà comment le préjugé social a détruit deux jeunes gens, et poussé cette fille à un acte désespéré. Elle aurait pu aussi bien se jeter dans la Moskva. Puisqu'on lui niait la disposition de son corps, elle a choisi de le souiller. N'est-il pas évident qu'elle n'est pas dépravée par nature ? Une question de gros sous, des principes de caste, un patrimoine à préserver, l'ambition égoïste d'un père sont les seuls responsables de ce drame.

« Si j'étais Tchaïkovski, je me lèverais de mon banc le jour du procès, et je dirais, à ceux de mes juges qui, bien que favorables, chipotent sur l'opportunité de l'acquittement : Vous m'accusez de n'être pas droit et pur, mais qui m'a tordu, qui a faussé mes élans, sinon vous et la société dont vous êtes les représentants ? Je me cache, c'est vrai, j'ai l'air d'un malfaiteur, mais pourquoi, sinon parce que vous me défendez de vivre à visage découvert ? Versatile, instable, infidèle, je reconnais l'être aussi. Mais par la faute de qui ? Suis-je libre d'agir comme je voudrais ? Me le permettez-vous ?

« Que diriez-vous, si je vivais en couple, avec les caractères de stabilité et de permanence qui sont pour vous les critères de la respectabilité ? Vous hurleriez au scandale, pour le coup ! Le calme, l'équilibre, les privilèges de la vie de famille, ce n'est pas pour les dévoyés !

« Vous dites que nous sommes frivoles, changeants, infidèles par essence, vous nous blâmez de ne respecter aucun lien, sans vous demander si les conditions que vous nous faites ne réussiraient pas à pervertir un saint du paradis. Le moujik écrasé de misère s'adonne à la boisson. Est-il ivrogne par prédestination ? Donnez-lui un bout de champ à cultiver, une charrue, une couple de bœufs : il sortira de son abrutissement pour se mettre au travail. Le propriétaire qui monopolise cinquante mille acres préfère les garder pour lui, en apaisant sa conscience par la théorie du "type psychologique" et du "vice congénital". »

La femme russe est admirable ! pensai-je, en écoutant Anna prendre parti avec cette flamme sur des choses qui font rougir son sexe dans les autres parties du globe. En France, où les meilleures d'entre elles visitent les prisons et brodent des dessus de table pour les bazars de charité, en trouverait-on une seule pour évoquer Sodome sans faux-fuyants alambiqués ? Sodome ! Quelle périphrase elle-même ridicule ! Comme si l'on parlait d'une spécialité exotique confinée dans le désert de Judée !

Je ne pus que reconnaître la pauvreté de mes arguments, leur caractère convenu, en face de cette démonstration intrépide ; et, tout honteux d'avoir confondu l'accident avec la substance, comme eût dit M. Victor Cousin dans le manuel de philosophie utilisé par ma fille Liouba, je sentis s'évanouir mes dernières préventions contre Piotr Ilitch. Ce qu'il était, ce que je le blâmais d'être, n'en étais-je pas en partie responsable, conjointement à des millions de mes semblables, passés et présents ? On condamne l'inverti à une vie souterraine, puis on se scandalise qu'il creuse ses galeries comme une taupe.

« Quant à Bob, reprit-elle, il est en effet terrible qu'un homme de génie se laisse dominer par un gamin. Mais à qui la faute, encore une fois ? La société a inculqué à Piotr Ilitch l'idée qu'il était coupable, puis elle s'étonne qu'il se complaise dans des situations douloureuses, indignes. Bob le fait souffrir, se moque de lui, l'exploite. Tout autre aurait mis fin à cette relation. Piotr Ilitch, qui cherche à se punir...
— Je n'en suis pas si sûr, objectai-je.
— Que veux-tu dire ?
— Tu as vu *Iolanta*, au Bolchoï ?
— La jeune aveugle de naissance, cloîtrée par son père au fond d'une forêt ?
— Croyant bien faire, ce père cache à Iolanta son infirmité. Il ne veut pas qu'elle sache qu'elle est différente des autres, et l'entoure de compagnes à qui il ordonne de garder le secret. Un astrologue arabe, consulté sur les chances de guérison de la jeune fille, se montre formel : il faut apprendre la vérité à Iolanta, elle ne pourra guérir qu'en prenant conscience de sa cécité et en l'acceptant. Or, l'air de l'astrologue est le plus beau, le plus inspiré de la partition. Parabole transparente, dans laquelle je vois un démenti à ta thèse. En acceptant son infirmité, Piotr Ilitch s'en est délivré. Victoire de la lucidité et du courage. Aujourd'hui, il consent à être ce qu'il est. Sans honte ni sentiment de culpabilité.
— Je ne suis pas d'accord, Vassili. Le choix d'un Arabe signifie que Piotr Ilitch juge exotique la leçon de l'astrologue... une simple curiosité... un morceau de bravoure dans l'opéra... ce burnous... ce turban...
— Mais pas du tout ! Une société close sur elle-même étouffe sous les préjugés. Le seul moyen de l'amener à des idées plus larges, plus tolérantes est de l'ouvrir aux valeurs qui ont cours dans d'autres sociétés... Piotr Ilitch, à mon avis, sait de quoi il parle. Je ne m'étonnerais pas qu'il ait son Arabie personnelle.
— Son Arabie personnelle ?
— Qui s'appelle, si tu veux le savoir, Italie. Un pays où il n'y a ni article 995 ni préjugés excessifs.
— Piotr Ilitch a peut-être aussi son astrologue personnel ? ironisa ma femme.
— Mais oui. Cet astrologue, ce mentor qui l'aide à s'accepter pourrait bien être son jeune frère, Modeste, établi à Naples... Naples, tu m'y fais songer, qui est aux portes de l'Afrique ! »
Mécontente d'être contredite dans son raisonnement, Anna haussa les épaules. Quand on travaille dans un groupe, il est difficile d'échapper à une certaine simplification. Elle maintint son verdict : Bob servait à Piotr Ilitch de châtiment.

« Tu approuves donc l'initiative de Nicolas ? »

Elle hésita avant de répondre.

« Soit. Essayez de combiner ce mariage. Conseille seulement à Mme von Meck de ne pas verser à Bob la dot de sa fille, qui sera considérable, ou de n'en verser qu'une petite partie. Trouve un prétexte pour suggérer un autre arrangement. Qu'elle garde le contrôle des fonds, et ne les distribue qu'avec parcimonie.

« Je crois d'ailleurs que tu auras la partie facile. Déçue par Kolia, elle voudra tenir son nouveau gendre par l'argent. C'était son genre, avec Piotr Ilitch. Peut-être n'a-t-elle rompu avec Tchaïkovski que par dépit de se sentir moins utile. Les droits d'auteur et les tournées de concerts commençaient à le rendre indépendant, lorsqu'elle lui a retiré ses subsides. »

XIX

En route vers le boulevard Rojdestvennski, Nicolas me dit :
« Sache que Milotchka n'est pas la fille de son père officiel, le baron von Meck, cadet d'une famille de chevaliers teutoniques et chef d'industrie. Lasse peut-être de la discipline allemande imposée à la maison par ce magnat du rail, la baronne, une pure Russe, elle, une Florovski, fille d'un comte musicien et fantasque, s'est jetée, aux approches de la quarantaine, trois ans avant la mort de son mari, à la tête d'un jeune Russe — un violoniste, bien entendu, une nature ultra-slave. Milotchka est née de cette liaison. J'ignore si cette circonstance favorisera ou non notre plan. N'oublions pas que cette petite est un *enfant de l'amour*, le seul de sa portée de onze chiots. Elle, si rigoureuse dans le reste de sa conduite, au point de confiner ses rapports avec Tchaïkovski dans le registre des enthousiasmes épistolaires, n'a dévié qu'une fois. Le sens pratique a repris ensuite le dessus. Pour se débarrasser de cet Iolchine, qui l'avait séduite par le moyen classique de la sonate à Kreutzer, elle le maria à sa fille aînée, Elisabeth, et envoya les jeunes époux, pas plus de quarante-cinq ans à eux deux, vivre à Iekaterinbourg, à l'autre bout de la ligne de chemin de fer du mari. Le genre marieuse, elle l'a dans la peau. Cela devrait nous servir. »

La richissime veuve ne donne jamais de réception. Son hôtel particulier de soixante pièces ne s'ouvre que rarement aux visiteurs. Aux aboiements d'un vieux chien assis derrière la grille, le portier, lui aussi âgé, traversa la cour. Un domestique en livrée nous introduisit dans un vestibule éclairé par une seule lampe à huile. Un laquais voûté prit nos chapeaux, un autre en traînant la jambe nous précéda dans une enfilade de salons. Des housses grises recouvrent les meubles ; çà et là on reconnaît quelque souvenir de l'étranger rapporté d'un des nombreux voyages de la baronne : une console de Boulle, une pendule anglaise surmontée d'un triton, des femmes de Bouguereau étendues dans des cadres dorés, la statuette d'un Mercure ou d'un Ganymède achetée en Italie. La propriétaire a collectionné les pianos : pianos droits, Steinway de concert, Becker demi-queue analogue à celui de la Malaïa Morskaïa, harmonium de Deben. Au-dessus du Steinway pend la photographie de son wagon personnel, décoré de ses armoiries, qu'elle fait accrocher, pour traverser l'Europe, aux trains internationaux.

Je ne vis aucun portrait du baron, le hobereau reconverti dans les chemins de fer, qui a construit une partie du réseau russe et laissé à son épouse la propriété d'une voie de plus de mille cinq cents verstes. Aucun portrait non plus, ce qui m'étonna davantage, de Tchaïkovski. Quoi, de ces quatorze ans de dévotion passionnée et inconditionnelle, la dédicataire de la quatrième symphonie a-t-elle banni jusqu'au souvenir ?

Piotr Ilitch était venu une fois boulevard Rojdestvennski, non pour lui rendre visite, bien entendu, mais lors d'une absence de la baronne, invité par elle à laisser une trace de son existence corporelle. « Cher et incomparable Vous, parcourez les salons, asseyez-vous dans les canapés, jouez sur les pianos, fumez des cigares dont la cendre attestera votre passage, regardez les tableaux. Je donnerai des ordres pour que personne ne vous dérange. » Et Tchaïkovski avait rempli ponctuellement chaque article de ce vœu, afin que son amie et mécène possédât une preuve matérielle de leur affection, sans que leur pacte fût rompu. Il erra dans les pièces vides, creusa de son corps la soie rayée des canapés, promena ses doigts sur les claviers, fuma sous les baigneuses de Bouguereau, déposa enfin sur le pupitre du Steinway une petite composition pour violon et piano dédiée à sa bienfaitrice et intitulée *Réminiscence d'un lieu cher*.

A présent, cette partie de la maison semble abandonnée. Les housses grises, la poussière sur les pianos, la pénombre maintenue par les rideaux tirés, tout montre que la baronne n'utilise plus ces pièces. A-t-elle répudié aussi le dieu idolâtré pendant quatorze ans ?

Deux jeunes gens, filiformes et pâles, vinrent à notre rencontre. Ils nous avertirent que leur mère, souffrante, ne pourrait nous recevoir longtemps. Au-dessus d'un bureau encombré de notes et de factures, dans la dernière pièce avant le boudoir où elle nous attendait, j'aperçus un portrait du dernier roi de Bavière. Louis II avait posé dans le costume blanc et l'armure d'argent de Lohengrin.

Les deux asperges chlorotiques nous précédèrent dans le boudoir, où se tenaient plusieurs personnes : une jeune fille boiteuse d'une vingtaine d'années, que je supposai être Milotchka, l'ultime des onze frères et sœurs, *l'enfant de l'amour* selon Nicolas ; deux femmes de chambre en blouse de garde-malade ; et un individu qui me fut d'emblée antipathique. Habillé d'une longue robe ou caftan d'un blanc douteux, coiffé d'un turban non moins équivoque, nu-pieds dans des sandales de tille, la moitié du visage enfouie sous une barbe de crins noirs, il se donnait des airs de fakir. Les sandales de tille appartiennent au vestiaire du paysan russe. Le reste de son attirail sentait la mascarade orientale. Abusait-on du cerveau affaibli de la baronne ? Raide et lointaine, calée dans un fauteuil-cathédrale, les bras appuyés aux accoudoirs en col de cygne, la tête recouverte jusqu'au menton d'un voile de gaze noire, Mme von Meck nous ignora.

Parmi les sectes pullulant en Russie, celles qui prônent le détachement et la méditation rencontrent un succès grandissant ; le bouddhisme, ou quelque ersatz de coquecigrue hindoue, est de mode ; il recrute ses adeptes chez les cœurs déçus, les esprits frustrés. Le siècle en train de finir n'a résolu aucun des problèmes qui angoissent l'humanité : les coquins profitent de ce désarroi pour faire d'innombrables dupes.

Accroupi à côté du fauteuil, le fakir marmottait. Sans se lever quand nous entrâmes, ni nous saluer autrement que par ce geste, il mit un doigt contre ses lèvres. Mme von Meck reposait sous son voile. Les deux adolescents en échalas se postèrent derrière le dossier. La jeune fille, fort maigre également — ne se sustentait-on plus que d'un bol de riz dans cette maison ? —, portait une tunique blanche sans ceinture. Debout en face du fauteuil, les deux paumes tournées vers sa mère, comme une prêtresse en oraison, elle ne daigna pas nous honorer d'un regard. La baronne, soixante ans plus ou moins, dormait, faisait semblant de dormir ou se livrait à l'exercice que son barbu de mentor devait lui prescrire sous le nom de gymnastique spirituelle. Lui, au moins, ne se contentait pas de l'ordinaire spartiate qu'il imposait aux membres de la famille : sous l'ample burnous qui essayait d'en dissimuler l'embonpoint, prospérait un corps bien nourri.

Personne ne nous invita à prendre un siège. Dix ou douze bergères Louis XV étaient poussées contre les murs. Le reste du mobilier porte aussi l'estampille de Paris. Seul détail qui jure avec l'harmonie de la pièce, on avait remplacé les classiques poignées de porte à la française par des têtes de cygne en émail blanc.

Non moins agacé qu'amusé par cette mise en scène, je me demandais comment aborder l'objet de notre visite (Nicolas avait exposé par lettre son projet), quand Mme von Meck, sans ouvrir les yeux, remua les lèvres. Aussitôt la jeune fille, qui ne quittait pas sa mère des yeux, avertit le fakir, lequel, sans regarder la baronne et par simple transmission de pensée, se mit en devoir d'interpréter pour nous le message à peine articulé sous le voile. Il s'exprimait dans un excellent russe, le russe de Moscou, sans une pointe d'accent. Après avoir adoré pendant quatorze ans Tchaïkovski, la malheureuse s'était donc entichée d'un nouveau gourou, ce fourbe travesti en brahmane.

D'après ce que nous comprîmes — car il eût perdu tout crédit sans le renfort d'un langage oraculaire, ampoulé, confus, que buvaient les deux fils plantés derrière le fauteuil de leur mère —, la baronne ne reprochait à Tchaïkovski ni d'avoir abusé de ses largesses, ni de l'avoir trompée, par son mariage avec Antonina Milukova, ni de la compromettre par ses mœurs coupables —, non, ce qu'elle ne pouvait lui pardonner, la seule faute sans excuse, la trahison inexpiable, c'était de se dérober à la haute mission qu'elle avait conçue pour lui.

Du jour où Nicolas Rubinstein l'avait initiée à la musique de Tchaïkovski, en lui jouant sur le Steinway de concert une adaptation du poème symphonique *la Tempête*, Mme von Meck s'était transfigurée. Ce jour-là, elle avait vu s'entrouvrir le ciel. Jusqu'alors, elle vivait au milieu de profondes ténèbres, mais aux premières notes de cet art inconnu, quelque chose avait tressailli en elle, révélation du Beau et du Bien, parousie de la Vérité suprême. Pendant quatorze ans elle n'avait pu entendre une mesure de Tchaïkovski sans trembler des pieds à la tête. Sans déborder d'une joie surhumaine. Sans croire qu'elle était visitée par un dieu.

A mesure qu'il parlait, la baronne, toujours assoupie ou feignant de l'être, hochait la tête. Je n'apprenais rien de neuf jusqu'à présent, mais ce que nous entendîmes ensuite, par la voix artificiellement caverneuse du fakir, me jeta dans l'ébahissement le plus complet. La série de griefs déversés contre Tchaïkovski dressait un acte d'accusation extravagant, agencé toutefois avec assez d'habileté pour ne pas sembler invraisemblable. La baronne approuvait d'un léger mouvement de tête chaque nouveau point du réquisitoire, sans qu'on pût deviner si elle était endormie, droguée ou raide folle.

D'abord, Tchaïkovski aimait trop Mozart, motif d'indignation pour la baronne (et cela, c'était vrai, Piotr Ilitch nous l'avait dit, ils se disputaient là-dessus dans leurs lettres). Mozart, un épicurien, un adepte de la forme vide. L'âme d'un criminel frémirait-elle en entendant du Mozart ? Le seul compositeur qu'elle pouvait mettre en balance avec Piotr Ilitch, c'était Richard Wagner. Longtemps elle lui avait tu, par amitié et par respect pour son génie, ce goût pour quelqu'un qu'il n'appréciait pas sans réserve. Jamais elle ne lui aurait demandé de se mettre à aimer Wagner. Jamais il ne lui serait venu à l'esprit de lui reprocher de ne pas l'aimer. Encore aujourd'hui (la baronne opina du bonnet), elle comprenait parfaitement qu'il se tînt éloigné de Wagner. Mais ne pas songer à occuper en Russie la place que Wagner occupait en Allemagne, refuser le sceptre que lui tendait la baronne, n'était-ce pas un péché, un crime ? Elle offrait un trône à Tchaïkovski : il dédaignait d'y monter.

Lors d'un séjour en Bavière, elle avait découvert le faste et la pompe de Bayreuth, assisté pendant cinq heures d'affilée à des spectacles épuisants, retenu ses mains d'applaudir après la dernière note de *Parsifal*, adopté aussitôt, non cette nouvelle religion, trop éloignée de son âme russe, mais le principe du culte public rendu à un musicien. De retour en Russie, elle s'était dit : Nous aussi, en Russie, nous avons un dieu. Et moi, dans ma propriété de Braïlov, en Ukraine, qui s'étend sur huit mille quatre cents acres, je vais construire un théâtre et organiser chaque année un festival pour les dix opéras de Piotr Ilitch. Dix, il en a écrit dix, en nombre égal, sublime coïncidence, à celui des opéras de Wagner. Elle avait soumis à Piotr Ilitch ce projet, non sans lui garantir le financement complet de l'opération. Tous ses efforts pour le persuader étaient restés vains. « Chère et incomparable amie, *dignus non sum*. » Et c'est ainsi que, après quatorze ans de vénération, elle avait compris qu'il n'était qu'un faux dieu. Ce *gran rifiuto*, selon le mot de Dante, avait démasqué l'imposteur.

Pourquoi cette intention d'élever un sanctuaire à Tchaïkovski ? La régénération morale du public, voilà le but que s'était fixé la baronne. Convertir les curieux en fidèles, les amateurs en initiés, les fervents en croyants, la salle de spectacle en église. En cette fin de siècle matérialiste, il fallait prendre parti : ou bien ne continuer à voir dans l'art qu'un agréable divertissement, un ornement de l'oisiveté, un passe-temps gratuit, ou bien sacraliser l'opéra, unique religion en mesure de remplacer les cultes défunts. Grand-prêtre de la Tétralogie, cette version moderne des quatre Evangiles, Richard Wagner avait compris cette mutation nécessaire de l'idéal artistique. Christ chassant les marchands du temple, il avait éliminé de la musique tout ce qui la rend impure, tout ce qui l'empêche d'être sainte. On n'allait plus au spectacle, on se recueillait pour une messe.

Brandir à son tour l'étendard, porter la guerre sainte à l'est de l'Europe, Mme von Meck avait dévolu à Tchaïkovski cette mission. Il deviendrait le dieu des peuples slaves, Braïlov l'arche d'alliance, le château à colonnes le temple mystique, elle la Vestale préposée au feu sacré. N'était-il pas temps, en Russie également, de substituer aux mondanités frivoles de pieuses cérémonies ?

Piotr Ilitch avait accueilli le projet avec des éclats de rire. L'épouvantable esprit du XVIIIe siècle soufflait encore en lui. Il se défendait, par l'humour, d'être l'augure qui met l'auditoire en transe, il se barri-

cadait derrière l'exemple de Mozart, il osait dire qu'il sollicitait une réaction critique de ses admirateurs, un jugement à tête reposée, sans chercher à les anesthésier comme un magicien par l'hypnose.
   Exécrable scepticisme ! Elle s'était battue en vain contre les protestations de modestie de Piotr Ilitch, jusqu'au jour où le mur de sa foi s'était lézardé. S'il déclinait son offre, c'est qu'elle avait adoré pendant quatorze ans une idole creuse. Cessant d'être l'Unique, il était devenu moins que rien.
   « En cette fin de siècle où le développement industriel étouffe les préoccupations spirituelles (le fakir, approuvé par Mme von Meck, insista à nouveau sur ce point), qu'a-t-elle à faire d'un auteur de plus ? Que lui importe de cultiver son esprit par des curiosités de dilettante, quand son âme aspire à la joie éternelle ? Avec armes et bagages, puisque la rédemption n'a pas trouvé son Christ russe, elle est donc passée dans le camp wagnérien. La grotte de Lohengrin, le lac miniature, la nacelle dorée sanctifieront bientôt le parc de Braïlov ; à Moscou même, la réhabilitation de son hôtel particulier est en cours. Elle remplacera les pianos par des bahuts de Nuremberg. L'alêne de Hans Sachs, la quenouille de Senta, l'épée de Siegfried seront accrochées aux murs, à la place des tableaux. Elle aménagera une hutte pour Sieglinde, un pont de bateau pour Isolde, une échoppe pour les maîtres chanteurs et, dans une de ses salles de bains, une cascade pour rafraîchir les Wälsungs et les Walkyries. Déjà le chevalier à l'armure d'argent — Milotchka nous désigna des yeux les poignées de porte —, le noble Lohengrin ne posera pas sa main, en entrant ici, sur un accessoire profane. Les têtes de cygne préfigurent la régénération complète du mobilier. »
   Nicolas tenait à peine en place. Nous échangions des regards consternés. Le charlatan avait habilement adopté la pacotille indianisante aux exigences d'une mélomane, et préparé l'âme de sa dupe à gober ce fatras.
   Dans l'exaltation de la baronne, je dénombrais divers ingrédients : l'approche de la vieillesse et la peur de la mort ; un écho de la sénile prédication tolstoïenne contre l'hédonisme intellectuel, l'immoralité de la culture, la jouissance égoïste de l'art ; le sentiment d'accorder, en répandant la gloire d'un auteur allemand propagateur de la Pangermanie, une juste réparation au défunt Karl von Meck qu'elle avait trompé avec un amant russe ; l'envie d'attacher son nom à quelque chose de plus distingué que des kilomètres de rail ; le remords de devoir son énorme fortune à l'exploitation de milliers d'ouvriers des chemins de fer, de cheminots, d'employés des wagons-lits ; le désir correspondant de se racheter de ses privilèges matériels par une entreprise désintéressée.

A peine le fakir eut-il terminé, que Mme von Meck émergea de sa torpeur. De ses deux mains, si pâles qu'on pouvait voir à travers, elle souleva lentement son voile, puis ouvrit les yeux, des yeux sans couleur, presque blancs. D'une voix ferme pour ce corps émacié, elle apostropha Milotchka.

> *Elsa, qui prendras-tu comme défenseur ?*

La jeune fille répondit, sur le même ton solennel :

> *Celui que le ciel m'enverra.*
> *Ecoutez ce que j'offre*
> *à l'envoyé de Dieu :*
> *au pays de mon père*
> *qu'il voyage gratis ;*
> *et je serai heureuse*
> *s'il accepte mes biens.*
> *S'il veut aussi ma main,*
> *je serai son épouse.*

Le fakir nous indiqua, d'un geste du doigt, que nous touchions au but de notre visite. La réponse de la baronne au projet de mariage entre Bob et Milotchka ne nous parviendrait pas autrement qu'à travers cette parodie de *Lohengrin*. L'oracle allait rendre sa sentence : à nous de hisser nos esprits séculiers à l'altitude du mythe.

Impassibles et muets jusque-là, les deux fils psalmodièrent à l'unisson :

> *Miracle ! voici un cygne.*
> *Il tire une nacelle*
> *par une chaîne dorée.*
> *Un chevalier se tient*
> *debout sur le canot.*
> *Les yeux sont éblouis*
> *par l'éclat de son armure.*
> *Quelle douce émotion nous suisit,*
> *quelle force supérieure nous emporte !*
> *Qu'il est beau et noble à voir,*
> *celui que le miracle nous apporte !*
> *D'or et d'argent son âme luit.*

Milotchka, l'extase dilatant ses yeux noirs, enchaîna avec passion :

> *Mon héros, mon sauveur, prends-moi,*
> *tout ce que je suis est à toi.*

A nouveau le fakir nous recommanda d'être attentifs : nous allions savoir si l'époux attendu pouvait être Vladimir Davydov.
L'aîné des deux frères se chargea de la réponse :

> *Elsa, si tu deviens mon épouse,*
> *j'attends de toi ce serment.*
> *Jamais ne me demande*
> *de quels lieux je proviens.*
> *Respecte loyalement*
> *le mystère de mon nom,*
> *le secret de ma race.*

Milotchka ferma les yeux, en signe d'obéissance. Changeant de position sur sa jambe boiteuse, elle déclama :

> *Y aurait-il un doute plus coupable*
> *que de ne pas croire en toi ?*
> *Aussi respecterai-je*
> *le secret de ta race*
> *sans chercher à savoir*
> *par vaine curiosité de femme*
> *le mystère de ton nom.*
> *Gorge d'or dans bouche cousue.*

Nouveau coup de théâtre : le fakir frappa dans ses mains, les deux gringalets soulevèrent leur mère et l'emportèrent comme un fétu, Milotchka se retira derrière eux, les femmes de chambre à leur suite, tandis qu'il se relevait avec une rapidité incroyable, ôtait son burnous, arrachait sa barbe, se débarrassait aussi vite de son turban, apparaissant aux yeux sidérés de Nicolas sous les traits de l'intendant principal des biens de Mme von Meck, chef de son personnel et régisseur de ses domaines.

« Ivan Pétrovitch Kalenko...

— Lui-même, Votre Honneur, dit-il en recouvrant sa voix, grasseyante et mielleuse.

— Que signifie cette...

— Madame la baronne ne peut agréer pour gendre un jeune homme dont l'état civil n'est pas enveloppé d'incognito. *Jamais ne me demande de quels lieux je proviens.* M. Vladimir Davydov ne répond pas aux conditions fixées pour le mariage de mademoiselle Milotchka.

— La baronne ne m'a-t-elle pas reconnu ?

— Au contraire. Par immense gratitude envers celui qui a sauvé son petit-fils du croup, Madame a jugé digne Votre Honneur d'être initié aux arcanes. »

Effronterie ? Chantage ? Stupidité ? Est-il drogué lui aussi ? Fou ? me demandai-je, en observant sur la face rougeaude d'Ivan un mélange d'obséquiosité servile, d'onction hypocrite, d'arrogance flibustière et d'hilarité contenue. Ayant sorti de sa poche la lettre de Nicolas, il écarta les bras, en un geste d'impuissance navrée.

« Sincères regrets pour M. Vladimir Davydov », marmonna-t-il avec une mine confite.

Nicolas, furieux, lui arracha la lettre.

« Et qui donc répondra aux conditions fixées pour le mariage de mademoiselle Milotchka, si le prétendant ne doit notifier ni son domicile, ni son origine, ni son identité ?

— Le Mystère du Nom ! proféra avec emphase l'intendant.

— Ce qui signifie, animal, qu'aucun prétendant, quel qu'il soit, ne sera jamais agréé ?

— Votre Honneur a parfaitement interprété la volonté de Madame.

— Tu veux dire que mademoiselle Milotchka est bonne pour rester vieille fille ?

— Je veillerai, avec messieurs Maximilien et Michel, à la protéger des imposteurs.

— Pendard ! Mme von Meck a réservé une dot de deux cent mille roubles à son enfant préféré. Je le tiens de sa propre bouche, du temps où M. Maximilien, M. Michel et toi-même n'avaient pas le pouvoir de la manœuvrer, comme vous le faites aujourd'hui, en profitant d'une cérébromalacie caractérisée.

— Votre Honneur est libre d'ignorer l'insondable splendeur du nouvel Evangile.

— Vous allez vous mettre à vous trois cette somme dans la poche, et sacrifier cette pauvre fille à votre cupidité.

— Nous supportons humblement l'insulte de celui qui n'a pas été illuminé par la révélation. »

De rage, Nicolas faillit s'étouffer. Pour ne pas frapper l'impudent, il tourna les talons et m'entraîna en hâte à travers la suite des salons inhabités. Le valet qui nous avait amenés au boudoir et attendait derrière la porte essaya de nous rattraper en clopinant. Les pianos à l'abandon, les meubles tirant sur leur suaire, les bouquets de fleurs fanés dans les vases de Lalique, tout défila comme un cauchemar sous nos yeux. Nous reprîmes nos chapeaux sans laisser de pourboire, et Nicolas, si doux, si bienveillant par nature, donna un coup de pied au vieux chien.

Sur le trottoir, il dit qu'il fallait alerter la police, dénoncer l'escroquerie, expulser l'aigrefin, prévenir les autres frères et sœurs, nommer un conseil de tutelle, empêcher la candide Milotchka d'être spoliée. Pieuses intentions, dont aucune ne fut exécutée, Nicolas devant retourner le soir même à Saint-Pétersbourg.

Deux jours plus tard, en passant par Klin, je remis à Piotr Ilitch la clef du domicile qu'il habiterait avec Bob, la fameuse spatule à dents de scie.

XX

Moins d'une semaine après, le scherzo de sa sixième symphonie terminé, il l'apporta à Saint-Pétersbourg.
« Que diriez-vous d'aller dîner chez les Stravinski ? »
Je protestai que je n'étais pas invité. Ils ne me connaissaient même pas.
« Eh bien ? Ne savez-vous pas ce qu'est une famille russe ? Table ouverte en permanence, harengs, concombres, vodka à volonté... En France, on veut savoir qui on invite... Chez nous, chaque convive ne se recommande que du bon Dieu. »
En route vers le canal Krioukov, il me raconta comment il s'était pris d'affection pour les Stravinski. Camarade de Fiodor Ignatievitch au Conservatoire, puis témoin de son mariage, des liens professionnels renforcèrent ensuite leur amitié. Le baryton avait créé plusieurs de ses personnages, Dunois, Orlik. Ils se voyaient de loin en loin, au bar du Mariinski, lors de ses passages à Saint-Pétersbourg.
« Les choses en étaient là, lorsqu'une chance inopinée me rapprocha de cette famille. Fiodor avait conduit ses quatre enfants à *la Belle au bois dormant*. Igor et Gouri, les deux plus jeunes, furent si enthousiasmés, qu'ils voulurent à toute force me ramener à la maison... Fiodor habite à cinquante mètres du Mariinski. De son appartement, on voit l'arrière du théâtre. Les péniches qui apportent les décors remontent le canal devant ses fenêtres... Anna Kirilovna, la mère, nous ouvrit. Soprano dramatique, elle a renoncé à la carrière théâtrale pour élever ses quatre fils... Pas une petite affaire, vous verrez... Une femme remarquable... A peine entrés, Igor et Gouri se précipitèrent dans leur chambre et en rapportèrent leur dernier livre d'étrennes, l'histoire de Casse-Noisette, d'Alexandre Dumas. Ils me fourrèrent

aussi sous les yeux un recueil de chansons populaires de France, que leur mère leur faisait étudier, pour contrebalancer l'influence de leur première gouvernante, une Allemande... Ah ! vous avez eu un premier aperçu de ces enfants, je crois... Si en public on a du mal à les contenir, chez eux ils se déchaînent... Impossible de les dompter... Le borchtch fumait dans mon assiette, mais ils m'avaient confisqué ma cuiller. Je dus promettre, avant d'avoir le droit de manger, de leur écrire un ballet sur ce Casse-Noisette.

— Voilà pourquoi, m'exclamai-je, on y entend des citations de plusieurs chansons françaises, *Monsieur Dumollet*, *Cadet Rousselle*, *Giroflée-Girofla*...

— Citations littérales, oui. C'était dans notre pacte. Vous avez remarqué aussi que parmi les instruments de l'orchestre il y a une crécelle, une trompette d'enfant, des tambours, un sifflet... en fait, leurs jouets, auxquels j'ai ajouté le fameux célesta, acheté à Paris tout exprès pour eux... On pourrait me reprocher, évidemment, ces facéties, les qualifier de... puériles, et certains critiques, les Boris Pétrovitch Annenkov, les Oscar Morovitch, n'ont pas raté l'occasion d'insinuer que j'étais retombé en enfance... Pourtant, qui m'a inspiré la plus belle idée musicale de *Casse-Noisette*, que tout le monde a applaudie, même mes adversaires les plus coriaces ? Ah ! je n'oublierai jamais comment eut lieu le miracle... J'étais en train de jouer au piano, chez Fiodor Ignatievitch, la « valse des flocons de neige », lorsque Gouri, le benjamin, se mit à chantonner : *Aah... Aah...*, bientôt imité par Igor et par Iouri. Leurs petites voix flûtées continuèrent à vocaliser ainsi, sur un air de leur invention... C'était si beau, si pur, si inattendu, que je décidai sur-le-champ d'introduire dans cette valse un chœur d'enfants, nouveauté absolue dans l'histoire de la musique...

— Vous n'avez rien écrit d'aussi émouvant. J'ajouterais même, si je ne craignais le cliché : d'aussi magique...

— Je n'y suis pour rien... Je n'ai fait que reproduire la vocalise qu'ils fredonnaient... *Aah... Aah...* Ce petit Gouri, décidément, possède un sens mélodique extraordinaire... Et savez-vous autre chose ? Le soir de la première au Mariinski, en décembre dernier, Gouri, Igor et Youri étaient dans les coulisses... Roman a déjà mué, il ne pouvait chanter avec eux... Les trois gosses, invisibles, formaient le chœur à eux seuls... Le public n'avait jamais entendu de voix humaines dans un ballet... Il fut conquis, subjugué... Les anges, pardonnez-moi à votre tour le cliché, les anges planaient dans la salle... Je n'y étais pour rien, vraiment pour rien... »

Dès que nous eûmes tourné le coin de la Moïka, les enfants l'aperçurent de la fenêtre. Cris de joie, gesticulation. « Diadia Petrouchka,

Diadia Petrouchka ! » Dans l'escalier, il essuya une larme. A la porte, il fut accueilli par le refrain qu'ils lui avaient chanté à la gare. Leur adresse à remplacer le « Saint-Malo » par un nom plus adapté, mais de même valeur métrique, m'épata.

Bon voyage, monsieur Dumollet
A Pétersbourg revenez sans naufrage !

Mi-figue mi-raisin, empoté par l'adolescence, Roman se tenait à l'écart. Les trois autres se jetèrent sur Piotr Ilitch, son chapeau sauta, sa cape vola, ils le tirèrent dans leur chambre, le poussèrent au fond d'un fauteuil, impatients de le soumettre à leurs nouvelles devinettes. « Elle est rouge, mais ce n'est pas une fille, elle est verte, mais ce n'est pas la forêt. » « La carotte ! », s'écria Gouri, trop excité pour attendre. « Un veau tout mouillé est couché dans le verger. » Igor, cette fois, prit les devants : « La langue ! » « Il bruit, il rit, il cherche une fille. » Youri, quatorze ans, claironna la réponse : « Un sarafane en soie ! »
Le père apparut sur le seuil ; il s'excusait en se tordant les mains. « Très estimé Piotr Ilitch... Fais-moi l'honneur de passer au salon... » Personne ne l'écoutait. La mère se montra à son tour ; elle nous salua en français. Piotr Ilitch voulut se lever ; Igor et Gouri avaient déjà escaladé ses genoux. Iouri décrocha du mur la reproduction grandeur nature du tableau à compartiments de l'Ermitage : *le Chasseur jugé et puni par les bêtes*. Le lion préside à la cérémonie, maître Renard lit l'acte d'accusation, des loups poussent devant le tribunal le chasseur ligoté à un bâton. Simultanément, des ours tournent la broche, un singe attise les flammes, un bouc arrose de sauce le coupable qui rôtit à petit feu. Dans un autre compartiment, les chiens expient leurs crimes. Les cerfs les pendent à un arbre, tandis que les lièvres et les perdrix dansent autour du gibet. Les animaux ne rendent pas la justice avec moins de férocité que les humains. Piotr Ilitch fut sommé d'approuver chaque détail des supplices. Avec quel art il cacha son émotion aux enfants !
J'examinai la chambre, bric-à-brac de jouets hétéroclites et d'accessoires, rapportés du théâtre par le baryton. Des casques à plumes, des épées de bois, des poulets en carton voisinaient avec des animaux en peluche, des billes, des fifres, un tambour miniature, des cartes à jouer dépareillées. Une sorte d'armoire dressée entre les deux fenêtres m'intrigua. Derrière un treillis, brillait une grande roue verticale percée de trous. Fiodor Ignatievitch s'approcha, sortit une clef de sa poche, ouvrit l'armoire, tourna une manivelle. La roue métallique se mit à tourner sur son axe. Il me montra l'ingénieux mécanisme de

languettes et de crochets : à chaque trou correspond une note. Après un prélude de clochettes, *Casta Diva* jaillit. A l'instant, les trois garçons dégringolèrent du fauteuil et vinrent s'accroupir autour de l'armoire. Fiodor vanta les mérites de son appareil, un phénakistigraphe, de fabrication allemande. La mélodie fut écoutée jusqu'au bout, dans un profond silence. Anna Kirilovna, un tablier noué par-dessus sa robe, accourut de la cuisine. Je pus suivre sur ses lèvres le déroulement de la cantilène.

La dernière note évanouie, elle s'éclipsa de nouveau. Le tapage recommença. Igor entonna, par la plus mystérieuse de ses strophes, une autre des chansons françaises introduites dans *Casse-Noisette* :

> *Cadet Rousselle a trois garçons,*
> *L'un est voleur, l'autre est fripon,*
> *Le troisième est un peu ficelle...*

« Toi, Iouri, tu es le fripon, décida Igor. Toi, Gouri, le voleur. Ficelle est pour moi. »

Iouri et Gouri protestèrent. Chacun voulait être « ficelle », aucun voleur ni fripon. Piaulements, trépignements, rien n'y fit. Igor, qui avait lancé la chanson, cria plus fort et garda la priorité. Il s'éloigna majestueusement et grimpa sur les genoux de Piotr Ilitch, où il s'installa dans la position hiératique du sphinx de l'Académie des Beaux-Arts.

« Qu'entendent-ils par ce mot ? demandai-je à Fiodor.

— Ça, demandez-leur ! Ils ne seraient pas fichus de vous répondre ! Moi non plus, d'ailleurs... Nous n'avons jamais rencontré personne qui nous explique ce que vient faire « ficelle » avec voleur et fripon. Peut-être pourriez-vous, monsieur, *éclairer ma lanterne*, comme vous dites ?

— Tour vieilli », marmonnai-je.

Tout en convenant en moi-même que « ficelle » allait au petit visage rusé d'Igor comme un gant à la main, je n'avais aucune envie de détruire leur jeu qui ne tenait que par le mystère de ce nom. A cheval sur les genoux de Tchaïkovski, imbu de son importance, sans un regard pour ses frères muets de jalousie, le malicieux bambin savourait sa victoire.

« Le dîner est prêt », vint dire Anna. Elle avait ôté son tablier, recoiffé ses cheveux.

Selon les prévisions de Piotr Ilitch, harengs, concombres et vodka attendaient les convives, sur une grande table dressée au milieu du salon. Je comptai une douzaine de couverts. Un vieux monsieur, bizarrement accoutré du justaucorps élimé de Méphisto, sortit d'une pièce voisine et, sans desserrer les dents, trottina jusqu'à sa place. Fiodor voulut installer Piotr Ilitch au bout de la table, pour présider le repas. Les enfants l'attirèrent dans leur coin. Je vis des livres sur tous les murs, un piano de concert entre les fenêtres, un mobilier disparate provenant lui aussi des rebuts du théâtre : guéridons en onyx, lustres gothiques, vis-à-vis capitonnés, sans compter une chaise à porteurs en vernis Martin. Une table à pattes d'éléphant soutenait un objet volumineux, caché sous un drap. Les enfants le dévoraient des yeux, gloussant et piaillant comme les oiseaux d'une volière. De temps en temps, Fiodor s'exclamait :

« A table, on se tait, *la marmaille* ! »

Injonction qui redoublait leur gaieté, « marmaille » devant être aussi baroque pour eux que « ficelle ». Roman tantôt faisait chorus avec ses frères, tantôt s'efforçait à la dignité des grandes personnes. Piotr Ilitch, qui n'arrivait pas à placer un mot, semblait aux anges. Anna Kirilovna le resservait en concombres et en vodka, indifférente au chahut. Comme Anna Mikhaïlovna, elle doit avoir ses idées sur l'éducation des enfants. Fiodor continuait à se tordre les mains et à demander pardon pour ce vacarme.

Au moment où apparut le rôti, Mlle Snetkova, professeur de piano des enfants, se glissa dans le salon. Selon la coutume des gens de théâtre, les couverts étaient plus nombreux que les convives. Anton Kachkine, le collègue retraité du baryton, recueilli par charité, prit trois tranches à la fois et remplit son assiette de pommes de terre. La jeune fille au contraire se servit à peine. Iouri se souleva sur sa chaise et lui versa d'autorité une portion respectable. Tout ce remue-ménage amusait Tchaïkovski. Je compris ce jour-là à quel point il avait besoin de gaieté, d'animation autour de lui. La vie de famille ne lui eût pas déplu. Solitaire, il ne l'était que par la force des circonstances. A contrecœur, quoi qu'on dise.

En face de moi, pendait le tableau d'un ancêtre. Crevé d'une large déchirure, en pleine poitrine, à l'endroit des décorations. Fiodor se répandit en nouvelles doléances. Les « vauriens », malgré sa défense, avaient joué au ballon dans la pièce et bousillé le portrait de leur arrière-grand-oncle, général du quatrième tchin. Gouri pouffa de rire, mais Igor, lui indiquant l'objet sous le drap, le rappela au sérieux. Leur papa ne dévoilerait le cadeau que s'ils faisaient preuve d'un minimum de bonne conduite.

Le ciel jusque-là nuageux s'éclaircit. Une vive lueur embrasa l'horizon. Trompés par ce retour inopiné de lumière, des dizaines d'oiseaux remplirent de leurs pépiements les arbres du quai. Par les fenêtres ouvertes, le concert entra dans l'appartement.

« Ecoutez », dit Piotr Ilitch.

Les cuillers, où fondait une délicieuse glace au klukva — discret hommage à l'hôte de marque — restèrent suspendues à mi-chemin des bouches.

« Un rossignol. Un rossignol au milieu des moineaux. »

A ce mot de « rossignol », Gouri lâcha sa cuiller, bondit de sa chaise et fit trois fois le tour de l'objet mystérieux. Il battait l'air de ses bras, et sautillait à pieds joints.

Sa mère sourit.

« Fiodor, bien que son anniversaire ne soit que dans un mois, le cadeau est pour lui. Profitons de la présence de notre ami pour l'essayer devant les enfants.

— A condition qu'ils n'y touchent pas », dit le *pater familias* effaré en permanence par le vandalisme de sa progéniture. « Un jouet de vingt mille roubles, monsieur, offert par le parrain d'Odessa. »

Il sortit de sa poche une seconde clef, tout en or, marcha vers la table d'un pas solennel et, en cabotin préparant son tour, après force grimaces sibyllines et gestes cabalistiques, arracha le drap d'un coup sec, devant les gamins extasiés. Un rossignol, en or, quatre fois grandeur nature, était posé sur un socle en or. Fiodor introduisit la clef, remonta le mécanisme, les ailes articulées de l'oiseau se mirent à battre en cadence, le cou se renversa, le bec s'entrouvrit, tandis qu'une cascade de sons cristallins, de trilles parfaitement imités, de roulades fleuries jaillissait de la boîte.

Roman essaya de comprendre comment fonctionnait l'automate, « de marque française », nous fit-il observer. Les trois autres restèrent bouche bée, les yeux dilatés par l'admiration.

Piotr Ilitch s'était approché sans bruit.

« Pas mal », dit-il après la fin du morceau.

Les enfants se regardèrent, décontenancés. Diadia Petrouchka avait jeté un froid.

« Pas mal, reprit-il, mais un jouet ne sera jamais qu'un jouet. Venez donc entendre le vrai rossignol. Il faut vous mettre dans l'oreille un son pur. »

Il les amena à la fenêtre. Si la boîte à musique produisait de jolis airs, le « vrai rossignol » possédait une supériorité éclatante, la fraîcheur du naturel, la souplesse du vivant. Tous le comprirent aussitôt, avec des réactions diverses. Igor, fier de s'entendre répéter par diadia Petrouchka qu'il avait l'oreille absolue, s'amusa à mettre une note sur chaque son. Iouri, pas fâché au fond de voir rabaissée la valeur du cadeau envoyé à son frère, essayait de repérer l'arbre où gazouillait le volatile. Seul Gouri, le benjamin, semblait bouleversé. Pâle, tremblant, il s'empara de la main de Piotr Ilitch et la serra contre son cœur. Piotr Ilitch devina le trouble de l'enfant. Il se pencha, le souleva dans ses bras et le posa sur l'appui de la fenêtre, afin de l'envelopper par le chant de l'oiseau.

« C'est bien simple, Gourichka, nous allons appeler de deux noms différents deux merveilles dont aucune n'est supérieure à l'autre, chacune étant parfaite dans son genre. A la merveille française, nous laisserons le nom français de *rossignol*. La merveille russe gardera le nom russe, *solovieï*. D'accord ? »

Cette désinvolture parut fausse à l'enfant : on essayait de le consoler. Piotr Ilitch se reprocha souvent, par la suite, d'avoir provoqué le drame. Le garçonnet s'échappa de ses bras, courut vers la table et jeta par terre le jouet, qui se brisa sur le plancher. Le fracas ramena toute la famille à l'intérieur. Igor se rua sur son frère et commença à le frapper. Fiodor accusa sa femme d'élever leurs enfants sans principes. « Vingt mille roubles en miettes... » Piotr Ilitch essaya de séparer les combattants. Ils se retournèrent contre lui et l'auraient battu sans l'intervention de leur mère. Elle-même, cependant, fâchée de voir l'appartement sens dessus dessous, laissa échapper un mouvement d'impatience contre le responsable involontaire de tout ce grabuge.

Igor s'était remis à taper contre son petit frère. « Il était à moi ! Il était à moi ! » glapissait Gouri sous les coups. Il se releva tout meurtri et alla s'asseoir au milieu des débris. Il saisit une patte de l'oiseau ; la dorure était partie en éclats ; un fil de fer grisâtre lui restait entre les doigts ; il fondit en sanglots.

Piotr Ilitch, consterné, recula dans un coin. Il savait raconter de jolies choses aux enfants, il se sentait impuissant devant leur chagrin. Nous prîmes congé en hâte.

« Ma place n'est pas dans cette famille », me dit-il, dès que nous eûmes débouché sur le quai. Sans regarder vers les fenêtres, il descendit à grands pas le canal, et ne ralentit qu'après avoir tourné le coin de la Moïka.

« Allons, Piotr Ilitch ! Tous, ils vous adorent ! Anna Kirilovna vous entoure de prévenances, et seule la pudeur l'empêche de vous traiter aussi affectueusement qu'un de ses fils... Vous êtes ingrat de parler ainsi...

— Non, non, Basile... Et d'ailleurs, c'est juste... Tout au plus a-t-elle pitié de moi... *Le Journal de Saint-Pétersbourg*, en annonçant ce matin la mort de Guy de Maupassant, rappelait son mot si profond : "L'amour légal le prend toujours de haut avec son libre confrère." Croyez-moi, un paria de mon espèce, on le tolère à la rigueur, on ne l'accepte jamais. »

XXI

Chez les Atanaiev, Fédia continuait à être le souffre-douleur du conseiller d'Etat. Houspillé, rabroué, rudoyé, le pauvre garçon eût été mieux traité à l'époque du servage. De mauvaise habituellement, l'humeur de Boris était devenue massacrante. Sa voix, de plus en plus souvent, dérapait en fausset, signe de mécontentement, de haine de soi-même. La présence du jeune homme dans une pièce suffisait à l'exaspérer. Une seule personne avait deviné pourquoi. Nastasia elle-même, cependant, n'aurait pu pressentir avec quelle brutalité la crise, qu'elle prévoyait depuis longtemps, éclata.

Un soir, Boris monta au grenier. Les moins méchantes de ses aquarelles méritaient peut-être de décorer le mur, non du salon assurément, mais du couloir où les invités déposent leur manteau. Une petite touche *artiste* enrichirait le statut social du conseiller d'Etat. En tout cas, ce ne pouvait lui nuire que de rappeler au monde qu'il avait choisi d'employer ses talents dans les activités utiles de la banque et des finances, au détriment d'une vocation qui se serait épanouie sans la priorité accordée au service de l'empereur.

La porte du grenier était restée grande ouverte. Verrou ou pas verrou, l'occupant de la mansarde, élevé jadis dans l'unique pièce de leur isba qui servait de chambre à coucher, de cuisine et de salle d'eau à tous les membres de la famille, ne voyait pas la nécessité de fermer. Dans son réduit, là-haut, soustrait à la tyrannie de son maître, il sifflait et se chantait des airs bohémiens, comme au temps de son apprentissage chez Pavel Ivanovitch. Heureuse époque, où il travaillait devant la fenêtre ouverte, regardant le ciel changer de couleur et les oiseaux voler dans les arbres du canal !

Irrité contre ce débraillé à la tzigane, résolu à tancer l'effronté,

Boris franchit les dernières marches. Il aperçut son valet de chambre tout nu dans le tub. Fédia se versait sur les épaules le contenu d'un broc. L'eau savonneuse ruisselait sur le dos et brillait sur les fesses. Boris recula sans bruit, redescendit avec précaution l'escalier, s'élança dans le couloir, courut dans son bureau. « Ah ! vaurien, tu me nargues, tu me provoques », marmonnait-il dans sa fureur. Il agrippa un de ses fusils de chasse, glissa une balle dans le canon, remonta en tapinois jusqu'à la mansarde, le tout si promptement qu'il retrouva Fédia dans la même posture. Il épaula, tira, eut à peine le temps de voir sa victime s'écrouler dans un fracas de zinc et de tôle, redescendit quatre à quatre, s'enferma dans le cabinet d'aisances.

Nastasia, au bruit de la détonation, se précipita du salon au bureau de son mari. Un fusil manquait au râtelier. Elle monta en hâte. Fédia, avant de s'évanouir, avait eu la force de ramener sur son ventre le bout du drap qui pendait de son lit en désordre. Il gisait à terre, aussi chaste dans la douleur qu'il était enfant dans la joie. Le sang coulait sur le plancher. La balle avait perforé la cuisse. Nastasia donna les premiers soins, appela Pélaguéïa, lui ordonna, sous le sceau du secret, d'aller chercher le docteur Nicolas de Souzdal. Elle trouverait le dispensaire en longeant le canal Catherine, puis en remontant la rue aux Pois jusqu'à l'angle de la rue Sadovaïa.

« Vite. C'est à cinq minutes d'ici. Souzdal ou un médecin de son dispensaire. Mais surtout, pas un mot à personne. »

L'état du blessé lui parut stationnaire. Elle redescendit à l'appartement. Boris s'était enfermé à clef dans son bureau.

« Ouvre », dit-elle d'un ton sans réplique, d'autant plus péremptoire qu'elle tutoyait son mari pour la première fois.

Il s'approcha en titubant, ouvrit, retomba dans son fauteuil, hébété. Haletant, il balbutiait :

« Il m'avait provoqué... Je voulais seulement lui faire peur... donner une leçon à ce galopin... Si l'on n'a plus le droit d'être maître chez soi... Je ne savais pas que le fusil était chargé... On me croira, car la chasse est fermée en cette saison...

— Provoqué ? Et comment ? demanda Nastasia.

— Je lui avais interdit de... de chanter...

— Circonstance aggravante... aggravante pour vous, mon ami. »

Il hoquetait sans répondre, la figure écrasée dans ses paumes. Quand il se fut un peu ressaisi :

« J'ai appelé un médecin, annonça-t-elle.

— Vous n'allez pas me dénoncer, Nastasia ? »

Tremblant, décomposé, il ne demandait même pas des nouvelles du blessé ! Peut-être l'avait-il tué ! S'en souciait-il seulement ?

« Vous n'allez pas me dénoncer ? répéta-t-il, suppliant.

— Non, je ne vous dénoncerai pas, à cause de nos enfants. Vous saurez plus tard mes conditions.
— Qui va venir ? Arkhipov ?
— Non, dit-elle, je n'ai pas confiance dans notre pédiatre, il est trop bavard. J'ai envoyé chercher ce médecin que vous avez ramené un jour de votre club, pour examiner les champignons que les enfants avaient rapportés de Razliv... Il m'a beaucoup plu... Les conseils qu'il m'a donnés pour corriger la sournoiserie de votre fils m'ont fait la meilleure impression.
— Nicolas de Souzdal ? demanda Boris, sans oser y croire.
— Lui-même. Pélaguéïa est allée le chercher.
— Nicolas, mon vieil ami ? »
Il sifflota, ragaillardi, sans deviner l'arrière-pensée qui avait décidé sa femme à ce choix.
« Nicolas, en voilà un sur qui je peux compter ! reprit-il en se frottant les mains. Une camaraderie qui remonte à l'école de Droit ! Il s'arrangera pour remettre à la police une déclaration d'accident. »
« Ah ! tu ne t'en tireras pas comme cela », murmura Nastasia, dégoûtée.
Tout s'éclairait pour elle. Aucun doute ne pouvait subsister, après cette éclatante confirmation. Une tentative de meurtre ! Elle réfléchit qu'il s'était livré entre ses mains, par ce geste. Se venger ? Il y avait mieux à faire. Il y avait quelqu'un à sauver. Elle décida d'exploiter sans attendre une occasion qui ne se représenterait plus. D'ailleurs, on était déjà au mois d'août, le temps pressait.
Blessure sans gravité, selon Souzdal, mais par un pur miracle, la balle ayant frôlé l'artère fémorale. Nastasia prit à part le médecin et lui exposa son plan. Nicolas approuva la jeune femme et admira son intrépidité. Belle occasion, en effet, mais combien délicate et risquée, de peser sur le plateau de la balance ! Il donna ses instructions pour le renouvellement des compresses, s'engagea à revenir les jours suivants jusqu'au rétablissement du blessé, et partit en remerciant Esculape de n'avoir pas doté Boris d'une Olga.
Le dimanche, Nastasia envoya les enfants à Pavlovsk avec leur tante. Elle calculait qu'il lui faudrait plusieurs heures pour fléchir son mari — si respect humain, pudeur, difficulté de parler à haute voix d'une chose interdite et honteuse ne paralysaient sa langue.
Avant de filer, pour son après-midi de congé, avec le livreur de pâtés à la viande, Pélaguéïa avait dressé les deux couverts dans la salle à manger. Repas froid de poissons fumés, concombres et champignons à la crème. Ils mangèrent en silence. Les premiers abricots de l'année fournirent le dessert. Nastasia recueillait le noyau dans le creux de sa main. Boris, comme il n'y avait pas d'invités, se baissait

vers son assiette pour le cracher directement. Enfin, elle se décida à parler.

« Boris, je dois aborder une question qui tracasse un certain nombre de nos amis. Vous avez été désigné comme juré dans une affaire...

— Comment le savez-vous ? » demanda vivement le conseiller d'Etat.

Les consignes du Palais enfreintes ! Il croyait avoir réussi à maintenir le secret. La perspicacité de sa femme, une fois de plus, le prenait au dépourvu.

« Peu importe comment je le sais. Une affaire où vous aurez un rôle peut-être décisif. Le sort d'un homme est en jeu. Quelle sera votre sentence ? »

Suffoqué, il bredouilla :

« La seule sentence juste dans un tel procès. »

Ils passèrent au salon, prirent place dans les fauteuils en bouleau nain de Carélie. Elle vit qu'il tambourinait sur les accoudoirs.

« C'est-à-dire ? continua-t-elle, prenant courage à mesure qu'il avouait son trouble.

— La peine maximale.

— Vos motifs ?

— Est-ce à vous de me les demander, Nastasia ? N'avons-nous pas un fils qui pourrait devenir la proie de ce dépravé ? Vraiment, quelle question... Débarrasser la Russie d'un danger public...

— C'est tout ?

— Comment : c'est tout ? Extirper du sol natal un élément corrompu... Déraciner le vice... »

Elle choisit de nouveau le tutoiement.

« Je suppose aussi que tu crains pour ta promotion si tu ne te conformes pas à ce que tu crois être la volonté de l'empereur. »

Il se tortilla sur son siège.

« Bon. Est-ce un motif méprisable ? Le quatrième tchin, héréditaire, Grichka en profitera bien plus que son père.

— Et toi ?

— Moi ?

— Je veux savoir ce que tu éprouves, toi, quel est ton sentiment personnel sur cette affaire, en dehors de ta sollicitude pour Grichka et de ta frousse de déplaire en haut lieu.

— Nastasia Alexandrovna, je vous en prie !

— Réponds-moi : quelle impression te fait Tchaïkovski ?

— Mais... comme à vous ! L'impression d'un pervers, d'un monstre...

— Comme à moi, c'est à voir ! Nous en reparlerons tout à l'heure. Pour l'instant, je veux savoir comment mon mari, coupable d'une tentative de meurtre sur la personne de son jeune domestique, juge, en son âme et conscience, un homme convaincu de... »

Elle trébucha sur le mot et se tut. L'allusion à la scène du grenier rappela à Boris que Nastasia le tenait à sa merci. Force lui était de subir les sarcasmes de sa femme, en espérant qu'elle ne mijotait pas des représailles fatales à ses ambitions. Il se tassa au fond du fauteuil, dont le reps rayé se mouillait de sa sueur. Un effort de volonté réussit à lui rendre la parole.

« Si vous voulez le savoir, ce type me dégoûte, dit-il d'un ton déterminé.

— Tu n'as aucune indulgence pour lui, n'est-ce pas ? »

Boris ricana avec ostentation.

« Je n'envie même pas son talent, s'il doit le payer de ce prix abject.

— Toi, il n'y a aucun danger que ton nom vole au-delà des frontières ! » s'écria-t-elle avec une ironie mordante qu'elle regretta aussitôt. Il n'était pas adroit de le braquer contre elle en lui reprochant sa médiocrité, alors qu'elle avait l'intention de lui mettre le nez dans une réalité cent fois plus honteuse.

« Je ne l'ai jamais vue comme ça », se disait Boris, effaré. Epouse soumise au pouvoir conjugal, bourgeoise en admiration devant la carrière de son mari, telle était l'image qu'après treize ans de mariage il gardait de Nastasia Alexandrovna, la fille du riche et conservateur marchand Efkimov.

Avant de poursuivre, elle s'éclaircit la voix.

« Il est probable que si je connaissais mieux ton enfance, j'y trouverais le premier germe, non seulement des tendances profondes de ton être, mais du système de défense que tu as dressé contre elles. Par Souzdal, je sais que tu n'avais pas d'amis. A tes camarades, tu donnais l'impression de les fuir. En particulier, tu te dérobais, avec une insistance d'autant plus étrange qu'elle te portait préjudice, aux séances de gymnastique. Tu aimais mieux perdre des points que de te déshabiller avec les autres. A l'époque, bien entendu, personne n'aurait songé à trouver suspecte pareille attitude. C'est aujourd'hui, à la lumière de ce qui a suivi, que Souzdal interprète ce faux-fuyant pour sa valeur symptomatique. A pudeur excessive, cœur incertain de sa pureté.

« Le mariage t'a aidé à te reprendre en main. La naissance de nos enfants y a contribué aussi. Mais l'effort de sacrifier tes tendances à une vie de famille normale ne pouvait réussir à les extirper. Quelque chose d'insatisfait au fond de ton cœur ne cessait de te tourmenter. Et quand je dis "quelque chose", j'emploie un euphémisme pour désigner cette force terrible dont tu étais chaque jour un peu plus esclave.

Seule circonstance à ta décharge, je l'admets, tu n'étais peut-être pas conscient d'être tombé aux mains de ce maître implacable. Tu te rongeais les sangs, rien ne pouvait te contenter.

« Il y a cinq ou six ans que, pour te donner un motif avouable, presque honorable, de te sentir frustré, tu as trouvé un dérivatif dans l'ambition sociale, les titres, les prérogatives. Chaque retard, chaque échec te rend malade. Belle ruse, inconsciente elle aussi ! En imputant aux accrocs de ta carrière ta permanente insatisfaction, tu évites de reconnaître à quel mécontentement sans issue, sans espoir de remède, tes malheureuses dispositions te condamnent.

« Il a fallu une série d'incidents récents pour t'obliger à te regarder en face et découvrir un visage qui t'épouvante. »

Boris, cramponné aux bras du fauteuil, regardait le tapis, pétrifié.

« Te rappelles-tu ce jour où, rentrant du bureau, tu me fis une scène parce que j'avais acheté pour nos enfants un album de reproductions des plus belles statues grecques ? C'était le 3 mai, je m'en souviens, il y a exactement trois mois. Cet instant est resté gravé dans ma mémoire, parce que les vagues soupçons que je m'étais formulés auparavant se sont trouvés soudain confirmés. Oh ! mon ami, si tu avais pu te voir, lorsque l'Apollon du Belvédère a frappé à l'improviste tes yeux ! Tu as arraché le livre à ta fille en proclamant d'une voix théâtrale que jamais un homme nu ne serait admis dans ton salon. Tout ton visage trahissait la plus folle convoitise, et, pour ne pas montrer à quel point cet homme nu, ce corps masculin dans l'éclat de son marbre te transportait d'un enthousiasme sans rapport avec l'admiration artistique, tu t'es obligé à insulter le libraire qui m'avait vendu l'ouvrage.

— Ce que vous insinuez est infâme...

— Le même jour, un autre signal d'alarme retentit dans notre foyer si calme en apparence. La baronne Simonov m'avait recommandé un laveur de carreaux. Perturbé par la vue de ce garçon, une hargne subite t'aveugla. Tu te précipitas contre lui et mis à la porte un ouvrier irréprochable, si brutalement que je dus m'en excuser auprès de notre amie. Il n'avait que le tort d'être jeune et beau, et de te soumettre à la torture d'une tentation inacceptable.

— Je ne vous permets pas...

— C'était la première fois qu'un homme jeune entrait chez nous, où ne fréquentent que des habitués de ton club, d'anciens condisciples ou des collègues de bureau.

« Chaude alerte ! Tu as renforcé aussitôt ton système de défense, que je peux résumer ainsi : *primo*, te cacher la vérité sur toi-même ; *secundo*, n'inviter chez toi que des vieux ; *tertio*, faire payer à ton entourage le sentiment d'irritation et de frustration qui résulte de ton incapacité à t'accepter tel que tu es. Les choses auraient pu continuer longtemps de la sorte, sans autres inconvénients qu'une atmosphère irrespirable dans notre foyer, la dégradation du caractère de tes enfants, les échecs de Grichka à l'école, ses mensonges de plus en plus fréquents, les insomnies de Nadia, son impression désespérée de déplaire à son cher papa.

« Venons-en à Fédia. Quand il ne s'appelait encore que Boris, il te portait sur les nerfs. Prestance, gaieté, vigueur, jeunesse, il incarnait tout ce que tu aimes et tout ce que tu détestes, tout ce qu'il est impossible que tu aimes sans le détester en même temps. Apprenti cordonnier, en outre, avec cette pointe de saveur populaire propre à fasciner un rond-de-cuir rivé toute la journée à son bureau.

— Nastasia !

— Tu as décidé de l'engager, sous le faux prétexte de favoriser ton avancement. En réalité, continua-t-elle en cherchant le regard de son mari, tu l'as embauché pour avoir à demeure un beau garçon.

— Nastasia, arrêtez ! »

Il croyait protester, mais, de ses lèvres blêmes, ne sourdait qu'un piteux gémissement.

« Si tu étais au clair avec toi-même, tu aurais été bon et prévenant pour ce garçon. Tu as réussi d'abord à éteindre sa gaieté. Sans sa docilité de fils d'ancien serf, il ne serait pas resté plus d'un mois à ton service. Il ne sifflait plus, sauf dans son grenier, mais sa jeunesse et sa beauté n'en étaient pour toi que plus offensantes. Comme il t'offrait tous les jours une réplique parfaite de ton idéal honni, l'attraction naturelle du début s'est vite changée en son contraire : une haine permanente, sournoise, féroce. Tu t'es mis à le persécuter, parce que tu devinais en lui l'instrument, bien qu'involontaire, de ta damnation. Ce n'était pas assez de le tourmenter par tes réprimandes et tes brutalités continuelles. Entre un garçon en chair et en os et la reproduction d'une statue qu'on peut piétiner sur le tapis du salon, il y a loin. Tu t'étais débarrassé du dieu grec en marchant sur l'album avec rage. Fédia, lui, restait là, dans la maison, à tout instant tu le croisais, tu le frôlais, cherchant et en même temps fuyant les occasions d'être seul avec lui, te ménageant un alibi pour monter dans son grenier, te glissant dans la cuisine avec l'espoir de le contempler endormi.

« Un jour, tu l'as surpris à moitié dévêtu ; il se lavait devant l'évier ; marque de santé et d'hygiène, que tu as ressentie comme une provocation. Peu s'en est fallu que tu ne lèves contre lui le couteau à découper la viande, pour le punir de te mettre au supplice par le spectacle de sa nudité. Tu t'es contenté de le fouetter sauvagement, acte où se sont mêlés, à doses égales, plaisir du contact physique, soif de vengeance et folie meurtrière.

« Enfin, craignant de succomber malgré ton système de défense, il t'a fallu chercher à le tuer. Tu as tiré, pour exorciser ton démon. Pour te prouver que tu n'es pas amoureux de Fédia. Pour retrouver ton identité d'époux, de père de famille, de sous-directeur de la Banque, de titulaire du cinquième tchin.

« Bénéfice secondaire de son geste, M. le conseiller d'Etat devient un criminel. Il n'ignore pas les sanctions prévues pour les tentatives de meurtre. Au contraire, il compte sur la sévérité des lois. Le remords qui le ronge aspire à la punition. Pour ton sentiment de culpabilité, voilà enfin l'occasion d'être apaisé, après trente ans de torture continuelle. Moins préoccupé de ton image sociale, moins pleutre, tu te remettrais toi-même à la justice : tu obtiendrais ainsi le châtiment dont tu as besoin, l'expiation publique de ta faute.

— Voulez-vous dire, murmura-t-il au bout d'un moment, que vous pourriez, vous, me livrer ?

— Tu n'as qu'un seul moyen de te racheter. »

Elle le dévisagea, si fixement qu'il n'osa pas demander à quelle condition il aurait sa grâce.

« Un seul moyen, reprit-elle. Voter l'acquittement de Tchaïkovski.

— Vous n'y songez pas ! » s'écria-t-il, recouvrant un peu d'énergie à la pensée que sa femme le sommait de braver la volonté du Palais.

« Quoi ? Vous m'accusez de la même dépravation que Tchaïkovski, mais lui, vous lui trouvez des excuses, vous le défendez ?

— Il n'y a pas de commune mesure entre vous. Trop lâche pour y aller de ta personne, tu te contentes de demi-satisfactions, de louches compromis, de faux-fuyants, de regards furtifs, d'espionnages malsains. Tchaïkovski, lui, a le courage de ses goûts, quitte à risquer sa carrière, sa réputation, peut-être sa liberté.

— Ma parole, vous divaguez ! Une véritable apologie du vice ! Non seulement vous m'outragez dans mon honneur, mais vous me citez en exemple un... un détraqué !

— J'en veux à ta lâcheté, non à ce que Dieu a décidé pour toi.

— Dieu, maintenant ! N'est-ce pas infiniment plus noble, plus méritoire, de lutter contre ses tendances, que d'avoir, comme vous le dites, le courage de ses goûts ? Beau courage, en vérité ! Le lâche, l'homme vil et méprisable, c'est celui qui ne résiste pas à son vice et en favorise la contagion.

— Céder à son vice évite de se faire assassin.

— Mais enfin, Nastasia ! Je ne m'explique pas votre indulgence ! Pourquoi tenez-vous à ce que je vote l'acquittement de Tchaïkovski ? Toutes les femmes vont le haïr, quand elles apprendront de quelle façon il n'a cessé de les duper. Vous seule... »

Elle faillit répondre : « Pourquoi j'y tiens ? Pour me venger. Pour compromettre tes chances de promotion. Pour que ton Pobiedonostsev et ton Vorontsov te retirent leur faveur. » Mais, tout à coup, un autre sens se découvrit à elle, une justification plus intéressante, à laquelle elle n'avait pas songé.

« Si tu te demandes comment vont réagir les femmes, eh bien ! je vais, en leur nom, démentir les lieux communs dont tu es farci. Les femmes se sentiront solidaires d'un homme qui les a toujours respectées, s'est toujours montré courtois avec elles, les a toujours traitées sur un pied d'égalité et d'amitié, ce qui est loin d'être le cas de la plupart des maris. Que leur importe qu'il ne puisse pas les aimer ! Pour le repos intérieur et la paix des femmes, un homme poli, amical, sans exigences importunes, est mille fois plus appréciable qu'un époux arguant de son pouvoir légal pour exercer sur la maisonnée une tyrannie détestée. D'après Souzdal, deux maris sur vingt auraient dû s'abstenir du mariage. Et ils se vengent, sur leur femme et sur leurs enfants, de se trouver engagés dans une voie contraire à leur nature...

« Là ! tu as voulu le savoir, ce que je pense de nos treize ans de mariage ! dit-elle en se redressant soudain. Et puis, finissons-en. Voteras-tu l'acquittement de Tchaïkovski ?

— Et si je refuse ?

— Dénonciation pour tentative d'homicide.

— On ne vous croira pas. Ma version de l'accident prévaudra auprès de la magistrature.

— Souzdal a rédigé son rapport. Il n'attend qu'un signe de moi pour l'envoyer à la police. Le diplôme et le grade masculins comptent seuls dans notre société, vous avez raison. Mais si le témoignage d'une simple femme a moins de valeur que les allégations d'un conseiller d'Etat, le rapport de l'inspecteur général de la Santé t'expédiera aux Assises.

— Ah ! voilà pourquoi vous avez convoqué Souzdal, au lieu de vous contenter d'Arkhipov...

— Cependant, reprit-elle après avoir joui de son épouvante, je ne vous dénoncerai pas. A cause de nos enfants, je vous l'ai déjà dit. Il n'y a aucune raison de les éclabousser par l'étalage public de votre crime. »

Boris respira.

« J'ai un autre moyen de vous convaincre. Si vous ne votez pas l'acquittement, je demande le divorce et j'irai vivre avec mes enfants. Vous savez ce que signifie le divorce pour un haut fonctionnaire. La baronne Simonov a obtenu facilement le sien, sans aucun effet négatif sur ses deux fils, dont l'un poursuit sa brillante carrière d'officier aux Gardes, et l'autre dans la marine à Sébastopol. »

Les quatre premiers tchins sont interdits à l'homme divorcé, par oukase imprescriptible de Pierre le Grand. Boris ne le savait que trop. Il n'ignorait pas non plus que le divorce est accordé sans peine en Russie, où les prêtres ont l'expérience du mariage. Son calcul fut rapide : ou végéter pour toujours dans un rang subalterne, s'il désobéissait à Nastasia, ou encourir la défaveur du Palais, s'il votait contre la volonté du procureur. Dans le premier cas, le désastre serait irréparable. Dans le second cas, il trouverait le moyen de rentrer en grâce, en trafiquant les comptes de la Banque au profit de l'Etat. Il n'hésita plus. Toutefois, il ne voulut pas capituler devant sa femme avant de l'avoir effrayée à son tour.

« Fort bien, Nastasia. C'est vrai qu'on accorde le divorce sur la seule demande de l'épouse. Mais, en l'absence de faute caractérisée du mari, celui-ci n'est pas tenu à verser un rouble de pension alimentaire. Comment ferez-vous, femme seule avec deux enfants à élever ?

— Cette femme seule a une dot dont le montant, placé en actions de la Perm, Orenbourg et Cie, vient de tripler depuis l'annonce de la construction du pont. Mon homme d'affaires m'assure que les intérêts de ce capital me fourniront une somme presque aussi élevée que vos émoluments.

« Et moi, ajouta-t-elle, stimulée à nouveau par l'aiguillon du persiflage, une Pélaguéïa me suffira. Je ne cours pas après les valets de chambre en livrée.

— Ah ! vous avez tout pesé, tout prévu, je ne suis qu'un sot », murmura-t-il avec dépit.

On sonna à la porte d'entrée. Nastasia se leva pour ouvrir. Elle chuchota quelques instants dans le corridor avec le visiteur, puis introduisit au salon Nicolas de Souzdal.

« Comment va notre *accidenté* ? » demanda-t-il d'un ton cordial à son ancien camarade. Il soulignait l'euphémique « accidenté », ayant appris de Nastasia que Boris voterait l'acquittement.

« Sais-tu, dit celui-ci à Nicolas, que je suis un vrai étourdi ?

— Bon Dieu ! tenir chez soi un fusil chargé, quand on est encore à un mois de l'ouverture ! »

Les deux hommes se versèrent un cognac, qu'ils burent en l'honneur de la prochaine saison de chasse. Ils se donnèrent force tapes dans le dos, au souvenir de leurs exploits passés.

« Tourgueniev... »

Nicolas détestait tuer des bêtes, verser le sang. Pour préserver la fiction de l'accident et garantir à Boris qu'il garderait le secret, son plus cher passe-temps, lui dit-il, consistait à abattre les volatiles du lac Ladoga. Il conta l'anecdote du chasseur tué par mégarde dans le buisson où il s'était caché.

« Aventures courantes, malgré tout.

— Parbleu, approuva Boris, les traits encore décomposés.

— Un autre petit coup, mon vieux ? »

Nastasia remplit elle-même les verres.

« Je lui ai ouvert son âme, retourné ses tripes, je l'ai démasqué, humilié, traîné dans la boue, il devrait être anéanti », pensait-elle avec dégoût. Elle voyait que Boris, qui avait vendu son vote contre la promesse de conserver ses chances d'avancement, emmenait Nicolas dans son bureau, devant sa collection d'armes. Puis il commenta, avec la volubilité heureuse d'un homme qui a échappé de justesse à un danger mortel, l'achat par l'armée russe de cinquante mille carabines à la manufacture française de Châtellerault.

Pas une fois, au cours de ce dimanche éprouvant, elle n'avait pris en considération son propre sort. Le soir seulement, elle s'avisa qu'elle s'était réengagée dans le mariage. Un lien désormais plus fort que le sacrement de l'église l'enchaînait à un époux qu'elle méprisait. En jurant sur l'honneur de partager avec cette nullité vaniteuse le reste de sa vie, c'est son droit au divorce qu'elle avait cédé.

« Et ce sacrifice, se dit-elle encore, pour qui l'ai-je consenti ? Pour un homme qui ne m'est rien. Si du moins j'aimais sa musique ! Elle me tape sur les nerfs, je n'ai aucun plaisir à l'écouter. »

XXII

Furieuse de voir diminuer son influence sur Nicolas, Olga essayait par tous les moyens de le monter contre Tchaïkovski. En Nastasia, au contraire, le médecin trouvait une âme sœur. Tous deux s'attardaient sur les marches du grenier, après avoir renouvelé les pansements. Bien que son état eût empiré soudain, Fédia continuerait à être soigné sur place. Le transporter à l'hôpital eût alerté la police et diligenté une enquête dont le caractère tracassier pouvait conduire Boris, par vengeance, à un nouveau revirement.

Tout en restant sceptique sur la nature des mobiles qui emporteraient l'acquittement, Nicolas envisageait avec plus d'optimisme, désormais, l'issue du procès. Les partisans de la clémence obéiraient davantage, selon lui, à leurs propres intérêts qu'au souci de la justice.

« Chère amie, disait-il à Nastasia, pendant que le blessé se rendormait, chère amie, si nous faisons le compte, nous constatons qu'après votre intervention, grâce à vous, les chances de Tchaïkovski remontent. Voteront l'acquittement : votre mari, parce que vous l'y avez forcé, le prince Kremski, pour se débarrasser plus vite de l'affaire, dont il se contreficherait, sans l'intérêt de garder en activité un homme qui lui remplit ses caisses...

— Le prince Kremski, dites-vous ? Pourquoi lui déniez-vous tout sentiment généreux ?

— Anatole votera l'acquittement par pur égoïsme. Piotr Ilitch est utile non seulement au directeur des Théâtres impériaux, mais à l'amoureux de Mathilde.

— Vous parlez par énigmes.

— Figurez-vous que, dans toute sa carrière de Casanova, Anatole n'a essuyé qu'un échec. Mathilde, la Kchessinskaïa.

— Mais maintenant que le tsarévitch se marie et que l'empereur a ordonné à son fils de rompre avec la danseuse...

— Nicolas ne serait pas fâché de mettre fin à cette liaison, paraît-il. C'est elle qui s'accroche. Prince faible, elle le domine. Un esclandre n'est pas à exclure.

— Un esclandre ? Elle irait jusque-là ?

— Mathilde ne se laissera pas faire si facilement... Par intérêt ou par amour, elle résistera... Mais enfin, il faudra qu'elle cède, de gré ou de force. Et alors, pour Anatole, la voie est libre, complètement libre, puisque le seul autre rival que pourrait lui préférer Mathilde se trouve être... Tchaïkovski !

— Tchaïkovski ? Vous plaisantez ?

— Elle est amoureuse folle de Piotr Ilitch !

— La pauvre, on ne peut pas dire qu'elle soit bien tombée !

— Cette malchance fait l'affaire d'Anatole. Pour un homme à femmes, les Tchaïkovski sont une providence. Autant de concurrents en moins... Tout le monde chassant sur le même terrain, les bonnes fortunes seraient plus rares... Non seulement Mathilde soupire en vain, mais, déçue, frustrée, doutant de sa valeur, elle est mûre pour tomber dans les bras de celui qui aura eu la patience d'attendre.

— Et ainsi ?

— Anatole arrivera à ses fins, en commençant par la consoler.

— Mathilde ne sait donc pas, au sujet de Piotr Ilitch ?

— Bien sûr que si, tout le monde au théâtre le sait. L'idée qu'elle peut "sauver" le "malheureux" est pour moitié dans son amour. Beaucoup de femmes, chère amie, ont besoin de se dévouer à quelqu'un. Leur amour est plus généreux, plus oblatif que celui des hommes...

« Donc, pour l'acquittement, nous comptons : votre mari, le prince, moi-même...

— Vous-même par conviction, n'est-ce pas ? Parce que sa conscience suffit à punir Tchaïkovski d'un vice qui ne fait de tort à personne ? »

Nicolas secouait sa bonne tête.

« N'en croyez rien. Ce procès ne m'intéresse que comme tremplin pour la défense des femmes battues. Bonne occasion de dresser un réquisitoire contre l'homme prétendument viril. Je plaiderai leur cause, en dénonçant le stéréotype au nom duquel on sacrifie le bonheur de tant d'innocentes. Dieu, dans sa munificence, n'a pas créé un seul modèle ni imposé au genre humain une conduite uniforme...

— Dites ce que vous voulez, je retiens que, sur sept voix, trois sont sûres. Et les autres ?

— Voteront la condamnation : Sergueï Barenkov, le Père Georges Terenski, Alexandre Obolev.

— Pourquoi ces trois-là seraient-ils hostiles à Tchaïkovski ? demandait Nastasia, qui, dans son ingénuité, ne concevait pas que des personnages aussi haut placés eussent les vues bornées de son mari.
— Sergueï Barenkov, parce qu'il milite avec les socialistes. Il ne peut donc réagir qu'en puritain, et se montrer intransigeant. Doublement intransigeant. Une première fois, avec la naïveté de l'homme de gauche, qui croit que la corruption des mœurs, comme disent Proudhon et Marx, est le résultat de la richesse, du désœuvrement. Une seconde fois, en raison du caractère clandestin de ses activités politiques. Son confort personnel étant sacrifié à une cause périlleuse, il tend à exiger des autres la discipline à laquelle il s'astreint.
« Le Père Terenski...
— Mais la charité chrétienne, Nicolas ?
— Le Père Terenski aspire à la succession de Mgr Isidore. La charité chrétienne ne pèsera pas lourd dans le plateau de la balance, si dans l'autre le procureur du Saint-Synode place la barrette de métropolite. Mgr Isidore a plus de quatre-vingt-dix ans... Le Père Terenski n'aurait plus le temps de réparer une bévue...
— Alexandre Obolev, au moins... Le surintendant de l'Ermitage... un ami des arts... un amateur raffiné... »
Nicolas se pencha à l'oreille de Nastasia et chuchota quelques mots. Elle s'empourpra. Pareil sujet continuait à heurter sa pudeur.
« Mais s'il est... comme cela, Nicolas, il prendra le parti de Piotr Ilitch !
— Au contraire. La peur qu'on ne le soupçonne de partager le crime pour lequel on juge Tchaïkovski le braquera contre l'accusé... De ce genre d'hommes, il n'y a aucune solidarité à attendre. Ils vivent dans la peur d'être démasqués.
« Peut-être pourrait-on convaincre le Père Terenski, par la charité chrétienne que vous avez la bonté de lui attribuer. Et fléchir Sergueï Barenkov, en faisant honte au socialiste de se faire l'agent de la répression tsariste. Je doute fort que nous obtenions le moindre résultat, mais ce que je sais avec certitude, c'est qu'il est inutile de faire la moindre tentative auprès d'Obolev. Plus on essaiera de l'attirer du côté de Tchaïkovski, plus il se montrera intraitable. Ce pleutre tremble pour sa carrière.
— Lui aussi ! soupira Nastasia.
— On lui a promis la croix de Saint-Vladimir. Reste le général Apraxine. C'est un homme honnête, intègre, avec les défauts mais aussi les qualités du militaire. Il trouve contre-indiqué de punir pour sa vie privée un génie de l'envergure de Tchaïkovski, attendu que cette vie privée ne concerne que le seul Piotr Ilitch, sans nuire à qui que ce soit, alors que ce génie contribue à donner une idée avanta-

geuse de la Russie, au moment où notre pays a besoin d'attirer pour son équipement industriel et militaire des capitaux, de l'outillage et des techniciens étrangers.

— Point de vue pragmatique...

— Chère amie, un réalisme intelligent aide au progrès du monde plus efficacement que les utopies sociales... J'ai peur seulement que Pobiedonostsev n'ait réussi à ébranler le général, en agitant l'épouvantail des sectes devant ce soldat qui a la religion de l'ordre.

— Tout dépend donc d'Apraxine ?

— J'aurais encore plus confiance dans le bon sens et l'indépendance du général, sans le passé de Sosthène Mikhaïlovitch... Un lourd passé, à ce qu'il semble... Il avait deux enfants... L'aînée serait morte par sa faute, aussi veille-t-il avec une attention jalouse, des scrupules maladifs et un sentiment presque excessif de ses responsabilités sur le fils qui lui reste... Igor, élève au corps des Pages... Il ne faudrait pas que quelqu'un lui fourre dans la tête qu'en épargnant Tchaïkovski il met en danger la saine jeunesse russe, sape la sécurité des familles, ou d'autres sornettes de ce genre... Je redoute aussi les conséquences de son duel... Une vieille, vieille histoire, du temps qu'il était parmi nous, à l'école de Droit... Affaire suspecte, qu'on n'a jamais tirée au clair... Pobiedonostsev aura un dossier là-dessus... Oh ! le procureur les tient tous, le général par son passé, le Père Terenski par son avenir, Alexandre Obolev par sa médaille...

« Mais non, disait pour finir Souzdal, plus anticlérical qu'un médecin de Zola, Apraxine n'est pas quelqu'un à céder, comme le Père Terenski, aux pressions du Palais. De nous sept, lui seul jugera en son âme et conscience, au lieu de se prononcer, comme les six autres, par intérêt ou profit personnel. »

XXIII

Un événement inattendu sembla justifier l'optimisme de Nicolas.

Appeler « ménage à trois » l'association de Sergueï Barenkov, Marfa Lopoukhine et leur hôte l'étudiant Moïsseï Moïssevitch serait montrer une légèreté déplorable et trahir l'influence de mes gènes français. Le *libre amour* à la russe n'a rien à voir avec ce qu'on entend sous ce nom à Paris. Plus chaste que sensuel, c'est un sentiment fondé sur le respect et la sympathie réciproques. Deux ou plusieurs personnes décident d'unir leurs vies et de mettre leurs biens en commun. Une répugnance à l'amour physique, acte jugé avilissant, préside souvent à leur compagnonnage. Tous ne se bornent pas à des relations platoniques, mais les meilleurs d'entre eux, qu'on retrouve souvent dans les partis clandestins, se tiennent aussi éloignés que possible du contact charnel, crainte de sacrifier à un passe-temps frivole une partie de l'énergie nécessaire pour défendre le peuple, seule cause sacrée pour eux.

Sergueï Barenkov, en tout cas, partageait ce sentiment. Quoique non dénué d'attirance pour Marfa, il s'efforçait de ne pas se représenter la jeune femme en objet physique. Concubine : un mot et une notion trop horribles. Ils avaient couché parfois ensemble, mais seulement pour se démontrer à eux-mêmes qu'ils pouvaient se concéder cette faiblesse, sans se lier par une habitude dégradante.

Quant à Moïsseï, juif et israélite pratiquant, impossible de douter qu'il n'eût pour les plaisirs du corps la même aversion péremptoire que son patron Moïse.

Sergueï tomba de haut lorsque, rentrant à l'improviste chez lui, il surprit, dans la deuxième chambre, celle de Marfa, ses deux camarades aussi nus que si le péché originel n'avait jamais été commis.

La jeune femme était couchée à plat ventre, sous l'étudiant qui la besognait *more canum*. Cette occupation les absorbait si profondément, qu'ils n'entendirent pas la porte s'ouvrir. Sergueï la referma sans bruit et se réfugia, tout tremblant, dans la chambre de Moïsseï.

Faire un scandale ? Arracher le bouquet de fleurs qu'elle mettait sous son icône et en fouetter la croupe du juif, jaune et nue, agitée d'obscènes soubresauts ? C'eût été non seulement ridicule, mais contraire à leur conception de l'amour libre. Sergueï détenait-il un droit de propriété sur Marfa ? N'avaient-ils pas jeté aux orties ces vieilles lunes ? Encore plus bourgeois et détestable lui parut le picotement de jalousie qui lui brûlait le cœur.

Toute la faute, d'ailleurs, revenait à Moïsseï. La Bible n'interdit pas à un homme et une femme, s'ils sont libres de liens conjugaux, une copulation honnête, mais cette forme de coït, contre nature, bestiale, entre certainement dans la liste des proscriptions édictées dans le Lévitique. Sergueï aperçut la Bible de Babylone posée sur le coffre, à côté de la lévite, du taleth de soie blanche et de la calotte noire.

« Ah ! scélérat ! dit-il en jetant par terre et en piétinant la kippa, ta dévotion au Talmud ne te gêne plus, lorsque tu as envie de te livrer à la débauche ! Tu n'uses pas du *vase naturel*, pour éjecter ton infâme libido ! »

Etait-ce là le ton d'un socialiste ? Sergueï se ressaisit. Quelle emphase déplacée ! Il suffisait de mettre à la porte le traître qui, non content de vivre gratis à ses frais, pervertissait sa compagne. Une nouvelle difficulté se présenta à son esprit.

« Si je chasse Moïsseï, je fais le jeu, *ipso facto*, de la répression contre les juifs. Faute de permis de séjour, il n'a pas d'endroit où aller. Vais-je le renvoyer à Berditchev, dans son ghetto polonais ? Offrir à mes camarades de combat l'exemple honteux d'un *socialiste antisémite* ? Non, je ne chargerai pas ma conscience de ce poids. »

Quel plan mûrit Sergueï pour assouvir sa vengeance, nous en eûmes quelques jours après la surprise. Par l'intermédiaire de Nicolas, il demanda à rencontrer Tchaïkovski. Démarche si étonnante, que je me permis d'assister à l'entretien, avec Nicolas, après que celui-ci eut garanti sur l'honneur à son ancien condisciple que nous garderions le secret. La rencontre eut lieu dans l'appartement de la Malaïa Morskaïa.

Nicolas, pour éloigner Bob, lui avait payé une *virée* dans les îles, comme disait le garçon. Avec d'anciens camarades de son régiment, friands, à son instar, de cabarets à femmes, l'ex-sous-lieutenant partit pour Krestovski Ostrov.

Le président du Comité de surveillance des Bâtiments et de l'Urbanisme se présenta en uniforme. Alexis lui offrit, sur le plateau toujours prêt pour les invités, un verre de vodka et des concombres salés, selon le rite instauré par Piotr Ilitch. Sergueï Barenkov refusa. Nous ayant à peine salués d'un signe de tête, il entra tout de suite en matière.

« Ne croyez pas, monsieur, que j'aie révisé mon opinion, ni sur le caractère de votre musique, ni sur l'importance de la musique en général dans la lutte du peuple pour son émancipation. Des sommes énormes sont distraites du budget de la nation pour subventionner des spectacles frivoles. Quant à vos œuvres, elles ne s'adressent qu'à un public nanti. Ces messieurs, ajouta-t-il en nous désignant du menton, savent ma pensée sur ces deux points. Il est inutile que je la développe ici. Ils vous auront également averti que le vice bourgeois dont vous êtes accusé ne peut vous attirer de ma part qu'un vote de sanction rigoureux.

« Or, à la suite d'événements qui me concernent, j'ai repris votre dossier et abouti à des conclusions qu'il vous plaira peut-être d'entendre. A ces messieurs aussi, que je crois gagnés à vos intérêts. »

Nicolas me regarda, stupéfait.

« J'ai relevé d'abord qu'en dépit de votre attachement bien connu aux Romanov, vous n'êtes pas entièrement insensible aux souffrances des sujets qu'ils oppriment. Dans la période instable que traverse notre pays, vous pensez que des changements imprévisibles ne peuvent manquer de se produire. Ce serait le moment ou jamais, avez-vous déclaré à un journaliste américain, de chercher des indications et de l'aide dans le peuple. *Un Zemski Sobor, voilà, selon moi, ce dont la terre russe a besoin.*

« Vous vous êtes indigné de voir les livres du comte Tolstoï poursuivis par la censure. Contre la mesure de police vous interdisant de présenter sur scène, dans votre opéra sur Jeanne d'Arc, l'archevêque de Rouen, vous avez élevé une protestation publique.

« Et voici un autre bon point, continua Barenkov. Quand vous habitiez Maïdanovo, chez la logeuse Agrafna Novikova, vous avez ouvert pour les enfants du village une école, en prenant sur vos propres deniers. Jusque-là, vous goûtiez aux joies de la campagne en bourgeois qui a peur de se salir. C'est la première fois qu'on vous a vu vous intéresser aux conditions de vie arriérées de nos paysans. Agrafna Novikova aurait dû financer pour moitié cette école. Ses affaires périclitant, vous avez pris en charge la totalité des frais.

« Je passerais sous silence l'exemple suivant, s'il ne prouvait quelle influence vous exercez sur les Romanov. »

(Il n'appelait le tsar et les siens que « les Romanov », par déni de la majesté impériale : qu'étaient-ils de plus qu'une simple famille russe ?)

« La municipalité de Tiflis avait commencé à construire un théâtre. Faute d'argent, les travaux se trouvaient interrompus. Vous avez écrit une lettre à Alexandre III pour solliciter une subvention. La bagatelle de 235 000 roubles ! La subvention fut accordée. Que les désœuvrés de Tiflis disposent maintenant d'un lieu de récréation qui les aide à supporter leur oisiveté ne me réjouit pas outre mesure, en revanche j'attache la plus grande importance, et vous allez comprendre dans un instant pourquoi, au fait qu'Alexandre ait accédé à votre demande.

« Pour l'inauguration de la cathédrale du Saint-Sauveur à Moscou, vous avez composé l'*Ouverture 1812*, en l'honneur de la victoire sur Napoléon. Sous prétexte d'évoquer la déroute des Français, vous avez introduit, entre des bribes de chants populaires russes et quelques mesures de l'hymne russe, des fragments de *la Marseillaise*, volontairement déformés, sans doute, pour déjouer la vigilance des censeurs, mais assez entraînants encore pour réveiller chez les patriotes du monde entier la nostalgie de la grande Révolution.

« Sans ce précédent, l'événement le plus important de l'année 1891 n'aurait pu se produire. Je ne parle pas, bien entendu, de l'entrée spectaculaire de l'escadre française à Cronstadt, détestable opération de propagande des gouvernements russe et français pour renforcer la tyrannie militaire en Europe. Je me réfère à quelques minutes précises de cette visite. Alexandre monta à bord du navire amiral français. La fanfare oserait-elle entonner, devant l'autocrate de toutes les Russies, l'hymne national républicain ? Le protocole donna son accord, puisque le compositeur préféré d'Alexandre avait acclimaté *la Marseillaise* aux oreilles russes. Et l'autocrate, l'ennemi du peuple, aux premières mesures du chant révolutionnaire, se découvrit. La casquette à la main, il écouta tonner les sanglantes menaces contre son trône.

« De toutes ces considérations, j'ai tiré l'heureuse hypothèse que vous n'êtes pas aussi fermé à la cause du peuple, que certaines de vos déclarations le laissent supposer. En outre, les bons rapports que vous avez avec les Romanov et l'attention que vous prête Alexandre font de vous un porte-parole idéal.

— Porte-parole de quoi ? demanda Piotr Ilitch, déconcerté.

— Des légitimes revendications populaires. Examinons votre cas particulier. Vous avez été dénoncé, votre crime relève du code pénal, la police a enquêté sur vous, vous allez être jugé conformément à l'article 995. Or, bon nombre de mes amis politiques subissent aussi la persécution. On les dénonce, on les soumet à l'enquête policière, on les condamne, on les exile en Sibérie. Je viens, en leur nom, vous offrir un moyen d'échapper à la déportation. Si, devant le tribunal et par tous les moyens que nous vous fournirons, vous dénoncez les méfaits du gouvernement et critiquez l'absence de réformes, mon soutien vous est acquis. Je m'engage à voter l'acquittement, si vous présentez la cause des socialistes comme solidaire de la vôtre.

— Est-ce un marché ?

— Ce mot vous offense-t-il ? Quand vous vendez une de vos œuvres à votre éditeur, vous concluez bien un marché, que je sache.

— Mais, objecta Piotr Ilitch, effaré d'une offre si inopinée, qu'y a-t-il de commun entre la pensée de Marx, de Proudhon et... quelque chose... que vos amis sont les premiers à réprouver ?

— J'ai mes raisons pour vous parler ainsi », fit Barenkov.

Il serra les mâchoires, l'air féroce. Pour châtier l'hypocrisie de son hôte juif, il eût renié la Bible en entier.

« Acceptez-vous, reprit-il, ma proposition ? Vous prenez fait et cause pour les socialistes, et je vous donne ma parole d'honneur de voter l'acquittement.

— Mais... sous quelle forme... comment... ?

— Oh ! je ne vous demande ni un discours incendiaire, ni d'aller jeter des bombes... Notre groupe est lui-même de tendances modérées... Ce que j'exige reste dans les bornes du raisonnable. Il ne vous en coûtera qu'un effort limité.

« Dans une loge du théâtre Mariinski, à l'issue d'une représentation d'un de vos opéras, Romanov vous a offert des boutons de manchettes en pierreries. Vous avez regretté en privé que cette gratification n'ait pas été donnée en argent. Avant de quitter Saint-Pétersbourg, vous avez mis en vente ces joyaux. Votre serviteur Alexis Sofronov les a cédés à un juif de ma connaissance, un petit usurier de la place aux Foins, pour une somme inférieure de moitié à leur valeur réelle.

— Où l'on retrouve Moïsseï..., grommela en aparté Nicolas.

— Etes-vous disposé à confirmer publiquement que le présent d'Alexandre vous a rapporté quinze cents roubles ?

— La honte en retomberait sur moi. Je refuse, dit Piotr Ilitch sans hésiter.

— Un des griefs retenus contre vous implique Constantin Constantinovitch, le cousin d'Alexandre. Etes-vous prêt à révéler que, chez les Romanov aussi...

— Ce que vous me proposez est infâme.

— Si le pouvoir se montrait équitable, l'article 995 devrait être appliqué, non seulement à Constantin Constantinovitch, mais à Georges lui-même, le deuxième fils d'Alexandre. Deux poids, deux mesures : dénoncerez-vous ce déni de justice ?

— Je ne suis pas un mouchard.

— Bon, je m'attendais à cette réponse. Ce point n'est que subsidiaire. Passons au plus important. Mon offre consiste en trois

demandes précises, continua-t-il en tirant un calepin de sa poche. Il vous suffira de répondre par oui ou par non.
— J'écoute », dit Piotr Ilitch.
Pour s'empêcher de marcher de long en large, il s'accouda au piano.
« Vous avez déclaré à Rome, lors des émeutes étudiantes de Saint-Pétersbourg, qu'il fallait s'attendre d'un jour à l'autre à de nouveaux soulèvements en Russie. *Je suis navré pour notre pauvre et excellent empereur, si sincèrement préoccupé du bonheur du pays, et qui se heurte à des désappointements et des mécomptes sans fin.* Voilà vos paroles, telles qu'on les a lues dans la presse. Etes-vous prêt à les démentir, en alléguant que votre interlocuteur italien a compris de travers ou déformé à dessein votre pensée ? Il suffirait de faire savoir que vous avez dit en réalité : *Je suis navré que notre pauvre empereur que vous croyez si excellent ne se préoccupe pas plus du bonheur du pays et prenne pour une offense personnelle les justes revendications de la jeunesse.*
— Une contre-vérité, doublée d'une goujaterie ? Ne comptez pas sur moi.
— Vous n'avez pas toujours été aussi délicat. Pour revendre les pierreries, le respect ne vous a pas étouffé.
— Ce... faux pas n'a rien à voir avec les sentiments que je porte à l'empereur. Alexandre ne m'a jamais trouvé déloyal... D'ailleurs... »
Conscient de proférer une maladresse, il acheva en bafouillant :
« Sa Majesté m'a fait la grâce de me décerner une pension à vie de trois mille roubles. »
Un sourire mauvais crispa les lèvres sèches de Barenkov.
« Vous pourriez soutenir, insinua-t-il, qu'on vous a donné cette rente pour acheter votre fidélité. »
Piotr Ilitch se cabra sous l'insulte.
« Vous dites non à ma première demande ?
— Je dis non. »
Barenkov cocha la réponse dans son calepin.
« A Paris, vous avez assisté à une manifestation de chômeurs. Louise Michel, la grande révolutionnaire, membre de feu la première Internationale et ancienne communarde, conduisait le cortège. Votre réaction, rapportée aussitôt dans les journaux de Saint-Pétersbourg, a pesé lourdement sur le mouvement socialiste russe. Voici textuellement vos propos.
« *Plusieurs dizaines de milliers d'individus ont afflué sur la place de la Bastille. Ils exigent qu'on leur donne du pain et que le gouvernement leur procure du travail. Mais combien d'entre eux veulent-ils sérieusement du travail ? De vrais ouvriers dans le besoin, combien*

y en a-t-il dans cette foule ? La plupart sont des fainéants, des escrocs ou des mutins. On les a dispersés et matés sans avoir besoin de faire usage des armes.

« Maintenez-vous cette opinion ? »

Tchaïkovski rougit en s'entendant rappeler ces mots. Le caractère hâtif, superficiel et fallacieux de son jugement le troublait. Et plus encore le souvenir auquel était liée cette affaire. Il se trouvait à la Bastille en compagnie d'une *corvette* de la police, son amant pendant ce séjour parisien. Pour complaire à ce type, qui s'en targuerait auprès de ses chefs, ce faux témoignage lui avait échappé. La déclaration faite à la presse ne reflétait nullement ses impressions. En réalité, la détresse des chômeurs l'avait ému.

« Etes-vous prêt à vous rétracter ? insista Barenkov, qui voulait profiter de son embarras.

— Peut-être ai-je été un peu... léger, admit Piotr Ilitch.

— Vos opinions, largement répandues, sur Proudhon et le socialisme, servent de caution intellectuelle au pouvoir. Nous exigeons un désaveu.

— Si vous vous rapportez à la formule de Proudhon : *la propriété c'est le vol*, je maintiens qu'on n'a jamais proféré plus grande absurdité. Chacun tient à son lopin de terre, sans nuire pour cela à son prochain. Il n'y a pas d'utopie plus insensée que le socialisme et le communisme. Et combien ennuyeuse et insupportablement terne serait l'existence, réduite à un bonheur égalitaire, sans risques, sans luttes...

— Si vous souhaitez engager un débat philosophique, nous prendrons rendez-vous. J'ai travaillé avec Proudhon à Bruxelles, et puis vous garantir que vous réduisez sa pensée à des lieux communs. La police de Napoléon III débitait ces inepties pour effrayer les bourgeois. Aujourd'hui, cependant, nous n'avons pas de temps à perdre. Acceptez-vous, oui ou non, de revenir sur vos protestations d'allégeance au gouvernement ?

— Je ne me vois pas dans un tel rôle... Du reste, sous quel prétexte ?

— Vous aurez la parole au procès. En profiterez-vous pour lier votre petite cause personnelle à la cause universelle des opprimés, et proclamer publiquement la nécessité du socialisme en Russie ?

— Je compte si peu, vous savez... Ne serait-ce pas ridicule ? Quelle importance auraient quelques mots... prononcés d'ailleurs à huis clos, forcément.

— Nous nous chargerons de les divulguer, n'ayez crainte.

— Qui s'intéresscrait à mon opinion, dans un domaine où je n'ai aucune autorité...

— Le prestige de votre nom, la faveur dont vous jouissez à la Cour, la confiance que vous inspirez aux Romanov vous désignent pour être notre porte-parole dans les hautes sphères du pouvoir.

— ... Mentir à ma conscience...

— Savez-vous, monsieur, que, pour un artiste, vous êtes singulièrement timoré ? Les excès du despotisme, dont vous êtes vous-même la victime, ne vous révoltent donc pas ? Je conçois que le Russe moyen, parce que le rapport de forces lui est trop défavorable, se taise devant les abus du pouvoir. Mais vous, un artiste, et un artiste célèbre, un novateur, quelqu'un qui marche hardiment dans les voies de l'avenir, n'avez-vous pas honte de cautionner un gouvernement rétrograde ? »

Provoqué sur un terrain qui lui était plus familier, Tchaïkovski reprit l'avantage. Il se détacha du piano et vint s'asseoir en face de Barenkov.

« L'artiste, monsieur, est l'homme le moins fait pour entrer dans vos desseins. Dans sa jeunesse, peut-être, emporté par l'ardeur, la générosité et l'ignorance, il s'enflamme pour des chimères politiques. A peine s'est-il rendu compte des tâches particulières qui lui incombent, le voilà d'un autre avis. Il découvre que le travail créateur l'isole de la société de ses semblables. Il s'aperçoit aussi que chaque nouvelle page qu'il écrit l'expose à un risque.

« Sera-t-il compris ? Trouvera-t-il un public ? La célébrité est une déesse volage, qui donne et retire ses faveurs. *Eugène Onéguine* a été un succès. Quatre ans après, *la Pucelle d'Orléans* un semi-échec. Trois ans après, *Mazeppa* un vrai four. Trois ans encore après, *l'Enchanteresse* un non moins rédhibitoire fiasco. Seule ma *Dame de pique* a retrouvé grâce auprès du public.

« Solitude, incertitude sur le sort de ses œuvres, doutes sur l'utilité d'écrire, sentiment de fragilité personnelle, tel est le lot peu enviable de l'artiste. Plus il innove, plus il est seul et vulnérable. La vie lui deviendrait impossible, s'il devait par-dessus le marché remettre en question l'organisation politique et sociale du pays où il exerce ses précaires activités. Il a besoin de sentir autour de lui un terrain solide, stable ; il n'a d'autre sécurité que celle que lui procure le bon fonctionnement des institutions existantes. Voilà pourquoi l'artiste, engagé lui-même dans une tentative périlleuse, répugne aux aventures politiques. Passées les illusions de la jeunesse, vous n'en trouverez pas un seul qui, s'il vous répond avec honnêteté, ne se déclare foncièrement conservateur. »

Il s'étendit sur le sujet. Sa vaste culture littéraire lui fournissait maint exemple. Il nous cita Pouchkine, lequel, après avoir frayé avec les décembristes, chercha à mériter la protection de Nicolas Ier, ne dédaignant même pas l'amitié de Benkendorf, le chef des gendarmes.

Il évoqua Dostoïevski, dont toute l'œuvre reflète moins le ressentiment du bagne que le remords de s'être laissé entraîner par les conjurés de 1848 dans un complot contre le trône. *Les Possédés* ? Un acte de réparation, sous forme de tableau satirique des agitateurs et terroristes à la Netchaïev. Le fameux discours sur Pouchkine, apologie de la réaction ? En exaltant la Russie autocratique des tsars, l'écrivain a scandalisé ceux qui s'imaginent, par ignorance de la nature du travail créateur, que le révolutionnaire en art est aussi un révolutionnaire en politique. Rien de plus erroné, répéta Tchaïkovski. Toute perturbation dans la société inquiète et déstabilise l'artiste. Explorateur téméraire dans le secteur qu'il s'est choisi, sa provision de courage étant épuisée, il ne peut qu'adopter l'attitude d'un sujet respectueux du pouvoir et dévoué à son souverain.

« Sa liberté intérieure l'entraîne si loin des conventions établies, qu'il a besoin de se rassurer en constatant que rien ne bouge dans le monde extérieur. Le compositeur de musique, en outre, a des raisons particulières d'appréhender les tourmentes. Le fonctionnement des salles de concert, des théâtres, des orchestres exige la stabilité sociale et la paix politique. Le public des abonnés, clef de voûte de la vie musicale, se disperse au premier vent d'orage.

« Je me souviens aussi, ajouta-t-il à mon intention, qu'Honoré de Balzac, le plus audacieux des grands romanciers européens, se vantait d'écrire à la lumière de deux vérités éternelles, le trône et l'autel.

— C'est pour cela, grogna Barenkov, que je refuse à la Société des amis russes de Balzac l'autorisation de poser une plaque au 16 de la rue des Millionnaires, sur la maison où il a logé pendant son séjour pétersbourgeois. »

Presque en face du 19, pensai-je, en me souvenant de ma visite à ce cafard d'Alexandre Obolev.

« A la lumière du trône et de l'autel, répéta Piotr Ilitch. L'auteur des *Illusions perdues* sentait le besoin d'un rempart contre les gouffres où il poussait ses personnages. »

Discuter ces propos ? Opposer aux exemples de Dostoïevski et de Balzac ceux de Voltaire, de Victor Hugo ? Quelques années plus tard, l'affaire Dreyfus et l'intrépidité de Zola eussent démenti Piotr Ilitch.

L'allusion à Vautrin, à Lucien de Rubempré, totems des uranistes, princes de leur franc-maçonnerie, dieux que j'avais vus trôner dans la bibliothèque du directeur de l'Ermitage, me dévoilait l'arrière-pensée de Piotr Ilitch. A celui qui risque à tout moment le chantage, la délation, le scandale, comment demander qu'il fragilise encore, en affichant des idées politiques subversives, une situation déjà si précaire ?

Impatient de conclure, Barenkov reprit sèchement la parole.

« Vous refusez donc de marcher avec nous ?
— Pas aux conditions que vous posez... Impossible... C'est pour moi impossible...
— L'histoire retiendra que, pour trois mille roubles par an, vous avez lâché la cause la plus noble de notre époque, renié les justes, tourné le dos aux opprimés. »
Nicolas, exaspéré, sortit de sa réserve.
« Vote contre lui, Sergueï, l'histoire retiendra que tu as obéi aux directives du Palais.
— Mes camarades décideront.
— Pobiedonostsev sera enchanté de tes camarades.
— Qu'oses-tu dire, Nicolas ?
— Eh ! c'est l'évidence même, monsieur, rétorquai-je. Rien ne vous gagnera autant de faveurs à la Cour, que de refuser l'acquittement. »
Furieux, Barenkov referma d'un coup sec son calepin, et apostropha Piotr Ilitch.
« Vos opinions politiques, glapit-il, coïncident avec celles de votre pire ennemi... Le général Barianski... Ah ! vous pâlissez à ce nom... L'ex-Jdakov, comme vous savez... Coupable du même crime pour lequel on vous juge... Entré dans la police pour éviter la déportation... Et maintenant, d'autant plus acharné contre les socialistes, que le pouvoir le tient à l'œil... Nous aurions pu nous allier pour combattre cette vipère, si... si vous ne préfériez vous ranger de son côté ! Evidemment, puisque vous êtes du même bord ! conclut-il en ricanant. C'est donc toujours non ? »
L'attaque *ad hominem* eut encore moins de succès que l'exhortation politique.
« L'infamie personnelle d'un serviteur du tsar, dit Piotr Ilitch, n'entame pas plus la nécessité du trône, que l'ivrognerie du pope de village ne porte atteinte à la sainteté de Dieu.
— Vos réponses seront rapportées. Textuellement, fit Barenkov en se levant. Je pense que nous n'avons plus rien à nous dire. J'agirai selon les consignes du groupe.
— Raccompagne monsieur, Aliocha. »
Aliocha ! Jailli de son désarroi, ce diminutif de tendresse, qu'il n'employait jamais en public, nous émut. Il devait être à bout de nerfs, pour se trahir ainsi devant nous.

XXIV

Nous n'eûmes pas le temps de commenter l'offre incroyable de Sergueï Barenkov, ni de calculer les conséquences de ses menaces. A peine le visiteur sorti, on sonna à la porte. Bousculant Alexis, Bob entra en coup de vent. Il avait couru ; sa poitrine, moulée dans un maillot blanc, se soulevait haletante ; ses joues hâlées brillaient sous la sueur. Plus sensible à la beauté d'un homme, je comprendrais les folies qu'il excite partout où il passe.

Il s'affala dans le fauteuil que venait de quitter Barenkov. Sa main serrait d'un mouvement convulsif un rouleau de papier, ficelé à la diable d'un ruban. Sans nous dire bonjour, il interpella son oncle.

« Tu m'as gâché ma journée ! Pour une fois où j'étais dans les îles, à m'amuser avec des copains de mon âge...

— Qu'arrive-t-il, Bob ?

— Nous ne vous attendions pas si tôt, dit Nicolas, contrarié.

— Il arrive que j'ai rencontré au Yacht-Club fluvial... J'avais bonne mine, entre parenthèses, avec mon maillot de galopin, entre ces messieurs en flanelle anglaise et blazer marine.

— Qui as-tu rencontré ?

— J'ai dû leur mentir, en prétendant que je n'étais venu que pour une partie de canoë... Tu parles, avec toute la *gentry*, le beau monde *select* tiré à quatre épingles...

— Quelqu'un t'a donc reconnu ?

— Ton éditeur, mon oncle.

— Piotr Ivanovitch Jurgenson ?

— Un nom de métèque comme ça.

— Au Yacht-Club fluvial ? Dans l'île de la Croix ? Pauvre chou de Bobichka ! Tu arrives de là-bas ? Tu as couru de si loin ? »

Affairé autour du garçon, Piotr Ilitch passait lui-même sur le cou en nage la serviette que lui tendait Alexis.

« Pauvre chou de Bobichka ! J'en ai appris de belles ! continua le jeune homme agacé. Alexis, un cornichon et un verre de vodka. Ce type donc me reconnaît de loin, fend la foule des messieurs pour venir me parler, brandissant au-dessus de sa tête ce rouleau.

« "C'est bien sous votre influence que votre oncle a fait ce beau geste ?"

« Je tombe des nues.

« "Quelle influence ? Quel geste ?

« — Ne savez-vous pas qu'il laisse un quart des droits d'auteur de la nouvelle symphonie à sa vieille gouvernante française, Mlle Fanny Durbach ?

« — Qui est cette demoiselle dont j'entends parler pour la première fois, et en quoi mon influence est-elle responsable du fait que mon oncle se spolie d'une partie de nos revenus ?

« — Votre oncle avait quatre ans lorsque ses parents engagèrent cette jeune Française. Il en garde un souvenir si ému que, l'an dernier, pendant son séjour en France, il est allé lui rendre visite dans sa retraite de Montbéliard. La vieille demoiselle a maintenant plus de soixante-dix ans, elle est presque sans ressources...

« — Première nouvelle, monsieur...

« — Vraiment, quel beau geste de la part de votre oncle ! Je suppose que vous y êtes pour beaucoup... Dédicataire de la symphonie, vous en avez la propriété morale, en quelque sorte.

« — Pas du tout, je n'y suis pour rien !" dis-je, suffoqué.

« Te permettre cette folie ! Comme si on ne savait pas que ces éditeurs sont tous des canailles, et que le tien n'enverra rien du tout à cette raseuse... Pas un kopeck vaillant ! Qui va vérifier les comptes, à l'étranger ? Il se mettra la différence dans la poche, oui, et toi, comme un dindon, à te pavaner avec le sentiment d'avoir fait une bonne action. Sans moi... Je lui arrache des mains le contrat, je rentre à la maison en vitesse. Tiens, le voilà, tu vas me radier cette idiotie, et pas plus tard que tout de suite. »

Bob tira sur le ruban et brandit le papier déroulé.

« Une pure ânerie ! insista-t-il en pointant le doigt sur l'article litigieux.

— Avons-nous besoin de cet argent ? balbutia Piotr Ilitch.

— Il est fort possible que ce quart de tes droits d'auteur ne te manque pas. Mais moi qui te respecte, je trouve pénible de te voir, à ton âge, vivre encore à l'étroit, exposé à la médisance des lâches et des envieux. Pense ce que tu veux, je ne pourrai jamais être heureux dans ces circonstances.

— Tu n'es pas heureux, Bob ? »

Piotr Ilitch blêmit.

« Non, puisque tu ne te décides pas à quitter ton genre borchtch aux betteraves et classe moyenne. J'aurais tant voulu que tu profites de ton installation dans un appartement enfin chic, pour assurer ta distinction face à la haute société de Saint-Pétersbourg. Heureux ? Je ne pourrai jamais l'être si, à cause d'un vague apitoiement pour une vieille fille que personne ne connaît, tous mes efforts partent en fumée.

— Voyons, Bob, ce n'est pas une somme si considérable... »

Le jeune homme se leva d'un bond.

« Regarde un peu à quel fond de cale nous sommes réduits ! Le *proprio* t'a laissé le piano, d'accord. Mais dans quel but ? Pour *te pomper plus de fric* ! »

Il effleura le clavier, de ses doigts courts et nerveux. Les premières notes d'une doumka s'envolèrent, et, de cet impromptu sans apprêt, jaillit une mélodie, si pure qu'elle effaça la laideur des mots.

« Mais tout le reste ? reprit-il, dégoûté. Le mobilier ne vaut pas tripette. Un fauteuil pourri (il s'y laissa retomber), une banquette de dentiste... Pas un seul canapé ! Comment organiser une réception *potable* ! Ils vont bien rigoler, mes amis ! Que leur dirai-je ? Que Tchaïkovski, à cinquante-trois ans, continue à végéter ? Que Sa Majesté la Musique vivote comme un gagne-petit ?

— Quelques centaines de roubles de plus ou de moins... Alors que Fanny Durbach...

— Font toute la différence, mon oncle. D'ailleurs, je trouve que tu pourrais travailler plus, écrire plus, faire rentrer plus d'argent. Ilianov, le magasin de blazers anglais, vient d'augmenter ses prix.

— Ne t'inquiète pas, Bobichka, nous irons chez Ilianov...

— A condition que tu aies de quoi. Ah ! elle est vraiment *fortiche*, ton idée de nous déposséder au profit d'une vieille bique...

— Cours chez le notaire, Alexis. Dis-lui qu'il vienne sur-le-champ. »

Piotr Ilitch chercha des yeux où il pourrait étaler le contrat. Le plateau aux concombres occupant l'unique table du salon, il rabattit le couvercle du piano.

« Une plume, s'il te plaît, Nicolas. »

Bob, qui faisait semblant d'essuyer son visage tout à fait sec à présent, regardait son oncle en dessous.

XXV

Malgré l'angoisse du procès, malgré les mufleries de Bob, malgré la fatigue des répétitions, Piotr Ilitch n'oubliait pas ses amis du canal Krioukov. Se sentant coupable de la destruction du rossignol mécanique, il cherchait à le remplacer par un cadeau d'égale valeur. Pour l'anniversaire de Gouri, il vint me chercher à l'hôtel, de bon matin. La pluie était tombée en abondance les jours précédents, avec des rafales de vent et un brusque abaissement de la température, comme il arrive si souvent à Saint-Pétersbourg, où l'on perd vingt degrés en une nuit.

« J'ai trouvé, me dit-il. Vous avez été présent à cette scène regrettable. Vous serez témoin aujourd'hui que je ne suis pas toujours aussi nul avec les enfants. Venez, il faut que nous passions chez Ivanov, le magasin de jouets de la Perspective. Nous arriverons chez Fiodor avant le déjeuner, quand les enfants seront encore à leur cours de danse. Gouri aura la surprise. »

Surprise de taille si imposante, qu'Ivanov nous fournit une charrette et deux commis pour la transporter. Le cortège emprunta la Moïka, longea l'hôtel Youssoupov, tourna devant la Nouvelle Hollande. Les eaux, qui avaient monté depuis une semaine, frôlaient le parapet. Peu de coins sont aussi jolis à Saint-Pétersbourg que l'angle formé par la Moïka et le canal Krioukov. Rouge sombre de la brique, vert tendre des arbres, bleu noir des canaux. A l'entrée de la Nouvelle Hollande, l'arche majestueuse ouverte sur le vide repose sur quatre colonnes de granit, seule touche de luxe dans ce quartier marchand. Heureux les enfants qui grandissent dans ce cadre ! Tirée par des chevaux et chargée des décors de *Boris Godounov* — je reconnus les coupoles de Novodievitchi et la cellule du moine Pimène —, une péniche glissa devant nous, au ras du quai, en direction du Mariinski. La masse verte du théâtre déborde l'alignement des façades, l'arrière du bâtiment tombant directement dans l'eau, comme la Fenice de Venise.

Piotr Ilitch me saisit soudain par le bras. Il venait d'apercevoir, accourant du côté de Saint-Nicolas-des-Marins, les trois petits Stravinski. Il fit reculer la charrette ; nous nous cachâmes derrière l'immeuble d'angle avec la Moïka.

Casquette russe à longue visière rejetée sur la nuque, les enfants arrivèrent devant le porche de leur maison à l'instant où la péniche passait en sens inverse. Le conducteur, jeune homme sans méfiance, était descendu sur le quai pour encourager ses chevaux. Avec une agilité qui dénotait une longue habitude, Gouri et Igor lancèrent leurs sacs à Iouri, enfoncèrent leur casquette jusqu'au nez, escaladèrent la balustrade et sautèrent dans l'embarcation. Gouri s'empara du sceptre et du globe en or de Boris. Igor jeta son dévolu sur la mappemonde du tsarévitch. Ils se faufilaient comme des chats entre les accessoires. La rafle achevée, ils se sauvèrent d'un bond et disparurent sous le porche.

« Bien joué, murmura Piotr Ilitch, qui avait suivi, follement amusé, les péripéties de la razzia. Je me demandais comment ils avaient chipé la canne de la Dame de pique. »

Nous montâmes l'escalier en silence. Accaparés par leur nouveau butin, les enfants avaient oublié de faire le guet. Au lieu de sonner, Piotr Ilitch frappa un coup léger à la porte. Anna Kirilovna ouvrit aussitôt. Les commis installèrent le cadeau dans le salon.

« Ah ! tant mieux, remarqua Fiodor, après un coup d'œil par la fente de la bâche. Voilà un jouet moins fragile. »

Igor avait flairé la nouveauté. Il entra sans bruit dans le salon. Seul, c'était un sage petit garçon, qui salua poliment.

« Piotr Ilitch, commença Fiodor d'un ton solennel — il ne pouvait s'empêcher de parler comme au théâtre —, très estimé Piotr Ilitch, j'ai à te demander ton avis sur un grave sujet. Le prince Kremski envisage de créer l'an prochain *Parsifal*. Il me propose le rôle d'Amfortas. Dois-je accepter ? Tu me connais depuis plus de trente ans, j'ai pleine confiance dans ton jugement. Ce que tu me diras de faire, je le ferai.

— Tu es plus jeune que moi, Fiodor Ignatievitch. Nous n'avons été ensemble au Conservatoire, que parce que j'ai commencé tard mes études musicales.

— J'aurai cinquante ans cette année.

— L'âge exact pour le rôle d'Amfortas ! Un rôle superbe, qui te dédommagera de chanter Orlik, l'antipathique séide de mon Mazeppa !

— Ma question avait un autre sens, très estimé Piotr Ilitch. Dois-je accepter de chanter du Wagner, dans le temple de notre opéra russe ?

— Quoi que je pense de Wagner, j'estime indispensable d'élargir le répertoire du Mariinski. Ouvrons notre Opéra aux grands courants de la musique européenne. Mais ne l'appelle pas temple, je t'en prie. »

Fiodor, tout content d'être distribué en souverain du royaume de Graal, se frotta les mains. Anna Kirilovna, plus fine, doucha son enthousiasme.

« Dites-nous le fond de votre pensée, Piotr Ilitch. »

L'angélus de midi sonna au clocher de Saint-Nicolas-des-Marins. Tchaïkovski s'avança vers la fenêtre.

« Le fond de ma pensée, les cloches l'ont exprimé pour moi. Wagner n'a pas eu la chance, sans doute, d'habiter, comme vous, à double proximité d'un théâtre et d'une église, ce qui lui eût appris qu'il ne faut pas prendre la terre pour le ciel. Dans *Parsifal*, la confusion de l'art et de la religion m'empêche d'adhérer à cette œuvre. Est-ce un opéra ? Est-ce une messe ? Bénis soient ces enfants, ajouta-t-il en caressant la nuque d'Igor qui était venu se fourrer dans l'embrasure. Ils voient les décors du théâtre passer sous leurs yeux — le garçon releva la tête, inquiet, se demandant si diadia Petrouchka allait les trahir, mais une pression de main, un sourire complice le rassurèrent —, ils entendent de leur chambre les cloches de l'office. Ils garderont le souvenir que le côté du monde et le côté de Dieu doivent rester distincts ; aussi distincts que les deux édifices qui les symbolisent, égaux en importance et en prestige, mais chacun destiné à une fin particulière. Théâtre Mariinski, trapu, glauque, labyrinthe de coulisses et d'intrigues. Eglise Saint-Nicolas-des-Marins, tours et coupoles sur fond d'azur, joie et gloire de l'élan. Le ciel et la terre, deux domaines à ne pas mélanger. »

Il se signa.

Anna ferma les fenêtres. Le vent s'étant levé, elle craignait pour les bougies que, selon la coutume russe, on allumerait sur la table au début du repas.

« Tiens, mon bonhomme, dit Piotr Ilitch en tirant de sa poche un livre qu'il tendit à Igor, tu as aussi un cadeau. Un peu sérieux, mais tu es déjà grand, toi.

— Andersen, épela l'enfant. Choix de contes.

— Tu liras *le Rossignol de l'empereur de Chine*, en souvenir de

la boîte à musique. C'est dommage que ton frère l'ait cassée, mais tu verras qu'il partait d'un sentiment pas si bête au fond. »
Igor s'empara du livre et se plongea dedans. Piotr Ilitch et Fiodor discutèrent des affaires du théâtre. Roman m'interrogea sur l'école de Moscou où étudie mon fils. Anna invita les commis à partager leur déjeuner. En attendant de faire la démonstration du nouveau jouet, ils s'installèrent dans un coin devant un carafon de vodka.
L'acteur à la retraite, attiré par l'odeur de la dinde, entra dans la pièce et gagna directement son couvert. Il portait, cette fois, non plus le justaucorps de Méphisto, mais le costume du ténor dans *la Forza del destino*, un pourpoint espagnol de velours. Je me demandai si les enfants, dans leur bon cœur ou leur malice, étendaient leurs larcins au bénéfice de leur hôte, prélevant dans les péniches de quoi fournir la garde-robe du vieux cabotin. La professeur de piano arriva avec un paquet de bonbons, noué d'une faveur bleue, qu'elle posa sur l'assiette de Gouri. Les douze couverts, aujourd'hui, seraient occupés. Igor referma son livre et s'approcha de Piotr Ilitch.
« Diadia Petrouchka, écris-nous un opéra sur le conte ! Ce sera magnifique ! J'aime beaucoup cette histoire. » Tchaïkovski la connaissait par cœur, mais laissa à l'enfant le plaisir de la lui raconter. « L'empereur de Chine est malade. L'empereur du Japon lui envoie en cadeau un rossignol mécanique — tout en or, comme celui du parrain d'Odessa ! L'empereur de Chine écoute le rossignol mécanique, il n'aime pas trop le rossignol mécanique, qui pourtant chante très bien, alors arrive un vrai rossignol, le *soloviéï* russe, alors l'empereur écoute le vrai rossignol et se sent aussitôt guéri, car c'est un oiseau russe. Les seigneurs, les chambellans croyaient que l'empereur allait mourir. Il se redresse sur son lit et leur dit : Bonjour ! tout joyeux. Diadia Petrouchka, ce sera un opéra magnifique !
— Gouri te l'écrira », dit Piotr Ilitch, persuadé que les dons musicaux de la famille passeraient du père au benjamin des enfants. Igor lui paraissait trop rusé. Le petit, au contraire, possédait la spontanéité, l'ingénuité, vertus indispensables, selon Tchaïkovski, pour devenir un créateur.

Roman alla chercher Gouri, qui fit une entrée solennelle. Un triple *slava* ! accueillit l'enfant. Les commis d'Ivanov ôtèrent la bâche. Clameurs, battements de mains, vivats à l'oncle-gâteau : un théâtre de marionnettes, un *vertiep* complet ! Les deux jeunes gens se glissèrent derrière le meuble et montrèrent comment actionner les poupées. Il y en avait quatre : Petrouchka, pommettes rouges et nez pointu, Colombine, avec des étoiles d'argent sur sa jupe et des cils teints en or, le Maure, en turban et culotte bouffante, traînant jusqu'à terre un sabre qui rebondissait avec un bruit terrible, enfin une marchande de beignets, unijambiste, munie d'un pilon de bois.

Petrouchka arriva au bras de Colombine ; le Maure le repoussa d'une chiquenaude et enleva Colombine. Le turban, la moustache, le sabre bringuebalant produisaient sur la coquette un effet irrésistible. Le pauvre Petrouchka, abandonné, crut qu'il rattraperait l'infidèle en lui offrant des beignets. Il s'approcha de l'unijambiste. Nouvelle malchance, son escarcelle était vide ; il eut beau fouiller, pas un kopeck vaillant. De la pointe de son sabre, le Maure piqua deux beignets dans la corbeille, sans les payer. Les deux effrontés s'éloignèrent bras dessus bras dessous, la marchande détroussée brandit son pilon et en rossa Petrouchka, lequel chut en avant de tout son long, sur son nez pointu qui heurta le plancher avec un son lugubre. Le rideau tomba sur cette vision désolée.

Les enfants avaient suivi avec passion toutes les péripéties, encourageant Petrouchka, insultant le vilain Maure, plus hésitants pour Colombine, dont les étoiles d'argent et les cils d'or enflammaient leur imagination juvénile. Quand Petrouchka, le Polichinelle russe, s'écroula mort, ce fut la consternation. Piotr Ilitch comprit que son cadeau n'avait qu'un succès mitigé.

« Mes enfants, dit-il, vous n'avez eu que la moitié du spectacle. Il manque la musique. »

Il s'assit au piano. Gouri, le plus affecté par la fin tragique de la poupée, se hissa sur ses genoux.

« Lumière ! Mouvement ! cria Piotr Ilitch à l'intention des commis. Danse générale des marionnettes ! »

Il attaqua le deuxième morceau des *Saisons*, non sans forcer l'allure. Février, carnaval, avalanche de notes accélérées. Les marionnettes se lancèrent dans une gigue. Igor et Iouri oublièrent les malheurs de Petrouchka et commencèrent à rire aux éclats, seul Gouri, qui craignait de revoir, affalée, sans vie, la victime du méchant Turc, restait blotti contre Piotr Ilitch.

« Gourichka, lui souffla celui-ci, va me chercher ton recueil de chansons françaises, peut-être en trouverons-nous une appropriée à l'histoire de Petrouchka. »

L'enfant partit en courant. Les *Chants et Chansons populaires de la France* avaient déjà fourni les refrains de *Casse-Noisette*. Tchaïkovski feuilleta l'album.

« Tu pourrais toujours jouer *Cadet Rousselle* ou *Giroflée-Girofla* !, dit Gouri, enchanté de réentendre ses airs favoris.

— Attends, il y aura bien quelque chose de nouveau... Ah ! voici exactement ce qu'il nous fallait ! »

Il posa l'album sur le pupitre, et fredonna les paroles en déchiffrant.

> *Elle avait une jambe de bois,*
> *Et pour que ça n's'entende pas,*
> *Elle avait collé dessous*
> *Une rondelle en caoutchouc !*

Enthousiasme de la petite bande, immédiat, trépidant. Igor se précipita pour voir si la jambe de bois de la marchande était munie de cette rondelle. Les commis, penauds, lui montrèrent une simple tige de sapin nue. Roman, esprit pratique, confectionna un tampon avec du buvard et l'adapta au pilon. Les enfants se jetèrent dans un conciliabule animé, pour conclure que l'absence de rondelle avait provoqué la catastrophe. La marchande ne se serait pas laissé voler, Colombine aurait dédaigné les rodomontades du Maure, Petrouchka triomphé de son rival, si tout s'était passé comme c'était écrit dans la chanson. Gouri voulut recommencer sur-le-champ le spectacle, mais les bougies avaient fondu jusqu'aux bobèches, et les commis déclarèrent qu'ils devaient être de retour au magasin pour deux heures.

Après le repas, Tchaïkovski prit congé. Il réclama sa cape, dont il ne se séparait jamais. Igor se hissa sur la pointe des pieds pour l'ajuster à ses épaules, Gouri eut besoin d'une chaise pour la lui attacher sous le cou. Puis, avec Iouri et Roman, lequel se joignit pour cette circonstance à ses frères, ils se rangèrent sur deux files devant la porte. Je pensais qu'ils allaient entonner, selon le rituel auquel ils m'avaient habitué :

> *Bon voyage, monsieur Dumollet,*
> *A Pétersbourg revenez sans dommage !*

Ils échangèrent un coup d'œil. Au moment où Tchaïkovski passait entre leurs rangs, diadia Petrouchka, qui n'avait jamais autant mérité son nom, eut la surprise d'être salué par l'air de l'unijambiste. Avec une vigueur, un entrain qui le rassurèrent sur le succès de ses marionnettes, les quatre enfants y allèrent d'une seule voix :

> *Elle avait une jambe de bois...*

« Ce sera leur prochaine scie », me dit Piotr Ilitch en riant.

A peine sortis du porche, nous tombâmes sur Napravnik, qui rentrait chez lui, dans l'immeuble mitoyen. Piotr Ilitch me présenta au directeur musical du Mariinski, puis le pria, une fois de plus, de bien vouloir diriger sa nouvelle symphonie en octobre. Edouard Frantsévitch secoua la tête ; sa décision était irrévocable ; l'auteur devait conduire lui-même son chef-d'œuvre. Nul autre n'aurait l'audace de tenir la baguette, précisa-t-il, mais d'un ton si rogue que le compliment en parut équivoque. Il toucha son chapeau et s'engouffra dans le corridor.

« Se moque-t-il de moi ? marmotta Piotr Ilitch, repris par ses idées noires. Il sait bien que je dirige comme un manchot. Je dois soutenir ma tête d'une main, ce qui me gêne dans mes mouvements.

— Il veut vous laisser tout l'honneur du triomphe.

— Allons donc ! Il ne veut pas se mouiller.

— C'est impossible ! m'exclamai-je, étourdiment. Lui, votre plus fidèle défenseur !

— Jusqu'à présent, peut-être... »

Il était blême, sans voix. Je compris, trop tard, mon impair.

« Mais non, protestai-je. Votre soupçon n'a aucun fondement ! Nul, en dehors de moi, n'a eu vent du... de... l'affaire... Tout est secret et le restera...

— Anatole lui aura parlé... entre deux portes, comme d'habitude... En dehors de sa danseuse, il ne prend rien au sérieux...

— Piotr Ilitch ! Anatole se démène pour vous.

— De toute façon, Napravnik a le nez fin... C'est un homme de pouvoir, un politique... Il flaire de loin les pestiférés... »

Napravnik le lâchait pour rester bien en cour, rien ne put le dissuader de cette funeste conviction.

« Gouri n'aimerait pas vous voir triste », dis-je, à bout d'arguments.

Un pâle sourire décrispa son visage, au souvenir de la petite fête dont la joie avait duré si peu.

XXVI

Après le déjeuner, le Père Georges Terenski recevait la bénédiction de Mgr Isidore puis regagnait sa cellule dans une aile du palais épiscopal.

A voir le coadjuteur attablé devant un carafon de vodka et une assiette de harengs marinés, on aurait pu ironiser sur les sentiments slavophiles du saint homme. Selon Bielinski, leur ennemi le plus féroce, l'idéal des slavophiles n'est rien de plus que « vodka et radis noir ». Impossible de savoir si sa provision de radis noir justifie cette épigramme, mais, en ce qui concerne la vodka, il est certain que le Père Georges en use quotidiennement et libéralement. Avec le renfort de harengs marinés, pour ne pas ressembler à ce personnage de Tchekhov, un Russe dégénéré, lequel se contente, après son verre d'alcool, d'ingurgiter un peu d'eau claire.

L'abus de vodka relève de la plus pure tradition nationale. En vidant quelques verres de plus que la quantité raisonnable, ne marque-t-on pas son attachement à la terre de Rurik ? Pour concilier le prêtre et l'ivrogne, pour mettre sa conscience en repos, le Père Terenski pousse son fauteuil devant la fenêtre, en face de la collégiale, cet édifice blanc et froid, copie d'église européenne. Chaque nouvelle rasade de Gorilka, sa variété préférée, la vodka ukrainienne dont les bouteilles portent sur l'étiquette l'inscription : « Même les moines la boivent », le console d'habiter le détestable bâtiment rose et blanc qui sert de résidence au métropolite, et d'avoir sous les yeux la Trinité, cette insulte à la foi orthodoxe. Le patronage du grand-prince de Novgorod, saint Alexandre Nevski, n'épargne pas à la laure la disgrâce d'être une pure émanation de l'Occident, un avant-poste de l'hérésie.

A cette pensée, le Père Terenski s'octroie une dernière lampée du breuvage sanctifié par dix siècles de fidélité à Byzance.

Cet après-midi du 20 août, pourtant, l'ironie serait injuste. Il y a quelque temps que le coadjuteur cherche dans l'alcool un autre remède que l'antidote à Saint-Pétersbourg. Depuis que Pobiedonostsev a suggéré au comte Vorontsov de le faire siéger au tribunal d'honneur, le Père Terenski n'est plus le même. Etre appelé à peser une âme, sur la balance des mérites et des torts...

Au début, cette responsabilité ne l'effraya pas trop. En condamnant un homme coupable du vice italien, il contribuerait à restaurer la pureté de l'esprit russe. N'a-t-il pas entendu dire que Tchaïkovski déserte de plus en plus souvent sa patrie pour de longs séjours à l'étranger ? Que, dans sa musique également, il subit l'influence pernicieuse des écoles européennes ? Un homme qui non seulement vit en état de péché, mais renie, vilipende le génie slave !

Dépourvu de culture musicale, ne connaissant que les chœurs liturgiques, les hymnes et tropaires chantés *a cappella* dans la tribune des églises, le Père Terenski ne met pas en doute ces calomnies. Rome, Paris, voilà la source, pour le coadjuteur, de la corruption, du mal universel. Sous le nom d'Occident, il englobe pêle-mêle le portrait de l'Antéchrist au mur de la collégiale, la mode du piano et du violon, la ligne de chemin de fer de Berlin, les anges de bronze sur le toit de Saint-Isaac. Un auteur applaudi jusqu'en Amérique ne peut être qu'un agent, un suppôt du démon.

L'affaire serait entendue — sans le secours de la vodka. En quatre mois, les doses ont augmenté avec une générosité si criante que le coadjuteur a renoncé à indiquer d'un trait, sur la paroi du carafon, le niveau à ne pas dépasser. Le 20 août, il franchit toute mesure — non sans obéir, se plut-il à croire par la suite, à un pressentiment mystérieux.

La dernière goutte pompée, il s'endormit : comme pour vider son corps et sa conscience de tout ce qui pourrait faire obstacle à la révélation. Etant revenu à lui, il bâilla, s'étira, fourragea dans sa barbe pour en ôter les petits bouts mâchonnés de hareng — gestes machinaux, qu'il accomplissait chaque fois qu'il s'était abandonné à son penchant. Ce jour-là, cependant, il s'avisa de quelque chose de nouveau : car, au lieu d'éprouver l'habituel sentiment de honte, une sorte d'action de grâces monta à ses lèvres.

« Merci, mon Dieu, de m'avoir éclairé », murmura-t-il.

Il bredouilla trois fois cette formule, en se prosternant autant de fois jusqu'au sol.

« Merci, mon Dieu, de m'avoir éclairé. »

Dieu lui ordonnait-il de réviser son jugement sur Tchaïkovski ?

Non, ou du moins, pas tout de suite. Georges Terenski ne pensa, au réveil, qu'à son père, le pope de village Macaire Terenski. « Penser » n'est pas le mot juste. Il se réveilla *dans le corps de son père.* Assimilé. Confondu. Ne faisant plus qu'un avec lui. Identifié, non seulement au prêtre misérable de campagne, mais au pochard invétéré. Une cuite, il s'était payé une bonne cuite, à l'instar de son père : et c'est le sentiment d'avoir agi par imitation de ce modèle lointain — imitation involontaire, il va sans dire — qui changea le cours de ses idées.

« Père, me voilà. »

Que signifient ces mots absurdes ? Il s'entend les marmonner, sans distinguer encore quel sens ils présentent. En vérité, le très indigne Macaire de Maïkovo, Georges ne s'est guère soucié, jusqu'à présent, d'en suivre l'exemple. Pour la piété filiale, il serait même au dernier rang. Depuis son entrée au séminaire de Kiev, quel but unique a-t-il poursuivi ? Choisir le clergé noir au lieu du clergé blanc, opter pour le prolongement de ses études, renoncer au cloître, briguer la prélature, se hisser à la dignité d'évêque, établir sa résidence dans la capitale, passer coadjuteur du métropolite, postuler à sa succession, il a tout fait pour s'affranchir de son milieu d'origine, effacer les humiliations d'autrefois, oblitérer les souvenirs du foyer, renier jusqu'à sa filiation. Un meurtre symbolique, oui, un parricide mental. Toute sa conduite, depuis l'âge de seize ans, se ramène à la répudiation pure et simple de la société où il a grandi, du sang qui coule dans ses veines, du gueux qui l'a engendré.

A l'insu de Georges, pourtant, le fils est resté proche du père. Mieux que proche : solidaire. Entre eux deux, le penchant pour la bouteille, permanent, clandestin, excessif, a constitué le lien. D'autant plus fort, les serrant par un nœud d'autant plus étroit, que Georges, jusqu'à ce soir, ignorait l'origine — la cause — de son intempérance. Cette « faiblesse » (pour le dire comme le bienveillant Tchekhov), qu'il réprouve sincèrement, le Père Terenski n'a jamais réussi à la vaincre, quelque résolution qu'il prît. Au contraire, plus il a progressé dans la hiérarchie ecclésiastique, moins il a résisté au vice (pour le dire plus véridiquement).

Pourquoi ? Pourquoi ? La vérité lui apparut peu à peu. « Père, me voilà. » Pourquoi s'adonner à la boisson ? Par manque de caractère ? Non. Par désir de s'étourdir ? Non plus. Par goût de l'alcool ? Encore moins, dans son cas. Une seule réponse : par solidarité filiale. Boire, c'est sa manière de rester fidèle au pope de campagne désavoué. Le moyen d'affirmer sa filiation, son attachement. Son amour, réprouvé par sa raison, demeuré intact dans son cœur. Contre sa volonté, au mépris de sa dignité d'évêque, au risque même de compromettre ses chances de succéder au métropolite, il boit, il régresse par la boisson.

Miracle des gestes inconscients. Georges n'a jamais cessé, par la boisson, de communier avec le géniteur honni. S'asseoir devant le carafon, avaler cinq ou six verres de suite, s'assoupir, se réveiller pâteux, fourrager dans sa barbe où, comme dans celle du père, restent accrochées des bribes de nourriture : autant de façons de remonter le temps, de prendre à nouveau pour exemple et modèle celui qu'on ne peut répudier sans crime.

Il se surprit à plier le dos, comme chaque fois que, pour rentrer dans l'isba familiale, son père, un géant de deux mètres, courbait les épaules sous la poutre du seuil, devant les six enfants admiratifs.

Bénie soit la vodka, qui a réparé l'orgueil et l'impiété du fils ! Car c'est une trahison impardonnable, que de vouloir s'élever en tuant l'image du père, la félonie d'un cœur sec et ingrat, le péché sans rémission. Le coadjuteur se prosterna une nouvelle fois jusqu'au plancher, pour remercier Dieu de lui avoir épargné, par le vice bénin de la bouteille, la faute mortelle du reniement filial.

Le remords d'une ambition sacrilège le tourmenta dans les jours qui suivirent.

« Ce père que je méprisais, ne l'ai-je pas méconnu ? se disait-il. Cupide, vénal, ivrogne, sans doute. Mais pourquoi ? Poussé par quelle intuition inaccessible au sens commun ? Animé de quel génie mystérieux ? »

Et de revoir en esprit les scènes déshonorantes où le pope se présentait de maison en maison pour empocher l'argent des bénédictions. La famille excédée raillait, houspillait, parfois rossait le curé simoniaque, la popadia et leurs enfants. Georges se souvint du jour où son père, appelé au chevet d'un agonisant, se fit remettre, avant d'entendre sa confession, le magot caché sous l'oreiller. Une autre fois, parce qu'il avait oublié d'ôter son chapeau en passant devant la demeure du barine, les laquais du seigneur l'enfermèrent dans un tonneau qu'ils roulèrent jusqu'à l'étang. Les roseaux et la boue où le tonneau s'engluà le sauvèrent de la noyade. De quelle considération pouvait-il jouir, dans un district où chacun constatait ses malversations ? Ne l'avait-on pas vu, pour complaire à une lubie insensée, baptiser le chien d'un riche propriétaire ? Scènes vraiment dégradantes, oui, mais qui peut dire où se situe l'honneur d'un homme consacré à Dieu ?

« Condamner le prêtre russe parce qu'il s'enivre et met aux enchères les sacrements, c'est adopter le point de vue des occidentalistes, lesquels déplorent l'ignorance et la bestialité de notre clergé. Soit, notre clergé blanc est ignorant, bestial, il pèche et se souille tous les jours. Jamais, pourtant, il ne songera à prendre son péché pour une bonne action. Son but n'est pas de singer la vertu. Il pèche, et après se repent. Son but est de s'associer aux souffrances du peuple russe, d'endosser les siècles d'innombrables et infinies souffrances et humiliations que le peuple russe endure depuis qu'il existe. Abandonné de tous, foulé aux pieds par les conquérants ou accablé par sa propre misère, le moujik reste seul avec le Christ-Consolateur. Le Christ-Sauveur, qui sauve son âme du désespoir !

« L'unité du peuple russe et la cohésion du peuple russe avec son clergé ne résident nulle part ailleurs que dans le partage du malheur, la solidarité dans l'abjection. Qu'aurions-nous à faire de popes justes ? De popes vertueux ? On ne rejoint pas la souffrance par la vertu. On la rejoint dans le péché et la honte du péché. Le péché est chose passagère, le Christ est éternel. Pour communier avec son peuple, le pope doit vivre dans le Christ. Et comment vivrait-il dans le Christ, sinon en attirant sur lui la réprobation du village, le mépris des paysans, la persécution du barine ? Le Christ, on l'a arrêté, attaché à une colonne, tourné en dérision, souffleté, flagellé, cloué à la croix. Le Rédempteur n'a pas sauvé le monde en donnant l'exemple de la vertu et de la respectabilité. Un prêtre qui se règle sur les principes de la bienséance et de la décence n'est pas fidèle au Christ. Seul celui qui ne craint pas le scandale peut se dire son disciple. Vilipendé, honni, montré du doigt par les justes, c'est alors seulement qu'il s'identifie au Christ-Rédempteur. »

Poursuivant sa réflexion, ou plutôt errant dans ses pensées, le Père Terenski compara le clergé russe au clergé catholique. On élève le prêtre catholique, songea-t-il, pour être respecté dans sa paroisse. C'est une figure presque idéale : pas de femme, pas de vin, jeûne le vendredi, abstinence permanente. Discipline, discipline. Conduite au-dessus du soupçon. Service de Dieu exempt d'indignité. De quoi glacer un cœur de paroissien russe. Le moujik ne veut pas d'un instituteur qui lui prêche la morale, il veut un pécheur qui l'autorise à se vautrer. Un pope en soutane déchirée, un pope en état d'ébriété, un pope qui s'abandonne à la folie de la croix, suscitant les quolibets et le mépris, lui semble plus Christ, plus Messie, que le religieux tiré à quatre épingles, le « ministre » qui gère en Occident les affaires spirituelles de ses ouailles.

« De là viennent la supériorité de l'Eglise russe et la légitimité du parti slavophile. Nous souffrons, quand les autres pontifient. » Le coadjuteur, qui avait saisi le carafon, le reposa doucement. « Non, pas maintenant que *je sais*, se dit-il. A moi de prouver que le slavophilisme, c'est autre chose que vodka et radis noir. » (Les mots blessants étaient parvenus jusqu'à son oreille.)

Quelques jours de délibération encore, et le Père Terenski commença à réviser son jugement sur Tchaïkovski. Que réclame

Pobiedonostsev ? Une Russie forte, pure ? L'extirpation du germe corrupteur ? N'est-ce pas plutôt un nouveau procès de Jérusalem qui se prépare ? La morale sexuelle est une invention des papes catholiques. Jésus-Christ s'en prend aux riches, jamais aux luxurieux. Condamner Tchaïkovski pour un péché sexuel reviendrait à s'aligner sur Rome. S'inféoder à l'Occident. L'Eglise orthodoxe ignore le péché sexuel. Elle fait confiance au pécheur qui prend ce risque. Si, pour se rapprocher du Christ-Sauveur, il cherche à partager la déchéance et l'abjection du Christ-Honni, en suivant une voie choquante pour le sens commun, mais comprise de Dieu, approuvée et bénie par Dieu, qu'on y regarde à deux fois avant de lui jeter la pierre. Piotr Ilitch a écrit des *Vêpres*, une *Liturgie de saint Jean Chrysostome*, trois variantes du *Chant des chérubins*, un *Notre père*, un *Hymne aux saints Cyrille et Méthode*. Œuvres d'une inspiration puissante, qui suffiraient à prouver ses sentiments de loyal et profond chrétien.

Le Père Terenski vit en rêve celui qu'il avait à juger. Dans un cortège de forçats et de filles publiques, enchaîné par le poignet à son voisin, Tchaïkovski, en route pour la Sibérie, chemine péniblement. Vision sans aucune consistance, fantasme imaginaire, les condamnés à la déportation voyageant à leur guise vers le lieu qui leur est assigné, avec la seule obligation de se présenter aux postes de police. Néanmoins, l'image apparue en songe causa une impression si vive sur l'âme du coadjuteur, qu'il se décida à exposer ses doutes à Pobiedonostsev.

En attendant la réponse du procureur, il s'interroge, il se torture. Il ne sait plus que penser. Est-ce un blasphème (il se signe) que de voir en Piotr Ilitch un avatar du Christ ? La réincarnation moderne du Sauveur ? Montré du doigt, conspué, vomi, il ne lui manque ni les chaînes ni les crachats de ses bourreaux. En tant qu'individu, il faut le condamner, oui ; mais son âme immortelle participe à un secret qui dépasse l'entendement humain.

Tremblant de sa propre audace, le Père Georges se demande si le Christ n'a pas choisi ce pécheur pour faire éclater devant l'univers la doctrine du mal rédempteur. Pourquoi Luc aurait-il raconté l'histoire de Marie-Madeleine, sinon pour mettre en évidence le paradoxe et l'éternelle splendeur de l'Evangile ?

XXVII

Le procureur du Saint-Synode accorda l'audience pour le surlendemain. Rapidité inhabituelle. Il ne reçut pas le coadjuteur dans son bureau en face du Cavalier de bronze, comme il l'avait fait pour le gouverneur de la forteresse, mais dans un petit salon adjacent, meublé d'une table basse et de deux fauteuils. Sur la table, à côté de quatre verres et de deux bouteilles de vodka sans étiquette, il n'y avait qu'un livre posé à l'envers et le numéro d'une revue littéraire où venait de paraître la première livraison du roman auquel travaillait Léon Tolstoï.

« Voyons si vous êtes capable, Monseigneur, de distinguer la Smirnov n° 21 de la Kocheliov ! commença le procureur, d'un air jovial. Tchekhov soutient que c'est là le signe auquel on reconnaît le véritable amateur. »

Ce début inquiéta Terenski. Pobiedonostsev passait pour être informé, non seulement du moindre événement dans Saint-Pétersbourg, mais sur la vie privée de tous les personnages importants de la capitale. L'ivrognerie du coadjuteur avait cessé depuis longtemps d'être un secret. Cependant, se l'entendre rappeler sur ce ton de fausse bonhomie ne présageait rien de bon.

« Excusez-moi, Excellence, je ne bois pas.

— Vous ne buvez plus ? corrigea le procureur, forçant son hôte à rougir. Très bien. J'espère que, sur les autres points aussi, vous avez abandonné le slavophilisme à outrance.

— Vodka et radis noir, murmura, malgré lui, le Père Terenski.

— Allons, Monseigneur... Vos convictions débordent le périmètre de la salle à manger... Vous estimez que se mettre à l'écoute de l'Europe affaiblirait la religiosité russe, dont vous êtes un porte-parole éminent. Pour vous, les trésors fondamentaux de l'esprit, la pureté du message évangélique ne peuvent que pâtir du contact avec le matérialisme en honneur dans les pays industriels. J'interprète correctement votre pensée, n'est-ce pas ?

— A eux la prospérité matérielle, à nous la richesse de l'âme, acquiesça le coadjuteur, tout en cherchant dans quel piège on voulait l'attirer.

— Et ce ne sont pas les initiatives des papes qui vous feraient changer d'avis, je suppose ? Ni la publicité pour le miracle de Lourdes...

— Une vraie fourberie, Excellence...

— Ni même l'encyclique sur les ouvriers...

— Pactiser avec le socialisme ! On reconnaît là l'œuvre du démon... »

Le procureur passa soudain à l'attaque.

« Et moi, comment me jugez-vous ? Celui qui essaye de transformer les Russes en Européens, que peut-il être à vos yeux ? Un profanateur ? Un traître ?

— L'Eglise orthodoxe ne s'oppose pas au développement industriel de la Russie...

— A condition que les valeurs spirituelles restent sa propriété privée.

— Excellence...

— Vous vous dites : les sciences, les connaissances utiles, les métiers, allons les étudier en Europe et les rapporter d'Europe pour les acclimater chez nous, mais les lumières de l'âme, mettons-les à l'abri, de la Rome de Léon XIII comme de la France de M. Sadi Carnot. Notre peuple est suffisamment éclairé sur la doctrine du Christ, bien qu'il ne sache pas lire et ignore ce qui est écrit dans les Evangiles.

— Notre peuple pourrait se reconnaître dans ce livre, suggéra le Père Terenski, en indiquant sur la table les premiers chapitres de *Résurrection*. Catherine Maslova...

— C'est la nouvelle Marie-Madeleine, n'est-ce pas ? La sainte cachée sous la fille publique ? Là où les Européens, avec la grossièreté de leur sens pratique, condamnent une plaie de la société, un Russe voit le début de la rédemption. »

Percé à jour, le coadjuteur tressaillit.

« J'admire qu'on vous familiarise, au séminaire, non seulement avec la Bible, Monseigneur, mais avec certains de nos auteurs profanes, pourvu qu'ils soient imprégnés de cette haute spiritualité russe si précieuse à Votre Eminence... Voulez-vous que nous relisions ensemble le passage de Dostoïevski sur la voiture de poste ? Je suis sûr que votre bon cœur compatit aux souffrances du cocher, que le supplice infligé aux chevaux vous indigne. »

Le procureur s'empara du volume et l'ouvrit à la page marquée par un signet. Il avait donc prémédité cette lecture. Non sans appréhension, le Père Terenski se cala dans son fauteuil et ferma à demi les yeux.

« *J'ai vu un jour dans mon enfance, sur la grande route, un courrier officiel, en uniforme à courtes basques et tricorne à plumet, cogner à la nuque, à toute volée, le cocher pour le faire aller plus vite, et celui-ci fouetter avec frénésie ses chevaux fumants de sueur et galopant à toute allure. Ce courrier officiel était, bien entendu, un Russe de naissance, mais à tel point aveuglé, divorcé du peuple, qu'il ne connaissait pas d'autre manière de s'expliquer avec un homme russe que de faire marcher son énorme poing pour tout langage. Et cependant il avait passé toute sa vie avec des postillons et des gens du peuple de toute condition. Mais les courtes basques de son uniforme, son chapeau à plumet, son grade d'officier, ses bottes pétersbourgeoises bien astiquées lui étaient plus chers, de cœur et d'esprit, non seulement que le moujik russe, mais peut-être même que toute la Russie, qu'il avait parcourue tout entière en long et en large et dans laquelle, selon toute vraisemblance, il n'avait exactement rien trouvé de remarquable et de digne d'autre chose que de son poing ou du bout de sa botte bien astiquée.*

« Quelle éloquence ! Quel habile homme que ce Dostoïevski ! Vous ne trouvez pas ? Qui, à moins d'avoir un cœur de pierre, ne serait prêt à fondre de compassion pour ce cocher rudoyé, pour ces animaux brutalisés ? Saintes souffrances de l'attelage ! Ah ! Ah ! Je vais vous apprendre une chose que personne ne soupçonne. Dans ce courrier officiel, dans cette brute qui fait retomber son poing sur la nuque du postillon comme le marteau sur une enclume, le romancier m'a représenté, moi, Constantin Pétrovitch, guidant la troïka russe. Ma poigne, il faut croire, ne plaisait pas à ce délicat, à cette âme exquisement slave. Ah ! Ah ! »

Le procureur ne riait que de la bouche, ses yeux restant fixes et perçants.

« Résumons. Pobiedonostsev, comme vous m'appelez tous, pour souligner à quel point vous me trouvez inhumain, Pobiedonostsev occupe le siège du courrier officiel. Les ministres, le personnel du gouvernement, les dignitaires de la Cour, les gouverneurs de province tiennent la place du cocher. Quant aux chevaux, ils figurent la masse du peuple russe. La métaphore file à la perfection. *On sentait là une méthode et non pas de la colère, quelque chose de préconçu et d'éprouvé par de longues années d'expérience, et le terrible poing ne cessait de s'élever encore et encore et de retomber sur la nuque du garçon. Que dites-vous de la ressemblance ?* Cette façon régulière de lever et d'abattre le poing, sans aucun motif particulier d'irritation, pour assurer à l'attelage une vitesse uniforme, n'est-ce pas exactement le style de Constantin Pétrovitch ? »

D'une voix soudain changée, passant de la raillerie bienveillante à la mise en garde :

« La botte pétersbourgeoise bien astiquée est nécessaire au bon fonctionnement de la poste, Monseigneur. Sinon le cocher resterait à se vautrer dans l'auberge, les chevaux à brouter dans l'écurie. »

Le Père Terenski ne put s'empêcher de rendre hommage, par une légère inclinaison de tête, à la formidable énergie qui respirait dans chaque parole du procureur.

« Figurez-vous, reprit celui-ci, que votre second maître à penser m'a pris lui aussi en modèle, et pour un de ses personnages les plus antipathiques. Il est faux de prétendre que Valouïev, ministre des Finances d'Alexandre II, ou Soukhotine, chambellan de la Cour, ont prêté leurs traits à Alexis Karénine. Ce monsieur sec et raide, ce fonctionnaire immuable dans ses opinions, c'est moi et moi seul. Comme lui, je fréquente le Club anglais, 16, quai du Palais, à dix minutes à pied de ce bureau. *Ce froid visage pétersbourgeois, cet air sévère et sûr de lui-même, ce chapeau rond, ce dos légèrement voûté*, n'est-ce pas mon portrait tout craché ? Bien mieux, Tolstoï n'a pas dépeint en Karénine un individu accidentel, mais, conformément à ses idées sur l'art, un type humain universel — à savoir le chef, l'homme armé d'une croyance absolue dans l'infaillibilité de ses convictions. La certitude que je ne puis être sujet à l'erreur, certitude d'où je tire la force de prononcer des jugements sans appel, est le trait de mon caractère qui m'a valu la confiance d'Alexandre II et gardé celle d'Alexandre III.

« Ah ! Vous me déniez prénom et patronyme, vous vous entêtez dans ce Pobiedonostsev, eh bien ! réfléchissez au moins comment ce nom est formé, ce qu'il veut dire. *Pobiéda*, la victoire, et *nostsev*, celui qui porte. Nicéphore, je porte la victoire avec moi. Tout ce que j'ai décidé, je l'obtiens. »

Bien que le nom de Tchaïkovski n'eût pas été prononcé, le Père Terenski comprit l'avertissement.

« Excellence, commença-t-il en s'éclaircissant la voix, que l'individu doive être subordonné au bien général et sacrifié aux intérêts de la communauté, le politique ne saurait penser autrement. Mais le religieux, lui, incline à tempérer cette conception. Je ne serais jamais entré dans les ordres si tout individu n'avait pour moi une valeur sacrée. La brebis perdue revêt plus d'importance aux yeux du bon pasteur que le reste du troupeau confié à sa houlette. »

Le procureur fronça le sourcil.

« Excusez-moi si je vous parle dans le vocabulaire de l'Eglise », dit l'évêque, feignant de croire que seul ce langage désuet indisposait l'homme d'Etat. Il pensa que, s'il se laissait arrêter par le premier signe d'impatience, il n'aurait jamais le courage de poursuivre.

Aussi bravement que pouvait se le permettre un candidat à la succession de Mgr Isidore, il exposa la suite de ses idées.

« Pour quiconque porte le fardeau du pouvoir et de la responsabilité, je comprends que le coup de poing sur la nuque soit une nécessité. Mais pour nous autres, Excellence, les choses se présentent d'une manière sensiblement différente. Nous n'avons pas oublié comment l'Eglise catholique a trahi sa mission en créant le tribunal de l'Inquisition. Les inquisiteurs poursuivaient le germe de la déviation non seulement dans les actes des hommes mais aussi dans leurs pensées. Ils ne reconnaissaient à personne le droit d'avoir une vie privée et traquaient le mal jusque dans le cerveau du suspect. Rome s'est déconsidérée à jamais par ce tribunal. Bien qu'aboli aujourd'hui, il continue à lancer, par la bouche de Pie IX, de Léon XIII, condamnations et anathèmes. L'Eglise romaine, confondant le politique et le religieux, s'est transformée en Etat et agit en Etat.

« Le sentiment chrétien de la valeur sacrée de chaque individu s'est réfugié en Russie, et c'est la gloire de notre patrie que de ne demander aucun compte à ses enfants de leur conduite. L'Eglise orthodoxe est la seule où le voleur, le criminel, l'auteur même du forfait le plus abominable est sûr de trouver un asile. Nous nous souvenons que le Christ, en Palestine, passait pour un dangereux hérétique, qu'il fut jugé et condamné à mort parce qu'il violait les opinions admises.

— Vous parlez d'une Russie archaïque dont Sa Majesté l'empereur Alexandre III ne veut plus. Le vice de la pitié nous a suffisamment corrompus. Ménager la brebis perdue sous prétexte qu'elle représente le sel de la terre, nous prosterner devant la prostituée et l'assassin comme nous y invitent ces charlatans (il retourna la revue et tapota irrité sur le livre), notre peuple n'est que trop enclin à cette manie.

« Les héros modernes que la Russie exige appartiennent à la catégorie des ingénieurs, des techniciens, des constructeurs de chemins de fer, des bâtisseurs de ponts.

« Encore moins avons-nous besoin d'idiots... Un idiot, je vous le demande un peu ! Dostoïevski nous prône les mérites d'un idiot ! Débilité par l'épilepsie... Sujet à des crises soudaines... De quoi suffire à discréditer un auteur qui prend au sérieux de telles lubies... Un idiot avec des responsabilités, ce serait du joli... Confier à un crétin patenté, à un malade pathologique, la défense de l'idée russe, voilà ce qu'un Etat ambitieux, qui aspire au respect de ses voisins, ne saurait admettre. Nous allons construire un pont en fer, quelque chose d'entièrement nouveau, un ouvrage qui sera l'étendard de la nouvelle Russie. Quelle mine aurons-nous, si l'ingénieur en chef, le responsable de cette grandiose entreprise s'effondre tout à coup au milieu du chantier, victime d'une crise d'épilepsie ? Allons-nous courir ce risque ? »

Le procureur se tut quelques instants, puis ajouta, d'un air significatif :

« Par les temps qui courent, Monseigneur, l'épilepsie a beaucoup de noms divers. Mais c'est toujours, n'est-ce pas ? la même plaie à combattre. »

Sans se laisser intimider par cette menace directe, le coadjuteur se retrancha derrière la parole de l'apôtre.

« Rendons à César ce qui est à César et à Dieu ce qui est à Dieu. Les deux morales peuvent cohabiter, celle qui déclare l'épileptique aussi précieux que l'homme bien portant et celle qui vise à la force et à la cohésion nationales.

« J'ai eu l'honneur de vous le dire, l'Eglise orthodoxe ne s'oppose pas au développement industriel de la Russie. Elle demande seulement...

— Que demande-t-elle ?

— Que la loi de Moïse soit abrogée... Qu'on ne lapide plus la femme adultère... Que... »

Il balbutia, n'osant en dire plus.

« Comme vous y allez, Monseigneur, avec vos paraboles évangéliques ! La femme adultère n'a pas sa place dans une nation moderne, non pour des raisons morales, remarquez bien, mais parce que la famille étant l'unité de production, tout facteur de désordre dans le couple conjugal est à proscrire sans appel. Il ne faut nuire ni au rendement ni à la qualité du travail. Seul un ménage solidement uni se montre efficace à l'ouvrage. L'homme produit les objets, la femme produit les enfants. Le Créateur (Constantin Pétrovitch se signa) en a décidé ainsi, du moment qu'il les a faits mâle et femelle.

« Jouer un autre rôle leur est strictement défendu. Je veillerai à faire appliquer la volonté du Seigneur.

« Tant que le monde en était aux balbutiements de ses possibilités économiques, une certaine confusion restait possible, une certaine tolérance acceptable. Les exemples historiques que certains allèguent — pas vous, bien sûr, puisqu'il s'agit essentiellement de païens — n'ont donc qu'une valeur relative. C'est seulement de nos jours, grâce à l'essor de l'industrie et du commerce, grâce au développement de notre production et à la multiplication de nos échanges, que les promesses de la Genèse peuvent être accomplies. Mâle et femelle, chacun dans son rôle, chacun remplissant sa fonction.

« Vérité si évidente, Monseigneur, qu'aujourd'hui la femme adultère, sentant qu'elle est de trop dans notre monde, sur notre sol russe mis en valeur par la volonté de l'empereur, par la détermination du gouvernement, par le dévouement des ministres, la femme adultère, disais-je, se jette d'elle-même sous le train.

— Tolstoï vous sert d'exemple, à présent ? »

Si bas qu'eût murmuré le coadjuteur, Pobiedonostsev saisit la balle au vol et riposta du tac au tac :

« Quel âge a Mgr Isidore ?

— Heu..., bredouilla, sous l'effet de la surprise, le Père Terenski. Bientôt quatre-vingt-douze ans, je crois.

— Déjà au-delà du monde... Les changements qui découlent de notre révolution industrielle ne l'atteignent plus... Tandis que vous, prêtre moderne... Sa Sainteté est-elle en bonne santé ?

— Que Dieu la garde longtemps parmi nous !

— Je joins mes vœux à vos prières, tout en vous faisant observer que le repos éternel n'est pas une punition pour une vie saintement remplie. Dieu ne tardera pas à rappeler un serviteur aussi zélé. »

Les deux hommes se regardèrent en silence. Le Père Terenski détourna le premier les yeux.

« Je disais donc, reprit le procureur, que la femme adultère, aujourd'hui, sans attendre la sanction des tribunaux, se jette d'elle-même sous le train. Admirez avec quelle intelligence des temps nouveaux Anna Karénine se suicide. Ni par le poison ni par la noyade, méthodes classiques avant l'ère des chemins de fer. Elle choisit pour se tuer une locomotive sortie de nos ateliers de Tver. Une vie privée scandaleuse qui n'a plus sa place dans notre Etat rend ainsi hommage, par la correspondance du crime et du châtiment, à l'efficacité de notre politique économique. Puisque vous aimez les métaphores puisées dans l'Ecriture, disons, Monseigneur, que l'épouse coupable se sacrifie au Moloch du progrès.

« Mais revenons à notre épileptique. Vous vous rappelez certainement ce passage de saint Marc. Un homme amène son fils au Christ en le suppliant de chasser l'esprit muet qui écume, grince des dents et se tord dans le corps de l'enfant.

« *Jésus, voyant qu'on accourait en foule, tança l'esprit impur et lui dit : Esprit muet et sourd, c'est moi qui te le commande : sors de lui et n'y rentre plus.*

« A cette époque, en effet, il fallait un miracle pour guérir les convulsions et autres symptômes pathologiques. Aujourd'hui, ajouta sèchement Pobiedonostsev, nous avons la médecine. Ce sont nos diplômés de l'Ecole de médecine de Saint-Pétersbourg qui ont la haute main sur les maladies et leur commandent de déguerpir. Nous avons aussi un inspecteur général de la Santé et la possibilité de le révoquer s'il s'apitoie sur les patients et manque à ses devoirs. Ou bien l'esprit impur prend le chemin de l'hôpital, ou bien nous adoptons les mesures nécessaires pour éliminer de la société ce facteur de désordre. »

La physionomie mobile du procureur changea une nouvelle fois d'expression. Sans paraître remarquer le geste de refus du Père Terenski, il remplit de vodka les deux verres.

« Au fait, s'écria-t-il, à nouveau jovial, j'ai une profonde admiration pour vous. Vous avez dû accomplir de gigantesques efforts sur vous-même, piétiner vos convictions les plus chères et vous infliger un véritable supplice, pour parvenir au rang que vous occupez ! »

Pobiedonostsev s'était renversé dans son fauteuil. Le Père Terenski, mal à l'aise devant cette gaieté imprévue, se pencha pour saisir son verre mais le reposa aussitôt sur la table.

« Vous êtes bien né au village de Maïkovo ? » demanda à brûle-pourpoint le procureur.

Ce village d'Ukraine était si minuscule, ce détail de sa biographie si insignifiant et oublié de tout le monde, que le coadjuteur acheva de perdre contenance.

« A Maïkovo, oui, balbutia-t-il.

— Cinq frères et sœurs, la disette permanente, le Père Macaire Terenski, votre père, obligé de... Allons, pardonnez-moi de réveiller des souvenirs si pénibles, mais avouez que, sur un homme tel que vous, pénétré d'un sentiment si profond de l'Evangile, Dieu n'aurait pu répandre grâce plus vivifiante... La vieille Russie, dans toute sa splendeur spirituelle... La boue dans les chemins, la fange dans les âmes, partout le fumier du rachat... »

Le procureur s'inclina en avant, les lèvres tordues dans un sourire féroce.

« Comment, dans ces conditions, ne pas avoir foi dans la sainteté de la souillure ? Un père ivrogne, un prêtre cupide, des paroissiens vautrés dans la paresse, partout le vice et la débauche, aucune lumière dans ce monde de ténèbres... Une vraie aubaine, pour un mystique de votre trempe... Un autre se serait laissé aller au désespoir, mais vous, au contraire, armé de cette conviction que le Christ peut se cacher sous les espèces d'un vagabond, d'un malfaiteur, d'un... épileptique ! et apparaître en tout moment, n'importe où, à qui possède des yeux pour voir, vous vous êtes dit : Tant mieux, nulle part ailleurs je ne trouverai de meilleur tremplin pour sauter jusqu'à Dieu. Je serai pope de village à mon tour, jamais je n'essaierai de m'échapper de cette bauge où une âme vraiment russe a son lieu d'élection. »

Le Père Terenski se tassa un peu plus dans son fauteuil. Aucune raillerie ne lui serait épargnée.

« Il fallait donc un courage extraordinaire, reprit Constantin Pétrovitch, une force de caractère hors du commun pour vous arracher à cette antichambre du paradis qu'était le village de Maïkovo, avec son église sale, son prêtre dépenaillé, ses paroissiens alcooliques, ses moujiks fainéants... Oui, gloire à Votre Eminence ! Elle s'est imposé cette torture de renoncer à la succession du Père Macaire, pour entrer dans le chemin détestable de l'ambition ecclésiastique. Séminaire, choix du clergé noir, abandon de la vocation monastique... Vous avez poussé si loin l'abnégation, Monseigneur, qu'on vous a vu embrasser la carrière épiscopale, devenir évêque de Kiev, puis de Saint-Pétersbourg... Un calvaire quotidien, n'est-ce pas ? pour celui qui est persuadé qu'une haute position dans le monde, l'observance des règles morales et les récompenses que s'attirent les mérites sont un obstacle au salut de l'âme... »

Le procureur se pencha un peu plus, saisit un des verres et le tendit au Père Terenski.

« Buvez, Monseigneur, ou vous serez forcé de reconnaître que j'ai raison. Vous me détestez en ce moment, car vous savez que j'ai raison. L'antipathie que je vous inspire tient à ce que vous voyez en moi le double de ce que vous êtes devenu. Est-ce que, pour accéder au rang d'évêque, on n'est pas contraint de frapper sur la nuque du cocher de sa voiture ? Garde-t-on le temps de s'intéresser au sort des chevaux ? Buvez, enivrez-vous, retournez à Maïkovo, cherchez la sainteté dans la boue, on peut soutenir en effet que la réussite sociale est indigne d'un disciple du Christ. A jeun, vous serez toujours de mon avis. Vous aimez le pouvoir, Monseigneur, vous avez les capacités d'un homme de pouvoir. Sa Majesté l'empereur me disait l'autre jour, en me parlant de vous : J'aime les ambitieux comme lui. Libre à vous d'ignorer le vœu de Sa Majesté. Libre à vous de retourner à votre fange d'origine en pensant qu'une brute de pope de village reste plus disponible à la visite du Seigneur qu'un haut dignitaire de l'Eglise. »

Pobiedonostsev durcit soudain le ton.

« Mais je vous préviens. Il y a d'autres évêques coadjuteurs à Saint-Pétersbourg. D'autres candidats à la succession de Mgr Isidore. N'étant pas de sentiments aussi chrétiens que vous, ils trouvent qu'il met beaucoup de temps à mourir... Buvez, Monseigneur, sinon la raison vous conseillera de ne pas ruiner vos efforts en laissant échapper, par des scrupules de conscience excessifs, une investiture que nul plus que vous n'est digne d'obtenir.

— Est-ce un ordre, Excellence ?

— L'Eglise est indépendante, Monseigneur. Mais souvenez-vous que Sa Majesté l'empereur nomme métropolite celui que le procureur du Saint-Synode recommande à sa bienveillance. »

Il se leva soudain, et, changeant une nouvelle fois de visage, se pencha en souriant vers son visiteur.

« Je plaisantais, bien entendu ! Votre Haute Eminence reste absolument libre de son vote. Je ne voudrais pas que vous gardiez mauvaise impression de celui qui veille comme il peut, et plus mal que bien, aux destinées de l'Etat.

« Tenez, ajouta-t-il en approchant son fauteuil, pour vous montrer à quel point vous m'êtes sympathique, pour vous prouver ma confiance dans la décision que vous prendrez, nous allons trinquer ensemble. Eh ! Eh ! Moi non plus je ne me refuse pas, à l'occasion, un petit verre. Quel est le Russe qui ne se sent pas un surcroît de vigueur quand il se trouve un peu en goguette ?

« Et puis, du point de vue strictement évangélique, on ne peut pas dire qu'un ivrogne manquerait d'arguments.

— Ivrogne ! Vous êtes dur, Excellence !

— Non, non. J'employais ce mot dans un sens agréable, flatteur même, si vous permettez. L'habitude de boire étant, nous le savons, nuisible pour le foie, il ne serait pas d'un sentiment très chrétien, quand on l'a contractée, de chercher à s'en débarrasser. Pour la raison bien simple qu'un autre pourrait la ramasser et se l'approprier. Pensez-vous qu'un homme jusque-là sobre soit heureux de se découvrir un faible pour la boisson ?

— Que Dieu l'en préserve ! Non, je ne pense pas qu'il puisse en être heureux.

— Mais c'est ce qui arriverait si vous renonciez tout à coup à vider votre petit carafon, Monseigneur ! Un autre se mettrait à le vider à votre place. »

Le Père Terenski eut envie de rire, mais, flairant sous ce badinage un nouvel avertissement, il voulut montrer qu'il avait compris la leçon.

« Et ainsi le chrétien, affligé d'un vice, doit le garder pour soi, de peur que, s'il cherche à s'en débarrasser, un de ses prochains ne l'attrape ?

— Parfaitement, il doit le garder. Boire est une passion vénielle, Monseigneur, quelque chose de vraiment anodin. Mais supposez qu'un homme soit accablé d'une passion monstrueuse, torturé, non plus par une gentille pépie faisant partie de la tradition nationale, mais par une soif horrible, un instinct criminel sans exemple dans notre pays... Vous me suivez, Votre Haute Eminence ? »

Dans les yeux du procureur la prunelle s'était de nouveau rétrécie. Il fixait sur son interlocuteur un regard acéré.

« Si cet homme, reprit Constantin Pétrovitch, permet à son vice de se promener en liberté, s'il contamine autour de lui des victimes, si d'autres par sa faute se trouvent salis, déshonorés... dirons-nous qu'il se conduit en chrétien ? Mérite-t-il qu'on lui applique la loi d'amour du Christ ? Un petit carafon chez soi, au coin de sa fenêtre, à la bonne heure ! Quatre, cinq verres de Gorilka des moines, derrière son rideau, fort bien ! Pourvu qu'on n'offense ni Dieu ni Son représentant sur le sol russe... Mais provoquer le scandale, compromettre la maison impériale... Saisissez-vous la différence ?

— Oui, Excellence, je comprends à merveille. L'Evangile est l'Evangile, mais ce qui est mauvais est mauvais. »

XXVIII

De retour à l'Europa, j'avais pris la chambre abandonnée par Tchaïkovski.

Un matin, vers midi, j'entendis plusieurs personnes s'approcher à pas de loup dans le couloir. Des voix masculines, jeunes, se concertaient derrière ma porte. Les chuchotements durèrent un bon moment, avant que quelqu'un se décidât à frapper.

« Quelle impudence ! pensai-je. Certaines des *connaissances* de Piotr Ilitch, croyant qu'il habite toujours à l'hôtel, viennent-elles le relancer jusqu'ici, après avoir soudoyé les grooms ? »

La première partie de mon raisonnement se révéla juste.

« Oh ! pardon ! s'écria un tout jeune homme, dont la grosse tête coiffée en brosse apparut dans l'entrebâillement. Ne suis-je pas dans la chambre 75 ?

— Vous y êtes.

— Je croyais y trouver M. Tchaïkovski...

— Il y a plus d'un mois qu'il a déménagé. Il habite en ville. Que lui voulez-vous ? dis-je d'un ton sévère.

— Excusez-moi. J'arrive de Perm, pour reprendre mes cours à l'Université. M. Tchaïkovski est un peu mon parent, et...

— De Perm ?

— Mais je vous reconnais... Je vous reconnais parfaitement ! » s'exclama l'inconnu.

Il s'avança d'un pas dans la chambre, referma la porte derrière lui. Sacrément culotté, celui-là !

« Vous étiez à Perm, chez mon grand-père.

— C'est possible », acquiesçai-je, du bout des lèvres.

Il m'arrivait de me rendre dans cette ville minière, au pied de l'Oural, pour inspecter nos usines.

« Qui est votre grand-père ? » repris-je, intrigué malgré moi par la mine et l'allure de ce jeune homme. Un quart de vulgarité, trois quarts d'élégance. Il plastronnait, mais avec distinction. Ses doigts de boucher jouaient avec un monocle à monture d'écaille, accessoire peu recherché de la pègre.

Il laissa tomber, avec la suffisance de l'enfant gâté qui compte sur l'effet d'un tel nom :

« Pavel Dmitrievitch Diaghilev.

— C'est votre grand-père ? dis-je, stupéfait, en me levant et en lui tendant la main.

— Excusez-moi de cette entrée cavalière. Je ne me suis même pas encore présenté. Sergueï Pavlovitch. Etudiant à l'Université. »

Il sortit de la poche de son gilet, brodé à la manière caucasienne, une carte où je lus ces mots, écrits en français : « Serge de Diaghilev ».

« Etes-vous allé en France ? » lui demandai-je.

Sans doute perçut-il dans ma voix l'intention persifleuse. Malgré un contrôle de soi-même étonnant pour son âge — de vingt à vingt et un ans —, il rougit légèrement sous son hâle. Ma foi, avec cette prestance, cet aplomb, on n'a guère de mal à se faire passer à Paris pour un aristocrate russe.

« Paris, capitale du monde ! proféra-t-il avec emphase.

— Ainsi, vous m'avez vu à Perm ?

— Du vivant de mon grand-père, oui. Oh ! j'étais encore un enfant, et il est naturel que vous n'ayez aucun souvenir du gamin perdu dans la foule des invités.

— Votre grand-père recevait avec un faste oriental. Toute la ville se pressait dans ses salons. On recherchait l'honneur de passer une soirée chez lui. Il se vantait de pouvoir réunir jusqu'à soixante convives dans sa salle à manger et de les servir dans de la vaisselle d'argent. Une fortune colossale, disait-on. »

Mon visiteur parut embarrassé. Son tempérament de fonceur reprenant le dessus, il me répondit avec franchise.

« Pavel Dmitrievitch détenait le monopole de la fabrication de la vodka dans sa province. Mais moi, monsieur, ajouta-t-il en cachant ses mains derrière son dos, il n'est pas question que je reprenne l'affaire. Le projet qui m'a amené ici m'affranchira définitivement, s'il se réalise, de mes origines mercantiles.

— Il n'y a pas de sot métier, comme nous disons en France. Si son commerce a enrichi votre grand-père, Pavel Dmitrievitch possède de nombreux titres à la reconnaissance de ses concitoyens. Amateur d'art et mécène, il distribuait de l'argent aux églises du district, et payait pour leur restauration. L'iconostase de Saint-André de Perm le représente à genoux, à droite de la porte impériale, dans la posture du donateur. Sa gloire s'est répandue si loin, qu'il est devenu un personnage de roman. Nicolas Leskov l'a introduit, sous les traits de M.N., dans *Anecdotes d'une vie archiépiscopale*. Est-ce que je me trompe ?

— Non, monsieur, Leskov parle bien de mon grand-père. Mais ôtez-moi une curiosité. Vous avez réussi à vous procurer ce livre ? Pobiedonostsev — il fit une pause pour observer comment je réagissais à ce nom —, Pobiedonostsev l'a interdit dès sa parution, pour atteinte à la dignité de l'Eglise, et, plus tard, quand on l'a réédité dans le sixième tome des œuvres complètes, la police est venue saisir le volume pour le brûler. »

En voilà un, me dis-je, qui ne porte pas dans son cœur le procureur du Saint-Synode. Ce ressentiment vint à bout de mes dernières préventions.

« J'en ai trouvé un exemplaire à Perm, au bureau de notre compagnie. Après avoir décrit les trente pièces de votre grand-père, le mobilier somptueux, le piano à queue richement décoré, Leskov ajoute, si j'ai bonne mémoire, qu'il n'y avait qu'un détail désagréable, une fausse note dans ce luxe : l'adresse de cette maison. Pavel Dmitrievitch habitait... rue de la Grande-Sibérie ! Un nom à mettre froid dans le dos. En revenant d'une fête qui s'était prolongée jusqu'à l'aube, il arrivait aux invités de croiser un convoi de forçats en route pour l'exil.

— Parbleu ! m'interrompit Sergueï, la Sibérie commence de l'autre côté de l'Oural ! »

J'avais voulu sonder le jeune homme. Son exclamation désinvolte m'apprit ce que je désirais savoir. Il n'était pas venu frapper à la porte de Tchaïkovski attiré par une rumeur de procès.

« Vous êtes donc apparenté à Piotr Ilitch ? repris-je.

— De très loin par le sang, de fort près par le cœur. Ma mère est morte en me donnant le jour, à cause de ma trop grosse tête, fit-il en se cognant le front. Mon père, colonel aux Chevaliers-Gardes mais fou de musique et pouvant chanter par cœur tous les airs de baryton de *Rousslan et Ludmila*, épousa en secondes noces Elena Valerianova Panaeva, sœur d'Alexandra Valerianova Kartsov...

— Kartsov, la soprano ?

— Dont une cousine est née Tchaïkovski. Ainsi, on peut admettre que j'appartiens, si peu que ce soit, à la famille du compositeur... Très petit peu, je vous l'accorde, *tchout-tchout*, comme nous disons, mais ce qui compte, n'est-ce pas l'affinité spirituelle ? La maison de

Perm était un salon musical. Alexandra Valerianova nous chantait les romances de Piotr Ilitch. Il en avait écrit certaines tout exprès pour elle. Un jour, elle m'emmena chez lui, à Maïdanovo. Souvenir le plus précieux de mon enfance... Piotr Ilitch me joua des pièces de son *Album pour les enfants*... A Saint-Pétersbourg, je ne rate pas une première de ses œuvres. J'étais là, pour *la Belle au bois dormant*, je serai là, pour la nouvelle symphonie... Oh ! mais j'ai perdu la tête, à vous prendre tout votre temps... Excusez mon bavardage... Permettez-moi de me retirer...

— Non, non, vous m'intéressez beaucoup... Je connais bien Tchaïkovski, il m'a fait l'honneur de m'accorder son amitié... Nous nous voyons souvent... Asseyez-vous, je vous en prie... Comme il serait heureux de savoir que la jeunesse l'admire... Si les nouvelles générations...

— Merci, monsieur. Pourtant, je ne peux pas rester, parce que... En vérité, je n'étais pas venu seul trouver Piotr Ilitch... Des amis m'accompagnent... Ils m'attendent dans le couloir... Je ne me suis que trop attardé...

— Qu'ils entrent, s'ils vous ressemblent et partagent votre enthousiasme. »

Trois autres jeunes gens, à peu près du même âge, s'avancèrent dans la chambre. Loin de montrer l'assurance du premier, ils restèrent plantés dans un coin, au grand agacement de leur mentor.

« Mon cousin Dmitri Filisofov, chez qui je suis descendu », dit Sergueï.

Dmitri était mince, pâle, réservé, en parfait contraste avec la mine pleine de santé et de fraîcheur, les joues écarlates de son cousin et les dents d'une blancheur éblouissante que celui-ci découvrait à tout moment, en ouvrant comme deux battants ses larges mâchoires.

« Dmitri, Dima pour les intimes... Celui-ci, c'est Alexandre Benois, dit Choura. Etudiant à l'Académie des Beaux-Arts, en rébellion contre l'enseignement de ses professeurs... Son grand-père a construit le théâtre Mariinski...

— Le premier théâtre Mariinski, corrigea, d'une voix timide, le garçon, dont le visage sérieux s'abritait sous un épais collier de barbe. Démoli, pour faire place au Conservatoire.

— Démoli ou pas démoli, ton grand-père en a été l'architecte, répliqua Sergueï, irrité. Aussi vrai que la princesse Tenichev t'a chargé de choisir parmi les objets de son immense collection ceux qu'elle donnera au Musée russe. »

Benois se renfrogna derrière son pince-nez à monture de fer. Sergueï poussa en avant le quatrième de la bande.

« Léon Bakst, lui aussi peintre, lui aussi promis à un bel avenir, lui aussi... »

De figure malingre, le teint jaune, l'œil vif, la moustache frisée aux deux bouts, le jeune homme protesta.

« Lev Rosenberg, s'il te plaît, Serioja. »

Serioja s'emporta.

« Ah non ! ne recommence pas ! C'était entendu entre nous, oui ou non ? Ne sais-tu pas que cent cinquante émigrés juifs, expulsés d'Odessa, viennent d'arriver à Paris, donnant la désastreuse image de vagabonds sans feu ni lieu ? Jamais un Rosenberg ne s'imposera dans le monde de l'art ! Tu as la chance d'avoir un grand-père qui s'appelle Bakst... Un nom épatant pour réussir... Léon Bakst, trois syllabes qui claquent et feront un effet bœuf sur les Parisiens... »

— Si je suis Bakst, alors toi tu es Chinchilla », rétorqua le juif vexé, en montrant, dans la tignasse de son camarade, la mèche grisonnante qui lui valait ce sobriquet.

Mécontent, Sergueï haussa les épaules.

« Il faut tout leur apprendre, monsieur, à ces jeunots... leur seriner le b a ba... Mais ils ont du talent... du talent à revendre ! Nous avons décidé de nous constituer en cénacle... »

— Tu as décidé pour nous », dit le mince Dima, avec un sourire.

Son cousin tapa du pied.

« Voulez-vous rester à moisir dans votre trou ? Il faut marcher unis pour s'imposer... Le public veut une étiquette... Impossible de le conquérir, si on ne se présente pas en groupe... C'est une question de stratégie... L'époque des génies isolés, des mansardes romantiques, est révolue... Nous sommes entrés dans l'ère des masses, et, si l'on veut frapper les masses, qui sont myopes et incultes par définition, on doit leur parler un langage de guerre... Front commun... Avant-garde... Peloton de tête... Assaut aux vieilles barbes... Voilà comment on les aura !

« A Paris, j'ai constaté qu'aucun de nos grands peintres n'est connu. Ni Levitan, ni Valentin Serov, ni Mikhaïl Vroubel, ni même Ilia Repine... Ils ne jurent là-bas que par les Impressionnistes... Les paysages d'Isaac Levitan vous paraissent-ils d'une qualité inférieure à ceux de votre Monet ? Qui a su reproduire comme lui le charme infini de ces délicates émotions que nous éprouvons tous avec délices, immergés dans un coin de notre splendide nature russe ? »

Cette envolée amena des sourires sur les lèvres de ses camarades, mais aucun n'osa interrompre le boniment lyrique débité à mon intention.

« A-t-on idée, reprit-il, de garder le nom d'Isaac, dans un pays où les juifs sont méprisés ? Avis à toi, Rosenberg du diable. Monsieur, l'art russe est encore trop méconnu, même parmi nous, et c'est pourquoi nous avons le projet de fonder une revue. Nous étions venus trouver Piotr Ilitch pour lui demander de tenir une rubrique sur les tableaux qu'il aime. Vous comprenez, mon père ne déboursera pas un kopeck de l'argent de la vodka, si nous ne lui présentons pas des signatures...

— Une revue ? dis-je, calculant le profit moral que Tchaïkovski pourrait tirer d'une pareille offre.

— Elle s'intitulera *le Monde de l'art* et divulguera les nouveautés de notre art russe, tout en faisant connaître les principales réalisations étrangères.

— Votre invitation, j'en réponds, touchera profondément Piotr Ilitch. Seulement, objectai-je, il ne se passionne guère pour la peinture... Excusez-moi, messieurs, ce n'est pas dédain de votre travail. La composition l'absorbe tout entier, voilà tout. »

Ils baissèrent la tête, décontenancés. Le seul à ne pas se démonter fut Sergueï.

« Parfait ! s'exclama-t-il, nous ne voulons pas l'enlever à ses moutons. Nous ajouterons une chronique musicale.

— Votre intérêt, votre confiance ne peuvent le laisser insensible. »

Ces mots restaient bien en dessous de ma pensée. Piotr Ilitch ne serait pas seulement flatté, il puiserait dans l'admiration de ces jeunes ambitieux un antidote à son découragement et peut-être la force de se battre contre ses accusateurs. Cependant, je voulus m'assurer de deux points importants.

« Evidemment, messieurs, il voudra savoir le programme de votre revue.

— L'art pour l'art... La recherche de la beauté, répondit Sergueï, approuvé par ses camarades. La doctrine de l'art social, de l'art au service de la société, n'a causé que trop de dégâts en Russie. Sous prétexte d'utilité publique, on a favorisé la laideur... Nous voulons revenir à l'art pur, à la pure beauté... prôner les œuvres qui manifestent la personnalité créatrice de l'artiste, sans autre guide que son sentiment intérieur.

— Dis-lui, intervint Dima, comment nous est venue l'idée de la revue. »

Bakst, impatient de rentrer en grâce, se précipita pour répondre.

« C'était à la première de *la Belle au bois dormant*... Il y a plus de trois ans déjà... La musique nous avait enthousiasmés ! Mais les décors... Une vraie misère... Et la chorégraphie, vieillotte comme c'est pas possible...

— Selon nous, enchaîna Sergueï, l'art russe, ce sera d'abord le ballet. Nul n'a encore exploité les réserves d'expression, d'harmonie, de beauté qui se cachent dans la danse. Unir la peinture et la chorégraphie dans un spectacle total, aussi riche qu'une tragédie de Shakespeare ou un opéra de Wagner, voilà notre idéal, notre but. Nous étions venus le soumettre à Tchaïkovski. Si vous acceptiez de vous faire auprès de lui notre ambassadeur...

— Volontiers, dis-je en riant, à condition de ne pas lui parler de Wagner ! »

Amusé, séduit par la hardiesse de ce programme (oser déboulonner le tout-puissant Marius Petipa !), je voyais d'abord l'inappréciable encouragement que Piotr Ilitch trouverait dans la ferveur de ces jeunes gens.

« Toutefois, messieurs, encore une question, s'il vous plaît. Une revue de pointe, comme la vôtre, sera iconoclaste en politique... Ce qui pourrait mettre Tchaïkovski dans une position difficile... La famille impériale assiste aux premières de ses spectacles... L'empereur lui-même...

— Nous n'aurions aucune raison de ménager l'empereur, admit Sergueï. Pour nous, il reste le souverain conservateur qui a refusé de promulguer la constitution signée par Alexandre II la veille de son assassinat. Cependant... Raconte-lui, Choura, quelles bonnes manières il t'a montrées. »

Il accompagna cette exhortation d'un geste royal du bras, comme une vedette de théâtre qui pousse en avant un comparse.

« L'an dernier, dit Benois, l'Académie des Beaux-Arts avait retenu six de mes aquarelles pour son exposition annuelle. L'empereur visita l'exposition. J'étais venu dans mon uniforme d'étudiant et je craignais d'indisposer le tsar, qui considère tous les étudiants comme des révolutionnaires en puissance. A la surprise générale, il me serra la main avec bienveillance, non sans quelques mots d'encouragement. J'ai remarqué qu'il a des mains énormes... La tsarine, au contraire, est minuscule, elle zézaie et parle un mauvais russe... Au fond, un couple sympathique... Nous ne sommes pas si mal lotis... Le tsarévitch m'a produit une impression bien moins favorable. Il s'ennuyait à périr, la peinture est le cadet de ses soucis... Oui, nous avons intérêt à user d'égards envers son père... »

Assuré que la collaboration de Piotr Ilitch au *Monde de l'art* n'alourdirait pas son dossier, je promis aux étudiants d'intervenir en leur faveur.

« Nous habitons, Dima et moi, 15, rue Galernaïa. Une parallèle au quai des Anglais, derrière le Sénat.

— Oh ! fis-je, c'est donc tout près de chez lui.

— Pouvons-nous savoir où il habite ? »

J'hésitai avant de livrer l'adresse que Piotr Ilitch cachait si jalousement.
« Vous me promettez de garder le secret ? »
— Juré, dirent-ils d'une seule voix.
— Malaïa Morskaïa.
— A deux pas de chez nous, en effet. Le numéro ?
— N'essayez pas de le surprendre. Son domestique a des ordres très stricts. Attendez que je vous fasse signe. »

La précipitation des événements coupa court à notre petit complot. Auraient-ils réussi à l'engager ? Quel réconfort, en tout cas, leur eût apporté leur initiative ! Etre choisi par des garçons de vingt ans comme porte-parole du renouveau artistique ! Intronisé, après avoir subi de ses compatriotes tant d'attaques venimeuses, à l'avant-garde du mouvement russe, et peut-être international, à en juger par l'énergie, l'avidité de ce Rastignac ! Quel stimulant pour un homme qui se disait fini !

Le pseudo-cousin — il me l'avoua avant de partir — n'avait plus rencontré son illustre « parent » depuis sa lointaine visite à Maïdanovo. Dans quelques semaines, le destin les mettrait à nouveau face à face — mais trop tard pour les plans du jeune ambitieux.

XXIX

Tous les jours, Nicolas recomptait sur ses doigts. Comme un enfant, il énumérait : trois pour l'acquittement, Kremski, Atanaiev, lui-même ; deux pour la condamnation, Barenkov, Obolev ; deux encore indécis, le Père Terenski (mais Nicolas, quant à lui, ne gardait aucun doute) et le général, dont il disait qu'en fin de compte tout dépendait.

En cette fin d'été si riche en événements, il s'en produisit un dont les répercussions furent considérables et les conséquences décisives.

Igor Apraxine, l'enfant resté unique, le fils chéri du général, le blond éphèbe qui s'était évanoui dans la cellule de Sofia Pérovskaïa, ne passait qu'un jour et demi dans la forteresse, aux côtés de ses parents. Le reste de la semaine, il vivait au palais Vorontsov, rue Sadovaïa. Dans la partie noble de cette rue, à bonne distance de la place aux Foins, le bel édifice de Bartolomeo Rastrelli abrite le corps des Pages. Le général avait choisi cette école parce que, de tous les établissements militaires pour les adolescents, elle vante la meilleure discipline.

De peur que chez son fils ne reparût la nature impulsive qu'il rendait responsable des deux tragédies de sa jeunesse, il voulait habituer Igor, dont les penchants littéraires l'inquiétaient, aux saines vertus de la caserne. Il pouvait compter sur le comte Rodion Menchikov, son ami, homme à poigne, commandant de l'école, pour enseigner l'obéissance aux jeunes gens. Fortifié par ce régime viril, Igor serait ensuite libre d'opter pour la voie de son goût ; et, s'il désirait s'inscrire à la faculté des Lettres, son père ne pourrait pas se reprocher de l'avoir élevé en mauviette.

Malheureusement, depuis la jeunesse de Sosthène, l'état d'esprit avait changé dans les écoles militaires. La Russie n'était plus en guerre. Faute de campagne à préparer, un sentiment d'inutilité et d'oisiveté pesait sur les élèves. Quant aux officiers, démoralisés par l'inaction, ils tuaient le temps en jouant aux cartes. Les valeurs conventionnelles qu'on exaltait chaque matin dans la cour du palais, honneur du drapeau, prestige de l'uniforme, gloire du sacrifice, ne signifiaient plus rien dans la vie creuse et désœuvrée de l'école. Leur autorité n'étant plus aussi justifiée, les gradés en profitaient pour l'exercer à tort et à travers, et, dans l'ennui général, les recrues acceptaient docilement des corvées inutiles. A l'arbitraire des uns répondait la servilité des autres.

Le général Apraxine, dans l'ignorance de ces changements, gardait sa confiance intacte dans le système pédagogique le plus apte, selon lui, à dresser un caractère. Il ignorait la situation nouvelle ou il ne voulait pas la connaître. Sa philosophie consistait, nous l'avons vu, moins en principes abstraits qu'en ajustements pragmatiques. Il pensait qu'on doit tolérer à l'armée des excès que la promiscuité de l'internat rend inévitables, et qui disparaissent, à peine l'uniforme quitté. Une partie de son indulgence pour Tchaïkovski s'expliquait par son expérience du service. Les rapports entre officiers et soldats ne sont pas toujours aussi nets qu'on le souhaiterait en théorie. L'absence d'activité sexuelle régulière chez des hommes dans la fleur de la jeunesse ou la force de l'âge oblige à fermer les yeux sur certains abus d'autorité. Il est très rare au demeurant que ces abus prennent des formes choquantes. Les dortoirs étant un lieu de passage continuel, aucune intimité n'est possible. Il est vrai que chaque officier dispose d'une chambre, mais le règlement interdit de la fermer à clef. Les favoris dont il s'entoure bénéficient d'exemptions et de faveurs qui ne nuisent pas au service et ne préparent en rien aux bouleversements prophétisés par Pobiedonostsev. Les élèves se marient au sortir de l'école et ne gardent, dans le cas où ils ont été distingués par un lieutenant ou un capitaine, que le souvenir de quelques moments de répit arrachés à la discipline.

Ainsi raisonnait Apraxine. Igor, la prunelle de ses yeux, racontait à la générale les menus événements de la semaine. Jouissant de la pleine confiance de son fils, elle se fût aperçue tout de suite qu'il lui cachait un secret.

Le climat débilitant, presque morbide, qui régnait au palais Vorontsov, de même qu'il favorisait les brimades et les violences propres aux institutions en vase clos, secondait l'éclosion de vocations poétiques très éloignées de la routine militaire. Arcade Ivanovitch Ivolguine, l'ami préféré d'Igor, son voisin de lit, s'exerçait à rimer. Joli garçon, blond, le visage parsemé de taches de rousseur, il écrivait des vers pour sa fiancée. La jeune fille résidait au loin, dans le district de Kazan. Arcade se livrait à cette activité en cachette. Outre les quolibets de ses camarades, il redoutait les mauvais traitements de son chef de chambrée.

Ukrainien d'Odessa, de petite taille et sec, basané, noir de poils, Ignace Stépanovitch Alanine bombait le torse pour se faire obéir, exigeait d'être appelé « Votre Noblesse » et cherchait à compenser l'inconvénient de ne mesurer qu'un mètre et soixante-douze centimètres en tracassant les élèves par des brimades incessantes. Les chaussures n'étaient jamais assez brillantes, le pli du pantalon assez net. Il circulait entre les lits, une badine à la main. Gare au lambin trop lent à se coucher ! Pour le petit lieutenant, l'abus d'autorité consistait à avoir deux ou trois sycophantes à ses ordres, qu'il récompensait pour chacun de leurs mouchardages. Aussi Arcade s'entourait-il de précautions. N'osant pas cacher ses poèmes sous son oreiller, il les confiait à Igor, qui les emportait le samedi après-midi à la forteresse et les enfermait dans le coffre de sa chambre, après en avoir fait goûter les beautés à sa mère.

La courte taille du lieutenant n'était pas étrangère à son goût de manier la badine. Pour être admis au corps des Pages, il faut mesurer au minimum un mètre et soixante-dix-huit centimètres. Les six centimètres manquants coûtaient cher aux jeunes gens de sa chambrée. De quel passe-droit avait profité Ignace Stépanovitch Alanine ? Le souvenir ne devait pas lui en être agréable, et sa conscience le tourmentait, car chaque fois qu'il croisait le lieutenant général comte Rodion Menchikov, il ne pouvait s'empêcher de mêler à son salut respectueux une lueur de haine dans ses pupilles soudain rétrécies.

Un des espions du lieutenant, fouillant dans le casier d'Arcade, trouva, roulé à l'intérieur d'une chaussure, un poème sur les joies de la solitude rustique. Il porta son butin au lieutenant. Celui-ci convoqua dans sa chambre l'élève.

« C'est toi qui as écrit ces vers ?

— Oui, Votre Noblesse.

— Les as-tu écrits à la louange de tes deux seuls maîtres, qui sont Dieu et l'empereur ?

— Je ne crois pas que mon poème leur manque de respect.

— Lis à haute voix les premiers vers. »

Le jeune garçon rougit, de livrer à un homme qui parlait sur ce ton l'expression de ses pensées les plus délicates. Contraint de s'exécuter, il balbutia d'une voix tremblante :

> *Oh ! combien je voudrais*
> *dans le silence des pays déserts*

*ignoré de tous m'habituer
à la félicité près de toi.*

S'il avait cru attendrir le lieutenant, il fut vite détrompé. Goguenard, celui-ci s'écria :
« Quel châtiment, à ton avis, mérite cet acte d'insubordination ?
— Que Votre Noblesse daigne m'indiquer en quoi j'ai manqué à mon devoir.
— Comment ! reprit Ignace Stépanovitch en s'animant. Tu t'exclames que tu ne désires pas continuer ton service à l'empereur, afin d'être toujours avec ta fiancée.
— Il ne s'agit que d'un rêve, objecta le poète. Un rêve, Votre Noblesse, sans rapport avec la réalité.
— Mais rêver qu'on peut s'habituer à la félicité auprès d'une femme, ne sais-tu pas que c'est un blasphème ? Dieu, et son représentant sur terre l'empereur, doivent seuls occuper ton esprit.
— Si je suis coupable, châtiez-moi », dit Arcade.
Le lieutenant saisit sa badine et la leva sur les épaules du garçon. « Non, dit-il en se ravisant. Tu t'en tirerais à trop bon compte. Une correction en bonne et due forme, voilà ce que tu mérites. Tu crois peut-être qu'on a interdit les verges ? Dans l'armée, oui, mais pas ici, au corps des Pages. Pas ici, répéta-t-il. Par privilège impérial, nous avons le droit de punir par les verges les mauvais sujets. Compris ? »
Arcade frissonna. Subir les verges signifie passer, torse nu, entre deux rangées de camarades. Chacun, de son knout à lanières de cuir, applique un coup sur le dos. On choisit autant d'élèves qu'on a décidé d'appliquer de coups. Le nombre de ces coups est toujours pair. Au bout de la rangée, se tient le lieutenant. Si celui-ci estime que les coups ont manqué d'énergie, ce qui est presque toujours le cas, les élèves cherchant à épargner leur camarade, il en assène un dernier, laissé à sa discrétion. On a vu, autrefois, des épines dorsales brisées. Extrémité impossible aujourd'hui, depuis la suppression des crochets de métal. Le « coup du lieutenant » n'en reste pas moins la terreur des élèves. Il peut laisser entre les épaules une profonde entaille, une cicatrice étirée sur toute la surface du dos.
Ignace Alanine ne mentait pas. L'excès de pouvoir est inconnu dans les corps d'élite, aux Pages comme dans les régiments Sémionovski et Préobrajenski. Sans l'intervention du comte Stenbock-Fermor, son neveu Victor aurait subi les verges, avant d'être muté en Sibérie. Pour Bob, le grand-duc en personne avait intercédé. Du code fixé par le féroce Paul Ier, l'usage a supprimé un par un les articles, sauf celui-là, le plus cruel.
Le lieutenant Alanine triturait sa moustache en jouissant de la

frayeur d'Arcade, quand la poignée de sa chambre fut tournée de l'extérieur.

« Ouvrez », dit une voix rude.

Ignace bondit vers la porte. Il avait reconnu le comte Rodion Menchikov.

« Le règlement interdit de vous enfermer à clef, dit le commandant de l'école.

— A vos ordres, Excellence », fit le lieutenant au garde-à-vous.

La haine qui brillait dans ses yeux chaque fois qu'il rencontrait son supérieur se ralluma avec une intensité fielleuse.

A quarante-cinq ans, le comte Rodion Menchikov était un des plus jeunes officiers de son grade. J'avais croisé chez le général Apraxine ce descendant du fameux Menchikov, le compagnon préféré de Pierre le Grand. De haute taille, musclé, athlétique, épris de fraternité d'armes et de camaraderie mâle, il avait renoncé à se marier, par passion exclusive de la vie militaire. Le croisement de sa lignée avec des chambellans ayant servi sous les impératrices Elisabeth Pétrovna et Catherine II avait policé en lui la sauvagerie de son ancêtre, sans entamer la gaillardise d'un sang toujours vigoureux.

Quand un page convenait à Rodion, il l'engageait comme ordonnance et l'emmenait vivre avec lui dans son appartement, pour un ou plusieurs mois. Tout le monde savait ce que signifiait cette distinction, mais les habitudes du commandant ne scandalisaient pas. Il aurait pu dire, tel cet officier de l'armée coloniale française en Afrique : « Il le fallait bien, même sans y prendre goût. » Aucun de ceux qui partageaient son intimité pendant un ou plusieurs mois ne se considérait comme sa victime, aucun ne se sentait diminué. Il les traitait poliment, ainsi qu'un homme bien élevé se conduit avec sa maîtresse.

Ce fut un malheur pour lui — et pour nous tous — qu'il fût tombé autrefois sur cet Ignace Alanine. Sa petite taille l'obsédant, le noiraud d'Odessa s'offensa mortellement d'être recruté pour ce rôle. Tourmenté par son infériorité physique, à laquelle n'avaient pu remédier d'intenses exercices de musculation et d'élongation, il se sentit outragé par le choix du commandant. La faveur dont on le gratifiait réduisait à néant son rêve de paraître viril.

Habitude prise au Caucase ou penchant inné, seul le type brun et frisé plaisait à Rodion. Pour être distingué par le lieutenant général, il ne fallait pas avoir l'air trop russe. Moscou et l'Anneau d'or traçaient la limite septentrionale extrême du territoire où il recrutait. Etre originaire des bords de la mer Noire ou Caspienne suffisait à attirer son attention. Comme les élèves blonds provenaient en grande majorité de la capitale et sortaient des familles les plus nobles et les plus riches, ils se consolaient d'être exclus des bonnes grâces du commandant par le sentiment de constituer une élite. Le système établi par le comte fonctionnait donc à la satisfaction générale : les pages à peau foncée touchaient les bénéfices réels de leur couleur, les aryens aux yeux bleus jouissaient de l'avantage moral d'appartenir à une race supérieure.

Le général Apraxine, malgré ses idées larges, n'eût certainement pas exposé son fils au risque de passer ordonnance auprès du commandant, si, renseigné sur les préférences du lieutenant général, les cheveux blonds d'Igor, le teint laiteux, la peau diaphane, les iris céruléens du jouvenceau ne lui avaient garanti que la « prunelle de ses yeux » ne serait jamais traitée en femme.

Je me rappelle comment, lors de ma deuxième visite à la forteresse, son hostilité à l'admission des juifs aussi bien dans les grades supérieurs de l'armée que dans les professions libérales m'avait choqué. Au fond, chez cet homme si curieux des variétés ethniques de l'empire, l'orgueil de caste restait prédominant. Il n'était pas fâché, sans doute, que les complaisances du commandant fussent réservées à la race inférieure des méridionaux, semi-asiatiques ou quasi Turcs. Pétersbourgeois pur sang, le comte Rodion usait des Ukrainiens, Moldaves, Géorgiens, Kazakhs selon leur mérite. Telle était l'opinion de Sosthène sur son ami le lieutenant général, et, au cas où elle ne manquerait pas de fondement, elle avérerait le parallèle avec les officiers de l'armée coloniale française.

Igor lui-même, dont j'avais trouvé si antipathique la sortie contre les « youpins », regardait comme des moricauds ses camarades basanés. L'éternel préjugé, qu'on rencontre dans tous les pays, dresse le Nord, plus civilisé et atone, contre le Sud, plus vital et physique.

« Ce n'est pas un grief suffisant », dit le commandant après avoir écouté le réquisitoire du lieutenant contre Arcade. Il déchira le poème et en fourra les morceaux dans la poche de sa vareuse. Puis, devinant qu'Ignace Alanine, désavoué par son chef, chercherait à se venger sur Arcade, il demanda à celui-ci :

« Où es-tu né ?
— A Saint-Pétersbourg, Votre Excellence. »
Le comte lui pinça la joue criblée d'éphélides.
« J'aurais pu m'en douter ! dit-il en riant. Tant pis ! je change pour une fois mes habitudes. Dès la semaine prochaine, je te prends à mon service. Veuillez noter, lieutenant, que l'élève Arcade Ivanovitch Ivolguine sera ma nouvelle ordonnance. A partir de lundi, il habitera mon appartement. »

Le lieutenant se mordit les lèvres. Il ne lui restait qu'à obéir. Le commandant sortit avec Arcade.

« Votre Excellence sera servie », murmura le lieutenant. Il les avait reconduits jusqu'au seuil et regardait s'éloigner les deux hommes, la main de l'officier sur l'épaule du soldat. Il ne pardonnait à Rodion ni le prix qu'il avait dû payer autrefois pour être admis au corps des Pages, ni la perte d'autorité qu'il venait de subir.

De ce jour, selon les enquêteurs chargés de reconstituer l'affaire, avait mûri son plan. Il ne disposait que de cinq jours pour le mener à bien. Diverses embûches furent tendues à Arcade. Boutons arrachés à son uniforme, brandebourgs décousus, sable mouillé versé sur ses chaussures, potion somnifère distillée dans son bouillon du soir. Il eût manqué le salut au drapeau dans la cour si Igor, son voisin de chambrée, voyant qu'il ne s'était pas réveillé à l'appel du clairon, ne l'avait tiré du lit et habillé de force.

Un stratagème encore plus perfide donna la victoire au lieutenant. Un de ses mouchards se plaignit un matin qu'on lui avait volé sa chaînette en or. Le soir, un autre espion retrouva la chaînette dans le casier d'Arcade. Pour éviter l'avanie d'un nouveau désaveu, Ignace envoya un rapport détaillé au commandant. Celui-ci, qui ignorait le système des délations, ne put refuser au lieutenant de faire passer le coupable par les verges. Le châtiment fut fixé au 25 août.

On ôta sa tunique et sa chemise à Arcade.

« La ceinture aussi ! » ordonna le lieutenant.

Il cherchait moins à punir l'élève qu'à provoquer le commandant, ce raffinement de cruauté le prouva. Retenant des deux mains le bord de sa culotte, Arcade fut poussé entre les deux rangées de ses camarades. Outre l'humiliation des coups, il y avait le ridicule du pantalon qu'il fallait empêcher de tomber.

Le comte Rodion apparut après l'application des trente premiers coups. Il en restait trente autres. Tout au bout se tenait le lieutenant, armé d'une cravache à lanières tressées. Les soixante coups réglementaires ne causèrent que de bénignes écorchures. Quand l'échine arriva à sa portée, Ignace regarda dans les yeux le commandant. Voilà comme il l'arrangeait, son mignon ! Le fouet claqua, l'air siffla, le sang gicla. Affolé par la douleur, Arcade lâcha son pantalon. Toute l'école put voir le prochain trophée du commandant.

Immobile jusque-là, celui-ci s'avança soudain, arracha des mains du lieutenant la cravache et le cingla lui-même au visage. Arcade s'enfuit en pleurant. Igor le couvrit de sa tunique. Ignace passait les mains sur sa figure et, stupéfait, les retirait sanglantes. Les élèves couraient çà et là. Seul à garder ses esprits, le commandant dit au lieutenant :

« Je suis à votre disposition. Quand vous voulez. Le choix des armes vous revient, ainsi que le lieu et le moment de la rencontre. »

Sans s'inquiéter de la blessure, il tourna le dos à Ignace et regagna son appartement.

XXX

Duel au pistolet, deux jours après. Ignace, tirant le premier, logea la balle dans le front du commandant. Le comte tomba à la renverse, tué sur le coup.

« Assassinat », murmura la rumeur, bien que la rencontre se fût déroulée dans les règles. Aucun fait divers n'avait soulevé tant d'émotion. Le lieutenant fut mis aux arrêts, puis, après une procédure accélérée, condamné, le 31 août, à la déportation. Le général Apraxine, en tant que gouverneur militaire de Saint-Pétersbourg, avait présidé le jury.

Comme je m'étonnais, auprès de lui, d'une telle hâte et d'un verdict si sévère, pour un homme qui n'avait fait que défendre son honneur, Apraxine me dit laconique :

« Il le fallait.

— Excusez-moi, mon général, j'ai consulté le code. Le duel n'est puni que d'une peine de prison. En cas de mort de l'adversaire, la sanction ne peut dépasser trois ans de détention dans une enceinte fortifiée.

— Il le fallait », répéta-t-il, en frappant sur le livre qu'il était en train de lire quand l'aide de camp m'avait introduit dans son bureau. D'un coup d'œil, je vis qu'il ne cherchait pas conseil, cette fois, chez Plutarque.

« Un simple lieutenant, précisa-t-il, n'a pas le droit de se battre contre un lieutenant général, titulaire du deuxième tchin.

— Laissez tomber les tchins, mon général. Vous ne me dites pas le fond de votre pensée.

— Le scandale a dépassé les bornes. Le tsar est entré dans une colère épouvantable.

— A part la colère du tsar, vous-même, qui avez examiné à fond l'affaire, estimez-vous qu'Alanine aurait dû se laisser cravacher comme un lâche ?

— Le comte Rodion était mon ami, monsieur de Sainte-Foy.

— Arcade n'avait pas volé la chaînette. A part cette calomnie, de quoi le lieutenant s'est-il rendu coupable ?

— Sibérie », se contenta de grommeler le général.

Il s'empara du livre et me lut une phrase qu'une main avait soulignée au crayon rouge.

« Ecoutez, si vous avez des oreilles. *Ce vice constitue un très grave péril pour l'Etat, parce qu'il supprime les barrières sociales et abolit toute hiérarchie.* Devinez l'auteur, monsieur.

— Napoléon ? Mais on murmure qu'avec son aide de camp Junot... César ? Lui, que la rumeur disait *le mari de toutes les femmes, la femme de tous les maris...* »

J'essayais de plaisanter, malgré l'air peu engageant du général. Il coupa court à mes facéties.

« Bismarck.

— Bismarck ! On ne l'appelle pas pour rien le chancelier de fer !

— Ne raillez pas, monsieur. Vous vouliez savoir le fond de ma pensée. Le fond de ma pensée, le voilà ! proclama-t-il en frappant à nouveau sur le livre.

— Ce n'est pas possible, balbutiai-je, consterné.

— Toutes les guerres qu'il a entreprises, le chancelier Bismarck les a gagnées.

— En quoi les barrières sociales sont-elles impliquées dans l'affaire du lieutenant ?

— Eh ? Vous ne savez pas ? L'enquête a révélé que cet Ignace Stépanovitch Alanine est de si basse extraction sociale qu'il n'aurait jamais dû servir au corps des Pages. Il faut avoir dans son ascendance, soit un titre de noblesse, soit un grade dans le tableau des tchins.

— Bah ! ce n'est guère plus grave que de manquer des quelques centimètres nécessaires.

— Vous n'y êtes pas, reprit le général irrité. Du moment que d'autres qualités que le courage, la droiture, le sens du devoir, l'amour de la patrie font admettre au service de l'empereur, je ne donne pas cher de la discipline dans nos régiments. Si des mérites fort étrangers à ce que commande l'honneur militaire deviennent les critères du recrutement, la gabegie s'installe dans l'armée.

— Bon, dis-je, cherchant à sonder les intentions du général sur le sujet qui me tenait à cœur, dans l'armée, il faut en effet que la discipline soit respectée à la lettre.

— Pas seulement dans l'armée. La Russie a besoin d'être tenue dans une poigne de fer. Une poigne de fer, sinon elle partira à la dérive.

— Vous n'allez quand même pas, m'écriai-je, prétexter de cette malheureuse histoire pour réviser votre jugement sur Tchaïkovski ?

— Si », dit-il en serrant les poings.

Puisqu'il avait besoin de s'aider d'un geste, sa volonté restait incertaine. Je repris espoir.

« Vous permettez ? » dis-je en lui prenant le volume. Il m'était venu à l'esprit un soupçon, que je voulais vérifier.

« Ce livre n'est pas relié comme les autres. Pourquoi vos initiales n'y sont-elles pas gravées ? »

Il reconnut que Pobiedonostsev le lui avait prêté. Il ne paraissait pas fier de cet aveu.

« Vous avez donc changé d'avis ? insistai-je. Pourquoi ? L'acquittement de Tchaïkovski a-t-il cessé de vous paraître plus utile à la Russie que sa condamnation ?

— C'est très beau d'être idéaliste, monsieur de Sainte-Foy, mais quand je vois le commandant du corps des Pages assassiné pour assouvir la vengeance d'un de ses anciens amants, comment ne pas me dire que ces gens sont esclaves de leur vice ? Ils ne reculent devant aucune énormité. Nierez-vous que le sens moral soit chez eux atrophié ? Cette engeance est maudite, nous devons l'extirper de la nation.

— Tchaïkovski, pourtant...

— Un homme aussi éminent n'en est que plus coupable. »

Quel revirement ! Quel reniement ! Le général s'aperçut de ma stupéfaction.

« A moins de frapper un grand coup, reprit-il, nous n'aurons plus, ni confiance dans l'ordre public, ni... »

Il bégaya, embarrassé.

«... Ni sécurité dans nos familles », ajouta-t-il en rougissant.

Où voulait-il en venir ?

« Il me semble, dis-je, que le comte Rodion a payé pour tous, et que sa mort est une expiation suffisante de ce vice.

— Ah ! s'exclama le général, il s'est bien joué de nous, celui-là ! »

Il se mit à marcher de long en large, libérant peu à peu sa colère contre un homme qu'il venait d'appeler son ami. Sa nature impulsive reprenait le dessus.

« Quand je pense avec quelle perfidie il nous a menés en bateau ! Il nous faisait croire, le fourbe, qu'il ne s'intéressait qu'aux Hadji Mourad en herbe, et je me disais, naïf que j'étais : un Tchétchène, au fond, un type du Caucase, quelle importance ? Tant qu'il ne touche pas à nos enfants, fermons les yeux sur ses incartades... Ce n'est pas bien grave, s'il daigne s'amuser avec un Géorgien, avec un Kazakh... Une chance pour eux, en somme... L'occasion de se dégrossir... Tous des musulmans, des païens... Il cachait bien son jeu, le scélérat ! Voyez avec quelle avidité il s'est jeté sur ce malheureux Ivolguine, dès qu'il en a trouvé le prétexte ! Et pourquoi, ensuite, n'aurait-il pas assouvi avec nos enfants ses caprices ? Toute la saine jeunesse de Saint-Pétersbourg était à sa merci ! La fine fleur de l'empire ! Il n'avait qu'à lever le petit doigt et à jeter son dévolu ! »

Il fit encore quelques pas, et, soudain, incapable de se contenir plus longtemps :

« Mon propre fils y aurait peut-être passé ! Igor, la prunelle de mes yeux ! Vous vous rendez compte... Le fils du général Apraxine... Devenir la risée de son régiment !

— Mon général...

— Je vous choque, n'est-ce pas ? Vous pensez que lorsqu'on est amené à rendre la justice, il faut déposer ses soucis privés, oublier qu'on a une famille, une femme, un héritier... Ne juger que d'après les principes éternels du bien et du mal...

— Se décider d'après sa conscience, oui, indépendamment de tout intérêt personnel.

— Appelez-vous intérêt personnel les responsabilités d'un père de famille ? Avant d'être le président du tribunal, avant même d'être le général gouverneur de Saint-Pétersbourg, j'ai un fils à élever, à diriger dans le droit chemin... »

Il se troubla, puis, d'une traite, à voix basse :

« Vous savez que j'avais une fille, aussi, et qu'elle est morte par ma faute... Son âme me demanderait compte de cette nouvelle négligence, si je ne veillais pas sur son frère avec une attention scrupuleuse. »

Il hésita à continuer.

« Mais ce que vous ne savez pas, reprit-il avec effort, ou imparfaitement, c'est l'ancienne histoire de mon duel. Le camarade que j'ai tué soutenait qu'avec un tempérament comme le mien, je ferais mieux de ne pas me marier et de n'avoir pas d'enfants. Cette remarque, bien que l'intention en fût amicale, me parut une insulte.

— Et vous l'avez provoqué, pour vous prouver vos aptitudes à être père de famille ?

— La première fois, hélas, lui a donné raison. Sa prédiction me poursuit. Ne pas la démentir aujourd'hui, signifierait que le meilleur ami de ma jeunesse est mort pour rien. »

Ne sachant que répondre, je jetai sur la bibliothèque un regard machinal. Le volume de Montesquieu, que je me souvenais avoir vu sur le bureau du général lors d'une de mes premières visites, me tomba sous les yeux.

« Un instant, fis-je, en sortant le livre de l'étagère. Je constate, d'après la fatigue de la reliure, que vous fréquentez cet auteur non moins assidûment que Plutarque. Ecoutez ce qu'il dit. *Si je savais quelque chose qui me fût utile, et qui fût préjudiciable à ma famille, je la rejetterais de mon esprit. Si je savais quelque chose utile à ma famille, et qui ne le fût pas à ma patrie, je chercherais à l'oublier. Si je savais quelque chose utile à ma patrie, et qui fût préjudiciable à l'Europe, ou bien qui fût utile à l'Europe et préjudiciable au genre humain, je la regarderais comme un crime.* Faut-il, parce qu'on est père, cesser d'être juste ? Au contraire, parce que vous êtes directement intéressé au procès, vous aurez à cœur de ne pas vous montrer partisan. Condamner Tchaïkovski porterait un tort considérable à la cause russe dans le monde. Mon général, cherchez à oublier, parce que nuisible à votre patrie, ce qui pourrait vous sembler utile à votre famille.

— Vous avez un fils, monsieur ?

— Oui...

— Et vous souhaitez, comme tous les pères, élever ce garçon dans la dignité et l'honneur ?

— Sans doute...

— Comment s'appelle-t-il ?

— Iouri.

— Etudiant ?

— Elève d'une école d'ingénieurs.

— Quel âge ?

— Vingt-deux ans.

— A la bonne heure ! Voilà un jeune homme qui doit donner entière satisfaction à ses parents. Que diriez-vous si... Ah ! vous n'auriez pas envie de lui trouver des circonstances atténuantes... Vous iriez le tuer, oui, le vil individu qui aurait osé s'attaquer à un aussi brave garçon ! C'est bien beau de défendre Tchaïkovski, j'étais prêt à vous suivre, mais, voyez-vous, nous discutions dans l'abstrait. Ces hommes sont dangereux, dangereux ! Ils s'en prennent à nos propres enfants... Ce Rodion, qui l'eût cru ? Mon fils aurait pu tomber sous ses griffes... Votre Iouri, peut-être que Tchaïkovski le guette sur le chemin de son école... Votre femme, votre fille, vous avez aussi une fille, n'est-ce pas ? votre femme et votre fille jouent au piano ses mélodies... Eh ! eh ! il se présentera en ami de la famille... Enfin, que voulez-vous, quoi que je fasse, désormais, je verrai en Tchaïkovski celui qui pourrait suborner mon Igor.

— A ce compte, mon général, il faudrait empêcher les jeunes filles de sortir de chez elles sans chaperon.

— Que me chantez-vous là ? dit-il interloqué.

— Je faisais un jour la même remarque à ma femme, sur le danger couru par les jeunes garçons. Elle m'a repris vertement.

« "Et Liouba, notre fille ? Ne rentre-t-elle pas seule du lycée ? Ne va-t-elle pas se promener le dimanche dans les parcs publics, au Pétrovski ou au Sokolniki ?

« — Sans doute, mais où est le rapport ?

« — Le rapport est que, si tu crains que des messieurs n'agressent ton fils, pourquoi d'autres messieurs ne s'en prendraient-ils pas à ta fille ?

« — Ce n'est pas la même chose, Anna. Cette seconde catégorie de messieurs, ayant une vie sociale et sexuelle plus régulière, n'est pas obsédée comme la première catégorie, faite de frustrés, de désaxés, toujours en chasse.

« — Préjugés, Vassia, préjugés ! Il y a des pervers équilibrés, comme il y a des normaux détraqués. Nous vivons sur des clichés, que l'action sociale en milieu populaire ne tarde pas à démentir. Les attentats à la pudeur sur les filles sont de soixante à quatre-vingts fois plus nombreux que sur les garçons."

— Propos de féministe, marmonna le général. Qu'un homme coure après une fillette peut être déplaisant, cela reste dans l'ordre de la nature. Tôt ou tard, la femme accomplira son destin. »

Il se troubla à nouveau, rougit. Une aussi piètre objection ne pouvait apaiser le remords de sa volte-face.

J'essayai une dernière fois de le convaincre, au moyen des divers arguments dont naguère il se faisait lui-même l'avocat : la réputation internationale du compositeur, le prestige qui en rejaillissait sur la Russie, les besoins de capitaux et d'équipements étrangers, le projet d'alliance franco-russe et l'influence des amis parisiens de l'accusé.

« Oui, oui, faisait-il, en théorie vous avez raison. En théorie un compositeur qui nous charme par sa musique mérite une confiance absolue, et nous assimilons à un ange celui qui nous enlève au ciel.

« En théorie un simple lieutenant respecte le grade d'un lieutenant général. La théorie n'a pas empêché un de nos meilleurs chefs militaires d'être abattu comme un chien. La théorie encore, si je vous écoutais, enverrait nos enfants servir de gitons à ces dépravés.

« Votre Montesquieu les appelait justement *antiphysiques*. Je ne donnerais pas cher d'un pays qui ne se défende pas aussi énergiquement de ces fauteurs de désordre que des juifs.

« *Un père de famille, surtout, doit se montrer intraitable* : je me permets de vous rappeler vos propres paroles, monsieur. La première fois où j'ai sollicité votre avis, c'est ainsi que vous m'avez, spontanément, répondu. Vous avez même, ce jour-là, pour contredire Plutarque, invoqué la Bible, à l'appui de ce que notre instinct, la simple voix du cœur, sans aucun besoin de caution philosophique ou religieuse, suffirait à poser en axiome. *Un père de famille, surtout...* C'était moi, alors, qui restais incrédule. Chacun de nous deux a pris le rôle de l'autre. Dieu nous départagera.

« Que Tchaïkovski se console avec le mot si profond de Napoléon : *Le salut public ou, pour mieux dire, la raison d'Etat occupent chez les modernes la place de la fatalité chez les anciens.* Avec les idées que nous lui connaissons, je suis sûr qu'il acceptera le verdict. »

Je crus surprendre, dans l'altération subite de sa voix, un regret, comme un remords de son action. Il se ressaisit aussitôt.

« Et dire que Rodion, chaque fois qu'il venait m'apporter des nouvelles d'Igor, me félicitait d'avoir un tel fils ! Je veillerai sur lui, je veillerai sur lui ! m'affirmait-il. Le scélérat ! Il voulait m'endormir, oui, pour garder les mains libres, et moi, comme un benêt, à ne concevoir aucun soupçon...

« Allons, paix à son âme ! » conclut-il, en se signant trois fois.

XXXI

Nous tînmes conseil chez Anatole : trois voix pour Tchaïkovski, quatre voix contre. Et l'on était déjà en septembre ! Le 16 octobre il dirigerait sa nouvelle symphonie. Le tribunal devait se réunir tout de suite après. Les juges auraient huit jours pour rendre leur sentence. La mort du comte Menchikov, l'attitude hautaine affichée au procès par le lieutenant homicide, le scandale qui en avait rejailli sur une des institutions militaires les plus prestigieuses de l'empire durcirent encore la position du Palais.

Anatole nous montra le contrat préparé pour l'opéra *la Mouette*, livret d'Anton Tchekhov.

« *Tchaïka*, par Tchaïkovski ! Et ce projet magnifique capoterait, parce que le général Apraxine a pour rejeton un blondinet insipide !

— Ah ! cesse de faire de l'esprit ! » dit Nicolas. Il marchait comme une bête fauve, autour du prince vautré dans un coussin.

Pourtant, ce libertin, cet aristocrate égoïste, ce pacha, et nul autre, trouva la solution.

« Voyons, disais-je, Piotr Ilitch pourrait partir pour l'étranger. Il y compte de nombreux admirateurs et amis. Les moyens de vivre ne lui manqueraient pas. Edouard Grieg l'a invité en Norvège. Gustav Mahler, qui a créé *Eugène Onéguine* à Hambourg, voudrait le fixer à Vienne, où il a promis de diriger sa *Dame de pique*. A Prague, Antonin Dvorak, enthousiasmé par *Eugène Onéguine*, lui a offert le manuscrit de sa deuxième symphonie. A Paris, il serait accueilli en triomphe. L'Université de Cambridge l'a nommé, au printemps dernier, doctor honoris causa. Le jour où il a débarqué aux Etats-Unis, le *New York Herald* a titré sur toute la première page : *Tchaïkovsky is here*.

— Partir ? objectait Nicolas. Il s'agirait de s'y installer. Ce serait trop facile de disparaître pendant deux ou trois mois, puis de revenir comme si de rien n'était. La Cour ne marchera jamais. »

Lui-même, j'en convenais, ne se résoudrait pas sans peine à un bannissement définitif.

« Quitter la Russie pour toujours n'est pas une solution pour Piotr Ilitch, renchérit Nicolas. Il est plus attaché que n'importe quel autre Russe au sol de la patrie. A la limite, il se trouverait mieux en Sibérie, au milieu d'un paysage familier de neige et de glace, que dans les blandices d'une île grecque.

— Il y a longtemps, nous rappela alors le prince, que son frère Modeste le presse de le rejoindre à Naples. »

Le majordome à boutons dorés souleva la tenture, un pli à la main. Le négrillon se précipita pour prendre le billet et l'apporta au prince. Celui-ci le parcourut et nous dit :

« L'étau se resserre. Piotr Ilitch m'informe qu'en son absence un émissaire du comte Vorontsov s'est présenté à son domicile pour lui confisquer son passeport. Alexis Sofronov n'a pas osé refuser de le remettre. Simple mesure de précaution sans doute, mais qui en dit long sur la sévérité des instructions données en haut lieu.

— Et sur l'efficacité des services de police. On guette la sortie du maître pour surprendre au terrier le domestique.

— En attendant, tous les projets de fuite à l'étranger sont à l'eau, constata tristement Nicolas.

— Même ses amis de Paris ne pourraient rien », ajoutai-je.

Seul Anatole ne s'avoua pas battu.

« J'ai une idée ! » s'exclama-t-il, pendant que nous cherchions, en tirant chacun à son tour sur le tuyau du narguilé, une parade à la dernière manœuvre du Palais.

Il ne voulut pas en dire plus. A son air soudain mystérieux, nous comprîmes qu'il avait en tête une des intrigues dont il a le secret. Nous nous retirâmes pour ne pas le retarder dans son plan, si plan il concoctait.

« Cherchez la femme ! » grogna Nicolas dans l'escalier.

Deux jours après ce conseil, Anatole me prit à l'Europa et monta avec moi chez Nicolas. Tout en se bouchant le nez contre les relents de musc, de camphre et de tanin qui flottaient jusque dans le salon du dispensaire transformé en avant-poste de lutte contre le choléra, il nous raconta le résultat de ses démarches. Il n'avait pas chômé, ce paresseux, en trente-six heures ! Profitant de ses entrées à la Cour, il était d'abord allé voir le comte Vorontsov, dans son appartement du palais Anitchkov.

« Vous me paraissez soucieux, comte. Auriez-vous quelque affaire qui vous donne du fil à retordre ?
— Toujours ce mariage, prince.
— La date est-elle fixée ?
— Dès que la princesse Alice von Hesse-Darmstadt aura embrassé la religion orthodoxe et appris assez de russe, le fils de Sa Majesté l'épouse, sous son nouveau nom d'Alexandra Feodorovna.
— Une Teutonne, une fois de plus ! Je comprends, comte, que vous soyez préoccupé. Comment va réagir M. Casimir-Perier ? C'est étrange que Sa Majesté, tout à son projet de rapprochement avec la France, persiste à choisir pour l'héritier de la Couronne une princesse allemande. Une Bourbon, une Orléans n'aurait-elle pas mieux convenu ?
— Le gouvernement de la République française n'aurait pas vu d'un œil plus favorable une descendante de Louis Capet monter sur le trône. En outre, nous pouvons présenter l'alibi, que les catholiques changent difficilement de religion. Tous nos tsarévitchs ont épousé des luthériennes.
— Vous voilà donc couvert de ce côté-là. Sot que je suis ! reprit Anatole, qui continuait à faire semblant de ne pas comprendre. Vos soucis, comte, ont une autre origine. La police doit être sur les dents, avec les milliers d'invités qui afflueront aux noces du beau Nicolas.
— En vérité, prince, une seule personne m'empêche de dormir.
— Elle a bien du pouvoir, si elle menace la tranquillité du tout-puissant ministre de la Cour impériale !
— Vous seul, prince, pouvez me donner un coup de main. Si vous n'étiez venu de vous-même, je me serais permis de vous mander. »

Anatole joua l'étonnement. Illarion Ivanovitch baissa soudain la voix.

« Je crains un esclandre... L'amie de Son Altesse Impériale...
— Ah ! je vois ce que c'est... Franchement, je n'aurais pas osé me dire qu'une simple artiste de l'Opéra pût causer des insomnies aux plus hautes autorités de l'empire... Mais au fait, vous avez raison, comte, mille fois raison de vous tourmenter à ce sujet... Je me rallie à votre opinion, et salue votre perspicacité. L'esclandre, il y a tout lieu de le craindre.
— Vraiment ?
— Mathilde Kchessinskaïa, ajouta négligemment Anatole, ne se laissera pas faire.
— Vous le pensez ? Vous le pensez pour de bon ? » demanda anxieux Vorontsov.

Connaissant les liens du prince avec la danseuse, il ne mit pas en doute la prédiction.

« Non seulement je le pense, mais j'en suis sûr, dit Kremski avec aplomb. Mathilde aime sincèrement le tsarévitch, elle ne joue pas la comédie. »

Anatole soupira. L'insuccès de ses avances auprès de la jeune femme étant le secret de Polichinelle, ce soupir, cette figure déconfite achevèrent de convaincre le ministre. Un incident désagréable, peut-être pis, pourrait bien perturber la cérémonie du mariage. Toute la responsabilité en retomberait sur lui.

« Et puis, continua Anatole, il faut avouer qu'on s'est conduit avec Mathilde de façon cavalière. Après trois ans de dévouement, apprendre son congé par un bulletin officiel du Palais ! Nicolas n'avait pas eu le courage de lui annoncer ses fiançailles. »

Vorontsov se rongeait les poings.

« Aidez-moi, supplia-t-il. Vous qui avez de l'influence sur Mathilde...

— Pas assez, comte, vous le savez bien.

— Mais enfin, en tant que directeur des théâtres... Menacez-la de la renvoyer...

— Comte, vous vous oubliez, dit Anatole en se levant.

— Excusez-moi... Vraiment... »

Anatole se rassit et feignit de réfléchir.

« Il y aurait peut-être un moyen d'amadouer Mathilde... Seulement, j'ai besoin d'avoir carte blanche... Il faudra payer le prix. Avec une femme aussi avisée que Mathilde, ce ne pourra être que donnant donnant.

— Oh ! s'il s'agit de la dédommager, Sa Majesté puisera dans les fonds secrets. Qu'elle fixe la somme. Nous ne lésinerons pas. Pour une affaire d'Etat...

— A mon avis, ce n'est pas l'argent qui l'intéresse. Elle exigera plutôt... Oui, je crois savoir... Allons, m'accordez-vous toute liberté pour traiter avec elle ? »

Sur la réponse affirmative du comte, le prince s'en fut trouver la Kchessinskaïa. Il se présenta avec une mine longue d'une aune. Elle était assise devant son miroir, à étudier un nouveau maquillage. Entre deux coups de pinceau, elle caressait un gros diamant posé sur la coiffeuse.

« Toujours vos yeux de merlan frit, prince ! Si vous croyez m'impressionner... J'aime encore mieux quand vous êtes drôle et galant, et que vous me racontez des bêtises ! » s'exclama-t-elle, s'imaginant que son soupirant venait lui renouveler ses protestations et ses serments.

« Ah ! ne plaisantez pas, Mathilde. Quelqu'un qui vous tient à cœur court un grand danger.

— Une seule personne me tient à cœur.
— Cruelle ! je ne le sais que trop.
— Piotr Ilitch Tchaïkovski.
— C'est justement de lui que je parle. »
Elle jeta le poudrier, la houpette et bondit de devant la coiffeuse.
« Piotr Ilitch court un grand danger, et vous êtes planté là comme une bûche !
— Là ! Là ! Du calme... Moi je ne peux rien pour lui, mais vous, il est en votre pouvoir de le sauver.
— Le sauver ! Moi, le sauver ! »
Elle battit des mains et courut embrasser le prince.
« Mais à condition, chère amie, que vous sachiez vous y prendre. D'abord, n'ayez pas l'air si gaie.
— Vous dites que je vais sauver l'homme de ma vie, et vous voudriez que je prenne une mine d'enterrement ? »
Sans répondre, le prince se mit à l'examiner, avec l'expression de la pitié la plus intense. Cette ruse la déconcerta.
« En vérité, Mathilde, vous êtes bien à plaindre.
— A plaindre, moi ?
— De tout cœur, je compatis à votre infortune.
— A plaindre, moi ? répéta la jeune femme.
— Je ne suis pas le seul à le penser. Toute la ville en parle. Plaquée par le tsarévitch, renvoyée comme une domestique...
— Il n'allait pas épouser une ballerine !
— Vous êtes courageuse, c'est bien. N'empêche que vous traversez une rude épreuve. Il vous a traitée de façon indigne. Cette séparation vous coûte beaucoup, n'est-ce pas ?
— Oh ! pas tant que ça. Elle me rapporte plutôt, dit-elle avec un gros rire, en saisissant le diamant qui étincela aux bougies. Et puis, entre nous, Nicolas n'était pas une affaire...
— Mathilde, Mathilde », protesta Anatole.
Il était gêné pour lui-même d'être épris d'une femme sujette à des accès de franchise aussi vulgaire.
« Ecoutez-moi bien, reprit-il. D'abord, vous allez me faire le plaisir de cacher ce diamant. Que nul ne sache qu'il est entre vos mains, ni surtout d'où il provient. Et puis non, je vous le confisque, c'est plus sûr... Faites savoir que le mariage de Nicolas vous met au désespoir, jouez la colère, la fureur de la maîtresse abandonnée, criez vengeance sur les toits, en un mot débrouillez-vous pour que le Palais n'ait qu'un souhait, c'est de vous voir à des milliers de verstes de la capitale, dans quelque pays étranger bien lointain.
— Ah non ! mon prince. Je n'ai aucune envie de partir et de laisser

la place à cette mijaurée de Karlova... Et mes contrats pour les fêtes de Noël ? *Casse-Noisette*, que je devais reprendre ?

— Attendez. C'est ici qu'intervient Piotr Ilitch. Il a sur les bras une sale affaire. Le seul moyen qu'il ait de s'en sortir est de s'expatrier.

— Eh bien, qui l'en empêche ? N'a-t-il pas l'habitude de voyager ? De tous les coins d'Europe il m'envoie des cartes postales. En quoi lui suis-je nécessaire ?

— Par suite de cette affaire, on lui a retiré son passeport. Commencez-vous à deviner mon plan ?

— Expliquez-vous mieux.

— Nous avons, pour tirer du pétrin Piotr Ilitch, l'arme providentielle du mariage impérial. La réussite de ce mariage dépend de vous. Uniquement de vous. Toute l'Europe va se trouver réunie à Saint-Pétersbourg, et, parmi ces hôtes royaux et ces centaines de journalistes, soyez sûre que beaucoup seront curieux de savoir comment l'illustre Kchessinskaïa réagit à l'outrage. Comprenez-vous maintenant ?

— Je me rends insupportable, je menace publiquement de faire un scandale le jour de la cérémonie, avec cette monnaie d'échange j'arrange l'affaire de Piotr Ilitch...

— *Brava !* Là, vous y êtes presque. On cherche le moyen de vous éloigner. On vous offre de l'argent. On vous achète une villa à Nice. Vous refusez tout. L'angoisse augmente à la Cour. Vous êtes invulnérable, protégée par votre célébrité. Enfin, bonne fille, vous posez votre condition, que vous présentez comme une nécessité professionnelle indispensable à votre travail : un passeport pour M. Tchaïkovski. Si l'on vous demande pourquoi vous tenez à ce que M. Tchaïkovski rentre en possession de son passeport, vous dites que vous avez l'intention de vous rendre à Paris avec lui pour créer son ballet *la Belle au bois dormant*, et que, si on vous refuse l'assistance du compositeur pour un événement aussi important, qui peut vous ouvrir une seconde carrière, vous restez à Saint-Pétersbourg.

— Moi, danser *la Belle au bois dormant* à Paris ? Je n'aurais jamais osé y songer, même en rêve !

— Hélas ! dit le prince en singeant le dépit, vous avez toujours méconnu quel ami dévoué veille sur vos intérêts et prend soin de votre gloire. »

Et il tira de sa poche deux télégrammes, la copie de celui qu'il avait adressé à M. Pedro Gailhard, directeur de l'Opéra de Paris, et la réponse, signée de son confrère, expédiée par retour du courrier. L'engagement de Mlle Mathilde Kchessinskaïa, danseuse étoile du théâtre Marie, était confirmé, une année de représentations étant garantie par contrat.

« Je vais danser dans la Grande Boutique ! s'exclama-t-elle. Paris va me voir en princesse Aurora ! »

Elle sauta sur les genoux du prince, qui n'eut que le temps de mettre le diamant à l'abri.

Seulement, pour mener à bien ce complot, le temps manquait. Le prince n'eut pas plutôt repris ses esprits, qu'il s'arracha aux baisers de Mathilde et courut à nouveau au palais Anitchkov.

« Mauvaises nouvelles, comte ! dit-il en entrant. Je ne voulais pas vous déranger à une heure si tardive, mais le danger devient pressant. J'ai trouvé Mathilde très montée contre le tsarévitch. Plus encore que sa trahison, elle lui reproche sa lâcheté. Il y avait une telle flamme dans ses yeux, que je l'ai soupçonnée de mijoter quelque vengeance. A force de la tarabuster, j'ai découvert le pot aux roses.

— Je vous remercie, prince, de m'aider aussi loyalement.

— Savez-vous de quoi elle nous menace ? Rien de moins que de faire à Irène Blamoutier, l'envoyée du *Figaro*, des confidences qui ridiculiseront la famille impériale. Je me suis donc résolu, devant l'imminence du péril, à une initiative peut-être audacieuse, dont vous m'excuserez par les intérêts supérieurs de la Couronne. Vous n'ignorez pas que Tchaïkovski est son dieu. »

Anatole se tut quelques instants, le temps de préparer le ministre à recevoir le coup.

« Eh bien ? demanda celui-ci.

— J'ai promis à Mathilde, en votre nom, que Tchaïkovski rentrera en possession de son passeport, si elle consent à se taire et à disparaître à l'étranger.

— Malheureux, vous ne lui avez pas parlé du procès, au moins ?

— Bien sûr que non. J'ai mentionné un vague embêtement, dont Tchaïkovski pourrait se tirer par un séjour hors des frontières... Maintenant, répondez-moi. Le tsar acceptera-t-il comme punition suffisante le départ de Tchaïkovski pour Paris ?

— Pour Paris, non, après ce que vous venez de m'apprendre. Tchaïkovski compte trop d'amis à Paris, et notre projet d'alliance avec la France est trop délicat pour être exposé au risque d'un ébruitement du procès... Mais, je vous en prie, ne prononcez jamais le nom du tsar dans cette affaire. Sa Majesté ignore tout des agissements criminels de son compositeur préféré. Et c'est pour que le scandale ne parvienne pas à ses oreilles que j'ai pris sur moi de réunir ce tribunal. Son Altesse le grand-duc Constantin a des partisans à la Cour. Vous comprenez qu'il importe d'agir avec la plus extrême discrétion. »

De fil en aiguille, Anatole et le comte Vorontsov étaient convenus que, en échange du silence et de l'éloignement de Mathilde :

Primo, Tchaïkovski aurait la permission de partir, à condition que ce ne fût pas pour un séjour plus ou moins long, mais pour un exil définitif, sans espoir de retour dans la patrie ;

Secundo, le Palais reconnaîtrait comme garantie de cette condition le choix de Naples, où son frère Modeste, y étant établi depuis longtemps, aiderait Piotr Ilitch à se fixer ;

Tertio, deux agents russes escorteraient le proscrit à destination, et celui-ci, à peine accueilli par son frère, leur remettrait son passeport.

« Et maintenant, conclut Anatole sans laisser à Nicolas le temps de le féliciter, ne nous cachons pas le dernier obstacle. Piotr Ilitch acceptera-t-il d'aller s'enterrer à Naples ?

— Il adore l'Italie, dis-je.

— Sauf Naples où, à cause du vacarme et de la malpropreté, il n'a jamais voulu mettre les pieds.

— Peut-être aussi, ajouta Nicolas, parce qu'il a entendu dire qu'on ne trouve dans cette ville ni piano convenablement accordé, ni orchestre digne de ce nom. Rien d'autre que les fanfreluches, les roucoulades du San Carlo... »

Nous nous regardâmes en silence.

« Mes amis, reprit Anatole, ne faites pas cette tête-là ! L'influence que Modeste exerce sur Piotr Ilitch est pour nous une chance sérieuse de réussite. L'aîné a servi de tuteur, de guide, de mentor au cadet. Ils sont liés d'une affection si intime, qu'on ne sait plus lequel des deux a initié son frère à des goûts qui font le malheur de l'un autant qu'ils semblent faire le bonheur de l'autre. Le vrai jumeau de Modeste, ce n'est pas Anatole, mais Piotr. Leur entente semble même remonter à leur préhistoire, quand ils ont décidé de venir au monde, puisque Piotr est né un 7 mai, et Modeste, ratant, par hâte de le rejoindre, la coïncidence exacte, un 1er mai, dix ans plus tard.

— Proximité morale, mais éloignement physique, dit Nicolas. Ils vivent à trois mille kilomètres l'un de l'autre.

— Oui, mais pour remédier à ces trois mille kilomètres, Modeste s'est fait le librettiste de son frère. *La Dame de pique*, *Iolanta* sont le fruit d'une véritable communion, intellectuelle et spirituelle. Piotr Ilitch se déclare beaucoup plus satisfait de Modeste que de ses précédents collaborateurs. Il n'a accepté de travailler avec Tchekhov qu'en raison de l'estime exceptionnelle qu'il porte à l'auteur de *la Steppe*.

— *Tchaïka*, dis-je, va tomber à l'eau, après le départ pour l'Italie. »

Surmontant sa déception, Anatole s'écria gaiement :

« Je ne m'étonnerais pas que Modeste ait en tête un nouveau projet de ballet ou d'opéra ! Ce serait un argument de plus pour vaincre les hésitations de Piotr Ilitch. Il se souviendra des heures heureuses passées à Florence, quand il mettait en musique, sur les paroles que lui fournissait son frère, les tristes amours d'Hermann et de Lisa. »

Nicolas objecta que, si Modeste ne prenait pas la peine de venir le chercher lui-même à Saint-Pétersbourg, jamais Piotr Ilitch ne se résoudrait à quitter le sol russe. J'abondai dans le sens de Nicolas.

Le prince nous écoutait en frottant ses mains parfumées. Infatigable, il avait déjà écrit à Modeste, envoyé le billet de chemin de fer à un homme qu'il savait regardant, sinon pingre, et calculé les dates au jour près, dans le cas où la longue permanence à Naples et l'habitude du farniente l'auraient brouillé avec le calendrier. Une semaine pour que la lettre arrive. Un peu plus pour que Modeste accoure. Piotr Ilitch aurait presque un mois pour se préparer. Il prendrait le train le 17 octobre, et, par Varsovie, Vienne et Milan, gagnerait Gênes, d'où il s'embarquerait pour Naples.

« Je disais bien : Cherchez la femme ! » grommela Nicolas, profondément touché sous son air bougon. Il embrassa Anatole, devant Olga. Stupéfaite d'être saluée par un prince, celle-ci se hâta de faire disparaître sous la table la boîte en fer où elle thésaurisait les maigres honoraires laissés par leurs patients.

XXXII

Une lettre écrite de Naples précéda le retour de Modeste. L'enveloppe, de grand format, contenait une lithographie : la statue d'un homme nu domptant un cheval. Piotr Ilitch, étonné, crut reconnaître le groupe.

Il lut, au bas de l'image : « Copie en bronze d'une des statues du pont Anitchkov. L'empereur Nicolas Ier fit présent de cette copie au roi des Deux-Siciles Ferdinand. Elle orne l'entrée du jardin derrière le palais royal. » Puis, au dos, le commentaire de Modeste : « Ce morceau de Saint-Pétersbourg transporté à Naples te garantit, en quelque sorte, que tu n'arriveras pas en terre inconnue. Tu m'emmenais souvent regarder les quatre statues de ce pont. Les athlètes dont les muscles bandés par l'effort saillent sous la peau dorée te saisissaient d'un trouble indicible. Si tu as pris là le germe des passions qui ont gouverné ta vie, tu seras heureux, je suis sûr, de retrouver ici une des plus profondes émotions de ta jeunesse. »

Quant à la lettre, elle s'étendait sur les avantages que Naples offre à ses habitants. Piotr Ilitch nous la montra, à Nicolas et à moi, et voulut que nous la lussions devant lui. Sur le coup, je m'étonnai qu'il n'accueillît pas avec plus d'allégresse la description alléchante de Modeste. Qu'avait-il besoin de nous demander notre avis ? Malgré certaines expressions maladroites, certaines formules qui prêtent à sourire, le ton était vraiment d'un ami, d'un frère.

Avec quelle habileté, d'abord, était présentée une ville qui n'a pas bonne réputation ! Piotr Ilitch, que sa santé obsède, possède chez lui une pharmacie complète et emporte dans ses déplacements une valise de médecines. Alarmé par ce qu'on dit du bruit et de la saleté des *lazzaroni*, effrayé du délabrement des hôpitaux, il avait obstinément évité Naples lors de ses nombreux voyages dans la péninsule.

« Tu as aimé Florence, tu t'es plu à Rome, mais pour quels motifs ? Les collections de tableaux ne t'intéressent guère ; les musées t'ennuient ; visiter les palais, les églises, tu t'en lasses vite. Le dégoût du pensum culturel ne tarde pas à te saisir. Trop d'œuvres à admirer ! Trop de monuments ! Trop de souvenirs historiques ! Un Russe de Saint-Pétersbourg, qui a moins de deux siècles sur les épaules, est accablé à Rome par le poids d'un passé plusieurs fois millénaire. Les Florentins invoquent l'épanouissement de leur commune pendant le Moyen Age, ils vantent le splendide mécénat des Médicis sous la Renaissance, pour t'accabler d'un dédain qui n'est plus justifié par leur abaissement actuel. Ils ne sont plus rien aujourd'hui. Leur dernier grand homme, Michel-Ange, est mort en 1564.

« Tu étais heureux de les fuir et de remonter parmi les collines, dans ta villa de San Miniato, au début du chemin de San Leone qui serpente entre les murettes de pierre et les troncs noueux des oliviers. Et là, composant *la Dame de pique* sur mon livret, tu te gorgeais d'air pur, de perfection limpide, de beauté idéale.

« La cité du lis, au fond, tu ne l'as aimée que pour son décor de tours et de coupoles, pour la précision et l'élégance de leurs contours. Profils nets, découpés sur le ciel sans nuages. Même netteté que chez Mozart, même simplicité de lignes, même encouragement à soigner ce que tu as toujours estimé qu'il manquait à tes œuvres, le dessin, la forme, la forme exacte et claire.

« Naples t'offrira le même stimulant. Le pin parasol dressé devant ma fenêtre, la courbe du golfe jusqu'à Sorrente, la masse conique du Vésuve de l'autre côté de la baie, il n'y a pas jusqu'à la fumée s'échappant en permanence du volcan qui ne se détache, contre l'azur immaculé, avec la rigueur d'une épure. »

(Excellent, tout cela, pensais-je, en observant sur le visage de Piotr Ilitch la satisfaction d'être compris par son frère. La suite se révéla moins heureuse. Modeste avait eu le tort, sans doute, de suivre les instructions d'Anatole, dont la désinvolture, l'indifférence profonde aux conséquences de ses actes, l'absence de sens moral, la conviction qu'on n'a qu'à se laisser vivre pour être heureux s'accordaient si mal au caractère tourmenté et à l'esprit exigeant de Tchaïkovski.)

« Bien sûr, à Florence, tu as connu une des joies les plus pures de ta vie. Loin de moi l'idée de ternir, de profaner dans ton souvenir l'image radieuse du petit Pimpinello ! Je sais que ton séjour te restera toujours cher à cause de ce gamin ramené un soir dans ta calèche. Tu as immortalisé le passage de cet angelot dans ta vie en transcrivant la chanson qu'il te fredonnait.

« Rome n'est pas moins précieuse à ton cœur, à cause du jeune Guido, l'apprenti pompier. Il prêtait service dans la caserne à côté de ton hôtel et, pendant les heures creuses, arrondissait sa paie à votre mutuel contentement. Tu as introduit son clairon dans les premières mesures de ton *Capriccio italien*, rappel éclatant et gage éternel de vos caresses.

« Impérissables rencontres ! Dis-toi bien cependant que, de *ragazzi* aussi gentils, aussi serviables, on t'en fournira ici par dizaines ! Ramasseurs de coquillages, vendeurs de pastèques, colporteurs de lait d'amande... Et tous, détail qui n'est pas négligeable, tous au moindre prix. »

(Piotr Ilitch, qui relisait par-dessus nos épaules, tiqua à ce passage.)

« Avec un fameux avantage sur Florence et sur Rome. Florence, en raison du poids exercé par une classe marchande importante, Rome, par la faute de la papauté, ont beau appartenir à cette bienheureuse Italie, antichambre du ciel, on y sent moins qu'à Naples le souffle vivifiant du paganisme antique. Aucune barrière, ici, dressée par la morale ou par l'Eglise. Très peu de bourgeois ; presque exclusivement une plèbe, gaie, vitale, à demi nue sous ses haillons. Pas de classe figée dans ses principes, ni soucieuse d'une respectabilité de façade. Très peu d'argent en circulation, d'où la presque gratuité de la vie. Une ville pauvre, et donc exempte de mercantilisme. Le voisinage géographique et spirituel de la Grèce enlève les derniers obstacles ; et je ne sais pas de jeune garçon qui, pour quelques piécettes de monnaie ou un verre de limonade, ne soit prêt à te servir, à te vénérer comme son Hadrien. »

(Il y tenait, à souligner le bon marché de ses conquêtes. « Près de ses sous », dixit Anatole. En tout cas trouvant agréable de ne pas se ruiner pour ses plaisirs. Piotr Ilitch, qui n'était ni avare ni prodigue, dépensait en proportion de l'intensité de ses émotions. Rien ne pouvait le refroidir autant que d'entendre Modeste vanter sans vergogne ses privilèges coloniaux.)

Le paragraphe suivant s'adressait à l'amateur de passe-temps aquatiques. A Braïlov, Mme von Meck avait aménagé pour son protégé, au bout du parc, une cabine de bain. Une barque et deux rameurs se tenaient à la disposition de l'hôte.

« Naples, c'est aussi Capri. Le rocher de Tibère tend à devenir un éden marin. Le baron Krupp, chassé d'Allemagne par des lois encore plus sévères que nos lois russes, s'est installé dans l'île au milieu d'une cour de jeunes pêcheurs avec qui il nage dans l'eau bleue d'une grotte où ne pas se baigner tout nu serait une offense à la création.

« Tout ce qui chez nous est taxé de "vice" ou "dépravation" passe ici pour naturel. La terre fournit à profusion les fruits. La mer en abondance les poissons. De même, si Dieu a semé le rivage d'adorables chérubins, on insulterait à Sa bonté infinie en refusant de tels dons.

« Les églises regorgent de saints dévêtus. Les anges escaladent les retables en tenue d'avant le péché originel, et les *putti* enlevés sur les nuages ont l'air de Ganymèdes. Quand je pense à nos vieilles icônes, noires, sévères, rébarbatives, où le visage et les mains restent la seule part de chair dégagée de la chape d'argent qui plaque une cuirasse sur le corps, je comprends qu'on nous a trompés en nous présentant le Seigneur comme un magister féroce, un fanatique du knout, à l'affût de dos à fouetter.

« Les Napolitains ont leur religion à eux : *re-ligion*, la vraie sans doute, celle qui ne sépare pas une chose et une autre, mais *re-lie* l'ensemble du monde créé, le ciel et la terre, l'âme et le corps, le sacré et le profane. Les polissons se signent avant de se jeter dans la mer. Saint Sébastien, leur aimable patron, sauva un enfant de la noyade. Ils lui demandent, non seulement de leur accorder sa protection, mais d'amener sur le rivage, au moment où ils plongent gracieusement, quelque seigneur étranger qui ne soit pas insensible à leurs charmes et les attende sur la grève au sortir de leur bain.

« Elevé comme j'ai été, il m'a fallu du temps pour accepter sans remords une existence aussi facile. Quand tu l'as goûtée une fois, les prêtres perdent tout pouvoir sur ton âme, et tu acceptes émerveillé les cadeaux du bon Dieu. »

« Quelle mièvrerie ! s'exclama Piotr Ilitch, en nous arrachant la lettre. A quarante-trois ans, encore si puéril ! Cadeaux du bon Dieu, antichambre du ciel, éden marin, pour qui me prend-il ?

— Soyez indulgent, murmura Nicolas, si la révélation de l'âge d'or, au lieu d'aiguiser son esprit critique, attendrit votre frère. Il nage dans la béatitude. »

Tchaïkovski, avant de répondre, froissa la feuille de papier. Certains ont essayé d'embrouiller la vérité avec tant de mauvaise foi, en présentant ses doutes et ses réserves comme l'aveu d'un sentiment de culpabilité, que je ne voudrais pas ajouter au malentendu par mon témoignage. Oui, le ton de Modeste l'agaçait, et Piotr Ilitch pouvait regretter cette forfanterie, mais, sous l'irritation passagère, perçait un sentiment de bonheur, de délivrance. Il ne nous eût pas montré la lettre sans le secret espoir que nous la trouverions moins molle, moins sucrée qu'elle ne lui avait paru. En nous la soumettant, ne cherchait-il pas, plutôt qu'un encouragement à refuser l'invitation, une aide contre sa répugnance à l'accepter ? Il n'eût fallu qu'un peu plus d'intelligence chez Modeste — qu'il se représentât, en particulier, l'aversion de son frère contre tout ce qui a une apparence de libertinage — pour que la proposition de s'installer dans un lieu où la faute sexuelle n'existe pas fût immédiatement adoptée. Le fait d'être différent des autres n'entamait pas cette âme forte.

« Il y a trop de choses ici qui me déplaisent, reprit-il. Modeste a l'air de traiter en marchandise les petits amis qu'ils sous-paie... *Adorables chérubins* m'offense carrément ! On dirait qu'il se promène au marché et les achète comme une livre de crevettes... Son séjour en Italie a changé mon frère... Je ne le reconnais plus... Mettre à toutes les sauces Antinoüs et Ganymède... Quelle fadeur... En quoi la bondieuserie catholique est-elle plus risible que cette niaise idéalisation de la Grèce ?

« Il a donc oublié ce qui nous distingue des autres ? La solitude, la clandestinité, la griserie du secret et du risque ? Ses plaisirs ne lui étant pas défendus, l'homme normal ignorera toujours la volupté de la transgression. Je ne regrette donc ni les épreuves ni les déboires que j'ai dû essuyer. Un bien qui s'offre trop facilement à nous, un trésor qu'il n'y a pas besoin de déterrer, nous excite-t-il encore ? Il me parle de Pimpinello, mais je ne garde de ce bambin (il rougit) une image si présente, que parce que sa conquête fut rien moins qu'aisée. Une sorte de rapt, savez-vous ? Nous avons dû nous blottir au fond de la calèche et nous enfuir comme des voleurs... L'odeur de cuir chaud de la capote rabattue demeure liée dans mon souvenir à l'émotion de cet enlèvement.

« Quand je l'emmenais voir les athlètes du pont Anitchkov, ne se rappelle-t-il pas le caractère subreptice de ces visites ? Au lieu de prendre mon temps, de les contempler à mon aise, j'accélérais le pas et traversais presque en courant la Fontanka. Sans l'impression de commettre quelque chose d'illicite, j'aurais trouvé bien moins d'attrait à ces statues.

« Faute de dangers à fuir, d'obstacles à surmonter, de secrets à partager, quel sel gardera la vie ? D'où jaillira la joie, si je n'ai qu'à formuler un désir pour qu'il soit rassasié ? Vous me voyez, tel un pacha, puisant dans le harem de mon frère ? Merci bien ! La fin de toute lutte débilite, la sécurité atrophie... *Veder Napoli e morire...* Très peu pour moi, ce programme... Un idéal de ramollis ! »

Nicolas protesta.

« Votre travail, les œuvres que vous avez à écrire vous protégeront de la facilité.

— Mais à quelle source boivent ces œuvres ? Où leurs racines sont-elles plantées ? Dans le sentiment, gravé en moi dès la puberté, que la nature a fait de moi un proscrit. Intégré à la société, en règle avec le monde, croyez-vous que je me donnerais la peine de suer sang et eau sur les notes d'une portée ? Je me contenterais de vivoter, oui, plus ou moins heureux. On n'écrit qu'en s'opposant, pour remédier au scandale d'être exclu. On n'écrit que dans la solitude, la douleur, le défi. Sur une chaise de bois dur, non au fond d'un hamac.

— Votre frère vous a répondu par avance. Sans notre éducation chrétienne, nous ne penserions pas que l'inconfort du bois dur a une valeur positive. Quant aux souffrances, aux épreuves, elles ne nous paraîtraient rien d'autre que des parasites, de sales parasites à éliminer.

— Ma femme est tout à fait de cet avis, dis-je. Elle soutient que si Jésus avait vécu ailleurs qu'en Palestine, prêché l'Evangile dans un autre endroit qu'un désert de cailloux, endoctriné ses disciples au bord d'une mer qui ne fût pas morte, le sort du christianisme en eût été changé. Comment faire accepter aux gens d'avoir si peu de ressources à leur disposition, comment les consoler de leur dénuement, sinon en leur inculquant le mépris des biens de cette terre ?

— A Naples, renchérit Nicolas, sa prédication n'aurait eu aucun succès. L'abondance des fruits dans les jardins, des poissons dans le golfe, la douceur du climat, l'amabilité de la nature, autant de raisons de renvoyer ce prophète sur ses plateaux pierreux ! »

Il ajouta, mélancolique :

« Christ, hélas, nous a tous contaminés. Chacun de nous se recrée un petit erg personnel, une Judée mentale. Mon expérience de médecin corrobore les vues de Modeste. Savoir jouir de la vie est le plus rare des dons. J'ai vu des malades qui refusent de guérir, par peur d'être bien portants. Certains, de leurs propres mains, arrachent leurs pansements. Mais vous, je suis sûr que le courage d'être heureux ne vous manquera pas, Piotr Ilitch. »

Depuis un moment, celui-ci n'écoutait plus. Qu'importaient nos pauvres arguments, à celui qui, perdu dans ses pensées, ne lisait plus désormais qu'en lui-même ? L'air de résignation peint sur son visage m'effraya. Résignation à quoi ? Se laisserait-il condamner ? Emmener au loin par son frère ? Entre la Sibérie et Naples, entre le bagne et l'exil, entre le châtiment et la liberté, avait-il choisi ? Il nous quitta en oubliant la lettre. Au fond, ce que Modeste pouvait écrire lui était égal, et, moins que jamais, je ne sus dire à Nicolas s'il suivrait son frère en Italie ou attendrait ici l'accomplissement de son destin.

XXXIII

Modeste apporta à Saint-Pétersbourg, comme l'avait prédit Anatole, un nouveau projet d'opéra. Original, fort, hardi. Et par surcroît napolitain. De quoi réparer les erreurs de la lettre et décider Piotr Ilitch au voyage. Je crus la partie gagnée, partageant avec Anatole et Nicolas cette illusion.

Nous étions réunis dans l'appartement de la Malaïa Morskaïa, que Piotr Ilitch fit visiter à ses deux amis. Il occupait la chambre d'angle, dont une fenêtre donne sur la Malaïa Morskaïa et l'autre sur la rue aux Pois. Le sentiment d'être partout de passage, dans une position instable, au croisement de plusieurs routes dont aucune n'est sûre, expliquait ce choix. Peu curieux de nature, Piotr Ilitch ne regardait jamais dans la rue ; il ouvrait rarement ses fenêtres, pour ne pas être dérangé par le va-et-vient des piétons et des voitures dans ce carrefour animé.

Modeste s'était installé en face du réverbère électrique, nouveauté encore inconnue à Naples.

Entre les deux chambres, plusieurs pièces restaient inoccupées. Derrière la chambre de Modeste, au bout d'un couloir interminable, se trouvait le salon avec le piano. Cette disposition, particulière à Saint-Pétersbourg, obligeait Tchaïkovski à un long chemin entre sa chambre et le piano. Le fameux bureau russe, à tapis de feutre vert et pieds courts en forme de pyramide renversée, qui lui avait tant plu le jour de sa première visite, restait inutilisé dans une des pièces vides. Comme à Klin, en fin de compte, il préférait travailler sur une table de bois blanc poussée contre le mur près de son lit.

Précédés par Alexis, nous entrâmes, avec les deux frères, dans le salon trop nu, où, selon l'aigre remarque faite naguère par Bob, il n'y avait même pas de canapé.

« Voyons ce projet », commença Anatole en se frottant les mains.

Aux premiers mots du prince, Piotr Ilitch allégua l'engagement pris avec Tchekhov.

« Ah ! Tchekhov, parlons-en ! dit Modeste. J'ai trouvé en arrivant, dans le *Journal de Saint-Pétersbourg*, son dernier récit. L'auteur à qui tu voues tant d'estime s'est bien moqué de toi, va !

— Ne sois pas jaloux, murmura Piotr Ilitch.

— Jaloux, moi ? Soucieux de tes intérêts, seulement ! J'entends qu'on respecte ton œuvre ! »

Et de prendre sur le piano, pour nous lire le début d'*Après le théâtre*, la page incriminée du journal.

> Nadia Zélénine rentrait de l'opéra avec sa maman. On avait donné *Eugène Onéguine*. Une fois dans sa chambre, elle se hâta de quitter sa robe, de défaire sa natte, et, en jupon et camisole blanche, courut à sa table pour écrire une lettre comme Tatiana. « Je vous aime, écrivait-elle, mais vous ne m'aimez pas, vous ne m'aimez pas ! » Et elle se mit à rire.
> Elle n'avait que seize ans et n'aimait encore personne. Elle se savait aimée de Gorny, un officier, et de Grouzdiev, un étudiant, mais à présent qu'elle sortait du théâtre, elle voulait douter de leur amour. N'être pas aimée et être malheureuse, que c'est intéressant ! Quand l'un aime beaucoup et l'autre est indifférent, cela fait quelque chose de beau, de touchant et de poétique. Onéguine est séduisant parce qu'il n'aime pas du tout et Tatiana est charmante parce qu'elle aime trop. S'ils s'aimaient également, et s'ils étaient heureux, quel ennui ce serait !

Modeste nous dévisagea tour à tour.

« Qu'en penses-tu, Piotr ? Qu'en pensez-vous, messieurs ? Est-il possible de dénaturer plus perfidement les intentions de mon frère ? De réduire cette sombre, tragique histoire à plus insipide marivaudage ? Onéguine "séduisant" et Tatiana "charmante" ! »

Puis, sautant à ce qui nous tenait à cœur, il enchaîna :

« Il serait pourtant injuste de faire porter au seul Tchekhov la responsabilité de ce contresens. Tel que l'opéra se présente aujourd'hui, je défie quiconque de trouver en Onéguine autre chose qu'une resucée de héros byronien. Tu as été obligé, mon frère, de déguiser ta pensée. De respecter la fiction du blasé qui traîne son ennui dans les salons.

« Alors que je sais, moi, la vérité ! Les lois russes t'ont contraint à mentir ! »

Nous nous regardâmes avec surprise, Anatole, Nicolas et moi. De prime abord, Modeste m'avait déplu. Déjà indisposé par sa lettre, choqué de ce qu'il se targuât de son intimité avec des mineurs et osât vanter comme une aubaine l'exploitation érotique de la misère locale, je fus désagréablement surpris par son faciès de rat, son air chafouin, ses cheveux en brosse, sa petite moustache. Sa franchise me le rendit soudain plus sympathique. Il aborda sans ambages le fond du problème et décortiqua l'opéra avec la clairvoyance de l'initié. L'Eugène de son frère était très différent du modèle original, déclara-t-il. Je me souvins d'avoir eu cette pensée le jour où Obolev m'avait montré le manuscrit de Pouchkine. Modeste fut catégorique.

« Il repousse Tatiana, non par pose romantique, par snobisme de dandy, mais parce qu'il aime Lenski. Il l'aime d'amour, et, s'il le provoque en duel et le tue, c'est parce que le jeune homme, plus prudent, a choisi de se marier. Meurtre par dépit amoureux.

— Lenski aime sincèrement Olga, qu'insinuez-vous ! protesta Anatole. Je suis large d'esprit et ne m'offusque d'aucune liberté, mais demande qu'on respecte la suprématie de la femme.

— L'équivoque subsiste jusqu'à la scène du duel, admit Modeste. La vérité rétrospective se découvre alors. Lenski aime Olga, sans doute, mais comme le boiteux s'appuie sur la béquille qui l'empêche de tomber. »

La scène finale fut ensuite passée au même crible, le subit, incompréhensible retournement d'Onéguine. Plusieurs années après avoir rejeté la petite provinciale, il retrouve Tatiana à Moscou, mariée au riche prince Grémine et installée dans un hôtel particulier. Pourquoi alors cette cour pressante ? Pourquoi tombe-t-il à ses genoux et la supplie-t-il de s'enfuir avec lui ?

« C'est bien simple, dit Modeste. Il sait très bien que sa prière n'a aucune chance d'être entendue. La princesse Grémine ne peut que chasser avec colère celui qui vient troubler une paix chèrement acquise. Tatiana étant désormais inaccessible, il ne court aucun risque à s'en déclarer amoureux. En même temps, une déclaration d'amour à une femme, la première qu'il fait dans sa vie, lui permet de se dire qu'il est aussi viril qu'un autre. Il peut se sentir "normal", après s'être jeté aux pieds d'une femme et conduit, en somme, comme se conduisent tous les hommes... »

Piotr Ilitch se taisait. Il ne démentit pas l'interprétation de son frère, mais ne montra par aucun signe qu'il était heureux de voir ses intentions dégagées.

« Cependant, reprit Modeste, il est presque impossible, pour le simple spectateur, de saisir le sens véritable de ce revirement. Tous se disent : une telle volte-face, puis-je y croire ? Ils cherchent le secret, mais tu as si bien brouillé les cartes que personne ne devine.

Le plus fin, le plus perspicace des critiques, Dostoïevski lui-même, s'est trompé grossièrement. Je voudrais avoir sous la main la page du *Journal d'un écrivain* où sa méprise s'étale en toutes lettres. Selon lui, c'est le nouveau cadre où vit Tatiana, son hôtel particulier, le luxe de cette demeure princière, qui éblouissent Onéguine. A découvrir sous ce nouveau jour, recevant les hommages du grand monde, dans le faste d'un bal, l'ex-provinciale jadis dédaignée, Eugène se rend, Eugène succombe, car, pour un Onéguine — je cite de mémoire —, le grand monde est une autorité indiscutable. Il n'en reconnaît pas d'autre.

« Mon frère, peut-on être aveugle à ce point ? Réduire Eugène à un pantin tiré par les ficelles du snobisme ? Quel contresens ! Tout le caractère d'Eugène, tout le mystère de sa conduite découlent de la nature particulière de ses penchants, mais, encore une fois, qui peut s'en rendre compte, dans ce brouillard de demi-mensonges où tu as noyé la vérité ?

« A Naples, je pourrai te récrire le livret et mettre cette vérité en évidence, de sorte que le public ne soit plus dupe de faux-semblants. J'éclaircirai surtout l'affaire du duel. Au lieu de paraître le résultat d'un hasard malheureux, la suite fâcheuse d'une querelle entre amis, le coup de pistolet meurtrier sera perçu, enfin, dans toute sa dimension tragique. Epilogue fatal, et seule issue admise, d'un amour interdit, unique témoignage permis d'une passion impossible, n'est-ce pas ainsi que tu vois la mort de Lenski ?

« Pas question, évidemment, même au San Carlo, de faire chanter un duo d'amour à deux hommes ! Paix aux mânes de Pouchkine ! Mais à l'heure solennelle des adieux, juste avant qu'ils ne tirent l'un sur l'autre, pourquoi ne pas glisser un aveu brûlant ? Face à face, sur le point de presser la gâchette, ils n'ont plus rien à perdre... Dissimulation, pudeur, respect humain se volatilisent... Tu rajouterais un motif au violon, pour souligner, par une touche de sensualité contrastant avec les préparatifs du combat, l'ambiguïté de leurs sentiments... »

Tchaïkovski, sans rien dire, se caressait le menton.

Enhardi par le silence de son frère, Modeste exposa la suite de son plan. Dans sa lettre, dit-il, il n'avait mentionné que les avantages personnels de l'installation à Naples. Il passait maintenant aux arguments professionnels, les plus sérieux. (Nicolas et Anatole approuvèrent.) Le code Napoléon, le plus libéral des codes pénaux, étendu à toute la péninsule depuis bientôt un siècle, serait pour le travail de son frère un incomparable stimulant.

« La vie à Naples ne t'apportera pas seulement le bonheur. Le plus grand compositeur de notre époque pourra enfin dévoiler cette partie de son message que les circonstances l'ont contraint jusqu'à présent à brouiller. Dans la Russie de M. Pobiedonostsev et de Mgr Isidore, si ta liberté d'homme est brimée, combien plus grave et lourd de conséquences apparaît le dommage pour ton œuvre !

« Un minuscule exemple, pour commencer, infime mais significatif. Cette fameuse chanson que te chantait Pimpinello à Florence, tu as été forcé, pour l'insérer dans tes *Six mélodies opus 38*, de travestir le nom du gamin en Pimpinella.

Io ti voglio ben assai, Pimpinella,
Quanto per te penai, solo il cor lo sa.

« Quelle pitié ! Mentir et toujours mentir ! A Naples, tu aurais laissé Pimpinello au masculin, et je suis sûr que la mélodie y eût encore gagné. En beauté, en émotion, en *morbidezza*. Pimpinella, avoue-le, a refroidi ton inspiration. Tu aurais laissé parler ton cœur sans recourir à un subterfuge. Et personne, là-bas, ne serait scandalisé qu'un homme mûr déclare ses sentiments à un *ragazzo*,

ti voglio ben assai

et confesse qu'il a souffert pour lui,

quanto per te penai, solo il cor lo sa.

« Je ne sais plus quel poète français a écrit : *L'art ne fait que des vers, seul le cœur est poète*. N'est-ce pas une devise pour toi ? Si tu la mettais en exergue à ta nouvelle symphonie ? »

Tchaïkovski, au lieu de répondre, baissa les yeux.

« Songe, mon frère, à la quantité excessive de contorsions, omissions, formules biaisées, sous-entendus approximatifs, transpositions imparfaites, qui te sont imposés ici, au détriment de ta sincérité, au préjudice de ton génie.

« Pourquoi un homme qui n'aime pas les femmes n'aurait-il pas le droit de le dire ? Eh bien ! en Russie, ce droit lui est dénié. Il faut qu'il monte la machinerie compliquée du *Lac des cygnes*, avec une reine mère qui oblige son fils à se marier, un prince que cet ordre consterne, le choix d'une jeune fille qu'il n'aime pas, la vaine poursuite d'une autre qui reste inaccessible, la solitude et la mort du héros. Et ces aventures d'un homme qu'on pousse dans une voie qu'il déteste doivent être obligatoirement racontées sous des teintes sinistres. Tu as fait ce que tu as pu pour t'acquitter de cette tâche, et rendre le climat de dévastation, la noirceur lunaire du scénario, la morosité et le *taedium vitae* qui accablent ce pauvre Siegfried.

« Et pourtant... Pourtant, quelque chose en toi se rebellait contre cette façon conventionnelle de présenter son histoire. Çà et là, dans ta musique, au fil des pas de deux, variations, hors-d'œuvre divers sans rapport avec le sujet, à travers les morceaux de bravoure et les scènes de caractère, tu as ébauché une œuvre complètement différente du canevas imposé. On devine que tu aurais pu écrire, que tu as failli écrire, au lieu de ce drame lugubre et sans issue, une féerie légère, pleine d'allant et de gaieté. Czardas hongroise, boléro espagnol, tarentelle napolitaine, je flaire dans ces trépignantes envolées tous les éléments d'un spectacle enjoué, désinvolte... L'air de Naples, déjà, mais réduit à une simple curiosité exotique...

« Oh ! comme j'aimerais te récrire ce livret aussi ! Et comme j'aimerais que tu récrives ta musique ! Ce serait gai, sans drame, éclatant de soleil et de joie de vivre. Loin de se sentir abattu parce que Odette lui échappe, Siegfried jubilerait d'être délié de l'obligation du mariage ; la tarentelle napolitaine, avec son cornet à pistons et son thème populaire, le réveillerait à la vraie vie ; il irait saluer au bord du lac la troupe gracieuse des cygnes, puis reviendrait, avec ses compagnons, goûter aux pures joies de la camaraderie virile. Voilà comment serait traitée, dans un pays non soumis à la censure, la question du mariage si épineuse pour des hommes tels que nous !

« Venons-en à mes propres livrets. *Mea culpa*, puisque j'ai contribué aux falsifications que je te reproche, *mea maxima culpa*, bien que je ne sois pas plus coupable que toi. Partout où j'ai pu, et dans les limites de ce qui était admis, j'ai risqué l'allusion, le double sens... N'osez pas me dire, prince, qu'Hermann aime exclusivement Lisa ! Que son cœur n'est pas emporté dans une autre direction ! Pour *Iolanta*, j'y suis allé encore plus fort, grâce à un stratagème dont je ne suis pas mécontent. Centrant l'action sur une femme, j'ai créé, en quelque sorte, la sœur d'Eugène Onéguine. Ce choix d'une protagoniste femme m'a laissé beaucoup plus de latitude, le public étant plus disposé à admettre chez un personnage féminin ce qu'il réprouve absolument dans notre sexe.

« Iolanta est aveugle de naissance : n'est-ce pas une trouvaille, riche de sens ? Avouez qu'il y a là un progrès sur le tripot de *la Dame de pique*, même si je suis prêt à reconnaître, en fin de compte, la limite de mon invention. Métaphore, trop enveloppée encore, de ce que le Saint-Synode stigmatise sous le nom de dépravation, et nos amis plus indulgents, monsieur le médecin, voudraient soigner comme une infirmité (Nicolas fit un signe énergique de dénégation), la cécité de Iolanta reste pour le spectateur un pur cas médical. Qu'il y ait là un symbole, une énigme, lui échappe. »

Ignorant ce qu'était *Iolanta*, Nicolas demanda des éclaircissements. Modeste était fier d'avoir inventé cette histoire. Il ne se fit pas prier.

« Son père a exilé cette princesse au fond d'une forêt. Un chasseur égaré la surprend dans sa retraite. Elle lui offre un verre d'eau, en s'excusant de ne pas avoir de vin. Les ténèbres sont si familières à Iolanta, elle bouge avec tant d'aisance, qu'il ne se rend pas compte qu'elle est aveugle. Elle le charme par sa beauté et par sa grâce, il lui déclare son amour, ce qui trouble la jeune fille et l'effraie. En souvenir de leur rencontre, il lui désigne un buisson de roses rouges et lui demande d'en cueillir une qu'il emportera. Elle se dirige vers les parterres de fleurs et cueille une rose blanche. Sans deviner son secret, il la prie une autre fois de lui donner une rose rouge, mais c'est de nouveau une fleur blanche qu'elle lui tend.

« A-t-on jamais exprimé avec plus de pertinence, messieurs, ce qui nous sépare du commun des hommes ? Le rouge indique un tempérament viril : rouge du vin mais aussi rouge du sang. Boire sec et faire saigner sa victime ! Notre couleur, au contraire, est le blanc. Nos amours gardent quelque chose de chaste et d'innocent. Quand tu as eu Pimpinello... Bref, nos victoires restent pures, elles ne dégénèrent pas en hémorragie. »

Anatole se mit à rire. Nicolas rougit de cette formule osée, qui ne dérida pas Tchaïkovski. Il continuait à se lisser la barbe, sans approuver ni désapprouver les vantardises de Modeste.

« Bien trouvé, n'est-ce pas, le quiproquo sur les fleurs ? Mais il faut aller plus loin. Nous devons, Petia, écrire *notre* opéra, celui que réclame cette partie de ton public qui, sans savoir au juste ce qu'elle espère, attend de toi que tu préviennes ses désirs. A côté de tes admirateurs officiels, si je puis dire, j'entrevois une importante minorité, semblable à une société de francs-maçons. Plus nombreux que tu ne les crois, ils guettent dans tes œuvres le signal de délivrance auquel ils aspirent en secret. A toi revient la tâche historique de briser le monopole que détient depuis la fin de l'Antiquité le couple de l'homme et de la femme. »

Sans se laisser intimider par le mutisme persistant de son frère, il continua d'un ton plus pressant.

« N'aurais-tu pas aimé, à dix-huit ans, que dis-je ? à quinze ans, lorsque Alexis Nicolaievitch Apoukhtine t'a révélé ta propre nature, assister à un opéra qui te parle de toi-même ? Simplement, honnêtement, tel que tu te sentais être ? Ne te serais-tu pas épargné des années de reproches, de tourments, en découvrant, par un spectacle approprié, la solidarité mystérieuse qui unit, contre vents et marées, la diaspora des hérétiques ?

« Mesure la responsabilité qui t'incombe, toi le grand artiste, publiquement reconnu et fêté. Tends-nous le miroir qui nous manque. N'avons-nous pas droit, nous aussi, à être représentés sur une scène ? Serons-nous exclus éternellement des théâtres ? Ce déni de justice va-t-il continuer ?

« Songe à tous les jeunes, et moins jeunes spectateurs, qui ne peuvent se reconnaître dans les opéras écrits jusqu'à ce jour, même dans les tiens, imagine-toi combien leur vie serait changée, combien d'années ils gagneraient, si l'art leur offrait des modèles, s'ils avaient un *Roméo et Juliette* adapté à leur sensibilité, un *Rousslan et Ludmila* refait sur mesure. »

Modeste avait ménagé son coup de théâtre. Même en supposant qu'il apportait un projet audacieux, aucun de nous ne s'attendait à ce qu'il nous révéla soudain.

« J'ai pensé d'abord à un argument biblique.

— Adam avant la création d'Eve ? persifla Anatole.

— Non, messieurs. David et Jonathan. Qu'en dites-vous ? L'amour de David et de Jonathan, garanti par le Livre sacré entre tous... L'élégie de David sur la mort de son ami... *Jonathan, par ta mort je suis accablé. Tu m'étais délicieusement cher, ton amour m'était plus précieux que l'amitié des femmes...* Peut-on parler en mots plus clairs ? L'imposture des prêtres, qui nous rabâchent le Lévitique, sans mentionner l'amour du roi d'Israël pour le jeune prince, n'as-tu pas envie de la démasquer ? »

Anatole l'interrompit.

« Aucun théâtre ne prendra votre livret.

— La censure mettrait son veto. Aussi mon choix s'est-il arrêté sur un sujet profane. Corydon et Alexis, d'après Virgile. Deux bergers latins, unis par l'affection la plus tendre... *Alexim Corydon formosum ardebat*. Corydon brûlait pour le bel Alexis... Une intrigue adaptée comme un gant au public de Naples, lequel se rappellera que Virgile est enterré au pied du Pausilippe... *Delicias domini* : c'est ainsi que le poète qualifie Alexis. Chéri de son maître, mieux encore : faisant les délices de son maître... »

Modeste tourna la tête vers Alexis Sofronov. Le domestique de Piotr Ilitch arrangeait sur le piano les fleurs apportées par Anatole. Son regard bleu, sous la paupière fendue à l'orientale, rencontra le regard de Modeste.

« Alexis, eh ! eh ! » reprit celui-ci, d'un ton leste dont le sous-entendu renfrogna un peu plus son frère. « Autrefois Alexis Apoukhtine, et maintenant, celui dont tu es vraiment le maître, *dominus*, goûtant à ses délices... »

Il eut la brillante idée d'ajouter : « Quelle jolie pastorale tu nous écriras ! » chose et mot également odieux à celui qu'épiait la camarde. Sans cette accumulation de bévues, l'offre de s'installer à Naples eût-elle agréé à Piotr Ilitch ? Pas un muscle ne bougea sur sa figure impénétrable.

XXXIV

Il n'avait rien dit, découragé par la masse d'idées fausses à réfuter. Ce brave Modeste ! Il ne comprenait donc rien, ni au caractère de son frère, ni à la nature de l'artiste en général. S'imaginer que l'artiste délivre un « message », quelle méconnaissance de son rôle ! Et supposer que lui, Piotr Ilitch, pouvait se croire investi d'une mission, c'était nier l'esprit même de son travail, depuis la première note qu'il avait écrite.

Défendre une cause, quelle qu'elle fût, merci bien ! On voyait que le goût allemand de pérorer s'était répandu jusqu'à Naples. Le baron Krupp y avait apporté, outre la vigueur sportive qui lui permettait de poursuivre les *ragazzi* dans la grotte bleue, l'idéal wagnérien d'opéra engagé au service d'une idée. Pontifes et charlatans, cette fin de siècle en regorge. Le comte Tolstoï lui-même, en vieillissant, transforme ses récits en instruments de propagande. Au lieu de se contenter du mot juste, de chercher l'expression vraie, ce qui est le seul devoir et la seule morale de l'artiste, il déclame contre l'injustice sociale, vitupère l'égoïsme des riches. Pour sa part, Piotr Ilitch ne tomberait jamais dans ce piège. Il ne monterait sur aucune estrade, on ne l'entendrait jamais battre à coups de cymbales le rappel.

Jurgenson venait de lui écrire pour lui demander le « programme » de sa nouvelle symphonie : bonne occasion de faire savoir à son éditeur et, à travers lui, à la presse, que la musique ne signifie rien, n'a rien à dire. Les journalistes cherchent toujours dans l'œuvre la « confession » de l'artiste. Fatras que tout cela ! La musique n'est qu'un assemblage de notes, le compositeur agence sa symphonie avec la minutie de l'artisan.

« Je ne suis qu'un artisan », se répéta Piotr Ilitch, satisfait de se dire que, en face des Wagner, des Tolstoï, des Zola et autres prédicateurs d'évangiles, il appartenait à la famille, plus choisie et plus moderne, des serviteurs impassibles de la forme, les Flaubert, les Mérimée, les Tourgueniev, les Tchekhov. Au même moment, pourtant, il s'aperçut qu'il mentait. Bateleur, certainement pas ; mais fabricant de pendules, encore moins.

Modeste méritait une autre réponse qu'un refus sec. Son éloge de Naples soulevait une question fondamentale. « Tu auras les mains libres... Tu pourras écrire ce que tu as sur le cœur... » Qu'il fût privé de liberté en Russie, contraint à la ruse et à la feinte, Modeste ne se trompait pas sur ce point. En écoutant le plaidoyer de son frère, Tchaïkovski mesura, pour la première fois avec autant d'amertume, m'a-t-il confié par la suite, combien son champ d'action était borné. Lois, censure, opinion, tout se liguait contre lui, tout l'empêchait d'avoir ses coudées franches. Or, sans liberté, l'art garde-t-il un sens ? La liberté n'est-elle pas, de l'avis unanime, la condition indispensable du travail créateur ?

Et pourtant, comprit-il également, il devait accepter ces limites, dans l'intérêt même de son œuvre. Contraintes, servitudes, interdits, loin de brider ses facultés créatrices, s'étaient révélés d'incomparables stimulants. La plus haute ambition de l'artiste n'est pas de s'épanouir comme une plante. Lui, en tout cas, ne professerait jamais le culte végétal de « la vie », il se faisait de son métier un idéal tout autre. Chaque fois qu'il s'était « épanché » (premier mouvement du concerto pour piano, finale du concerto pour violon), le résultat avait été médiocre. La dissimulation, le masque lui réussissaient bien mieux. Serait-il absurde de prétendre que la fausseté permet seule d'être vrai ?

Paradoxe si étrange et difficile à admettre que, au lieu de s'expliquer sur le fond du problème, il avança, comme motif de rester en Russie, les arrhes versées pour l'achat de la propriété de Klin. A la seule pensée qu'il aurait à Naples la permission (donc le devoir, sous peine de paraître aussitôt démodé) d'exprimer sans détours ce qu'il s'était ingénié jusqu'à présent à ne montrer que de biais et sous une lumière oblique, Piotr Ilitch décida qu'il n'irait jamais s'installer dans un pays où la liberté des mœurs, si Modeste disait vrai, rend obsolète et inutile le travail même de l'art, cette recherche de moyens indirects, de tournures allusives, de seconds sens, d'expressions camouflées, ce qu'on appelle le style.

C'est à moi que Piotr Ilitch se confia, par bribes, lors de nos promenades devenues presque quotidiennes en ce début d'automne. Honneur dont je ne pense nullement à me targuer : seule en est responsable ma nationalité équivoque. Le respect humain, qui l'eût retenu devant un de ses compatriotes, l'abandonnait en face d'un semi-étranger. Il n'est pas impossible non plus que, sachant ses jours comptés, il ait distingué, dans ce représentant de la Perm, Orenbourg et Cie, homme d'affaires de bonne volonté sans œillères ni passions, une sorte de notaire à qui remettre son testament.

« Vous adorez l'Italie, lui disais-je, consterné par son refus, et dans l'espoir de le ramener à une décision plus sensée.

— Qu'ai-je écrit à Rome ? Rien d'autre que ce stupide *Capriccio italien*. Le minimum d'art pour le maximum de sincérité. Ce petit pompier jouait fort bien du clairon, j'ai introduit telle quelle sa sonnerie. Basile, croyez-moi, rien de plus mauvais n'est sorti de ma plume. »

Nous nous appelions, maintenant, par nos prénoms.

« Modeste confond ce qui est agréable à l'homme et ce qui est nécessaire au créateur. La mort de ma mère, quand j'avais quatorze ans, a été un choc terrible. Je me rends compte pourtant, ce n'est pas une impiété de le dire, qu'être livré à mon seul père a hâté ma vocation d'artiste. Les mères ne valent rien pour la création. Leur tendresse débilite, anesthésie. Quant aux mammas napolitaines, si je comprends bien, elles vous émasculent ! On crée par manque, par frustration, pour s'opposer. On crée contre les pères. J'avais vingt-deux ans, j'étais employé au ministère de la Justice, et ne m'intéressais à la musique qu'en amateur. Mon père m'écrivit pour me féliciter d'une promotion que venait de m'accorder mon chef de bureau. Le jour même, je m'inscrivis au Conservatoire, dans la classe de Nikolaï Zaremba pour l'harmonie et le contrepoint, d'Anton Rubinstein pour l'instrumentation. »

L'habitude de nous raccompagner mutuellement nous avait ramenés, une fois de plus, sur la place du Palais, au pied de la colonne Alexandre, à mi-chemin de nos domiciles respectifs. Le plus beau décor du monde se déployait devant nous.

« Ici, me disait-il, les proportions obéissent au nombre d'or. Une seule autre fois, dans l'histoire du monde, l'utopie de la cité idéale a pris corps aussi parfaitement. C'était à Palmyre, sous la reine Zénobie. Digne émule de la souveraine du désert, Pierre le Grand fit surgir, d'une étendue aussi plate, aussi désolée que la plaine sablonneuse de Syrie, une ville dans le golfe de Finlande. Acte d'autorité, dont vous voyez le résultat. »

Piotr Ilitch, ce soir-là, me vanta à nouveau les avantages du despotisme impérial. A Saint-Pétersbourg, tout avait été réglé par oukase, le nombre des fenêtres et des pilastres dans la façade du palais d'Hiver, l'emplacement des acrotères sur le toit, la taille des statues, le rayon de l'Hémicycle, la hauteur de l'Etat-Major de la garde, la distance entre les divers édifices, et jusqu'à l'angle que la Kapella Glinka forme avec les deux bras du canal.

« Même la couleur du palais d'Hiver reflète la volonté du pouvoir. Bleu et blanc, en habit de ciel, à l'époque de la frivole Elisabeth Pétrovna. Alexandre III, en mémoire de son père assassiné, a fait repeindre les murs de brique en jaune-brun, le toit de fer en rouge. »

Piotr Ilitch ne se lassait pas de contempler ces murs, ce toit, ces monuments si simples et d'un raffinement si harmonieux, où les directives des tsars ont tenu en bride l'initiative des créateurs.

« Laissés à eux-mêmes, les architectes auraient-ils atteint ce résultat ? Guidé par sa seule fantaisie, un artiste ne rend pas le meilleur de son talent. Jamais on n'a prouvé avec autant d'évidence que la beauté repose sur le sacrifice des libertés individuelles. L'obstacle n'arrête que le faible.

« Prenez la vie des grands hommes, les seuls qui doivent nous servir de modèles, à nous qui ne sommes, à côté d'eux, que des nains. Que nous enseigne la biographie de Michel-Ange, de Shakespeare, de Beethoven ? Selon l'opinion commune, ils ont été "malheureux" dans leur vie privée. Sottise ! Au lieu de gaspiller leur énergie vitale dans la satisfaction élémentaire des instincts, ils l'ont comprimée au plus profond d'eux-mêmes, refoulée, écrasée, de manière à l'obliger à ne se manifester que complètement transformée en puissance créatrice. Défi ou sacrifice, appelez comme vous voulez cette intuition qui fait renoncer au bonheur humain, pour arriver plus haut dans l'ordre spirituel.

« Le pouvoir politique, chaque fois qu'il brime un artiste, collabore à la réussite de son œuvre et l'aide à gagner son pari. Vous imaginez-vous Pouchkine se réfugiant à l'étranger pour échapper aux tribunaux de Nicolas Ier ? Où a-t-il écrit ses chefs-d'œuvre, *Eugène Onéguine*, *Boris Godounov* ? En exil, loin de la capitale, dans une austère solitude, tenu à l'œil par les autorités. Votre Victor Hugo a fait un mauvais calcul en estimant plus avantageux d'être libre hors de France que persécuté par la police de Napoléon III. Sa poésie eût été bien meilleure s'il avait été obligé d'en contenir l'emphase. »

Que lui répondre ? A un homme qui n'en avait plus que pour deux ou trois semaines avant le procès et le départ pour la Sibérie, il eût été malvenu de contester que les entraves favorisent l'inspiration. Une idée, selon moi, éminemment discutable, contraire à la philosophie de notre siècle. Il me fallut un autre entretien, cette fois chez lui et devant son piano, pour comprendre la supériorité de son point de vue. Je raisonnais jusque-là en Français, en fils de la Révolution, bien que mes ancêtres eussent été guillotinés. Après cent ans écoulés, nous avons tous pris la Bastille. Que nous soyons blancs ou rouges, nous adhérons également au credo romantique, et c'est un article de foi, à Paris, que les contraintes nuisent à l'art.

Je l'avais trouvé assis devant la partition d'*Eugène Onéguine*, dont il se chantonnait des passages, en s'accompagnant sur le Becker demi-queue.

« Quel âne, ce Modeste ! s'écria-t-il avec entrain. Réclamer un *aveu brûlant* dans la scène du duel ! Ce serait du dernier ridicule. Chez moi, l'amour n'est jamais étalé. Ni tartinages, ni bêlements, comme c'est l'usage dans les opéras, où le ténor et la soprano s'époumonent à nous convaincre de leur *flamme* réciproque. Ma musique en est-elle plus tiède ? Onéguine a-t-il l'air d'une bûche à côté de Lenski ? Non, n'est-ce pas ? Bénie soit la nécessité qui m'a obligé à montrer *par la négative* la véhémence d'une passion que la permission de la décrire tout au long, comme dans les quatre heures de *Tristan*, eût diluée dans le pathos, dans l'ennui... Ma scène du duel ne dure que trois minutes, eh bien ! J'ai mis dans ces trois minutes la quintessence de mon art.

« Cette scène-éclair servira de modèle pour le siècle prochain, quand l'inévitable progrès de la démocratie dans le monde aura élargi les possibilités d'expression pour les artistes. Même la Russie, contrainte de s'aligner sur l'Occident après la signature de l'alliance franco-russe, supprimera la censure et laissera chacun libre de déballer ses fantasmes... Marché de dupes, que de croire l'assouplissement des interdits profitable à la création ! Ecoutez un peu cette scène, à la fois duel et duo, déclaration de guerre et... vous allez en juger par vous-même.

« Imaginez côte à côte, ayant empoigné leur arme, dans le désert de l'aube, les deux jeunes gens.

> *Deux ennemis ! Il n'y a guère longtemps,*
> *Le désir de tuer ne nous séparait pas.*
> *Il n'y a guère longtemps, nous partagions*
> *Nos pensées, nos joies, nos loisirs...*
> *Nous voilà prêts à nous entretuer*
> *De sang-froid*
> *Comme deux ennemis héréditaires !*

« Au début de leur duo, le pistolet à la main, ils chantent à tour de rôle, en phrases alternées. Les voix ensuite se cherchent, se rapprochent peu à peu, se frôlent (mais seulement les voix ! Que le metteur en scène se garde de souligner par des gestes ce que la musique seule doit indiquer) :

Ah !
N'allons-nous pas nous réconcilier,
Tant que le sang n'a pas coulé...

« Puis se touchent, se confondent, dans ce vers décisif :

Nous étreindre affectueusement ?

« Avant de clamer à l'unisson :

Non, non, non, non !

« Quadruple *niet*, qui est à la fois apogée du désir, par la superposition exacte des voix, et répression du désir, par l'énergie de la négation quatre fois répétée.

« Comprenez-vous, Basile ? Au moment où le fantasme d'union devient trop tendre, Lenski et Onéguine se ressaisissent et opposent à cette chimère un quadruple *niet* dont le laconisme péremptoire en dit bien plus que les larmoyants *ti amo* de l'opéra italien ou les héroïques *ich liebe dich* de l'opéra allemand. Et, pour être sûrs qu'ils ne vont pas succomber à la tentation bête de *l'aveu brûlant*, ils lèvent leur arme et se tirent dessus.

« A Hambourg, dans la production dirigée par Gustav Mahler, autant j'ai apprécié le chef, autant la mise en scène m'a déçu. Cet Allemand n'a rien compris. Les pistolets étaient restés dans la boîte, pendant que Lenski et Onéguine chantaient le duo. Vous vous rappelez peut-être que Zarestski, le témoin de Lenski, déclare, en voyant Onéguine arriver avec un inconnu, qu'il est pointilleux sur les formes, et n'admet qu'on abatte un homme que dans les règles de l'art, devant un témoin honorable. Eh bien ! Ce Wilhelm Knopf, ou Schnotz, a pris prétexte de cette susceptibilité pour introduire un jeu de scène inepte. Zarestski, la boîte de pistolets sous le bras, écoute les deux hommes évoquer leur amitié passée, leurs possibilités de réconciliation, puis, impatienté et irrité de ce manquement aux sacro-saintes traditions, il ouvre la boîte, s'avance entre eux et leur tend les pistolets d'un geste comminatoire. Ils s'écartent alors l'un de l'autre et lancent le quadruple *niet*. Les spectateurs en déduisent que seule l'intervention de ce gardien des règles oblige Onéguine et Lenski à se battre.

« Autrement dit, tout l'effet de ma scène a été perdu. Quelle niaiserie de faire croire que, sans cet étranger, ce tiers qui les sépare, les deux hommes tomberaient dans les bras l'un de l'autre ! Ce *niet, niet, niet, niet* jaillit du plus profond d'eux-mêmes. Leur destin les oblige au refus. »

J'avais envie de trouver une objection, de combattre ce fatalisme.

« C'est quand même dommage, dis-je sottement, de se tirer dessus quand on s'aime.

— Dans notre monde, Onéguine et Lenski n'ont pas le droit de s'aimer. C'est pourquoi, dans mon opéra, Eugène Onéguine n'apparaît que sous son nom de famille, Onéguine. Quant à Lenski, je ne lui ai même pas laissé son prénom. Il en a un chez Pouchkine : Vladimir. Mes héros n'ont pas de prénom, signe que le courant affectif ne circule pas librement entre eux, qu'il y a empêchement de tendresse, impossibilité de confidences, d'effusion. Mais ce qu'ils perdent sur un plan, ils le regagnent sur un autre. Un homme et une femme n'atteindraient pas à cette intensité de sentiments.

— Voulez-vous dire que leur amour n'est si entier, d'une qualité aussi pure, que parce que la société leur interdit de l'exprimer ?

— Non seulement de l'exprimer, mais de le vivre.

— Un amour permis vous inspirerait moins ?

— Que devient Eros, si on le délivre de la menace de Thanatos ? Sous cette menace, il est un dieu. Laissé à lui-même, il retourne à l'état de polisson.

— Mais cela veut dire, m'écriai-je à l'étourdie, que toute votre œuvre est nourrie de...

— De mon vice, oui, Basile, ne mâchons pas les mots. Tout ce que je suis, je le lui dois. Il m'a appris que la persécution est féconde, puisqu'elle oblige l'artiste à s'inventer un langage.

« Je me souviens de ma visite dans les catacombes de Rome. C'est là que les premiers chrétiens se réfugiaient pour échapper au supplice. Les premières lettres de "Jésus Christ Fils de Dieu" forment en acrostiche le nom grec $i\chi\theta\acute{u}s$, qui signifie "poisson". En peignant un poisson aux murs de leur cachette, ils découvraient la force du signe. Autant le luxe des églises, le faste pontifical, la pompe des cérémonies à Saint-Pierre m'ont dégoûté de la religion catholique, autant ces hiéroglyphes m'ont ému... Avoir la permission de s'exprimer directement ouvre la voie à l'emphase, au sentimentalisme, à la banalité... Je ne donne pas cher du siècle prochain, si, comme tout semble l'indiquer, on juge anachronique, avec le progrès des libertés publiques, de maintenir censure et interdictions.

« Je hais la censure, entendez-moi bien. Chacun devrait être son propre censeur, voilà le fond de ma pensée. S'interdire la facilité de la confession directe. Proscrire de son œuvre le confort de l'épanchement. Se forcer au secret, à l'allusion, au mystère. La question est de savoir si les artistes, en régime de pleine liberté, auront le courage d'établir eux-mêmes les limites à ne pas dépasser. Sans un pouvoir fort qui les y contraigne, je crains qu'ils ne se dérobent au vrai travail de recherche et de création. Il est tellement plus commode de s'abandonner à sa pente !

« Le statut social du paria est la meilleure chance qu'on peut souhaiter à celui qui a reçu le don créateur. Sans mon vice, je ne serais qu'un compositeur moyen, je pourrais dire tout ce que j'ai sur le cœur, selon le vœu de Modeste. Mon cœur ne me dicterait que d'autres *Pimpinello*, d'autres *Capriccio italien*. Alors que me sentir rejeté, en marge, tenu à l'œil m'a sauvé de la facilité, du convenu... Vous verrez comment, dans le finale de ma sixième symphonie, l'imminence du procès m'a inspiré quelque chose d'entièrement inédit dans toute l'histoire de la composition pour orchestre.

« Je ne me fais pas d'illusions sur l'issue des débats. Dites à Nicolas, s'il vous plaît, que je le remercie de tous les efforts qu'il déploie pour me soustraire à mon destin. Ainsi que le prince Kremski, le meilleur des directeurs de théâtre et le plus fidèle des amis. Dites-leur à tous que je n'irai pas à Naples, si vivre à Naples signifie être privé de mon vice et avoir la permission de n'en faire qu'à mon cœur. Je reste en Russie. La liberté, qui ne m'était jusque-là accordée qu'avec parcimonie, va m'être enlevée complètement, mais non la possibilité d'ajouter à mon catalogue mes *Souvenirs de la maison des morts*. »

Cette conclusion me glaça. Je courus chez Nicolas, dans l'espoir qu'il me suggérerait une riposte.

« Disons-lui, proposai-je, que Modeste exagère la liberté dont on jouit à Naples. Que là-bas également il y a des lois, des prêtres... Il est impossible que la société italienne soit aussi permissive que son frère le prétend.

— Je crois, répondit Nicolas, que le vrai problème est ailleurs.

— Ailleurs ? Oh ! Nicolas ! Si tu l'avais entendu envisager de sang-froid la Sibérie comme une possibilité de renouveler son inspiration, tu m'aiderais à combattre cette idée funeste. Admirons-le pour sa grandeur d'âme, mais sauvons-le de sa folie ! »

Il m'écoutait en secouant la tête.

« Prends garde, reprit-il, de ne pas idéaliser Tchaïkovski. Bob est passé l'autre jour au dispensaire.

— Bob ? Pourquoi me parler de Bob ?

— Une visite professionnelle. Il est venu se faire examiner. A force de fréquenter chez Iar, il craignait d'avoir attrapé le chancre. Je l'ai regardé, et trouvé parfaitement sain.

« "Nos bohémiennes, lui dis-je, sont sous contrôle sanitaire. Tu n'as rien à craindre."

« Parole imprudente, car aussitôt il s'est jeté sur le véritable objet de sa visite.

« "Je vous prie de dire à mon oncle qu'il ne compte pas sur moi pour le suivre à Naples.

« — Pourquoi donc, Vladimir ? C'est une bien jolie ville. Voyager à ton âge...

« — A mon âge, docteur, on n'a pas envie de choper le mal napolitain. Je suis venu vous demander un certificat, déclarant que je suis faible de là, sujet aux infections vénériennes et ne puis en aucun cas aller vivre dans un port célèbre pour sa crasse et son manque d'hygiène."

« Naturellement, j'ai refusé. Le gredin ! Il est allé chez un de mes confrères, le Dr Vassili Bertenson, connu pour délivrer des certificats de complaisance. Je me demande combien ce scélérat lui a pris pour le déclarer en régime de surveillance médicale. *Ne doit sous aucun prétexte être soumis au risque d'un séjour à l'étranger.* Une belle fripouille, ce docteur. Retiens bien son nom : Vassili Bertenson. Il ne mérite pas d'être salué par son patronyme ! Je soupçonne Bob de l'avoir payé avec l'argent de son oncle. Le certificat est signé du 20 septembre. Donc postérieur à la lettre de Modeste. Bob a eu l'impudence de me le montrer. Le plus grave, c'est qu'il s'est empressé aussi de le mettre sous les yeux de Piotr Ilitch.

— Tu penses qu'à cause de Bob...

— Je ne voudrais pas te décevoir, Basile. Naples sans son neveu ne présente aucun attrait pour Piotr Ilitch.

— On ne voit que ce qu'on veut, par le petit bout de la lorgnette.

— Tu ne me crois pas ?

— Pour Anatole, tu cherchais la femme. Pour Piotr Ilitch, tu cherches... le garçon ! C'est rabaisser son sacrifice, que de l'expliquer par un mobile aussi banal.

— Excuse-moi si je ne suis qu'un médecin, exercé à reconnaître, sous les fards qui la déguisent, la réalité crue. Piotr Ilitch n'est pas un martyr de l'art. Si je te disais qu'il est mené par son cœur, ce serait encore un euphémisme... Il a son neveu dans la peau. La liberté dont il ne veut pas, c'est la liberté sans son neveu. »

J'étais peiné de me trouver, pour une fois, en désaccord avec Nicolas. Lui, l'ami le plus dévoué, l'avocat le plus fervent de Piotr Ilitch, se montrer d'aussi courte vue ! Je demeure persuadé que celui qui avait pesé longuement les avantages et les inconvénients de l'expatriation a obéi, en rejetant l'offre de Modeste, à un choix volontaire. Nicolas trahit sa mémoire en niant l'héroïsme de cette décision.

Selon moi, de telles méprises ne resteront pas isolées. Si l'on n'allègue pas le motif passionnel, on invoquera le surmenage, la dépression nerveuse, le dégoût de vivre. On avancera qu'une âme innocente n'avait pas d'autre moyen de protester contre l'injustice du destin.

Ou même, par une explication contraire mais non moins erronée, on dira que le refus de partir signe un aveu de culpabilité, et que celui qui se laisse punir cède à un obscur besoin de châtiment.

Qu'un homme dans la force de l'âge, en parfaite santé, aux facultés créatrices intactes, ne saisisse pas la main qui tente de le secourir, voilà le mystère que ce récit, j'espère, contribuera à élucider.

XXXV

Le samedi 16 octobre, dès quatre heures de l'après-midi, on ne trouvait plus un bouquet à acheter sur la place Michel ni le long de la perspective Nevski, d'un côté jusqu'au canal Catherine, de l'autre jusqu'à la rue Sadovaïa. Du Gostiny Dvor à Notre-Dame de Kazan, on avait dévalisé les fleuristes ; et les retardataires pouvaient se dire heureux qu'un des grooms de l'Europa, dans un coin du hall, leur cédât plus ou moins en cachette, qui un œillet, qui une rose. Ils serraient précieusement contre leur cœur, en se hâtant vers la Philharmonie, la fleur acquise à prix d'or.

A cinq heures précises, suivant le rite, une main invisible écarta le rideau de velours rouge qui ferme, à droite de l'estrade, l'accès aux coulisses. Une femme en robe longue s'avança, pour annoncer le programme du concert. Les titres des quatre mouvements de la symphonie causèrent la première surprise, surtout l'épithète du dernier, ce finale sur lequel Piotr Ilitch avait travaillé si longtemps et fondait tant d'espoir.

A peine se fut-elle retirée, saluée par les applaudissements d'usage, assez tièdes malgré la solennité de l'événement, que le rideau s'écarta de nouveau. Tchaïkovski apparut entre les deux colonnes ioniques, sortit à pas précipités des coulisses, monta sur le podium sans regarder vers le public et d'un geste sec coupa court aux applaudissements. Les instrumentistes, qui bavardaient encore, se hâtèrent d'ouvrir leur partition.

Les mille et quelques fauteuils, dont le dossier est découpé en forme de lyre, frais repeints en blanc, étaient tous occupés.

Dans les premiers rangs, on reconnaissait Modeste, le prince Kremski, les compositeurs Sergueï Tanaiev, Alexandre Glazounov et Nicolaï Rimski-Korsakov, le chef d'orchestre Edouard Napravnik, le pianiste Alexandre Siloti. Boris Pétrovitch Annenkov, du *Journal de Saint-Pétersbourg*, Oscar Morovitch, du *Messager pétersbourgeois*, Irène Blamoutier, du *Figaro*, partageaient avec un groupe de journalistes russes et étrangers les sièges réservés à la presse. Sergueï Pavlovitch Diaghilev paradait en bonne place, au milieu du petit groupe formé de son cousin Dima Filisofov, d'Alexandre Benois et de Léon Bakst. Dans le fond de la salle, Fiodor Ignatievitch Stravinski contenait à grand peine ses quatre garçons surexcités. Sergueï Rachmaninov se cachait dans un coin.

On s'écrasait jusque sous le péristyle. Ceux qui n'avaient pu obtenir un fauteuil s'appuyaient contre un pilier. Trop inquiet pour m'asseoir, j'allais et venais avec Nicolas dans le déambulatoire. Entre deux colonnes, nous regardions gesticuler Piotr Ilitch. En tendant la tête au-dessus de la balustrade, j'embrassais d'un coup d'œil l'assistance.

L'empire des Romanov n'achève pas sans faste celui qu'il a condamné. La splendeur de la salle, les huit lustres de soixante bougies allumées, le décor rouge et blanc, la hauteur de la voûte, la présence dans la salle du comte Vorontsov ministre de la Cour impériale concouraient à l'écrasement de la victime.

A droite de l'estrade, près des contrebasses et des cuivres, au premier rang de la loge occupée les soirs de bal par les membres de la famille impériale, plastronnait, seul et d'autant plus visible de toutes les parties de la salle qu'on a l'habitude en Russie de renforcer l'éclairage au-dessus de l'orchestre dès que celui-ci commence à jouer, le dédicataire de la symphonie. Habillé d'une veste à carreaux *dernier cri* (comme il eût dit), Vladimir Davydov semblait très fier de sa tenue. Un œillet rouge piqué dans la boutonnière et un gilet à fleurs, dont il avait soin de faire parade, complétaient son accoutrement.

De temps à autre il se retournait, impatient, vers le fond de la loge, pour exhorter le personnage assis en retrait à se rapprocher et à se montrer ; mais celui-ci, n'ayant pas les mêmes raisons que le jeune homme de quêter l'admiration du public, se rencognait dans l'ombre ; et il ne restait plus à Bob qu'à se pencher sur l'appuie-main de velours rouge et à promener un regard dédaigneux sur les auditeurs du parterre.

De l'avis général, cet homme qui voulait garder l'incognito ne pouvait être que le grand-duc Constantin.

Les événements s'étaient précipités. Par Pobiedonostsev, lors d'un de leurs petits déjeuners quotidiens, le tsar avait appris toute l'affaire. Ce géant d'apparence débonnaire cassa d'un coup de son énorme poing plusieurs pièces du service de Sèvres offert par Marie-Antoi-

nette à son ancêtre Paul Ier. Il s'emporta contre le procureur et réclama
« la tête » de celui qui le bravait publiquement. « Qu'on l'élimine, je
l'ordonne ! » L'antique sauvagerie des Romanov bouillait à nouveau
dans les veines du descendant de Pierre le Grand. Il ne supportait pas
qu'un scandale où son propre cousin était impliqué lui fît perdre la
face devant toute l'Europe et manquer le bénéfice du rapprochement
avec la France.

Pobiedonostsev objecta que les juges, même s'ils étaient en majorité hostiles à Tchaïkovski, ne le condamneraient qu'à la peine fixée par le code.

« Eh bien ! rétorqua le tsar, dites-leur qu'ils aient seulement à se prononcer sur cette question : coupable ou non coupable. Nous veillerons, moi et vous, à l'exécution de la sentence. »

Le procureur transmit la consigne au général Apraxine et lui donna l'ordre de réunir le tribunal une semaine avant la date prévue.

Les sept juges avaient tenu leur dernière séance la veille du concert, le 15 octobre, à dix heures du matin. Et, par quatre voix contre trois, selon nos calculs, voté la condamnation. Une estafette partit de la forteresse et galopa jusqu'au palais Anitchkov, emportant le verdict roulé dans un petit tube de carton. Le comte Vorontsov, que venait de quitter Pobiedonostsev (on avait vu sa voiture sortir par la porte latérale sur la Fontanka) changea ce tube contre un étui en malachite de l'Oural. Puis il se fit conduire chez Tchaïkovski, Malaïa Morskaïa.

« Ouvrez-le dès que vous serez seul, en prenant soin que personne ne vous observe, dit le ministre de la Cour impériale. Ame qui vive ne doit savoir ce qu'il contient. Nous sommes le 15. Vous avez jusqu'au 25. »

Piotr Ilitch engagea sa parole. Les deux hommes s'inclinèrent l'un devant l'autre avec cérémonie. Quand Alexis eut raccompagné le comte, Piotr Ilitch rangea l'étui dans la poche de sa redingote.

Il déjeuna avec moi, commanda ses plats favoris, mangea sans rien changer à ses habitudes. Par Nicolas, je savais que le comte Vorontsov s'était présenté chez lui. Intimidé par sa force d'âme, n'osant l'interroger sur cette visite, je lui reparlai du projet de *la Belle au bois dormant* à Paris.

« Trop tard », fit-il, en posant sur la table, côte à côte, l'étui apporté par le ministre et sa montre en émail noir, ornée de l'effigie d'Apollon.

« Apollon a perdu. Des deux puissances qui ont gouverné ma vie, l'ange du *fatum* a vaincu le dieu du soleil. Je dois être prêt pour le 25, dernier délai. »

Fidèle à sa promesse, il ne m'en dit pas plus.

L'après-midi, j'établis le contact avec les milieux musicaux de

Paris, grâce aux bons offices d'Irène Blamoutier. D'après moi, une pétition demandant pour Tchaïkovski le doctorat honoris causa de la Sorbonne ne serait pas sans effet sur le tsar. Alexandre III tenait à se rendre dans un proche avenir à Paris et à recevoir ensuite le président de la République. Apprendre que son ambassadeur musical, non seulement était condamné à la déportation en Sibérie, mais n'avait que dix jours pour se préparer à l'exil, scandaliserait l'opinion française. La journaliste du *Figaro* transmit mon télégramme à Saint-Saëns, avec cette mention que je lui fis ajouter : *Urgent. Réponse impérative avant le 25 octobre, dernière limite utile.*

Telle était la situation, l'après-midi du samedi 16 octobre, lorsque Tchaïkovski leva sa baguette. De son autre main, il soutenait sa tête, selon la curieuse habitude qui l'a empêché de devenir un bon chef. « J'ai l'impression qu'elle va tomber », disait-il.

Le basson exposa le thème initial. Jamais sentiment plus lugubre n'imprégna le début d'une grande œuvre. Un groupe de quatre notes, répété plusieurs fois, retentit sourdement. Au lieu de l'allegro annoncé, une lenteur, une lourdeur sépulcrales. La foule qui défile devant une tombe n'est pas plus accablée.

Je regardai mes voisins. Sur toutes les faces se peignit une stupéfaction consternée. Bien que la symphonie n'eût pas de programme, ces quatre notes, martelées avec une morne insistance, suffirent à planter un décor funèbre, un catafalque en guise de portique. Quelle différence avec Beethoven ! Beethoven, lui aussi, a commencé une symphonie par l'évocation du destin : quatre notes solennelles, mais fières, agressives, frémissantes du désir de lutter. *Schicksal* pour Beethoven, *fatum* pour Tchaïkovski, selon sa préférence pour le mot latin. Autant le premier terme, éclatant, d'une sonorité ronde et pleine, claironne le refus de se laisser abattre, autant le second, avec sa consonne étouffée, sa voyelle sourde, respire la défaite, la reddition sans combat. Il aurait pu se contenter du mot russe, *soudba*, lui-même de couleur sombre, sans le surcroît de désolation qui souffle, comme un vent glacé, de l'Antiquité, terre de ruines.

Soudain, contraste absolu. Un fracas de fanfares, un tutti de cuivres assourdissant. Bob, indigné, se boucha les oreilles. Le pauvre garçon, placé juste au-dessus des trompettes et des cornets à pistons, sauva par cette précaution ses tympans de la colère et de la vengeance de son oncle.

Après ce choc terrible, nouvelle surprise. Les trombones et les tubas lancèrent une phrase, plus majestueuse sinon plus sereine, empruntée à l'office des morts orthodoxe. « Qu'il repose avec les saints », suivant les paroles du choral. Piotr Ilitch nous avait annoncé une symphonie : il nous offrait un requiem. Je vis les yeux de Nicolas s'embuer.

Eclatèrent ensuite d'autres sonneries véhémentes, roulèrent d'autres grondements dissonants — mi dièse, fa dièse, sol ! —, fusèrent d'autres clameurs d'une âpreté inouïe, après quoi, ces déferlements de violence épuisés, le premier mouvement se conclut par une gamme descendante en pizzicati, coda sans apaisement véritable — mais je n'en garde qu'un souvenir indistinct, un événement imprévu s'étant produit dans la salle, à peine le morceau achevé.

C'est l'usage en Russie, que les auditeurs à la fin d'un concert se lèvent de leur fauteuil et apportent aux artistes les fleurs qu'ils ont achetées pour eux. Se précipiter entre deux mouvements d'une symphonie serait parfaitement incongru. A la stupeur générale, un petit garçon partit du dernier rang et remonta toute l'allée centrale jusqu'à l'estrade. Je reconnus Gouri, le benjamin des fils Stravinski, le préféré de Piotr Ilitch. Incapable de se refréner plus longtemps, il avait échappé à son père. Rouge de fierté, d'émotion, il déposa un bouquet de violettes aux pieds du compositeur.

Comme celui-ci, le dos tourné, n'avait pas vu l'enfant, on entendit la petite voix flûtée appeler : « Diadia Petrouchka ! Diadia Petrouchka ! » Tchaïkovski pivota, se pencha vers Gouri, le souleva jusqu'à lui, l'embrassa sur les joues, puis planta les fleurs entre les barres de son pupitre — et aussitôt, sans transition, il donna à l'orchestre le signal du deuxième mouvement.

Amusée, émue, la salle se laissa entraîner par l'*allegro con grazia*, d'autant plus charmée de cette valse inattendue, que sa légèreté, sa fraîcheur semblaient jaillir, fleur naïve et spontanée, du bouquet offert par le petit garçon. Il avait suffi de ce geste, de cet hommage d'un innocent, pour effacer l'humeur tragique du premier mouvement. La vie était revenue, le bonheur de vivre, la confiance dans la vie.

Gouri, au lieu de regagner sa place au fond près de son père, s'accroupit au milieu de l'allée, sous le podium. Personne, assurément, n'aurait songé à renvoyer celui qui, en la touchant du coup de baguette magique de l'enfance, venait de rendre le sourire à une âme en deuil.

Allegro con grazia : mais, sous cette grâce, l'ombre encore, le frôlement de la mort. Passage qui restera, à mon avis, parmi les plus belles créations du compositeur : résumé élégiaque de toutes ses danses antérieures, valse devenue, de tournoiement anodin, tourbillon éperdu, ronde perpétuelle du voyageur traqué. Il faut être aussi malintentionné et fielleux qu'Oscar Morovitch (« l'élégance et le brio extérieur ont pris le dessus sur le sérieux de la conception », osa-t-il écrire le lendemain) pour méconnaître la profondeur de ce mouvement. Elégance, oui, raffinement suprême, de celui qui s'éloigne sur la pointe des pieds, et tire sa révérence au monde sans le fatiguer de ses cris. Ainsi, à la surface de la mer, les ondes s'élargissent en cercles concentriques autour du gouffre où le navire a sombré.

Igor, prenant modèle sur son cadet, s'avança à son tour du fond de la salle et vint déposer sur l'estrade une douzaine d'œillets rouges. La surprise, cette fois, fut moins complète. L'enfant, un peu dépité, constata qu'il n'avait pas le même succès que son frère. Piotr Ilitch ramassa les fleurs et voulut l'embrasser. Igor s'écarta de l'estrade et s'assit à côté de Gouri.

Le troisième mouvement, *allegro molto vivace*, confirma la vitalité du deuxième. On eût dit une gigantesque tarentelle, portée par un élan continu, dont le volume sonore et la scansion rythmique augmentaient sans cesse. Façon de notifier, peut-être, à Modeste, qu'il n'avait pas besoin de Naples pour rendre la jubilation dionysiaque présentée par son frère comme une spécialité de cette ville. Réponse définitive au projet d'expatriation : on exprime mieux ce qu'on n'éprouve pas.

Piotr Ilitch, en sueur après ce déchaînement d'énergie, sortit de sa poche un mouchoir pour s'éponger le front. Il glissa un œil de côté, puis tourna à moitié la tête, enfin se retourna complètement, s'apprêtant à recevoir un troisième bouquet et à embrasser un troisième enfant. Ce viatique lui fut refusé. Les deux fils plus grands de Fiodor Ignatievitch, soit que leur père eût gardé plus d'autorité sur les aînés, soit qu'ils sentissent d'eux-mêmes l'inconvenance commise par leurs frères, restèrent cois à leur place, les fleurs sur les genoux. Gouri, devant diadia Petrouchka qui se montrait de face, ne put s'empêcher de battre de ses petites mains. Un murmure d'approbation parcourut la salle, bien que personne n'osât applaudir au milieu de la symphonie. Vexé que son frère lui volât la vedette, Igor boudait, le regard rivé au sol. Tchaïkovski mesura la situation d'un coup d'œil, pivota lentement, leva sa baguette pour le dernier mouvement.

Adagio lamentoso : une exception, cet adjectif trop explicite, au devoir de réserve qu'il disait s'imposer. Force m'est de reconnaître qu'il y a, dans cette plainte étirée à l'infini, variée de vingt façons, modulée à tous les instruments, commencée aux violons par un thème déchirant, continuée dans le registre abyssal des bassons, relayée par un ostinato d'octaves aux cors, exacerbée par le choc des cuivres, hurlée par une percée à l'aigu des trombones, une détresse clamée trop crûment.

Mais si Piotr Ilitch mérite le reproche de s'être ici « confessé », en contradiction avec son propre idéal de se cacher derrière ses œuvres, s'il peut lui-même s'en vouloir d'avoir déchaîné ce paroxysme de tension douloureuse et crié son angoisse de la mort, le renouvellement complet de la forme musicale contrebalance avantageusement cette faiblesse. Le finale, dont il s'était vanté plus d'une fois, est en effet rien de moins que révolutionnaire. L'histoire de la symphonie ne présente aucun exemple d'une telle coda, sans fanfare ni point final éclatant, sans coup de cymbales ou effet spectaculaire, murmurée au contraire, étouffée, cœur qui cesse de battre, vie qui s'éteint, filet d'eau absorbé par le désert.

Quand la symphonie eut pris fin, sur un très long *pianissimo* aux violoncelles et aux contrebasses devenu peu à peu imperceptible, personne dans la salle ne se rendit compte que l'œuvre était terminée. Il y eut d'abord un silence, puis quelques applaudissements fusèrent. L'ovation qui suivit resta discrète, bien inférieure à d'autres triomphes de Tchaïkovski. On sait comment les critiques, habitués à cataloguer Piotr Ilitch parmi les musiciens conservateurs, se vengèrent d'avoir méconnu le coup d'Etat de cette péroraison assourdie, estompée en soupir, en fumée. Telle une vapeur qui s'élève du bûcher et dissipe dans l'air pur une odeur de cendres, la musique se dissout dans le néant.

Boris Annenkov, encore plus « vodka et radis noir » que le Père Terenski, repéra des échos de Gounod, de Grieg, graves atteintes à la religion slavophile. Il blâma la redondance des développements, fustigea le cuivrage d'une instrumentation quasi militaire, sans relever (il ne s'en était même pas aperçu) que Moussorgski, son idole, avait déjà conclu une œuvre en douceur, par un finale évanescent. Je pense à l'épilogue de *Boris Godounov*. On entend l'Innocent déplorer la misère du peuple russe et prophétiser des calamités publiques. La complainte s'affaiblit peu à peu, la voix défaille, s'efface, meurt sur un chuchotement.

Oscar Morovitch, avec sa perfidie habituelle, jugea que les idées mélodiques, par leur déhanchement exagéré, sentaient leur « casino » d'une lieue. Dans quel casino a-t-il entendu la valse à cinq temps de l'*allegro con grazia*, merveilleuse innovation qui lui a complètement échappé ? Piotr Ilitch, dont les antennes avaient perçu la tiédeur du public et deviné l'hostilité des journalistes, ne salua qu'une fois et disparut. Les bouquets restèrent dans les bras de ses admirateurs. Rachmaninov, un des rares qui n'eût pas acheté de fleurs, parce qu'il mettait trop haut la musique de Tchaïkovski pour confier à des productions végétales le soin de traduire son adoration, était si bouleversé qu'il demeura cloué dans son fauteuil, longtemps après que tout le monde se fut retiré.

Modeste, le lendemain, trouva le titre que réclamait Jurgenson avant d'imprimer la partition. Piotr Ilitch venait de parcourir les journaux quand il entendit son frère lui proposer cette épithète. Bob, estimant le café trop noir, avait claqué la porte.

« Pourquoi ne l'appellerais-tu pas "Symphonie tragique" ? suggéra Modeste.

— Non, "tragique" ne convient pas. Je n'ai pas voulu donner de programme à cette œuvre, et "tragique" équivaudrait à un aveu.

— Alors, reprit Modeste, "Symphonie pathétique" ne te plaira pas davantage. »

Piotr Ilitch réfléchit un moment.

« Si, finit-il par répondre, "pathétique" me va. »

On peut interpréter diversement ce choix. En général, l'épithète passe pour élogieuse. Modeste pensait exaucer le vœu de son frère en l'intronisant, pour les siècles à venir, prince et coryphée de la douleur. Le public international, j'en fais le pari, reconnaîtra en Tchaïkovski celui qui a exprimé avec le plus d'éloquence, depuis Beethoven crédité lui aussi d'une sonate « pathétique », les tourments d'une âme aux prises avec l'adversité. Piotr Ilitch approuva sans discuter la suggestion de Modeste et inscrivit sur-le-champ, en tête de la partition, au-dessus de la dédicace à Bob, le titre proposé.

Toutefois, je doute fort qu'il ait mis dans cet adjectif la même intention que son frère. Eût-il accepté un mot qui trahit avec tant d'impudeur le caractère autobiographique de ces pages, lui qui avait dénié à Jurgenson le droit d'en indiquer le contenu ? Il employa « pathétique » dans le sens négatif : « qui fait peine, lamentable ». Comparant ses ambitions de compositeur à l'échec de la symphonie devant la critique, mesurant, par l'attitude de Bob chaque jour plus blessante, le fiasco de sa relation avec son neveu, se retournant sur sa vie et n'y voyant que gâchis, insuccès, misère, il adopta ce titre par ironie et découragement.

Le grand-duc Constantin ayant fermé sa porte à Bob, celui-ci n'avait plus ses entrées au palais de Marbre, mais, loin de le rapprocher de son oncle, ce contretemps poussait le jeune homme à se vanter de nouvelles amitiés, vraies ou imaginaires, dans le grand monde.

Ni ce jour-là ni les suivants ne parvint la moindre réponse de Paris. Je suppliais le général Apraxine d'intervenir auprès du comte Vorontsov pour obtenir un délai supplémentaire.

« Saint-Saëns, lui disais-je, complète la liste des signatures. »

Le 20, pour le convaincre, je revins avec le télégramme que j'avais envoyé. Il prit connaissance du message.

« Malheureux, me dit-il, vous me taquinez sur Jules Verne, mais si vous aviez lu et relu comme moi *le Tour du monde en quatre-vingts jours*, vous n'auriez pas commis cette bévue.

— Quelle bévue ? Sa Majesté Alexandre III s'est rendue l'an dernier au Mariinski pour la première d'*Esclarmonde*, en présence du compositeur venu tout exprès de France. Le tsar sera d'autant plus sensible à la signature de Massenet, que la soprano américaine qu'il avait amenée avec lui, la belle Américaine Sybil Sanderson, tapa dans l'œil du tsarévitch et lui fit oublier, pour une fois, de passer la nuit chez la Kchessinskaïa.

— Il ne s'agit pas de cela, monsieur de Sainte-Foy.

— Vous croyez qu'une pétition venue de Paris réveillera chez l'empereur le réflexe anti-républicain, malgré son désir de conclure l'alliance avec le président Sadi Carnot ? Informons Sa Majesté que c'est l'envoyée du *Figaro*, Mlle Irène Blamoutier, qui a transmis le message. Francis Magnard, le directeur du journal, a durement condamné les grévistes des mines d'Anzin, et approuvé la sanglante répression de l'émeute. Le propriétaire des mines n'est autre que Casimir-Perier, président du Conseil. Soyez sûr qu'Alexandre III n'ignore pas cet épisode. Pobiedonostsev lui aura mis sous le nez l'éditorial du *Figaro*. La Société des Mines d'Anzin est partie prenante dans la construction du pont de la Trinité. »

Apraxine, qui regrettait peut-être son vote, secoua la tête.

« Regardez la recommandation ajoutée au message.

— Eh bien ?

— Vous ne comprenez toujours pas ? *Réponse impérative avant le 25 octobre, dernière limite utile.* Quel jour avez-vous expédié le télégramme ?

— Dès le 15, après le jugement du tribunal.

— Il est donc arrivé le 15 ou le 16 octobre à Paris. Mais le 15 ou le 16 russe. A Paris, à cause du décalage de douze jours avec le calendrier julien, on était déjà le 27 ou le 28.

— *Bojé moï !* Saint-Saëns aura supposé qu'il y avait eu un retard dans la transmission, et conclu qu'il n'était plus temps de quémander les signatures.

— Dommage, car la barrette de la Sorbonne, après la toque de Cambridge, eût fait réfléchir Sa Majesté. »

C'est ainsi que, par mon étourderie, j'ai ma part de responsabilité dans la catastrophe. Moins que personne, moi qui suis en correspondance d'affaires avec la France, je n'aurais dû oublier ce décalage entre les deux calendriers.

Inadvertance, vraiment ? Ou lapsus révélateur, respect inconscient de la décision arrêtée par Tchaïkovski, déférence pour son choix ?

XXXVI

En sortant de la forteresse, je me hâtai vers le bureau du télégraphe. Il était déjà fermé. Je tambourinai contre le volet. Un dvornik aux proportions gigantesques s'avança sur le pas de la porte et, sans même répondre à mes objurgations, posa son balai contre le mur, étendit devant le seuil une peau de mouton, alluma sa pipe et s'apprêta à se coucher sur le trottoir pour la nuit.

Le lendemain était le jeudi 21. Saint-Saëns aurait-il le temps de réunir en deux jours un nombre suffisant de signatures ? L'événement qui eut lieu le soir même se chargea de trancher la question.

Tchaïkovski, ce mercredi 20, emmena quelques amis dîner chez Leiner, le fameux restaurant de la Perspective. J'étais du nombre, avec Modeste, Bob, Anatole Kremski, le premier violon de la Philharmonie, plus diverses relations de théâtre. Gouri et Igor Stravinski avaient réussi à se faire amener par leur père. Se joignirent à nous deux quidams de mine patibulaire, que Piotr Ilitch semblait à peine connaître. A la table voisine, un officier de haut grade, sanguin, corpulent, caressait des deux mains ses favoris en étudiant la carte avec une minutie suspecte. Le convive qui lui faisait face, plus jeune de vingt-cinq ans, genre éphèbe mais musclé, les yeux maquillés comme au théâtre, baissait le nez dans son verre de porto.

« Le général Barianski et son danseur », me souffla Anatole.

Barianski ! Celui qui avait pendu Sofia Pérovskaïa ! Promu depuis peu chef des services secrets, en récompense de son acharnement contre Tchaïkovski. Il avait dénoncé Victor au comte Stenbock-Fermor, posté ses espions autour et à l'intérieur du palais de Marbre, déposé sur le bureau du comte Vorontsov les preuves de ses accusations. Que faisait-il ici ?

Piotr Ilitch choisit des concombres salés, un borchtch aux betteraves avec deux pirojki, des pelmeni à l'agneau, aux champignons et au miel, que Modeste daigna comparer aux grossiers ravioli napolitains. Il but du vin blanc avec du soda. Peu avant la fin du repas, il eut soif. Le petit Igor se proposa pour chercher un verre d'eau. Il avait parlé à voix basse, malgré son excitation : son frère s'étant endormi, il craignait, en le réveillant, que diadia Petrouchka ne confiât cette importante mission à son favori.

Anatole et moi, qui surveillions du coin de l'œil le général Barianski, le vîmes indiquer, d'un simple mouvement de tête, le fond de la salle à Tchaïkovski. Aveugles que nous avons été, l'un et l'autre ! Je m'en veux encore de n'avoir compris ni ce geste, ni la docilité de Piotr Ilitch. Sans même répondre à l'enfant, il se leva, s'éloigna en direction des cuisines et disparut pour quelques instants à nos yeux. Le verre d'eau avec lequel il revint fut vidé d'un trait devant nous, malgré les protestations d'Anatole.

Flanqué de Modeste et de Bob, qui se mirent chacun d'un côté pour l'encadrer du restaurant à la maison, Piotr Ilitch regagna la Malaïa Morskaïa. Je leur tins compagnie jusqu'à la porte du 13. En face, la comtesse Golitsine donnait une réception. Un orchestre jouait des polkas, et les invités entre deux tours de danse venaient se pencher aux fenêtres.

Piotr Ilitch s'apprêtait à me saluer quand, saisi d'une violente douleur, il porta les deux mains à son ventre.

« Ce n'est rien, dit-il avec une grimace.

— L'aigreur habituelle, après ton satané borchtch aux betteraves », dit Bob agacé.

Parce qu'il haïssait son père cultivateur de betteraves en Ukraine et détestait la propriété betteravière de Kamenka, il ne pouvait souffrir ce plat, qualifié par lui de vulgaire et indigne du *standing* de son oncle. Il commençait à farcir de mots anglais son vocabulaire, depuis la visite à Saint-Pétersbourg du prince de Galles, envoyé par la reine Victoria pour contrebalancer l'influence française.

« Je me sens déjà mieux », reprit Piotr Ilitch, livide. Des filets de sueur coulaient dans sa barbe. Son frère et son neveu le prirent chacun par un bras et l'entraînèrent dans l'escalier.

Nicolas passa me voir le lendemain. Olga, la « perle des femmes », venait de le quitter, emportant la caisse de fer et un mois d'honoraires de leurs patients.

« C'est ma faute, soupira-t-il. Elle voulait que je l'épouse et que je lui fasse un enfant. Tu connais mes idées là-dessus... Comment était le dîner chez Leiner ? »

Je lui racontai l'incident du verre d'eau et le malaise soudain de

Piotr Ilitch. Il fronça le sourcil, voulut savoir si Piotr Ilitch s'était pressé le ventre ou l'estomac.

« Faisons un saut chez lui », décida-t-il après avoir écouté une seconde fois mon récit, qui lui parut trop vague.

Malaïa Morskaïa, devant le 13, deux agents de police montaient la garde et interdisaient l'entrée à quiconque n'habitait pas l'immeuble. Nicolas protesta, montra sa carte de médecin. Un officier s'approcha.

« Votre Honneur n'a pas besoin de se présenter. Sa Majesté, préoccupée de l'état de santé du Professeur, a envoyé un de ses médecins personnels. Vous comprenez bien qu'il est impossible d'admettre auprès du malade un autre médecin que l'envoyé spécial de Sa Majesté. »

Deux ou trois journalistes, déjà alertés, avaient essayé en vain de forcer le barrage. On entendit le pas de deux hommes qui descendaient l'escalier. Le général Barianski apparut sur le seuil, accompagné d'un individu à barbiche et à monocle. Celui-ci se renfrogna en apercevant Souzdal. Il tenait à la main une feuille de papier.

« Le docteur Vassili Bertenson, dit le général aux journalistes, répond devant Sa Majesté l'empereur de la santé de l'illustre patient. »

Ayant réitéré aux agents l'ordre de ne laisser monter personne, le nouveau chef des services secrets traversa la rue jusqu'à sa voiture qui stationnait devant l'hôtel Golitsine.

« Au Saint-Synode ! » cria-t-il au cocher.

« Est-il si pressé de faire son rapport à Pobiedonostsev ? » murmura Nicolas, de plus en plus inquiet, tandis que l'attelage partait au galop vers la place Saint-Isaac.

Le docteur Vassili Bertenson ôta son monocle, le frotta avec un coin de son mouchoir, le réajusta à son œil marron, globuleux, puis se mit à lire, à l'intention des journalistes, le bulletin qu'il avait préparé.

« Le Professeur Piotr Ilitch Tchaïkovski, en rentrant du restaurant Leiner, a été pris de violentes douleurs abdominales, qui ont nécessité un secours médical en pleine nuit. Appelé au chevet du patient, j'ai constaté des nausées, des crampes et des diarrhées dues à un commencement de paralysie de l'intestin. Interrogé sur ce qu'il avait consommé au restaurant, le patient s'est souvenu d'avoir bu un verre d'eau dont il ignore l'origine, mais qui n'était certainement pas de l'eau minérale. De retour chez lui, le Professeur a commis l'imprudence supplémentaire d'avaler une cuiller du laxatif Hunyadi Janum. Pendant qu'il me parlait, le patient a subi une nouvelle crise. Peu après, il est entré dans la phase algide. De tous ces symptômes, la seule chose à conclure est qu'il s'agit d'un cas fort sérieux de choléra. J'ai prescrit les médecines d'usage et reviendrai visiter demain le patient. Le risque de contagion m'oblige à ne laisser entrer personne dans l'appartement. La police est chargée de faire respecter cet ordre.

— Permettez, s'écria Nicolas, vous avez dit *certainement pas de l'eau minérale*. De qui est ce *certainement* ? De lui ou de vous ? »

Je dus le retenir par le bras, pour empêcher un esclandre. Le docteur Bertenson éloigna son monocle de quelques centimètres pour toiser ce confrère indiscret puis gagna d'un pas vif sa voiture, que son cocher avait garée derrière celle du général Barianski.

« Bizarre ! me dit Nicolas, ce bulletin sonne faux. Il y a là une embrouille. Attends que je réfléchisse. »

Nous descendions la rue aux Pois, en direction de son dispensaire.

« N'es-tu pas un peu monté contre lui ? Je sais que tu ne l'aimes guère...

— Bertenson est le médecin de la Cour, le médecin des riches. Il roule carrosse, possède sa propre voiture, ses chevaux, son cocher particuliers. Le choléra, Basile, est la maladie des pauvres, causée par le manque d'hygiène. Il ne sévit que dans les quartiers insalubres. Bertenson n'a aucune expérience du choléra. Je parie qu'il n'a jamais vu un cas véritable.

— Le restaurant Leiner, pourtant, n'est pas situé dans un quartier particulièrement insalubre !

— Justement, cette histoire de verre d'eau ne tient pas debout. Jamais dans un établissement de luxe on ne sert autre chose que de l'eau minérale, surtout en période d'épidémie.

— En quoi le laxatif Hunyadi Janum est-il dangereux ?

— Il favorise la propagation des bacilles cholériques... Mais cette remarque que Piotr Ilitch en a avalé une cuiller me paraît non moins fantaisiste... Je connais sa pharmacie. Malgré sa peur d'être malade, lui qui ne se déplace jamais sans une provision de médicaments, il ne possède aucun laxatif d'aucune sorte, je t'assure. Il n'y a pas huit jours qu'il m'a appelé pour un début de coryza et que j'ai inspecté son armoire.

— Bertenson aurait-il menti ? Pourquoi ?

— Ce type est capable de tout... même d'établir un diagnostic frauduleux. »

Au coin de la rue Kazanskaïa, il s'arrêta soudain, en comptant sur ses doigts.

« Moins de quatre heures, c'est impossible, marmonna-t-il. Ecoute, Vassia, c'est positivement impossible ! La durée d'incubation du virus varie de quatre heures, au minimum, à deux ou trois jours le plus souvent. Tu me dis que Piotr Ilitch a avalé le verre d'eau à la fin du repas, puis que tu l'as raccompagné chez lui et que les douleurs l'ont saisi devant son immeuble. Combien de temps s'était écoulé depuis la fin du repas ? Essaye de te rappeler.

— Même pas une heure, j'en suis certain. Le dîner avait commencé tard, et Piotr Ilitch n'aime pas traîner au restaurant.

— Mais c'est énorme ce que tu me dis là ! Je donnerais cher pour savoir ce qu'il y avait dans l'étui.

— La notification de votre sentence, Nicolas. Le comte Vorontsov s'est contenté d'enrober de malachite la copie du verdict. Geste de grand seigneur...

— En principe, oui... Pourtant, qui te dit qu'il n'a pas substitué, à notre sentence, un ordre émané directement du Palais ? Cet étui, il te l'a montré, n'est-ce pas ? A quoi ressemblait-il ? A un écrin ou à une boîte ?

— A une petite boîte, assez creuse, de forme oblongue.

— Une heure après le repas, tu es vraiment sûr ?

— J'en mettrais ma main à couper.

— Il s'agit donc, murmura-t-il, d'un toxique à début d'effet rapide.

— Nicolas, tu parles sérieusement ?

— Orpiment, réalgar, cyanure, je cherche à identifier quel poison on lui a fourni, assez fort pour le terrasser, en assez faible dose pour faire croire à une agonie naturelle.

— Cela signifierait, alors, que votre sentence...

— A été truquée, oui... Et nous, indignement trompés... Nous avons voté la déportation, le Palais a ordonné la mort. Décision au plus haut point illégale, abus flagrant d'autorité... Pour empêcher les médecins honnêtes de diagnostiquer l'empoisonnement et de crier à l'assassinat, on a envoyé cette carpette de Bertenson...

« Ah ! j'y repense, il a parlé de phase algide, le salaud. C'est la phase où le corps se refroidit. Or cette phase, la troisième et dernière du choléra, ne survient jamais avant le quatrième jour.

— Salaud, vraiment ? Pas plutôt : incompétent ?

— Salaud, saligaud, car il a dû se faire payer cher pour potasser à la va-vite son Roudnev, pointer les symptômes du choléra et retenir quelques détails techniques, laxatif Hunyadi Janum, phase algide, paralysie de l'intestin.

— Ce n'est donc pas le choléra, à ton avis ? »

Du haut du pont Kamenny, il cracha dans l'eau noire du canal Catherine.

« Le choléra sert à déguiser le meurtre. Piotr Ilitch est une personnalité trop célèbre. Ils ont dû se concerter en haut lieu et mettre au point cette stratégie. J'espère que Modeste va dénoncer l'imposture. »

Je me souvins que le petit Igor Stravinski s'était proposé pour chercher le verre d'eau, et racontai à Nicolas comment, sur un geste du général Barianski, Piotr Ilitch s'était levé lui-même.

« Tu vois, dit Nicolas. Il fallait, pour la réussite de leur plan, que Piotr Ilitch pût vider sans témoins le poison. Ce qui m'enrage, c'est leur lâcheté. Ils n'ont même pas le courage de dire qu'ils l'ont tué.

— Le fils de son vieil ami le baryton a failli le sauver, murmurai-je, songeur.

— N'importe qui, en voyant la Providence se mêler de l'affaire et interposer un enfant pour empêcher le crime, eût révoqué la sentence ou accordé un délai. Ah ! cette hyène de Barianski ! Je crois que Pobiedonostsev lui-même eût reconnu, dans le geste spontané d'un môme de onze ans, la main du ciel et la miséricorde de Dieu. »

La nouvelle que l'épidémie avait touché une illustre victime se répandit dans Saint-Pétersbourg. Dès le vendredi 22, après la publication du bulletin dans les journaux, une petite foule se massa devant le 13. On prenait des nouvelles du malade, on plantait sur le trottoir des bougies allumées. Des employés de la voirie répandirent du sable sur une cinquantaine de mètres de part et d'autre de ses fenêtres, pour amortir le bruit des voitures. Deux fois par jour, les agents de garde étaient relevés. Le général Barianski vint inspecter lui-même le dispositif de surveillance. Le comte Ignatiev et son adjoint Ignace Maximovitch Sorokine passèrent le samedi matin. La hyène, qui les attendait depuis une heure, s'empressa à leur rencontre.

Prévenu de la visite du comte Ignatiev, Modeste descendit pour saluer le grand-maître de la police. Pour quelqu'un qui vivait à Naples et se vantait d'être un païen, sans foi ni loi, il me parut bien obséquieux. Après le départ des trois chefs de la police, Nicolas retint le frère de Piotr Ilitch.

« Monsieur, commença-t-il, dites-nous la vérité.

— Quelle vérité ? répondit Modeste avec hauteur.

— Vous ne me reconnaissez pas ? Je suis Nicolas de Souzdal, inspecteur général de la Santé et médecin-chef à l'Ascension, hôpital spécialisé dans le traitement du choléra.

— La vérité, docteur, c'est que mon frère supporte son mal avec un courage étonnant. J'ai même l'impression qu'il ne souffre pas, à part la soif qui le tourmente.

— Il ne souffre pas ?

— Non, une sorte de sérénité remplace sur son visage les crispations et les spasmes que le docteur Bertenson décrit comme typiques du choléra.

— Et à quoi attribuez-vous cette exceptionnelle sérénité ?

demanda Nicolas, qui s'efforçait à l'ironie pour maîtriser son irritation.

— Voici mon idée, docteur. »

Il nous entraîna sur le trottoir d'en face.

« Vous n'ignorez pas que notre mère est morte du choléra, quand Piotr Ilitch avait quatorze ans. Aucun événement ne l'a marqué plus profondément, plus durablement. Il parlait peu souvent de sa mère, parce que la plaie dans son cœur ne s'était jamais refermée. Il se reprochait en particulier de n'avoir pas réussi à la sauver de la mort. Un reproche absurde, bien entendu. Vous savez comment sont les adolescents : entiers, excessifs. Piotr Ilitch se sentait coupable. Aujourd'hui, frappé du même mal que sa mère, je ne m'étonnerais pas qu'il considère comme providentielle cette coïncidence. Mourant comme sa mère, il répare son ancienne faute. Car il est perdu, n'est-ce pas ? Unique consolation pour ses amis, ils se diront qu'il n'est pas mort en révolte, mais apaisé, réconcilié avec lui-même...

« Nous lui donnons à boire en abondance, il ne se plaint que de la soif. Nous faisons bien, docteur ? »

Sans répondre, Nicolas serrait les poings.

« Excusez-moi, dit Modeste après avoir attendu en vain un conseil, je dois remonter. Bob est seul auprès du malade. »

Il se fraya un passage au milieu des curieux et s'engouffra dans l'immeuble sans répondre aux questions des journalistes.

« Lui aussi ! grommela Nicolas.

— Que veux-tu dire ?

— Modeste, sur qui je comptais, est de mèche avec Bertenson, Barianski, Pobiedonostsev et toute cette meute de chiens.

— Tu rêves ! Quel intérêt aurait-il à adopter la fiction du choléra ? S'il y a quelqu'un, avec ce que nous savons de lui, qui devrait se dresser contre un tel mensonge, c'est bien celui qui a choisi de s'expatrier à Naples pour échapper à l'article 995. Bertenson est peut-être aux ordres du Palais, mais soupçonner Modeste... C'est son frère, Nicolas ! S'il n'était pas convaincu de ce que dit Bertenson, il serait le premier à rétablir la vérité, par solidarité fraternelle, et pour dénoncer la persécution que lui-même a dû fuir en s'établissant à l'étranger.

— Vassia ! Vassia ! Ces deux-là sont aussi fripouilles l'un que l'autre. Modeste est en train de mettre au point l'escroquerie hagiographique qui fleurit toujours après la disparition d'un grand homme. Il n'a pas envie qu'on dise que son frère a été condamné au suicide pour s'être intéressé de trop près à un mineur de dix-sept ans. On pourrait retirer des programmes les œuvres de ce nouveau Socrate, corrupteur de la jeunesse. Adieu, alors, chers droits d'auteur ! Bob et lui se sont mis d'accord pour entériner la thèse du choléra. Une mort noble, une mort pathétique, qui arrachera des larmes et remplira les tiroirs-caisses !

« Ce que je trouve particulièrement répugnant, c'est cette machinerie psychologique montée par Modeste avec l'aide de Bertenson : la mort de la mère, la culpabilité du fils, le désir de la rejoindre, le bonheur d'apaiser son remords, la prétendue "sérénité" qui efface les conséquences du choléra et rend aimable cette maladie atroce. Tu verras que pendant cent ans on ne répétera pas autre chose : Tchaïkovski a avalé un verre d'eau du robinet, mû par une force aveugle qui l'a rendu amnésique sur les dangers de l'eau non bouillie. Il aimait trop sa mère, c'était plus fort que lui, il a commis ce geste par désir d'identification.

« Un nouveau courant de la médecine, à Vienne, se donne beaucoup de mal pour remettre à la mode ce roi de Thèbes qui a couché avec sa mère. Je te fiche mon billet que cette sornette de complexe d'Œdipe servira à remplir les poches de ces deux salopards et à truquer pour un siècle la vérité historique.

« Abject ! conclut-il. Abject ! On cache un meurtre sous les fleurs d'une psychologie bon marché. »

Il voulut s'en aller, je le retins.

« Admettons que tu dises vrai, Nicolas. Cela ne m'explique pas pourquoi Piotr Ilitch a accepté le verdict. Tant qu'il préférait la Sibérie à Naples, je comprenais, j'admirais son attitude. Mais du moment qu'on le condamnait au suicide, il ne se serait pas renié en s'expatriant. »

Nicolas m'écouta parler, puis, tournant les yeux vers la chambre à coucher de Piotr Ilitch, à l'angle de l'immeuble :

« Il avait ses raisons, me dit-il. L'arrêt de notre tribunal a prévenu son désir. Il l'a accueilli presque avec reconnaissance, comme un ordre prononcé de l'intérieur. Même sans nous, il aurait trouvé une poudre à jeter dans son verre. Nous ne lui avons servi que de greffier.

— Selon toi...

— Le coup mortel lui a été porté par une autre main que la nôtre.

— Quelle main ? »

A la fenêtre, parut Bob. Apercevant Souzdal, il recula vivement.

« Le voilà, le véritable assassin », murmura Nicolas, ancré dans une conviction dont il n'a jamais démordu.

Avant de mettre le point final à mon récit, faut-il discuter encore une fois son avis ? Objecter que la version « suicide par amour » est aussi « romantique » (dans le mauvais sens du terme), édifiante et de nature à plaire à la postérité, que la version « retour à la mère, force occulte de l'inconscient » ? J'ai exposé plus haut mon point de vue, mûri au cours de mes promenades avec Piotr Ilitch, renforcé depuis à chaque nouvelle audition de sa musique.

Je donne ma version pour ce qu'elle vaut, sachant que son degré de certitude dépendra pour chacun de l'idée qu'il se fait des rapports de Tchaïkovski avec son art, de sa propre conception de la liberté, de la hiérarchie des valeurs à laquelle il se tient.

Pour moi, celui qui a écrit l'andante du premier quatuor, l'adagio du sextuor, le trio à la mémoire de Nicolas Rubinstein, la quatrième symphonie, la canzonetta du concerto pour violon, les romances des opus 6, 47 et 73, l'auteur des *Saisons*, d'*Eugène Onéguine*, de *la Dame de pique*, de *Casse-Noisette*, le créateur qui nous a ouvert tant de fois les portes du mystère, a bien le droit d'emporter son secret dans la tombe.

XXXVII

Deux fois par jour, le Dr Bertenson diffusait un bulletin : spasmes, vomissements, diarrhées, combattus par tous les moyens en possession de la médecine, massages, bains chauds, injections de musc, lavements au tanin.

« Il a bien appris sa leçon, marmonnait Nicolas. Il se garde bien, lui, de mentionner la soif parmi les symptômes de la maladie. Modeste s'est coupé en insistant sur la soif. Un tel symptôme n'est typique que de l'empoisonnement à l'arsenic. »

La comtesse Golitsine, moins Dame de pique que ne le croyait Piotr Ilitch, fit prendre de ses nouvelles et envoya des fleurs.

Le lundi 25 octobre, à neuf heures du matin, le groom m'apporta, sur le plateau du petit déjeuner, une lettre d'Anna Mikhaïlovna. J'avais prévenu ma femme des derniers déroulements de l'affaire.

Elle me répondait par retour du courrier.

« Il y a cent ans, on coupait la tête de ton arrière-grand-père, de son père, de ses deux oncles et de ses deux frères, parmi des charretées d'autres innocents. J'irai le 25 à l'église Sainte-Catherine, avec les enfants, prier pour le repos de leur âme. J'unirai à leur nom le nom de Tchaïkovski. A un siècle de distance, on foule aux pieds à nouveau, on nie la vérité de l'être humain. Pardonne-moi cette association, mais la sentence décrétée par le Palais n'est pas moins révoltante que le massacre de tes ancêtres. »

Moi aussi, j'avais pensé à cette coïncidence. République laïque ou empire clérical, l'Etat se régénère par le sang.

Le seul qui ne fût pas indigné était Tchaïkovski. Il mourait détendu, apaisé. Modeste n'avait pas menti, même s'il utilisait cette observation à des fins mensongères. Je ne sais dans quelles dispositions d'esprit mes ancêtres étaient montés à l'échafaud. Tchaïkovski, en tout cas, ne regrettait pas de s'en aller de ce monde, s'il entrait dans l'immortalité des siècles nimbé de la gloire du paria.

Le 25 octobre, à deux heures du matin, l'agonie avait commencé. L'acte de décès fixa la mort à trois heures. A onze heures, le défunt mis en bière et sa toilette achevée, l'aide de camp du général Barianski donna l'ordre aux deux agents de laisser passer les amis les plus proches. Je montai immédiatement, en compagnie de Nicolas. Nous fûmes rejoints sur le palier par Sergueï Diaghilev, qui accourait essoufflé, une couronne de roses entre les bras. Il me salua avec aplomb, bien aise, me sembla-t-il, de trouver une connaissance qui pourrait témoigner qu'il avait été parmi les premiers à rendre hommage au disparu.

Le fidèle Alexis nous ouvrit. Il pleurait à chaudes larmes. Moins domestique que veuf, moins Alexis qu'Aliocha.

Une odeur de camphre et de permanganate flottait dans l'appartement.

« Cette canaille a même pensé aux désinfectants, me dit Nicolas dans l'entrée. En principe on scelle le cercueil sans attendre, quand la mort est due au choléra. Avec certaines mesures prophylactiques, l'emploi de ces sels de potassium par exemple, on peut faire une exception et permettre d'approcher le cadavre. »

Le Dr Bertenson, un pulvérisateur à la main, nous accueillit sur le seuil de la chambre mortuaire. Quatre soldats de la garde impériale, dépêchés par le tsar, entouraient le cercueil découvert. Piotr Ilitch était revêtu d'un costume noir et drapé jusqu'au cou dans un linceul transparent. La croix de Saint-Vladimir de première classe, décernée par Alexandre III après une représentation d'*Eugène Onéguine*, décorait le veston. La face respirait le calme, la quiétude. Cireuse, parcheminée, mais sans l'asarcie, effet de la déshydratation, qui distingue les victimes du choléra.

« Docteur, dit Nicolas, vous nous laissez embrasser le défunt ? Vous ne craignez plus la contagion ? Comment se fait-il que vous n'ayez pas fait plomber immédiatement la bière ? »

Pour toute réponse, Bertenson agita son appareil et continua à asperger les meubles.

Après Nicolas, je déposai, sur le front apaisé du mort, un baiser à la russe.

Au moment où je me relevai, nous parvint, de l'autre extrémité de l'appartement, étouffé par la distance, le son du piano. Quelqu'un s'exerçait à composer un morceau : la phrase s'arrêtait net, puis reprenait, avec des variantes. Je tendis l'oreille : la personne devait avoir trouvé ce qu'elle cherchait, car six notes, toujours les mêmes, revenaient maintenant dans le bas du clavier, frappées avec une morne insistance. Lugubres, monotones, glas qui sonne le deuil.

Suivi par Nicolas, je remontai le couloir jusqu'au salon. Assis devant le Becker, Sergueï Rachmaninov écrivait et raturait, sur la portée vierge d'un cahier de musique. En costume noir, trop court aux manches, loué à quelque frelampier. La brosse de ses cheveux, encore plus rase que le jour du concert, se réduisait à un duvet soyeux. Il rejoua de la main gauche les six notes — la do si si bémol la ré —, hocha la tête, insatisfait, et se mit à réfléchir.

Je le croyais seul dans la grande pièce, avant de découvrir qu'il avait un auditeur : Bob, à demi caché derrière le couvercle relevé, et qui suivait ses mouvements avec une attention passionnée.

Les yeux perdus dans le vide, les doigts de la main gauche posés sur les touches, le jeune compositeur remuait ses lèvres pâles, ébauchant dans sa tête ce qui deviendrait le chef-d'œuvre bien connu. Commencé ici, sous le coup, j'en témoigne, du chagrin, le *Trio élégiaque* a gardé pour début, avant l'entrée du violon et du violoncelle, cet ostinato funèbre, martelé pour la première fois dans l'appartement du mort.

A court d'inspiration, découragé soudain, Sergueï posa sa plume, referma le clavier et se retira dans l'embrasure d'une fenêtre. Sa longue figure, plus triste et longue que d'habitude, jaillissait de sa chemise serrée au cou par un bouton teint en noir. Nous échangeâmes un bref salut, interrompu par un accord plaqué avec force.

Bob venait de s'asseoir sur le tabouret du piano, un peu trop bas pour lui. Il actionna la manivelle, puis, sans autres préparatifs, attaqua la deuxième sonate de Chopin, concentré sur chaque note, grave, les traits tirés.

Sans changer d'expression ni distraire son regard du clavier, il joua les trois premiers mouvements, avec des nuances à serrer le cœur. Solennelle, frémissante, la Marche funèbre me bouleversa. Quelle énigme que ce garçon ! Elevant le plus beau monument funéraire à celui qu'il avait torturé de son vivant, l'artiste rachetait un peu tard le voyou.

L'écho de la dernière note évanoui, Rachmaninov traversa la pièce et vint lui serrer les mains. Je m'approchai à mon tour. Les mains de Bob étaient molles et humides, comme son caractère, mais ce qu'elles détenaient valait un trésor. Nicolas hésita à suivre notre exemple. Il fit un pas vers le neveu de Piotr Ilitch, changea d'idée, pivota sur ses talons et retourna près du cadavre. Je m'en allai derrière lui. Bob se leva et rendit la place à Sergueï.

Nous n'étions pas à mi-chemin de l'interminable couloir, que les six notes du glas tintèrent à nouveau. Aujourd'hui encore, je les entends vibrer, mélancoliques et tendres, chaque fois que je pense à Tchaïkovski.

Plusieurs événements suivirent de près sa disparition. La baronne von Meck, moins de trois mois plus tard, mourut subitement, sans être malade ni présenter aucune cause apparente de décès. Nicolas de Souzdal fut révoqué de son poste d'inspecteur général de la Santé. Il garde la direction de l'hôpital de l'Ascension, établissement populaire où n'échouent que les pauvres. Alexandre Obolev a reçu la croix de Saint-Vladimir de troisième classe. Boris Atanaiev a choisi de se faire muter dans une banque de Moscou, laissant sa femme libre de rester, avec les enfants, dans la capitale.

Enfin, simple coïncidence ou confirmation des vues de Pobiedonostsev sur la nécessité de sacrifier les individus au développement économique, le 20 décembre, selon le calendrier julien, je fus convoqué au palais du Saint-Synode. En présence du procureur et du général Apraxine, maître de la Néva et des eaux, auquel je ne pus dire un seul mot en particulier, le ministre des Finances Sergueï Youlievitch Witte et le ministre de l'Industrie Cholnikov apposèrent leur signature au contrat pour le pont de la Trinité.

Kalat, 2 septembre 1996.

INDEX
DES PERSONNAGES

historiques ou fictifs

AGLAE, 18 ans, fille d'un marchand de Iaroslavl. Cas psycho-social cité par Anna de Sainte-Foy.

ALANINE (Ignace Stépanovitch), 35 ans, lieutenant au corps des Pages. Ancien amant du comte Rodion Menchikov, le tue en duel.

ALEXANDRE II, 1818-1881, fils de Nicolas Ier, empereur de Russie en 1855. Libéral, libérateur des serfs, assassiné par les nihilistes.

ALEXANDRE III, né en 1845, fils d'Alexandre II, empereur de Russie depuis 1881. Réside habituellement à Gatchina, au sud de la capitale. A Saint-Pétersbourg, habite le palais Anitchkov, à l'angle de la perspective Nevski et de la Fontanka. Sous l'influence de son ancien précepteur Pobiedonostsev, applique une politique réactionnaire.

ALEXIS, 1690-1718, fils aîné de Pierre le Grand, incarcéré et torturé sur l'ordre de son père, mort dans la prison de la forteresse Pierre-et-Paul.

ALIOCHKA, jeune Ukrainien, laveur de carreaux, provoque involontairement une scène chez les Atanaiev.

AMVROSSI, archiprêtre, hostile à Tchaïkovski, dont il critique, en 1879, la *Liturgie de saint Jean Chrysostome*.

ANDRE (Mikhaïlovitch), 35 ans, livreur de pâtés à la viande, amant de Pélaguéïa, la domestique des Atanaiev.

ANIOUCHA, une des premières femmes à avoir été médecin en Russie, deuxième fiancée de Nicolas de Souzdal.

ANNENKOV (Boris Pétrovitch), 55 ans, critique musical du *Journal de Saint-Pétersbourg*.

APOUKHTINE (Alexis Nicolaïevitch), 1841-1893, camarade de jeunesse et initiateur sexuel de Tchaïkovski. Auteur de romans et de poèmes, dont plusieurs furent mis en musique par Piotr Ilitch.

APRAXINE (Igor Sosthénovitch), 18 ans, fils du général Apraxine, élève au corps des Pages.

APRAXINE (Sosthène Mikhaïlovitch), né en 1838, général, gouverneur de la forteresse Pierre-et-Paul, maître de la Néva et des eaux. Ancien élève de l'école de Droit. Président du tribunal d'honneur. Adresse : forteresse Pierre-et-Paul, maison des Commandants.

ARENSKI (Anton Stépanovitch), né en 1861, compositeur russe, élève de Rimski-Korsakov, influencé par Tchaïkovski.

ARKHIPOV (Ilia Pavlovitch), médecin pédiatre des enfants Atanaiev.

ATANAIEV (Boris Nicolaïevitch), né en 1841, conseiller d'Etat. Ancien élève de l'école de Droit. Membre du tribunal d'honneur. Adresse : 25 canal Catherine.

ATANAIEV (Grigori Borissovitch), né en 1881, fils de Boris Atanaiev.

ATANAIEV (Nadia), née en 1882, fille de Boris Atanaiev.

ATANAIEV (Nastasia Alexandrovna), épouse du conseiller d'Etat Boris Atanaiev, fille du marchand Alexandre Efkimov, mère de Grichka et Nadia.

BAKST (Léon), né en 1866, pseudonyme de Lev Rosenberg.

BALAKIREV (Milij Alexeïevitch), né en 1837. Compositeur russe, animateur du groupe des Cinq. Suggéra à Tchaïkovski, en 1869, d'écrire un poème symphonique sur le thème de *Roméo et Juliette*. Son œuvre la plus célèbre est la pièce pour piano *Islamey*, « fantaisie orientale » (1869).

BARENKOV (Sergueï Pétrovitch), né en 1840. Conseiller privé, président du Comité de surveillance des Bâtiments et de l'Urbanisme. Ancien élève de l'école de Droit. Membre du tribunal d'honneur. Adresse : Ile Basile (Vassilievski Ostrov), 6e ligne, n° 5.

BARIANSKI (Piotr Ivanovitch), né en 1853. Pseudonyme de Lev Jdakov. Général dans la police, puis chef des services secrets. Adversaire le plus acharné de Tchaïkovski. Entretient un jeune danseur.

BENOIS (Alexandre Nikolaïevitch, dit Choura), né en 1870. Etudiant à l'Académie des Beaux-Arts, peintre. Entourage de Sergueï Diaghilev.

BERTENSON (Vassili Bernardovitch), né en 1853. Médecin à la mode, envoyé par le Palais au chevet de Tchaïkovski. Etablit le faux diagnostic de choléra.

BIELINSKI (Vissarion Grigorievitch), 1811-1848. Philosophe et critique littéraire, chef de file des occidentalistes.

BLAMOUTIER (Irène), née en 1843. Journaliste française, correspondante à Saint-Pétersbourg du *Figaro*.

BORIS, 18 ans, apprenti cordonnier chez Pavel Stoïko. Fils d'un ancien serf. Engagé comme valet de chambre par Boris Atanaiev, et rebaptisé alors Fédia.

BORTNIANSKI (Dmitri Stépanovitch), 1751-1825. Compositeur de musique sacrée, directeur de la chapelle impériale.

BRIOULLOV (Karl Pavlovitch), 1799-1852. Peintre d'histoire : fresques de Saint-Isaac, *le Dernier jour de Pompéi* (Musée russe).

CARNOT (Sadi), né en 1837. Président de la République française en 1887, un des artisans de l'alliance franco-russe.

CASIMIR-PERIER (Jean-Paul), né en 1847. Homme politique français, président du Conseil en 1893.

CHEREMETIEV (prince Igor Pétrovitch), propriétaire du palais Cheremetiev, 34, Fontanka, dont une aile abrite le régiment Sémionovski.

CHOLNIKOV (Ivan Pavlovitch), ministre de l'Industrie d'Alexandre III.

CHOUB (Karl Grigorievitch), 1840-1866. Camarade de jeunesse et amant de Tchaïkovski. Mort suicidé.

COLONNE (Edouard), né en 1838. Chef d'orchestre français, fondateur du Concert national en 1873, introducteur de la musique de Tchaïkovski en France.

CONSTANTIN Constantinovitch Romanov, 35 ans. Grand-duc, fils du grand-duc Constantin Nikolaïevitch, petit-fils de Nicolas Ier, neveu d'Alexandre II, cousin germain d'Alexandre III. Intime de Tchaïkovski et poète. Tchaïkovski lui a dédié en 1888 les *Six mélodies op. 63* écrites sur ses poèmes. Adresse : palais de Marbre, quai du Palais.

CONSTANTIN Nikolaïevitch Romanov, 1827-1892. Grand-duc, frère d'Alexandre II, père de Constantin Constantinovitch. Libéral et francophile.

CUI (César), né en 1835. Compositeur et critique musical russe, membre du groupe des Cinq, le détracteur le plus acerbe de Tchaïkovski.

DAMROSCH (Walter), chef d'orchestre et impresario new-yorkais, organisateur de la tournée de Tchaïkovski aux Etats-Unis, en 1891

Tribunal d'honneur

DARGOMYJSKI (Alexandre Sergueïevitch), 1813-1869. Compositeur, proche du groupe des Cinq : *Roussalka, le Convive de pierre*.

DAVYDOV (Anna Lvovna), née en 1864. Troisième fille de Lev Davydov, sœur aînée de Bob, épouse de Kolia von Meck.

DAVYDOV (Lev Vassilievitch), né en 1840. Beau-frère de Tchaïkovski, dont il a épousé la sœur Alexandra. Père de Vladimir (Bob). Cultivateur de betteraves, dans sa propriété de Kamenka, en Ukraine.

DAVYDOV (Vassili Pétrovitch), père de Lev, ami de Pouchkine.

DAVYDOV (Vladimir Lvovitch, dit Bob), né en 1871. Fils de la sœur de Tchaïkovski Alexandra Davydova, courtisé en vain par son oncle. Pianiste doué.

DEBUSSY (Claude), né en 1862. Précepteur, pendant trois étés (1880-1-2), des enfants de la baronne von Meck en Russie. Auteur de réductions pour piano à quatre mains de plusieurs morceaux du *Lac des cygnes*.

DEMIDOV, famille princière russe, dont l'ancêtre, simple forgeron dans l'Oural, fut anobli par Pierre le Grand. Le grand-père de Basile de Sainte-Foy a été recueilli et élevé dans le palais Demidov de Moscou.

DIAGHILEV (Pavel Dmitrievitch), 1820-1890. Fabricant de vodka à Perm.

DIAGHILEV (Sergueï Pavlovitch), né en 1872. Petit-fils de Pavel Dmitrievitch. Etudiant à Saint-Pétersbourg. Surnommé Chinchilla par ses camarades. Dirige un cercle de jeunes artistes. Adresse : 15 rue Galernaïa.

DONATELLI (Renato), journaliste italien, correspondant à Saint-Pétersbourg de *La Nazione* de Florence.

DONON, restaurant de luxe. Adresse : 24, Moïka, près du pont des Chanteurs.

DUPRE (Giovanni), 1817-1882, sculpteur toscan : *Abel mourant*, 1842, musée de l'Ermitage.

DURBACH (Fanny), née en 1822, gouvernante française du petit Piotr Ilitch en Russie, retirée ensuite à Montbéliard.

ELISSEIEV, traiteur de luxe. Adresse : 56 perspective Nevski.

FABERGE, cristallerie et porcelaine de luxe. Adresse : 16 Bolchaïa Morskaïa. Succursale : 50 perspective Nevski.

FEDIA, abréviation de Théodore, de son vrai nom Boris. Rebaptisé Fédia par Boris Atanaiev, après être entré à son service comme valet de chambre.

FILISOFOV (Dmitri, dit Dima), né en 1871. Cousin pétersbourgeois de Sergueï Diaghilev. Adresse : 15 rue Galernaïa.

FROLOV, bourreau officiel de Saint-Pétersbourg. On ignore son prénom et son patronyme, de même que sa date de naissance, par horreur de son métier. Adresse : forteresse Pierre-et-Paul.

GAILHARD (Pedro), directeur de l'Opéra de Paris.

GEORGES Alexandrovitch Romanov, né en 1871, deuxième fils d'Alexandre III. Inverti notoire, révélé par un scandale au Japon, en 1890.

GINZBURG (Salomon), 1868-1888. Etudiant juif, pendu dans la forteresse Pierre-et-Paul pour avoir conspiré contre Alexandre III.

GLAZOUNOV (Alexandre Constantinovitch), né en 1865. Compositeur, influencé par Tchaïkovski.

GLINKA (Mikhaïl Ivanovitch), 1804-1857. Compositeur, considéré comme le fondateur de la musique russe. Auteur de *la Vie pour le tsar* (1836), premier opéra national.

GOLITSINE (Sofia Alexandrovna), née en 1897. Comtesse, modèle de la Dame de pique. Hôtel particulier, 24 Malaïa Morskaïa.

GREGORI, concierge du musée de l'Ermitage, factotum d'Alexandre Obolev.

GUIDO, jeune pompier romain, amant occasionnel de Tchaïkovski, inspirateur du *Capriccio italien* (1880).

GUITRY (Lucien), né en 1860. Acteur français en tournée à Saint-Pétersbourg, pour lequel Tchaïkovski écrivit, en 1890, la musique de scène de *Hamlet*.

HANSLICK (Edouard), né en 1825. Critique musical autrichien, hostile à Tchaïkovsi.

HELENE, troisième fiancée de Nicolas de Souzdal, son assistante au dispensaire de Kountsevo.

HELFMAN (Guessia), complice de l'attentat contre Alexandre II. Graciée parce que enceinte.

IAR, cabaret à la mode, fameux pour les bohémiennes. Adresse : quai des Anglais.

IGNATIEV (comte Vladimir Fiodorovitch), grand-maître de la police.

IOLCHINE (Arkadi Ivanovitch), violoniste, amant de la baronne von Meck, père de Milotchka, le dernier enfant de Nadejda.

ISIDORE (Monseigneur), 92 ans. Métropolite de Saint-Pétersbourg. Adresse : laure Alexandre Nevski.

IVAN, cocher habituel (isvostchik) de Basile de Sainte-Foy à Saint-Pétersbourg. Porte le numéro d'identification 75.

IVANOV, magasin de jouets, 35 perspective Nevski.

IVANOV (Alexandre Andreievitch), 1806-1858. Peintre religieux (*Apparition du Christ au peuple*, Musée russe) attiré par le paganisme antique (*Apollon, Hyacinthe et Cyparisse*, aujourd'hui Galerie Tretiakov à Moscou).

IVOLGUINE (Arcade Ivanovitch), 18 ans. Elève au corps des Pages, camarade d'Igor Apraxine.

JDAKOV (Lev), né en 1853. Stagiaire au palais de Justice, entré ensuite dans la police sous le pseudonyme de Piotr Barianski.

JELIABOV (Andreï), étudiant, d'origine serve, chef du complot contre Alexandre II. Pendu dans la forteresse Pierre-et-Paul en 1881.

JURGENSON (Piotr Ivanovitch), né en 1836. Editeur de Tchaïkovski en Russie.

KACHKINE (Valentin Alexeievitch), chanteur à la retraite, hôte de la famille Stravinski.

KALENKO (Ivan Pétrovitch), intendant de la baronne von Meck à Moscou.

KARLOVA (Nastasia Borissovna), danseuse du théâtre Mariinski, rivale de Mathilde Kchessinskaïa.

KARTSOV (Alexandra Valerianovna), née en 1850. Sœur de la belle-mère de Sergueï Diaghilev. Soprano, interprète des romances de Tchaïkovski, certaines ayant été écrites pour elle.

KCHESSINSKAIA (Mathilde), née en 1872. Danseuse étoile du théâtre Mariinski. Maîtresse du tsarévitch Nicolas. Amoureuse de Tchaïkovski.

KLIMENKO (Sémione Pavlovitch), professeur de collège, fréquente par dérogation le Yacht-Club de la marine.

KNOPF (Wieland), journaliste allemand, correspondant à Saint-Pétersbourg de la *Bayerische Zeitung* de Munich.

KOLNIKOV (Alexandre Valentinovitch), 60 ans. Général, habitué du Yacht-Club de la marine, hostile à l'alliance franco-russe.

KONDRACHINE (princesse Véra Alexandrovna), cliente du restaurant Donon.

KONRADI (Ossip), 25 ans, lieutenant aide de camp du grand-duc Constantin Constantinovitch.

KOZLOVSKI (Mikhaïl), 1753-1802, sculpteur russe, chef de l'école néoclassique. Auteur du *Samson* de Peterhof et du monument du général Souvorov au Champ de Mars.

KREMSKI (Anatole Igorovitch), né en 1840. Directeur des Théâtres impériaux. Ancien élève de l'école de Droit. Membre du tribunal d'honneur. Adresse : 46, Fontanka, près du pont Anitchkov.

LEINER, restaurant de luxe. Adresse : 18 perspective Nevski, près du pont de la Police.

LESKOV (Nicolas), né en 1831. Ecrivain russe, romancier de la vie provinciale. A mis en scène le grand-père de Sergueï Diaghilev.

LEVITAN (Isaac Ilitch), né en 1860. Peintre russe de paysages, influencé par les Impressionnistes, découverts lors d'un voyage à Paris en 1889.

LOPOUKHINE (Marfa Aglaïevna), 30 ans, fille de la princesse Lopoukhine. Compagne de Sergueï Barenkov.

MACAIRE (Père), 45 ans. Secrétaire du consistoire pour l'éparchie de Saint-Pétersbourg. Espionne pour le compte de Pobiedonostsev les habitués du Yacht-Club de la marine.

MAGNARD (Francis), directeur du *Figaro*.

MARTOS (Ivan Pétrovitch), 1752-1835. Sculpteur russe néoclassique, élève à Rome de Canova et de Thorvaldsen, spécialisé dans les statues d'anges funéraires.

MAZZUOLA (Giuseppe), 1641-1725. Sculpteur baroque italien, dont le musée de l'Ermitage conserve le chef-d'œuvre, *Adonis*.

MECHTCHERSKI (prince Vladimir Pétrovitch), né en 1839. Camarade de Tchaïkovski à l'école de Droit, inverti notoire de la haute société de Saint-Pétersbourg.

MECK (Kolia von), né en 1863. Cinquième des onze enfants de Nadejda von Meck, mari d'Anna Lvovna Davydova, nièce de Tchaïkovski.

MECK (Maximilien von), né en 1859. Fils aîné de Nadejda.

MECK (Michel von), né en 1860. Deuxième fils de Nadejda.

MECK (Milotchka von), née en 1875. Dernier des enfants de Nadejda, boiteuse de naissance. Nicolas de Souzdal projette de la marier à Bob.

MECK (Nadejda von), née en 1831. Veuve du constructeur des chemins de fer russes, milliardaire, mère de onze enfants, admiratrice éperdue et généreuse mécène de Tchaïkovski de 1877 à 1890. Adresse : 14 boulevard Rojdestvennski à Moscou. Propriété de campagne à Braïlov, en Ukraine.

MECK (Vladimir von), né en 1885. Petit-fils de Nadejda, soigné par Nicolas de Souzdal.

MENCHIKOV (comte Rodion), 45 ans. Lieutenant général, commandant du corps des Pages, tué en duel par le lieutenant Alanine. Adresse : palais Vorontsov, 26 rue Sadovaïa.

MICHEL (Louise), née en 1830. Anarchiste française, ancienne communarde, déportée en Nouvelle-Calédonie en 1873, amnistiée en 1880, continua ses activités révolutionnaires. Tchaïkovski assista à Paris à un cortège de chômeurs qu'elle dirigeait.

MILUKOVA (Antonina Ivanovna), née en 1849. Epousa Tchaïkovski à Moscou en 1877. Séparation immédiate d'avec son mari, qui lui versa une pension alimentaire, à condition de ne plus jamais la revoir.

MOROVITCH (Oscar), 51 ans. Critique musical du *Messager pétersbourgeois*.

NABOKOV (Dmitri), 68 ans, ancien ministre de la Justice, sous Alexandre II. Adresse : 47 Bolchaïa Morskaïa.

NABOKOV (Ivan), général, gouverneur de la forteresse Pierre-et-Paul à l'époque de la détention de Dostoïevski (1849). Oncle de Dmitri Nabokov.

NAPRAVNIK (Edouard Frantsévitch), né en 1839. Chef d'orchestre et directeur musical du théâtre Mariinski. A créé de nombreuses œuvres de Tchaïkovski. Adresse : 6 canal Krioukov.

NETCHAIEV (Sergueï), 1847-1882. Révolutionnaire et nihiliste russe, un des modèles des *Possédés* de Dostoïevski.

NICOLAS Alexandrovitch Romanov, né en 1868, fils aîné d'Alexandre III. Amant de Mathilde Kchessinskaïa, avant son mariage avec une princesse allemande.

Novika (Agrafna), logeuse de Tchaïkovski, dans le village de Maïdanovo, près de Moscou, en 1885.

Obolev (Alexandre Ivanovitch), né en 1840. Directeur du musée de l'Ermitage. Ancien élève de l'école de Droit. Membre du tribunal d'honneur. Adresse : 19 rue des Millionnaires.

Olga, 29 ans, fille d'un pope de Sotchi. Infirmière, compagne de Nicolas de Souzdal.

Orlov (prince Boris Ivanovitch), propriétaire du palais Orlov, 52 Bolchaïa Morskaïa, qui abrite le Yacht-Club de la marine.

Orlovski (Boris), 1760-1825, sculpteur néoclassique : *Faune* (Musée russe), *Ange* de la colonne Alexandre, place du Palais.

Oulianov (Alexandre Ilitch), 1868-1887, étudiant, pendu dans la forteresse Pierre-et-Paul pour avoir conspiré contre Alexandre III. Frère aîné de Vladimir Oulianov, dit Lénine.

Paul Ier, 1754-1801, fils de Pierre III et de Catherine II, empereur de Russie en 1796, assassiné par ses proches au château Saint-Michel. Son nom reste attaché au domaine de Pavlovsk.

Pelagueia, 48 ans, cuisinière de la famille Atanaiev.

Perovskaia (Sofia), 1853-1881. Instigatrice du complot contre Alexandre II. Incarcérée à la forteresse Pierre-et-Paul et pendue.

Petipa (Marius), né à Marseille en 1822, installé à Saint-Pétersbourg dès 1847. Danseur et maître de ballet. Scénariste et chorégraphe de *la Belle au bois dormant* de Tchaïkovski.

Pierre Ier, dit le Grand, 1672-1725. Empereur de Russie en 1689. Fonda en 1703 Saint-Pétersbourg, qui devint en 1712 la capitale de l'empire. Sa statue équestre, par Etienne Falconet, devant le Sénat (1778), est connue sous le nom de *Cavalier de bronze*.

Pimpinello, jeune garçon de Florence, amant occasionnel de Tchaïkovski, lequel lui a dédié une romance, op. 38 n° 6.

Pobiedonostsev (Constantin Pétrovitch), né en 1827. Procureur du Saint-Synode, c'est-à-dire représentant de l'empereur auprès du Saint-Synode, lequel est l'organisme dirigeant de l'Eglise orthodoxe, depuis que Pierre le Grand a supprimé la dignité de patriarche. Ancien précepteur du fils aîné d'Alexandre II, est resté l'éminence grise de son élève devenu Alexandre III. Partisan de l'autocratie, il inspire la politique réactionnaire du tsar.

Pouchkine (Alexandre Sergueievitch), 1799-1837. Ecrivain, à qui la statue de Pierre le Grand par Falconet a inspiré le poème *le Cavalier de bronze*. De ses poèmes dramatiques ont été tirés les livrets des principaux opéras russes : *Rousslan et Ludmila* (Glinka, 1842), *Boris Godounov* (Moussorgski, 1874), *Eugène Onéguine* (Tchaïkovski, 1878), *Mazeppa* (Tchaïkovski, 1884), *la Dame de pique* (Tchaïkovski, 1890), *Aleko* (Rachmaninov, 1893).

Quarenghi (Giacomo), 1744-1817. Architecte italien, au service de Catherine II, de tendance néoclassique : Banque d'Etat, théâtre de l'Ermitage, Académie des sciences, Institut Smolny, palais Youssoupov sur la Moïka.

Rachmaninov (Sergueï Vassilievitch), né en 1873. Compositeur influencé par Tchaïkovski. De 1893 datent un opéra, *Aleko*, créé au Bolchoï de Moscou, et le *Trio élégiaque op. 9*, commencé le jour de la mort de Tchaïkovski.

Rastrelli (Bartolomeo), 1700-1771. Architecte italien, fils du sculpteur Carlo Rastrelli. Arrivé avec son père à Saint-Pétersbourg en 1716. Maître du baroque, a construit pour la tsarine Elisabeth Pétrovna le palais d'Hiver. Auteur de la cathédrale de Smolny et du palais Stroganov.

Repine (Ilia Efimovitch), né en 1844. Peintre réaliste *(les Haleurs de la Volga*, 1870) et d'histoire *(les Cosaques Zaporogues).*

Tribunal d'honneur

RIMSKI-KORSAKOV (Nicolaï Andréievitch), né en 1844. Officier de marine et compositeur. Membre du groupe des Cinq. Elève de Tchaïkovski au Conservatoire de Moscou.

ROSENBERG (Lev Samoïlovitch), né en 1866. Etudiant à l'Académie des Beaux-Arts. Rebaptisé Léon Bakst par Sergueï Diaghilev.

ROSSI (Carlo), 1775-1849. Architecte italien, maître du néoclassique à Saint-Pétersbourg : Hémicycle de la place du Palais, palais Michel, théâtre Alexandra, palais jumeaux du Sénat et du Saint-Synode.

RUBINSTEIN (Anton Grigorievitch), né en 1829. Pianiste, compositeur et chef d'orchestre. Fondateur du Conservatoire de musique de Saint-Pétersbourg en 1862, dont Tchaïkovski fut un des premiers élèves.

RUBINSTEIN (Nicolas Grigorievitch), 1835- 1881. Pianiste et chef d'orchestre, frère d'Anton, fondateur du Conservatoire de musique de Moscou en 1866, où Tchaïkovski enseigna, de 1866 à 1877. Le trio de Tchaïkovski « à la mémoire d'un grand artiste » lui est dédié.

RYSSAKOV (Nicolas), 1862-1881. Etudiant, un des auteurs de l'attentat contre Alexandre II. Incarcéré à la forteresse Pierre-et-Paul et pendu.

SAINTE-FOY (Anna Mikhaïlovna de), née Portnova en 1850. Epouse de Basile. Habite Moscou, où elle s'occupe d'aide psycho-sociale aux adolescents en difficulté.

SAINTE-FOY (Basile de, en russe Vassili ou Vassia), né en 1840 à Moscou. Arrière-petit-fils d'Alphonse de Sainte-Foy, guillotiné à Paris en 1793. Petit-fils de Raoul de Sainte-Foy, élevé à Moscou, et de Salomé Uhlman. Fils de Louis de Sainte-Foy, né à Moscou. Ancien élève de l'école de Droit. Représentant en Russie de la Perm, Orenbourg et Cie, société métallurgique française. Domicilié à Moscou, se trouve à Saint-Pétersbourg pour négocier le contrat pour la construction du pont métallique de la Trinité.

SAINTE-FOY (Iouri de), né en 1871, fils de Basile, élève d'une école d'ingénieurs.

SAINTE-FOY (Liouba de), née en 1873, fille de Basile, étudiante.

SALOMON (Moïsseï Moïssevitch), 25 ans, étudiant juif, né dans le ghetto de Berditchev, en Ukraine. Prêteur sur gages dans un petit kiosque de la place aux Foins. Habite chez Sergueï Barenkov, dans l'île Basile.

SANDERSON (Sybil), née en 1863. Soprano américaine, interprète d'*Esclarmonde* de Massenet au théâtre Mariinski en 1892. Remarquée par le tsarévitch Nicolas.

SEROV (Valentin Alexandrovitch), né en 1865, peintre russe de portraits.

SILOTI (Alexandre Ilitch), né en 1863. Le meilleur pianiste russe de sa génération. Interprète des concertos de Tchaïkovski.

SIMONOV (baronne Varvara Alexandrovna), née en 1845. Amie des Atanaiev.

SNETKOVA (Maria Filippovna), 40 ans, professeur de piano des enfants Stravinski.

SOFRONOV (Alexis Ivanovitch), né en 1859. Entré au service de Tchaïkovski à l'âge de douze ans. Valet de chambre et amant permanent. Aliocha dans l'intimité.

SOROKINE (Ignace Maximovitch), maître de la police, adjoint du comte Ignatiev.

SOUTAIEV (Basile Sergueïevitch), paysan russe, adepte de la non-violence, ennemi des lois, admiré de Léon Tolstoï.

SOUZDAL (Nicolas de), né en 1840. Médecin-chef de l'hôpital de l'Ascension. Inspecteur général de la Santé. Ancien élève de l'école de Droit. Membre du tribunal d'honneur. Adresse : 38 rue Sadovaïa (angle de la rue aux Pois).

STENBOCK-FERMOR (comte Alexis Alexandrovitch), né en 1849. Maréchal du Palais, oncle de Victor. Sa lettre de dénonciation déclenche le procès contre Tchaïkovski. Adresse : palais Stenbock-Fermor, 50 quai des Anglais.

STENBOCK-FERMOR (Victor), 17 ans, neveu du comte Alexis, cornette au régiment Sémionovski. Amant de Tchaïkovski et cause involontaire du procès.

STOIKO (Pavel Ivanovitch), 50 ans. Cordonnier, installé au rez-de-chaussée du 25, canal Catherine. A pour apprenti le jeune Boris.

STRAVINSKI (Anna Kirilovna), 45 ans. Ancienne soprano, a épousé Fiodor Stravinski et lui a donné quatre garçons.

STRAVINSKI (Fiodor Ignatievitch), né en 1843. Baryton-basse du théâtre Mariinski, interprète de Boris Godounov et d'Amfortas. Ami de Tchaïkovski dont il a créé plusieurs opéras : rôle de Dunois dans *la Pucelle d'Orléans* (1881), d'Orlik dans *Mazeppa* (1884). Adresse : 6, canal Krioukov.

STRAVINSKI (Gouri Fiodorovitch), né en 1884. Quatrième fils de Fiodor, le préféré de Tchaïkovski, selon lui le plus doué musicalement.

STRAVINSKI (Igor Fiodorovitch), né en 1882, troisième fils de Fiodor.

STRAVINSKI (Roman Fiodorovitch), né en 1875, fils aîné de Fiodor.

STRAVINSKI (Youri Fiodorovitch), né en 1879, deuxième fils de Fiodor.

TANEIEV (Sergueï Ivanovitch), né en 1856. Compositeur et pianiste, élève de Tchaïkovski. A créé en 1882 son deuxième concerto.

TCHAIKOVSKI (Alexandra Andreievna, née Assier), 1813-1854. Mère du compositeur, morte du choléra.

TCHAIKOVSKI (Alexandra Ilinichna), 1842-1891. Sœur préférée du compositeur, dite Sacha. Epouse de Lev Davydov et mère de Bob.

TCHAIKOVSKI (Antonina Ivanovna, née Milukova), née en 1849. Epouse de Piotr Ilitch. Mariage non consommé et aussitôt rompu.

TCHAIKOVSKI (Ilia Pétrovitch), 1795-1880. Père du compositeur. Ingénieur des mines. Premier mariage en 1827 avec Maria Keiser (une fille, Zinaïda, 1829). Second mariage avec Alexandra Assier en 1833. Six enfants : Nikolaï, 1838 ; Piotr, 7 mai 1840 ; Alexandra, 1842 ; Hippolyte, 1843 ; les jumeaux Modeste et Anatole, 1er mai 1850.

TCHAIKOVSKI (Modeste Ilitch), né en 1850. Frère cadet du compositeur, dit Modia. Installé à Naples, librettiste de *la Dame de pique* et de *Iolanta*.

TCHAIKOVSKI (Piotr Ilitch), 1840-1893. Né dans l'Oural. De 1850 à 1859, élève de l'école de Droit à Saint-Pétersbourg. De 1859 à 1863, employé au ministère de la Justice. A partir de 1862, élève du Conservatoire de musique fondé par Anton Rubinstein. En 1866, transfert à Moscou et enseignement au Conservatoire de musique de cette ville, jusqu'en 1877. Mariage en 1877, à Moscou, aussitôt rompu. De 1877 à 1890, vit des largesses de la baronne von Meck. Innombrables voyages à l'étranger. En 1892, s'installe à Klin, à 80 km au nord de Moscou. Pendant l'été 1893 vient à Saint-Pétersbourg pour les répétitions de sa sixième symphonie, créée sous sa direction dans la grande salle de la Philharmonie, en octobre. Meurt neuf jours plus tard, dans des circonstances mystérieuses. Auteur de dix opéras, trois ballets, six symphonies, quatre suites pour orchestre, divers poèmes symphoniques et fantaisies-ouvertures, cinq concertos, trois quatuors à cordes, un trio pour piano, un sextuor à cordes, cent six mélodies, une centaine de pièces pour piano.

TCHEKHOV (Anton Pavlovitch), né en 1860. Auteur de nouvelles. Projet d'opéra avec Tchaïkovski non réalisé.

TEREBENIEV (Alexandre), sculpteur néoclassique, auteur des atlantes du portique du nouvel Ermitage (1852).

TERENSKI (Georges Macarovitch), 50 ans. Evêque coadjuteur de Saint-Pétersbourg. Membre du tribunal d'honneur. Adresse : laure Alexandre Nevski.

TERENSKI (Macaire Pavlovitch), pope du village de Maïkovo, en Ukraine. Père de Mgr Georges Terenski.

TOWNSEND (Isabelle), 35 ans. Journaliste américaine, correspondante à Saint-Pétersbourg du *New York Herald*.

TREZZINI (Domenico), 1670-1734. Architecte italien, au service de Pierre le Grand. Cathédrale Pierre-et-Paul, Douze Collèges, laure Alexandre Nevski.

UHLMAN (Salomé), cousine d'Abel et Jérémie Uhlman, industriels du Creusot. Epouse de Raoul de Sainte-Foy, grand-père de Basile.

VIARDOT (Pauline), née en 1821. Cantatrice, sœur de la Malibran, égérie de l'écrivain Ivan Tourgueniev. Propriétaire du manuscrit de *Don Giovanni* de Mozart. Habite à Paris, 50 rue de Douai.

VORONTSOV (comte Illarion Ivanovitch), né en 1837. Ministre de la Cour impériale d'Alexandre III, a pris l'initiative de réunir un tribunal d'honneur pour juger Tchaïkovski. Adresse, palais Vorontsov, 31 Fontanka.

VROUBEL (Mikhaïl Alexandrovitch), né en 1856. Peintre russe, de tendance symboliste.

WITTE (Sergueï Youlievitch), né en 1849. Ministre des Finances d'Alexandre III.

ZAREMBA (Nikolaï Ivanovitch), 1821-1879. Professeur d'harmonie et de contrepoint au Conservatoire de Saint-Pétersbourg. Tchaïkovski s'inscrivit dans sa classe en 1862.

ZASSOULITCH (Véra), née en 1849. Militante révolutionnaire, auteur de l'attentat contre le général Trepov, gouverneur de Saint-Pétersbourg, en 1878.

ZILIOTINE (Alexandre Pavlovitch), 45 ans. Maître d'école. A dans sa classe Nadia Atanaiev.

ZOSSIMA, 60 ans, ancien serf, homme de peine du Yacht-Club de la marine.

*Achevé d'imprimer en janvier 1997
sur presse Cameron
par **Bussière Camedan Imprimeries**
à Saint-Amand-Montrond (Cher)
pour le compte des éditions Grasset
61, rue des Saints-Pères, 75006 Paris*

N° d'Édition : 10253. N° d'Impression. 4/107.
Première édition : dépôt légal : décembre 1996.
Nouveau tirage : dépôt légal : janvier 1997.
Imprimé en France
ISBN 2-246-52501-2 broché
ISBN 2-246-52500-4 luxe